河北省哲学社会科学规划研究重点项目
非物质文化遗产研究系列

燕赵文化研究系列丛书

河北文学通史

第一卷

【王长华 主编】
【李金善 本卷主编】

科学出版社
www.sciencep.com

内容简介

中国幅员辽阔，每一地区有每一地区的风俗和文化，也同样有每一地区的个性鲜明的文学。本书作为一部区域文学史著作，用200多万字的篇幅深入浅出地记述和描绘了中国大地上的一个重要区域——河北文学近三千年的发生和发展，第一次细致全面地展示了拥有光荣文学传统的古燕赵区域内自上古神话产生到今天文学蓬勃发展的整个历程。书中既有对文学史发展轨迹的分类和具体描绘，又有对重要作家作品的深入分析与评介。

本书既适合作为区域文学研究的参考教材，也适于中等文化水平以上的文学爱好者阅读、自学。

图书在版编目(CIP)数据

河北文学通史 第一卷/王长华主编．—北京：科学出版社，2010

（燕赵文化研究系列丛书）

ISBN 978-7-03-026052-9

Ⅰ．河… Ⅱ．王… Ⅲ．文学史-河北省 Ⅳ．I209.922

中国版本图书馆CIP数据核字（2009）第211170号

责任编辑：王贻社 王剑虹 李俊峰/责任校对：张 琪
责任印制：钱玉芬/封面设计：鑫联必升

科学出版社 出版
北京东黄城根北街16号
邮政编码：100717
http://www.sciencep.com

双青印刷厂 印刷

科学出版社发行 各地新华书店经销

*

2010年1月第 一 版 开本：B5（720×1000）
2010年1月第一次印刷 印张：31 1/2
印数：1—1 500 字数：573 000

定价：400.00元（全7册）

河北省哲学社会科学规划研究重点项目

河北文学通史

第一卷

主　　编　王长华

本卷主编　李金善

撰 稿 人　第一编　张　静

第二编　王　双

第三编　张　蕾

第四编　孙　光

第五编　孙　微　赵林涛

总 序

为便于研究，我们这里所指称的燕赵区域总体包括现今行政区划意义上的河北省、北京市和天津市，大致相当于华北平原与燕山南北麓，不仅包括战国时期燕、赵两国的疆域，而且也包括存在其间的古中山国、代国和邢国等地。燕赵区域内特定的地理和气候环境、连绵不断的战争、汉民族与周边少数民族的交流融合，导致了燕赵文化的产生、形成和发展。燕赵文化的主体是华北平原的汉族旱地农耕文化，同时也体现了少数民族的草原文化与汉族农耕文化冲突与融合的特征。

燕赵文化虽然与相邻的三晋、关中、中原、齐鲁各区域文化多有交叉和重叠，但它却更具北方文化的典型特征。就燕赵文化的气质特性而言，人们多认同它的慷慨悲歌和任气豪侠，这一特征虽非燕赵区域所独有，但无疑它在该地表现得更为典型，它形成和成熟于战国时期，其后绵延两千余年，成为燕赵区域悠久而稳定的文化传统。就燕赵文化的构成和发展机理而言，有学者认为，兼收并蓄而自成一家乃其重要特征。这既与燕赵的自然地理环境和文化多元构成等因素息息相关，又与燕赵地区的先贤今哲洞烛社会发展先机，并以海纳百川的心胸和气魄，对各家各派思想成果择善而从、整合提炼关系至密。这样的看法对于我们认识和思考燕赵文化无疑颇多启示。不过，在尚未对燕赵文化进行系统而全面的研究之前，我们还不能对其丰富的内涵和外延妄加评说。

随着社会转型的日渐急迫和人们文化意识的增强，区域文化研究在全国各省区受到了比以往更为广泛的关注，如齐鲁文化、荆楚文化、湖湘文化、岭南文化、巴蜀文化、吴越文化、河洛文化、三晋文化的研究方兴未艾，并且已经涌现出了一批颇具影响的研究成果。相比较而言，燕赵文化虽然底蕴深厚、特色鲜明，但已有的相关研究却远不能令人满意。就现状来看，致力于燕赵文化研究的学者虽不乏其人，有些成果的品位和水平也不谓不高，但从总体看，系统性尚待加强，学术性尤需提高，为数颇多的重要项目课题依然需要学养深厚的学者涉足参与。综合主客观两方面，我们认为目前制约燕赵文化研究的因素大致有三：一是缺乏统一组织，二是资金投入不足，三是缺乏整体规划。

就组织状况来说，既往的一些相关研究机构，组织结构欠紧密，协调沟通乏力，以致此前的燕赵文化研究多属个人行为，基本处于分散状态。为此，河北师范大学整合全校研究力量，组织成立了“燕赵文化研究中心”，希望借此聚集校内外，乃至省内外有志于此的学人同道，本着既分工又合作的原则，协力完成这一意义重大且影响深远的大型研究项目。

资金方面，由于以往相关课题的研究范围涉及相对狭窄，相关部门的经费支持力度不够，从而制约了系统而深入的重要研究成果的产出。这次河北师范大学拨出专项资金以支持此项研究，从而为研究经费的缺乏解了困。

为便于研究方案的顺利实施，河北师范大学燕赵文化研究中心成立伊始，即对燕赵文化研究工作进行了较为全面、系统的规划。关于“文化”的定义，言人人殊。据美国著名人类学家克罗伯和克拉克洪在《文化：一个概念定义的考评》一书中的统计，从1871年到1951年的80年时间里，有关文化的定义约有164种。可见，文化是一个十分复杂的概念，要想在短时间内使其达成共识决非易事。本规划无意纠缠于文化概念的辨析，而是企图通过扎实有效的研究成果从不同的角度和侧面呈现燕赵文化的一鳞半爪。为此，我们大而化之地将燕赵文化划分为物质文化遗产、非物质文化遗产和思想文化遗产三类。

物质文化遗产是指具有历史、艺术和科学价值的文物，包括古代遗址、古代墓葬、古代建筑、石窟寺庙、碑篆石刻等不可移动的文物。河北省的物质文化遗产相当丰富，对其进行抢救性研究和保护刻不容缓。非物质文化遗产（据联合国教科文组织通过的《保护非物质文化遗产公约》的称谓）是指被各群体、团体或个人视为其文化遗产的各种实践、表演、表现形式、知识体系和技能及其有关工具、实物、工艺品和文化场所等，举凡传统表演艺术和民俗活动等皆属此类。河北境内的非物质文化遗产也十分令人瞩目，如皮影、年画、梆子、沧州武术、吴桥杂技、邯郸傩戏等，其社会文化价值不容低估。思想文化遗产方面，燕赵大地曾经孕育出众多文化名人，如政治家赵武灵王、赵匡胤、赵佗、魏徵、张之洞，思想家荀况、公孙龙、董仲舒、颜元、李塨、李大钊，军事家乐毅，文学家贾岛、崔护、高适、王实甫、关汉卿、纪晓岚、曹雪芹，科学家郭守敬、祖冲之，地理学家郦道元，医学家张仲景，等等。深入研究他们的思想和行事，不仅有利于了解昔日历史文化的递嬗和变迁，而且对当今的社会和文化建设也将大有裨益。

依上述类别，我们组织各方研究力量编撰了这套由五个部分组成的燕赵文化系列研究丛书："物质文化遗产研究系列"着重研究泥河湾考古、历代长城、承德避暑山庄、清东陵、清西陵等著名园陵、直隶总督府等政治机构设施、大佛寺等宗教设施和赵州桥等建筑艺术等。"非物质文化遗产研究系列"着重研究河北皮影、武强年画、蔚县剪纸、衡水内画、说唱大鼓书、河北梆子、吴桥杂技、民间泥玩等。"文化名人研究系列"着重研究燕赵历史文化名人之思想与学术。"古国研究系列"着重研究先秦时期存在于燕赵大地的诸侯各国，如赵国、中山国、燕国、邢国、代国等。"河北珍贵档案资料系列"系统整理河北省档案馆和分散在各地方史志中的珍贵文献资料。

上述研究规划的顺利实施，不但需要整合省内相关部门的研究力量，而且也期待位于燕赵文化区域内的京津地区相关专家、学者的加盟。我们将凝聚各方力量，从2009年2月起，陆续推出近百种既相互关联、又自成体系的系列图书，以期为文化强省战略的实施、燕赵文化品牌的打造和科学发展观的落实贡献绵薄之力。

燕赵文化研究系列项目的承担者们以其严谨科学的态度，尊重学术规范，多方搜集和认真爬梳资料，对各个相关问题进行了力所能及的探讨。项目完成后，编委会聘请有关专家对之进行了认真的审读和验收。出版过程中，科学出版社的编辑为保证丛书质量付出了辛勤的劳动。值此丛书出版之际，丛书编委会对于作者和编审者一并表示诚挚的谢忱。

限于作者、编者的时间、精力和学力，丛书中的错谬浅陋之处在所难免，敬请学界方家和各界人士不吝批评赐教。

燕赵文化研究系列丛书编委会
2009年1月

导言：三千年燕赵大地的文学历程

一

从先秦到清末，古代河北文学走过了一条曲折、漫长的发展道路。

在河北地域内，最早出现的、较为成熟的文学形态是上古时期的神话。中国古代四大神话之首的女娲补天即与河北的冀州有关，河北省邯郸市的涉县至今仍保留着纪念女娲的娲皇宫。促使华夏民族得以形成的炎黄阪泉之战即发生在现今的河北怀来一带。承德的棒槌山和蛤蟆石也同样见证着大禹治水神话的流传。这些远古时期的神话传说肇启了河北文学的源头。

进入周代，随着礼乐的建立、普及和礼乐文化的发展，《诗经》中的《邶风》成为河北文学的代表，并初步显现出河北文学的地域化特征。但就整体而言，这一时期的河北文学还处于泛音阶段，主旋律并不突出。直至进入战国，由于诸侯争雄，更由于北方少数民族对中原农耕民族形成了实质性威胁，河北处于游牧文化与农耕文化交接处的独特位置逐步凸显，彪悍任侠的地域文化风格逐渐形成，慷慨悲歌才随着《易水歌》的唱响而成为河北文学的基调，并对后世的河北文学乃至河北的地域文化产生了深远的影响。

河北独特的文化特征深刻地影响了本土的韵文与散文创作。代表作家就是生活于战国后期的百科全书式人物荀子。浑厚的《荀子》散文，深刻影响后世诗词的《成相》，直接开启汉赋写作的《赋》篇，代表了此一时期河北文学的最高成就。

秦汉时期，河北地区涌现出许多杰出的文学家，他们的作品或气象渊静，或妙语天成，或纡徐婉转，显示出新的时代特色。

在秦汉大一统的新格局下，汉代文学追求巨丽恢弘、铺张扬厉之美。随着“罢黜百家，独尊儒术”政治文化方向的确立，汉代文学进一步形成严谨质实的风格。广川人董仲舒就是其中的典型代表。他的策对，以如何巩固中央集权制为讨论重点，奇伟宏富，醇厚典重，代表了汉代政论文的基本特色。

两汉是经学昌明的时代。宗经是有汉以来的社会风气。汉儒传诗，使《诗》经学化，并且形成了影响后世两千余年的说诗体系和诗教传统。汉代《诗》学四家中就有两家出于河北，它们是今文大家韩婴的韩诗，和在河北河间兴起并发展成熟的毛亨、毛苌的古文毛诗。

两汉时期，歌诗和诵诗分别承担着各种世俗化情感和文人政治情怀的抒写功能。中山人李延年的《李夫人歌》、乐府民歌《陌上桑》和郦炎的《见志诗》二首就是对至美真情和文人不平心志的集中感发。他们对“新声变曲”和五言体式的切身追求，为文人五言诗的成熟作出了积极的贡献。

东汉社会矛盾尖锐，士人普遍受到抑制，“不平则鸣”使他们的写作以社会问题为关注点，情感表达激切，文风深邃冷峻。此时，河北的文学家有崔篆、崔骃、崔瑗、崔寔。他们以深厚的学识为基底，以感时幽愤的情感为寄托进行创作。辞赋文辞典美，碑铭清丽简洁，政论则卓绝精炼。

从总体上看，两汉时期的河北文学内容丰富多彩，成就姿态万方。但由于此时的作家不仅大多饱受经学浸润，且又常常兼有学者的身份，故其作品多以宏博深厚见长而少情致摇荡，多理性光辉而少诗性光彩。

魏晋时期的河北文学，与魏晋文学的整体走向相一致，建安、西晋两朝是此一时期的高潮，而东晋期间则显得相对沉寂。在这段时间里，社会长期动荡不安，间或有短暂的和平稳定，政治中心由北徙南的历史特点直接影响了河北文学的整体格局和发展走向。文学集团的空前活跃，外籍作家的强势加盟，以及河北文学在他乡的开花结果，这些不同的面相和风景共同营构起此期河北文学的独特景观。

魏晋时期的河北文学创作展示了文学自觉时代的某些特征。文学集团的活跃是汉魏六朝突出的文学现象，而诞生于河北本土的邺下集团堪称中国诗歌史上第一个真正具有文学意义的文学集团。建安九年（公元204年）曹操入邺（今河北临漳），而后的十几年间，繁华浪漫的邺城聚集了一大批优秀的文人墨客，“彬彬之盛，大备于时”（钟嵘《诗品序》）。“三曹”、“七子”、繁钦、杨修、吴质、蔡琰、邯郸淳等，一大批具有个性和文学才情的作家共同书写了文学史上不朽的邺下风流，成就了建安文学空前的繁盛局面，也因此成功地编织出河北文学的一道亮丽景观。

此后政治中心转移，邺下集团也随之风流云散，河北文学创作的重心开始由本土迁移他乡，河北籍作家中有相当多的人活跃于京洛地区。魏晋易代之际，刘劭、李康以政论文创作活跃于文坛，《人物志》、《运命论》在中国散文史上占据一席之地。西晋太康、元康时期，河北籍作家各擅胜场、各有建树。张华领袖文坛，张载刻剑阁铭文，张协创“景阳之体”，欧阳建有临终之叹，木华“赋海”，束皙“补亡”，石崇“思归”……在“勃而复兴”的文学大环境中，他们为西晋文坛装点上“缛旨星稠，繁文绮合”的绚丽色彩。西晋末年，国家遭遇内忧外患之时，曾是“二十四友”成员的刘琨挺身卫国，转战幽、并，以慷慨之悲歌遥承建安风骨；卢谌则以“凄戾之词”与之赠答呼应。他们为“采缛”、“力柔”的西晋主流文坛注入了深沉的格调与清刚之气。

晋室南渡，玄风大盛。南迁江左的河北籍作家中，许询成为盛极一时的清谈名士，也是前期玄言诗人的代表，虽然其人并无一首完整的诗作传世，但却名垂诗史。祖台之《志怪》的出现则成为六朝志怪小说兴盛的表征。

从“三曹”、“七子”在邺城的文学足迹清晰可辨，到许询、祖台之居江南“生卒不详”，魏晋时期的河北文学渐行渐远，至南朝则几乎完全淡出史家的视线。但历史的机缘使河北文学在北朝又得以重放异彩，这也许是历史对河北的又一次垂青，抑或是历史对河北的一种补偿。

当然，从总体上而言，北朝文学在整个古代文学史上都是较为寂寥的。这一时期战乱频仍，没有为文学的发展提供良好的社会环境，作家和作品不仅数量很少，质量也无法与此前和后代相媲美。

十六国时期，河北文学的主题是散文创作，韵文和诗歌都只有寥寥数篇，而且篇幅短小，艺术手法和技巧也很稚嫩。即使是篇数较多的散文，也主要是表、章等应用文字，题材贫乏，风格以质朴为主。

进入北魏，由于统治者的提倡和统一局面的形成，河北文学有了较大的进步，散文、诗歌都有了飞跃式发展。散文方面，尤为引人注意的是郦道元的《水经注》这样的鸿篇巨制，它不仅在河北文学发展中，而且在整个中国散文发展史上都堪称里程碑式的作品。诗歌方面仍以四言诗为主，但在艺术表现手法上已经有了很大的变化和提高，文人们着意写诗的主观意识得到不断加强，这就为东魏、北齐的繁盛打下了良好的基础。

东魏和北齐两朝，河北文学被时代带入了第一个繁盛期。作为全国的政治中心，当时的河北可谓经济繁荣，社会安定，也因此聚集了一大批文人雅客，他们多待诏文林馆，专职写作，创作出一大批经得起历史检验而流传后世的优秀作品，出现了邢劭、魏收、颜之推等文学大家，《魏书》、《颜氏家训》等均是在文学史上占据相当地位的优秀作品。北齐诗歌最为显著的特色是五言诗迅速发展，并最终取代四言而成为诗坛的主要体式。总的来说，从十六国时期至北齐，河北文学经历了一个从荒凉寂寞到兴盛繁荣的过程，这一时期文学的出现，为更加繁荣的唐代河北文学的发展打下了良好的基础。

唐代诗坛的天空群星璀璨，众星云集。在这闪耀的群星中，河北籍诗人作家的光芒和风采，真正成为中国文学史上一道亮丽的风景，河北文学也因此成为中国文学史上不可或缺的重要组成部分。

在唐代文学发展的每一个阶段、每一个重要流派，乃至每一种文学思潮中，我们都能清晰地看到河北籍作家的身影。他们所取得的极其辉煌的成就，对后世也产生了相当深远的影响。唐代河北地区先后涌现出卢照邻、李峤、高适、李颀、李端、卢纶、韩愈、贾岛等名垂青史的著名诗人。此外，从“初唐四杰”、“珠英学士”到“大历十才子”、“韩孟诗派”、“咸通十哲”，这些不同时期的文士团体和诗歌流派，也无一不有河北籍文士的积极参与。还有贾至、李华、刘言史、卢殷、卢仝、刘叉、张仲素、崔玄亮、崔元翰、僧无可、高骈、高蟾、崔渥、卢延让、公乘亿、卢汝弼、张读等，这些作家在当时的文坛上都是不容忽视的。他们在唐代文学发展的不同链条上发挥着各自不同的作用，他们在唐代文坛上淋漓尽致地演绎出一段段辉煌绚丽的华美乐章。需要特别指出的是，河北籍历代文士身上一脉相承、持续秉持的刚健气质，其作为北方地区特有而宝贵的文学品质，一直为唐诗风骨的形成和发展，不断注入着活力和激情，不断矫正和引领着唐代文坛的主流走向，在对浮糜绮艳的不良风气进行制约和遏制的同时，在相当程度上发挥了规范唐代文学发展道路的积极作用。

同时，在唐代文学的历次革新运动中，河北籍文人多能积极参与，勇于革新，体现了锐意进取的积极精神。河北籍文士多数敢于直视生活的苦难，也勇于背负更多的社会责任，为社会不公和民生疾苦大声疾呼，故其诗文中蕴涵的现实主义精神也就特别突出。可以毫不夸张地说，唐代河北文学史在某种程度上就是整个唐代文学发展史的一个缩影。如果缺少了“慷慨悲歌”的燕赵作家的高质量创作，唐代文学的色彩就不会像今天我们看到的这样绚丽灿烂。

二

单纯从文化对文学的影响而言，唐及唐以前河北文学的辉煌成就自然是黄河文化孕育的结果。宋以后河北文学的发展，除去其各自的时代与社会因素外，从总体上来看，它们共同面对的是三大文化转型：黄河文化的衰落与长江文化的崛起；传统的燕赵文化向近世的京畿文化转型；唐宋文化的转型。在此三大文化转型的作用下，宋及宋以后河北文学呈现出新的时代特点，展示出更加丰厚的文化蕴含。

黄河文化包括上源的河陇文化、中游的关中文化和中原文化、下游的齐鲁文化。在黄河文化体系中，燕赵文化处于黄河流域的边缘地带。从地缘定位来看，燕赵文化哺育下的河北大地，汉唐之世一直是古代中国的北边之地。从中国古代历史地图上可以清晰地看出：河北属于《尚书·禹贡》所列“九州”之一的冀州[①]，位处北部边域。秦统一六国，完成了中华地域性国家的版图雏型，在当时人们的心中，“河北”这一地域概念尚不存在。春秋战国以来包括燕、赵、中山等诸侯国在内的河北大地被视为燕赵古国，归属于山东（指华山以东）北部诸郡，以燕昭王复仇伐齐、燕太子丹谋刺秦王以及赵武灵王胡服骑射为界标[②]，重信尚义、慷慨悲歌的燕赵文化已初具雏形，但河北的地域概念此时并没有真正建立起来。两汉之世，河北分属于幽州刺史部和冀州刺史部。三国时期河北归属于曹魏，仍以幽州、冀州分称。西晋承继曹魏，河北依然为幽州、冀州区划。东晋十六国时期，河北为前燕所有，属其北部地区。北朝时期河北大地归属北魏，北魏分裂后，属东魏，后为北齐代替。隋朝统一全国后，改变了秦朝以来因山为界的区划特征，在保持因山为界的区划设置的同时，更增加了

① 杜佑《通典》卷一百七十八：“乱则冀安，弱则冀强，荒则冀丰，故曰冀州。”

② 张京华：《地域文化的界定——以燕赵文化为例》，见《燕赵文化》，辽宁教育出版社，1998年。

因河划界的观念，以关中为核心，以黄河为界标，把整个北方大地分为河东（今山西）、河西（甘肃、青海和新疆部分地区）、河南（今河南、山东）、河北四大板块。其中太行以东、黄河以北广大地区为河北诸郡，初步建立起河北的区域概念。此时的河北包括今北京市、天津市以及河南、山东两省黄河以北的部分地区，基本形成了以古燕国、赵国、中山国为主体的辽阔的河北区域概念。唐因隋制，改郡为州，以州为单位，按大的区域把全国划分为十道，隋代以来形成的河北区划被设为河北道，位列十道之四，治魏州（今邯郸市大名县东北），统辖古黄河以北的广大地区。隋唐两代河北道的设置①，最终确立了河北的地域区划概念。

因河划界与河北地域概念的出现与确立，与隋唐时期人们对黄河文化的认识有着密切的联系。从上古至中古的华夏文明一直以黄河文化为核心。东汉和东晋两朝，因战乱流离，大批北人南迁，不仅带去先进的生产技术，也对开发长江流域的江南大地经济与文化作出了不可磨灭的历史贡献。而随着江南开发的不断推进，隋唐时期南方经济与文化发展逐渐取代黄河流域的北方，在全国的经济与文化发展中取得了优势地位。隋代大运河的开凿，表层起因于隋炀帝的江都游乐，深层却在于南方丰富的物质财富北运的需要。与南方经济的发展相适应的南方文化，经过六朝的积累，到隋唐时期已足以抗衡北方甚至超过北方。就文学而言，从远古神话到《诗经》，从汉代散文到乐府，从曹魏的邺下文人集团到西晋的“二陆”、“三张”、“两潘”、“一左”，文学史的主体建构都在黄河文化哺育下的北方。然而，经过东晋南朝的发展，南方的崇文风尚，促使南方文化与文学迅速崛起，到隋唐之时南北文化出现了分庭抗礼的局面，而进入宋代，南方文学最终超过

---

① 魏徵《隋书·高祖纪》：开皇二年春正月“辛酉，置河北道行台尚书省于并州，以晋王广为尚书令。置河南道行台尚书省于洛州，以秦王俊为尚书令。置西南道行台尚书省于益州，以蜀王秀为尚书令。”此为河北置道的端始。

了北方。南北文化乃至文学的荣衰消长表面上看是社会政治、经济运行变化的结果，而从深层讲，它实际是中华大地上两大江河文明此消彼长的一大现实表现。长江作为中华第一大河，其文化虽然开发迟滞，但经过先秦的巴蜀文化、荆楚文化与吴越文化的不断积累与发展，隋唐之后逐渐赶上并超过了北方的黄河文化。唐前的河北文学正是在两大江河文化的并行发展中受黄河文化孕育影响的结果。然而，随着长江文化的飞速发展与黄河文化的渐退次席，隋唐之后的河北文学经历了宋金的衰退与低谷，直到元明清时期，随着河北京畿文化的培育与发展才再度呈现繁荣与辉煌的局面。

比较隋唐时期河北区域划分与历史地位，宋金时期没有实质性变化。宋代改唐代的河北道为河北路，仍治大名府（今大名县东）。熙宁时又把河北拆分为河北东路、河北西路。东路治大名府，西路治真定府（今正定）。金朝延续河北东西两路的区划，而将河北东路治所由大名府迁至河间府（今沧州市河间县）。从地理位置来说，此时的河北依然是北方边塞之地。

宋代河北文学在整个时代大格局中规模较小，著名作家不多，但仍有一些作家值得特别提及。诗歌方面，北宋前期李昉、李至的《二李唱和集》，为宋初“香山体”的代表性作品，刘筠的“西昆体”创作在诗坛占据一席之地，另外柳开、刘挚、宋白、刘跂、王安中、宋敏求等的诗歌都值得一提。柳开不仅于诗歌创作贡献较大，而且是北宋诗文革新的先驱者。散文方面，除刘筠、刘挚和刘跂的一些作品文学色彩浓郁外，其他作家的创作大多为制诏、奏议、书表类作品，文学性一般不强。词人中，赵令畤上承传统婉约风格以柔美清丽的语言写景抒情，清丽秀冶。王安中词虽有时不免失之轻浮，但总体风格还是清新自然、俊丽别致的。

辽、金、元三朝都始于游牧，性格强悍勇武而文化艺术则远落后于中原，辽、金两代尤其如此。辽代河北作家中唯一值得提及的是王鼎，他的诗歌创作颇有成就，他的传奇小说《焚椒录》可能是唯一现存辽代小说作品。金代河北作家则在其每个时段上都留下了深深的足迹，金代初期正定人蔡松年不仅官至宰相，而且是同期留存诗歌最多的诗人。他的词作成就更高影响更大，历代词论家将之与吴激并提，称为“吴蔡体”。此后，金代中期蔡松年之子蔡珪，金宣宗贞祐南渡之后的赵秉文、李纯甫都是所生活时代的诗坛领袖，而王若虚则不仅是金代著名诗人，而且是著名诗论家。

蒙元时期，蒙古族以武力征服天下，忽必烈任命刘秉忠为总监，于1266年在金朝中都（今北京）建造新都即元大都，1273年正式定都北京。元大都的建立对河北行政区域与历史地位影响极大极深。此前的河北，无论是早期的幽州、冀州，还是后来的河北道与河北路，在中华版图上基本处于北方边塞区域。在此前的河北文学中，如唐代高适写河北的《营州歌》、《使青夷军入居庸三首》等均被看做边塞诗，唐人写“蓟北”的内容也总是与边情有关。元朝定都大都以后，往昔处于边塞的河北大地，边地位置骤变为王朝中心的畿辅重地。另外，元朝疆域辽阔，北接大漠，西北、西南与蒙古四大汗国接壤，东至辽左，南至海隅，不仅包括了辽、宋、夏、金各朝的广大南北领地，而且还拥有了今新疆、西藏、云南等大西北和大西南之地以及漠北、辽左等北方及东北的广大地区。《元史·地理志》称，元朝疆域“北逾阴山，西极流沙，东尽辽左，南越海表”，其版图范围大大超过了此前的汉唐盛世。地近北边的河北燕赵大地，随之由边塞而成为京畿重地，处于国家政治中心的外围，不仅其政治地位得到极大的提升，而且其文化也获得迅速的发展。

区位重要性的变化直接影响了元代河北文学的变化，由此产生了元代的代表性文学元曲——杂剧和散曲。其中，河北作家作品不仅数量巨大，而且质量的优异也达到顶峰。关汉卿、马致远、王实甫、白朴以及围绕在他们周围的大都作家群、真定作家群，几乎完全占据了元代前期曲坛，为我们留下了诸如《窦娥冤》、《救风尘》、《单刀会》、《西厢记》、《汉宫秋》、《梧桐雨》、《墙头马上》、《赵氏孤儿》等一大批名剧。诗（词）文方面，河北也产生了刘因、白朴、刘秉忠、胡子山、张弘范等一大批名家。可以毫不夸张地说，在元代各体文学中，河北作家都取得了那个时代可能取得的最高成就，正是他们的杰出创作引领了元代文学的潮流。

自明成祖朱棣迁都北京后，河北改称顺天府，为朝廷直属的京畿重地。清代仍都北京，河北也以京畿重地的身份，被划为直隶顺天府，直到1929年，国民政府改直隶顺天府为河北省，河北最终被纳入现代行政区划之中。

元、明、清三朝定都北京，对河北燕赵大地的政治地位、经济发展、社会生活以及风俗民情等都具有直接而深远的影响。此前作为游牧与农耕文化结合部的河北大地，由游牧部族入侵中原的跑马场，变为了京师文化辐射的京畿地，河北地域在承继燕赵文化传统与精神的同时，又不断吸收京师文化内涵，融入了重视正统观念的皇权文化特征，皇权意识浓厚、推尊正统、仰附权威，表现出对政治的浓厚兴趣与企羡情怀。同时，京师作为全国文化中心，其文化功能对畿辅河北的学术思想、文学创作、艺术发展、城市建筑、风俗民情等也具有直接的影响与辐射作用。很显然，元代以关汉卿、王实甫、马致远等著名作家为代表的大都作家群，以白朴、尚仲贤为代表的真定作家群，以李好古为代表的保定作家群的杂剧与散曲创作，无一不是受京师戏曲演出习尚的影响而出现的。而进入明代，杨继盛、赵南星、孙承宗、尹耕等的诗文创作所体现的鲜明的政治倾向与忧国忧民的情怀，典型体现了河北文学所受的京师文化与正统思想观念的影响。

清代的河朔诗派以及正定梁氏家族与保定边氏家族的文学创作，既是深厚燕赵文化传统涵养的结果，也与明清以来京师文化对河北文化的辐射作用密不可分，尤其是著名词人纳兰性德与八旗诗人的创作，是典型的京都文化在河北文学中的展现。这些是清代文学展现京畿文化之荦荦大者。与此同时，翁方纲、朱筠、张之洞的诗歌创作，纳兰性德、顾春、边浴礼的词创作，董榕、舒位的戏曲创作，以及纪昀、和邦额、李汝珍、崔象川、储仁逊、李庆辰、石玉昆、连梦青的小说创作，不仅体现着河北文学对京畿文化的依赖，也从不同的方向和角度表达了文化转型后河北人民的生活与人性。

宋以后河北文学的发展变迁，与唐宋文化转型也有密切关系。从宏观来看，以中唐元和年间为界，中国文化在唐宋之际发生了巨大的转型变化。首先是在政治上，由贵族政治向文官政治转型。秦汉以来以贵族为主体的贵族政治向中唐以后的文官政治转变。与此相连的，是不同政治群体的产生与政治上党争的出现，如唐中期的牛李党争、宋代的庆历党争、熙宁的新旧党争、庆元党争、明代的东林党与阉党之争等。文官政治使诗人文士跻身社会政治中心，导致诗人的创作题材与主题，往往突破"仕与隐"、"出与处"、"生与死"等传统文士的思想阈限，而强化了时代的政治内涵，密切了文学与政治的联姻关系。宋元明清河北文学所体现出的强烈的时代精神与丰富厚重的思想内涵，都与这种政治转型密不可分。其次是在经济上，中唐大历以来实行两税法，改变了原来的均田制与租庸调制经济体制，成为明代中叶以前主要的经济形式。明代首创的"一条鞭法"与清代的"摊丁入亩"的变革，经济发展方式对文人作家的社会地位、思想情感与文化心态也都有着直接和间接的影响。还有在文化方面，自中唐以后，学术文化逐渐由汉学向宋学转型，汉儒的章句之学向崇尚义理与自由解经的方向发展，学术转型与科举的结合，导致从宋代一开始，诗人文士便与学者经师合二为一，由此而带来宋元明清文学中诗人之诗下降而学者之诗上升，传统的诗文创作由诗人文士的自由浪漫抒写向结构设计的理性经营转型。宋以前诗人多凭兴会写作，所谓"黄河落天走东海，万里写入胸怀间"，"清水出芙蓉，天然去雕饰"；而宋以后，诗文创作则重视文化积淀，讲究学问，强调典故、文化语符的使用，诗人深思熟虑，有意识地设计经营自己的作品。这些努力直接导致了文学审美情趣的新变。古典浪漫主义转向古典现代主义，重韵味、重意境转向重气格理趣，所谓情志理趣，在宋以后的文学中得到了前所未有的张扬。与审美情趣转型相呼应，文学的表达方式也由重表现转向重再现，写实与致用得到了空前的强调。当然，唐与宋文学最突出的分界与转折还是贵族雅文学向大众通俗文学的转型。戏曲、小说的兴起与繁荣作为这种转型的标志性成就，在元明清文学中精彩纷呈，成为近世中国文学的主导体式，也成为此一时期河北文学的主导体式。

宋元明清时期的河北文学，正是在沐浴燕赵文化传统、接受文化转型的大背景下展开其辉煌灿烂的新篇章的。

三

五四新文化运动是中国现代史的起点，中国现代文学即诞生于这场伟大的思想启蒙运动中。现代河北文学是中国现代文学潮流中一个奔腾不息、风景壮美的支流，它的源头同样在五四新文化运动。但是，在现代河北文学发生之前，古典形态的河北文学早已悄然实践着自己的现代转型，不断获得自身的现代性本质，即所谓河北古代文学的“现代的萌动”。因此，本书在述及现代河北文学之前，把“清末民初时期的河北文学”，即近代河北文学，作为一个独立的单元加以论列，一方面以见出古代河北文学的流风余韵，另一方面，也是更重要的，是以追索现代河北文学的前尘过往，对河北文学的现代性作一个沿波讨源的清理。

梁启超在《过渡时代论》（1901 年）中把近代称为“过渡时代”，所谓“互起互伏，波波相续”，政治经济、思想文化、人生万象无不带有某种半新半旧、亦新亦旧的特点，因此，近代的“过渡”是全方位的。无可否认的是，河北在这一场中国历史亘古未有的全面过渡中留下了自己深深的印记。中国的近代工业是从洋务运动开始的，而洋务运动中的许多著名企业就出现在当时的河北（直隶）天津，诸如开平矿务局、天津机械局等。在思想文化方面，中国近代启蒙思想家严复也在天津活跃一时。他在天津水师学堂任职期间，译著并作，力倡维新，《天演论》一书可谓影响深远。在中国近代史上，河北因其“东临渤海、内环帝都”的地缘优势而得风气之先，一度作为河北首府的天津更成为近代启蒙思潮的北方中心。天津思想文化界的维新氛围孕育出了河北的近代文学，文学也以其求新求变的风姿传播新学理新文明，咸与维新，推动社会进步。首先，在散文领域，因河北报刊媒介的崛起，政论散文或报章散文开始在河北（直隶）文坛出现，其中，贡献最多、成就也最为突出者，当推严复。严复虽为闽人，但长期侨寓（游宦）天津，所谓“饜饮津沽水，燕居二十年”，二十年中，他不仅以创办《国闻报》和《国闻汇编》的实绩，为天津、直隶全境乃至整个中国近代报刊业的发展奠定了基础，而且在《直报》、《国闻报》等报刊上发表了许多名震一时的政论，成为维新运动中最负盛名的启蒙思想家。他译述的《天演论》实现了桐城古文的突围，他的报章体散文是近代“文界革命”的先声。其次，在诗歌领域，近代河北诗人继承了中国诗歌传统中感时伤世、忧民病痛的一脉，女诗人吕碧城对自由、平等、民主、女权的呼告，李叔同对家国兴亡、生民涂炭的感喟，都是慷慨、苍凉的燕赵之音。再次，在戏剧领域，一方面是河北梆子、皮黄剧（京剧）等传统戏曲的近代改良和评剧的诞生，另一方面是话剧运动的兴盛。在清末民初河北梆子改良中，著名戏剧家田际云、杨韵谱等作出了重要贡献。他们不仅率先支持妇女参与演剧活动，开一时风气，使庚子前后“女优盛行”，而且大胆改革演出形式，“梆黄合演”、“两下锅”，实现了不同剧种腔调的融汇互渗。此外，他们还大量编创搬演时装新戏，探索传统戏剧样式“旧瓶装新酒”的可能。在京剧改革中，河北高阳人齐如山功莫大焉，他致力提高“花部”的艺术品位，帮助梅兰芳改戏，打造“梅派艺术”，筹划梅兰芳出国演出，使国剧得以弘扬海外，跻身世界三大古老戏剧行列。至今仍观众众多的评剧，诞生在清末民初的河北，其“祖师爷”是河北滦县人成兆才，他以自己富有创新精神的剧作和卓越的戏剧组织才能，使评剧成为一个独立成熟的剧种。在近代中国兴办新式教育的潮流中，河北（直隶）作为沿海省份和畿辅重地走在了全国的前列。河北现代教育的勃兴有力推动了西洋话剧在中国的移植和发展，其中，张伯苓主持下的天津南开学校尤其重视演剧活动，希望以演剧宣传新文明，改良旧社会，周恩来、曹禺等都曾参与其间，“南开新剧”成为中国初期话剧的一支重要力量。

五四新文化运动起于北京，之后很快波及全国。河北因环绕京城，故所受影响至速至巨。一方面，河北乐亭人李大钊作为新文化运动的前驱和启蒙思想家，直接参与发起了这场旷古未有的文化变革。他为《新青年》撰稿，创办《每周评论》，主持《晨钟报》编务，而且写就了大量的诗文、政论，卓尔不群的成绩使之成为马克思主义在中国的早期播火者，成为中国现代散文的开拓者和奠基人，成为现代白话新诗的先行者。另一方面，新文化运动在河北激起了极其强烈的反响。早在五四运动爆发之前，直隶女子师范学校的学生郭隆真、邓颖超、刘清扬等就组织了天津女界爱国同志会。5月3日，天津学生联合会成立。6月成立天津各界联合会。他们宣传新思想，反对旧礼教；提倡白话文，反对文言文；高扬个性解放、妇女解放的旗帜，与北京遥相呼应。南开中学成为河北五四新文学运动的策源地，周恩来则是其中的主要组织者和积极参与者。

在新文化运动的影响下，现代河北文学迅速起步，并在五四时期（1919～1927年）取得了可垂史册的不凡成绩。首先，新文学社团与文学报刊兴起。1922年，冯至与陈翔鹤等发起成立浅草社，创办文学刊物《浅草》；1925年，浅草社重组为沉钟社，创办文学刊物《沉钟》。1923年，焦菊隐、赵景深、于赓虞、万曼等在天津成立绿波社，出版绿波社丛书。1927年，保定育德中学张秀中、谢采江等发起了海音社，成立了海音书局，出版了“短歌丛书”。这是影响广泛的三个社团。当时的文学报刊如雨后春笋般涌现，计有《小说旬刊》、《文学半月刊》、《国闻周报》、《新民意报》副刊《朝霞》等二十余种。其次，在小说创作方面，出现了裴文中、冯至、何心冷、焦菊隐、陈纪滢、末元等作家，他们的创作为河北现代小说带来了一个好开局。再次，在新诗创作方面，五四时期的河北诗坛形成了两大诗歌团体：天津的“绿波社”和保定的“海音社”。“海音社”以张秀中、谢采江、柳风为代表。绿波社的成员较多，代表诗人有于赓虞、赵景深、焦菊隐、徐雉、万曼等。在第一个十年全国出版的一百余部诗集中，河北诗人贡献了十多部，成就不可谓不显著。在两大社团之外，青年诗人冯至以《昨日之歌》表现出的天才诗情，被鲁迅誉为“中国最为杰出的抒情诗人”。他在抒情诗、叙事诗、十四行诗等不同体式的创作中，都有足资流传的佳作，在中国新诗史上占据重要一席。又次，通俗文学在五四时期的河北文学中占有重要位置。天津是通俗文学的北方中心，20世纪20年代初，天津《益世报》和《大公报》都有通俗小说连载。其中，滙缨的《新新外史》在《益世报》连载12年，累计360万字，影响最大。武侠小说大家赵焕亭20年代开始创作通俗小说，时人有“南向北赵”之说，“南向”即向恺然，笔名平江不肖生，“北赵”即赵焕亭，可见其影响之大。此外，学者型作家顾随是五四河北文坛的一个“异数”，他既有现代小说《失踪》等优秀之作问世，又因研究古典文学的影响，创作了大量旧体诗词和杂剧剧本，成为中国文学史上“最后一位发表杂剧的剧作家”。

如果说五四时期河北文学的主流尚属“侨寓写作”，即河北籍作家在北京等地从事文学活动与创作，那么到了20世纪30年代，河北文学的面貌发生了很大的改变，本土创作在“侨寓写作”繁荣的同时，也开始大放异彩。30年代河北文学的新变主要体现在三个方面：一是左翼文学的兴起。30年代北方左翼文学运动发轫于北平，延及天津、保定等地。1930年9月8日，北方左联在北平成立；12月，成立北方左联天津支部；是年底，北方左联保定小组成立。1932年9月，中国诗歌会在上海成立，之后，王亚平主持成立了河北分会，创办会刊《新诗歌》。在左翼文学这个时代主潮中，王亚平、宋之的、安娥、公木、袁勃、曼晴、张寒晖等河北作家以强烈的民族责任感和自觉的阶级意识，创作出许多散发着生命热力、放射着艺术光辉的文学作品。二是文学发展的多元化。在左翼文学主潮之外，冯至、田涛、许君远、毕奂午等河北作家对中国现代化进程中田园衰退、人性伤损的主题进行反思，表达了对文化传统的卫护、对美好人性的坚守。而老向、老谈等则努力以平民的眼光打量世界，于幽默、风趣的笔调中表达普通人的思想情感。三是对文艺大众化的追求。1932～1936年，作为晏阳初中华平民教育促进会在河北定县开展的乡村平民教育实验的一部分，熊佛西主持的“农民戏剧实验”对戏剧大众化做了多方面尝试，推进了文化普及和思想启蒙工作。河北左翼诗人王亚平、安娥等走出了一条诗歌歌谣化的大众化之路。

20世纪30年代是河北文学的丰收期。在左翼诗歌方面，有安娥、公木的歌词（谣）及诗歌创作，有袁勃的诗作与诗评，以及冰痕的长诗《苦诉》等。王亚平是河北左翼诗歌运动的优秀组织者，也是一位有重要影响的诗人。他终其一生都实践着诗歌的大众化，创作了大量明白晓畅而又激情饱满的诗篇，诗集《都市的冬》广受好评。纪弦则是30年代河北诗坛的一位现代派诗人，他的诗作有对爱情的哀叹，也有对现实苦难的关注，但最终转向了对现代生命意识的抒写，《易士诗集》、《行过之生命》是他这一时期创作的结集。小说是30年代河北文学成就最高的文学门类。与老舍、老谈并称“三大幽默作家”

的老向，自称“乡下人”，以通俗、诙谐的笔调，创作了大量批判乡村现实的作品。韩麟符、谷万川是两位左翼作家，他们以小说或故事的形式表达了对底层民众的关注，表现出强烈的社会批判意识。田涛是30年代河北文学最优秀的小说家，他深得京派神韵，唱响的是乡土中国的挽歌，但他并未迷失于京派神韵，写下了北方乡村的抗争，他的短篇集《荒》、《牛的故事》及长篇《沃土》都是不可多得的力作。此外，宋之的、张秀亚、许君远、毕奂午等的小说也都各具特色。在散文、报告文学方面，宋之的的《一九三六年春在太原》、《长子风景线》堪称杰作。张秀亚也写出了大量散文佳构，一生有20余部散文集行世。老向、老谈的散文带有《论语》派的幽默风格，嬉笑怒骂，尽显人间百态。在戏剧方面，熊佛西创作了《屠户》和《过渡》两出戏，是真正写农民、为农民写的剧作。张寒晖的戏剧创作，是20世纪30年代河北文学的另一亮点，《他们的爱情》、《黄绸衫》、《不识字的母亲》等均有可圈可点之处。宋之的堪称戏剧大家，处女作《谁之罪》显示了时年21岁的作者的戏剧天赋。此后，他创作了大量不同题材、不同风格的剧作，《武则天》、《雾重庆》等作品获得了穿越历史的艺术魅力。

1937年7月7日，抗日战争全面爆发，河北成为中共领导的抗日斗争的最前线，以河北为中心的晋察冀和晋冀鲁豫两大边区成为抗战文学重镇。由于战时环境的影响，40年代的河北文学被分割为冀东、冀中、冀南三大区域，表现抗战题材，追求形式的大众化和通俗化，成为这一时期文学创作的主潮。为了更好地为抗战服务，战时的河北文艺界组织了各种协会以加强对文艺的政治领导，积极创办报刊及书店以扩大文艺的流通，开展文艺思想建设，贯彻毛泽东《在延安文艺座谈会上的讲话》的精神，“赵树理方向”就是在河北武安召开的晋冀鲁豫边区文联文艺座谈会上提出的。40年代的河北文学创作呈现出空前繁荣的局面，作家数量和作品数量都大大超过前30年的总和。在小说方面，40年代的河北小说创作，在时间上，可以1943年边区文艺整风为界分为前后两期；在空间上，分为四大区域。活跃在冀西山地的小说作者有康濯、俞林、丁克辛、萧也牧、秦兆阳等，在冀中平原和水乡战斗写作的作家有孙犁、王林、路一、梁斌、李英儒等，冀南和冀东虽然斗争环境异常严酷，但也涌现出赵树理、于黑丁、葛洛、苗培时、管桦等作家。此外，抗战期间，很多作家在党的号召下从延安奔赴河北，如丁玲、孔厥、袁静、邵子南、周而复、杨朔、马加、曾克、王南、鹿特丹等，他们以自己的优秀作品为河北文学增添了荣耀，形成了40年代河北文学中的“延安作家群”。在40年代河北小说中，以孙犁的影响最大，他的荷花淀系列小说以谈笑从容的风度描摹时代风云，清辞丽句，境界优美，形成了散文诗式的艺术风格，在文学史上开“荷花淀”一派。

在诗歌方面，晋察冀抗日根据地的诗歌创作最为活跃。服务于抗日的街头诗、政治抒情诗、民歌民谣成为诗歌的主要体式；诗歌社团大量出现，以“战地社”和“铁流社”影响最大。“战地社”的田间、邵子南、曼晴、方冰，“铁流社”的丹辉、魏巍，以及同时活跃在晋察冀的陈辉、远千里、张志民等诗人创作了大量形态各异的诗作，形成了“晋察冀诗派”。田间是“晋察冀诗派”的代表诗人，诗歌成就最高，他的《给战斗者》、《假使我们不去打仗》、《义勇军》、《戎冠秀》、《赶车传》等都是抗日战火的结晶，自创的短行体独具特色。在冀南区的抗战诗坛则涌现出马紫笙、莎寨、胡征、刘艺亭等诗人，在太行和冀西地区，以河北涉县为中心，有阮章竞、柯岗、冈夫的创作。其中尤以阮章竞影响最大，他的《圈套》、《漳河水》已经成为解放区民歌体叙事诗的代表作。此外，这一时期的河北诗坛还出现了大量吟咏抗战的旧体诗和歌谣，令诗坛一时百花争妍。

在散文方面，报告文学成为这一时期散文创作的大宗。首先是访问河北抗日战场的外来作家的创作，如周立波的《晋察冀边区印象记》、周而复的《诺尔曼·白求恩片断》、李公朴的《华北敌后——晋察冀》、沙汀的《随军散记》、何其芳的《记贺龙将军》等，都是传颂一时的名篇。其次是仓夷、魏巍、周游、碧野、张帆、哈华、贺义彬、华山、吴宏毅等的战地报告，真实记录了河北战场的情况，高歌了战斗在这片热土上的优秀的中华儿女。再次，太行和冀西区的袁潮、董彦夫、苗培时等也有报告文学发表。最后，需要特别指出的是，河北敌后根据地的群众报告文学写作运动，在全国各解放区独树一帜，并取得突出成就，其中《冀中一日》的发起、编辑尤为巧妙，在中国报告文学史上写下了浓重一笔。吴伯箫的《烟尘集》、杨朔的《冀南散记》，以及王林、雷烨等的散文则代表了这一时期散文的艺术成就。

在戏剧方面，话剧、戏曲、民族新歌剧（歌剧）都取得了很高的成就。崔嵬的《灯蛾记》、丁里的《子弟兵与老百姓》、胡苏的《母亲》、胡可的《喜相逢》、胡丹沸的《把眼光放远一点》、王血波的《王瑞堂》、杜烽的《李国瑞》等都是话剧佳作。而抗战期间河北话剧最具代表性的作家是胡奇，他的《纺花车与枪》、《模范农家》、《金戒指》、《报功单》等作品，以紧张的戏剧冲突，浓郁的生活气息，强烈的剧场感强赢得了观众。此外，《红旗歌》、《不是蝉》、《砂轮》和《缓期结婚》等则是较早描写工人生活的解放区话剧作品。赵树理的《万象楼》、傅铎的《王秀鸾》、集体创作的《王克勤班》则分别代表了戏曲、民族新歌剧、歌剧的最高水准。

近现代河北文学走过了半个多世纪的曲折历程，从清末民初的新民文学到五四时期的启蒙文学，从30年代的革命文学到抗战时期的救亡文学，文学主潮波翻浪涌，蔚为壮观。主潮之外，支流漫衍，也为文学的多元发展留下了足够的空间。1949年新中国成立，河北文学洗去战争烟尘，重新上路，融入了当代社会主义文学浪潮，由多元走向一体。

四

“文变染乎世情，兴废系乎时序。”（刘勰）中国现代文学因政权更迭、世情移易而进入当代文学阶段，开始了一个新的共和国文学的历史时期。当代河北文学随新中国文学潮流跌宕起伏，既经历了“十七年”文学的意识形态一体化，也遭受了“文革”政治的戕害，既积极参与了新时期的思想解放运动，又迎来了20世纪90年代中期以后的新的转机。在上述历史发展的每一个阶段，当代河北文学都产生了有全国影响的作家，创作出引领时代潮流的代表性作品，在中国当代文学史上留下了燕赵文化的深深印记，在燕赵文化的发展历程中再一次铸就了文学的辉煌。

当代河北文学是在原晋察冀、晋冀鲁豫解放区文学的基础上发展起来的，来自解放区的作家成为新中国成立后河北文学的主力。红色革命文化的自然延伸使中共革命历史成为“十七年”河北小说的当家题材，甚至成为一种得到文学界普遍认可的河北文学传统，带有某种标志性意义。同时，农村生活也是“十七年”间河北作家极为关注的一个题材热点。对革命历史的追溯和对乡村生活中新的社会主义因素的发掘，一方面可以完成对政权合法性的意识形态论证，另一方面也可以在熟悉的题材领域融入作家对生活的思考。孙犁无疑是这方面的佼佼者。1949年后，他不仅写下了反映革命历史的《山地回忆》、《风云初记》等佳作，还写下了反映农村土改及生活变迁的《村歌》、《铁木前传》等名篇。更重要的是，在他的影响下，出现了刘绍棠、丛维熙、韩映山、房树民等优秀作家。刘绍棠的《青枝绿叶》、丛维熙的《七月雨》、韩映山的《水乡散记》、房树民的《渔婆》等作品清新灵动，充满诗情画意，形成了当代文学史上的“荷花淀派”。梁斌于20世纪50年代完成的《红旗谱》，以其恢弘的历史叙事、浓郁的民族风格成为当之无愧的红色经典。朱老忠则成为家喻户晓的农民英雄，奠定了作者当代文坛的显赫地位。徐光耀是位生活型作家，他把自己的戎马生涯化成独具特色的文字，《平原烈火》的惨烈现实与英雄格调，《小兵张嘎》幽默轻松的风格，都使当时革命历史题材创作别开生面。他在新时期创作的《望日莲》、《四百生灵》、《少小灾星》等小说更是把他对革命历史的审视、思考推向一个新的历史高度。在革命历史题材小说创作上，雪克的《战斗的青春》、刘流的《烈火金刚》、李英儒的《战斗在滹沱河上》及《野火春风斗古城》、路一的《赤夜》、张孟良的《血溅津门》，以及孔厥、袁静的《新儿女英雄传》、邢野的《狼牙山五壮士》、任文祥的《鼓山风雷》等作品，以紧张曲折的传奇故事、慷慨悲壮的人物形象、民族化大众化的审美品格赢得了一代又一代读者的喜爱。此外，刘真以“自叙传”的童年视角写下的革命历史题材小说，如《好大娘》、《英雄的乐章》、《长长的流水》等作品，新颖独特，让我们看到了童真童趣在战争中的闪光。在新时期之初，革命历史题材小说有过一个短暂的延续，出现了李丰祝的《解放石家庄》等优秀作品，为这一高度政治化的小说类型做了一个圆满的收束。

十七年河北农村题材小说是从谷峪歌颂农村新生活开始的，他的《新事新办》、《强扭的瓜不甜》从恋爱婚姻角度反映农村新貌，题材新颖，风格质朴洗练。此后，描写新中国成立初期农村的新人、新事、新风尚以歌颂伟大的新时代成为潮流，康濯的《春种秋收》、张峻的《尾台戏》、申跃中的《一盏抗旱的灯》、潮清的《合婚台》等作品虽带有特定时代的政治印记，但其欢快向上的时代精神、浓郁的燕赵乡土气息仍给人留下深刻的印象。五六十年代的农村合作化运动是当时农村题材小说创作的又一个重点，康濯的《水滴石穿》、《东方红》，李满天的《水向东流》三部曲，张庆田的《沧石路畔》等是这方面的代表作。这些作品，一方面恪守政治正确的原则，竭力凸显农村合作化的历史意义，放大运动进程中的所谓阶级斗争、路线斗争；

另一方面则勉力将这种意识形态要求与农村现实结合，成为一个时代的艺术见证。潮清、赵新、单学鹏也是以写农村生活见长的作家，他们的创作起步于“十七年”，成熟于新时期，潮清的单家桥系列、赵新的“山药蛋派”小说、单学鹏的长篇《凤落梧桐》等将农村题材小说汇入了改革文学的潮流。

1976年，“文化大革命”结束，中国迎来了政治、经济、文化的全方位转型。在思想文化领域，思想解放为大势所趋，文学担负起新启蒙的重任。新时期河北文学不但记下了河北自“文化大革命”结束20年间的沧桑变化，而且很快走出意识形态一体化的阴影，呈现多元发展的态势，对思想解放的时代命题给予积极回应。新时期河北文学的领军人物是铁凝。她在小说、散文创作上取得了突出成就。小说方面，1982年她发表成名作《哦，香雪》，之后有《没有纽扣的红衬衫》、《六月的话题》、《玫瑰门》、“三垛”、《孕妇和牛》、《对面》、《安德烈的晚上》、《永远有多远》、《大浴女》、《笨花》等一系列优秀作品问世。散文方面，她发表了《草戒指》、《女人的白夜》、《长街短梦》、《遥远的完美》等各具特色的作品集。毫无疑问，铁凝是中国当代文学最优秀的实力派作家之一。

如果从作家所属世代考察，新时期河北小说家可以分成三个代际相续的梯队。第一梯队作家出生于20世纪三四十年代末，主要活跃在70年代末到80年代初期，是小说史链条上承上启下的一群。他们与共和国一同成长，经历了五六十年代以及十年“文化大革命”的各种运动，当历史进入新时期，他们站到了思想解放、文学复兴的前沿。贾大山、陈冲、汤吉夫、张峻、潮清、申跃中、赵新、奚青、关汝松、韩冬、薛勇等属于这一梯队。贾大山的《取经》、《花市》、《梦庄记事》系列及“文化怀想”系列，陈冲的《无反馈快速跟踪》、《厂长今年二十六》、《小厂来了个大学生》，汤吉夫的《遥远的祖父》、《大学纪事》等作品，或捕捉农村变迁的跫音，挖掘历史的残酷与文化的深厚底蕴，或叙写城市工业企业改革的艰难进程，或描摹小城万象、大学百态，产生了广泛影响。第二梯队作家出生于50年代到60年代初，80年代步入文坛，至今仍笔耕不辍，主要有何申、谈歌、关仁山、何玉茹、阿宁、老城、宋聚丰、贾兴安、于卓、康志刚、丁庆中、水土、赵云江、何玉湖、王正昌、阎明国等。被称为“三驾马车”的何申、谈歌、关仁山成名于90年代中后期，他们的小说直面现实，关注国企与乡村的现实困境，正视改革进程中出现的种种矛盾，在当代文坛掀起了“现实主义冲击波”。代表性作品有何申的《穷县》、《多彩的乡村》，谈歌的《大厂》、《家园笔记》，关仁山的《九月还乡》、《天高地厚》等。何玉茹在小事中营构出一个充满深度与广博度的艺术世界，她的《楼下楼上》、《生产队里的爱情》、《冬季与迷醉》等作品在生活的日常性中探询活着的本义，广受好评。阿宁的小说经历了由校园到官场再到城市社会生态的题材转变，他的《坚硬的柔软》、《天平谣》、《城市季节》等作品表现出对现实人生的强烈关怀。此外，老城的《家园考》、贾兴安的《欲火》、宋聚丰的《苦土》、水土的《疼痛难忍》等也均属上乘之作。河北新时期小说创作的第三梯队是一批出生于60年代后期70年代初期的年轻作家，他们一般从90年代中期起开始创作，并迅速在文坛崭露头角，在小说的主题及手法上表现出不同于新时期小说的新的质素。刘建东、李浩、张楚、丁庆中等走的是先锋小说的路子，对现代主义手法多有借鉴。刘建东的《我的头发》、《全家福》，李浩的《刺客列传》、《将军的部队》，张楚的《曲别针》、《长发》，丁庆中的《蓝镇》、《老鱼河》等作品一改河北文学的传统作风，以其新异探索让人耳目一新。胡学文、于卓、康志刚等追求的则是向文学要求世界观的介入型写作，胡学文的《秋风绝唱》、《极地胭脂》、《婚姻穴位》，于卓的《挂职干部》，康志刚的《香椿树》为我们展示了底层、官场、商界的曲折故事，在这个喧嚣的时代呼唤着良知与道义。90年代后期，河北女性小说悄然兴起，成为河北当代文学的一个亮点。女性作家的创作主要从女性自身的感性体验角度，透视男权文化对女性的压抑和控制。刘燕燕的《阴柔之花》、《你我如此完美》，曹明霞的《这个女人不寻常》、《良家妇女》，王秀云的《玻璃时代》，欧阳北方的《风中芦苇》、《无人处落下泪雨》等作品产生了较大反响。

与当代河北小说的起步相仿佛，当代河北诗歌的思想气质、美学风范在其发展的初始阶段更多受惠于晋察冀及冀南解放区的诗歌创作。如果从思想内涵、审美范式及艺术气象诸方面考察，当代河北诗歌的历史可以大致分为两个时期：50年代至70年代中期，为开创-发展期；70年代后期至90年代，为转型-涌流期。

新中国成立初期，河北的诗歌创作与其他体裁相比，相对薄弱，形成了两种主要诗歌范式，即战歌和颂歌。歌颂党、领袖、人民和社会主义建设成为主要内容，诗歌格调乐观欢快、朴实明朗。50年代中期，围绕着《河北文艺》，初步形成了一个有地方特色的诗歌氛围，何理、张庆田、叶蓬、长正、任彦芳等反映农村生活的诗歌，在当时有一定的代表性，形成了河北诗歌的第一繁荣期。1958年“大跃进”运动中，全国范围的群众性民歌运动促使河北诗人自觉地向民歌汲取养分。新民歌运动中涌现出了刘章、李永鸿、杨畅、宋作人等一些新的工农诗人，其中以刘章1959年的《燕歌集》成绩最大。60年代前期，在田间、远千里、曼晴、刘艺亭等老诗人，以及身在省外的河北籍诗人郭小川、李瑛、张志民、雁翼等的带动、培养和激发下，河北诗坛形成了一个在全国有一定影响的新的诗人群，包括刘章、尧山壁、浪波、聪聪、任彦芳、王洪涛、戴砚田、申身、韦野、何理、叶蓬、韩放、村野、旭宇、田歌等。他们的创作，掀起了当代河北诗歌的第二次高潮。叶蓬的《耿长锁歌传》、刘章的《葵花集》、浪波的《太行春歌》、尧山壁的《水火》、王洪涛的《莉莉》、田歌的《赵老好》等，在诗坛有较大影响。这一阶段的诗歌延续的是“战歌加颂歌”的创作范式，虽留有“左”的思潮的痕迹，但毕竟从前一阶段空洞的“浪漫”而逐步走向“写实”，诗人们各自的风格也在不倦探索中逐渐显现雏形。但是，由于当时的时代局限，政治与文学很难相勉同行，“文化大革命”十年，诗歌更是沦为政治宣传的工具，河北诗坛一片沉寂。

“文化大革命”结束后，河北诗坛恢复和显示了前所未有的生机与活力，当代河北诗歌进入转型-涌流期。“文革”结束之初，河北诗人在创作中往往把对“四人帮”的批判和对领袖的怀念与抗震救灾（唐山大地震）这些当年的重大事件联系在一起，诉说极具历史感的悲喜情怀。1979～1983年，新时期的河北诗歌从过渡而进入真正的转型阶段。在思想解放的潮流中，河北诗人更新了诗歌观念，对诗与政治、诗与现实的关系的认识有了质的飞跃，当代河北诗歌走上了宽阔的发展之路。1981年中国作家协会主办的全国中青年诗人“1979～1980”优秀新诗评奖中，就有四位河北诗人获奖，他们是张学梦的《现代化和我们自己》、边国政的《对一座大山的询问》、刘章的《北山恋》、萧振荣的《回乡纪事》。1983年由诗刊社举办的“1981～1982”优秀诗歌作品评奖中，刘小放的《我乡间的妻子》获一等奖。从诗歌创作队伍上说，新时期河北诗人群体主要由两部分构成。首先是新涌现的并不年轻的青年诗人，如张学梦、边国政、姚振函、刘小放、萧振荣等。在这个诗人群体中，一部分诗人的历史忧患意识与思想艺术的解放实现了遇合，热衷于对现代性等宏大命题的思考。张学梦敏锐地切入当代问题，他的《现代化和我们》、《前进，二万万》、《人之歌》、《普通一天备忘录》等诗作，既有宏大的历史感又有深邃的哲学韵味。边国政的《对一座大山的询问》以及“风流世界”系列等诗作，是对民族乃至人类命运的深沉思考。此外，旭宇、曹增书、靳亚利、徐国强等人的诗歌也都唱出了时代的强音。另一部分诗人则将故土情思与时代精神交相融汇，或质询历史的痛楚与欢愉，或追问生命的顽强与坚韧。姚振函的平原歌吟、刘小放的“村之魂一大地之子”系列将新时代的燕赵乡土揽入诗的怀抱，创生出燕赵新乡土诗。这种带有燕赵地缘文化气质的新诗，在随后走上诗坛的逢阳、徐淙泉、刘晓滨、刘向东、刘松林、韩文戈、余畅、祁胜勇、赵贵辰等新乡土诗人那里得到延续和发展。其次是五六十年代成长起来，此时已步入中年的诗人，如浪波、尧山璧、王洪涛、申身、戴砚田、旭宇等，他们连接两个时期，肩负承前启后的历史使命，在新时期对自己的创造做出了自觉调整。

20世纪80年代中期至90年代，随着诗人主体意识的日益增强和文学“向内转”的趋势，诗歌更多地表现为对艺术个性和生命体验独特性的追求。河北诗人在题材选择、主题开掘、诗艺革新上不断探索，一批锐气十足的年轻诗人在诗坛崛起，可称之为河北青年现代诗群。80年代中后期出现的伊蕾、郁葱、白德成、何香久、张洪波、曹增书、大解、杨松霖、简明、靳亚利、李南、徐国强、杨如雪、赵云江、王建旗、醉舟等均属于这一诗群。伊蕾以《独身女人的卧室》为代表的“女性诗歌”、白德成的《青春的浮雕》、郁葱的《生存者的背影》、大解的《悲歌》、杨松霖的《关于门的四首诗》等代表了这一群体的艺术水准。进入90年代，又有一批带有“先锋性”的青年诗人走上诗坛，如殷常青、陈德胜、曹继强、宋峻梁、赵丽华、李寒、胡茗茗、东篱等。他们以反叛的姿态，对传统的诗歌观念、思维方式、诗的技巧和手法，发起了强有力的冲击。他们无疑预示着河北新诗时期的将来。

当代河北散文发轫时期，知识分子意义上的散文作家并不多见，来自晋察冀、晋冀鲁豫解放区的部队文艺工作者成为河北当代散文的第一批作者。因此，向工农兵生活靠拢，讴歌新时代成为十七年时期河北散文的第一主题。在这一总体主题之下，一方面是对社会主义建设中涌现的英雄及好人好事的颂歌型作品，另一方面是对战争年代峥嵘岁月的回忆型作品。孙犁的《农村速写》、《津门小集》，冯志的《山桃》，方纪的《挥手之间》，李满天的《力原》，张庆田的《秋山红叶》以及峭石的“军营速写”系列等都是这一时期的重要作品。孙犁《黄鹂》是当时少有的对时代做隐喻性思考的佳作。进入新时期，河北散文无论是从量上还是质上都进入一个新阶段。从代际鼎革看，新时期河北散文作家可分为三部分：一是孙犁、徐光耀等重新焕发了艺术青春的老一辈作家。孙犁的《晚华集》、《秀露集》、《澹定集》、《尺泽集》、《曲终集》奠定了他散文大家的地位。徐光耀的《昨夜西风凋碧树》以豁达幽默的笔触道出了新中国成立后历次运动的苦涩凝重。二是十七年期间走上文坛，在新时期逐渐形成自己特色的一批散文作家。在创作上，这些人都开辟了属于自己的园地，韦野的游记、知识小品，郭秋良的山庄文化散文，尧山壁以《母亲的河》、《理发的悲喜剧》为代表的抒情散文，刘章写亲情、友情、爱情的怀人散文，韩羽充满妙趣的哲理散文，李文珊取材于西藏生活的雪域风情散文等，都有可资流传的好作品产生。三是一批在80年代登上文坛的散文家，经过数年艺术上的磨砺之后，于90年代纷纷拿出了有分量的作品，将河北散文创作水平带入新的阶段。梅洁充满巾帼豪气和文化感的乡情散文、以两性和谐为旨归的女性散文，张立勤取材于日常生活情境、融精微的体验和细腻的笔触于一炉的“私人化”散文，刘家科带有地域文化特色和人文韵味的乡土散文，桑麻对人事与自然、城市与乡村充满体贴与观照的随笔，张丽钧书写心灵感悟与生命体验的教育散文，刘燕燕记录一代人生命体验、精神历程的自叙传散文等，都产生了全国性影响，在散文评奖中屡获殊荣。

当代河北报告文学，经历了三个发展阶段。其一，50年代到70年代末，产生了许多歌颂各行业各领域新人新事的作品。期间，1963年的河北洪水和1976年的唐山大地震都在报告文学中得到了充分反映，产生了许多优秀作品。这30年间的报告文学虽难免有局限性，但恰是当时政治和社会状况的反映。其二，80年代，河北报告文学重点描写了改革开放的艰难曲折，改革“能人”成为很多作品的主角，延续了此前的颂歌路线。其三是90年代以来，出现了李春雷、王立新、一合、梅洁等多位走出河北，在全国具有一定影响的报告文学家。梅洁的《创世纪情愫——来自中国西部女童教育的报告》、《大江北去》，一合的《黑脸》，李春雷的《宝山》、《木棉花开》，王立新的《要吃米，找万里——安徽农村改革实录》等作品，延续了当代河北报告文学的辉煌。

在所有的艺术门类中，电影的综合指数最高，很难用省籍决定一部电影的归属，因此，这里讨论的当代河北电影是指新中国成立后河北题材的电影创作，而不仅限于河北省内制作的电影。当代河北电影的发展经历了四个阶段：其一，十七年河北电影，叙述、想象、建构自中国共产党成立以来的革命历史成为电影创作的主要方面，产生了《白毛女》、《董存瑞》、《小伙伴》、《回民支队》、《红旗谱》、《小兵张嘎》《新儿女英雄传》、《鸡毛信》、《平原游击队》、《冲破黎明前的黑暗》、《狼牙山五壮士》、《粮食》、《野火春风斗古城》、《地道战》、《母亲》、《心连心》、《矿灯》、《白求恩大夫》等广为人知的电影佳作。歌颂党领导下的新社会，为社会主义生活模式的建立大力宣传也是电影创作的一个重要主题，完成了《儿女亲事》、《两家春》、《六号门》、《一件提案》、《妈妈要我出嫁》、《山村会计》、《青松岭》等优秀作品。戏曲片是当代河北电影的主打类型，十七年间出品了《节振国》等戏曲电影。其二，“文化大革命”十年，影坛零落，河北电影除了重拍《白毛女》（舞剧）、《青松岭》、《平原游击队》等片之外，还摄制了《艳阳天》、《金光大道》、《战洪图》等在思想及艺术气质上带有“文革”气但又较为成功的影片。其三，进入新时期，河北电影首先延续的是革命历史这一看家题材，产生了《解放石家庄》、《柯棣华大夫》、《风云初记》、《望日莲》等电影作品。同时，河北电影直面新时期社会转型的人生百态，拍摄了《人·鬼·情》、《男妇女主任》、《红衣少女》、《村路带我回家》、《哦，香雪》、《嫁不出去的姑娘》（评剧现代戏）等优秀作品。古装故事片及戏曲片方面也收获颇丰，如《宝莲灯》、《杨三姐告状》、《哪吒》、《钟馗》等。自80年代中期开始，娱乐片大量出现，河北省内制作的《复仇女郎》、《后会有期》等影片深受观众喜爱。其四，后新时期的河北电影始于1991年《烈火金刚》的摄制。此后，从商业目的及民族想象的视角重新阐释革命历史，翻拍红色经典成为潮流，有《敌后武工队》、《平原枪声》等革命娱乐片产生。原来意义上的革命历史题材逐渐汇入主旋律电影潮流，产生了《二小放牛郎》、《新中国第一大案》、《浴血太行》、《走出西柏坡》、《戎冠秀》等作品。在现实题材上，此期河北电影努力对抗商业化的过度渗入，在喧嚣的时代呼唤道义、良知、关爱、理解，产生了《半碗村传奇》、《安德烈的晚上》、《洋山药》、《九月还乡》、《生死速递》、《心急吃不了热豆腐》、《燕赵秋歌》等影片。河北省内电影创作始于1958年，拍摄的第一部电影是1960年与北京电影制片厂合作的《红旗谱》，很快，因60年代的经济困难陷入停顿。1982年，河北省内电影生产恢复，至今摄制艺术电影近30部，其中《远山姐弟》、《钟馗》、《欢舞》等影片在全国范围为河北电影赢得了荣誉。

由于战争的影响，新中国成立前的河北集结了全国范围的戏剧工作者，隶属部队或地方的戏剧社团众多，创作活跃。新中国成立后，经过人员、团体的重新整合，河北戏剧走上了正规化、专业化的发展道路。当代河北戏剧的成就主要集中于两个时期：一是十七年间，河北戏剧蓬勃发展，创作繁荣。首先，专业剧团大量涌现，群众业余戏剧活动活跃；其次，魏连珍、郭汉城、王昌言、鲁速、李刚、王焕亭、周孝武、于雁军、毛达志、刘谷、于英、尚羡志、张仲朋、东娃、高华民等剧作家迅速成长；再次，优秀剧目大量出现。话剧方面，有《不是蝉》、《六号门》、《冲破黎明前的黑暗》、《英雄万岁》、

《渠水长流花盛开》、《处处是春天》、《红旗谱》、《槐树庄》、《战洪图》、《青松岭》、《李小娥分家》等；戏曲方面，有《山村女儿》（评剧现代戏）、《唐知县审诰命》（豫剧）、《金铃记》（丝弦）、《仙锅记》（又名《张羽煮海》，晋剧）、《调寇》（老调）、《两狼山》（武安平调）、《借髢髢》（武安落子）、《宝莲灯》（河北梆子）、《空印盒》（丝弦）、《潘杨讼》（老调）、《节振国》（京剧）、《红云崖》（唐剧现代戏）等，这些剧目不仅是当代河北戏剧精品，而且是中国当代戏剧史上的重要收获。二是新时期以来，河北戏剧实现了全面振兴。作家队伍不断扩大，除了十七年间活跃剧坛的老作家仍然壮心不已，新时期又出现了孙德民、赵德平、白良、曹涌波、杜忠、赵恩舫、陈家和、方辰、姬君超等新人。在创作上，首先是传统戏曲实现了全面振兴，河北梆子戏《钟馗》、《哪吒》在裴艳玲的演绎下蜚声海内外；赵德平的评剧现代戏，如《嫁不出去的姑娘》、《啼笑皆非》、《罪人》、《男妇女主任》、《大门里的媳妇》、《水墙》等作品深受观众喜爱，屡获殊荣。此外，各地方剧种都创作出了高品位的重头戏，如《瘸腿书记上山记》（丝弦）、《乡里乡亲》（唐剧）、《梳妆楼》（晋剧）等。京剧《八仙过海》则是神话剧方面的重要收获。其次是话剧的再度辉煌，以孙德民为代表的“山庄戏剧”取得了丰硕成果，他的作品，现实题材的如《苍生》、《女人》、《秋天的牵挂》（亦名《这里一片绿色》）、《愿望》、《野百合》，清史题材的如《帘卷西风》（亦名《懿贵妃》）、《班禅东行》、《十三世达赖喇嘛》等，既是河北名剧又在全国产生了重大影响。其他优秀话剧剧作还有《张灯结彩》、《八九雁来》、《春秋魂》，以及话剧小品《乡长与八路》等。歌剧《她们的心》则代表了河北歌剧的艺术水准。

在儿童文学创作上，当代河北作家也不甘人后。十七年间，徐光耀的《小兵张嘎》、刘真的“自叙传”小说、蔡维才的《小铁头夺马记》等把战争年代的小八路、小红军形象塑造得活灵活现。金波的儿童诗集《回声》展现了儿童世界的美妙，葛翠琳的童话《野葡萄》则向小读者讲述真善美的故事。新时期以来，当代河北儿童文学迎来了它的繁荣期。儿童文学创作品类丰富，成绩卓著，北董、玉清的校园小说，朱新望的动物故事，郭明志和武玉桂的童话，吴珹的儿童散文诗，于家臻的散文，郑世芳的儿童诗等各呈异彩，儿童长篇小说连获丰收，甚至科幻作品与低幼童话亦成绩可观。小说创作是当代河北儿童文学的大户，尤以北董、玉清成就最著。北董的《五颗青黑枣》、《北斗峰》、《纸风车》，以及科幻小说《我给海妖当家教》、《隐形城》等作品向读者展示的是儿童的社会成长主题，取得了很高的艺术成就。玉清的《小百合》、《少年行》、《长不大的男孩与长大的女孩》等青春小说则长于描写青春期少年的内心萌动，笔触细腻，风格清新。

燕赵大地文学纵横三千年，我们在前面只是简单描述了她辉煌发展的大致轨迹。让我们循着这个轨迹和线索继续走进她的深处，去深切体验她的浩瀚和她的丰富吧！

王长华

（曾智安、阎福玲、胡景敏对本序亦有贡献）

目录

第一编

先秦河北文学

绪　论

“河北”是个历史性的地域概念。在岁月的长河中，它所包括的区域既随着时代的变迁而伸缩，又沿袭着历史的传统而稳定。我们今天所说的“河北”主要是指华北平原上东临渤海及山东、西靠山西、南接河南、北邻辽宁与内蒙古的北部地区，但不包括其怀抱中的天津和北京。这一地域范围是新中国成立以来地方行政区划建制的结果，也包含了历史上“河北”所指的核心区域。但作为一个整体的地方区域，历史上的“河北”远远大于现在的河北省行政区划。它以黄河为南界，以太行山和燕山山脉为西界、北界，包括现在的北京以及河南、山东两省中黄河以北的部分地区，形成了一个以古燕国、中山国、赵国为主体的辽阔疆域，统称燕赵文化板块。

河北有着悠久、深厚的文化历史。远古传说中，女娲炼石补天时就曾经“平冀州”；黄帝与炎帝曾经在“阪泉之野”（今河北怀来、涿鹿一带）激战，并最终导致了炎黄部落的融合，成为中华民族的始祖；黄帝与蚩尤的战争也是发生在“涿鹿之野”，后来在该地已形成了独具特色的“蚩尤戏”。到了尧、舜、禹的时代，相传尧立国的地方在唐（今河北唐县、顺平县一带）地；舜是冀州人，曾经到北岳（今河北曲阳县一带）巡守；大禹治水是从冀州开始，一直到了东边的碣石（今河北昌黎县北）。殷商时期，王季、王亥、上甲微曾经活动于易水流域，商王祖乙还曾经迁都于邢（今河北邢台）。西周初期，召公被封于燕，这是古燕国的开始。进入战国时期，三家分晋，赵襄子成为赵国诸侯，并将都城迁到邯郸，这是古赵国的开始。后来赵国灭掉位于其东北部的中山国（今河北平山一带），河北境内主要成了燕国和赵国的领土，并初步形成了以燕国和赵国为主体的特色文化，也就是我们今天所说的燕赵文化。燕赵文化的基本面貌大约在战国中期开始形成，而于战国后期走向成熟，从此影响后世长达两千余年。

燕赵文化的内容极其丰富。对于古代河北来说，最具特色的主要有三个方面：一是慷慨悲歌、尚侠任气的地域个性；二是以倡优立身、追求放荡游冶生活的民间风俗；三是朴质尚用，重经术、轻文艺的文化传统。

慷慨悲歌、尚侠任气是燕赵文化的核心，也是燕赵文化区别于其他地域文化的关键因素。每个地域都会有慷慨悲歌、尚侠任气的知名人物，但真正成为一种地域个性特征和地域文化象征的，却只有古代的河北。慷慨悲歌、尚侠任气是以燕国和赵国文化为主体而形成的一种文化类型。就像张京华先生在《地域文化的界定——以燕赵文化为例》一文中指出的那样，“燕文化的形成以燕昭王的报复伐齐和燕太子丹的谋刺秦王为主要标志”，赵文化的形成则是“以赵武灵王的胡服尚武为最主要标志”。这两者构成了燕赵文化“慷慨悲歌、任气好侠”的主要内容，但这一特色并非仅仅为燕、赵两封国所独有，而且同时也为整个广大的河北地域所共有。司马迁《史记·货殖列传》载：

> 种、代，石北也，地边胡，数被寇。人民矜懻忮，好气，任侠为奸，不事农商。然迫近北夷，师旅亟往，中国委输时有奇羡。其民羯羠不均，自全晋之时固已患其僄悍，而武灵王益厉之，其谣俗犹有赵之风也……中山地薄人众，犹有沙丘纣淫地余民，民俗懁急，仰机利而食。丈夫相聚游戏，悲歌慷慨，起则相随椎剽，休则掘冢作巧奸冶，多美物，为倡优……夫燕亦勃、碣之间一都会也。南通齐、赵，东北边胡。上谷至辽东，地踔远，人民希，数被寇，大与赵、代俗相类，而民雕捍少虑，有鱼盐枣栗之饶。

从这段记载可以看出，代地（今河北蔚县，战国时属赵国）“人民矜懻忮，好气，任侠为奸”，燕国“民雕捍少虑”，诚然足以代表燕、赵两地的文化特色，但夹在两国之间的中山国也是“丈夫相聚游戏，悲歌慷慨”。由此可知，“慷慨悲歌、尚侠任气”乃是整个河北地域共同的文化底色。

慷慨悲歌不但是整个河北地域共同的文化底色，而且是河北地域文化的传统特色。自从战国后期成熟之后，这一文化特色在河北地域内一直绵延不绝，代有回响。《汉书·地理志》中说燕、蓟一带，“其俗愚悍少虑，轻薄无威，亦有所长，敢于急人，燕丹遗风也”，即可见这种风气的继承和流传。又《隋书·地理志》云：

> 冀州于古，尧之都也……俗重气侠，好结朋党，其相赴死生，亦出于仁义。故《班志》述其土风，悲歌慷慨，椎剽掘冢，亦自古之所患焉。前谚云“仕官不偶遇冀部”，实弊此也……涿郡连接边地，习尚与太原同俗，故自古言勇侠者皆推幽并。

隋唐之际，冀州人“重气侠，好结朋党”，以致“自古言勇侠者皆推幽并”。直到宋代，据《宋史·地理志》的记载，河北路仍然是“人性质厚少文，多专经术，大率气勇尚义，号为强忮。土平而近边，习尚战斗”。清孙承泽在《天府广记》里说燕地之人“文雅沉鸷而不狃于俗，感时触事则悲歌慷慨之念生焉”。由此可见，河北地域内的慷慨悲歌、任气好侠的传统代有传承，且被历代人所公认，成为河北文化中最突出的特色、最浓厚的色彩。

早期的河北文化的另外一大特色是歌舞艺术发达，民俗放荡游冶。《战国策·中山策》里载中山国相司马憙帮助阴姬争夺后位，曾经在中山王与赵王之间行反间计，他对赵王说：

> 臣闻：赵，天下善为音，佳丽人之所出也。今者，臣来至境，入都邑，观人民谣俗，容貌颜色，殊无佳丽好美者。以臣

所行多矣，周流无所不同，未尝见人如中山阴姬者也。不知者，特以为神力，言不能及也。其容貌颜色固已过绝人矣。若乃其眉目、准颏、权衡、犀角、偃月，彼乃帝王之后，非诸侯之姬也。

按照司马憙的说法，赵国“善为音”、“佳丽人之所出”乃是天下闻名的，但赵国却没有人能比得上中山国的阴姬。由此可见，无论是赵国还是中山国，出美女、擅长音乐艺术都是非常出名的。《盐铁论·通言》中也说：“赵、中山带大河，纂四通神衢，当天下之蹊，商贾错于路，诸侯交于道；然民淫好末，侈靡而不务本，田畴不修，男女矜饰，家无斗筲，鸣琴在室。”可见汉代时习俗仍然如此。歌舞艺术的发达带来的一个后果是民俗放荡游冶，对于男女大防并不怎么看重。根据《史记·货殖列传》的记载，中山一带的男子都“作巧奸冶，多美物，为倡优”，这在中国其他的地域文化中并不多见。而《汉书·地理志》在谈到燕地的风俗时说：“初，太子丹宾养勇士，不爱后宫美女，民化以为俗，至今犹然。宾客相过，以妇侍宿。嫁取之夕，男女无别，反以为荣。后稍颇止，然终未改。”嫁娶的时候男女无别，客人来往的时候以妇女侍宿，且“反以为荣”，这种习俗在汉代也并不被认可，所以班固才会发出“后稍颇止，然终未改”的慨叹。习俗上的这种开放性与当地对于歌舞艺术的爱好结合在一起，汉代的燕赵女子多走以色艺谋生的人生道路。《史记·货殖列传》中说：“今夫赵女郑姬，设形容，揳鸣琴，揄长袂，蹑利屣，目挑心招，出不远千里，不择老少者，奔富厚也。”中山国的女子“则鼓鸣瑟，跕屣，游媚贵富，入后宫，遍诸侯”说的就是这种情况。汉代后宫中，不少皇后、妃嫔都来自当时的燕赵之地，如汉文帝的慎夫人来自邯郸，窦皇后来自清河，汉武帝的钩弋夫人赵婕妤为赵河间人，李夫人为赵中山人。这都说明燕赵美女的艺术修养是得到社会的广泛认可的。汉代之后，关于燕赵之地以倡优、色艺立身的记载越来越少，说明这一文化特色在逐渐转型，但游冶放荡的习气并未完全消失。

直到《隋书·地理志》中，还有“魏郡，邺都所在，浮巧成俗，雕刻之工，特云精妙，士女被服，咸以奢丽相高，其性所尚习，得京、洛之风矣”的记载，由此可见这一文化传统给当地带来的深远影响。

朴质尚用，重经史、轻文艺也是古代河北文化的重要特色。河北地处华北平原北部，整体上属于平原文化类型；但在地理上，河北东临渤海，西依太行，北靠燕山，具有天然的地理屏障，这种地理环境也在一定程度上影响到了该地域人的文化心理。正如杜牧在《战论》里所说：

> 夫河北者，俗俭风浑，淫巧不生，朴毅坚强，果于战耕。名城坚垒，巀嶭相贯，高山大河，盘互交锁。加以土息健马，便于驰敌，是以出则胜，处则饶，不窥天下之产自可封殖，亦犹大农之家，不待珠玑然后以为富也。

“不窥天下之产自可封殖”，“不待珠玑然后以为富”，这种略带封闭性质的农业文明往往会带给该地人民以朴质尚用的品格，从而在学术上倾向于朴质、务实的经史之学，这一点到西汉时已经非常明显地体现出来。四家《诗》中，河北占了两家。《毛诗》传授者之一的小毛公毛苌是赵人；《韩诗》的传授者韩婴是燕人；协助汉武帝创建有汉一代政治文化传统，提倡“罢黜百家，独尊儒术”的董仲舒是河北广川（今河北景县）人。特别是河间献王刘德的封国就在今天的沧州河间，封国内不但成就了经学大家《毛诗》学派，而且由于河间献王刘德的大力倡导，也开创并形成了影响深远的中国学术的古文经学传统。这些经学大家和经学事业给当地造成的影响也是源远流长的。两汉时期，河北多豪门士族，其社会地位的获得，正如陈寅恪在《政治革命及党派分野》中所指出的那样，“其初并不专用其先代之高官厚禄为其惟一之表征，而实以家学及礼法等标异于其他诸姓”。师法、家法，门生、故吏，这些严密的传播网络使得河北的学术即使在北方少数民族统治的北朝时期也保持了深厚的根底和固有的特色。赵翼在《廿二史札记·北朝经学》中说：

> 然北朝治经者，尚多专门名家。盖自汉末郑康成以经学教授门下，著录者万人。流风所被，士皆以通经积学为业。而上之举孝廉，举秀才，亦多于其中取之。故虽经刘、石诸朝之乱，而士习相承，未尽变坏……其所以多务实学者，固亦由于士习之古，亦上之人有以作兴之……可见北朝偏安窃据之国，亦知以经术为重，在上者既以此取士，士亦争务于此以应上之求。故北朝经学较南朝稍盛，实上之人有以作兴之也。

这是非常中肯的评价。《隋书·地理志》一方面承认“自古言勇侠者皆推幽并”，另一方面也指出：“然涿郡、太原，自前代已来，皆多文雅之士，虽俱曰边郡，然风教不为比也。”也正是看到了经史之学对于河北地域文化的影响，魏徵在《隋书·文学传序》中说“江左宫商发越，贵于清绮；河朔词义贞刚，重乎气质。气质则理胜其词，清绮则文过其意。理深者便于时用，文华者宜于咏歌”，更加直接地指出了河北文化中朴质尚用的观念与重经史、轻文艺的学术传统之间的关系。直到宋代，河北的这种学术风气仍然非常鲜明。《宋史·地理志》说：“（河北路）人性质厚少文，多专经术，大率气勇尚义，号为强忮。”这些情况说明，历经千年之久，这种学术传统已经成为河北文化中的独特部分。

无论是慷慨悲歌、任气好侠的地域个性，还是以倡优立身、追求放荡游冶生活的民间风俗，或是朴质尚用，重经术、轻文艺的文化传统，都是从先秦两汉时期开始的，都对古代的河北文学产生了重要的影响。先秦时期的河北文学，就是在这样的文化背景之下展开的。

先秦时期的中国文学对后世文学的走向与特征产生了决定性影响，足以称为文学的第一次高峰。而作为先秦文学格局重要组成部分的河北文学，此时正处于自身特点逐步形成、发展的阶段。它一方面展现出整个先秦文学发生时期的混沌状态，即文史哲不分，诗乐舞结合；另一方面，也浸染并体现着燕赵文化的独特风采——浩然悲歌、朴质深沉而又风致宛然，且越到后来，它就越在当时混沌一体的文化形态中显示出独具魅力的地方特色。

学术方面，战国时期的邯郸是当时的学术中心之一。聚集在邯郸的学者或著书立说，或辨章学术，或从政为官，使邯郸一时呈现出学术思想活跃、学术活动频繁的局面。著名的思想家荀况长期生活在赵国，著有《荀子》；游说之士虞卿、兵学家庞煖、名辩家公孙龙与毛公、法家处子与慎到等，都各挟其说，争胜于一时，他们给当时的燕赵文化带来了丰沛的活力。史学方面，《世本》是赵国史官编纂的一部史学著作，它分为《帝系篇》、《本记》、《世家》、《传》、《居篇》、《作篇》、《氏姓篇》、《谥法》等15篇，其独创的体例显然有别于当时的史书，如编年体的《春秋》、《左传》，国别体的《国语》等，而开司马迁《史记》纪传体之先河。

在这样浓郁的学术和思想氛围中，先秦时期的河北文学也慢慢展开了它异彩纷呈的艺术画卷。

第一章　河北的上古神话

河北文化源远流长，在四边依然蛮荒之时，这里已经开始孕育文明了。勇敢勤劳的先民们仰望苍穹，俯视地宇，怀着惊奇与敬畏的心情，带着强烈的求生愿望，以自己对周围世界的有限理解，编织出一个个瑰丽而又神秘的神话幻象。

河北最早的文学形式当属上古神话。上古神话是在原始社会中，人类用幻想的形式，按照自己的理解与愿望，对自然界和社会潜在力量进行的解释与描摹。这样的作品虽然还算不上是纯粹意义的文学创作，但它的幻想形式却是人类艺术创造力的一种不自觉的表现，其思维方式与文学的形象思维很有相通之处。同时，作品中表现出的“神性”也积淀着丰富的人性，折射出人类浓郁的思想情感。

第一节　女娲补天

与河北有关的神话文学，当首推中国古代四大神话之首的女娲补天。河北邯郸涉县的中凰山上有一座建筑精巧的宫殿——娲宫，就是为了纪念人类始祖女娲而建造的。据《淮南子·览冥训》载：

> 往古之时，四极废，九州裂；天不兼覆，地不周载；火滥炎而不灭，水浩洋而不息；猛兽食颛民，鸷鸟攫老弱。于是女娲炼五色石以补苍天，断鳌足以立四极，杀黑龙以济冀州，积芦灰以止淫水。苍天补，四极正，淫水涸，冀州平，狡虫死，颛民生。

古时冀州即今河北一带，今河北简称为冀，就来源于此。女娲不仅是化育万物的创生神，同时也是我们民族的保护神。女娲补天的故事，显示出她对芸芸众生爱怜、护佑的情怀。她厚生爱民的意识，日后也成为中华民族和中国文化的一贯精神。

从其对女性能力的肯定和价值的赞许来看，这则神话应产生于母系氏族社会时期。在这里，我们看到一位神力无穷而又勤劳慈爱的女性形象。天崩地裂，水火无情之际，鸟兽食人，先民无能为力。这时女娲怀着慈祥悲悯的心怀，以其无所不能的法力，炼五色石以补苍天，使五色石的光芒闪耀在天际一角，从而拯救生灵于苦难。当先民仰望天穹，这光芒便抚慰他们不安的心灵，给予他们以生存的勇气。

女娲又断鳌足，杀黑龙，积芦灰；挥利剑于凶残之前，洒汗水于劳作之中。慈爱悲悯而骁勇无双，历经曲折而战无不胜，最终四极挺立，火熄水止。女娲这种通过不屈奋斗而得到最后胜利的故事，正是先民们顽强的生存意识、反抗精神的投射。正是这种精神和气概，伴随我们的祖先历尽艰难险阻，从蛮荒走向文明。

第二节　炎黄阪泉之战

河北是中华民族的发祥地之一。炎、黄部落融合后，华夏民族才正式形成，而这一契机正是通过阪泉之战而得来的。阪泉即今河北怀来一带，一说指涿鹿，亦在河北境内。炎、黄两始祖之战以神话的形式流传下来，但实际上它更可能是对一次真实战争的历史记录和解释。《史记·五帝本纪》载：

> 炎帝欲侵陵诸侯，诸侯咸归轩辕。轩辕乃修德振兵，治五气，艺五种，抚万民，度四方，教熊罴貔貅貙虎，以与炎帝战于阪泉之野。三战，然后得其志。

《绎史》卷五引《新书》云：

> 炎帝者，黄帝同母异父兄弟也，各有天下之半。黄帝行道而炎帝不听，故战于涿鹿之野，血流漂杵。

《列子·黄帝篇》则记载说：

> 黄帝与炎帝战于阪泉之野，帅熊、罴、豹、貙、虎为前驱，以雕、鹖、鹰、鸢为旗帜。

胜利之后的黄帝又与蚩尤部落在河北一带进行了激战。关于蚩尤，《汉学堂丛书》中记载说：

> 黄帝之初，有蚩尤兄弟七十二人，铜头铁额，食沙石，制五兵之器，变化云雾。

关于他们之间的激战，《山海经·大荒北经》载：

> 蚩尤作兵伐黄帝，黄帝乃令应龙攻之冀州之野。应龙畜水，蚩尤请风伯、雨师纵大风雨。黄帝乃下天女曰魃，雨止，遂杀蚩尤。

《太平御览》卷十五引《志林》：

> 黄帝与蚩尤战于涿鹿之野。蚩尤作大雾弥三日，军人皆惑。黄帝乃令风后法机作指南车，以别四方，遂擒蚩尤。

《史记·五帝本纪》中也记载云：

> 蚩尤作乱，不用帝命。于是黄帝乃征师诸侯，与蚩尤战于涿鹿之野，遂禽杀蚩尤。

孙冯翼辑《皇览·冢墓记》载：

> 传言黄帝与蚩尤战于涿鹿之野，黄帝杀之，身体异处，故别葬之。

由此可见，这次战争蚩尤虽败，但依然表明他堪称黄帝的强大对手，其力量与黄帝不相上下，黄帝也是靠了玄女相助才取得最后胜利的。而蚩尤也颇有神力，所以蚩尤不仅是古史传说中的真实人物，而且是被后人当做神灵来看待的，称为“蚩尤神”。《太平御览》卷七十九引《龙鱼河图》记载黄帝得玄女兵信神符而擒杀蚩尤之后说：

(蚩尤没后)，天下复扰乱不宁，黄帝遂画蚩尤形象，以威天下，天下咸谓蚩尤不死，八方万邦皆为弭服。

梁代任昉《述异记》记录了南北朝时代华北汉族人民祭“蚩尤神”的情形：

今冀州有乐名“蚩尤戏”，其民两两三三，头戴牛角而相抵。汉造角觝，盖其遗制也。太原村落间，祭蚩尤神，不用牛头。今冀州有蚩尤川，即涿鹿之野。汉武时，太原有蚩尤神昼见，黾足蛇首，主疫，其俗遂立为祠。

另外，还记载有：

涿鹿今在冀州，有蚩尤神，俗云人身牛蹄，四目六手。

更说明在涿鹿这片古战场上，历经千百年，当地的人们也一直把蚩尤当做神灵来看待，长久地加以祭祀。直到现在的中原地区（今河北、山东、山西、河南等地）还有许多蚩尤的遗迹和有关的风俗传说，如冀州涿鹿蚩尤城、蚩尤神、蚩尤川、蚩尤泉、蚩尤齿等。

这一组战争神话内涵十分丰富：黄帝驱使熊罴参与战斗，这可能是代指以这些猛兽为图腾的一些小部落；不同的气象由不同的天神掌管，而且对应的气象在战斗中进行着激烈的较量，这可能是古代祈雨止雨巫术的曲折反映；其中又有极具重要科技、文化意义的指南车的发明，从而使黄帝不仅成为一位中华民族的始祖、神，而且也成为一位善于发明创造的文化超人、文化英雄。

战争是野蛮步入文明的必不可少的阶段和方式。这里的战争神话，是在广袤原野上的巨幅图画的全景展现：历史的天空下，时光的原野里，风雨滂沱，云雾迷茫，熊罴虎豹奔驰扬尘。波澜壮阔，大气纵横的战争场面，远祖在一遍一遍讲述，重复那作为胜利者的高峰体验，以唤醒那气贯长虹的不屈精神和坚强斗志。

第三节　大禹治水

传说承德棒槌山和蛤蟆石的来历与大禹治水有关。大禹继承父亲鲧的遗志而改变其治水方法，采用以疏导的方式治水，历尽艰辛寒苦，终于取得最后的成功。《孟子·滕文公上》载："当是时也，禹八年于外，三过其门而不入。"《尸子》卷上云："疏河决江，十年不窥其家。"《史记·李斯列传》："股无胈，胫无毛，手足胼胝，面目黎黑，遂以死于外。"治水过程不仅艰辛，而且充满危险，他不但同水患抗争，而且还要同诸多妖魔战斗，如诛杀相柳（《山海经·大荒北经》、《山海经·海外北经》载"共工之臣曰相柳氏，九首，以食于九山。相柳之所抵，厥为泽溪。禹杀相柳，其血腥，不可以树五谷种。禹厥之，三仞三沮，乃以为众帝之台，在昆仑之北"）、擒服水怪无支祁（《太平广记》卷四六七"李汤"条云"禹因囚鸿蒙氏、商章氏、兜卢氏、犁娄氏，乃获淮涡水神名无支祁"），另外，他还曾击杀蛤蟆精。相传蛤蟆精妨害治水，大禹用棒槌将其击杀，天长日久，蛤蟆与棒槌便化而为山了。

禹是黄帝的玄孙，姓姒氏，鲧的儿子。禹的父亲因治水失败而被舜所杀。禹对父亲被杀一事感到很悲伤，决心继承父业。于是，结婚不到四天，就离开了新婚妻子涂山氏，前去治水。大禹让伯夷掌火，命朱虎和熊罴随行，又用宋无忌、方道彰二人为风火二将，冯迟、冯修、江妃等为水将，禺强、庚辰为左右将，章亥、竖亥为步将。开始治水的时候，应先去进行考察，而此时河伯为他献了一张河图。他便照着河图行动，每到一地，便大战毒蛇猛兽、神鬼精灵，并一一擒杀，如解蝥毒、收橐驼、杀长蛇、除相柳等。来到衡山，晚上做梦梦见玄夷苍水使者赠简书，书中详细记载着疏导洪水的方法。大禹相度地势，会同益、稷等人，吸取了父亲鲧单纯采用堵塞方法而导致失败的沉痛教训，改用导堙结合、以导为主的治水方法，惟治水为急务，三过家门而不入，历经十三年终于制服洪水。《史记·夏本纪》云：

禹伤先人父鲧功之不成受诛，乃劳身焦思，居外十三年，过家门不敢入。

大禹故事塑造的是一位人间英雄，而不是法力无边的神祇。这反而使他更加真实清晰地屹立于远古神话传说长河中。他有家有室，他辛劳异常，他有疲惫也曾面对死亡，他也像普通人一样在面临困境时请求神灵的佑助。

为了治水，大禹命应龙在前，用尾巴划地成河，使滔滔洪水进入河道；他命玄龟随后，用息壤堙塞洪水、平垫洼地。《拾遗记》卷一载：

禹尽力沟洫，导川夷岳，黄龙曳尾于前，玄龟负青泥于后。

《楚辞·天问》也说：

洪泉极深，何以寘之？地方九则，何以坟之？应龙何画？河海何历？鲧何所营？禹何所成？

那息壤越长越高，便成为广袤大地上的名山大岳。据《淮南子·览冥训》载：

禹乃以息土填洪水，以为名山，掘昆仑虚以下地。

在治水过程中，禹还得到了河精的帮助。据《尸子》卷下载：

禹理水，观于河。见白面长人鱼身出，曰："吾河精也。"授禹河图，而还于渊中。

不仅河精献图，伏羲氏也曾赠送给他一把丈量土地用的尺子。《拾遗记》卷二云：

……乃探玉简授禹，长一尺二寸，以合十二时之数，使度量天地。禹即执持此简，以平定水土。蛇身之神，即羲皇也。

大禹治水尽管得天之助，但仍然困难重重，这使他历尽艰辛。禹遭遇的第一个敌人就是水神共工。原本共工是奉天帝之命而制造水患的，他见大禹前来治洪水，便在黄河掀涛作浪。《淮南子·本经训》载：

共工振涛洪水，以薄空桑，龙门未开，吕梁未发，江淮通流，四流溟涬，民皆上丘陵，赴树木。

要让洪水不再肆虐，必先制服共工。于是大禹便召集天下众神齐集会稽山，共同商讨对付共工。众神都到了，唯独防风氏迟到。为严肃纪律，他怒斩防风氏，并将其葬于会稽山下。

大禹不仅有众神相助，而且纪律严明，所以随着治水的顺利推进，他本人也威震天下。共工自知势单力薄，孤掌难鸣，于是在大军到来之前，便已逃窜他方。大禹不费一刀一枪，赶走了共工，立下了第一功。所以《荀子·成相》篇说："禹有功，抑下鸿，辟民除害逐共工。"

从上述文献记载可见，大禹所呈现在我们面前的这一切，仿佛都是触手可及的。他似乎是一个具有超凡力量的神，实际上更是一位可亲可敬的人间英雄。因此他一直被人们当做历史人物来加以崇拜和赞美，更成为一代又一代中华儿女学习和效仿的伟大偶像。他英雄一般激励着人们战胜苦难，摆脱人对神灵的依赖，以不畏艰难险阻的精神把握命运，创造未来。正因为如此，鲁迅先生才把大禹称为"中国的脊梁。"

第四节　神话的永恒魅力与价值

与河北有关的远古神话大体如上。这些零散的不成系统的作品虽然还不能算是真正意义上的文学创作，但它却以其永恒的价值赢得了后人格外的尊重而被载入史册。

它以充满象征、隐喻的方式，记载了远古时代发生的重大事件，并通过重大事件的记述而折射出先民的心理。作为一种对人们童年时代记忆的追述，神话可能是谬悠的。但在这谬悠的表象背后，却更有一种心灵意义和文学意义的真实。在3000多年前的华北平原上，这片土地时而洪水滔天，时而赤地连绵，密林沼泽散布其中，毒蛇猛兽繁衍其里。生存状态的艰难和苦楚，自身生命的短暂和脆弱，使得先民们的生存充满惊惧。他们不得不幻想出超自然的神灵和魔力来解释这个暴虐而狰狞的世界，来抚慰他们伤痛无助的心灵，以消除他们的恐惧和不安。于是，他们就幻想出法力无边的神仙和肝胆超凡的英雄而加以祈祷膜拜，期待着每遇无能为力之时，便会有一双坚定、强劲而慈爱的手为他们劈荆斩棘。女娲补天、大禹治水的神话，就是此地先民们寻求神祇，呼唤英雄的明证。

正是因为有了这些神话并有了这些神话的口耳相传，先民们那恐惧的心灵、动荡的情绪才得到了抚慰，从而使他们在惊恐莫测的劳动生活中宣泄悲喜、积累经验；正是有了这些故事和这些故事的代代流传，才使先民们既充满敬畏又满怀安慰地融入群体当中，自觉地维持着习俗和制度，从而逐渐使自己从一个自为的人过渡成为社会中的一员。在蛮横的大自然面前，他们不再是孤军奋战的个体，而是在神灵抚慰和光照下合力生存的一群。

正是这种深厚的忧患意识、重生信念与反抗精神，支持着先民们走过那危险丛生的年代。在恶劣的生存环境中，他们正视现实苦难，珍惜生命，锲而不舍地抗争奋斗，显示出厚重且踏实的民族品格，勤劳而勇敢的民族精神。

神话对后世文学的影响是深远的。作为文学史上一类特殊的题材，它不断被后世各类文学作品引用甚至重塑，历代流传不衰；作为原型，神话所独有的那种神秘而自由驰骋的情感，伴着集体的体验和厚重的历史感，永远给人以心灵的震撼。这些强烈的心灵震撼和情感体验，正是神话的魅力所在。

上古时代，人类对于自然万物始终是保持恐惧的，在先民的眼中，山川草木都是有意志的，洪水猛兽也都是有思维的，它们的善意或恶意是与人类朝夕交往着的。远古无拘无束的身体和心灵的伸展，那迷惘而神秘的未知自然，那龙凤结驷、遨游天地的神仙的驰骋，那团结一心共同致力于生存的集体的力量……这种强烈的情感体验必然随着社会的日益文明而在现实生活中难以寻觅。而在神话的再次援引中，它们却穿越时空，汹涌澎湃地激荡到我们面前。它们可以帮助我们超越平凡的世俗，缓释现实的压力，飞升苍白的心灵。屈原在天界的远游和对神灵的发问，李商隐对嫦娥的惋叹和对瑶池的遥想，蒲松龄对青林黑塞的畅述和对知音的寻觅，这样的原型力量，不仅安慰了作者个人的苦闷和劳顿，而且传递于读者的心田，使之产生强烈的情感共鸣。正如荣格所说的：“一个用原始意象说话的人，是在同时使用千万个人的声音说话……他把我们个人的命运转变为人类的命运，他在我们身上唤醒所有那些仁慈的力量，正是这些力量，保证了人类能够随时摆脱危难，度过漫漫长夜。”① 把个人融入团结有力的集体，融入深沉的历史，融入万物有灵的活泼自然，融入永恒无死的神仙精怪世界——这是人类在世俗局限生活中最可愉悦的心理体验，这也正是神话的魅力和永恒价值之所在。

① 荣格：《心理学与文学》中译本，生活·读书·新知三联书店，1987年。

第二章　河北的上古诗歌

河北的诗歌创作，可以从目前见到的我国最早的诗歌总集《诗经》里找到其端倪。

作为我国最早见诸文字记录的诗歌创作，《诗经》中的绝大多数作品产生于西周初至春秋中叶的黄河流域。其中的15国风，主要分布在今天的陕西、山西、河南、河北、山东、甘肃以及湖北北部等地区，鲜明地体现着不同地域的风土人情、文化特色。其中，主要创作于河北境内、在一定程度上体现了河北地域特色的是国风中的《邶风》。

《邶风》是产生于邶地的地方乐歌。邶地的确切地域在今河南汤阴县东南16公里的邶城村，以河南北部地区为主，但其北边的疆界至少延伸到河北邯郸、邢台一带①。换言之，今河北的南部地区，在西周时期大体属于邶地。邶、鄘、卫本属殷王朝京都朝歌一带的王畿千里之地②，这片土地上流唱的是郑卫热烈爱恋的情歌。这里地处平原，商旅云集，思想开放，男女交往频繁，礼教约束较少，婚姻爱情中的各种境遇，情人心中的百般曲折，都在这些诗篇的吟咏之列。

《邶风》共19首，其产生时代约在西周末至东周初年。这些诗歌吟唱出了先民的爱憎苦乐，悲欢契阔，因为出于民间，又多是直抒胸臆，所以其表达尤为感人。其中，以婚恋诗的成就最为突出。

---

① 魏建震《邶国考》："《元丰九域志》邢州古迹干言山条引《水经注》云：'泜水又迳干言山。'《邶诗》曰'出宿于干，饮饯于言'是也。"推断周初邶之封疆确实包括今邢台一带。

② 据郑玄《诗谱》考证："邶、鄘、卫者，商纣畿内方千里之地，其封在冀州太行之东，北逾衡、漳，东及兖州桑土之野。……自纣城（朝歌）而北谓之邶，南谓之鄘，东谓之卫。"朱熹《诗集传》也有相同的解释，而且说得更具体："邶、鄘、卫三国名，在禹贡冀州，西阻太行，北逾衡漳，东南跨河，以及兖州桑土之野。"

第一节 热烈的爱情相思诗

《邶风》中的恋爱诗有《静女》、《北风》等。《静女》是一首写男女幽会的四言抒情诗，是以男子的口吻写幽期密约的乐趣：

静女其姝，俟我于城隅。爱而不见，搔首踟蹰。
静女其娈，贻我彤管。彤管有炜，说怿女美。
自牧归荑，洵美且异。匪女之为美，美人之贻。

全诗笔调欢快，采用第一人称男子独白的方式，叙述了一对青年男女相约、相戏、相见、相赠的情景，写民间青年男女的活泼的恋爱情境，充满了浓烈的生活气息。姑娘按照之前约定，在城角等待男子，但她又故意隐蔽起来，男子急得“搔首踯躅”。等到发现她已经如约到来，而且还带给他礼物时，男子大喜过望。诗歌节奏欢快，情绪奔放，活泼的女子与憨厚的男子的爱情，纯洁而热烈，这样清新而浪漫的爱情诗歌给我们带来了远古时代先民心灵深处最真实的声音，在那个时代，关乎爱情也就是关乎生命。诗歌记载的他们在彼时真诚而热烈的爱恋，那种气息足以感动后世数千年。

《北风》则是紧张急迫的逃亡之约。寒风大雪之时，战火硝烟之中，在紧锣密鼓的背景节奏下，那坚定果断的话语，传递的是共赴苦难的决心，是此情不渝的心声①：

北风其凉，雨雪其雱。惠而好我，携手同行。其虚其邪，

① 新中国成立后30年间，“刺虐”说甚为流行。《毛诗序》：“刺虐也。卫国并为威虐，百姓不亲。莫不相携而去焉。”白居易《与元九书》：“设如‘北风其凉’，假风以刺威虐也。”“先忧后乐”之说，西汉焦延寿《易林晋之否》释《邶风》曰：“北风寒凉，雨雪益冰。忧思不乐，哀悲伤心。”又《易林否之损》曰：“北风牵手，相从笑容，伯歌季舞，燕乐以喜。”东汉张衡习鲁诗，他的《西京赋》言及《北风》说：“幕贾氏之如皋，乐北风之同年。”按：《左传昭公二十八年》：“昔贾大夫恶，娶妻而美，三年不言不笑，御以如皋，射雉，获之，其妻使笑而言。”张衡即用此典，亦寓先忧后乐之意。闻一多先生《诗经与校笺》释《北风》说：“狐喻男，乌喻女”确认此诗为男女之辞，今人多从此说。

既亟只且!

全诗用阴霾天气下的大风雪起兴，又重章复沓地反复歌咏，一种急迫危难的氛围骤然而至。随之思绪悲愤高亢，一往直前而情深似海。“惠而好我，携手同行”!必须出奔，但要携手——如果你“惠而好我”!也许危险就在前面不远之处，一边忙乱奔走，一边急切地倾吐，他（她）只想和对方一起逃离这苦难。也许对方还在犹豫，对面临的危险一无所知。他（她）只能一遍一遍地呼喊：“其虚其邪，既亟只且!”焦灼而真切的呼喊，将我们带到了风雪交加的危机境况，使我们从危难中见到了主人公对所爱恋对方的情深意切，领略到了令人心悸的感慨与震动。诗歌将眼前之景物、心中之情意、口中之呐喊，自然融合，浑然无间，这正是这首诗感动读者的原因所在。

《击鼓》、《旄丘》、《泉水》、《简兮》、《雄雉》、《匏有苦叶》则表达了相思之情、离别之苦。其中，《击鼓》、《旄丘》均出自士兵的吟唱。《击鼓》写远征的士兵思念自己的妻子，《旄丘》中的士兵则是想念远方的家乡。但无一例外的是，他们都怨恨战争的无休无止，盼望战火的早日停息。那相亲相爱的婚姻家庭，那和平稳定的农业生活，是他们憔悴心灵中最温柔的向往。

生死契阔，与子成悦，执子之手，与子偕老。
嗟阔兮，不我活兮，于嗟洵兮，不我信兮!(《击鼓》)
琐兮尾兮，流离之子。
叔兮!伯兮!褎如充耳!(《旄丘》)

一个是低首婉转的忧思，一个是引颈长吭的涕泪俱下，那种真情切意来得一样忧郁凄凉，让我们的心潮也随之汹涌澎湃。

《简兮》中的女子爱上了一位躯体高大的舞师，于是深情地唱出了对于那位舞师的赞美和热恋的歌声：有声有色的歌舞，富丽堂皇的队仪，溢彩流光的美酒。而在这样热烈高亢气氛中，情绪却突然峰回路转：

> 山有榛，隰有苓。云谁之思？
> 西方美人，彼美人兮，西方之人兮。

舞女的怀思，似有深深的隐痛，深藏在光鲜华丽的笑靥之后，原来有含而不露的思绪。诗作的最后，朦胧地给了我们冰山的一角……

《雄雉》是一首妇人思念征夫的诗。雄雉的矫健，一如丈夫的英勇。征夫的妻子，想念远行的丈夫。日月流逝，他何时才能返回故乡？男子汉自然懂得守德顺行，稳妥无碍，何需我女子的担心牵挂。在悠悠的思念中，饱含着对给她丈夫造成行役之苦的统治者的无限愤慨。这种聊以自慰的话语，包含多少稠密心绪和一往情深，定是百般颠倒反复的揣度之后无奈而乐观的心曲。因为平白真实，以手写口，故足以熨帖人心，使读者与其共悸共鸣。

对《匏有苦叶》这首诗的解读历来分歧很大。但从最后一章“人涉卬否，卬须我有友”中的“卬”字来看，这首诗是使用第一人称叙述，而且作者是位女子。“卬”或作“姎”，《说文》解释说：“姎，妇女自称我也。”而诗中的一些信息也透露出，这是一首女子期盼男子前来迎娶的思念之诗：

> 匏有苦叶，济有深涉。深则厉，浅则揭。
> 有弥济盈。有鷕雉鸣。济盈不濡轨。雉鸣求其牡。
> 雝雝鸣雁，旭日始旦。士如归妻，迨冰未泮。
> 招招舟子，人涉昂否。人涉昂否，昂须我友。

匏叶枯，眼下已是深秋，不久便要冰封，这位女子急切盼望情人涉水来娶的心情，便不难理解。雁是男女缔结婚姻的象征，是婚礼过程中必备的珍贵礼物。“雝雝鸣雁”的背后，是她如何的思绪呢？很可能是这样的：雁尚知时，我的情人啊，早日将我迎娶啊！至于“雉鸣求其牡”，“士如归妻，迨冰未泮”，则是她直接的呼唤了。她的情思澎湃，以至于愁绪满怀，有点惆怅埋怨起来。全诗朦胧蕴藉地为我们画出了这样一幅图画：一位情深意切的姑娘，在匏叶枯黄的深秋，面对着茫茫的流水，在朝阳的辉映下，在雁雉的鸣叫声中，惆怅满怀，如梦如痴。她在凝望，在相思，在等待……整首诗让我们感受到一种迷离恍惚、耐人寻味的含蓄之美。从前两章的谲诡、隐微和离奇变换，到最后两章的画龙点睛，凝然神驻，全诗不仅充满生活气息，而且道尽了女主人公在特殊的环境中所产生的感情，令人久久回味。

第二节　哀怨的婚姻诗

与之前介绍的几首不同，《谷风》、《日月》、《柏舟》、《终风》则是一组哀怨的婚姻诗。

《谷风》是一个弃妇的控诉，她真切而生动地叙述了自己婚姻的不幸经历和她的哀怨之情。但《谷风》中的弃妇，不如《卫风·氓》中女主人公那样刚烈果敢，她是一位温婉柔顺，隐忍有余的痴心女子。她饱含热泪地诉说和睦的新婚、同甘共苦的岁月和新人的到来，全诗的结构仿佛一无匠心，随情感和情绪，时而激越，时而幽婉，跳跃起伏不定。但正是这样的随意和无规律，才展示了一个弃妇矛盾内心情感的自然流露，从而使这首诗作充满了生动的真实性和浓郁的生活气息。而那位让她既有爱慕又有幽怨的男子，也在她的倾诉中得以清晰呈现。这一人物性格的刻画是通过苦乐、今昔、新旧等一系列的对比来完成的。平淡的家常事的回忆，点滴的呢喃语的怀想，使她对那个信誓旦旦、食言而肥、暴戾蛮横、不近人情的故夫的揭露婉中带厉，入木三分。他朝秦暮楚、薄行寡德、反恩为仇、负心绝情。诗歌还以满目伤感的景物来象征情境、情感的变化："谷风习习"是夫妇曾经的"黾勉同心"；"以阴以雨"是愤怨的离异抛弃；泾渭之变清变浊，是夫妇感情的今昔巨变。全诗如泣如诉，状景、叙事、抒情浑融结合，既哀婉，又幽怨，极富艺术魅力。

《日月》是一个受到冷遇和虐待的女子的沉重呼声。从诗中可以看出，她的丈夫是一个性情不定、冷酷的人。这女子，同样是遇人不淑，遭受遗弃。她抬头仰望长天，太阳灿烂，月亮皎洁；她低头俯视大地，山川广阔，人寰茫茫。如此光辉明朗的人世间，竟有这样的浪荡子，让她有如此难于尽说的悲痛事！绝望和愤恨，让她的话语如瀑布倾泻不止，让她的情绪如骤雨滂沱不息，诗中表现的情绪愈来愈激愤、愈来愈昂扬。那满怀的悲愤无可排遣，只有对苍天控诉，向父母申说。

《终风》和《日月》一样，同样是控诉一个粗暴而冷酷的丈夫。但在这首诗里，女主人公却并没有完全放弃对他的爱情，而浪子则以他的调笑轻慢和放荡嬉闹让那位柔弱的女子哀怨不已，使她陷入极大的矛盾和痛苦之中。她受尽欺骗侮辱，还是"悠悠我思"。正当我们为之气愤不平时，三、四节的复沓，又让我们对她的遭遇怜惜感叹。她血泪责怨的背后，是掩不住的一腔痴情。她思念、她忧虑、她哀伤，诗篇以暴、霾、曀、雷等自然现象来反衬女主人公内心世界的激荡，更增添了无尽的悲伤。天下多少女子心底那酸楚而甜蜜的情愫，在此一览无余。人间自是有情痴，而女子最是心软如水的那一种。

《柏舟》是一首幽愤之诗，写一位女子以发誓的激烈口吻抒发家庭生活中的苦恼和不如意，写出了在恶劣的环境中被压迫者的悲愤。[①] 诗中不仅写出了人物的心绪，还流露出了他的感情、性格、希望与追求，自我形象鲜明。

---

① 作者似乎借此寄托政治上的失意，诗中"忧心悄悄，愠于群小"等句，使该诗又流露出"仁不逢时"之旨，此说为古代主流学说。《毛诗序》："《柏舟》，言仁不遇也。卫顷公之时，仁人不遇，小人在侧。"西汉学者焦延寿在《易林屯之乾》亦谓此时题旨为"仁不逢时"，东汉学者张衡《思玄赋》中云："《柏舟》悄悄纮不飞。"亦有小人在侧，"不能奋飞"之慨。至于《孔子诗论》所说的"《邶柏舟》闷"，亦可泛指男女，亦可泛指不遇。今从作品本身分析，《柏舟》一诗实写一个女子家庭生活的苦闷，其中亦隐约地寄托了君子不逢时之苦闷。

我心匪鉴，不可以茹。

我心匪石，不可转也。

我心匪席，不可卷也。

全诗五节，每节六行，写自己忧愁深重，无法排解，孤独有如柏舟浮沉在江水中流，心事重重，夜不能寐，即使有酒，又可以出外游玩，也无法排解内心的苦闷和隐忧。就这样，有苦无处诉，有兄弟也不能依靠，可是自己仍然矢志不渝。“忧心悄悄，愠于群小。觏闵既多，受侮不少。静言思之，寤辟有摽”以赋体写自己被群小所侮，极为痛心。继而采用比体，写当权者昏聩无能，而自己无力摆脱困境，不能奋飞。“如匪澣衣”则成为写心情郁闷之佳句。

第三节　其他真诚的生活咏歌

此外，《邶风》中的其他诗篇，主题不一，但无一不是真诚的生活咏歌。

《绿衣》为悼亡诗之祖。诗人睹物怀人，思念故妻。绿衣黄裳是故妻亲手所制，衣裳还穿在身上，做衣裳的人已经见不着了。悲情沉痛，令人不忍卒读。[①] 这种由睹物思人而顿生的物是人非之感，成为后世悼亡诗的主要内容。作为悼亡诗的滥觞，它也确立了后世悼亡诗文的一般写法，即所谓“望庐思其人，入室想所历”（潘岳《悼亡诗》其一）。

《燕燕》是卫君送妹远嫁南国的诗，写送嫁时的依依难舍，为送别诗佳作。全诗三章重章复唱，把送别情景和惜别气氛表现得深婉沉痛。开篇即在追忆中写别情，一波三折、一意三叠，辗转出许多哀婉。前三

---

①《毛诗序》认为是夫人失位而作，“卫庄姜伤己出。妾上僭，夫人失位而作是诗也”。焦延寿《易林观之革》认为是失宠之作，“黄裹绿衣，君服不宜，淫湎毁常，失其宠光”。但从原诗“心之忧矣，曷维其之”、“绿兮绿兮，女所治兮”来看，应属男子对亡妻的悼亡之诗。现当代学者余冠英、高亨、金启华、袁梅、邓荃等均从此说。

章皆以“燕燕于飞”起兴，用早春三月燕子双飞的自由快乐，反衬人间生离死别的苦楚；用燕子缠绕飞行、呢喃细语来反衬离人的含泪不前，相对无言。[1]“愿送于野”，“远于将之”，“远送于南”，送得再远，也难免最终的伤心一别。“泣涕如雨”，“伫立以泣”，“实劳我心”，由临行的相对而泣，到不见身影后的伫立怅惘，再到别后的劳念心伤，读罢令人黯然神伤。最后一章，则点明为何对她如此依依不舍：因为她心地善良、诚实深沉、性格温和且立身谨慎。这样的女子，谁能忍心与之相别？全诗挚意真情，振笔直起，赞颂了女子“仲氏”之德，并寄予了希望，哀而不伤。

邶地的民歌中，还有一组别具匠心的亲情诗。《凯风》是著名的孝道诗，诗中反复强调母亲的深恩，字里行间充满着自责的苦楚。“凯风自南，吹彼棘心”，以和煦的南风的吹拂，小酸枣树的滋育成长，象征慈母对儿女的辛勤抚育，形象优美，语义清新。与此同时，诗以黄鹂尚能歌喉婉转、自鸣好音来反比七个子女愧不成材，辜负母恩。而今，斯人已逝，天人相隔，儿女的愧疚竟再无弥补之时，巨大的遗憾和懊悔随着母亲的离世而成为永恒的心结。全诗余音袅然，缠绵无尽，其魅力足以浸染天地人心，流载广袤千古。唐代诗人孟郊的千古佳咏《游子吟》，立意即与《凯风》颂母之旨一脉相承。“凯风”后来也演变成了象征慈母抚爱的常用典故。苏轼的《为胡完夫母夫人挽词》中即有“凯风吹尽棘成薪”之句，以喻母恩深挚。

《二子乘舟》历来多被附会为卫人思卫公子伋、寿之作，但我们从文本本身看到的，却是那种缘自血亲之间的深沉思念和担忧。两个年轻人遭受冤屈，被迫乘舟远行避难：

---

① “之子于归”在《诗经》中共出现十二次之多，均指女子出嫁。又，殷人以“玄鸟”即燕子为图腾，商代青铜器“玄鸟壶”的发现，更证明了殷人确实认可燕子为神灵的婚姻使者。而郑玄《礼记月令》注曰：“玄鸟，燕也。燕以施生时来，巢人堂宇而孵乳，嫁娶之象也。”由此可以确定《燕燕》是一首送别远嫁之诗。《孔子诗论》中谓“《燕燕》之情”，“《燕燕》，情爱也”，“《燕燕》之情，以其独也”（参见马承源主编：《上海博物馆藏战国楚竹书》，上海古籍出版社，2001年）点明其离别之情的难舍难分。

二子乘舟，泛泛其景，愿言思子，中心养养。

二子乘舟，泛泛其逝，愿言思子，不瑕有害。

歌唱者站在水边，他（她）可能是他们的父亲或者叔伯，也可能是他们的母亲或者姑嫂。望着远去的身影和被船儿荡起的水波，他（她）阴郁悲伤，忐忑难安。无可比拟的沉思和焦虑化为脱口而成的短歌，章句短小却意韵绵长，言语浅白而情深似海。

此外，邶地也有几首讽刺怨诉之作。如《新台》是讽刺卫宣公劫纳儿媳的丑恶。他的儿子伋娶亲，宣公见女子貌美，便在黄河上造了一座新台，将儿媳纳为己有。卫国民众不满意这件丑事，编了这首歌讽刺宣公，把他比作癞蛤蟆。[①]《式微》是写百姓当差应役，到天晚还不得休息，对于奴役他们的君主发出了怨言，抒发了对压迫者的怨恨和愤怒。《北门》是一个管理日常政务和劳役之事的下级官吏对繁重职务和寒酸境况的不满。主人公外有“王事”、“政事”之劳，内有妻儿家小之责，位不足以勤王室，力不足以养家室，事繁而禄薄，外劳而内怨，化做满腹的叹惋。

综观《邶风》，我们得以望见一幅幅色彩斑斓的古代田园风情画。这里的天地辽阔广袤，春意盎然，树木葱茏；这里的爱情热烈健康，格调欢快明朗；这里的青年男女自由无拘，追求率真大胆。他们自然而尽情地生息劳作，敢爱敢恨；他们反伪饰，求真情。对爱情，他们真诚礼赞，浪漫追寻；对丑恶，他们泣血控诉，强烈斥责。他们脱口即成诗歌，或吟咏性情，或讽刺时政，因为活得真实，身心洋溢着浓郁的情感，所以表达也就显得那样容易。举凡婚姻爱情中的酸甜苦辣，悲欢离

① 兰菊荪《诗经国风今译》认为是写一位女子遭了媒婆的欺骗，所嫁非人，因而发出的怨词。但《新台》实于史实相契合，故仍从《毛诗序》。《毛诗序》：“刺卫宣公也。纳伋之妻，作新台于河上而要之，国人恶之而作是诗也。”《左传桓公十六年》：“卫宣公烝于夷姜生急子，为之要于齐，而美，公取之。”《史记卫世家》：“（宣公）十八年……右公子为太子取齐女，未入室，而宣公见所欲为太子妇者好，说而自取之。”此外，刘向《列女传》、《新序》及郦道元《水经注·河水篇》均有类似的记载。宣公十八年，即公元前701年，《新台》即作于此年。

合的急湍微澜，两性忖测爱慕的微妙心理，情侣投桃报李的欢唱，弃妇如泣如诉的悲歌，思妇征夫断肠心碎的怨曲，都来得慷慨清音，明转天然。面对不平和压迫，他们从不噤声苦忍，而是必发言为歌。频繁的兼并战争，繁重的兵役，官僚贵族的奢侈无厌，所有这些都在他们的诗作中有所反映。他们锋芒毕露的呐喊斥责，悲愤痛恨的讽刺揭露，达到了现实主义的深度和广度。春秋时代的河北诗歌，尚未形成完整独立的地域特性，但重情重义、不屈坚忍的地域精神已经隐约可见。

第三章　以《荀子》为代表的河北散文

先秦时代的河北，诗歌咏唱的历史不长，留下的文字记载也不算多。春秋末战国初，特别是到了战国时代，礼坏乐崩，王室衰微。由此诸子蜂起，思想激荡，大量散文的说理代替了前一阶段诗歌的咏唱。毫无疑问，诸子散文的繁荣是以人文思想的高涨为背景的。

从春秋末年直至战国，历史走进了风起云涌的大变革时代，有学者将之与西方的同一历史阶段相比，称这一时期为所谓“轴心期”。西方、印度以及中国这三大文化圈，几乎都是在这一大致相当的历史时期形成的。这一时期的中国，政治的分裂与文化的多元，士的兴起与人文精神的弘扬，推动着先贤们以人文精神为武器，积极地探索宇宙人生，参与哲学思辨，关注社会政治，讨论治国之道，终于打破了古代文化数千年的沉寂，展现出人类意识的觉醒，为诸子散文的繁荣提供了肥沃的土壤。

在如此汹涌的思想文化大潮中，河北的学术思想也自有其特点。就总体而言，此地学者的理论主张多具有追求法治或势治的思想倾向，显得庄重深沉而切近实际。慎到创立“贵势”的政治主张；荀况则援法入儒，外儒内法，远非“迂远而阔于事情”的思、孟之徒；公孙龙不囿于名家“礼乐刑政”的正名学说，创作出我国第一部具有纯理论、纯逻辑倾向的著作，成为我国逻辑学的重要开拓者。这使得燕赵的先秦散文呈现出玄思与实务并重、理论性与灵活性兼容的整体风貌。荀子的散文就是其中的优秀代表，他在缜密的思维中洋溢着恢宏磅礴的气势，形成了“浑厚”的艺术个性。

第一节　荀子的生平与活动

荀子（约前336～前238年）[①]，名况，时人尊而号为“卿”，故又称荀卿。汉代避宣帝讳而改称“孙卿”，战国时期赵国人。对于他的生平，《史记·荀卿列传》有简略记载：“荀卿，赵人，年五十始来游学于齐。驺衍之术迂大而闳辩，奭也文具难施，淳于髡久与处，时有得善言。故齐人颂曰：‘谈天衍，雕龙奭，炙毂过髡。’田骈之属皆已死，齐襄王时，而荀卿最为老师。齐尚修列大夫之缺，而荀卿三为祭酒焉。齐人或谗荀卿，荀卿乃适楚，而春申君以为兰陵令。”最后终老于楚国。他曾经传道授业，著有《荀子》32篇。战国末期两位最著名的思想家、政治家——韩非与李斯都为其入室弟子。他与孟子各执孔子一端以立论，批判总结了先秦诸子的学术思想，对古代的朴素唯物主义思想有积极的推动和发展，他不仅是先秦时期儒家的最后一位思想家，也是先秦时期集诸子大成的一位思想家。

荀子早年曾北游燕国，《韩非子·难三》云：“燕子哙贤子之而非孙卿，故身死为僇。”50岁（前286年）游学于齐国，这一年，齐湣王大肆扩张，“南举楚淮，北并巨宋……诸儒谏不从，慎到、接子亡去，田骈如薛，而孙卿适楚”。[②]

齐襄王五年（前279年），齐国即墨守将田单“迎襄王于莒入于临淄”，齐襄王复国。齐襄王复国以后，重整稷下学宫，“修列大夫之缺”，荀子“最为老师”，且“三为祭酒”，成为当时最有影响力的学术领袖。在稷下学宫的经历使荀子有条件对各家学说进行批判吸收，从而成为批评百家也融汇百家的大学者、大思想家。

---

① 荀子生卒年争议较大，主要有三种说法，胡元仪《郇卿别传》：公元前313～前238年；钱穆《先秦诸子系年》：公元前340～前245年；梁涛《荀子行年新考》：公元前336～前238年。

② 桓宽：《盐铁论·论儒》。

在范睢相秦期间（前266年～前255年）[①]，荀子“应聘诸侯，见秦昭王”。[②] 秦昭王问他：“儒无益于人之国?”荀子回答说：“儒者在本朝则美政，在下位则美俗，儒之为人下如是矣。”（《儒效》）范睢问他到秦国后看到了什么，荀子回答说：秦国地势险要，百姓纯朴；“百吏肃然”而近“治之至也”；朝廷“听决百事不留”，但是秦国没有大儒，无“大儒”成为秦国的致命伤。但是秦王并没有接受荀子的建议，秦国推崇法治，实行霸道，不以荀子的儒家理想为圭臬，所以荀子的治国建议和儒家理想在秦国不可能被接受，更不可能得到实施。

在秦不遇，他又来到了赵国，赵孝成王拜他为卿。[③] 在此期间，他曾与临武君庞煖议兵，以为“用兵攻战之本在乎壹民”，“善附民者，是乃善用兵者也”（《荀子·议兵》），宣扬其“仁人之兵”说，这样的建议自然也不可能被刚刚在长平之战中大伤元气的赵国所采纳。

荀子第三次进入齐国，是在齐王建之时[④]。当时的齐国“女主乱之宫，诈臣乱之朝，贪吏乱之官，众庶百姓皆以贪利争夺为俗”。荀子看到齐国面临的危亡，向齐相建议：“处胜人之势，会胜人之道。”并指出：“今巨楚县吾前，大燕鳍吾后，劲魏钩吾右，西壤之不绝若绳，楚人则乃有襄贲开阳以临吾左。是一国作谋则三国必起而乘我。如是，则齐必断而为四，三国若假城然耳，必为天下大笑。”（《荀子·强国》）但荀子的建议仍未被采纳。

公元前255年，楚国攻灭鲁国，新得兰陵（今山东苍水县兰陵镇）之地，楚相春申君“以荀卿为兰陵令”。春申君是战国四公子之一，兰陵在他的封地之内，方圆百里，地势重要。荀子本来借此可以大展宏图，但也就是此时却遭到了谗客的忌恨。《战国策·楚策四》载：“客说

---

① 梁涛《荀子行年新考》推断荀子游秦的时间大体在齐襄王十八年、秦昭王四十一年（前266年）。

② 刘向：《荀子叙录》。

③《战国策·楚策四》：“孙子去之赵，赵以为上卿。”

④ 梁涛《荀子行年新考》推断荀子说齐相的时间约为鲁顷公十九年（前266年）楚取徐州至二十四年（前255年）楚伐灭鲁之间，也即齐王建三年至十年间。

春申君曰：‘汤以亳，武王以镐，皆不过百里以有天下。今孙子，天下贤人也，君藉之以百里势，陈窃以为不便于君。何如?’春申君曰：‘善。’于是使人谢孙（荀）子。”荀子悻悻然而离开楚国。但不久，楚国有人向楚相春申君建议请荀子回楚，春申君接受建议，派人请回荀子，复任兰陵令。公元前238年，春申君被李园杀害，“春申君死而荀卿废，因家兰陵……荀卿忌浊世之政，亡国乱君相属，不遂大道而喜于巫祝，信祥，鄙儒小拘，如庄周等滑稽乱俗，于是推儒、墨、道德行事兴坏，序列著数万言而卒。因葬兰陵。”①

战国时代的纷争给广大人民带来了深重的灾难，但也为广大士人提供了实现政治理想的广阔天地。他们或奔走演说，纵横捭阖；或运筹帷幄，决胜千里。而以富国强兵为目的的各国君主们对人才取舍的主要依据是是否有“益于人之国”。所以叱咤于战国大舞台上的是善于兵道的孙膑，力倡合纵连横的苏秦、张仪，主张远交近攻的范雎等人。而以儒家仁义相标榜、主张以礼义治国的荀况，也便和他儒家前辈孔子、孟子一样，虽多方游说，但终其一生也未能实现自己的理想。

荀子晚年主要从事教学和著述。他的学生中除韩非、李斯外，其他比较著名的有陈嚣、毛亨、浮丘伯、张苍等。他所讲授的儒家经典主要是《诗》、《春秋》、《礼》、《易》等。胡元仪《荀卿别传》云：“荀卿善为《诗》、《礼》、《易》、《春秋》，从根牟子受《诗》，以传毛亨，号《毛诗》。又传浮丘伯，伯传申公，号《鲁诗》。从臂子弓受《易》，并传其以学，称子弓比于孔子。从虞卿受《左氏春秋》，以传张苍，苍传贾谊。穀梁俶亦为经作传。传荀卿，卿传浮丘伯，伯传申公，申公传瑕丘江公，世为博士。荀卿尤精于《礼》，书缺有间，受授莫详。由是汉之始治《易》、《诗》《春秋》者，皆源出于荀卿。”

荀子所生活的战国末年，社会正由长期的分裂逐步走向统一，基本上形成了秦、齐、楚三国对峙的局面。荀子去世后十几年，秦国便一举

---

① 司马迁：《史记·荀卿列传》。

统一了中国。在这样的时代大背景下，无论是思想上，还是学术上，都客观地要求思想家和学者对那个时代进行全面的清理和总结，而荀子作为思想领袖和学术泰斗，就责无旁贷地选择和承担了这项伟大的使命，从而也成就了他作为战国时代思想和学术集大成者的历史地位。

第二节　荀子的学说与思想

荀子主要是作为一位思想家而影响后世的。在荀子的思想中，他继承并发展了儒家孔子的学说，同时又吸收和采纳了别家之长。郭沫若在《荀子的批判》一文中说："汉人所传的《诗》、《书》、《易》、《礼》以及《春秋》的传授系统，无论直接或间接，差不多都和荀卿有关，虽不必都是事实，但也并不算是全无可能。"[①] 在荀子身上，可以反映出战国各家各派从争鸣到渐次走向融合的思想趋势。

荀子同孔、孟一样，也十分强调礼治。但他的礼又不完全相同于孔子的"克己复礼"，而是在很大程度上吸收了当时法家的某些思想。在荀子看来，礼义为"治之始"（《王制》），而法为"治之端"（《君道》），"治之经，礼与刑，君子以修百姓宁"（《成相》），"隆礼至法则国有常，尚贤使能则民知方"（《君道》），礼与法从治理国家的角度是有一定的一致性的。所以，礼治要兼法制而行，尚贤使能要与赏功罚过兼施，也即"以善至者，待之以礼；以不善至者，待之以刑"（《王制》）。在荀子这里，"王道"和"霸道"是要结合并行的，所谓"马骇舆，则君子不安舆；庶人骇政，则君子不安位。马骇舆，则莫若静之；庶人骇政，则莫若惠之"，"君者舟也，庶人者水也；水则载舟，水则覆舟"（《王制》）。这正说明，在荀子的思想深处，法是礼的补充和辅助，霸道则是王道的补充和辅助。

在人性论方面，荀子与孟子提出的"性善论"相对立，而提出了

① 郭沫若：《十批判书·荀子的批判》，人民出版社，1954年。

“性恶论”思想。他认为人的本性是恶的，也即，人的自然本性欲求如果不加节制，就会发展成为“恶”。只有通过礼法的改造——“师法之化，礼义之道”——才能使人弃恶为善。因此，荀子非常重视后天的学习和教育，也就是从这里开始，荀子建立起了他“隆礼”和“重法”相结合的政治观。

在哲学方面，他发展了古代朴素的唯物主义理论。他反对天命论，强调“天行有常，不为尧存，不为桀亡”，反对鬼神迷信思想，认为自然界有自己运行的法则，这个法则是不以人的意志为转移的，对此，他提出了“明于天人之分”、“制天命而用之”等强调人的主观能动作用的思想。此外，他坚持儒家的“正名”学说，强调尊卑贵贱等级名分的重要性，但是，他又同时赋予了“正名”思想以新的内容和规定。所谓“虽王公士大夫之子孙也，不能属于礼仪，则归之庶人；虽庶人之子孙也，积文学，正身行，能属于礼义，则归之卿相士大夫”（《王制》）。另外，荀子的经济思想也有着相当丰富的内容，他重视农业生产，把农业生产看做财富的根本来源，提出“开源节流”、“强本节用”的主张，他的“省商贾之数”（《富国》），“省工贾、众农夫”（《君道》）的重农抑商思想，“轻田野之税，省刀布之敛，罕兴力役，无夺农时”（《王霸》），轻徭薄赋、休养生息的经济主张，对后世都有很大的影响。

关于荀子集先秦学术和思想大成的历史贡献，清人汪中在《荀卿子通论》中曾说：“盖百七十子之徒既殁，汉诸儒未兴，中更战国暴秦之乱，六艺之传赖以不绝者，荀卿也。周公作之，孔子述之，荀卿子传之，其揆一也。”从《荀子》一书看，他对当时思想界所热衷讨论的各个问题几乎都有所涉及，在政治、经济、法律、军事、教育、历史、文艺等诸多方面都发表过独到的见解，堪称一位百科全书式的学者。正如郭沫若在《荀子的批判》中所说：“（荀子）不仅集了儒家的大成，而且可以说是集了百家的大成的……先秦诸子几乎没有一家没有经过他的批判……他的学说思想里面，我们很明显的可以看得出百家的影响，或者是正面的接收与发展，或者是反面的攻击与对立，或者是综合的统一与衍变。”

荀子的主导思想是对孔子仁政思想的继承和创新，是儒家思想在新的时代的新形式。他与孟子各执孔子一端以立论，主张性恶论的哲学思想和“王制”的社会模式。汉唐时期，他的思想备受学者推崇；宋明理学家的兴起，荀子由于主张“人性恶”而屡遭贬斥；清代以降，荀学又重被尊奉。梁启超在《清代学术概论》中说道：“汉代经师，不问今文家古文家，皆出荀卿。二千年间，宗派属变，壹皆盘旋荀子肘下。”这样的评价是符合历史实际的。

第三节 《荀子》——诸子散文之典范

荀子著述大多保存在《荀子》一书中。关于此书，刘向在校书《叙录》中记述编定《荀子》的情况说：“所校雠中孙卿书，凡三百二十二篇，以相校除复重二百九十篇，定著三十二篇。”《汉书·艺文志》《隋书·经籍志》《旧唐书·经籍志》等将荀子的著作称为《孙卿子》。唐代学者扬倞为之作注，定名为《荀子》，以后逐渐为大家所接受，成为荀子著作的通称。

《荀子》一书中，荀子亲著22篇，还有荀子的弟子们记述荀子言行的其他5篇。作为诸子散文的典范，《荀子》有着自己独特的艺术特征。

首先，就整体风格而言，《荀子》中的论说文，呈现出缜密、深邃、严整的文风特点。他为文的主题非常明确，不同于《论语》和《孟子》等的语录体，全书基本上都是独立成篇的论说文。每篇的标题，便是文章的中心观点。例如：《王治》、《王霸》是作者对于理想社会蓝图的生动描绘；《劝学》、《修身》是作者对于学问修养的详尽论述；《天论》、《性恶》是其对于天地自然，人生社会的透辟分析；《议兵》、《君道》、《臣道》是其对于军事政治，君臣之道的充分阐释；《非十二子》是其关于学术见解的批判。他的这些论文，结构严整，文理绵密，朴实深厚，充分显示了作为学者型文人的独特才性气质。

其次，在他的笔下，丰富发展了说理文的技巧和艺术。他的引证广博，论据充分，使文章富有说服力。他广泛征引前世的典籍，同时，也引录传统民间的古语俗语，如“语曰：‘浅不足与测深，愚不足与谋知，坎井之蛙不可语东海之乐。’此之谓也”（《正论》）。此外，他还大量的征引历史故事和人物，在《君道》篇有“楚灵王好细腰，故朝有饿人”的故事，用此来论证“君者仪也，民者景也，仪正而景正”的观点。他又运用分析、综合等多种论证方法，从问题的各个层面、各个角度以及正反两方面来加以解剖说明。例如，《劝学篇》，在提出中心论点——“学不可以已”之后，便分别从学之必要性、学之方法、学之目标，面面俱到，层层深入，进行滴水不漏的推理论证。

最后，他的论断精炼准确，同时也文采斐然。荀子的语言运用，显示出卓越的艺术特征。大量修辞手法，在荀子手中被巧妙地运用。他的对偶工整协调，如“不登高山，不知天之高也；不临深溪，不知地之厚也”“积土成山，风雨兴焉；积水成渊，蛟龙生焉”（《劝学》），“日月不高，则光辉不赫，水火不积，则辉润不博”（《天论》）。排比和铺陈的句法，在他的文章中，也是经常出现，如“在天者莫明于日月，在地者莫明于水火，在物者莫明于珠玉，在人者莫明于礼仪”（《天论》）这样的句子紧密出现，使其文章气势雄伟，一泻千里。比喻是《荀子》一书中的最为突出的修辞方式，有学者统计约有200余处之多，可谓琳琅满目。例如，“万物得宜，事变得应，上得天时，下得地利，中得人和，则财货浑浑如泉源，汸汸如河海，暴暴如丘山，不时焚烧，无所藏之，夫天下何患乎不足也。”（《富国》）再如，“君者，仪也；民者，景也，仪正而景正。君者，盘也；民者，水也，盘圆而水圆。”“君者，民之源也。源清则流清，源浊则流浊。”（《君道》）

第四节　独特的韵文成就

除说理文外，荀子另有韵文作品《成相》和《赋》，二者在文学史上同样具有重要意义。《成相》是荀子用民歌的形式来阐述宣传自己的政治主张的通俗文学作品，是先秦诗歌宝库中罕见的优秀长诗。

“成相”是战国时代民歌的常用形式。“相”，是上古时代的一种乐器。《正字通·目部》说：“相，乐器。”郑玄注曰：“搏拊以韦为之，装之以糠，形如小鼓，所以节乐，以咏，谓歌诗也。”其结构“大约是以‘请成相’，‘请布基’之类的套语开头，中间用‘请布基’换调展开”。对于此种结构，清末学者俞樾解释曰：“‘请成相’者，谓成此曲也。”对于这种结构，杜国庠云：“每章虽只五句二十六字，但一整套当有若干章所构成，章数或多或少可以伸缩，全观所要歌唱的题材而宜。”[①]

《荀子·成相》篇共有3篇56章，全篇重在说理，主要讲为君治国之道。在思想主旨上与荀子的其他篇目虽殊途而同归，清人郝懿行说：“（荀子）迨春申亡而兰陵归，知道不行，发愤著书……其指归意趣尽在《成相》一篇。”[②]“请成相，世之殃”，至“宗其贤良，辨其殃孽”，此22章为其上篇，写天下治乱兴衰的原因和治理策略，指出君主必须远谗人近贤者；“请成相，道圣王”，至“托于成相以喻意”，此22章为其中篇，用历史上的圣往暗王之事，证明论点，以他们的成败告诫君主与臣下必须“隆礼重法”、“尚贤使能”、“重义轻利”，而绝不能任用专进谗言之人，不能“争宠嫉贤”；“请成相，言治方”，至“后世法之成律贯”，此12章为其下篇，提出为君之道的五条要领，具体论述礼、法、术等治理方法。

《成相》篇的主要文学成就在于它的艺术形式。它的句式一律是

① 杜国庠：《论荀子的〈成相篇〉》，《先秦诸子散文研究》，生活·读书·新知三联书店，1955年。
② 王先谦：《荀子集解考证》。

“三三七四七”，例如“请成相，世之殃，愚暗愚暗堕贤良！人主无贤，如瞽无相何伥伥！请布基，慎圣人，愚而自专事不治。主忌苟胜，群臣莫谏必逢灾”这种句式具有强烈的节奏变化，可分为两组四个节拍，即“三三”是四个节拍，“七”也是四个节拍，这样使它既不像两句七言诗那样在节奏上前后雷同，有重复之感，又不像其他杂言形式在节奏上松散凌乱。它于整齐中以变化，给人以音乐跳跃流转之美。① 同时，这种句式在诗体发展演进中也有重大意义，它直接启发了汉代的乐府诗，对后来七言诗的形成有铺垫作用。例如，汉乐府《平陵东》：“平陵东，松柏桐，不知何人劫义公。”北朝民歌《敕勒歌》：“天苍苍，野茫茫，风吹草低见牛羊。”白居易的《长相思》：“汴水流，泗水流，流到瓜州古渡头。”陆游的《钗头凤》：“红酥手，黄藤酒，满城春色宫墙柳。”后来，它又成为民间歌谣常见形式，始终保留于民间说唱艺术中，并流传至今。例如，明末农村歌谣：“吃他粮，着他裳，吃着不够有闯王。不当差，不纳粮，大家快活过一场。”现代儿歌：“你拍九，我拍九，饭前便后要洗手。”② 押韵方面，相对于七言诗来说，“三三”句式将前一句分为两句，这样就多了一次用员韵的机会，使其声韵响亮明快，铿锵有力。对于以上独特性的艺术形式，杜国庠先生曾说过：“单就这一点来说，《成相》篇也有资格在中国文学史上有一个相当的地位。何况它本身就是二千多年前的通俗作品，简直可以说是俗文学的祖宗呢。”③ 清人卢文弨将荀子《成相》称为“后世弹词之祖”，即是后世弹唱艺术的滥觞。

荀子的《赋》篇则是当时的一种开创性文体。该文章由《礼》、《知》、《云》、《蚕》、《箴》五篇赋和两首《佹诗》组成，这两首诗，实际上也是骈散相间的赋。其《赋》篇通过借物寓意的手法，表达了荀况

---

① 支菊生：《“成相”与诗歌的“三三七言”》，河北大学学报，1983年，第3期。

② 黎传绪：《托于歌谣以喻意　藉于传唱以教化　论说唱文学之祖——荀子〈成相篇〉》，南昌高专学报，2003年，第3期。

③ 杜国庠：《论荀子的〈成相篇〉》，《先秦诸子散文研究》，生活·读力·新知三联书店，1955年。

对“礼”和圣君贤相的道德风尚的看法，也表达了他渴望安定统一的内心愿望。

在赋中，他首先对“礼”和“知”进行了热烈的歌颂，并希望天下君主都能达到“礼”的要求，做到“明达纯粹而无疵”，达到“君子之知”。进而，作者对“云”、“蚕”、“箴”进行了细致的刻画，借以表明圣主贤君所应具有的道德风尚。在结尾的诗中，他对“不治”的天下进行了描述，既表达了他对这种社会的不满，也表现了他渴望天下安定统一的强烈愿望。

荀子诸赋多为假设问答的虚构之体，他的“赋”采用言在此而意在彼的艺术手法，即“遁词以隐意，谲譬以指事。”这与先秦的隐语特点相通，也即杜国庠先生所说：“先疑其言以相问，而对者经过一番思虑，将猜到的内容同样再以谜语的形式说出，然后再点出谜底，喻指一个事物，或说明一个道理。”① 其意旨存乎讽谏，有古诗之传统。

他的《赋》，字句整齐，韵散兼用，具有半诗半文的性质，采用问答形式，回环铺陈，趺至排比，借咏物以说理。它开创了以“赋”为名的文学体裁，与汉代的散体赋在形式上已经非常接近，在文体发展史上，它在结构、手法、语言等方面都对后来汉赋的出现产生了直接而深刻的影响。荀子韵文中的种种开创精神，也成为燕赵文化中的先进因子。

---

① 杜国庠：《论荀子的〈成相篇〉》，《先秦诸子散文研究》，生活·读书·新知三联书店，1955年。

第四章　慨而慷——《易水歌》

常常被后人用来称引河北文学乃至整个河北文化的所谓“慷慨悲歌”的特色，初步确立于战国时期。河北文化的雄浑豪放、务实进取与齐鲁文化的严谨典雅、温和敦厚，吴越文化的好剑轻死、信巫淫祀，荆楚文化的绮丽诡谲、浪漫飘逸，西秦文化的崇勇尚功、峻拔峭利一起构成了中国先秦社会时期的文化全景。

燕赵在音乐歌舞方面早已显闻于诸侯[1]，音乐歌舞的发达必然促进与之结合的诗歌的繁荣。而在诸多诗歌所奏响的泛音中，慷慨之音渐成主调。赵王迁作《山水之讴》，使闻者莫不流涕[2]，足见赵人“慷慨悲歌”的精神气质。而使得整个燕赵文化主旋律一锤定音的，便是战国末期荆轲刺杀秦王前的一曲悲歌。

第一节　荆轲与《易水歌》

从胡服骑射到跻身七雄，赵文化体现出一种好气任侠、尚节行健、放荡冶游的精神气质[3]；燕国则因地势苦寒、国势卑弱，其文化也就带有几分自伤自怨、卞急狷介、刚烈悲壮的色彩。[4] 由此，燕赵文化表现

---

①《战国策·中山策·阴姬与江姬争为后》有中山相司熹语，称：“赵，天下善为音，佳丽之所出也。”

②《淮南子·泰族训》：“赵王迁流于房陵，思故乡，则为《山水之讴》，闻者莫不流涕。”

③《史记》：“种，代（今河北蔚县），石北也，地边胡，数被寇，人民矜懻忮，好气，任侠为奸，不事农桑……自全晋之时固已患其剽悍，而武灵王益厉之，其谣俗尤有赵之风也。”又《汉书·地理志》：“（邯郸一带）土广俗杂，大率精急，高气势，轻为奸。”

④《史记》：“（燕）大于赵、代俗相类，其民雕悍少虑。”又《汉书·地理志》：“（燕地）其俗愚悍少虑，轻薄无威，亦有所长，敢于急人，燕丹遗风也。”

出“慷慨悲歌”[1]的情结，进而弘扬成不畏艰难、勇往直前的地域性格，而非温柔敦厚、广博易良的长者风范。在这片广袤的土地上，丈夫少揖让而多功利，少拘谨而多剽悍；女子则善以鼓琴鸣瑟、机智灵巧而游媚富贵，这与安分农桑而主礼重名之民大异其趣[2]。强直雄健、刁悍任侠、纵酒长歌是燕赵之地的民风写照，这一切使燕赵文化深厚发达，个性鲜明。特殊的地理环境、复杂的经济与民族结构，使边地少数民族的强悍与尚武精神浸染燕赵，使商人的投机食利和游牧的无根游荡心理沉淀于燕赵。此时，河北文化特色已初步形成，只待一声最强音的奏响，便足以宣示世间了。其标志，便是荆轲于易水之畔高唱的那首《易水歌》。

战国末期，西北之秦国渐趋强大，逐步侵吞六国，意欲一统天下。北方边地的燕国在七国中比较弱小，生死存亡迫在眉睫。燕太子丹曾作为人质在秦国羁留三年，心中早对秦王不满，至此，赵国已经危在旦夕，秦军又很快即将进逼燕国，燕太子丹怀抱新仇旧恨，毅然决定派人刺杀秦王。在这一失败的历史事件中，却成就了一个英雄——荆轲，并且为后世留下了千古绝唱——《易水歌》。

荆轲，战国时代卫国人，喜读书，好剑术，是当时有名的勇士，且通晓音律，能歌善吟。荆轲在燕国之时，与艺人高渐离相交深厚，二人常常一操琴，一高吟，歌啸市中。

在此之前，太子丹曾向隐士田光商讨刺秦计划，田光向燕太子丹推荐了荆轲，并以自杀向太子丹保证不会泄露此机密。荆轲受此义举感染，答应了太子丹的请求——前往秦国谋刺秦王嬴政。其时，秦将樊於期由于得罪了秦王，而逃到燕国请求避难，得太子丹收留。秦国当时正

---

① 韩愈当时亦称“燕赵古称多慷慨悲歌之士。”又黄宗羲在《马血航诗序》中说：“彼知性者……中原之风骨，燕赵之悲歌慷慨。”

②《史记》：“中山地薄人众，犹有沙丘纣淫地余民，民俗懁急，仰机利而食。丈夫相聚游戏，悲歌慷慨，起则相随椎剽，休则掘冢作巧歼冶，多美物，为倡优，女子则鼓鸣瑟，跕屣，游媚富贵，入后宫，遍诸侯。”

在以千金之赏、万户之封求樊於期之人头，樊於期于是献出自己的项上人头，以助荆轲之行。

公元前227年，荆轲携带了樊将军之首级以及燕国地图前往秦国。燕太子丹和众位宾客，皆身着丧服，送荆轲至易水河畔。在萧萧寒风中，好友高渐离击筑（一种用竹尺敲奏的乐器，共13弦，声音深沉浑厚）为荆轲壮行，荆轲和声高唱道：

风萧萧兮易水寒，壮士一去兮不复还！

这就是闻名史上的《易水歌》。

荆轲歌罢，“士皆瞋目，发尽上指冠”。氛围是如此之壮怀激烈，场面是如此之悲慨泣下，何况还有北风呼啸，天暗云低之北地冰河。

与荆轲同行的，还有一把用毒药淬染过的锋刃，和一位叫做秦舞阳的助手。到达秦国后，荆轲捧着装有樊於期将军的首级之木匣，秦舞阳捧着地图来到秦王的大殿之上。然后，他接过秦舞阳手中的地图，捧呈到秦王面前，地图一点一点地展开，即将到尽头，匕首突然显露，荆轲一手扯住秦王的衣袖，一手持匕首向秦王的胸口刺去，秦王大惊失色，退后躲避，荆轲一击不中，再刺，秦王抽出佩剑将荆轲左腿砍断，又连刺荆轲八剑，此时荆轲已知事败，于是倚在柱子上放声大笑，此际秦宫侍卫一拥而上，将荆轲刺死。荆轲此行，终以失败告终。

第二节　慷慨悲壮的千古绝唱

《易水歌》是中国文学史上的千载绝唱。它以仅仅两句的篇幅，承载了巨大的情感和意义容量。已经远远超越了是非成败，超越了当时的诗歌本身，而成为一种可以引起强烈共鸣的意象，在世人心头流传下来，那就是侠义精神和为义而轻死的情节。它以其慷慨激昂，视死如归的情调高扬，激励着后世仁人义士慷慨赴难，从容完节。

首句“风萧萧兮易水寒”，使用古诗中传统的以物象起兴的方法，将人们带入一个空阔辽远、苦寒悲情的自然环境之中，在寒冬的鄙远北地，在奔涌的易水之涯岸。其中“萧萧”这一叠声字的运用，更加突出了环境的悲剧情节。一副苍凉而壮大的画面呈现在诗歌的背后，强烈地支持着诗歌的感情意象——既是壮志豪情又是苍凉而悲苦的。

下句“壮士一去兮不复还”，将对侠义的推崇以及对生命的留恋表达得淋漓尽致。称呼自己为“壮士”，则表示荆轲在内心里是强烈认同自己这一行为的崇高性的，他愿意为之献出生命。此行无论成功与否，他的结果只有一个，那就是死亡，所以他便吟出了“一去不复还”这样的句子。英雄心底也是这样无限的苍凉与落寞，在他内心深处，是难以掩饰这种对生之留恋，对死之叹惋的悲凉情绪的。也正是这种两重复杂的情感，将我们深深打动。如果荆轲只是一个视死如归的莽撞之士，他的死亡并不会引起我们太多的感动，历史上的刺客何其多也，为何唯有荆轲，唯有他的《易水歌》给了我们这样的感慨心潮？正是由于这位英雄，和我们所有的普通人一样，也是恐惧死亡留恋人世的，但在这样的历史时刻，他选择了前行，选择了死亡，选择了渡过易水，渡过他在人间的生命之河。这就是他打动人们的力量所在，这也是《易水歌》打动读者的力量所在。

此去，即是决绝，但他仍然向前。这就是英雄的情怀和意志的力量，这也就是燕赵风骨的核心内容，也就是被韩愈称之为“感慨悲歌之士”的最可贵的性格了。慷慨激越，撼动山河，一种壮伟情怀在天地间充盈，一种不甘平庸的豪侠之气贯彻古今。英雄拔剑而起，壮士视死如归，在萧萧北风，刺骨寒水中更添一段风骨凛然，更增一种悲怆凄美。易水之歌，作为永恒的悲壮情节和苍凉横绝的意象百代流转。它同时成为中国文学史上的壮伟意象，成为文人墨客心底潜存的刀侠之梦而一再被吟唱。知其不可为而为之的悲剧性格成为奏出绝响的弦，一经触摸便怆然涕下。

易水悲歌的产生，得益于燕赵文化的积淀和哺育；反过来，易水悲歌，又深刻地影响了燕赵文化传统、燕赵文化品格的流传和发展。作为燕赵文化早期的历史遗存，在文化层面及文化价值上，它的历史影响和历史地位不容低估。

在荆轲的《易水歌》之后，雄豪悲壮的燕赵诗风从此吹彻开来。

小　结

先秦时期的河北文学正处在自身特点发展、形成的阶段，而关键时期又在春秋战国。上古神话作为群体记忆的遗留，体现更多的华夏先民共有的集体意志。作为先秦河北文学代表的邶风，虽也初步显现了河北的地域文化特征，但就整体而言还处于泛音阶段，主旋律并不突出。所以春秋以前的河北文学，为后人称说不已的所谓“慷慨悲歌”的燕赵风骨并不鲜明。时至战国，由于诸侯争雄，更由于北方少数民族对中原农耕民族形成了实质性威胁，河北处于游牧文化与农耕文化交接处的独特文化位置逐步凸显，“雕悍任侠”的民风逐渐形成，慷慨悲歌才随着《易水歌》的唱响从众多泛音中日益突出而成为河北文风的基调，并对后世的河北文学产生了广阔深远的影响。河北独特的文化特征也深刻地影响了本地的韵文与散文创作，而典范作家就是战国时期百科全书式的人物荀子。浑厚的《荀子》散文、深刻影响后世诗词的《成相》、直接开启汉赋的写作的《赋》，离开燕赵独特的文化背景、深厚的学术思想土壤，都将无以产生。它们在河北乃至整个先秦的文化格局中，都占有重要的一席之地。

第二编

秦汉河北文学

绪 论

秦汉时期，随着大一统多民族中央集权封建大帝国的建立、巩固和发展，河北作为全国经济文化最为发达昌盛的地区之一，一直占有重要的地位。

这一时期，河北地区涌现出许多杰出的文学家，他们的作品或气象渊静，或妙语天成，或纡徐婉转，显示出新的时代特色。

在战国争鸣的苍穹下，诸子们的散文个性强烈，激情飞扬。在那个国家分裂、历史转折的时代，文坛百家争鸣，文风纵横捭阖。而在秦汉大一统的新格局下，汉代文学追求巨丽恢弘、铺张扬厉之美。随着“罢黜百家，独尊儒术”政策的确立，汉代文学进一步形成严谨质实的风格，广川人董仲舒就是其中的代表人物。他的策对，以如何巩固中央集权制为讨论重点，奇伟宏富，醇厚典重，代表了汉代政论文的特色。

两汉是经学昌明的时代，宗经是有汉以来的社会风气。汉儒传《诗》，使《诗》经学化，其所形成的诗教传统和说诗体系，对后世有深远的影响，其中今文三家诗中的韩诗、古文毛诗均出河北。

两汉时期，歌诗和诵诗分别承担着各种世俗化情感和文人政治情怀的抒写功能。[①] 中山人李延年的《李夫人歌》、乐府民歌《陌上桑》和郦炎的《见志诗》二首都是对至美真情和文人不平心志的集中感发。他们对“新声变曲”和五言体式的追求，为文人五言诗的成熟作出了积极贡献。

东汉社会矛盾尖锐，士人普遍受到抑制，不平则鸣使他们的写作以

---

① 关于歌诗和诵诗，张松如先生概括说：“所谓歌，包括徒歌与乐歌。凡成歌之诗谓之歌诗，凡不歌之诗谓之诵诗。”（见其《中国诗歌史论》，吉林大学出版社，1985年，第244页。）赵敏俐先生在其《歌诗与诵诗：汉代诗歌的文体流变及功能分化》（《首都师范大学学报》（社会科学版），2007年，第6期）一文中，更对汉代歌诗与诵诗所承担的不同艺术功用等问题进行了周详论述。

社会问题为关注点，情感表达激切，文风深邃冷峻。此时河北的文学家有崔篆、崔骃、崔瑗、崔寔，他们以深厚的学识为基底，以感时幽愤的情感为寄托进行创作，辞赋文辞典美，碑铭清丽简洁，政论则卓绝精炼。

第一章 醇厚的文风——董仲舒的政论文

董仲舒（前179～前104年），广川（今河北枣强）人，汉代著名的思想家、文学家，今文经学大师。少治《春秋公羊传》，景帝时为博士。相传他读书极为勤奋，《汉书》本传记载他曾“三年不窥园”。王充《论衡·儒增》亦载：“董仲舒读《春秋》，专精一思，志不在他，三年不窥园菜。”桓谭《新论·本造》甚至说：“董仲舒专精述古，年至六十余，不窥园中菜。”武帝时，举文学贤良对策百数人，他以对策被举，拜江都相，事易王。王好勇而骄，董仲舒以礼谊匡之，深得易王敬重及武帝称善。① 武帝六年，辽东高庙发生火灾，仲舒著《庙殿火灾对》推说其意，主父偃私窃之上奏武帝，其弟子吕步舒不知为师所书，以为大愚，于是仲舒几下狱死。后又为公孙弘所嫉，出为胶西王相，胶西王闻其大儒善待之，董仲舒恐时久获罪，遂以老病为由，于公元前121年辞官居家，专以修学著书为事。

董仲舒“为人直廉”、“进退容止”（《汉书·董仲舒传》），有彬彬儒者之风。死后其家乡景县旧治南条城和董故庄都建立了董子祠，供人瞻仰凭吊。② 自元朝以来，历代官吏文人来此地游历时，留下了许多情真

---

① 班固《汉书·董仲舒传》：“天子以仲舒为江都相，事易王。易王，帝兄，素骄，好勇。仲舒以礼谊匡正，王敬重焉。”又《汉书·循吏传》称：“孝武之世，外攘四夷，内改法度，民用凋敝，奸轨不禁。时少能以化治称者，惟江都相董仲舒、内史公孙弘、倪宽居官可纪。三人皆儒者，通于世务，明习文法，以经术润饰吏事，天子器之。”

② 杜甲、周露嘉修《河间府志·艺文下》载元曹元用《董子祠堂记》曰：“按《汉书》董子广川人，广川属冀州信都郡，今景州蓨县是也。县西南乡有广川镇，其别墅曰董家里，有祠在焉。唐宋碑刻犹存。县北门道右，故有董子祠，不知创于何时，国朝大德初，县人林志豪尝加补葺。天历元年，承务郎县尹吕君思诚视事，始拜谒祠下。顾瞻而叹曰‘祠当通衢，湫隘若此，非所以居董子也’。八月迁于县治之东，东有崇台三丈，傑阁二层，旧为官僚游憩之所，遂新其敞仆，定为董子祠。”见《中国地方志集成·河北府县志辑》，上海书店、巴蜀书社、江苏古籍出版社据清乾隆二十五年刻本影印。

意切、古朴典雅的诗作，或评说历史，或追古抒情。元朝王恽《董子祠》云："吾观汉家制，所法皆亡嬴。中间去取之，易苛少宽平。何参不足责，本是刀笔生。文景尚黄老，申公负虚名。贤哉董大夫，三策贯汉庭。泛说天人际，高吐三代英。"明代万历供内阁的黎民表，亦作同名《董子祠》曰："古庙丹青在，幽人此重寻。浮云碣石外，落日广川阴。壁尚藏书古，庭尤积草深。因怜不遇者，此地倍沾襟。"

董仲舒作为一代通经鸿儒，著述颇丰。《汉书》本传载其为文"凡百二十三篇。而说《春秋》事得失，《闻举》、《玉杯》、《繁露》、《清明》、《竹林》之属，复数十篇，十余万言"。《汉书·艺文志》卷三十亦有"《公羊董仲舒治狱》十六篇、《董仲舒》百二十三篇"的记载。但上述著述大多散佚，现存主要著作有《春秋繁露》17卷和保存在《汉书》本传中的《举贤良对策》，《匈奴传》中的《论匈奴》，《汉书·食货志》中的《说武帝使关中民种麦》、《又言限民名田》，《古文苑》中的《郊事对》、《雨雹对》等策对之作。《艺文类聚》中还收录了其《士不遇赋》一首，该文抒发了作者怀才不遇之情，是汉代同类题材的代表性作品。清人严可均《全上古三代秦汉三国六朝文》辑录有董仲舒除《春秋繁露》外所有现存作品，凡18篇。

第一节 通经致用之思的完美呈献——《举贤良对策》

《举贤良对策》又名《天人三策》，由于后者简明扼要地揭示了对策的根本思想，故人们更习惯以此为名。这篇文章是改变儒学命运的纲领性文献，董仲舒通经致用的思想在此也得到了完美的呈现。

元光元年，武帝召集贤良文学之士数百人就治国安邦之略及为政的指导思想展开策问。[①] 武帝三次策问，接连提出了诸如符瑞灾异、人性善恶、改制更化、为政劳逸、文饰节俭、道德刑罚、人才培养、王道明灭等一系列问题，这是武帝亟待弄清的问题。对这些问题的回答，也是当时整个思想界和统治阶级的共同期盼。董仲舒以少治《公羊春秋》的功底，以“三年不窥园”的精思熟虑，以大一统时代士人所特有的使命感和立言建功的热情，在洋洋六千余字的篇幅中将自己治国安邦的主张用精练概括的文字表现出来。

因此文为应对之作，又是由武帝的三次策问引发而起，故连缀而成的三段之间既各有应答重点，其思想文脉又一气贯通，显示出作者从容自若、举重若轻的气度和应答技巧。

第一策，面对着武帝“三代受命，其符安在？灾异之变，何缘而起”，当务之急“何修何饬”才能使百姓和乐、祥瑞普降等一连串急切的发问，董仲舒平和从容，以徐徐春风般的笔调开篇：“陛下发德音，下明诏，求天命与情性，皆非愚臣之所能及也。臣谨案《春秋》之中，视前世已行之事，以观天人相与之际，甚可畏也。”既点明了欲回答问题的主旨“天命与性情”，又指出了所依据的指导思想《春秋》大义，而且以“非愚臣之所能及也”的谦虚与含蓄透出儒者的气韵。文气奠定之后，董仲舒端正衣襟，正色应答武帝的疑问：

> 国家将有失道之败，而天乃先出灾害以谴告之，不知自省，又出怪异以警惧之，尚不知变，而伤败乃至。以此见天心之仁爱人君而欲止其乱也。

董仲舒认为，天人之间的关系是十分微妙的，国家政治有失，天就出现

---

①《举贤良对策》的写作时间是经学史上的一大疑案。有建元元年、元光元年等不同说法。《资治通鉴》记作于建元元年，袁行霈主编《中国文学史》认为作于元光元年。此依《汉书·武帝纪》取元光元年说：“（元光元年）五月，诏贤良曰：‘朕闻昔在唐、虞，画像而民不犯，日月所烛，莫不率俾。周之成、康，刑错不用，德及鸟兽，教通四海，海外肃慎，北发渠搜，氐羌徕服……何行而可以章先帝之洪业休德，上参尧、舜，下配三王！朕之不敏，不能远德，此子大夫之所睹闻也，贤良明于古今王事之体，受策察问，咸以书对，著之于篇，朕亲览焉。’于是董仲舒、公孙弘等出焉。”

灾害来谴责他；如不知道自我反省，又出怪异现象来警告他；如果还不知悔改，天就改变成命，使其丧邦失国，这就是“天人感应”。天和人可以互相感应，互相影响。后又说王者将王天下，天必出现一种非人力所能引起的征兆，此即“受命之符”。如果“天下之人同心归之，若归父母，故天瑞应诚而至”；而如果“废德教而任刑罚，刑罚不中则生邪气，邪气积于下，怨恶畜于上，上下不和，则阴阳缪盭而妖孽生矣。此灾异所缘而起也”。这里，董仲舒将自然灾异与天道人事联系起来，将“天”化为了有意志的自然物，在权力无限的君主之上安放一个权力更大且有监鉴、警示功能的“天”来制约和监督帝王的权利。这就使其“天人感应”学说具有规范君主行为的现实意义，可谓起笔高远，笔落坚实。

关于“性情”问题，董仲舒回答说：

> 命者天之令也，性者生之质也，情者人之欲也。或夭或寿，或仁或鄙，陶冶而成之，不能粹美，有治乱之所生，故不齐也。孔子曰：“君子之德风，小人之德草，草上之风必偃。”故尧舜行德则民仁寿，桀纣行暴则民鄙夭。夫上之化下，下之从上，犹泥之在钧，唯甄者之所为；犹金之在熔，唯冶者之所铸。“绥之斯来，动之斯和。”此之谓也。

这段对答，简练紧凑，题旨鲜明。先点明“性”、“情”之旨，然后从性情之“仁鄙”、“夭寿”两方面展开论证，从而得出尧舜行德政，其民就仁厚长寿；桀纣行暴政，其民就贪鄙夭折的结论。而对孔子“君子之德风，小人之德草，草上之风必偃”以及《论语》载子贡对陈子禽之言“绥之斯来，动之斯和”的引用及“上之化下，下之从上，犹泥之在钧，唯甄者之所为；犹金之在熔，唯冶者之所铸”的比喻，都增强了其论说的经学气和立论高度，也使刻板的策对之文散发出一丝灵动之气。

义理阐述清楚之后，董仲舒从“任德教”、“贵正心”、“崇教化”、“明更化”四个方面为武帝提出具体的治国方案。

王者承天意以从事，故任德教而不任刑。刑者不可任以治世，犹阴之不可任以成岁也。

《春秋》深探其本，而反自贵者始。故为人君者，正心以正朝廷，正朝廷以正百官，正百官以正万民，正万民以正四方。

教化立而奸邪皆止者，其堤防完也；教化废而奸邪并出，刑罚不能胜者，其堤防坏也。古之王者明与此，是故南面而治天下，莫不以教化为大务。

为政而不行，甚者必变而更化之，乃可理也。当更张而不更张，虽有良工不能善调也；当更化而不更化，虽有大贤不能善治也。故汉得天下以来，常欲善治而至今不可善治者，失之于当更化而不更化也。

在此基础上董仲舒更为具体地提出了“立大学”、“设庠序”、“饰五常”的治国方略，而这些方案的提出又是以武帝朝“琴瑟不调”、“美祥莫至”的局面为前提，这就使其论说具有极强的现实意义。因而，像“阴阳调而风雨时，群生和而万民殖，五谷熟而草木茂，天地之间披润泽而大丰美，四海之内闻德盛而皆来臣，诸福之物，可致之祥，莫不必至”这样美好蓝图的描画，必然会引发武帝的极大兴趣，令武帝心向往之。武帝的惊而复策亦会成为必然。

第二策，武帝就“逸劳”、“文饰”、“德刑”问题继续垂问。董仲舒依然紧扣题旨，先以尧舜、文王所遇之时的不同，回答武帝“夫帝王之道，岂不同条共贯与？何逸劳之殊也”的疑问。董仲舒认为，尧舜之时，“教化大行，天下和洽，万民皆安仁乐谊，各得其宜”，故尧舜之时垂拱无为而天下大治。而文王治世，乃承“逆天暴物，杀戮贤知，残贼百姓”的殷纣之后，故文王日昃而不暇食，进而得出了帝王之条本同贯，所治不同只是所遇之时异也的结论。两两对比，以史为证，言不繁而意自明。

关于“文饰”问题实际上是武帝对黄老尚质与儒学尚文哪一个更合理的疑问。董仲舒深谙武帝心意，以“良玉不琢，资质润美”，“常玉不琢，不成文章；君子不学，不成其德”的形象化表述和将《春秋》中君王受命之先“改正朔，易服色”的行为看作应天之举的言辞，都透露出明显的欲改汉初之崇黄老为崇儒的思想倾向。这是董仲舒提倡的大一统儒学计划得以实施的前提，也是应和武帝心意和时代要求之论。

同第一策章法，在申明了崇儒之意后，董仲舒再一次强调了以文德教化治天下的思想，并提出了“兴太学，治名师”、“养士求贤”、“量才而授官，录德而定位”等具体方案。这个方案的提出，一变秦王朝的“以吏为师”、专任法术之学为“以师为吏”，大大提升了儒士的地位，也使儒学进入到官方经学的核心位置。其影响正如周予同先生在《〈春秋〉与〈春秋〉学》一文所评价的那样：“董仲舒主张尊崇孔子，罢黜百家，还只是表面文章；最有关于中国社会组织的，是他主张设学校，立博士弟子，变春秋、战国的‘私学’为‘官学’，使地主阶级的弟子套上了‘太学生’的外衣，化身为官僚，由经济权的获取进而谋求教育权的建立与政治权的分润，董仲舒是中国官僚政治的定型者。”① 我们从此后武帝讲文学、选豪俊、立学校官②的具体措施能看出武帝对董仲舒这一提议的认可与嘉许。另外，从武帝对董仲舒上述对策“文彩未极”、“条贯未尽”的责问以及要求他就“天人之应”、“古今之道”、“治乱之端”透辟道来的要求也可以看出武帝欲探明大一统治国方略的急切心情。

由于有了上两策的烘托，董仲舒在以“前所上对，条贯靡竟，统纪不终，辞不别白，指不分明，此臣浅陋之罪也”的自责为前引之后，对

① 朱维铮：《周予同经学史论著选集》，上海人民出版社，1983年，第502页。

② 班固《汉书·武帝纪》载：元朔元年（前128年），武帝下诏曰：“夫本仁祖义，褒德禄贤，劝善刑暴，武帝三王所由昌也。朕夙兴夜寐，嘉与宇内之士臻于斯路。故旅耆老，复孝敬，选豪俊，讲文学。稽参政事，祈进民心，深诏执事，兴廉举孝，庶几成风，绍休圣绪。”又《汉书·循吏传》曰：“至武帝时，乃令天下郡国皆立学校官，自文翁为之始云。”

前述思想作了更为明确地阐发："是故王者上谨于承天意，以顺命也；下务明教化民，以成性也；正法度之宜，别上下之序，以防欲也。修此三者，而大本举矣。"再次申明"承天意"、"明教化"、"正法度"对于安邦治国的功效和意义。

有了具体的治国方略，更需要一个理论层面的精言要义统摄全文。董仲舒在层层阐明基本义理、逐条列出治国方略的基础上，在文势最高处，将大一统思想的精义和盘托出：

> 《春秋》大一统者，天地之常经，古今之通谊也。今师异道，人异论，百家殊方，指意不同，是以上无以持一统；法制数变，下不知所守。臣愚以为诸不在六艺之科孔子之术者，皆绝其道，勿使并进。邪辟之说灭息，然后统纪可一而法度可明，民知所从矣。

明确提出了"罢黜百家，独尊儒术"的思想。这一思想对汉代学术思想、文化教育的发展都具有无比重要的意义。它改变了汉家的思想崇尚，开启了汉代文治灿烂的先河；它促成了汉代士子好学尚文的风尚，使尊儒好儒形成靡然向风之势；它标志着汉初学术多元化格局的终结，确立了儒术独尊的地位，使儒学借助政府的力量，战胜百家，取得压倒优势。从此，儒风大渐、圣学广被，儒学独尊的文化专制局面正式起步。

"汉儒最纯者莫如董仲舒，仲舒之文最纯者莫如《三策》"[1]。《举贤良对策》本为应制之文，容易受体制的限制而趋于板涩。董仲舒却以贯通五经的才思从容论道。其文论理宏博而深刻，章法匀称而井然；语言明晰晓畅，精炼概括，细密紧凑，全无艰涩之态；运笔行文兔起鹘落，举重若轻，全无拖沓之感；风格面貌则雍容典雅，闳衍醇厚，透溢出儒家的人格力量和精神示范。正是在这个意义上，董仲舒以他的《举贤良

① 马端临：《文献通考·经籍考》卷一百八十二。

对策》开启了汉代散文醇厚典雅的新风。正如郭预衡先生所评说的那样："在他（董仲舒）以后，一些儒者，讲政治，谈哲学，无不涉及天人感应，阴阳灾异。文章的内容和风格都发生了变化。汉代文章从纵横驰骋转变为坐而论道，可以说是从董仲舒开始的。"[①]

第二节　自然山水的人伦化颂赞——《山川颂》

《山川颂》见于董仲舒的《春秋繁露》卷十六。《春秋繁露》是董仲舒作为今文经学大师，研习公羊之学[②]、发挥公羊奥义而著成的一部独立系统的理论著作。其大多数篇章都缺乏文学色彩，给人以滞重生僻、枯燥无味之感，而《山川颂》却是闪动着文学意味的片羽灵光。

颂在汉代是一种特殊的文体。其名称来自《诗经》，原本是《诗经》的一个部分，与风、雅并称。《毛诗序》云："颂者，美盛德之形容，以其成功告于神明者也。"刘勰《文心雕龙·颂赞》亦曰："四始之至，颂居其极。颂者，容也，所以美盛德而述形容也。"都指出了颂体作品"美盛德之形容"，即歌功颂德，褒扬圣君贤臣的文体特点。

汉代颂体作品的典范之作当推司马相如的《封禅文》、扬雄的《剧秦美新》和班固的《典引》。这三篇作品虽没有明确标示颂体，但都是为封禅而作的典雅之文，对两汉及新朝极尽"美盛德之形容"的颂扬，使其成为两汉颂体的扛鼎之作。进入东汉以后，颂体作品的创作日趋繁荣，赞美对象由天子下降到朝廷重臣，再到地方官吏。作者写作视角的下移，表现出汉代文人日趋高涨的关注社会、投身现实政治的热情。另

① 郭预衡：《中国散文史》(一)，上海古籍出版社，1986年，第253页。

② 司马迁《史记·儒林列传》载："汉兴至于五世之间，唯董仲舒名为明于《春秋》，其传公羊氏也。"、"及今上即位，赵绾、王臧之属明儒学，而上亦乡之。于是招方正贤良文学之士。自是之后，言《诗》于鲁则申培公，于齐则辕固生……言《春秋》于齐鲁自胡毋生，于赵自董仲舒。"又刘熙载《艺概·文概》记．"董仲舒学本《公羊》，而进退容止，非礼不行，则其于礼也深矣。至观其论大道，深奥宏博，又知于诸经之义无所不贯。"

外，颂体作品的表现对象也逐步扩大，除人物颂外，还出现了事物颂。董仲舒的《山川颂》就是汉代较早的以自然山川为颂赞对象的咏物颂。与后世一般单纯咏物的颂体不同，董仲舒作为一代通经鸿儒，深谙古圣贤“山水寓道”的旨意，故其文中多引先师孔子的山水之论，使其山川颂美之作融入了浓重的人伦道德内涵。

全文分两部分，山水各一，结构明朗。

开篇即将巍崔耸立的高山与仁人志士并比：“山则巃嵷（嵱）崔，摧嵬（嵬）巍，久不崩阤，似夫仁人志士。”点明山水具有与志士仁人相通、相似的人伦色彩，为下文阐发山水之道奠牢根基。

在山水与人伦间搭建起类比桥梁的并不始于董仲舒，《论语·雍也》第六载孔子言：“子曰：智者乐水，仁者乐山。”首次将山水与仁智者的精神旨趣联系起来。至于仁者何以乐山、智者何以乐水，孔子此处并没有阐发。而《荀子·宥坐》篇所记载的一段孔子与其弟子子贡的对话却申明了此意：“孔子观于东流之水。子贡问于孔子曰：‘君子之何以见大水必观焉者是何?’孔子曰：‘夫水，大遍与诸生而无为也，似德。其流也埤下，裾拘必循其理，似义。其洸洸乎不淈尽，似道。若有决行之，其应佚若声响，其赴百仞之谷不惧，似勇。主量必平，似法。盈不求概，似正。淖约微达，似察。以出以入，以就鲜洁，似善化。其万折也必东，似志。是故君子见大水必观焉。”《韩诗外传》对此也作了更为全面地阐述：“夫仁者何以乐于山也？曰：夫山者万物之所瞻仰也，草木生焉，万物殖焉，飞鸟集焉，走兽休焉，四方益取与焉。出云道风，嵷乎天地之间。天地以成，国家以宁，此仁者所以乐于山也。”“夫智者何以乐于水也？曰：夫水者缘理而行，不遗小间，似有智者。动而之下，似有礼者。蹈深不疑，似有勇者。障防而清，似知命者。历险致远，卒成不毁，似有德者。天地以成，群物以生，国家以平，品物以正。此智者所以乐于水也”，此处韩婴将山水的特性概括为无私、有智、有礼、有勇、有德，而这些人伦化的品质，正是志士仁人志趣节操的具象化表征。因此，董仲舒将山水与仁人志士相比照，显示出其对儒家“山水寓志”传统的接受和认同。

为了进一步申明此意，董仲舒借引孔子及《诗经》之语展开具体的论述：

> 孔子曰：“山川神祇立，宝藏殖，器用资，曲直合，大者可以为宫室台榭，小者可以为舟舆浮滠。大者无不中，小者无不入。持斧则斫，折镰则艾。生人立，禽兽伏，死人入，多其功而不言，是以君子取譬也。”且积土成山，无损也；成其高，无害也；成其大，无亏也；小其上，泰其下，久长安，后世无有去就，俨然独处，惟山之意。诗云：“节彼南山，惟石岩岩；赫赫师尹，民具尔瞻。”此之谓也。

论山如此，论水亦然。第二段对水之颂，虽未引用孔子论水之言，却化用其论水之意，与上述孔子观水之答通条共贯，异喉同声：

> 水则源泉，混混沄沄，昼夜不竭，既似力者；盈科后行，既似持平者；循微赴下，不遗小间，既似察者；循溪谷不迷，或奏万里而必至，既似知者；障防山而能清净，既似知命者；不清而入，洁清而出，既似善化者；赴千仞之壑而不疑，既似勇者；物皆困于火，而水独胜之，既似武者；咸得之而生，失之而死，既似有德者。孔子在川上曰：“逝者如斯夫，不舍昼夜。”此之谓也。

董仲舒的《山川颂》名为颂体，却异于两汉颂作。其古朴典奥的语言及对先师孔子思想言论及儒家经典《诗经》的引用，都使其带有明显的经学色彩。但从其章法的谨严、语言的精炼及贯通的文气来看，仍不失为一篇文学意味深浓的政论之作。

第三节　牢愁狷狭之意的尽情抒发——《士不遇赋》

《士不遇赋》载于《艺文类聚》，严可均《全上古三代秦汉三国六朝文》亦有辑录[①]。这是董仲舒现存文章中唯一一篇抒发个人不平心意的言志抒情之作，也是引领汉代“士不遇”题材的代表性作品之一。

汉赋的“士不遇”主题是由贾谊开创的。贾谊年少才高，深得文帝嘉许，一岁中超迁至太中大夫，后来文帝更欲任谊以公卿之职，但由于绛、灌、东阳侯等宫中老臣的谗毁，不得不远适长沙。谪贬途中，面对屈原自沉的汨罗江水，贾谊以吊屈原来批判当时“阘茸尊显、谄谀得志，贤圣逆曳、方正倒植”的黑暗现实，抒发心中的抑郁不平之意，故其《吊屈原赋》也就成了汉代最早的“士不遇”赋。汉武之时，董仲舒虽生逢汉帝国空前强盛的历史时期，但大一统的繁荣并没能改变廉直士人不遇的命运。而且，大一统的专制属性在使文人失掉越来越多个性和自由的同时，更使他们普遍感到前所未有的压力与困窘。此时的文人，再也没有了汉初枚乘、庄忌游食诸侯之时为大国上宾，来去从容、高视阔步的潇洒。邹阳在“忘忧馆”所描绘的君臣遇合的图景更只能成为他们心中一个远逝的梦想[②]。被纳入官僚政体之中，喘息于大一统重压下的他们，只能利用骚体赋的形式来抒发个性难全之忧、生不逢时之感和功业难建之叹。董仲舒的《士不遇赋》就是紧承贾谊“士不遇”主题的又一佳作。

---

① 欧阳询《艺文类聚》所载《士不遇赋》非为全璧，清人严可均《全上古三代秦汉三国六朝文》辑录时补其全。今费振刚等辑校《全汉赋》时又依《艺文类聚》影印宋绍兴间刻本、汪绍楹校订排印本；《古文苑》岱南阁本九卷本、韩元吉本、守山阁本；明张溥辑《汉魏六朝百三家集》等重新校点，更为全切，故本文所引以此为准。

② 刘歆《西京杂记》卷四记梁孝王在忘忧馆与众贤能之人济济一堂，饮酒欢畅，邹阳作《酒赋》，描绘出一幅君臣遇合的理想画面。其辞曰：“召皤皤之臣，聚肃肃之宾。安广坐，列雕屏，绡绮为广，犀璩为镇。曳长裾，飞广袖，奋长缨，英伟之士，莞尔而即之。君王凭玉几，倚玉屏，举手一劳，四座之士皆若哺梁焉。”

明代张溥《汉魏六朝百三家集题辞》评《董胶西集》曰："公孙用事，同学怀妒，先相胶西，谢病自勉。怨哉董生，向赋不遇，今其然邪。"勾勒出了董仲舒产生怨郁之情、不遇之感的具体缘由。董仲舒虽有"王佐之才"[①]，能以《天人三策》解武帝之惑，为武帝开出许多投其心意的治国良方，但其"为人廉直"、不善从谀的个性品格却使其仕进之路坎坷不平。先是任江都相，他以礼谊匡正骄横好勇的易王，颇有政绩。不料却因言灾异遭到主父偃的陷害，下狱当死。后被赦免，废为中大夫。经此一事，董仲舒再也不敢言阴阳灾异。可是，就在他惊惧恐慌之感尚未退却之时，又遭公孙弘的嫉毁，被武帝派往胶西，担任更为纵恣、屡害朝官的胶西王相。这一连串的打击使其用世热情一点点耗尽，而其心灵的创痛感亦转化而为"士不遇"的尽情抒叹：

> 呜呼嗟乎，遐哉邈矣。时来曷迟，去之速矣。屈意从人，非吾徒矣。正身俟时，将就木矣。悠悠偕时，岂能觉矣。心之忧欤，不期禄矣。遑遑匪宁，祇增辱矣。努力触藩，徒摧角矣。不出户庭，庶无过矣。

开篇即发时光飞逝、时不我待之叹，申明自己正身自守，不愿屈意从人，但时运不济，靡靡暮年却功业不就的尴尬处境，情绪颇为伤感。接着，作者引用《周易》上六中"羝羊触藩，不能退，不能遂。无攸利，艰则吉"之意来抒发自己进退失据的窘况和惶惶不宁的心绪。这是欲保持个性自由、人格尊严的士人与文化专制政治碰撞的必然结果：他们想要积极用事，就会如羝羊触藩，自辱其身；而要全身远害，就只能"不出户庭，庶无过矣"。于是作品自然转入对时代风气的批判和对理想社会的追想：

> 重曰：生不丁三代之盛隆兮，而丁三季之末俗。以辩诈而

① 班固《汉书·董仲舒传》赞曰："刘向称'董仲舒有王佐之才，虽伊吕无以加，管晏之属，伯者之佐，殆不及也'。"

> 期通兮，贞士耿介而自束。虽日三省于吾身兮，繇怀进退之惟谷。彼寔繁之有徒兮，指其白以为黑。目信嫮而言眇兮，口信辩而言讷。鬼神不能正人事之变戾兮，圣贤亦不能开愚夫之违惑，出门则不可与偕往兮，藏器又蚩其不容。退洗心而内讼兮，亦未知其所从也。

或许是曾经两次遭遇嫉恨与陷害的缘故，作者将自己功业难成、进退失据的窘况归因于没有生活在隆盛的三代，而是处在辩诈之士亨通的时期。他们颠倒黑白，以谄谀取媚主上，使耿介士人有志难展，进退维谷。但恰恰是这些搅乱社会风气的人却颇得人主信任，青云直上。作者这里所指的应当是善揣武帝心思，秉承人君旨意，热衷功名利禄，投人君之所好的公孙弘、张汤、杜周之流[①]。尽管作者的批判视角并没有直指专制制度本身，但人主的好恶成为评定、衡量士人优劣唯一标准的事实却从侧面透露出一丝批判的锋芒。

董仲舒虽然遗憾于自己没能生活在上古三代，但他也清醒地看到，即使在上古清晖的光芒里，仍然也有遁隐深渊的卞随、务光，登山采薇的伯夷、叔齐。但作为深受儒风浸染的士人，他既不愿像上述四人这样遁隐山林，也不愿意像伍员、屈原一样义无反顾，远游而终。因而在“疑荒徒而难践”、“怅无与之偕返”的迷茫和深思之后，他终于为自己找到了一条化解不遇之恨的出路：

> 孰若返身于素业兮，莫随世而输转。虽矫情而获百利兮，复不如正心而归一善。纷既迫而后动兮，岂云禀性之惟褊。昭同入而大有兮，明谦光而务展。遵幽昧于默足兮，岂舒采而蕲

---

① 司马迁《史记·平津侯主父偃列传》载公孙弘：“每朝会议，开陈其端，令人主自择，不肯面折庭争。于是天子察其行敦厚，辩论有于，习文法吏事，而又缘饰以儒术，上大说之。二岁中，至左内史。弘奏事，有不可，不庭辩之。尝与主爵都尉汲黯请间，汲黯先发之，弘推其后，天子常说，所言皆听，以此日益亲贵。”又《史记·酷吏列传》载张汤、杜周执法皆：“所治即上意所欲罪，予监史深祸者；即上意所欲释，与监史轻平者。”；“周为廷尉，其治大放张汤而善候伺。上所欲挤者，因而陷之；上所欲释者，久系待问而微见其冤状。”

显。苟肝胆之可同兮，奚须发之足辨也。

“返身素业”、“正心归一”是处于大一统政治的阳光普照下却侧身下僚、郁郁不得志的董仲舒为应付自己的人生挫折和人性压抑而选择的一条砥砺道德、完善自我的人生路径。

“独善其身”是儒家人生哲学中的一个重要命题，其说最早见于《周易》。《周易正义·下经咸传》卷四“君子以返身修德”句下，孔颖达疏曰：“处难之世，不可以行，只可反省察，修己德用乃除难。君子通达道畅之时，并济天下，处穷之时则独善其身。”后来儒家学说的代表人物孟子发展了这一说法。《孟子注疏·尽心章句上》说：“古之人，得志，泽加于民；不得志，修身见于世，穷则独善其身，达则兼善天下。”孙奭的注疏则用事例加以说明，使这一说法更为完善：“是以古之人得志遭遇其时，则布恩泽而加被于民；不得志，则修治其身以立于世间。是其穷则独善身，达则得行其道而兼善天下也。言古之人以是者，如颜子之徒穷而不得志，则不改其乐而独善其身，伊尹之徒得志而泽加于民也。”董仲舒以儒家之理阐明自己的修身之路，充分体现了其对儒家本色的坚守。故鲁迅先生在《汉文学史纲要·武帝时文术之盛》文中对此评价道：“虽为粹然儒者直言，而牢愁狷狭之意尽矣。”

此文在形式上模仿骚体，但不全用“兮”字句法。前段为四字句，直抒其情，虽不用骚体句法，但得骚体抒情之旨意；“重曰”之后，“兮”字句与散句相融，说理的成分较多，仍褪不掉董生儒家经师的本色。

总之，董仲舒虽不以文章彰显于后世，但其政论之作淳厚典重，义据通深，其抒情之文感情沉郁，儒雅博通。他一改战国乃至汉初散文创作的纵横之风而趋于雍容雅正，其作品中俨然透露出彬彬儒者之风。故班固赞之曰：“抑抑仲舒，再相诸侯。身修国治，致仕县车。下帷覃思，论道属书，谠言访对，为世纯儒。”[①] 可谓确评。

① 班固：《汉书·叙传》卷一百下。

第二章　深远的解读——韩、毛的诗说

汉儒对《诗经》的阐释，主要有鲁、齐、韩、毛四家。他们以政教言诗，以美刺言诗，视诗为王道与礼教的统治工具，彰善贬恶的道德标尺。四家诗中，"《齐诗》，魏代已亡；《鲁诗》亡于西晋；《韩诗》虽存，无传之者。唯《毛诗郑笺》，至今独立"[①]。而传至今日的韩、毛诗说的作者，正是燕赵之人韩婴、毛苌。他们以自己的诗学理论和说诗实践开启了两汉说《诗》、传《诗》的两条学术路径，同时也使《诗经》这朵上古诗苑的奇葩依托其论说、阐释得以花开至今，溢香于世。

第一节　引《诗》以证事　杂采而归一——《韩诗外传》

《韩诗外传》是两汉时期今文三家诗延流至今的唯一学术成果。其作者韩婴，燕人。文帝时为博士[②]，景帝时曾任常山王太傅。他学问渊博，见识卓绝。据《汉书·儒林传》载，武帝时，"婴尝与董仲舒论于上前，其人精悍，处事分明，仲舒不能难也"。他精通《易经》，燕赵之间习《易》者，多投其门下。

韩婴是今文《韩诗》的创立者。《汉书·儒林传》说："婴推诗人之意，而作内、外《传》数万言，其语颇于齐、鲁间殊，然归一也。"《隋书·经籍志》、《旧唐书·经籍志》亦记载韩婴著"《韩诗》二十卷；《韩诗外传》十卷"。《新唐书·艺文志》著录："《韩诗》卜商《序》韩婴注

---

① 魏徵：《隋书》卷三十二。

② 马端临《文献通考·学校考》载："西汉以博士入官：贾谊、董仲舒、疏广、薛广德、彭宣、贡禹、韦贤、夏侯胜、辕固、后苍、韩婴、胡毋生、严彭祖、江公。"

二十二卷，又《外传》十卷，卜商《集序》二卷，又《翼要》十卷。”洪迈《容斋随笔》曰：“《韩家诗经》二十八卷，《韩故》三十六卷，《内传》四卷，《外传》六卷，《韩说》四十一卷。今惟存《外传》十卷。”《清史稿》卷一百四十五还记载了韩婴其他著述情况：“汉韩婴《易传》二卷；汉韩婴《诗故》二卷、《诗内传》一卷、《诗说》一卷。”遗憾的是，两宋之间韩婴《内传》及其他著述均以亡佚，只有《韩诗外传》至今尚存。《四库全书总目提要》说现存《韩诗外传》是一部“杂引古事古语，证以诗词，与经义不相比附”的书，明人王世贞《弇州山人四部稿》卷百二十《读韩诗外传》亦云：（韩诗）“大抵引《诗》以证事，而非引事以明诗。故多浮泛不切，牵合可笑之语，盖驰骋胜而说《诗》之旨微矣。”这两条材料都说明，《韩诗外传》不是对《诗经》的注解、阐释，而是一部杂说古事古语，再引《诗经》词句以论断己意的论说之书，故其未被列入《十三经》之中。《四库全书》依《易纬》、《尚书大传》之例，将其缀于经部“诗类”之末。

《韩诗外传》这种以《诗》为证的为学路数溢出了古今文治经的正途，所以历来不受经家重视，甚至被贬为“浮泛不切，牵合可笑”。但是它在典型章节中“讲故事——发议论——引《诗》证断”的论说模式，使其文看起来更像一篇小的政论文，特点非常突出。如《韩诗外传》卷一首章：

> 曾子仕于莒，得粟三秉。方是之时，曾子重其禄而轻其身。亲没之后，齐迎以相，楚迎以令尹，晋迎以上卿。方是之时，曾子重其身而轻其禄。怀其宝而迷其国者，不可与语仁；窘其身而约其亲者，不可与语孝。任重道远者，不择地而息；家贫亲老者，不择官而仕。故君子桥褐趋时，当务为急。传云：不逢时而仕，任事而敦其虑，为之使而不入其谋。贫焉故也。诗云：“夙夜在公，实命不同。”

本章先以曾子在莒时重禄轻身和齐迎为相、楚迎为令尹、晋迎为上卿之时重身轻禄的故事开篇，然后以类比的方式列举出怀其宝者不可语仁、窘其身者不可语孝、任重道远者不择地休息、家贫亲老者不择官位而就仕等情形说明曾子在不同时期所重有所不同，其原因是当务所急不同。在此基础上，作者进一步阐述“贫”是“不逢时而仕，任事而敦其虑，为之使而不入其谋”的关键所在。最后，引《诗经·召南·小星》的诗句“夙夜在公，实命不同”来证明自己的论断。整段文字结构层次清楚，欲表达的主旨亦很突出，但所引《诗经》诗句与本文的论说并没有必然的关联。《小星》诗写的是一个小吏独自一人匆匆赶夜路，辛劳之时为自己与别人不同的命运感叹而自伤其不幸。王先谦《诗三家义集疏》、洪迈《容斋随笔》、程大昌《考古编》等均采此说。而《毛诗序》从诗中“衾裯”二字出发，认为此诗是贱妾进御于君的诗，郑玄笺曰：“谓诸妾肃肃然夜行，或早或夜，在于君所，以次序进御者，是其礼命之数不同也。”但无论是“自伤不幸”说还是“贱妾进御于君”说都与前文的论述之旨相离。故此处引诗并没有对《诗经》进行阐释，而是因它“实命不同”诗句的字面意义与作者欲论述的观点相合，才引来为证。

今本《韩诗外传》共10卷310章，但是像上文这样论说结构层次完整的章节并不多。有的章节是连引几段故事，有的章节没有征引故事就直接发表议论，论说的体例比较杂乱。但沙里淘金，有些片断仍不失为优秀的文学短章。

《韩诗外传》卷七载：

孔子游于景山之上，子路、子贡、颜渊从。孔子曰：“君子登高必赋。小子愿者，何言其愿？丘将启汝。”

子路曰：“由愿奋长戟，荡三军，乳虎在后，仇敌在前，蠡跃蛟奋，进救两国之患。”孔子曰：“勇士哉！”子贡曰：“两国构难，壮士列阵，尘埃涨天。赐不持一尺之兵，一斗之粮，解两国之难。用赐者存，不用赐者亡。”孔子曰：“辩士哉！”

颜回不愿。孔子曰："回何不愿？"颜渊曰："二子已愿，故不敢愿。"孔子曰："不同。意各有事焉。回其愿。丘将启汝。"颜渊曰："愿得小国而相之。主以道制，臣以德化。君臣同心，外内相应。列国诸侯，莫不从义向风。壮者趋而进，老者扶而至，教行乎百姓，德施乎四蛮，莫不释兵，辐辏乎四门，天下咸获永宁……"

孔子曰："圣士哉！大人出，小子匿。圣者起，贤者伏。回与执政，则由赐焉施其能哉？"《诗》曰："雨雪瀌瀌，见晛曰消。"

这是一幅堪与《论语·侍坐章》相比美的孔子教学图，但其场景由室内转向了更为令人心旷神怡的景山之上。在师徒从游的悠然中，孔子以君子登高必赋起领，以循循长者师的风度启发弟子各谈所愿。在所从的弟子中，鲁莽、直率的子路仍是率尔相对。其愿在"乳虎在后，仇敌在前，蠡跃蛟奋"的危困局面下"奋长戟，荡三军"进救两国患难的想法，孔子给予了"勇士哉"的评价。其后，愿不用尺兵、不费斗粮以智救国的子贡的应答与子路所好相反，孔子给予了"辩士哉"的评价。孔子最喜欢的得意门生颜回却思而不语，在孔子各谈所愿、"丘将启汝"的善诱之下，颜回为我们描绘出了一幅以德正、教化、礼乐治国，"壮者趋而进，老者扶而至……天下咸获永宁"的王道蓝图。颜渊的描画与孔子内心的理想、大道相合相契，故孔子以"圣士哉"的感叹给予颜回高度评价，并用"回与执政，则由、赐焉施其能哉"进一步表明了自己的态度。整段文字与《侍坐章》相仿，由"问愿——述愿——评愿"三部分组成，应对问答之中，孔子长者师的儒雅善诱，子路的直率勇武，子贡的聪明才辨，颜渊的沉稳从容都给我们留下了深刻的印象。而与《侍坐章》不同，带有《韩诗外传》特征的是孔子"评愿"之后，仍引《诗经·小雅·角弓》诗句"雨雪瀌瀌，见晛曰消"来证断。这个比证仍是取其诗面的词义，以太阳出来后纷纷飘落的雪花就要融化来比证

“回与执政，则由赐焉施其能哉”之意。这与郑玄：“雨雪之盛，瀌瀌然。至日将出，其气始见，人则皆称曰雪今消释矣。喻小人虽多，王若欲兴善政，则天下闻之，莫不曰小人今诛灭矣。其所以然者，人心皆乐善，王不启教之”之阐说相距甚远。因此，《韩诗外传》中的这一段仍然带有自己的鲜明特色。

《韩诗外传》卷九还载有孔子与子贡、子路、颜渊游于戎山一节。此章与上文孔子与诸弟子游景山所记大同小异，只是将文后引《诗》为证的惯常表述改为引老子言作结。这显示出《韩诗外传》杂采古事古语的特点[①]。但韩婴作为汉代今文学派的代表，其学派崇奉孔子，把孔子当作受命“素王”，尊孔子删定的《诗》、《书》、《礼》、《乐》、《易》、《春秋》为经的学统和文化学术观点，又使他始终以孔门之学为归旨。“《外传》书中，直接转述孔子及其弟子门人言行达82章之多，占总篇数的四分之一以上，至于论述忠孝仁爱、礼仪道德的内容更是不胜枚举。”[②] 如其卷一载：

> 荆伐陈，陈西门坏，因其降民使修之，孔子过而不式。子贡执辔而问曰：“礼过三人则下，二人则式。今陈之修门者众矣，夫子不为式，何也?”孔子曰：“国亡而弗知，不智也；知而不争，非忠也；争而不死，非勇也。修门者虽众，不能行一于此，吾故弗式也。”《诗》曰：“忧心悄悄，愠于群小。”小人成群，何足礼哉！

卷二载：

> 孔子遭齐程本子于郯之间，倾盖而语终日，有间，顾子路曰：“由来！取束帛以赠先生。”子路不对。有间，又顾曰：“取束帛以赠先生。”子路率尔而对曰：“昔者由也闻之于夫子：

① 据本人统计，《韩诗外传》全文引《诗》294次（《诗》曰、《诗》云288次，《小雅》曰4次，《大雅》曰2次），《易》6次。另引孔子言86次，孟子言7次，老子言3次，晏子语17次，曾子言8次，闵子言2次，箕子、宣子、康子、简子言各1次。

② 余慧生：《韩婴和〈韩诗外传〉》，《河北广播电视大学学报》，2000年，第2期。

士不中道相见，女无媒而嫁者，君子不行也。”孔子曰：“夫《诗》不云乎？‘野有蔓草，零露漙兮。有美一人，清扬宛兮。邂逅相遇，适我愿兮。’且夫齐程本子，天下之贤士也。吾于是而不赠，终身不之见也。大德不逾闲，小德出入可也。”

君子有主善之心，而无胜人之色，德足以君天下，而无骄肆之容；行足以及后世，而不以一言非人之不善。故曰：君子盛德而卑，虚己以受人，旁行不流，应物而不穷。虽在下位，民愿戴之。虽欲无尊，得乎哉！《诗》曰：“彼己之子，美如英。美如英，殊异乎公行。”

这些短章虽意在宣扬孔子仁义道德思想，但其行文简洁顺畅，人物性格鲜明突出，且能做到问题回答相应，记叙、议论相糅，称得上是优秀的论说之作。

总之，《韩诗外传》虽为两汉今文三家诗派遗存硕果，但其以《诗》为用，引《诗》而不解诗，故其无传经之意，而为述理之文。如果将其当作《韩子》来读，或许更为恰当。

第二节　小学之津梁　群书之钤键——《毛诗故训传》

在今文三家诗学显赫于文、景之世并被立为博士学官的同时，燕赵民间在“好学修古”[①] 的河间献王刘德的倾心扶助和大力倡导下，形成了以毛氏传诗为核心的又一诗学研究中心。由此，在官、在野这两大《诗经》研究学派，伴随着今古文经学的风起云涌此消彼长。最终，《毛诗》以其出自乡间的质朴，少些官学约束的本色及兼容并蓄的大度，终

① 班固《汉书·景十三王传》记载：（刘德）“好学修古，实事求是。从民得善书，必为好写与之，留其真，加金帛赐以招之。繇是四方道术之人不远千里，或有先祖旧书，多奉以奏献王者，故得书多，与汉朝等。……献王所得书皆古文先秦旧书，《周官》、《尚书》、《礼》、《礼记》、《孟子》、《老子》之属，皆经传说记，七十子之徒所论。其学举六艺，立《毛氏诗》、《左氏春秋》博士。”

于在汉末儒学大师郑玄的手中完成了对今文三家诗学派的融汇兼取，使古文《毛诗》最终成为流传后世的唯一《诗经》传本，而且毛诗学派开创和推重的古文经学重学术、重经学本义的朴学学风，成为隋唐以后经学疏释之学以至清代朴学的榜样。

一、毛亨、毛苌与河间诗风

毛诗学派的奠基人为鲁人毛亨，著有《毛诗故训传》，简称《毛传》。这是我国现存最早的传注，共释词3475条。这部毛亨居家而作的解经注经重要文献经河间献王的推引，得以在燕赵儒生中传扬，成为毛诗学派的奠基之作[①]。河间献王于秦火焚灰未散之时，对儒家经典的拯救、护卫之功可谓彪炳千古。对此，班固《汉书·礼乐志》赞曰："孔子曰：'人能弘道，非道弘人'，河间区区，小国藩臣，以好学修古，能有所存，民到于今称之，况于圣主广被之资，修起旧文，放郑近雅，述而不作，信而好古，于以风示海内，扬名后世，诚非小功小美也。"清人多时珍的《日华宫赋》更用赋体文学优美的笔调，对献王刘德昌炽古学的功绩给予颂美："日宫崔嵬兮，瀛郡之南。贤王缔建兮，碧瓦如山。王则博雅兮，惟古是贪。优游于宫兮，俯仰无惭。旁列馆舍兮，潇洒幽间。中何所有兮，锦帙瑶函。文人考订兮，厌饫沉酣。古学昌炽兮，近搜远探。王每燕乐兮，掀髯而谈。宜世之数贤王兮，必首屈以指曰汉之河间。"[②]

随着河间古风的日益昌盛，毛亨所撰《故训传》亦在毛苌及其后学

---

① 郑玄《诗谱》云："大毛公为《故训传》于其家，河间献王得而献之，以小毛公为博士。"《汉书·儒林传》亦曰："毛公，赵人也。治诗，为河间献王博士，授同国贯长卿。"魏晋时人，陆玑作《毛诗草木鸟兽虫鱼疏》又说："亨作《故训传》，以授赵国毛苌。时人谓亨为大毛公，苌为小毛公。以其所传，故名其诗曰《毛诗》。"

② 杜甲、周露嘉修《河间府志·艺文下》，见《中国地方志集成·河北府县志辑》，上海书店、巴蜀书社、江苏古籍出版社据清乾隆二十五年刻本影印。又《西京杂记》载："河间王德筑日华宫。置客馆二十余区以待学士。自奉养不逾宾客。"

儒生的掀髯而谈中得以传承、润益[①]。并在东汉郑玄为之作《笺》、唐孔颖达为之《正义》后，以更蓬勃的生机和强劲的生命力汇成了《毛诗》研究的蔚然大观。

据《隋书·经籍志》记载，魏晋南北朝时期，治《毛诗》的著作有《毛诗谱》3卷（吴太常卿徐整撰）、《毛诗义问》10卷（魏太子文学刘桢撰）、《毛诗义驳》8卷（魏卫将军王肃撰）、《毛诗异同评》10卷（晋长沙太守孙毓撰）、《毛诗发题序义》1卷（梁武帝撰）、《毛诗草木鸟兽虫鱼疏》2卷（乌程令吴郡陆机撰）、《毛诗谊府》3卷（后魏安丰王元延明撰）等，后《旧唐书·经籍志》、《新唐书》、《宋史》、《明史》、《清史稿》的《艺文志》中更记有大量研究《毛诗》的著作，毛亨、毛苌传扬《诗经》的星星之火已成燎原之势。

为纪念毛亨、毛苌首开河间研习、传讲《诗经》之风，奠基古文《毛诗》一派，元代至正年间，河间路总管王思诚在崇德里毛精垒奏建书院，以奉祀[②]。后书院几遭破坏，2005年3月，河间市委市政府为再续《诗经》古韵，在河间三十里铺重修毛公墓。2006年2月，中华诗词学会给河间市发来贺词“龙翔凤逸，诗苑千秋承大雅；笔落神惊，骚坛百代振雄风。”祝贺河间市被命名为“中华诗词之乡”。毛亨、毛苌对儒家经典《诗经》整理、研究、承传之功绩遗泽，绵延千古，溉沾后世。

---

① 陆玑作《毛诗草木鸟兽虫鱼疏》说：“苌为河间献王博士，授同国贯长卿，长卿授阿武令解延年，延年授徐敖。敖授九江陈侠，为新莽讲学大夫。由是言《毛诗》者，本之徐敖。时九江谢曼卿亦善《毛诗》，乃为其训。东海卫宏从曼卿受学，因作《毛诗序》，得风雅之旨。世祖以为议郎，济南徐巡师事宏，亦以儒显。其后郑众、贾逵传《毛诗》，马融作《毛诗序》，郑玄作《毛诗笺》。”

② 杜甲、周露嘉修《河间府志·艺文下》载明李时《毛公书院记》曰：“（毛公）善为讲说，演释其义，号为《毛诗》。卒葬河北城北三十里。元至正间，总管王思诚即其地，奏建书院，设山长一人，以奉祀。元末毁于兵，正德乙亥，御史吴郡卢公雍按部至郡，询其遗址，慨然兴叹。乃命郡守陆君栋辟地冢南，建堂三间，以奉公像。”又《元史》卷一百八十三载：“（思诚）所辖，景州广川镇，汉董仲舒之里也。河间尊福乡，博士毛苌旧居也。皆请建书院，设山长员，召拜礼部尚书。”

二、《毛诗序》与“情志”并举

宋程颐《程氏经说》卷三云：“学《诗》而不求《序》，犹欲入室而不由户也。”程大昌《考古编·诗论十三》亦曰：“古序也者，其《诗》之喉襟也欤!”这都指出了《序》在《毛诗》说诗体系中的重要作用。

《毛诗序》是指《毛诗故训传》置于每篇诗开头的序文，今传《诗序》有大序和小序之分。在首篇《关雎》序之“风，风也，教也”之后，有一段较长的文字，比较全面地论述了诗歌的性质、作用、内容、体裁和艺术表现手法等问题，人们将之称为《诗大序》。它是《诗经》经学阐释的理论大纲，也是确立儒家正统文艺思想的纲领性文献。与之相对，列在各诗之前，介绍作者或写作背景，解释各篇主题的为《小序》。它往往先列教义，从美刺立言，以见诗人之情，又随附史事以明之，材料多取自《左传》。

在儒术独尊，经学日益成为汉代统治阶级倡导的主流意识形态的学术背景下，《毛诗序》也不可避免地被牢牢锁定在经学语境之中，受经学话语体系的左右。它的“发乎情，止乎礼义”说、美刺讽谏说、“六义”、“四始”说都带有明显的经世致用味道和服务于政治教化的功利性价值取向。但《诗经》毕竟是一部带有审美情感意味的文学作品，故《诗序》在经术化的学术表达之下，仍有对诗歌艺术本质的探寻。其最突出点就是“情志并举”诗歌理论的表述：

> 诗者，志之所之也，在心为志，发言为诗。情动于中而形于言。言之不足，故嗟叹之；嗟叹之不足，故永歌之；永歌之不足，不知手之舞之，足之蹈之也。
>
> 情发于声，声成文，谓之音。
>
> 吟咏情性，以风其上。

在中国古代文学批评史上，“诗言志”是一个十分古老而又重要的概念。在先秦时代，就有不少关于“诗言志”的记载。如：

《虞书·舜典》："诗言志，歌永言，声依永，律和声。八音克谐，无相夺伦，神人以和。"

《庄子·天下》："《诗》以道志，《书》以道事，《礼》以道行，《乐》以道和。"

《荀子·儒效》："《诗》言是，其志也；《书》言是，其事也；《礼》言是，其行也；《乐》言是，其和也。"

《礼记·乐记》："诗言其志也，歌咏其声也，舞动其容也，三者本于心，然后乐气从之。"

《礼记·孔子闲居》："志之所至，诗亦至焉。"

先秦时人从诗与其他文字样式、艺术形式的比较中看出了诗具有"言志"的特点，但还没能明确地、单独地标举出"情"字。尽管"志"与"情"难以截然分割，但在理论上若只以"言志"为旨归来理解诗的性质，不免限制了诗歌内容和其感情世界的拓展。而《毛诗序》的作者看到了诗是"情动于中"的产物，指出诗是抒发"情性"的结晶。尽管它承继的是先秦"言志"说的内涵，但比单独提"言志"无疑更接近诗的内核。这是中国诗论史上第一次对诗歌抒情特征的明确标举，对诗歌艺术本质的认识具有突破性意义：它从理论上拓展了言志的含义，开始了向抒情观念的演进；它有助于发挥诗歌作者的抒情个性，拓宽诗的表现领域，展现作者丰富的内心世界，使诗歌呈现多样的内容色彩；它有助于进一步揭示诗歌这种文学样式的艺术个性，使诗歌与其他文章或文学体裁在性质上有了明显的区别，从而推进了诗歌美学的发展。后世的诸多诗论，如晋代的"缘情"说、唐宋以后的意境论、明清时代的情景说、性灵观等，无一不基于对诗的抒情性的认同。所以，《毛诗序》论诗时从阐发其言志功能转到言情特质，在我国诗论史上具有开导先河的意义。

三、《毛诗序》与独标“兴”体

《毛诗》“序传”中，能触摸到文学风神，带有文学气息的解读还有对“兴体”的标举。

刘勰《文心雕龙·比兴篇》曰：“诗文宏奥，包韫六义，毛公述传，独标兴体。”指出了《毛传》对“兴”的会心与独重。比兴是诗歌形象化的重要手法，也是我国传统诗学理论中最为本原的概念。其词最早见于《周礼·春官》：

> （大师）教六诗：曰风，曰赋，曰比，曰兴，曰雅，曰颂。以六德为之本，以六律为之音。

《毛诗序》在此基础上提出了“六义”说：

> 故诗有六义焉：一曰风，二曰赋，三曰比，四曰兴，五曰雅，六曰颂。

对《诗经》的体式与表现手法进行了总结。后孔颖达在《毛诗正义》中对此作了更为具体的解释和明确的判别：

> 风雅颂者，诗篇之异体；赋比兴者，诗文之异辞耳。大小不同，而得并为六义者，赋、比、兴是诗之所用，风、雅、颂是诗之成形；用彼三事，成此三事，是故同称为义，非别有篇卷也。

用“异辞”、“所用”界定出比兴作为诗歌艺术表现手法的特质。

毛氏传诗，注意到了“言志”的《诗》借助比兴这种婉曲、形象的表达方式来流露作者情意的现象，并将比兴之论付诸于具体的诗歌阐释实践。

> 《陈风·月出》：月出皎兮（《毛传》：兴也。皎，月光也。），佼人僚兮。舒窈纠兮，劳心悄兮。

《小雅·黄鸟》：黄鸟黄鸟，无集于谷，无啄我粟。（《毛传》：兴也，黄鸟宜集木啄粟者，喻天下室家不以其道而相去，是失其性。）此邦之人，不我肯谷。言旋言归，复我邦族。

《小雅·隰桑》：隰桑有阿，其叶有难。（《毛传》：兴也。阿然，美貌。难然，盛貌。有以利人也。）既见君子，其乐如何。

《小雅·菁菁者莪》：菁菁者莪，在彼中阿。（《毛传》：兴也。菁菁，盛貌。莪，萝蒿也。中阿，阿中也，大陵曰阿。君子能长育人材，如阿之长莪菁菁然。）

《魏风·园有桃》园有桃，其实之殽。（《毛传》：兴也。园有桃，其实之殽。国有民，得其力。）

据统计，《毛传》中注明“兴也”的诗篇有116首之多，占《诗经》总篇数的1/3以上。[①] 这些兴义的疏释，虽过多地注重了对诗歌社会意义的求解，并因经学色彩的掺入而显得有些牵强附会，但毛氏以兴论诗之举，已触到了诗意的脉搏，令人感受到了文学的律动，接近了诗艺研究的核心。其对《诗经》中用兴手法的明示和界定，还为后人从情物交融视角说诗、论诗提供了学术依傍。此后，各时代的文学理论家对兴与诗的形象、诗的韵味及诗的情感关系不断进行探索，渐渐形成了诗学的情景理论以及意境、境界理论。从这个角度说，《毛传》对兴的标举，对兴的性质与作用的肯定，是对中国诗学理论的一大贡献。

总之，《毛传》作为我国最早的诗学理论著作，其学风、学理、学术观点都对后世的《诗经》研究乃至中国古代诗学研究产生巨大的影响。清人陈奂在《诗毛氏传疏叙录》中说：“文简而义瞻，语正而道精。洵乎为小学之津梁，群书之钤键。”以此语评《毛传》，恰切而不为过也。

---

① 《毛传》标“兴”的篇数，宋代王应麟《困学纪闻》卷三引吴泳语和朱自清《诗言志辨·比兴》中均计为116篇，但对其具体篇目的认定则有出入。前者认为《风》七十，《小雅》四十，《大雅》四，《颂》二；而朱自清则认为是《风》七十二，《小雅》三十八，《大雅》四，《颂》二。

第三章　风发吟咏——燕赵歌诗

在充溢着经学气息的两汉文坛，亦有对真情至美的风发吟咏。李延年的《李夫人歌》和乐府民歌《陌上桑》是回荡在燕赵大地的美的赞歌；郦炎的《见志诗》二首则是东汉末年文人不平心志的集中感发。它们不受经学浸润的真情抒写，是两汉河北诗坛最本色最响亮的歌唱。

第一节　女性美的绝代咏唱
——《李夫人歌》、《陌上桑》

《李夫人歌》，作者李延年（约前140～前87年），中山人（今河北定县），西汉著名音乐家，因知音、善舞及女弟故受到武帝的宠爱。[①]他擅制新声，据《汉书·佞幸传》记载："延年善歌，为新变声。是时上方兴天地诸祠，欲造乐，令司马相如等作诗颂。延年辄承意弦歌所造诗，为之新声曲。"《汉书·礼乐志》亦云："至武帝定郊祀之礼，祠太一于甘泉，就乾位也；祭后土于汾阴，泽中方丘也。乃立乐府，采诗夜诵，有赵、代、秦、楚之讴。以李延年为协律都尉，多举司马相如等数十人造为诗赋，略论律吕，以合八音之调，作十九章之歌"。李延年作为乐府官员，除了为朝廷郊祀之礼作《汉郊祀歌》十九章之外，还分

---

① 司马迁《史记·佞幸列传》载："今天子中宠臣，士人则韩王孙嫣，宦者则李延年。……李延年，中山人也。父母及身兄弟及女，皆故倡也。延年坐法腐，给事狗中。而平阳公主言延年女弟善舞，上见，心说之，及入永巷，而召贵延年。"

《薤露》、《蒿里》，制定挽歌[①]，又仿张骞传自西域的《摩可兜勒》曲作“新声”二十八解，用于军中，称为“横吹曲”[②]，为丰富乐府的曲调乐章作出了贡献。

李延年本人亦善诗，其以女弟为创作蓝本的《李夫人歌》对美的歌颂惊世绝伦，李延年也以此孤篇奠定了其在两汉诗坛的地位。

此篇最早载于《汉书·外戚传》[③]。后各时代史籍，如郦道元《水经注》、李善《文选》、欧阳询《艺文类聚》、徐坚《初学记》、郭茂倩《乐府诗集》、徐陵《玉台新咏》等多有转引。逯钦立《先秦汉魏晋南北朝诗》亦收录此诗，并对各版本的不同作了辨析、疏解，可供研读者参考：

北方有佳人，绝世而独立，一顾倾人城，再顾倾人国，宁不知倾城与倾国，佳人难再得！

此诗本李延年侍上起舞，即兴而作。其目的是为博武帝之欢心，以举荐其女弟，故其对女性美的描绘引人神思，动人心魄。诗文开篇，作者先是以“北方有佳人”的记叙性笔调入诗，平淡素朴，不彰不显。但随即

---

① 晋崔豹《古今注·音乐第三》载：“《薤露》、《蒿里》，并哀歌也。出田横门人。横自杀，门人伤之，为作悲歌。言人命薤上露，易晞灭也；亦谓人死魂魄归于蒿里，故有二章。其一曰：‘薤上朝露何易晞，露晞明朝更复落，人死一去何时归。’其二曰：‘蒿里谁家地，聚敛精魄无贤愚。鬼伯一何相催促，人命不得少踟蹰。’至孝武时，李延年乃分二章为二曲，《薤露》送王公贵人，《蒿里》送士大夫庶人，使挽柩者歌之。世亦呼为‘挽歌’，亦谓之‘长短歌’，言人寿命长短定分，不可妄求也。”

② 晋崔豹《古今注·鸟兽第四》载：“《横吹》，胡乐也。博望侯张骞入西域，传其法于西京，唯得《摩诃兜勒》一曲，李延年因胡曲更进《新声二十八解》，乘舆以为武乐。后汉以给边将军。和帝时，万人将军得用之。魏晋以来，《二十八解》不复俱存见世，用《黄鹄》、《陇头》、《出关》、《入关》、《出塞》、《入塞》、《折杨柳》、《覃子》、《赤之阳》、《望行人》十曲。”《晋书·卷二十三》亦有相关记载：“胡角者，本以应胡笳之声，后渐用之横吹，有双角，即胡乐也。张博望入西域，传其法于西京，惟得《摩诃兜勒》一曲。李延年因胡曲更造新声二十八解，乘舆以为武乐。后汉以给边将，和帝时，万人将军得用之。魏晋以来，二十八解不复具存，用者有《黄鹄》、《陇头》、《出关》、《入关》、《出塞》、《入塞》、《折杨柳》、《黄覃子》、《赤之杨》、《望行人》十曲。”

③ 班固《汉书·外戚传》：“初，夫人兄延年性知音，善歌舞，武帝爱之，每为新声变曲，闻者莫不感动。延年侍上起舞，歌曰：‘北方有佳人，绝世而独立，一顾倾人城，再顾倾人国，宁不知倾城与倾国，佳人难再得！’上叹息曰：‘善！世岂有此人乎？’平阳主因言延年有女第，上乃召见之，实妙丽善舞。”

的“绝世而独立”却如平地惊雷，一下子将美推向了极致。这是一种孤傲的美，是胸中自有万古的沉静，是眼底更无一人的高洁。这种美到了孤独、美到了曲高和寡而难再得的境界，不仅是关于唯一的感叹，而且流露出一种对美的流逝的含蓄伤感，其在低回婉转中传达了希望这种绝美被发现、被赞赏、被怜惜的热切期盼。因此，这里“绝世而独立”不仅仅是一种单纯的女性美的颂扬，它们的孤独，它们的唯一，它们的易逝，它们的渴望被珍惜，也都成为一种亘古绵延的情愫。

作者在展示出绝世美的佳人之后，又以“倾城”、“倾国”的效果来对佳人的美作进一步的描述。这里的“倾城”、“倾国”采取的是化贬为褒的艺术手法。“倾城”一词最早见于《诗经·大雅·瞻印》：“哲夫成城，哲妇倾城。懿厥哲妇，为枭为鸱。妇有长舌，维厉之阶。乱匪降自天，生自妇人。匪教匪诲，时维妇寺。”此诗本是讽刺周幽王宠幸褒姒，斥逐贤良，以致乱政病民、国运濒危的诗。孔颖达《毛诗正义》对此进一步解释说：“若谓智多谋虑之丈夫，则兴成人之城国；若为智多谋虑之妇人，则倾败人之城国。妇言是用，国必灭亡。王何故用妇人之言，为此大恶，故疾之也。”以“倾城”来喻妇言乱国之意，后世的史籍也多沿袭这一旨喻。① 而李延年在此却反其意而用之，以“倾城”、“倾国”来写这种颠覆一切的美。这是美的极致，美的震撼。它的光芒使一切对美的具象描画黯然失色，它强势的冲击力延荡开来，最终凝聚成美的指代性符号。自此以后，文人墨客在其作品中直接借用“倾城倾国”

① 班固《汉书·谷永杜邺传》曰：“未恤政事，不慎举错，娄失中与？内宠大盛，女不遵道，嫉妒专上，妨继嗣与？古之王者废五事之中，失夫妇之纪，妻妾得意，谒行于内，势行于外，至覆倾国家，或乱阴阳。昔褒姒用国，宗周以丧；阎妻骄扇，日以不臧。此其效也。”袁康《越绝书·越绝外传记》亦载曰：“哀哉！夫差不信伍子胥，而任太宰嚭，乃此祸晋之骊姬、亡周之褒姒。尽妖妍於图画，极凶悖於人理。倾城倾国，思昭示於後王，丽质冶容，宜求监於前史。”

来写女性的美[1]，“倾城倾国”亦成为人们心目中绝美女性的代名词。因此，当此歌被后人一再咏诵时，它也早已脱去了李延年向上推荐其妹的功利色彩，而被解读成对绝美女性的展示与礼赞。

从诗体意义上说，这首歌在韵律上大体采用了五言诗的标准韵式——隔句用韵。且形式上，四句中有三句是五言，第三句中去掉调节语气的“宁不知”三个字，也变成了五言。这表明在汉代还属于歌诗新体的五言样式，即将成为诗歌最主要的形式之一。因此，此诗对于五言诗的形成具有开风气之先的示范意义。另外，它以观赏和娱乐为旨的创作倾向，也预示着以娱乐为主的新声将逐渐替代传统雅乐而成为汉代诗歌的新样态。

当《李夫人歌》的余音袅袅于空中，李夫人倾城倾国的美的形象逐渐定型于人们脑海之时，又一个惊世美女秦罗敷飘然出现在燕赵大地。晋崔豹《古今注·音乐第三》云：“《陌上桑》，出秦氏女子。秦氏，邯郸人，有女名罗敷，为邑人千乘王人妻，王人后为赵王家令，罗敷出采桑于陌上，赵王登台见而悦之，因饮酒，欲夺之。罗敷乃弹筝作《陌上桑》之歌，以自明焉。”后唐吴兢《乐府古题要解》在引了《古今注》旧说之后云：“案其歌词，称罗敷采桑陌上，为使君所邀，罗敷盛夸其夫为侍中郎以拒之，与旧说不同。”对崔豹言罗敷弹筝作《陌上桑》以自明的说法提出了疑问，但对罗敷为赵邯郸女子的提法则没有质疑。其他典籍如《尧山堂外纪》等在转引《陌上桑》一诗时，也都遵崔豹的罗敷为邯郸女子说。另班固《汉书·艺文志》载：“自孝武立乐府而采歌谣，于是有代、赵之讴，秦楚之风。”接着进一步明确标示出了采自燕

---

① 李延年作《李夫人歌》后，中国古代文学作品中以“倾城倾国”来代指女性美的作品甚众：韦庄《秦妇吟》中有“东邻有女眉新画，倾城倾国不知价。长戈拥得上戎车，回首香闺泪盈把。”；辛弃疾【满江红】（送徐抚干衡仲之官三山，时马叔会侍郎帅闽）写到“绝代佳人，曾一笑、倾城倾国。休更叹、旧时清镜，而今华发。明日伏波堂上客，老当益壮翁应说。恨苦遭、邓禹笑人来，长寂寂”；李白《清平调》中“名花倾国两相欢，长得君王带笑看”和白居易《长恨歌》中“汉皇重色思倾国，御宇多年求不得”皆以“倾国”来指代绝色美女杨贵妃。中国古典小说中这样的借用更是不胜枚举。

赵的乐府诗篇目："《燕代讴雁门云中陇西歌诗》九篇，《邯郸河间歌诗》四篇。"这都肯定了乐府民歌中有采自燕赵的篇目。可惜由于年代久远，很多优秀的诗篇或已散失，或无法确认其所采自何地。只有《陌上桑》一篇，因崔豹"罗敷为邯郸人"的题解，成为两汉乐府在燕赵大地的绝响。

《陌上桑》一诗最早著录于《宋书·乐志》，题为《艳歌罗敷行》。《玉台新咏》辑录本篇，题为《日出东南隅行》，《乐府诗集》则题为《陌上桑》。

这是一曲美的赞歌，也是一曲正义战胜邪恶的欢乐之歌。它以罗敷的聪慧、勇敢和智胜使君的结局，一扫以往反映妇女生活诗作哀伤凄婉、灰暗沉重的基调，充满了明亮轻快的色彩。

全诗分三解。一开篇，作者即以浪漫的笔调极力铺陈、描写罗敷的美貌绝伦：

> 日出东南隅，照我秦氏楼。秦氏有好女，自名为罗敷。罗敷喜蚕桑，采桑城南隅。青丝为笼系，桂枝为笼钩。头上倭堕髻，耳中明月珠。缃绮为下裙，紫绮为上襦。行者见罗敷，下担捋髭须。少年见罗敷，脱帽著帩头。耕者忘其犁，锄者忘其锄。来归相怨怒，但坐观罗敷。

这是一段经典的对美的叙写。它突破了《诗经·硕人》篇中那种对庄姜美的直比式描写方式，也超越了《李夫人歌》中那种对抽象到不可企及的美的概念性描画，采用了一种烘云托月的方法，通过对罗敷所处环境、所用器物、穿佩服饰及旁观者态度即美的效果的逐一铺写，将罗敷的美写得真实可感，清新喜人，气韵生动，引人入胜。

诗文的第二解是全诗的主旨所在，它通过写使君的无耻要挟和罗敷的言辞回拒，进一步刻画了罗敷机智、聪慧的美的形象：

> 使君从南来，五马立踟蹰。使君遣吏往，问是谁家姝？秦

氏有好女，自名为罗敷。罗敷年几何？二十尚不足，十五颇有余。使君谢罗敷，宁可共载不？罗敷前置词，使君一何愚！使君自有妇，罗敷自有夫。

罗敷与使君会于桑间这一情节具有深厚的历史文化渊源。在上古时期，中原一带气候温和，盛产桑树，养蚕业也相当发达。每当春天来临，妇女们便纷纷出门采摘桑叶。《诗经·豳风·七月》篇的“春日载阳，有鸣仓庚。女执懿筐，遵彼微行，爰求柔桑”和《魏风·十亩之间》篇中的“十亩之间兮，桑者闲闲兮，行与子还兮。十亩之外兮，桑者泄泄兮，行与子逝兮”等都是对这种情景的生动表现。由于采桑之处女子很多，其地往往成为男女恋爱的场所，由此也产生了许多有关采桑女的故事。如上古时禹与涂山氏在桑中遇合的神话传说，《秋胡行》中秋胡戏妻的故事，《齐宿瘤女传》中齐东郭宿瘤女采桑遇齐闵王而被闵王“命后载之”的故事等都是以桑林之地为背景。[①] 但《陌上桑》中罗敷于桑间机智地摆脱使君纠缠的情节，虽与上述《秋胡行》、《齐宿瘤女传》两则故事同属一个母题，且思想倾向也较为相似，但罗敷不卑不亢、貌似温顺又义正词严的回答，既避免了枯燥乏味的道德说教，又使其形象显得机智洒脱。这一形象较之刚烈的秋胡妻和超然淡泊的东郭宿瘤女子更具生活气息，更接近人们心中理想女性的标准，因而也更易被人们喜爱和接受。

第三解在罗敷断然以“使君自有妇，罗敷自有夫”为由拒绝使君的调戏以后，转入罗敷对于丈夫的夸耀：

东方千余骑，夫婿居上头。何用识夫婿？白马从骊驹。青丝系马尾，黄金络马头，腰间鹿卢剑，可值千万余。十五府小

---

① 禹与涂山氏在桑中遇合的神话传说见于《吕氏春秋·音初篇》。其曰：“禹行功，见涂山之女。禹未之遇而巡省南土。涂山氏之女乃令其妾候禹于涂山之阳。女乃作歌，歌曰‘候人兮猗!’”又《楚辞·天问》载：“焉得彼鑫山女，而通之于台桑？”秋胡戏妻及齐东郭宿瘤女采桑遇齐闵王而被闵王“命后载之”，“以为后”的故事可参看刘向《列女传·节义传》、《鲁秋洁妇》篇和《列女传·辨通传》、《齐宿瘤女》篇。

吏，二十朝大夫，三十侍中郎，四十专城居。为人洁白皙，鬑鬑颇有须。盈盈公府步，冉冉府中趋。坐中数千人，皆言夫婿殊。

罗敷从丈夫打扮之豪华讲到身份之高贵，从相貌之英俊讲到风度之翩翩，极尽夸张之能事。在罗敷的夸赞中，她的丈夫在财产、地位、容貌、风度等各方面都胜过使君，终于使得使君自惭形秽，甘拜下风。至此，作者不再别起波澜，而是顺势以喜剧性的结局收束全篇。罗敷这一聪明、美丽的女子形象也随着大幕的徐徐关闭而定格在人们的脑海中。从此以后，罗敷这位从燕赵大地走出来的美丽女子，亦成为美的标准，美的化身。

第二节　不平心志的由衷感发——《见志诗》二首

《见志诗》二首，作者郦炎（150～177年）。郦炎字文胜，范阳（今河北定兴南）人，东汉末年五言新诗的代表作家。郦炎一生沉郁悲苦，生活极为不幸。他患有疯病，其妻坐产之时，恰逢母丧而病情发作，妻见他如此，受惊而死。妻家告官，炎遂遭囚禁。因病无法理对，亡于狱中，年仅28岁。临终之时，作《遗书令》四首，情词恳切，满纸辛酸，尤其是致老母、嘱幼子一节，读之令人动容，催人泪下①。

郦炎少富文才，他在《遗书令》中叮嘱弱儿博学著书以继承父母旧业时，自述道："十七而作《郦篇》，二十四而州书矣，二十七而作《七平》矣。其赋诵读，自少为之。"但因生活在社会环境极为恶劣的东汉

① 郦炎《遗书令》："白老母：无怀忧。怀忧何为？无增悲，增悲何施？寒必厚衣？无炎，谁为母厚衣，暑必轻服？无炎，谁为母轻服，弃炎无念，此常厚衣，不尤不怨，此常轻服矣……嗟哉！邈之遗孤，其名曰止戈，汝长自为之，宁咨尔止戈，汝未有所识。吾谓汝有所识，其先见汝耳。汝未有所闻，吾犹谓汝耳有所闻，而告汝。人之丧也，非父则母，非昆则弟，非姊则妹。人之孤也，龀齿其少矣。汝之孤也，曾未满两旬。汝无自以为微弱，物有微弱于汝者，乃其长而繁焉。"见清严可均：《全上古三代秦汉三国六朝文》卷八十二，中华书局，1958年，第912～913页。

桓、灵之时，他最终有志难展，只能作《见志诗》两首以抒发怀才不遇的愤慨。《见志诗》两首是以五言新体的形式来抒发超迈绝尘之志、怀才不遇之感的优秀诗作。其一曰：

大道夷且长，窘路狭且促。修翼无卑栖，远趾不步局。舒吾陵霄羽，奋此千里足。超迈绝尘驱，倏忽谁能逐。

作者开篇先以“夷且长”的大道和“狭且促”的窘路对举，以路的平坦、绵长和狭窄、局促来暗示人生不同的生活路径。这种通达与窘迫既是人生的两种生活样态，也是汉末现实的真实反映。面对着人生的窘困，有人或许颓丧、消沉，但作者仍不失其志，他要展开修翼，阔步远行，像那振翅翱翔的巨鸟和驰骋千里的骏马，超迈绝尘，无人能逐。随后，为了坚定奋进的决心，作者又以“贤愚岂常类”领起，对富贵贫贱乃天注定的观点提出质疑：“富贵有人籍，贫贱无人录。通塞苟由已，志士不相卜。”显示出作者不信宿命、不甘贫贱的思想。诗最后引陈平、韩信这些历史人物起于微贱而“终居天下宰”的事迹以自励，表现出流名千古的强烈愿望。通篇诗作直抒胸臆，以“修翼”、“远趾”、“陵霄羽”、“千里足”此类阔大的意向叙写高远之志，格调高昂，气势豪迈。

其二曰：

灵芝生河洲，动摇因洪波。兰荣一何晚，严霜瘁其柯。哀哉二芳草，不植太山阿。

此篇作者取象灵芝、兰，以灵芝困于洪波、兰摧于严霜象征志士遭受压抑，不得展其怀抱。以香草喻忠贞、比贤才的笔法起于屈原。这里，作者化用了屈原的比兴写法，并以“哀哉二芳草，不植太山阿”的象征性表述，抒发了贤才不得其用的处境。词多托寓，感慨颇深。

诗人志向高远在现实生活中却处境坎坷，非但得不到重用，反而连遭摧残，这使他想起了年轻有为却被朝廷宿臣压制排斥的贾谊：

文质道所贵，遭时用有嘉。绛、灌临衡宰，谓谊崇浮华。

贤才抑不用，远投荆南沙。

贾谊“贤才抑不用，远投荆南沙”的遭遇正是诗人抑郁不得志的生活写照。在此种心境下，诗人不禁从心底发出了“抱玉乘龙骥，不逢乐与和。安得孔仲尼，为世陈四科”的慨叹和希冀。

此诗较之第一首，少了气冲霄汉的气势，多了沉郁含蓄的哀叹。两首诗气韵有别，格调不同。但它们对内心情感的如真摹写，不仅映现了汉末文人激愤不平的心志，也使自贾谊《吊屈原赋》始，汉代赋诵类诗歌以文人政治情怀为表述主体的创作倾向得以延续。同时，它们还与多抒发人生短促与及时行乐等世俗之情为主体的《古诗十九首》等其他文人五言诗一起，完成了汉代诗歌对人生多层面情感的表达，这对于开启魏晋诗歌重个性、重抒情之风具有重要的意义。

从表现形式上，这两诗都是以五言新体的形式来抒情写意。这表明，此时五言诗已渐渐离开民间而成为文人学士喜爱的诗体，并且随着它对四言诗及楚歌地位的侵夺，五言诗已登上文坛重地并即将迈进它的黄金时代。

第四章　家族文学的传递——崔氏文学世家

东汉时期，光亮河北文坛的主要是以崔篆、崔骃、崔瑗、崔寔为代表的崔氏家族的文学创作。他们数代相承，创作活动覆盖整个东汉王朝，创作领域涉及赋、颂、箴、铭、书、记、表、碑、志、诔、论等十几种文体。这一家族文化绵延之长、创作形式涵盖之广在文学史上极为少见。其中，崔篆的《慰志赋》，崔骃的“箴”、“铭”、“颂”创作，崔瑗的《河间相张平子碑》、《草书势》，崔寔的《政论》等既代表了他们各自文学创作的成就，也彰显出东汉散文的创作特色及发展趋向。

第一节　崔篆及其《慰志赋》

崔篆，涿郡安平（今河北安平）人，活动于两汉之际，王莽时为郡文学，以明经征诣公车，举为步兵校尉，自劾不应举。后因母师氏及兄发均为王莽所宠待，恐因己之不附牵连母兄，不得已受任建新大尹。[①]但就官后三年不肯视事，后采纳属吏建议，强起巡视各县。所至之地，“狱犴填满。篆垂涕曰：‘嗟乎！刑罚不中，乃陷人于阱。此皆何罪，而至于是！’遂平理，所出二千余人。”[②] 随后即称病去职。光武建武初，刘秀建立新朝后，朝廷许多人荐举他。幽州刺史又举他为“贤良”。篆以母兄受新莽宠遇，己又历仕伪朝，惭愧汉室，遂辞归不就，客居荥

---

① 范晔《后汉书·崔骃列传》载：（莽）“时，篆兄发以佞巧幸于莽，位至大司空。母师氏能通经学、百家之言，莽宠以殊礼，赐号义成夫人，金印紫绶，文轩丹毂，显于新世。后以篆为建新大尹，篆不得已，及叹曰：‘吾生无妄之世，值浇、羿之君，上有老母，下有兄弟，安得独洁己而危所生哉！’乃遂单车到官。”

② 范晔：《后汉书·崔骃列传》。

阳，闭门潜思。临终作《慰志赋》以自伤悼。

崔篆《慰志赋》是两汉最早以“志”名篇的赋作。它以自叙性的笔法，叙写了作者生逢乱世、无奈仕于伪朝的痛苦与悔恨，展现了易代之际士人两难的处境和避祸远害的心理。

在赋作中抒写个人不遇之感并非起自崔篆。贾谊的《吊屈原赋》、董仲舒的《士不遇赋》、司马迁的《悲士不遇赋》、东方朔的《答客难》以及扬雄的《解嘲》、《逐贫赋》等，虽未以“志”标题，但都对大一统政局下士人抑郁不自得的心绪作了较为充分的叙写，对造成士人不遇命运的原因亦有切合实际的分析。而崔篆的《慰志赋》因其写作背景处于两汉易代之时，坚持操守还是顺应新朝是困扰此时士人心中的矛盾心结，故崔篆的赋作虽承“士不遇”余波，但其情感、心绪的表述较之贾谊等的赋作更为曲折、沉郁。

《慰志赋》全文以伤时自辨—痛陈悔意—保身慰志这三段式的心理表征作为行文的主线，而仕王莽朝的经历又是崔篆内心挥之不去的情感痛点，所以文章开篇先发生不逢时之叹：

> 嘉昔人之遘辰兮，美伊傅之遇时。应规矩之淑质兮，过班倕而裁之。协准矱之贞度兮，同断金之玄策。何天衢于盛世兮，超千载而垂绩。岂修德之极致兮？将天祚之攸适。愍余生之不造兮，丁汉氏之中微。

这里作者以伊尹、傅说作比，叹羡他们生之遇时，能建金石之功，垂千载之绩，而己却遇汉衰微之时，以至处境艰难，不禁心生哀愍之感。随后，作者以更为形象的语言，采用象征与比喻的手法，叙述了西汉末年朝廷的混乱和王莽窃取朝政的情形：

> 氛霓郁以横厉兮，羲和忽以潜晖。六柄制于家门兮，王纲漼以陵迟。黎共奋以跋扈兮，羿浞狂以恣睢。睹嫚臧而乘衅兮，窃神器之万机。

将王莽篡汉比作“窃神器之万机”，这既反映了崔篆对王莽新朝的政治态度，也表现了他忠于刘汉王朝的思想倾向。因而，后文详尽地叙写了自己一度事莽的悔恨和无奈。为了表明仕莽一事确为无奈之举，作者从三个方面为己辩解：其一是迫于天威，“嗟三事之我负兮，乃迫余以天威”；其二是为保全家人性命，“岂无熊僚之微介兮，悼我生之歼夷”；其三是明哲保身的处事原则，“庶明哲之末风兮，惧大雅之所讥”。虽然这三个方面都是不得已的客观情形，但仕任伪朝毕竟是崇尚节义的士大夫所不齿的行径。故作者在自我辩解后，转入了痛苦的忏悔：

> 恨遭闭而不隐兮，违石门之高踪。扬蛾眉于复关兮，犯孔戒之冶容。懿氓蚩之悟悔兮，慕白驹之所从。乃称疾而屡复兮，历三祀而见许。

对自己在乱世之时不能高踪自隐而迫于天威、屈从流俗的行为表示了深深的悔恨，同时也对自己最终能迷途知返、称疾而退深感庆幸和欣慰。故文章最后作者表示要悬车絷马，绝时俗之进取，以隐居优游的生活态度，启体归全，保全性命，不忝先人，慰己心志。

此文为崔篆临终自伤之作，也是他内心郁结情感的一次梳理和宣泄。他对于易代之时文人内心矛盾、痛苦、彷徨、困惑心态的如真描摹，显示了汉赋由体物到写情转变的发展趋向。艺术表现上，全文思路清晰，情感真挚。用典与议论交织，悯时与哀叹相揉。文本层面上虽略显枯涩，缺乏艺术感染力，但其对特定时期文人心态的典范性叙写及所展现出来的典雅和缓的文风亦使其成为东汉初年优秀赋篇的代表。

第二节　崔骃及其箴、铭、颂体创作

崔骃（？～92年），字亭伯，涿郡安平（今河北涿州）人，崔篆之孙。《后汉书》本传记载，在家学影响下，崔骃十三岁即能通《诗》、《易》、《春秋》，“博学有伟才，尽通古今训诂百家之言，善属文”。少时游于太学，与班固，傅毅齐名。常以典籍为业，未遑仕进之事，为时人所讥，曾仿扬雄《解嘲》作《达旨》以明志。元和中，崔骃以《四巡颂》结知天子，章帝躬亲荐达，遣臣曳履迎门，其荣重百世莫一①。汉和帝时，窦宪为车骑将军，辟其为府掾。他眼见窦宪擅权骄恣，遂屡屡上书，指切长短，终为宪所不容，遭贬为长岑长。经此变故，骃深感意不自得而辞官不就。永元四年，卒于家。

崔骃一生所著颇丰，且众体兼备。《后汉书》本传谓其著有诗、赋、铭、颂、书、记、表、《七依》、《婚礼结言》、《酒警》共21篇。《隋书·经籍志》亦著录有"后汉长岑长《崔骃集》十卷"，今已散佚。清严可均的《全上古三代秦汉三国六朝文》辑录有崔骃的赋、奏、论、颂、箴、铭、达旨等作品30余篇，是崔骃现存作品最完备的记录。在上述众体中，最能展示东汉散文创作特点，奠定崔骃文学地位的是其箴、铭、颂体的创作。

崔骃现存的箴体之作有《太尉箴》、《司徒箴》、《司空箴》、《尚书箴》、《太常箴》、《大理箴》、《河南尹箴》、《酒箴》，共计8篇。除以丰侯沉酒失国之事告诫执政者切勿沉迷酒色的《酒箴》篇外，其余皆为官箴。

箴的名称，是由古代用针石治病转借而来。因而，箴这种文体具有规劝、告诫的性质。② 另外，从其劝诫指向的不同，箴体又有官、私之别。私箴多为自警、自戒之作，而官箴则是臣下对君王或其他上层官员所作的劝谏文。如现存最早最完整的箴文《虞箴》，就是周武王时的虞

①《后汉书·崔骃列传》记载："元和中，肃宗始修古礼，巡狩方岳。骃上《四巡颂》以称汉德，辞甚典美，文多，故不载。帝雅好文章，自见骃颂后，常嗟叹之，谓侍中窦宪曰：'卿宁知崔骃乎?'对曰：'班固数为臣说之，然未见也。'帝曰：'公爱班固而忽崔骃，此叶公之好龙也。试请见之。'骃由此候宪。宪屣履迎门，笑谓骃曰：'亭伯，吾受诏交公，公何得薄哉?'遂揖入为上客。"

② 刘勰《文心雕龙·箴铭》说："箴者，所以攻疾防患，喻箴石也。"宋王应麟《辞学指南》亦云："箴者，谏海至此，若针之疗饥，故名箴。"

人（主管田猎的官）用夏朝后羿迷于田猎、贻误国事的事来劝诫周武王的。[①] 后来汉代的扬雄仿《虞箴》作《十二州二十五官箴》。东汉之时，崔骃及其子崔瑗及临邑侯刘騊駼对扬雄之作亡缺部分进行增补，又继作4篇，使箴这种文体的创作趋于繁盛。[②]

徐师曾在《文体明辨序说》中说："（箴）太抵皆用韵语，而反覆古今兴衰理乱之变，以垂警戒，使读者惕然有不自宁之心，乃称作者。"对箴这种文体的特征进行了揭示和说明。崔骃的《太尉箴》、《司徒箴》、《大理箴》等7篇箴体之作，就是以韵语的形式对官员进行劝勉和教育的典范之作。它们主旨相类，结构形式亦大致相同：先介绍官职由来，官职职责及讲述历史相关事件以示警戒，最后以"敢告在际"、"敢告执藩"、"敢告在侧"、"敢告执狱"等语词作结，如《太常箴》：

> 翼翼太常，实为宗伯。穆穆灵祇，寝庙奕奕。称秩元祀，班于群神。我祀既祇，我粢孔蠲。匪愆匪忒，公尸攸宜。弗祈弗求，惟德之报。不矫不诬，庶无罪悔。昔在成汤，葛为不吊。弃礼慢祖，夔子不祀。楚师是虏，鲁人跻僖。臧文不悟，文隳太室。恒纳郜赂，灾降二宫。用诰不祧，故圣人在位。无曰我贵，慢行繁祭。无曰我材，轻身恃筮。东邻之牺牛，不如西邻之麦鱼。秦殒望夷，隐毙钟巫。常臣司宗，敢告执事。

先用"翼翼太常，实为宗伯。穆穆灵祇，寝庙奕奕。称秩元祀，班于群神"之语介绍太常官职的由来，然后以"匪愆匪忒"、"弗祈弗求"、"不矫不诬"对官职的职责进行约束，再以成汤时的历史事件为例进行警示，最后以"常臣司宗，敢告执事"的套路式语言作结。整篇作品文字

---

① 《左传·襄公四年》记载："昔周辛甲之为大史也，命百官，官箴王阙。于《虞人之箴》曰：'芒芒禹迹，画为九州，经启九道。民有寝庙，兽有茂草，各有攸处，德用不扰。在帝夷羿，冒于原兽，忘其国恤，而思其麀牡。武不可重，用不恢于夏家。兽臣司原，敢告仆夫。'《虞箴》如是，可不惩乎？"

② 范晔《后汉书·邓张徐张胡列传》曰："初，杨雄依《虞箴》作《十二州二十五官箴》，其九箴亡阙，后涿郡崔骃及子瑗又临邑侯刘騊駼增补十六篇，广复继作四篇，文甚典美。乃悉撰次首目，为之解释，名曰《百官箴》，凡四十八篇。"

典雅，气韵舒缓，劝勉温和，规诫有致。形式上，全文除个别语句外，基本以四言句式为主，句法一般四四相对，结构匀称。此文代表了崔骃乃至东汉箴体文写作的特色和成就。

崔骃的文学创作成就除箴体外，铭体亦显明于世。骃现存的铭体作品有《车左铭》、《车右铭》、《车后铭》、《仲山父鼎铭》、《樽明》、《刀剑铭》、《扇铭》等共计11篇，占其作品总数的1/3以上。

“铭”本是古人铸刻于金石之上以记功颂德的文字，刘勰《文心雕龙·铭箴》篇云：“铭者，名也，观器必也正名，审用贵乎盛德。”[①] 后随着其应用范围逐渐扩大，有题写或勒刻在身边日常器物或居室的，可称为器物居室铭；有立石勒刻在某些名山大川的，可称为山川铭；还有题写后置于身边座旁，以备随时观览提醒自己的，称为座右铭等[②]。而且，随着其应用范围的扩大，其归旨也从最初的记功颂德延扩至咏物、赞物、针砭、自戒。故刘勰在《文心雕龙·箴铭》中论及箴铭的异同时说：“夫箴诵于官，铭题于器，名目虽异，而警戒实同。箴全御过，故文资确切；铭兼褒赞，故体贵弘润。”

崔骃的铭体作品大致可分三类：其一是以《樽铭》为代表的颂德之作；其二是以《车左铭》、《车右铭》等为代表的自警、规谏之文；其三是以《刀剑铭》、《扇铭》为代表的咏物、赞物篇章。三类作品含意丰富，包纳了铭文的基本体类。从文学的角度看，《刀剑铭》、《扇铭》因其文字简约，写物体貌精巧而更为后人所推崇。

> 欧冶运巧，铸锋成锷。麟角凤体，玉饰金错。龙渊太阿，干将莫邪。带以自御，烨烨吐花。（《刀剑铭》）
>
> 翩翩此扇，辅相君子。屈伸施张，时至时否。动摇清风，以御炎暑。有圆者扇，诞此秀仪。晞露散霾，拟日定规。朗姿玉畅，惠风时披。（《扇铭》）

① 刘勰撰、范文澜注：《文心雕龙·箴铭》，人民文学出版社，2000年，第193页。

② 褚斌杰：《中国古代文体概论》，北京大学出版社，1992年，第408页。

两文皆以生活用品为题，状物生动，铺写自如，文辞鲜朗，构思新巧，重在体物，赞多诫少，是优秀的咏物小赋。

东汉初年，应和着经学普及化的大势及文学、文人地位的提高，以颂美为主导的宫廷文学逐渐繁荣起来。据清严可均《全上古三代秦汉三国六朝文》记载，东汉时颂作共有15位作者的24篇作品。如马融的《广成颂》、《东巡颂》；班固的《高祖颂》、《东巡颂》、《南巡颂》、《安丰戴侯颂》、《窦将军北征颂》；贾逵的《神雀颂》、《永平颂》；黄香的《天子冠颂》；傅毅的《显宗颂》、《窦将军北征颂》、《西征颂》等，崔骃所作的《明帝颂》、《四巡颂》、《四皓墟颂》、《北征颂》、《杖颂》都是其中优秀的代表。

颂是以歌功颂德，褒扬圣君贤臣为基本旨意的一种文体。汉代的颂体文学作品，因赞颂对象及写作目的不同，又有巡颂和庙颂的分别。[①]崔骃的5篇颂体作品，除类似于咏物铭的《杖颂》和残篇《四皓墟颂》外，均为对圣君贤臣征巡的颂德颂功之作。

巡征是古代天子巡视诸侯的一种礼制。[②]东汉时期，光武、明、章等帝承此古礼多次巡行天下。据统计，《后汉书》中关于皇帝征巡的记录有56次之多。其中，光武帝刘秀在建武、中元年间共6次出巡；汉明帝于永平年间、汉章帝于建初及元和年间也曾多次出宫巡游。帝王的频繁出巡，使得以崔骃《四巡颂》为代表的征巡颂的创作繁荣起来。《后汉书·崔骃传》记载："元和中，肃宗始修古礼，巡狩方岳。骃上《四巡颂》以称汉德，辞甚典美。"

---

① 蒋文燕《汉颂：汉代颂扬主题的另一种表现——兼谈汉颂与汉赋的关系》一文中，将汉颂的作品分为巡颂和庙颂两类（参看《南都学刊》，2003年，第1期）。

②《孟子·梁惠王》（下）载晏子语曰："天子適诸侯曰巡狩。巡狩者，巡所守也。诸侯朝天子曰述职。述职者，述所职也。"《礼记·王制第五》中对此制度更详细地记载道："诸侯之于天子也，比年一小聘，三年一大聘，五年一朝。天子五年一巡守，岁二月，东巡守至于岱宗，柴而望祀山川；觐诸侯；问百年者就见之。命大师陈诗，以观民风，命市纳贾，以观民之所好恶，志淫好辟；命典礼，考时月，定日，同律，礼乐，制度，衣服，正之。……五月，南巡守至于南岳，如东巡守之礼。八月，西巡守至于西岳，如南巡守之礼。十有一月，北巡守，至于北岳，如西巡守之礼。归，假于祖祢，用特。"

《四巡颂》是由《西巡颂》、《南巡颂》、《东巡颂》、《北巡颂》4篇组成，其内容是对汉皇东、南、西、北四次巡游的记录与赞颂。在形式上，开篇有一总序，总述献颂之缘由；具体到4篇颂文，每一篇均由小序和正文两部分组成。小序是以散句的形式记述君王出巡路线、目的及作颂之旨，使读者对颂作背景有一个清楚的了解；正文部分则是以韵散相杂的语言对君王出巡声威的颂赞与记录。[①] 如正文保存相对完整的《东巡颂》：

伊汉中兴三叶，于皇维烈。允迪厥伦，缵王命，彻汉勋，矩坤度以范物，规乾则以陶钧。于是考上帝以质中，总列宿于北辰。开太微，敞紫庭，延儒林，以咨询岱岳之事。于是典司耆耇，载华抱实，逌尔而造曰："盛乎大汉，既重雍而袭熙，世增其德。唯斯岳礼，久而不修。此神人之所庆幸，海内之所想思。颂有乔山之征，典有徂岳之巡。时迈其邦，民斯攸勤，不亦宜哉。"乃命太仆，训六驺，闲路马，戒师徒。于是乘舆登天灵之威路，驾太一之象车，升九龙之华旗，建翠霓之旌旄。三军霆激，羽骑火烈，天动雷震，隐隐辚辚。躬东作之上务，始八正于南行，裒胡耇之元老，赏孝行之畯农。

开篇即以热烈的笔调对汉章帝"缵王命，彻汉勋"以及"开太微，敞紫庭，延儒林"的文德之功进行赞颂，然后借掌管典制仪式的长老之口，进一步渲染盛汉的德威；接下来则以虚实结合的手法描写汉皇的巡游征程："驾太一之象车，升九龙之华旗，建翠霓之旌旄。三军霆激，羽骑火烈，天动雷震，隐隐辚辚"。在作者的笔下，三军雄武壮大的威势得到了极度的表现：那万马杂沓的声音好像使天庭都在鸣响，那旌旗绵延的场景仿佛使大地都在燃烧。其语调豪迈，气象宏大，想象丰富，极富

① 今存崔骃的《四巡颂》皆非完璧。《西巡颂》、《南巡颂》、《北巡颂》序文完整，正文残缺，而《东巡颂》恰与之相反，只见正文，小序散佚。

感染力和震撼力。

第三节 崔瑗及其《河间相张平子碑》、《草书势》

崔瑗（78～143年），字子玉，涿郡安平（今河北涿郡）人，崔骃之子。早孤，但睿智好学，尽传其父业。少曾游学京师，与马融、张衡相善。其兄崔章被州人所杀，瑗为报兄仇而亡命，后遇赦得归。至40余岁始为郡吏，顺帝时举茂才，后又因事系狱，获释后不久即病逝。《后汉书》本传记载："瑗高于文辞，尤善为书、记、箴、铭。所著赋、碑、铭、箴、颂、《七苏》、《南阳文学官志》、《叹辞》、《移社文》、《悔祈》、《草书势》、七言等凡57篇"。《隋书·经籍志》亦记有"后汉济北相《崔瑗集》六卷"，今散佚。清严可均《全上古三代秦汉三国六朝文》辑其作品20余篇。

崔瑗是东汉中期著名的文学家、书法家，众体皆工，创作丰富。其箴、铭二体，承父之流，更能延展其势。《尚书箴》、《博士箴》、《东观箴》、《关都尉箴》、《河堤谒者箴》等洋洋十篇，文风舒缓，典雅持重，是东汉箴体文的代表性篇章；其《窦大将军鼎铭》、《三珠钗铭》、《杖铭》、《柏枕铭》等，文字简约，表现对象广泛，显示了东汉铭文"无物不涉"的倾向。而其《座右铭》更因有人生体会的注入，言辞如出腑中，诚恳真挚。"无道人之短，无说己之长。施人慎勿念，受施慎勿忘。世誉不足慕，唯仁为纪纲"诸语，既是自警自戒之言，对后人也有警示意义。此文为"座右铭"一体的开山之作，极大地促进了自戒性铭文的发展。

在崔瑗的文学创作中，除箴、铭二体外，碑诔文的写作更具特色。崔瑗现存的碑诔之作有《汲县太公庙碑》、《河间相张平子碑》、《胡公碑》、《和帝诔》、《窦贵人诔》、《司农卿鲍德诔》，共6篇。其中，保存最完整、艺术成就最高、对后世影响最大的是《河间相张平子碑》。

碑文是指刻在石碑上的文辞。古代的碑文，按照其用途和内容的不同大致可以分为纪功碑文、宫室庙宇碑文和墓碑文三种。刘勰《文心雕龙·诔碑》篇云："碑者，埤也。上古帝王，纪号封禅，树石埤岳，故曰碑也。周穆纪迹于弇山之石，亦古碑之意也。又宗庙有碑，树之两楹，事止丽牲，未勒勋绩。而庸器渐缺，故后代用碑，以石代金，同乎不朽，自庙徂坟，犹封墓也。"崔瑗的《河间相张平子碑》就是崔瑗为逝去的好友张衡而写的一篇墓碑文。

河间相张君，南阳西鄂人，讳衡，字平子。其先出自张老，为晋大夫，纳规赵武，而反其侈，书传美之。君天姿濬哲，敏而好学，如川之逝，不舍昼夜。是以道德漫流，文章云浮，数术穷天地，制作侔造化，瑰辞丽说，奇技伟艺，磊落焕炳，与神合契。然而体性温良，声气芬芳，仁爱笃密，与世无伤，可谓淑人君子者矣。初举孝廉，为尚书侍郎，迁太史令，实掌重黎历纪之度，亦能焞燿敦大，天明地德，光照有汉。迁公车司马令侍中，遂相河间。政以礼成，民是用思。遭命不永，暗忽迁徂。朝失良臣，民陨令君，天泯斯道，世丧斯文。凡百君子，靡不伤焉。乃铭斯表，以旌厥问。其辞曰：

于惟张君，资质懿丰，德茂材羡，高明显融。焉所不学，亦何不师，盈科而逝，成章乃达。一物不知，实以为耻，闻一善言，不胜其喜。包罗品类，禀授无形，酌焉不竭，冲而复盈。……纪于铭勒，永终誉兮，死而不朽，芳烈著兮。

全文由"志"、"铭"两部分组成。"志"乃篇前记述逝者生平的传记，一般用散体写成，也可称为"序"。本文这部分的叙写，在常规式地记录了张衡的名字、世系、官职、行治等内容之后，即用饱含深情的笔调对张衡的天资、才技、品行、文章进行由衷地赞美。全文语言韵散相间，铺排有度，文辞典丽，情致深婉。文中所描绘的"磊落焕炳，与神合契"、"仁爱笃密，与世无伤"的境界既是张衡人格意趣的写照，也表述了自己对旷达超迈人生理想的希求。

“其辞曰”之后为用韵文形式写作的铭。它用整饬简洁的四字韵语再次展示了张衡的学问品格，使张衡“资质懿丰，德茂材羡”的形象死而不朽，芳烈永驻。

崔瑗的《河间相张平子碑》是东汉碑文的传世之作。它一改秦时刻石铭文的滞重呆板为清丽流走、情韵搏动，文采斐然。它不仅标志着碑文作为一种文学体裁开始走向成熟，而且由于作者真情实感与人生意趣的注入，成为东汉散文中表现人生真情的先驱之作。

崔瑗不仅是一位文学家，还是东汉著名的书法家。他擅长章草，有“草贤”之称。唐张怀瓘《书断列传·卷一》曰：“（瑗）善章草，书师于杜度，媚趣过之。点画精微，神变无碍，利金百炼，美玉天姿，可谓冰寒于水也。袁昂云：‘如危峰阻日，孤松一枝。’王隐谓之‘草贤’，章草入神，小篆入妙。”[①]崔瑗基于自己的书法艺术实践而作的《草书势》一文，是流传至今最早讨论书法艺术的文章。文中，作者先是用记叙性的笔法，记述了书法艺术的起源和草书产生的缘由，随后即用形象的比喻描绘出草书艺术的审美特征：

> 观其法象，俯仰有仪。方不中矩，圆不副规；抑左扬右，望之若欹。竦企鸟跱，志在飞移。狡兽暴骇，将奔未驰。或黜点染，状似连珠，绝而不离，畜怒怫郁，放逸生奇。或凌邃惴栗，若据槁而临危；旁点邪附，似螳螂而抱枝。绝笔收势，余綖虬结，若山峰施毒，看隙缘巇，腾蛇赴穴，头没尾垂。是故远而望之，漼焉若注岸崩崖；就而察之，即一画不可移。纤微要妙，临事从宜。略举大较，仿佛若斯。

这里，作者以一种骈体美文的形式写出了草书之势和草书之美，文笔整饬，音律铿锵，联想丰富，语意流转。状似连珠、据槁临危、螳螂抱枝、山峰施毒、腾蛇赴穴等一连串比喻的运用，更是将草书的运笔、走

---

① 纪昀：《影印文渊阁四库全书》，上海古籍出版社，1987年。

势、气象描绘得栩栩如生。这种联系着艺术欣赏和感受来谈艺术的方式，不仅让人深味草书之妙，而且为其文注入了情感的蕴涵。稍后蔡邕的《篆势》、《隶势》颇受其影响，并将这种艺术美推向了更为自觉的追求状态。这种对文学艺术审美的自觉追求，不仅标志着东汉中叶后文学渐趋抒情化的艺术转向，而且对后世“三曹”、“七子”的文学创作产生积极的影响。

第四节　崔寔及其《政论》

崔寔（？～约170年），字子真，涿郡安平（今河北涿郡）人，崔瑗之子。在家学的影响下，崔寔自幼就性格沉静，爱好典籍。桓帝时，召拜议郎，与边韶、延笃等著作东观，后出任五原太守。任间，崔寔体民生之疾苦，卖掉官府储备用的器物，买来各种纺织工具，教百姓纺麻制衣。又整厉兵马，安定边陲，使五原成为北部边防最好的地方。延熹二年（公元159年），寔因病回朝，重新拜为议郎，“复与诸儒博士杂定《五经》”①。后又召拜尚书，寔“以世方阻乱，称疾不视事，数月归免”②。建宁三年，病卒家中。死时家徒四壁，无以殡殓，赖朝廷旧友帮忙才得以安葬。

崔寔为东汉末年著名的政论家，《后汉书》本传记载：“（寔）所著碑、论、箴、答、七言、祠、文、表、记、书凡15篇。”今多散佚。清严可均《全上古三代秦汉三国六朝文》辑录了崔寔的《大赦赋》、《答讥》、《谏议大夫箴》、《太医令箴》、《政论》、《四民月令》共6篇作品。其中《政论》最为时人所称颂。

《政论》是崔寔政论散文的代表性作品，也是其政治思想、法律思想的集中体现。据清严可均考证，其书成于（崔寔）守辽东后，故有仆

①② 范晔：《后汉书·崔骃列传》。

前为五原太守及今辽东耕犁云云。本传系于桓帝初除为郎时，未得其实。[1] 该书原本已于北宋时散佚，严可均从《群书治要》、《本传》、《通典》等书中辑佚出9篇，又依《意林》次第，将之排列定著为一卷。卷末还载录有不能成篇者共30事。

崔寔生活的时代是王朝陷入危机、社会风气极端败坏的东汉末年，故其《政论》以抨击时政、力陈改革为主旨，充满了批判精神和革新色彩。全文重在论述朝廷政治的得失、吏治的清浊与民生疾苦、国家安危之间的关系。总体内容可分为两大部分：一是深刻分析和揭露汉末社会弊端；二是针对这些弊端提出自己的改革良方，如任用贤良、养民爱民、重赏深罚等。由于现存《政论》一文为辑佚而成，非为原貌，故其所论缺乏系统性，难以形成完整的思想体系。但从这些段落式的论述中，我们仍可感受到崔寔作为政论家的理论深度和思想光芒。如文章开篇辑自《群书治要》的第一段，作者基于对东汉末年混乱弊政的深刻认识，以历史经验为证，开宗明义地提出了欲安治天下必须依赖贤哲的思想主张：

> 自尧、舜之帝，汤、武之王，皆赖明哲之佐，博物之臣。故皋陶陈谟而唐、虞以兴，伊、箕作训而殷，周用隆。及继体之君，欲立中兴之功者，曷尝不赖贤哲之谋乎！

这段话明确指出了任用贤能对于治国安邦的重要意义。可是历代君王并不都能意识到这一点，他们“明不能别异量之士，而适足受谮润之诉。前君既失之于古，后君又蹈之于今，是以命世之士，常抑于当时，而见思于后人”。这样，一旦贤臣抑郁不得，竞相离去，国家安危就会“如泰山之与蚁垤，策谋得失相觉，如日月之与萤火，虽顽嚚之人，犹能察焉。常患贤佞难别，是非倒纷，始相去如毫厘，而祸福差以千里”，观点明确，议论精警，比喻形象，发人深思。

---

① 严可均：《全上古三代秦汉三国六朝文》，中华书局，1958年，第722页。

在本段中，作者还用精辟的语言对东汉末年国家“政令垢玩，上下怠懈，风俗凋敝，人庶巧伪，百姓嚣然”的危困形势作了深刻的揭示和概括，并高屋建瓴地总结出造成政局不安、国势渐衰的规律性原因：

> 凡天下之所以不治者，常由世主承平日久，俗渐弊而不寤，政浸衰而不改，习乱安危，逸不自睹。或荒耽嗜欲，不恤万机；或耳蔽箴诲，厌伪忽真；或犹豫岐路，莫适所从；或见信之佐，括囊守禄；或疏远之臣，言以贱废。是以王纲纵驰于上，智士郁伊于下。

将批判的矛头直指最高统治者，笔锋犀利。一连5个“或”字句的运用，也使其论充满淋漓酣畅之势。这种激越、酣畅、犀利的文风代表了崔寔《政论》乃至东汉末年散文创作的风貌。

总之，崔氏家族的文学创作是两汉河北文坛最彰显的一支力量，他们数代相承，箴、铭、赋、碑、论各体皆工，以自己的艺术实践丰富了汉代散文的创作，勾画出东汉散文的发展轨迹，同时也使河北崔氏一族作为家族文学创作的典范而步入儒家文林，彪炳史册。

小　结

通观两汉的河北文学，内容丰富多彩，成就姿态万方。董仲舒的政论醇厚典重开风气之先，崔寔的散文犀利酣畅领衔汉末，他们与崔篆、崔骃、崔瑗一起共同弹奏出两汉散文发展的主旋律。歌诗方面，《陌上桑》、《李夫人歌》、《见志诗》的真情质朴与韩毛诗说的经学气息交相辉映，铸就成两汉诗坛的独特景观。另外，由于此时作家多饱受经学浸润，又兼有学者的身份，故其作品多以宏博深厚见长而少情致摇荡，多理性光辉而少诗性光彩。

总之，作为河北文学史的初长时期，两汉文学已经通过其创作实际昭示了河北文学的强大生命力。

第三编

魏晋河北文学

绪　论

魏晋时期是一个在分裂、统一、纷乱、迁徙中前行的特殊时代。文人游走于动荡不安的政治格局中，命运起伏不定，思想不拘一端，文学创作领域也呈现出活跃状态。创作集团的形成、文学观念的进步、题材的拓展、文体的变革、审美的探寻，标志着文学进入了“自觉的时代”。魏晋时期的河北文学在这一时代闪耀着夺目的光彩。

统观魏晋时期的河北文学，与魏晋文学的整体走向相一致，以建安、西晋两个时期为高潮，东晋时期则相对寂寥。

魏晋时期的河北文学创作展示了文学自觉时代的某些特征。文学集团的活跃是汉魏六朝突出的文学现象，而诞生于河北本土的邺下集团堪称第一个真正意义上的文学集团。自建安九年（204年）曹操入邺（今河北临漳），十几年间，邺城聚集了一大批优秀的作家，“彬彬之盛，大备于时”（钟嵘《诗品序》）。三曹、七子、繁钦、杨修、吴质、蔡琰、邯郸淳等，他们居邺的时间或长或短，共同书写了邺下风流，成就了建安文学的繁荣局面，成为河北文学此一阶段的亮丽景观。邺下文人开展的同题共作、公宴诗会、赏读批评等文学活动，对后世各种类型的文学集团都具有示范意义。

邺下集团的风流云散之后，随着政治中心的转移，河北文学创作的重心由本土迁移他乡，河北籍作家多活跃于京洛地区。魏晋之际，刘劭、李康以政论文创作见长，《人物志》、《运命论》在中国散文史上占据一席之地。

西晋太康、元康文坛，河北籍作家各有建树。张华具领袖风范，张载刻剑阁名文，张协创“景阳之体”，欧阳建有临终之叹，木华赋海，束皙“补亡”，石崇“思归”……在“勃而复兴”的文学大环境中，他们装点起西晋文坛“缛旨星稠，繁文绮合”的绚丽色彩。西晋末年，国家遭遇内忧外患之时，曾是“二十四友”成员的刘琨挺身卫国，转战幽并，以慷慨悲歌遥承建安风骨；卢谌则以“凄戾之词”与之赠答呼应。他们为“采缛”、“力柔”的西晋主流文风注入了深沉格调与清刚之气。

晋室南渡，玄风大盛。迁徙江南的河北籍作家中，许询是当时的清谈名士，玄言诗人的代表。虽然其人并无一首诗作完整流传，但名垂诗史。祖台之《志怪》的出现则是六朝志怪小说兴盛的表征。

文学史语境中的魏晋时期从汉末至晋终，历时200余年。随着政局的变化，河北文学在远离本土之后，渐趋消歇。而它曾有的辉煌，依旧朗照古今。

第一章　邺下文人集团

建安九年（204 年），曹操攻占邺城（今河北临漳），在这里建立了自己的“霸府”。从此邺城不仅是曹操军事上的大本营，而且迅速成为全国的政治文化中心。文学之士从四面八方聚集邺城，形成了一个规模宏大的文学集团——邺下文人集团，建安文学的繁荣局面鼎盛于斯。

综合学界对邺下文人集团活动时间及成员的考证，我们认为文学史上所谓的“邺下时期”，当以建安九年至建安二十五年（220 年）为限。10 余年间，大量文士云集邺城。据钟嵘《诗品序》，当年的规模不下百人：“曹公父子，笃好斯文；平原兄弟，郁为文栋；刘桢、王粲，为其羽翼；次有攀龙附凤，自致于属车者，盖将百计。彬彬之盛，大备于时矣。”至今姓名可考者还有二十多位。邺下文士或在邺城游园宴饮，咏物赠答；或由邺城随军征战，写下从军之什；或书信往来讨论文学，极大地促进了当地文学创作的繁荣。邺下是文学自觉当之无愧的策源地，“邺下风流”在一定程度上成为了建安文学的代名词，是文学史上的一段华彩乐章。

第一节　三曹与邺下风流

建安文学的繁荣离不开曹氏父子对文学的重视与实践，《文心雕龙·时序》云：“魏武以相王之尊，雅爱诗章；文帝以副君之重，妙善辞赋；陈思以公子之豪，下笔琳琅，并体貌英逸，故俊才云蒸。”作为政治与文坛的领袖、核心人物，曹氏父子对邺下集团的形成所起的作用是不言而喻的，他们也以各自的创作实绩成就了“邺下风流”。

一、曹操

曹操（155～220年），字孟德，沛国谯（今安徽亳州）人，杰出的政治家、军事家、文学家。从建安九年八月攻占邺城，至建安二十五年病逝并葬于邺城西高陵，曹操生命中的最后十六年与邺城结下了不解之缘。他一次次由邺城出发四处征战，又一次次回到邺城处理军政大事。邺下时期，他拜丞相，封魏王，奠定了曹魏的基业，书写了人生的辉煌；戎马倥偬之余，更是横槊赋诗，奏响了慷慨悲壮的建安之音。宋人敖陶孙评曹操诗曰："魏武帝如幽燕老将，气韵沉雄。""幽燕"云云，抑或隐含了曹操邺下时期的创作得到江山之助的意思。

曹操对邺下文人集团的贡献，首先在于他以自己政治和思想上的影响力、号召力网罗大量文人学士聚集邺城。汉末动乱，军阀纷争，曹操"挟天子以令诸侯"，力图以正统的名义完成统一大业。他清醒地认识到事业的艰难，必须罗致人才充实自己的力量。建安十五年（210年）、十九年（214年）、二十二年（217年），曹操三次发布求贤令，制订了"唯才是举"的用人政策，吸引了八方才士。曹植《与杨德祖书》描绘当时文学之士竞相投奔的盛况说："昔仲宣独步于汉南，孔璋鹰扬于河朔，伟长擅名于青土，公幹振藻于海隅，德琏发迹于大魏，足下高视于上京。当此之时，人人自谓握灵蛇之珠，家家自谓抱荆山之玉。吾王于是设天网以该之，顿八纮以掩之，今悉集兹国矣。"正是对曹操这种功绩的最好描述。

其次，曹操对邺城的努力经营使得当地出现了稳定、太平的气象，从而促使邺下文人有条件进行更为自觉的文学探讨。邺城作为曹操的大本营，无疑具有军事根据地的意义。但同时曹操也把它作为文化中心来经营。他于此凿玄武池操练水军，也于此建铜雀台，为邺下文人提供了游宴赋诗的理想场所（玄武池后来也成为文士游览的去处，曹丕即作有《于玄武陂作诗》）。《登台赋》、《公宴诗》等诸多文士的同题之作，正表明邺下时期文学自觉的状态。

曹操政务军务繁忙，无暇实际参与邺下文士频繁的文学活动，但只要条件允许，曹操还是乐此不疲。曹丕《登台赋序》云："建安十七年春，游西园，登铜雀台，命余兄弟并作。"可惜曹操《登台赋》仅在《水经注·浊漳水》所引史料中存有"引长明，灌街里"两句。

曹操的作品几乎有半数创作或完成于邺下时期，现存曹操邺下时期的作品主要是诗歌、散文二体。就诗歌情况而言，以乐府古题写时事、抒怀抱是其主旋律，呈现出曹操悲凉劲健的一贯风格。另有若干游仙之作，交织着浪漫的冥想与现实的感喟。曹操乐府秉承了汉乐府"感于哀乐，缘事而发"的精神，毫不讳言战争的惨烈与艰辛。《苦寒行》描写他自邺出征，北上太行时遇到的寒苦景象：

北上太行山，艰哉何巍巍。羊肠坂诘屈，车轮为之摧。
树木何萧瑟，北风声正悲。熊罴对我蹲，虎豹夹路啼。
溪谷少人民，雪落何霏霏。延颈长叹息，远行多所怀。
我心何怫郁，思欲一东归。水深桥梁绝，中路正徘徊。
迷惑失故路，薄暮无宿栖。行行日以远，人马同时饥。
担囊行取薪，斧冰持作糜。悲彼东山诗，悠悠使我哀。

《却东西门行》则侧重表现征战生涯中的思乡之情：

鸿雁出塞北，乃在无人乡。举翅万里馀，行止自成行。
冬节食南稻，春日复北翔。田中有转蓬，随风远飘扬。
长与故根绝，万岁不相当。奈何此征夫，安得去四方。
戎马不解鞍，铠甲不离傍。冉冉老将至，何时反故乡。
神龙藏深泉，猛兽步高冈。狐死归首丘，故乡安可忘。

人谓曹操诗有"菩萨气"[①]，自上述二诗来看，信之。

---

① 钟惺：《古诗归》卷七。

曹操毕竟是一代英雄，艰难苦恨并不能动摇他统一天下的意志与信念。在抒写怀抱的诗篇中，总是洋溢着豪迈之气。作于建安十二年的《步出夏门行》四首其一（《观沧海》）、其四（《龟虽寿》）堪为代表。时曹操北征乌桓，扫荡袁绍残余。凯旋途中，经过碣石山，成诗曰：

东临碣石，以观沧海。水何澹澹，山岛竦峙。
树木丛生，百草丰茂。秋风萧瑟，洪波涌起。
日月之行，若出其中。星汉灿烂，若出其里。
幸甚至哉，歌以咏志。

在碣石山上远眺大海，波澜壮阔，仿佛宇宙万物的运行都不出它的怀抱。曹操此诗借景抒怀，成为千古绝唱。正如历代诗评家所评，此篇“写沧海，正自写也”，“志在容纳而以海自比也”①、“有吞吐宇宙气象”②。其平定北方，进而统一天下的宏大抱负由此可见。其“霸气”或从此出。《龟虽寿》则直抒胸臆，是曹操面对人生有限的自然规律所唱出的一曲豪歌。当一般文士还在为“人生寄一世，奄忽若飚尘”、“人生天地间，忽如远行客”、“人生非金石，岂能长寿考”、“人生忽如寄，寿无金石固”（《古诗十九首》）而期期艾艾的时候，曹操咏出了“老骥伏枥，志在千里。烈士暮年，壮心不已。盈缩之期，不但在天。养怡之福，可得永年”的英风豪气。

《短歌行》也是曹操抒怀之作。诗曰：

对酒当歌，人生几何？譬如朝露，去日苦多。
慨当以慷，忧思难忘。何以解忧，唯有杜康。
青青子衿，悠悠我心。但为君故，沉吟至今。
呦呦鹿鸣，食野之苹。我有嘉宾，鼓瑟吹笙。
明明如月，何时可掇。忧从中来，不可断绝。

---

① 张玉穀：《古诗赏析》卷八。
② 沈德潜：《古诗源》卷五。

越陌度阡，枉用相存。契阔谈宴，心念旧恩。
月明星稀，乌鹊南飞。绕树三匝，何枝可依？
山不厌高，海不厌深。周公吐哺，天下归心。

据刘知渐《建安文学编年史》，乌桓之役，曹操志得意满，班师回邺，途中经过昌国时，邴原前来迎接，曹操作《短歌行》[①]。诗的主题是对人才的渴求，表明曹操愈到晚年愈感人才需求的迫切性。诗由人生苦短开端，中间反复吟咏未得人才之忧与既得人才之喜，结尾自比周公，愿以礼贤下士之宽广胸襟容纳天下贤才。诗情由开头之悲凉，跌宕起伏渐转昂扬。陈沆《诗比兴笺》卷一云："此诗即汉高《大风歌》思猛士之旨也。"但高祖是思猛士为其守住刘氏基业，曹操则欲求贤才辅佐完成统一大业，故其愈加"气雄力坚"[②]。

曹操游仙诗现存《气出倡》3首、《精列》、《陌上桑》、《秋胡行》等篇，据内容推断当作于晚年。《三国志·魏书·武帝纪》裴注引张华《博物志》曰："（曹操）好养性法，亦解方药。"封魏王后，"世有方士，悉所招致"，因此邺城聚集了一大批道士、方士。曹植《辨道论》云曹操招引方士的目的乃出于"诚恐此人之徒接奸宄以欺众，行妖恶以惑民，故聚而禁之也"。至于对神仙之说的态度，"自家王与太子及余兄弟，咸以为调笑，不信之矣"。徐公持先生据此认为曹操游仙诗具有娱乐"调笑"性质，是在宴饮娱乐场合"被之管弦"，侑酒自娱娱宾之用[③]。但统观其游仙诗内容，恐怕也并非如此简单。曹操一方面认识到万物皆有终，规律不可抗拒，如《精列》所言"造化之陶物，莫不有终期"，如《龟虽寿》所言"神龟虽寿，尤有竟时"，生命有限而功业未就，使其诗中经常有悲凉之意；另一方面，曹操又乐观地相信"养怡之福，可得永年"，使其诗又呈现出浪漫的境界。如《气出倡》其一云：

---

① 或以为此诗作于赤壁大战前后，可备一说。
② 刘熙载：《艺概》卷二《诗概》。
③ 徐公持：《魏晋文学史》，人民文学出版社，1999年，第36页。

“驾六龙，乘风而行。行四海外路。下之八邦。历登高山。临溪谷。乘云而行。行四海外。东到泰山。仙人玉女下来遨游。骖驾六龙饮玉浆。河水尽不东流。解愁腹饮玉浆。奉持行……”但曹操的游仙之想也时常由仙境返回人间，毕竟尘世间有他过多的牵挂。《秋胡行》其一，先写现实，次写遇仙，再写仙人离去。据《三国志·魏志·武帝纪》，建安二十年三月，曹操“西征张鲁，至陈仓，夏四月，公自陈仓，以出散关”，因此本诗开头谓“晨上散关山”当有现实依据。诗人遇仙“三老公”，却最终“沉吟不决”，未能随从仙游，感叹“去去不可追，常恨相牵攀。夜夜安得寐，惆怅以自怜。”反映出复杂的心情。也正是在此类游仙之作中，曹操“不戚年往，忧世不治”（《秋胡行》其二）的真情时常流露，“调笑”中时见悲慨。

在邺城问世的曹操散文作品多为令、表、书、奏、疏、教等应用文体，鲁迅先生以“清峻”、“通脱”概括汉末魏初的散文风格，称曹操是“改造文章的祖师”，“胆子很大，文章从通脱得力不少，做文章时又没有顾忌，想写的便写出来”①。这种尽情挥洒、展示个性的特点，正是曹操散文的魅力所在。著名的《让县自明本志令》写于建安十五年（210年）十二月，时曹操已平定北方，赤壁大战受挫后，三分天下的局面开始形成。曹操“挟天子以令诸侯”，不断受到政敌的攻击。面对“托名汉相，实为汉贼”，“欲盗神器”，有“不逊之志”等不利舆论，曹操以这篇长文“自明本志”。他从自己20岁举孝廉写起，说明自己年轻时志向有限，只想匡时济世为国立功，没有什么个人野心，将来在墓碑上能题上“汉故征西将军曹侯之墓”即足慰平生。后来讨伐董卓，消灭袁绍、刘表，自己实力大增，又官至丞相，地位尊贵到极点，远远超过了原有的志望，更不会有野心，自己的存在只为了阻止别人称帝称王。因此面对政敌的攻击，他不会“慕虚名而处实祸”交出兵权。因为国家还不安定，他会继续忠于汉室。至于封地，他可以退让，以减少别人对

① 鲁讯：《魏晋风度及文章与药及酒之关系》，《而已集》，人民文学出版社，1973年，第83页。

他的诽谤。这篇令文回击政敌，表明态度，语气斩钉截铁，有坦率的真话，也有充满霸气的诡辩，能臣与奸雄的双重面目跃然纸上。

曹操的书信体散文也颇能见出他的独特个性。《与荀彧书追伤郭嘉》痛悼英年早逝的谋士郭嘉（字奉孝），谓“奉孝乃知孤者也，天下相知者少，又以此痛惜，奈何奈何”，拳拳爱才之心可鉴，痛失知己的悲情一泻无余。《与太尉杨彪书》作于建安二十四年。杨彪之子杨修与曹植交好，他善于揣摩人心，是曹植争嗣的主要策划者。曹操立曹丕为嗣后，终觉杨修是个危险人物，借故将其处死，又修书与太尉杨彪，陈说杀杨修的理由为其“每不与吾同怀，即欲直绳，顾颇恨恨”；接着转而劝慰杨彪：“念卿父息之情，同此悼楚，亦未必非幸也。”书末列慰问品之清单，希望对方不要拒绝。行文强词夺理，恩威并施。

此外，《戒子植》、《诸儿令》、《百辟刀令》寄寓着曹操对下一代的勉励、教诲，慈父威严于此可见。《船战令》、《步战令》等军令则树立了以法治军的军事家形象。《终令》、《题识送终衣奁》、《遗令》对身后事的从容安排，一再显示了他崇尚简易的作风。

总之，曹操的散文自然质朴，平易畅达，体式自由，长短不拘，散句单行，不事雕琢，显示了无与伦比的文气。

二、曹丕

曹丕（187～226年）字子桓，曹操次子。建安十六年（211年）为五官中郎将，二十二年（217年）立为魏太子，二十五年（220年）正月嗣魏王、丞相，领冀州牧，十月禅代汉室，国号魏，黄初七年（226年）卒，谥文，世称魏文帝。

曹丕一生40载，从18岁至34岁，有十六年时间居邺。建安九年（204年），曹操攻克邺城，曹丕随征入城，纳甄氏。此后曹操外出征战，多命曹丕留守邺城大本营。十六年间，曹丕的随征，仅有建安十三年征刘表，十四年、十七年、二十一年征孙权等寥寥几次。在邺城，曹丕不仅积累了政治资本，使自己在与曹植争嗣的角逐中获得优势，而且奠定了自己在文坛上的地位。作为文学家的曹丕，其创作上的黄金时代正在邺下时期。反过来，他又以自己的创作活动和成就，为邺下风流的形成作出了突出贡献。

首先，曹丕是邺下文人集团的核心人物。如果说曹操是这一群体的精神领袖，那么曹丕则是其实际活动的主持者，并且因了他的策划与组织，使得这一群体真正具有文学集团性质。曹丕主持、参与邺下文人的文学活动主要有以下四种方式：

一是公宴诗会。这是曹丕与邺下文士联络感情、切磋诗艺的方式之一。由于曹丕的贵公子、王太子地位，加之邺城稳定的政局，使得此类活动可以频繁举行。曹植、王粲、陈琳、阮瑀、刘桢、应玚等人均有公宴诗“述恩荣，叙酣宴”。除王粲诗因有“愿我贤主人，与天享巍巍。克符周公业，奕世不可追”之句，系侍曹操公宴外[①]，其他诗人多描绘曹丕的延宾情景。如“公子敬爱客，终宴不知疲”（曹植《公宴诗》）、“公子敬爱客，乐饮不知疲”，“和颜既已畅，乃肯顾细微。赠诗见存慰，小子非所宜。为且极欢情，不醉其无归”（应玚《侍五官中郎将建章台集诗》）而作为主人的曹丕亦有《夏日诗》、《善哉行》等诗表现欢宴。其《夏日诗》曰：

> 夏时饶温和，避暑就清凉。比坐高阁下，延宾作名倡。
> 弦歌随风厉，吐羽含徵商。嘉肴重叠来，珍果在一傍。
> 棋局纵横陈，博弈合双扬。巧拙更胜负，欢美乐人肠。
> 从朝至日夕，安知夏节长。

美酒佳肴、高谈阔论、赋诗赠答，主客之间、君臣之间的距离缩短，纯是文人做派。《文选》诗类下特立“公宴”一目，所收诗正是从邺下诸

---

① 《文选》卷二十李善注曰：“此诗侍曹操宴。”俞绍初先生则认为此诗当侍曹丕宴而作，见《“南皮之游”与建安诗歌创作》，《文学遗产》，2007年，第5期。

作开始，足见这类活动对于诗歌题材的拓展之功。

二是游览聚会。此类活动亦与创作相联系。邺城有铜雀、金虎、冰井三台，又有铜雀园、西园等名苑，登台游园是邺下文人经常性的娱乐活动。良辰美景，激发诗兴，而游览的初衷也包含诗赋竞作助兴之意。如建安十五年铜雀台成，曹操率诸子登台，使各为赋。但曹操军务繁忙，主持此类活动比较少见。经常活跃于这种场合的依旧是曹丕。曹氏兄弟及邺下诸子所作诗赋中，几乎每人笔下都出现过“西园”、“高台”、“铜雀园”、“芙蓉池”、“东阁”之类的邺城风物，当与曹丕对于游宴创作活动的热衷有密切关联。

邺下文人游览的去处并不仅限于邺城，“南皮之游”便是曹丕组织的一次著名的活动。南皮在今河北南皮县，地处渤海之滨，西距邺城约五百里。据俞绍初先生考证，南皮之游发生于建安十六年五月[①]。建安二十年曹丕写信给吴质，怀着十分留恋的口吻追忆此事：

> 每念昔日南皮之游，诚不可忘。既妙思六经，逍遥百氏，弹棋闲设，终以博弈，高谈娱心，哀筝顺耳。驰骛北场，旅食南馆，浮甘瓜于清泉，沉朱李于寒水。皦日既末，继以朗月，同乘并载，以游后园。舆轮徐动，宾从无声。清风夜起，悲笳微吟，乐往哀来，凄然伤怀。余顾而言，兹乐难常，足下之徒，咸以为然。……（《与吴质书》）

建安二十三年《又与吴质书》曰：

> 昔日游处，行则接舆，止则接席，何曾须臾相失。每至觞酌流行，丝竹并奏，酒酣耳热，仰而赋诗。

建安二十五年，曹丕继位后再作《又与吴质书》，再次忆及南皮之游，所谓“南皮之游，存者三人，烈祖龙飞，或将或侯”云云，足证南皮之

① 俞绍初：《“南皮之游”与建安诗歌创作》，《文学遗产》，2007年，第5期。

游为大规模的群体活动。这是游览的盛会，也是创作的盛会。故沈约《宋书·谢灵运传论》以“南皮之高韵”喻指建安时期的文学创作。

三是同题共作。就同一主题各作诗赋是邺下时期重要的群体创作活动。同题的机缘往往是由曹氏父子命题，他人受命唱和。此风由曹操首倡，经曹氏兄弟尤其是曹丕的大力弘扬而盛极一时。曹丕诗序、赋序中多次提及自己主持同题共作活动的情形。《叙诗》云其“为太子时，北园及东阁讲堂并赋诗，命王粲、刘桢、阮瑀、应玚等同作”。《寡妇赋序》曰：“陈留阮元瑜早亡，每感存其遗孤，未然不怆然伤心，故作斯赋，以叙其妻子悲苦之情，命王粲并作之。”《槐赋序》曰：“文昌殿中槐树，盛暑之时余数游其下，美而赋之。王粲直登贤门，小阁外亦有槐树，乃就使赋焉。”《玛瑙勒赋序》曰：“玛瑙，玉属也，出自西域。文理交错，有似马脑，故其方人因以名之。或以系颈，或以饰勒，余有斯勒，美丽赋之，命陈琳、王粲并作。”又《太平御览》卷五九七引挚虞《文章流别论》云：“建安中，文帝与临淄侯各失稚子，命徐幹、刘桢为之哀辞。”这些作品或言情，或咏物，显示了邺下时期文学创作的活跃与繁荣，也为批评家品评诸作短长提供了比较客观的参照系统。如《古文苑》卷七章樵注引挚虞《文章流别论》曰：“建安中，魏文帝从武帝出猎，赋。命陈琳、王粲、应玚、刘桢并作。琳为《武猎》、粲为《羽猎》、玚为《西狩》、桢为《大阅》，凡此各有所长，粲其最也。”

据刘知渐《建安文学编年史》所附《建安作家诗文总目》统计，建安作家中涉及同题共作赋者计 18 人，占作者总数的 100%；赋作 126 篇，占总数的 68%。[①] 也就是说，有赋传世的建安作家，全都参与过同题共作活动；现存建安赋近七成是同题共作的产物。细加考察，同题作品都作于邺下时期。上述数字直观地反映出曹丕主持下的邺下文学创作盛况。

---

① 陈恩维：《创作、批评与传播——论建安同题共作的三重功能》，《中国文学研究》，2004 年，第 4 期。

四是往来赠答。邺下文人集团的活动方式还包括书信往来、赋诗赠答等内容。对于邺下文人而言，书信既是情感交流的需要，也是赏读批评的载体。曹丕、曹植兄弟与邺下文士的书信往来有不少涉及对文学问题的探讨。如建安二十三年，曹丕《又与吴质书》缅怀逝者，对徐幹、应玚、陈琳、刘桢、阮瑀、王粲的创作短长一一评说，又关切地问吴质："顷何以自娱，颇复有所述造不?"吴质《答魏太子笺》回复曹丕，以东方朔、枚皋、司马相如比况阮瑀、陈琳、徐幹等人，又极力称扬曹丕的文学才华，邺下文人讨论文学的情形可见一斑。

文人互赠诗作以表达情谊、抒发志意在邺下也蔚然成风。现存建安赠答诗（包括仅存残句者）26首中，能够确定作于邺下时期的有17首。虽然未见曹丕有赠答诗传世，但从应玚《侍五官中郎将建章台集诗》所谓"赠诗见存慰"的诗句，以及刘桢、徐幹均有诗赠予曹丕的情形来看，他"不仅身为此类活动的主导者，且同样参与了赠诗写作的行列"[①]。可以说，建安赠答诗的成形及其在赠答传统中承先启后的示范意义，都与邺下文学集团的活动多有关联。曹丕赠答诗的个人创作虽已无迹可寻，但他对于此类诗作在邺下的风行所起的作用仍是不可替代的。

其次，曹丕堪称邺下时期最为杰出的批评家。曹丕的文学思想集中表现在《典论·论文》中。五臣注《文选》吕向曰："文帝《典论》二十篇，兼论古者经典文事。"但《典论》各篇多亡佚，完整流传的仅有《自叙》与《论文》。据夏传才、唐绍忠《三曹年谱》，《典论》作于建安二十二年，约于建安二十四年完成。《典论·论文》是我国文学史上第一篇文学专论，系统表达了曹丕的批评观念，开启了六朝时期盛极一时的文学批评风气。

《典论·论文》现存之文，包括《文选》所录的主干部分及据《北堂书钞》、《艺文类聚》、《太平御览》补充的部分片断。其主要篇幅是讨

① 梅家玲：《汉魏六朝文学新论——拟代与赠答篇》，北京大学出版社，2004年，第115页。

论文学批评问题。文章先从“文人相轻，自古而然”的现象说起，指出其原因一是由于文人的“不自见”，敝帚自珍；二是因为“文非一体，鲜能备善”，文人“各以所长，相轻所短”。这种批评带有很强的主观色彩，缺乏实事求是的精神，曹丕撰此文抑或有树立正确的批评观的示范意义。《论文》的主干部分则以较大篇幅展开对当代最优秀的一批作家——建安七子的评论：

> 今之文人，鲁国孔融文举、广陵陈琳孔璋、山阳王粲仲宣、北海徐幹伟长、陈留阮瑀元瑜、汝南应玚德琏、东平刘桢公幹，斯七子者，于学无所遗，于辞无所假，咸以自骋骥騄于千里，仰齐足而并驰。以此相服，亦良难矣。盖君子审己以度人，故能免于斯累。

这里“七子”由曹丕提出，成为沿用至今的概念。曹丕指出，“建安七子”学识渊博，各具独特才华，但让他们互相佩服，实在难以做到。作为一个批评家，只有能够“审己以度人”，才能不被偏见束缚。为此曹丕以对“建安七子”各自短长的具体分析实践了上述的批评观念：“王粲长于辞赋，徐幹时有齐气……琳、瑀之章表书记，今之隽也。应玚和而不壮，刘桢壮而不密。孔融体气高妙，有过人者，然不能持论，理不胜词；至于杂以嘲戏，及其所善，扬、班俦也。”作为一个批评家，曹丕对“七子”分析比较公允。在此基础上，曹丕将具体的批评实践升华为一个普遍的理论命题：“文以气为主”。他指出：

> 文以气为主，气之清浊有体，不可力强而致。譬诸音乐，曲度虽均，节奏同检，至于引气不齐，巧拙有素，虽有父兄，不能以移子弟。

“气”是古代文论中常见的术语。曹丕此处所说的“气”当指人的气质、禀赋。他首次将作家的气质与作品的风格联系起来，认为风格决定于作家的先天禀赋，不是可以通过外力改变的。从上文所谓“孔融体气高妙”、“徐幹时有齐气”，以及《与吴质书》中谓“公幹有逸气”来看，曹丕以“气”论文具有自觉意识。即使有时未用“气”之概念，但也多注重联系作者的个性气质品评作品风格。如《与吴质书》云，“伟长独怀文抱质；恬淡寡欲，有箕山之志，可谓彬彬君子者矣，著《中论》二十余篇，成一家之言，辞义典雅，足传于后，此子为不朽矣”，“仲宣独自善于辞赋，惜其体弱，不足起其文，至于所善，古人无以远过”。

《典论·论文》主干部分评述了当代作家，可以看出曹丕对他们的作品文风相当熟悉。又其《叙陈琳》尝云：“上平定汉中，族父都护还书与余称彼方土地形势，观其词，知陈琳所叙为也。”《叙繁钦》则云“而其文甚丽”。如果我们将《文选》未录而《北堂书钞》等书零星记载的部分片断连缀起来，又可以看出曹丕对前代作家的评述：

> 或问屈原、相如之赋孰愈？优游案衍，屈原之尚也；穷侈极妙，相如之长也。然原据托譬喻，其意周旋，绰有余度矣。长卿、子云，意未能及矣。
>
> 余观贾谊《过秦论》，发周秦之得失，通古今之制义，洽以三代之风，润以圣人之化，斯可谓作者矣。

客观评价屈原、司马相如作品的各有所长，推崇贾谊《过秦论》，表达了对典范作品的准确定位，因此《典论·论文》完篇已具有纵论古今的大家气象。

《典论·论文》还有两点令人瞩目的创见：一是文学价值观；二是四科八体的文体论。尽管这两点在《论文》中所占篇幅不大，但因传达了重要的信息，历来为论者重视。《典论·论文》有段著名的文字：“盖文章经国之大业，不朽之盛事。年寿有时而尽，荣乐止乎其身，二者必至之常期，未若文章之无穷。是以古之作者，寄身于翰墨，见意于篇籍，不假良史之辞，不托飞驰之势，而声名自传于后。”为文士指明了一条可以追求不朽的途径。古人对于不朽的思考由来已久。《左传》中即有“三不朽”说，立德、立功、立言成为欲有所作为的士人的远大理想，故曹丕《与王朗书》又云："生有七尺之形，死唯一棺之土，唯立德扬名，可以不朽，其次莫如篇籍。"然而立德、立功对于一般文士而言难度很大，而立言却是切实可行的追求，所以曹丕极力彰显"文章"的价值，将其提升到"大业"、"盛事"的高度。曹丕所谓的"文章"内容比较宽泛，奏议、书论、诗赋均在其中。而将诗赋创作与"大业"、"盛事"相联系，无疑提升了文学的社会地位，能够鼓励文士积极从事文学创作。

文体的区分日趋细密是魏晋时期文学自觉的标志之一。曹丕所言"奏议宜雅，书论宜理，铭诔尚实，诗赋欲丽"虽然夹在阐说其批评观的行文中，意在说明文非一体，"能之者偏也，唯通才能备其体"，但这并不能影响我们对此说价值的认识。尤其是"诗赋欲丽"一语，以"丽"概括纯文学作品的审美特质，历来被人称道。汉儒赋予诗以"经夫妇，成孝敬，厚人伦，美教化，移风俗"（《诗大序》）等神圣使命，而大赋又得承担起"润色鸿业"的责任，文学的负荷可谓沉重。而曹丕却找寻到了文学固有的轻盈，故"诗赋欲丽"堪称将文学从经学的附庸解放出来的一声响箭。如鲁迅先生所言："他说诗赋不必寓教训，反对当时那些寓训勉于诗赋的见解，用近代的文学眼光看来，曹丕的一个时代可以说是'文学自觉时代'，或如近代所说是为艺术而艺术（Art For Art's Sake）的一派。"①

此外，作为文坛领袖，曹丕对邺下文人作品曾有意收集。建安二十二年，疫疾流行，徐幹、陈琳、应玚、刘桢等人相继病逝。曹丕伤心不已，"顷撰其遗文，都为一集"（《又与吴质书》）。又据谢灵运《拟魏太子邺中集诗八首》也可推测，曹丕编过《邺中集》收录邺下诗人的诗作。编集对曹丕而言，既是表其情的需要，又体现了文化的自觉，如同他立魏之后即着手组织文士编辑大型类书《皇览》一样。

再次，曹丕个人的诗赋创作为建安文学增添了独有的色彩。

① 鲁迅·《魏晋风度及文章与药及酒之关系》，《而已集》，第84页。

曹丕诗是建安诗歌文人化进程中的重要环节。曹丕诗今存40余首，多作于邺下时期，从内容上可分以下三类。[①]

一是宴饮游乐诗。如前所述，此类作品的创作背景是邺城留守，在一个相对稳定的政治环境中，表现了真实的文人生活与情趣，包括《芙蓉池作诗》、《于玄武陂作诗》、《夏日诗》、《善哉行》等，其中不乏对邺城自然与人文景观的表现。如《芙蓉池作诗》对夜游西园情景的描绘：

乘辇夜行游，逍遥步西园。双渠相溉灌，嘉木绕通川。
卑枝拂羽盖，修条摩苍天。惊风扶轮毂，飞鸟翔我前。
丹霞夹明月，华星出云间。上天垂光彩，五色一何鲜。
寿命非松乔，谁能得神仙。遨游快心意，保己终百年。

《于玄武陂作诗》则记游览玄武陂所见：

兄弟共行游，驱车出西城。野田广开辟，川渠互相经。
黍稷何郁郁，流波激悲声。菱芡覆绿水，芙蓉发丹荣。
柳垂重荫绿，向我池边生。乘渚望长洲，群鸟讙哗鸣。
萍藻泛滥浮，澹澹随风倾。忘忧共容与，畅此千秋情。

此外，登台宴饮的场面在曹丕笔下也颇生动。如《善哉行》其二：

朝游高台观，夕宴华池阴。大酋奉甘醪，狩人献嘉禽。
齐倡发东舞，秦筝奏西音。有客从南来，为我弹清琴。
五音纷繁会，拊者激微吟。淫鱼乘波听，踊跃自浮沈。
飞鸟翻翔舞，悲鸣集北林。乐极哀情来，寥亮摧肝心。
清角岂不妙，德薄所不任。大哉子野言，弭弦且自禁。

此诗《艺文类聚》作《铜雀园诗》。张载《魏都赋》注曰："文昌殿西有铜雀园，园中有鱼池。铜雀园中有三台：中央铜雀台，南金虎台，北冰

① 夏传才：《曹丕集校注·序》，中州古籍出版社，1992年；徐公持：《魏晋文学史》，人民文学出版社，1999年，第53页。

井台。”诗中在极尽欢乐的畅游宴饮、观舞听乐的场面展示之后，忽然转入乐极哀来的情感诉说，表明曹丕虽身居高位但内心深处仍存留着文人的敏感。

邺郊校猎也时见于曹丕笔下。曹丕文武兼修，自谓“好击剑，善以短乘长”(《剑铭》)。又好游猎，《典论·自叙》云：“少好弓马，于今不衰；逐禽辄十里，驰射常百步……时岁之暮春，勾芒司节，和风扇物，弓燥手柔，草浅兽肥，与族兄子丹猎于邺西，终日手获獐鹿九，雉兔三十”。其诗云：

行行游且猎，且猎路南隅。
弯我乌号弓，骋我纤骊驹。
走者贯锋镝，优者执戈殳。
白日未及移，手获三十余。

又有诗云：

巾车出邺宫，校猎东桥津。
重罝施密网，罕罼飘如云。
弯弓忽高驰，一发连双麕。

这类诗虽无深刻的思想意义，却有助于我们了解邺下文人的精神状态与创作氛围。

二是军事纪事诗。此类诗表现曹丕的征战生涯，涉及军容声势、征战之苦、思乡之情、功业理想等内容，虽然数量不多，但从中可以更为全面地看到曹丕的政治家素质。代表作有《黎阳作》、《至广陵于马上作》、《董逃行》等。《黎阳作》四首，以四、五、六言三体写成，其一云：

朝发邺城，夕宿韩陵。霖雨载涂，舆人困穷。
载驰载驱，沐雨栉风。舍我高殿，何为泥中。
在昔周武，爰暨公旦。载主而征，救民涂炭。

彼此一时，唯天所赞。我独何人，能不靖乱。

由行军之艰辛，想到当年周公、武王兴师征战救民水火，顿增平定战乱的使命感，意蕴深沉。其三状曹军前进的气势，诗曰：

千骑随风靡，万骑正龙骧。金鼓震上下，干戚纷纵横。
白旄若素霓，丹旗发朱光。追思太王德，胥宇识足臧。
经历万岁林，行行到黎阳。

此诗风格豪壮，在曹丕诗中较为少见，却很有建安风骨。

三是拟乐府与代言体诗。此类诗最能代表曹丕诗的特色与贡献。沈德潜《古诗源》卷五云："孟德诗犹是汉音，子桓以下，纯乎魏响。子桓诗有文士气，一变乃父悲壮之习矣。"曹丕拟乐府诗如《燕歌行》、《善哉行》、《秋胡行》、《猛虎行》等均用乐府旧题。此类诗最动人处在于对男女情思的细腻刻画，在写法上改变了汉乐府民歌叙事性强的显著特征，使乐府诗回到诗骚所开创的诗歌固有的抒情轨道上来。尤其是其《燕歌行》二首，为现存最早的成熟的七言诗，其一曰：

秋风萧瑟天气凉，草木摇落露为霜。
群燕辞归雁南翔，念君客游多思肠。
慊慊思归恋故乡，君何淹留寄他方？贱妾茕茕守空房。
忧来思君不敢忘，不觉泪下沾衣裳。
援琴鸣弦发清商，短歌微吟不能长。
明月皎皎照我床，星汉西流夜未央。
牵牛织女遥相望，尔独何辜限河梁。

秋景与别情相交融，将思妇内心的寂寞愁怨写得缠绵悱恻。王夫之评之曰："倾情，倾度，倾色，倾声，古今无两。"就诗的"文士气"而言，前三句化用宋玉《九辩》及汉武帝《秋风辞》诗句，结尾借神话传说言情，写来清丽自然，不失文人诗的雅气，用语畅达易晓，钟嵘《诗品》谓之"鄙质如偶语"。雅与俗的交融玉成了曹丕此类诗的独特风貌。

曹丕代言体诗多拟女性声口，代为抒情。其《寡妇诗》序曰：“友人阮元瑜早亡，伤其妻孤寡，为作此诗。”此诗以骚体代阮瑀寡妻叙其悲苦之情，“守长夜兮思君，魂一夕兮九乖”，“愿从君兮终没，愁何可兮久怀”等句写寡妇内心状态感人至深。《代刘勋妻王氏作》则为弃妇诗。据《玉台新咏》所收此诗小序，平虏将军刘勋与妻王宋结婚二十多年，因无子出之，娶司马氏之女。曹丕代王氏作诗曰：“翩翩床前帐，张以蔽光辉。昔将尔同去，今将尔同归。缄藏箧笥里，当复何时披?”巧借床前帏帐的归宿述说弃妇的无奈与对婚姻尚存的幻想。《清河作》、《清河见挽船士新婚与妻别作》二首则拟男子口吻抒发离情别绪，二诗均以想象结句：“愿为晨风鸟，双飞翔北林”，“愿为双鸿鹄，比翼戏清池”，表达与爱人常相厮守的愿望。

无论是拟乐府还是代言体诗，曹丕均赋予其悲愁哀婉的基调，表现了以悲为美的审美情趣，同时也是敏感于其时文人饱尝离别之苦的社会现象所致。而揣摩弃妇、寡妇的内心状态，未尝不是出于对弱势群体的人文关怀，是建安文人悲悯情怀的表征。

除了诗歌之外，邺下时期的曹丕还创作了一定数量的赋。现存曹丕赋近 30 篇，篇幅短小，至多 30 余句，且以抒情为主，体现了东汉末年以来赋的抒情化、小品化趋势。这些作品虽然篇幅有限，但极大地拓展了题材。大到征战之军国大事，小至弹棋游戏之类的生活琐事，甚至对花鸟树木、阴晴雨霁的敏感，均入其赋，而悼夭、感离等传统题材也颇常见。

曹丕赋多作于邺下时期，可以确定作年的有以下几篇：

《述征赋》：有“建安之十三年，……予愿奋武乎南邺”之句。

《蔡伯喈女赋》：作于建安十三年，今仅存序。

《浮淮赋》：序有“建安十四年，王师自谯东征”云云。

《感离赋》：序曰：“建安十六年，上西征，余居守。”

《寡妇赋》：作于建安十七年阮瑀卒后。

《登台赋》：序曰："建安十七年春，游西园，登铜雀台……"

《校猎赋》：据张可礼《三曹年谱》，建安十八年，曹操出猎，曹丕从，作《校猎赋》。

《临涡赋》：序曰："建安十八年至谯……作《临涡》之赋。"

《柳赋》：作于建安二十年。

此外现存曹丕赋中与邺下其他文士赋同题或篇名略有差异之作尚有《玛瑙勒赋》、《车渠椀赋》、《柳赋》、《槐赋》、《沧海赋》、《莺赋》、《弹棋赋》、《出妇赋》、《愁霖赋》等，显然也可以判断其作于邺下时期。

曹丕赋除《玛瑙勒赋》等少数几篇以状物为主外，其余多有浓郁的抒情色彩。《愁霖》、《喜霁》、《感物》、《感离》、《悼夭》等赋由标题即可窥其抒情意旨；《寡妇赋》、《出妇赋》与其《寡妇诗》、《代刘勋妻王氏作》表现出同样的情感指向；即使是《戒盈赋》这样本应以议论为主的作品，仍然是"酒酣乐作，怅然怀盈满之戒，乃作斯赋"，在正文中表达了"信临高而增惧，独处满而怀愁"的心绪，而《柳赋》、《莺赋》虽属咏物赋，却是"感物伤怀"之作，将咏物与抒情结合起来。《莺赋》序云，"堂前有笼莺，晨夜哀鸣，凄若有怀，怜而赋之"，正文则以第一人称表同情之意。《柳赋》序曰：

昔建安五年，上与袁绍战于官渡，时余拾植斯柳，自彼迄今，十有五载矣，感物伤怀，乃作斯赋。

序文已表明迁逝之悲，正文更大肆渲染此情：

伊中域之伟木兮，瑰姿妙其可珍。禀灵祇之笃施兮，与造化乎相因。四时迈而代运兮，去冬节而涉春。彼庶卉之未动兮，固肇萌而先辰。盛德迁而南移兮，星鸟正而司分。应隆时而繁育兮，扬翠叶之青纯。修干偃蹇以虹指兮，柔条阿那而蛇伸。上扶疏而字散兮，下交错而龙鳞。在余年之二七，植斯柳乎中庭。始围寸而高尺，今连拱而九成。嗟日月之逝迈，忽亹亹以遄征。昔周游而处此，今倏忽而弗形。感遗物而怀故，俯惆怅以伤情。……

柳应时繁育，15载已枝繁叶茂，作者陡生世事沧桑之感，生命意识流贯其间。正如徐公持先生所言，“曹丕之赋比诗更多地担当抒写本人情志的功能，他在赋中更多地袒露着自己的心迹”[①]，更多展示了曹丕作为文人的真性情。

三、曹植

曹植（192～232年），字子建，曹操第四子。“生乎乱，长乎军”，自幼随曹操征战，建安十六年（211年）封平原侯，十九年（214年）封临淄侯。曹丕称帝后，倍感压抑，多次改换封地、封号，黄初六年（225年）封陈王，病卒，谥思。

曹植在曹操诸子中最具才华，《三国志·陈思王传》谓植“年十余岁，诵读诗论及词赋数十万言”。从12岁至28岁，除了随曹操外出征战，曹植大部分时间居邺，他的文学生涯正是从邺城开始的。

文学史家一般以建安二十五年（220年）曹操去世、曹丕继位为界，将曹植的创作分为前后两个时期。曹植文学活动的前期正是邺下时期，他与乃父乃兄及其他文士一起成就了邺下风流。邺下时期是曹植文学起步并且逐渐攀上“建安之杰”的艺术高峰的重要时期。根据赵幼文《曹植集校注》，可以方便地将曹植邺下时期的创作情况作出大略统计：诗16首，辞赋34篇，文（包括颂、赞、诔、表、论、书等）46篇，与黄初或太和年间的作品相比，都有明显的数量优势，并且已经显示出曹

① 徐公持：《魏晋文学史》，人民出版社，1999年，第59页。

植驾驭多种文体的卓越才华。

钱志熙先生认为，曹植邺下时期的创作更多地表现为“外向性的特点”，“以写实和直叙为主”[1]，与他后期走向自己心灵的内向性发展不同。的确，作为生活在邺城优裕环境中的贵胄公子，曹植的一部分作品以敏感的审美眼光描写了邺城的风物和贵游生活。其主要作品有《娱宾赋》、《斗鸡赋》、《芙蓉赋》、《游观赋》、《白鹤赋》、《登台赋》、《槐赋》、《鹖赋》、《迷迭香赋》、《车渠椀赋》、《离缴雁赋》、《九华扇赋》等，诗则有《夜游园诗》、《元会诗》、《侍太子坐》等。值得说明的是曹植《名都篇》：

> 名都多妖女，京洛出少年。宝剑直千金，被服丽且鲜。斗鸡东郊道，走马长楸间。驰骋未能半，双兔过我前。揽弓捷鸣镝，长驱上南山。左挽因右发，一纵两禽连。余巧未及展，仰手接飞鸢。观者咸称善，众工归我妍。我归宴平乐，美酒斗十千。脍鲤臇胎鰕，炮鳖炙熊蹯。鸣俦啸匹侣，列坐竟长筵。连翩击鞠壤，巧捷惟万端。白日西南驰，光景不可攀。云散还城邑，清晨复来还。

因篇中有“京洛”字，后人多将其创作时间定为曹丕立魏之后。[2] 但从曹植创作经历考察，诗中对斗鸡游猎宴饮生活的夸饰与直叙，特别是自鸣得意的口吻，似与后期内敛的创作倾向不符，而纯然表现出邺下时期的性格和做派。徐公持认为“诗中虽出以‘京洛’、‘平乐’等字，似写洛阳之事，但显为邺城借代语，不必泥解。”[3]，此说颇有道理。

曹植的“写实”与“直叙”手段更充分地表现于他对邺城景致的审美观照。其名篇如《公宴诗》写随曹丕宴饮、夜游西园、赏景之乐，其中“明月澄清景，列宿正参差。秋兰被长坂，朱华冒绿池。潜鱼跃清

① 钱志熙：《魏晋诗歌艺术原论》，北京大学出版社，1993年，第166页。

② 如赵幼文：《曹植集校注》将其归入卷三“太和年间”。

③ 徐公持：《魏晋文学史》，人民文学出版社，1999年，第74页。

波，好鸟鸣高枝。神飚接丹毂，轻辇随风移”几句，捕捉景物自上而下颇有层次，“秋兰”四句色彩反差更显浓丽，声律、对偶也颇讲究，初具律体雏形。后二句以车辇之轻快表现心情之爽朗，真切地表现了当年邺下生活片断。《芙蓉赋》则可以看作是对“朱华冒绿池”一句的铺展：

览百卉之英茂，无斯华之独灵！结修根于重壤，泛清流而濯茎，其始荣也，皦若夜光，寻扶桑其扬晖也，晃若九阳出旸谷，芙蓉蹇产，菡萏星属，丝条垂珠，丹荣吐绿，焜焜韡韡，烂若龙烛，观者终朝情犹未足于是，狡童媛女相与同游，擢素手于罗袖，接红葩于中流。

《登台赋》则以赋体铺写铜雀台之巍峨壮观及随其父登台之所见所感：

从明后之嬉游，聊登台以娱情。见天府之广开，观圣德之所营，建高殿之嵯峨，浮双阙乎太清，立冲天之华观，连飞阁乎西城，临漳川之长流，望众果之滋荣，仰春风之和穆，听百鸟之悲鸣，天功怛其既立，家愿得而获呈，扬仁化于宇内，尽肃恭于上京，虽桓文之为盛，岂足方乎圣明，休矣，美矣，惠泽远扬，翼佐皇家，宁彼四方同天地之矩量，齐日月之辉光。

曹植咏物赋颇能见出其写实本领，观察之细腻，藻饰之华美，在建安诸子中可谓佼佼者。这里仅以其《车渠椀赋》为例说明之。“车渠椀”据曹丕同题赋序，“车渠，玉属也。多纤理缛文，生于西国，其俗宝之”。可知曹氏兄弟及王粲、刘桢等人在邺城所见此椀为西域诸国馈送之礼。曹植此赋从此椀之产地、色泽、彩饰等多方面铺写观感：

惟新椀之所生，于凉风之浚湄，采金光之定色，拟朝阳而发辉，丰玄素之暐暐，带朱荣之葳蕤缊丝纶以肆采，藻繁布以相追，翩飘飖而浮景，若惊鹄之双飞，隐神璞于西野，弥百叶而莫希于时，乃有笃厚神后，广被仁声，夷慕义而重使，献兹宝于斯庭，命公输之巧匠，穷妍丽之殊形，华色灿烂，文若点成，郁蓊云蒸，蜿蜒龙征，光如激电，影若浮星，何神怪之巨伟，信一览而九惊，虽离朱之聪目，内耀而失精，何明丽之可悦，超群宝而特章，俟君子之闲燕，酌甘醴于斯觥，既娱情而可贵，故永御而不忘。

咏物而不泥于物，发挥丰富的想象力，写来兴象玲珑。

如果曹植邺下时期的创作仅止于咏物赏景、雕琢技巧，则尚不足以使其迈进杰出作家的行列。可贵的是，邺下时期的曹植还秉承了建安文学歌咏理想、关注现实、抒发真情的时代精神，为建安文学慷慨刚健的主旋律增添了强劲的音符；同时也在赠答、悼离等题材创作中表现出至情至性的诗人情怀。

邺下时期的曹植一度深得曹操的宠爱，认为他是“儿中最可定大事者”。建安十九年，曹操征孙权，命曹植留守邺城，谆谆告诫他说：“吾昔为顿丘令，年二十三，思此时所行，无悔于今。今汝年亦二十三矣，可不勉与!”曹操的期待是曹植成长的动力。曹操的呵护，再加上曹植本人风流自赏的诗人气质，使其作品常常呈现出爽朗明快的少年意气。如其代表作《白马篇》：

白马饰金羁，连翩西北驰。借问谁家子，幽并游侠儿。
少小去乡邑，扬声沙漠垂。宿昔秉良弓，楛矢何参差。
控弦破左的，右发摧月支。仰手接飞猱，俯身散马蹄。
狡捷过猴猿，勇剽若豹螭。边城多警急，虏骑数迁移。
羽檄从北来，厉马登高堤。长驱蹈匈奴，左顾陵鲜卑。
弃身锋刃端，性命安可怀。父母且不顾，何言子与妻。
名在壮士籍，不得中顾私。捐躯赴国难，视死忽如归。

诗中白马少年正是作者对理想中的自我的写照，全诗洋溢着建功立业的豪情。《与杨德祖书》则直接表达了他的功业意识，在他看来，自己人生的第一理想是成为政治家，只有这一理想破灭才会考虑文学事业：

吾虽薄德，位为蕃侯，犹庶几戮力上国，流惠下民，建永世之业，流金石之功，岂徒以翰墨为勋绩，辞赋为君子哉！若吾志未果，吾道不行，则将采庶官之实録，辩时俗之得失，定仁义之衷，成一家之言，虽未能藏之于名山，将以传之于同好，非要之皓首，岂今日之论乎。

这一番真情告白是远大理想的宣言书，曹植之英风豪气跃然纸上。

曹植的政治热情还体现于在邺城时期完成的一系列颂、赞、论中。自黄帝、颛顼、尧、舜、禹直至周文王、周武王、汉高祖、汉文帝、汉景帝、汉武帝，这些有所作为的政治家都成为他颂赞的对象；《汉二祖优劣论》、《成王汉昭论》更包含着对帝王成败得失的考察、鉴定。而《七启》虽在体制上模拟了“七”体大赋，内容却配合乃父《求贤令》，通过假托人物玄微与镜机问答，歌颂曹操的求贤措施，借虚构镜机劝说隐士玄微告别岩穴的情节，鼓动士人积极投身于统一大业，从而建立国富民强的理想社会。赋中借镜机子之口曰：“世有圣宰，翼帝霸世，同量乾坤，等曜日月，玄化参神，与灵合契。惠泽播于黎苗，威灵振乎无外，超隆平于殷周，踵羲皇而齐泰，显朝惟清，王道遐均，民望如草，我泽如春，河滨无洗耳之士，乔岳无巢居之民，是以俊乂来仕，观国之光，举不遗材，进各异方，赞典礼于辟雍，讲文德于明堂，正流俗之华说，综孔氏之旧章，散乐移风，国富民康，神应休臻，屡获嘉祥，故甘露纷而晨降，景星宵而舒光，观游龙于神渊，聆鸣凤于高冈，此霸道之至隆，而雍熙之盛际。”表达了对这一理想的充分信心。

曹植的政治热情中包含着悲天悯人的情怀。作为亲身见证了社会动乱的一代诗人，曹植与建安时期其他诗人一样，反映战乱和民生疾苦成为创作主题之一。《送应氏》其一曰：

步登北邙阪，遥望洛阳山。洛阳何寂寞，宫室尽烧焚，
垣墙皆顿擗，荆棘上参天。不见旧耆老，但睹新少年。

侧足无行径，荒畴不复田。游子久不归，不识陌与阡。

中野何萧条，千里无人烟。念我平生亲，气结不能言。

据黄节先生考证，建安十六年，曹植从曹操西征马超，“殆由邺而西，道过洛阳”，故成此诗。诗中对于董卓作乱后洛阳城的破败景象十分痛心，以至“气结不能言”。全诗格调悲凉，堪称建安诗歌表现汉末动乱的代表作之一。

然而在邺城，曹植并没能把他的政治热情转化为政治优势。太子之争以曹丕的胜出而终结。这对于以做政治家为第一追求的曹植是一次重大打击，却也是作为文学家的曹植的幸事。他后期创作对于文人内心世界的深刻展示，即得益于其不幸的人生经历，此为后话。

曹植邺下时期还创作了不少抒发离愁别绪，同情弱势群体的作品。这类作品虽不似其后期创作普遍内转，走向自己的心灵，但在细腻体察内心感受方面却也有一脉相承之处，真切地表现了诗人的真性情。在与邺下其他文人的交往过程中，曹植与许多文人建立了深厚的友谊。杨修、邯郸淳、丁氏兄弟，以及王粲、徐幹、陈琳等人，或与曹植有书信往来，或有诗赠答，或留下佳话。曹植有《离友》、《赠王粲》、《送应氏》其二、《赠丁仪》、《赠丁廙》、《赠丁仪王粲》、《赠徐幹》、《光禄大夫荀侯诔》、《王仲宣诔》等诗文表达了友人间的真情。手足之情在曹植笔下也颇动人。邺下时期曹植不止一次在诗文中提及曹丕，亲切地称其“公子”，“公子敬爱客，终宴不知疲”（《公宴》），“翩翩我公子，机巧忽若神”（《侍太子坐》），都流露赞美之情。《离思赋》序曰：“建安十六年，大军西讨马超，太子留监国，植时从焉。意有怀恋，遂作离思赋。”而建安十六年，曹丕尚未被立太子，此序显然为建安二十二年后追记。政治失意后，尚能如此眷恋当年对竞争对手的一片真情，可见子建的善良厚道。《释思赋》亦写手足之情，其序曰：“家弟出养族父郎中，伊予以兄弟之爱，心有恋然，作此赋以赠之。”今此赋残佚，但其中“乐鸳鸯之同池，羡比翼之共林。亮根异其何戚，痛别干之伤心”等句仍感人至深。

妇女题材在曹植全部作品中占有不小比重。作为屈原香草美人的继承者，曹植此类题材作品有不少寄托了身世感慨，尤其是后期创作。邺下时期的此类作品虽不能理解为兴寄之作，却让我们从另一个侧面看到了曹植的悲悯情怀。他悲伤着他人的悲伤，为弱势群体的不幸洒下了真诚的泪水。《愍志赋》序曰："或人有好邻人之女者，时无良媒，礼不成焉！彼女遂行适人。有言之于予者，予心感焉！乃作赋曰……"只是听说了一个婚姻不自由的不幸故事，便感愤而成篇。《弃妇篇》与《出妇赋》或以不同文体同咏一事，对妇女因无子而遭弃表现出极大的愤慨，诗曰：

石榴植前庭，绿叶摇缥青。丹华灼烈烈，璀彩有光荣。
光好烨流离，可以处淑灵。有鸟飞来集，拊翼以悲鸣。
悲鸣夫何为，丹华实不成。拊心长叹息，无字当归宁。
有子月经天，无子若流星。天月相终始，流星没无精。
栖迟失所宜，下与瓦石并。忧怀从中来，叹息通鸡鸣。
反侧不能寐，逍遥于前庭。踟蹰还入房，肃肃帷幕声。
褰帷更摄带，抚弦弹鸣筝。慷慨有馀音，要妙悲且清。
收泪长叹息，何以负神灵。招摇待霜露，何必春夏成。
晚获为良实，愿君且安宁。

《叙愁赋》则是悲伤自家姐妹的不幸，其序曰："时家有二女弟，故汉皇帝聘以为贵人。家母见二弟愁思，故令予作赋。"建安十八年，曹操将两个女儿送入宫中，为汉献帝贵人，目的是进一步控制汉献帝，这桩婚事不过是政治交易，残忍地断送了女子的幸福。曹植此赋以第一人称口吻，代入选宫廷为妃嫔的女子抒发了内心无尽的哀思：

对床帐而太息，慕二亲以增伤，扬罗袖而掩涕，起出户而彷徨，顾堂宇之旧处，悲一别之异乡。

这或许是最早描写宫廷女子悲伤的作品，客观上揭露了妃嫔制度的罪恶。

在中国文学史上，曹植较早在作品中表达了舐犊之情，不过这慈父之爱却是面对失去爱女的剧痛，《金瓠哀辞》与《行女哀辞》都因女儿夭折而作。金瓠为曹植长女，“生十九日而夭折”；另一个女儿行女“生育季秋，而终于首夏。三年之中，二子频丧”，曹植哀叹：“感逝者之不追，怅情忽而失度。天盍高而无阶，怀此恨其谁诉!”宣泄了一位父亲的无奈之痛。《仲雍哀辞》则是伤悼曹丕之子的夭亡，“哀绵绵之弱子，早背世而潜形。且四孟之未周，将愿乎一龄。阴云回于素盖，悲风动其扶轮。临埏闼以欷歔，泪流射而沾巾”，铺写安葬时的情形，亦写出了满心的悲凉。

在邺城，曹植也开始思考文学问题，形成了早期的文学思想。他的见解主要集中于《与杨德祖书》中。此信写于建安二十一年，时曹植25岁，开篇便言“仆少小好为文章，迄至于今，二十有五年矣”，仿佛他是为文学事业而生的，故而有资格对文学之事说长道短。信中评述“当世作者”，指出王粲、陈琳、刘桢、徐幹、应玚皆杰出人物，但也各有短长：

> 然此数子犹复不能飞轩绝迹，一举千里也。以孔璋之才，不闲于辞赋，而多自谓能与司马长卿同风；譬画虎不成，反为狗者也。前为书嘲之，反作论盛道仆赞其文。夫钟期不失听，于今称之，吾亦不能妄叹者，畏后世之嗤余也！世人著述，不能无病，仆常好人讥弹其文，有不善者，应时改定。

“世人著述，不能无病”，堪为通达之论，与曹丕《典论·论文》的批评态度较为一致。

此信的另一主要内容是表述文学与政治的关系问题。如前文所引，“戮力上国，流惠下民，建永世之业，流金石之功”是曹植的第一人生追求，文学只能位居其后。在强烈的功业观念支配下，曹植甚至说出了对文学的轻视之语：

> 辞赋小道，固未足以揄扬大义，彰示来世也。昔扬子云先朝执戟之臣耳，犹称壮夫不为也。……

关于这段话，鲁迅先生《魏晋风度及文章与药及酒之关系》解释说："这里有两个原因，第一，子建的文章做得好，一个人大概总不满意自己所做而羡慕他人所为的，他的文章已经做得好，于是他便敢说文章是小道；第二，子建活动的目标是在政治方面，政治方面不甚得意，遂说文章是无用了。"其实这种政治先于文学的观念，是许多文人功业情结的表现，并不表他们真的轻视文学。况且曹植写信的缘由在于将自己的作品赠予杨修相互切磋，恰恰是重视文学之意。此外《与吴季重书》所谓"文章之难，非独今也。古之君子，犹亦病诸。家有千里，骥而不珍焉；人怀盈尺，和氏无贵矣"，仍然体现了对文学的重视，并且称道吴质的来信"文采委曲，晔若春荣，浏若清风"，表现了对其内容风格的文学体验。

总之，邺下时期，曹植在一个比较高的起点上开始了自己的文学生涯，当得起后世"骨气奇高，辞采华茂"等盛誉。诚如钱志熙先生所言："即使没有后期的艺术发展，曹植在魏晋诗史上的重要地位也是已经确立了的。"[①] 其实曹植前期也不独仅仅在魏晋诗史上彰显了独特的艺术个性，辞赋、散文都有名篇，与其诗共同呈现出与后期创作不同的风景。

第二节 "邺中七子"

严羽《沧浪诗话·诗体》"建安体"下自注曰："曹子建父子及邺中七子之诗"。"邺中七子"当即建安七子，即曹丕《典论·论文》中论及

① 钱志熙：《魏晋诗歌艺术原论》，北京大学出版社，1993年，第159页。

并首次以“七子”名之的七位作家：孔融、王粲、刘桢、徐幹、阮瑀、陈琳、应玚。“七子”前冠以“邺中”似不够严谨，因为孔融于建安十三年被杀，并未参与邺下文人集团的活动，甚至可能未曾到过邺城；而王粲建安十三年归曹，入邺时间最晚。因此“七子”未曾齐聚邺城，严羽的这一命题只是习惯使然，因为七子中毕竟只有六人团聚邺下。又元好问《论诗三十首》称他们的诗风为“邺下风流”，陆时雍《诗境总论》称他们为“邺下之才”，这显然都是基于他们后半生大都在邺城度过的考虑。本节沿用“邺中七子”这一概念，既是尊重文学史上的传统表达习惯，同时也兼顾“七子”之名形成于邺下时期这一事实。

建安七子与曹氏父子的创作相呼应，共同掀起了文人创作高潮。他们一方面反映现实，歌唱理想，“志深而笔长，梗概而多气”；另一方面也“怜风月，狎池苑，述恩荣，叙酣宴”，开拓题材，探索技巧，呈现出浓郁的文人化色彩。以下分叙诸子邺下时期的创作。

王粲（177～217年），字仲宣，山阳高平（今山东邹县西南）人，出身世族。董卓作乱时，王粲避难荆州，依刘表16年。建安十三年归附曹操，辟丞相掾，封关内侯，随操征战。建安二十二年卒于征吴途中，年41岁。

王粲是七子中文学成就最高的一位，被刘勰称为“七子之冠冕”。钟嵘《诗品》列之于上品。王粲入邺前即多有名篇，创作于荆州期间的作品《七哀诗》（“西京乱无象”）是表现汉末动乱与人民疾苦的杰作；《登楼赋》则写在荆州不被重用，失意茫然而生思乡之情，是魏晋抒情小赋的代表。

入邺后，王粲的创作主题及风格都有所变化。首先由对乱世的忧患转变为对理想的歌唱，表现出积极用世精神和强烈的功名期待。以《从军诗》五首为代表：

从军有苦乐，但问所从谁。所从神且武，焉得久劳师。相公征关右，赫怒震天威。一举灭獯虏，再举服羌夷。西收边地贼，忽若俯拾遗。陈赏越丘山，酒肉逾川坻。军中多饫饶，人马皆溢肥。徒行兼乘还，空出有余资。拓地三千里，往返速若飞。歌舞入邺城，所愿获无违。昼日处大朝，日暮薄言归。外参时明政，内不废家私。禽兽惮为牺，良苗实已挥。窃慕负鼎翁，愿厉朽钝姿。不能效沮溺，相随把锄犁。熟览夫子诗，信知所言非。（其一）

凉风厉秋节，司典告详刑。我君顺时发，桓桓东南征。泛舟盖长川，陈卒被隰垧。征夫怀亲戚，谁能无恋情。拊衿倚舟樯，眷眷思邺城。哀彼东山人，喟然感鹳鸣。日月不安处，人谁获恒宁。昔人从公旦，徂辄三龄。今我神武师，暂往必速平。弃余亲睦恩，输力竭忠贞。惧无一夫用，报我素餐诚。夙夜自恲性，思逝若抽萦。将秉先登羽，岂敢听金声。（其二）

从军征遐路，讨彼东南夷。方舟顺广川，薄暮未安坻。白日半西山，桑梓有余晖。蟋蟀夹岸鸣，孤鸟翩翩飞。征夫心多怀，凄凄令吾悲。下船登高防，草露沾我衣。回身赴床寝，此愁当告谁。身服干戈事，岂得念所私。即戎有授命，兹理不可违。（其三）

朝发邺都桥，暮济白马津。逍遥河堤上，左右望我军。连舫逾万艘，带甲千万人。率彼东南路，将定一举勋。筹策运帷幄，一由我圣君。恨我无时谋，譬诸具官臣。鞠躬中坚内，微画无所陈。许历为完士，一言犹败秦。我有素餐责，诚愧伐檀人。虽无铅刀用，庶几奋薄身。（其四）

悠悠涉荒路，靡靡我心愁。四望无烟火，但见林与丘。城郭生榛棘，蹊径无所由。萑蒲竟广泽，葭苇夹长流。日夕凉风发，翩翩漂吾舟。寒蝉在树鸣，鹳鹄摩天游。客子多悲伤，泪下不可收。朝入谯郡界，旷然消人忧。鸡鸣达四境，黍稷盈原畴。馆宅充廛里，士女满庄馗。自责贤圣国，谁能享斯休。诗

人美乐土，虽客犹愿留。（其五）

这组诗作于建安二十一年（216 年）。据《三国志·魏书·武帝纪》，建安二十年曹操西征汉中张鲁，二十一年二月还邺，十月征孙权。王粲跟随曹操东征西战，亲身感受了从军苦乐。五首诗中第一首作于西征张鲁还邺之后（因诗中有“相公征关右”、“歌舞入邺城，所愿获无违”之句），余四首皆言征吴事。这五首诗格调或慷慨悲凉，或明朗乐观，真切地表现了诗人胸怀大志、托身有所的情怀。五首诗毫不掩饰对于曹操的由衷赞美，称之为“我圣君”。在曹操统一业绩的鼓舞下，诗人的功名意识被空前地激发出来，不断地表白：“窃慕负鼎翁，愿厉朽钝姿。不能效沮溺，相随把锄犁”（其一）；“虽无铅刀用，庶几奋薄身”（其四）；“惧无一夫用，报我素餐诚”，“将秉先登羽，岂敢听金声”（其二）。《乐府解题》曰：“《从军行》皆军旅苦辛之辞。”但王粲诗却变苦为乐，使得《从军诗》写来意气风发，某种程度上颠覆了这一题材的本色，尤其是第一、四两首。然而“从军有苦乐”，征战之苦是客观存在的，王粲也未刻意回避。第二、三首诗在某种程度上又表现出此类题材的本色，且有秋景渲染，更多悲凉。值得注意的是第二首诗结尾处又情绪陡转。诗人以“弃余亲睦恩，输力竭忠贞”，“身服干戈事，岂得念所私”的豪迈之情消解了思归的悲凉意绪，整首组诗在基调上仍然保持了一致。前后格调的巨大落差也在第五首诗有明显表现。此首前半描摹征吴途中所见荒凉景象，是建安文人反映动乱现实的惯常写法，至“泪下不可收”，情绪至为沉郁。自“朝入谯郡界，旷然消人忧”起，诗情又骤然生变。行军至曹操故乡谯郡，在王粲笔下，这里俨然是一片乐土，他为此欢欣鼓舞，因为这是自己 17 岁“南登霸陵岸，回首望长安”之时所期待出现的理想社会。王粲《从军诗》的昂扬基调源于文人胸中理想的激荡，这也是建安文学的主旋律之一。方东树《昭昧詹言》卷二云：“王仲宣《从军诗》五首紧健处，杜公时效之，《出塞》诸作可见。”

王粲邺下时期的赋作也有多篇与《从军诗》所体现的昂扬格调相呼

应。如《浮淮赋》写建安十四年随曹操南征自涡入淮的情景，“群师按部，左右就队。轴舻千里，名卒亿计”。受此军威所鼓舞，作者对取胜充满自信：“济元勋于一举，重休绩于来裔。”由此可见王粲归曹后一种真实的心态。

其次，不少作品体现出创作活动的群体性特征。入邺之后，王粲成为邺下文学活动的重要参与者，其诗多次写到游园、游猎、宴饮等场面。如《杂诗》云：

> 吉日简清时，从军出西园。方轨策良马，并驱厉中原。
> 北临清漳水，西看柏杨山。回翔游广囿，逍遥彼水间。

《羽猎赋》承袭汉代“京殿苑猎”的大赋传统，但狩猎之缘由、地点、背景、人物都有变化：

> 遵古道以游豫兮，昭劝助乎农圃。用时隙之余日兮，陈苗狩而讲旅。济漳浦而横阵，倚紫陌而并征。树重围于西阯，列骏骑乎平埛。相公乃乘轻轩，驾四骆，驸流星，属繁弱，选徒命士，咸与竭作。……

从赋首的这段交代来看，劝民农桑是邺城官员的本职。“苗狩”即夏季猎事，在农闲时节进行。于是在漳河之滨，郊野田畴附近，摆开狩猎阵势，场面煞是壮观。“相公”指曹操，随曹出猎是当时邺城文武官员的一大盛事。《古文苑》卷七章樵注引挚虞《文章流别论》云：“建安中，魏文帝从武帝出猎，赋命陈琳、王粲、应场、刘桢并作。……此各有所长，粲其最也。”可见同题并作也有一较短长之意。

王粲诗赋中尤多与丕、植兄弟及其他文士的同题之作，计有《公宴诗》、《大暑赋》、《迷迭赋》、《玛瑙勒赋》、《车渠椀赋》、《槐树赋》、《柳赋》、《白鹤赋》、《鹖赋》、《莺赋》等。由此可见当年邺下文人参与群体性创作活动的盛况。王粲邺下时期作品题材的广泛已非入邺之前可比。遗憾的是，这些作品有不少已难睹完篇。

再次，多种文体的写作。入邺之后，王粲尚有不少奉命制作的颂、赞、铭、檄等多种应用文体作品。如《俞儿舞歌》四首、《太庙颂》、《蕤宾钟铭》、《无射钟铭》、《砚铭》、《刀铭》等，多歌颂曹操功德之作。比较有价值的是《吊夷齐文》、《务本论》、《儒吏论》、《难钟荀太平论》、《爵论》等。这些政论文，形式上趋于骈偶，文采斐然，凝结着王粲对治国、立身等重大问题的思考。

刘桢（？～217年），字公干，东平宁阳（今属山东）人。少有文名，后被曹操辟为丞相掾，司空军谋祭酒，又先后任平原侯庶子、五官中郎将文学，随侍曹植、曹丕，是邺下文人集团的重要成员。曹操以其对甄氏不敬，治其罪，后重被任用。建安二十二年卒于疾疫。

刘桢在归曹前即已知名于青、徐一带，曹植《与杨德祖书》称“公干振藻于海隅”，但现存刘桢作品大抵都作于邺下时期。曹丕《典论·论文》称刘桢“壮而不密”，《与吴质书》又称“公干有逸气，但未遒耳。其五言诗之善者，妙绝时人”。钟嵘《诗品》列之于上品，称“仗气爱奇，动多振绝。真骨凌霜，高风跨俗。但气过其文，雕润恨少。然自陈思以下，桢称独步”。论者公认刘桢具有俊爽之气，充分体现了建安文学“慷慨以任气”的特点。

刘桢诗歌内容一是《功宴诗》、《斗鸡诗》、《射鸢诗》之类表现邺下贵族活动的诗。其《公宴诗》与曹植、王粲同题，并入《文选》诗类“公宴”目，诗曰：

> 永日行游戏，欢乐犹未央。遗思在玄夜，相与复翱翔。
> 辇车飞素盖，从者盈路傍．月出照园中，珍木郁苍苍。
> 清川过石渠，流波为鱼防。芙蓉散其华，菡萏溢金塘。
> 灵鸟宿水裔，仁兽游飞梁。华馆寄流波，豁达来风凉。
> 生六未始闻，歌之安能详。投翰长叹息，绮丽不可忘。

将夜游邺城的兴致投射到景物描写中，明月清风，波光荡漾，花香四溢，鸟兽各得其所，只有生花妙笔，才配得上如此美景，故曰“绮丽不可忘”。

二是赠答之作。此类作品为刘桢诗之精华。现存13首诗中，有8首入《文选》诗类“赠答”目，即《赠五官中郎将》4首，《赠从弟》3首，《赠徐幹》1首。这几首诗或赠予人主，或写给挚友，或寄语从弟，都真实地袒露了作者的真性情。《赠五官中郎将》4首盖作于刘桢任五官中郎将文学时，从这4首诗可以看出曹丕与刘桢之间融洽的关系，甚至有时可以视为真挚的友谊。刘桢在诗中回忆归属曹操得以与曹丕相处的乐趣，对曹氏父子的称颂真诚而少夸饰。如其一称曹操为“元后”，其三称随曹操西征的曹丕为“壮士”，其四称赞曹丕“君侯多壮思，文雅纵横飞”，自谓“小臣信顽卤，黾勉安能追”。刘桢在邺曾身染沉疴，曹丕亲自探问，当是佳话。第二首向曹丕诉说此大病带给人的复杂情绪，诗曰：

余婴沉痼疾，窜身清漳滨。自夏涉玄冬，弥旷十余旬。
常恐游岱宗，不复见故人。所亲一何笃，步趾慰我身。
清谈同日夕，情眄叙忧勤。便复为别辞，游车归西邻。
素叶随风起，广路扬埃尘。逝者如流水，哀此遂离分。
追问休时会，要我以阳春。望慕结不解，贻尔新诗文。
勉哉修令德，北面自宠珍。

诗人一病数月，重病中对死的畏惧、对生的渴望都异于他时。“所亲一何笃，步趾慰我身”二句是对曹丕亲临慰问的感激之辞，结句“勉哉修令德，北面自宠珍。”表达了珍惜生命自觉修身进德的积极心态。即便如此，笼罩全诗的悲凉情调仍然挥之不去。刘桢诗之慷慨悲凉与他对生命的体验、对生命意义的探寻有密切关联。其《赠徐幹》向朋友诉说为官的苦恼，在邺城文士中很少见。诗曰：

谁谓相去远，隔此西掖垣。拘限清切禁，中情无由宣。
思子沉心曲，长叹不能言。起坐失次第，一日三四迁。

步出北寺门，遥望西苑园。细柳夹道生，方塘含清源。
轻叶随风转，飞鸟何翻翻。乖人易感动，涕下与衿连。
仰视白日光，皦皦高且悬。兼烛八纮内，物类无颇偏。
我独抱深感，不得与比焉。

这首诗的背景与内容，理解上尚有争议。方东树认为此诗为刘桢因平视甄氏被曹操拘禁，服刑期间所写。“西掖”为中书省之别称，徐干时在此供职；郁贤皓、张采民二先生认为“北寺”为刘桢被关押之狱，可备一说。而据五臣注《文选》，“北寺”为刘桢供职之地，故又可将此诗理解为刘桢在邺城官署所作。不管怎么说，诗中流露的慷慨悲凉意绪是毋庸置疑的。为官“据限”严，友人不得相见，写细柳、方塘、轻叶、飞鸟等自然景致令人流连，实则是对自由生活的向往，这一番真情吐露给性情淡泊最具隐士风度的徐幹，算是找对了倾诉对象。刘桢诗中自称“易感动”，他的确比其他邺下文人更敏感于官场生活的庸碌琐屑，因而“独抱深感”。其《杂诗》将案牍劳行的苦闷表现得更为明确：“职事相填委，文墨纷消散。驰翰未暇食，日昃不知晏。沉迷簿领间，回回自昏乱。”诗的后半仍然是对自由的向往：“释此出西城，登高且游观。方塘含白水，中有凫与雁。安得肃肃羽，从尔浮波澜。”这类诗表明，邺下文人并非总是为功业理想所鼓舞，他们也要面对久为文吏与施展抱负之间的矛盾，面对由矛盾生出的苦闷，刘桢于此体验最为深切。

《赠从弟》三首是刘桢赠答诗的代表作：

泛泛东流水，磷磷水中石。苹藻生其涯，华叶纷扰溺。
采之荐宗庙，可以羞嘉客。岂无园中葵，懿此出深泽。（其一）
亭亭山上松，瑟瑟谷中风。风声一何盛，松枝一何劲。
冰霜正惨凄，终岁常端正。岂不罹凝寒，松柏有本性。（其二）
凤皇集南狱，徘徊孤竹根。于心有不厌，奋翅凌紫氛。
岂不常勤苦，羞与黄雀群。何时当来仪，将须圣明君。（其三）

三首诗分咏“苹藻”、“松柏”、“凤凰”三物，言其品质的高洁、坚韧、抱负远大，既是激励堂弟，也是自勉。赠答诗多写友朋往还、夫妇契阔，刘桢此作突破常格，以咏物入赠答，比兴寄托，与其不同流俗的精神气质相贯通。

当然，刘桢也有慷慨激昂之作，如其失题诗咏壮士出征：

旦发邺城东。莫次溟水旁。
三军如邓林。武士攻萧庄。

此类意气风发的格调，在其他文体中亦有所体现。

现存刘桢赋能够体现建安文人昂扬激情的是《黎阳山赋》与《遂志赋》。前者写随军自邺都南征，途经黎阳山，登高览胜，对取胜充满信心。《遂志赋》为初归曹操的感怀，赋曰：

> 幸遇明后，因志东倾。报此丰草，乃命小生。生之小矣，何兹云当。牧马于路，役车低昂。怆恨恻切，我独西行。去峻溪之鸿洞，观日日于朝阳。释丛棘之馀刺，践槚林之柔芳。皦玉粲以曜目，荣日华以舒光。信此山之多灵，何神分之煌煌。聊且游观，周历高岑。仰攀高枝，侧身遗阴。磷磷礀礀，以广其心。伊天皇之树叶，必结根于仁方。梢吴夷于东隅，掣叛臣乎南荆。戢干戈于内库，我马絷而不行。扬洪恩于无涯，听颂声之洋洋。四宇奠目无为，玄道穆以普将。翼俊乂于上列，退仄陋于下场。袭初服之芜秽，托蓬庐以游翔。岂放言而云尔，乃旦夕之可忘。

赋中洋溢着喜悦与激动，为自己“幸遇明后”托身有所而欢欣鼓舞，因而西行赴邺途中所见也满眼灿烂，“皦玉粲以曜目，荣日华以舒光。信此山之多灵，何神分之煌煌”，的确是移情的结果。展望未来，坚信曹操定能“梢吴夷于东隅，掣叛臣乎南荆”，完成统一大业。自己“遂志”之后，则“袭初服之芜秽，托蓬庐以游翔”，飘然归隐。显然刘桢此时对日后的遭遇、苦闷毫无准备，作品写来豪气冲天。而独特的个性使其即使是面对日后的境况，仍然“真骨凌霜，高风跨俗”，尚气的特点贯穿创作的始终。

一、陈琳

陈琳（？～217年），字孔璋，广陵（今江苏江都）人。相对于建安时期其他文人，陈琳与河北缘分尤深。汉灵帝时，陈琳为大将军何进长史。后何进被宦官所杀，陈琳避难冀州，入邺，袁绍使典文章。袁氏败，陈琳归曹操，与阮瑀并为司空军谋祭酒。军国书檄，多出二人之手。后徙门下督。陈琳屡从曹操出征、返邺。建安二十二年卒于疫疾，葬于邺。在建安诸子中，陈琳在邺生活的时间最长。

陈琳最擅长的文体是书檄及章表书记。《为袁绍檄豫州》为历代所称：

> 左将军领豫州刺史郡国相守：盖闻明主图危以制变，忠臣虑难以立权。是以有非常之人，然后有非常之事，有非常之事，然后立非常之功。夫非常者，故非常人所拟也。曩者强泰弱主，赵高执柄，专制朝权，威福由己，时人迫胁，莫敢正言，终有望夷之败，祖宗焚灭，汙辱至今，永为世鉴。及臻吕后季年，产、禄专政，内兼二军，外统梁、赵，擅断万机，决事省禁，下凌上替，海内寒心。于是绛侯、朱虚兴兵奋怒，诛夷逆暴，尊立太宗，故能王道兴隆，光明显融，此则大臣立权之明表也。司空曹操祖父中常侍腾，与左悺、徐璜并作妖孽，饕餮放横，伤化虐民。父嵩，乞丐携养，因脏假位，舆金辇璧，输货权门，窃盗鼎司，倾覆重器。操赘阉遗丑，本无懿德，僄狡锋协，好乱乐祸。幕府董统鹰扬，扫除凶逆。续遇董卓侵官暴国，于是提剑挥鼓，发命东夏。收罗英雄，弃瑕取用，故遂与操同谘合谋，授以裨师，谓其鹰犬之才，爪牙可

任。至乃愚佻短略，轻进易退，伤夷折衄，数丧师徒。幕府辄复分兵命锐，修完补辑，表行东郡领兖州刺史，被以虎文，奖冲非威柄，冀获秦师一克之报。而操遂承资拔扈，肆行凶忒，割剥元元，残贤害善。故九江太守边让，英才俊伟，天下知名，直言正色，论不阿谄，身首被枭悬之诛，妻孥受灰灭之咎。自是士林愤痛，民怨弥重，一夫奋臂，举州同声，故躬破于徐方，地夺于吕布，彷徨东裔，蹈据无所。幕府惟强干弱枝之义，且不登叛人之党，故复援旌擐甲，席卷起征，金鼓响振，布众奔沮，拯其死亡之患，复其方伯之位，则幕府无德于兖土之民，而有大造于操也。后会鸾驾反旆，群虏寇攻。时冀州方有北鄙之警，匪遑离局，故使从事中郎徐勋就发遣操，使缮修郊庙，翊卫幼主。操便放志，专行胁迁，当御者禁，卑侮王室，败法乱纪，坐领三台，专制朝政，爵赏由心，刑戮在口，所爱光五宗，所恶灭三族，群谈者受显诛，腹议者蒙隐戮，百寮钳口，道路以目，尚书记朝会，公卿充员品而已。故太尉杨彪，典历三司，享国极位，操因缘眦睚，被以非罪，榜楚参并，五毒备至，触情任忒，不顾宪纲。又议郎赵彦，忠谏直言，议有可纳。是以圣朝含听，改容加饰，操欲迷夺时明，杜绝言路，擅收立杀，不俟报闻。又梁孝王，先帝母昆，坟陵尊显，桑梓松柏，犹宜肃恭，而操帅将吏士，亲临发掘，破棺裸尸，掠取金宝，至令圣朝流涕，士民伤怀。操又特置发丘中郎将、摸金校尉，所过隳突，无骸不露。身处三公之位，而行桀虏之态，汙国虐民，毒施人鬼。加其细政苛惨，科防互设，罾缴充蹊，坑阱塞路，举手挂网罗，动足蹈机陷，是以兖、豫有无聊之民，帝都有吁嗟之怨。历观载籍，无道之臣，贪残酷烈，于操为甚。幕府方诘外奸，未及整训，加绪含容，冀可弥缝。而操豺狼野心，潜包祸谋，乃欲摧挠栋梁，孤弱汉室，除灭忠正，专为枭雄。往者伐鼓北征公孙瓒，强寇桀逆，拒围一年。操因其未破，阴交书命，外助王师，内相掩袭，故引兵造河，方舟北济。会其行人发露，瓒亦枭夷，故使锋芒挫缩，厥图不果。尔乃大军过荡西山，屠各左校，皆束手奉质，争为前登，犬羊残丑，消沦山谷。于是操师震慑，晨夜逋遁，屯据敖仓，阻河为固，欲以螗螂之斧，御隆车之隧。幕府奉汉威灵，折冲宇宙，长戟百万，胡骑千群，奋中黄、育、获之士，骋良弓劲弩之势，并州越太行，青州涉济、漯，大军泛黄河而角其前，荆州下宛、叶而掎其后，雷霆虎步，并集虏庭，若举炎火以飞蓬，覆沧海以沃炭，有何不灭者哉？又操军吏士，其可战者，皆出自幽、冀，或故营部曲，咸怨旷思归，流涕北顾。其馀兖、豫之民，及吕布、张扬之遗众，覆亡迫胁，权时苟从，各被创痍，人为雠敌。若回旆方徂，登高罔而击鼓吹，扬素挥以启降路，必土崩瓦解，不俟血刃。方今汉室陵迟，纲维弛绝，圣朝无一介之辅，股肱无折冲之势，方畿之内，简练之臣皆垂头拓翼，莫所凭恃，虽有忠义之佐，胁于暴虐之臣，焉能展其节？又操持部曲精兵七百，围守宫阙，外托宿卫，内实拘执，惧其篡逆之萌，因斯而作。此乃忠臣肝脑涂地之秋，烈士立功之会，可不勖哉！操又矫命称制，遣使发兵，恐边远州郡过听而给与，强寇弱主违众旅叛，举以丧名，为天下笑，则明哲不取也。即日幽、并、青、冀四州并进。书到，荆州勒见兵，与建忠将军协同声势，州郡各整戎马，罗落境界，举师扬威，并匡社稷，则非常之功于是乎著。其得操首者，封五行户侯，赏钱五千万。部曲偏裨将校诸吏降者，勿有所问。广宣恩信，班扬符赏，布告天下，咸使知圣朝有拘逼之难，如律令。

文中历述曹操罪状，鄙薄其家庭出身，揭发其发家史及恶行，甚至不惜以诬蔑不实之词痛击政敌，使其体无完肤，词锋锐利尖刻。《文心雕龙

·檄移》谓“陈琳之檄豫州，壮有骨鲠。虽‘奸阉’‘携养’，章密太甚；‘发丘’‘摸金’，诬过其虐，然抗辞书衅，皎然露骨矣”。史载袁绍兵败陈琳归曹后，曹操与陈琳有段对话谈及此文。曹操说：“卿昔为本初移书，但可罪状孤而已，恶恶止其身，何乃上及父祖邪?”陈琳回答：“矢在弦上，不得不发。”陈琳此文的确有矢在弦上的逼人气势，这种气势在归曹后不减当年，颇受曹操赏识。曹操头风疾发，读到陈琳书檄，“翕然而起曰：‘此愈我病!’”[①] 可见陈琳文笔的魅力。

陈琳的章表书记亦颇为人称道。曹丕《典论·论文》称陈琳“表章书记，今之隽也”；《文心雕龙·章表》云：“琳、瑀章表，有誉当时。孔璋称健，则其标也。”今存《为袁绍上汉帝书》、《为袁绍与公孙瓒书》、《为曹洪为魏太子书》、《答东阿王笺》等。

陈琳诗今存5首。《宴会诗》或为与邺下文士宴饮时作；《游览诗》2首（本失题，从《文选》、《诗纪》补此题）言羁旅之悲。其二曰：

节运时气舒，秋风凉且清。间居心不娱，驾言从友生。
翱翔戏长流，逍遥登高城。东望看畴野，回顾览园庭。
嘉木凋绿叶，芳草纤红荣。骋哉日月逝，年命将西倾。
建功不及时，钟鼎何所铭。收念还寝房，慷慨咏坟经。
庶几及君在，立德垂功名。

由草木凋零、日月飞逝而想到应当及时建立功业，正是建安文人积极的人生态度。《饮马长城窟行》是归在陈琳名下的一首著名乐府诗，或以为此诗署陈琳之名不当。[②] 姑且按习惯仍旧归在本节分析：

饮马长城窟，水寒伤马骨。往谓长城吏，慎莫稽留太原卒。官作自有程，举筑谐汝声。男儿宁当格斗死，何能怫郁筑长城。长城何连连，连连三千里。边城多健少，内舍多寡妇。

① 《魏志·王粲传》注引《典略》。
② 徐公持：《魏晋文学史》，人民文学出版社，1999年，第133页注释5。

作书与内舍，便嫁莫留住。善侍新姑嫜，时时念我故夫子。报书往边地，君今出语一何鄙。身在祸难中，何为稽留他家子。生男慎莫举，生女哺用脯。君独不见长城下，死人骸骨相撑拄。结发行事君，慊慊心意关。明知边地苦，贱妾何能久自全。

这首诗以修筑长城为背景，揭露繁重的徭役给百姓带来的深重灾难，主题充满了人文关怀。而诗以太原卒与长城吏的对话，征夫与思妇的书信往还内容推动情节、展示人物的心理活动，见出作者结构诗篇的匠心。

陈琳赋今存十余篇。其《鹦鹉赋》、《柳赋》、《大暑赋》、《玛瑙勒赋》、《迷迭赋》等或与王粲、曹丕同时作；《武军赋》、《神武赋》则铺叙征战场面之壮观，各具特色。《武军赋》序曰："回天军，震雷霆之威，于易水之阳，以讨瓒焉。鸿沟参周，鹿箛十里，荐之以棘。乃建修橹，干青云，窶深隧，下三泉。飞梯、云冲、神钩之具，瑰异谲诡之奇，不在吴、孙之篇，三畧六韬之术者，凡数十事，秘莫得闻也。"据此知，此赋作于建安四年作者随袁绍讨公孙瓒之时。正文以"犹猛虎之驱群羊，冲风之飞枯叶"等句盛赞袁军威猛之势。《神武赋》序云："建安十有二年，大司空，武平侯曹公东征乌丸。六写被介，云辎万乘，治兵易水，次于北平，可谓神武奕奕，有征无战者已。"正文云："恶先縠之惩冦，善魏绛之和戎。受金石而弗伐，盖礼乐而思终……旆既轶乎白狼，殿未出乎卢龙。威凌天地，势括十冲。单鼓未伐，虏已溃崩"，可知这是一"不战而屈人之兵"的战例，通过对曹军强大声势的渲染、铺陈，愈发使"单鼓未伐，虏已溃崩"的结果显得真实可信。

二、阮瑀

阮瑀（？～212年），字元瑜，陈留尉氏（今属河南）人。建安中，为曹操军谋祭酒，与陈琳同管记室，后徙仓曹属。建安十七年病卒。

阮瑀在邺下时期的主要活动，一则从曹操出征，为撰军国书檄；二则返邺后，侍曹丕兄弟宴集，与建安诸子诗赋酬唱。就前者而言，军国书檄为阮瑀最擅长的文体，曹丕《与吴质书》称“元瑜书记翩翩，致足乐也”。史载阮瑀曾在马上为曹操草拟书信，“书成呈之，太祖揽笔欲有所定，而竟不能增损”[①]。著名的《为曹公作书与孙权》作于建安十六年。赤壁大战后，三国鼎立之势已成。曹操兵败北还，孙权据有江东，刘备领荆州牧。后孙权嫁妹于刘备，孙刘联盟更加稳固。曹操意识到只有分裂孙刘之盟，才能保存壮大自己。争取孙权，离间孙刘关系是他首要采取的策略。阮瑀此书准确领会了曹操的战略意图，对孙权既动之以情，又晓以利害，既陈怀柔之计，又有强硬之语，恩威并施，张弛有度。文中先叙旧谊，说明孙曹结好的基础，分析目前的对立状况是因孙权“绪信所嬖”，“不能远度孤心，近虑事势”，再“加刘备相煽扬”所致，并非孙权“本心”。又征引大量前代史实，证明一时冲动足以酿成大祸，对孙权暗含警告之意。次说赤壁之败是自己主动还师，并非周瑜之功，自己的实力并未受损，既挽回自己的尊严，又告诫孙权不可有轻慢之心。再论自己在谯造船，实“欲观湖漅之形，定江滨之民耳，非有深入攻战之计”，但此举无疑对孙权具有威慑力量。复说孙权只有“内取子布，外击刘备”才能表明归曹诚意，如此“则江表之任，长以相付，高位重爵，坦然可观”，如果怜惜张昭，可“顺君之情”，“但禽刘备，亦足为效”，给孙权指明出路，敦促其早下决心，将功补过。作者每叙一意都大量征引史实，思绪飞动，的确当得起曹丕、刘勰“翩翩”之评。

阮瑀诗现存12首完篇，另有残篇2首，除《琴歌》据考为伪托、《公宴诗》写与曹氏父子宴饮情景、《咏史》二首分咏三良和荆轲外，其他多为忧生之嗟，流露着浓郁的感伤情绪。这或许与阮瑀体弱多病、生命意识格外敏感自觉有关。失题诗有云：

---

①《魏志·王粲传》注引《典略》。

白发随栉堕，未寒思厚衣。四支易懈倦，行步益疏迟。
常恐时岁尽，魂魄忽高飞。自知百年后，堂上生旅葵。

如此伤感的哀叹在阮瑀诗中极为多见，如“临川多悲风，秋日苦清凉”（《杂诗》）；“客行易感悴，我心摧已伤”（失题）；“民生受天命，漂若河中尘”（《怨诗》）；“出圹望故乡，但见蒿与莱”（《七哀诗》）。《驾出北郭门行》写“后母憎孤儿”的家庭悲剧，亦悲愁凄凉：

驾出北郭门，马樊不肯驰。下车步踟蹰，仰折枯杨枝。
顾闻丘林中，噭噭有悲啼。借问啼者出，何为乃如斯。
亲母舍我殁，後母憎孤儿。饥寒无衣食，举动鞭捶施。
骨消肌肉尽，体若枯树皮。藏我空室中，父还不能知。
上冢察故处，存亡永别离。亲母何可见，泪下声正嘶。
弃我于此间，穷厄岂有赀。传告後代人，以此为明规。

此等家庭悲剧与汉乐府民歌《孤儿行》，一为齐言，一为杂言，均“感于哀乐，缘事而发”。关注社会问题，也不失为建安诗歌反映民生疾苦的又一表现。

阮瑀尚有《文质论》讨论治国之道，主张“文质”各有所用，“两仪通数，固无攸失”，但两相比照，“质”重于“文”。“丽物苦伪，丑器多牢；华璧易碎，金铁难陶”，故汉初立国，“意崇敦朴”。阮瑀所论对道家思想已露推崇之意，或对其子阮籍日后“尤好老庄”有所影响。

阮瑀在“七子”中谢世较早，他死后，曹丕命邺下文士创作《寡妇诗》、《寡妇赋》以示纪念。王粲作有《阮元瑜诔》谓其“庶绩维殷，简书如雨；强力成敏，事至则举”，当是一时共识。

三、徐干

徐干（170？～217年），字伟长，北海（今山东潍坊）人，建安中，被曹操辟为司空祭酒掾属，又转五官中郎将文学，居邺约十余年。

建安二十二年，染疫疾病卒。

徐干“轻官忽禄”（《册府元龟》），“恬淡寡欲，有箕山之志”（曹丕《又与吴质书》），在七子中最具隐士风度。但其《中论》一书讨论个人德行及帝王之术、治乱之策，似与其性情不符。据佚名《中论序》，《中论》的创作是基于不满当时与“阐弘大义，敷散道教”无关的“辞人美丽之文”，因而其宗旨定位于阐扬儒家之义，“上求圣人之中，下极流俗之昏”。可知徐干实外“道”而内“儒”。《中论》的写作亦可视为建安文人追求不朽的积极人生观的又一表现方式。曹丕高度评论此书：“成一家之言，辞义典雅，足传于后，此子为不朽矣！”（《又与吴质书》）。其《艺纪》篇继承并发展了儒家重“艺”的思想，指出：

> 艺之兴也，其由民心之有智乎？造艺者，将以有理乎？民生而心知物，知物而欲作，欲作而事繁，事繁而莫之能理也。故圣人因智以造艺，因艺以立事，二者近在乎身，而远在乎物。艺者所以旌智饰能，统事御群也，圣人之所不能已也。艺者所以事成德者也，德者以道率身者也；艺者德之枝叶也，德者人之根干也。斯二物者，不偏行，不独立。木无枝叶则不能丰其根干，故谓之瘣人；无艺则不能成其德，故谓之野。若欲为夫君子，必兼之乎？

徐干主张“艺”与“德”的统一，德本而艺末，这是对孔子文质统一论的进一步阐发。此外，“艺”为“美育群才”手段的看法也颇有见地，能启示后人。

徐干诗现存3首，另有《赠五官中郎将》仅存一句。《于清河见挽船士新婚与妻别》一首，历来多以为属徐干，但《玉台新咏》以为是魏文帝所作。《答刘桢诗》为对刘桢赠诗的答复，叙思念之情，质朴无华。钟嵘《诗品》谓之“以莛扣钟，亦能闲雅矣”，意谓徐干答诗不如刘桢赠诗精致。《情诗》、《室思诗》均入《玉台新咏》，皆拟思妇口吻，写男女之情，细腻柔婉。《室思》共6章，其三云：

浮云何洋洋，愿因通我词。飘飖不可寄，徙倚徒相思。
人离皆复会，君独无返期。自君之出矣，明镜暗不治。
思君如流水，何有穷已时。

以无心梳妆写女子思念之深，虽非徐干首创，但此章对后世影响很大，自南朝起，“自君之出矣”成为乐府诗题。据郭茂倩所辑《乐府诗集》卷二十九《杂曲歌辞》，自宋孝武帝至唐张祜，共有15人以此为题成诗21首。其中名句“思君如流水”将抽象情感具体化，清新自然，极有特点。钟嵘《诗品序》尝征引以说明诗之情出于自然之理：“吟咏情性，亦何贵于用事？‘思君如流水’，既是即目，‘高台多悲风’，亦唯所见；……观古今胜语多非补假，皆由直寻。”后继作者多拟此句法展开想象。“思君如日月”、“思君如清风”、“思君如回雪”、“思君如蔓草”等一系列诗句，极大地拓展了思念之情的象喻空间。

徐干的赋在当时即受到推崇，曹丕《典论·论文》称其“《玄猿》、《漏卮》、《圆扇》、《橘赋》，虽张蔡不过也”。可惜这些作品除《圆扇》尚存残句外，其余已亡佚。现存徐干赋均无完篇。就种类而言，《齐都赋》沿袭汉代京都大赋路数，铺陈齐都临淄的繁华富庶；《西征赋》、《序征赋》、《从征赋》写跟随曹操出征的情形；《哀别赋》叙情；《冠赋》、《圆扇赋》、《车渠椀赋》咏物；《七喻》为“七体”，题材不可谓不广，惜其均为佚文，难睹全貌。

四、应玚

应玚（？～217年），字德琏，汝南南顿（今河南项城）人。建安初入曹操幕为掾属，曾预官渡之战，后又随曹操平定冀州，征乌丸、刘表、马超。建安二十二年冬，遇疫疾卒。

应玚诗今存5首，其中《公宴》、《侍五官中郎将建章台集诗》、《斗鸡诗》为其在邺城与曹丕等人同题唱和之作。前两首对曹丕多有赞誉。《侍五官中郎将建章台集诗》云：

朝雁鸣云中，音响一何哀。问子游何乡，戢翼正徘徊。
言我塞门来，将就衡阳栖。往春翔北土，今冬客南淮。
远行蒙霜雪，毛羽日摧颓。常恐伤肌骨，身陨沉黄泥。
简珠堕沙石，何能中自谐。欲因云雨会，濯羽陵高梯。
良遇不可值，伸眉路何阶。公子敬爱客，乐饮不知疲。
和颜既以畅，乃肯顾细微。赠诗见存慰，小子非所宜。

君臣相处，其乐融融。此诗或因建章台上一次唱和集诗活动而作，但又有别于一般的应制。前半托情于雁，以大雁孤独徘徊、“蒙霜雪”、“日摧颓”的苦况喻自己苦苦寻觅托身之所的艰难，有力地衬托了归曹之后受到款待的感激之情。《公宴诗》写邺城宴饮情景：

巍巍主人德，佳会被四方。开馆延群士，置酒于斯堂。
辩论释郁结，援笔兴文章。穆穆众君子，好合同欢康。
促坐褰重帷。传满腾羽觞。

此诗描写宴饮场合中邺城文学活动的内容，“辩论释郁结，援笔兴文章”，都说明邺下集团的文学性和创作的自觉性。

《别诗》二首及《报赵淑丽》，据推测均为写给妻子的诗[①]，是征人思亲之作。秦嘉《赠妇诗》后，以夫妻情入文人诗，数量寥寥，故值得关注。《报赵淑丽》诗云：

朝云不归，夕结成阴。离群犹宿[②]，永思长吟。
有鸟孤栖，哀鸣北林。嗟我怀矣，感物伤心。

此诗言别后孤独之状，多出之于典而又自然贴切。“朝云”句用宋玉《高唐赋》之“旦为朝云，暮为行雨”喻夫妻之别，“有鸟”句则杂糅《高唐赋》之“雌雄相失，哀鸣相号”与《诗经·秦风·晨风》“鴥彼晨

① 徐公持:《魏晋文学史》，人民文学出版社，1999年，第130页。
② “犹”当作“独”。

风，郁彼北林。未见君子，忧心钦钦”句，写夫妻别情。“嗟我怀矣”句又引人联想《周南·卷耳》之“嗟我怀人”，从而确定诗的主题。

应玚赋今存10余篇，《杨柳赋》、《鹦鹉赋》、《车渠椀赋》、《神女赋》、《愁霖赋》诸篇与王粲等人所作同题，创作背景当相同。《西狩赋》、《撰征赋》等赞颂曹氏功业，表达了自己功业追求，写来志气豪爽，文采斐然。《撰征赋》据考作于建安十二年随曹操征乌桓临幽州地界之时，序曰：“奋皇佐之丰烈，将亲戎乎幽邻，飞龙旗之云曜，披广路而北巡”，正文曰“悠悠万里，临长城兮”，状从征之浩大声势，豪情激荡，虽为佚文，建安文人精神风貌于此可见。

应玚亦有《文质论》，与阮瑀之作同题。阮作在先，强调“质”重于“文”，应作在后，与阮作切磋、论辩，以“仲尼叹焕乎文，从郁郁之盛也”为基点，批评阮瑀“弃五典之文，闇礼智之大，信管望之小，寻老氏之蔽”，强调文与质不可分割，不可偏废，“言辩国典，辞定皇居，然后知质者之不足，文者之有余”。应、阮之辩在某种程度上启发了后世文人以选择同题论文的方式来深入探讨理论问题的思路。这样，同题唱和的范围就由诗赋扩大到论说文体，不仅可以显示作者的文才，而且可检验其思辨能力。

第三节　云集邺下的其他文人

钟嵘《诗品序》描述邺下文人聚集盛况曰：“曹公父子，笃好斯文；平原兄弟，郁为文栋；刘桢、王粲为其羽翼，次有攀龙托凤，自致于属车者，盖将百计。”当年不下百人的邺下集团成员，今已不可尽考，然而有作品传世者并不限于三曹七子。

繁钦（？～218年），字休伯，颍川（今河南许昌）人，“以文才机辨，少得名于汝颖”（《三国志·王粲传》裴注引）。后入邺，被曹操辟为丞相主簿，建安二十三年卒。

繁钦在邺城与丕、植兄弟关系密切。其《槐树赋》咏邺宫文昌殿前槐树，与王粲、曹植、曹丕同题。类似情况尚有《暑赋》、《柳赋》、《述征赋》、《述行赋》等篇。其《建章凤阙赋》写邺宫建筑，赋曰：

筑双凤之崇阙，表大路之遐通。上规圆以穹隆，下矩折而绳直。长楹森以骍停，修桷揭以舒翼。象玄圃之层楼，肖华盖之丽天。当蒸暑之暖赫，步北楹而周旋。鹪鹏振而不及，岂归雁之能翔？杭神凤以甄甍，似虞庭之锵锵。栌六翮以抚跱，俟高风之清凉，华钟金兽，列在南廷，嘉树蓊 ，奇鸟哀鸣。台榭临池，万钟千名。同櫚辇道，屈绕纡萦。

建章台为邺城著名建筑，曹丕时于此宴饮宾客。应玚有《侍五官中郎将建章台集诗》。繁钦此赋与铺采摛文的宫殿大赋相比，不仅体制小巧，而且不事铺排，具体实在地描写了凤阙台外形特点，楹、桷的造型特点以及殿外陈设、周边环境，虽寥寥百余字，仍给人以完整的印象。

繁钦《与魏太子书》是以文字摹写声音的名篇。此文向曹丕描述薛访车子的歌唱才艺，写独唱则“潜气内转，哀间外激；大不抗越，细不幽散；声悲旧笳，曲美常均”；与人合唱则“喉所发音，无不响应；曲折沉浮，寻变入节”；写歌声传达的音乐形象则“清激悲吟，杂以怨慕，咏北狄之遐征，奏胡马之长思”；写演唱效果则“凄入肝脾，哀感顽艳。是时日在西隅，凉风拂衽；背山临溪，流泉东逝；同尘仰叹，观者俯听，莫不泫泣陨涕，悲怀慷慨”，如此等等，都显示了繁钦对于音乐歌唱艺术的敏锐感受能力，故曹丕阅后有“披书欢笑，不能自胜。奇才妙伎，何其善也”（《答繁钦书》）的反应与赞赏。

繁钦现存诗较完整者7首，涉及赠答、托物言志、劝诫、言情等方面内容。其中《定情诗》诗意颇堪玩味：

我出东门游，邂逅承清尘。思君即幽房，侍寝执衣巾。
时无桑中契，迫此路侧人。我既媚君姿，君亦悦我颜。

何以致拳拳？绾臂双金环。何以道殷勤？约指一双银。
何以致区区？耳中双明珠。何以致叩叩？香囊系肘后。
何以致契阔？绕腕双跳脱。何以结恩情？美玉缀罗缨。
何以结中心？素缕连双针。何以结相于？金薄画搔头。
何以慰别离？耳后玳瑁钗。何以答欢忻？纨素三条裙。
何以结愁悲？白绢双中衣。与我期何所？乃期东山隅。
日旰兮不来，谷风吹我襦。远望无所见，涕泣起踟蹰。
与我期何所？乃期山南阳。日中兮不来，飘风吹我裳。
逍遥莫谁睹，望君愁我肠。与我期何所？乃期西山侧。
日夕兮不来，踯躅长叹息。远望凉风至，俯仰正衣服。
与我期何所？乃期山北岑。日暮兮不来，凄风吹我襟。
望君不能坐，悲苦愁我心。爱身以何为，惜我华色时。
中情既款款，然后克密期。褰衣蹑茂草，谓君不我欺。
厕此丑陋质，徙倚无所之。自伤失所欲，泪下如连丝。

《乐府诗集》卷七十六《乐府解题》谓此诗“言妇人不能以礼从人，而自相悦媚，及解衣玩好致之，以解绸缪之志，若臂环致拳拳，指环致殷勤，耳珠致区区，香囊致扣扣，跳脱致契阔，佩玉结恩情，自以为得志，而期于山隅、山阳、山西、山北，终而不答，乃自悔伤焉”，此诗以女子口吻写爱情经历，由两情相悦到无端遭弃，诉说着文学史上惯常的妇女悲剧命运主题，或谓此诗是对屈原“香草美人”传统的继承，借男女之情申君臣之义，可备一说。此诗形式上采用民歌体，多设问排比，显示出建安诗受民间文学影响的痕迹。

杨修（175～219年），字德祖，弘农华阴（今属陕西）人。建安四年前后为曹操仓曹属主簿，入邺后依附于曹植门下。《三国志·陈思王植传》裴注引《典略》曰：“修年十五，以名公子有才能，为太祖所器。与丁仪兄弟皆欲以植为嗣。”杨修聪明博学，善于揣摩曹操心思，有“鸡肋”等故事流传。另传曹操欲考验丕、植才华，命其各出邺城一门，又密令守门者不令出，杨修告植以受魏王命，可斩守者，曹植从之得出城门。曹丕被立嗣后，曹植失宠。曹操顾及杨修介入立嗣之争，“虑为后患”，又忌其能窥己意，建安二十四年（219年）秋，借故杀之。

杨修作品今有7篇，其中赋5篇，文2篇。赋多为与邺下文人酬唱之作。《孔雀赋》序云：“魏王园中有孔雀，久在池沼，与众鸟同列。其初至也，甚见奇伟；而今行者莫视。临淄侯感世人之待士，亦咸如此，故兴志而作赋。并见命及，遂作赋云。”可知此赋乃奉曹植命所作。曹植由孔雀的前后不同境遇，感慨自己失宠后同样遭遇“莫视”，但杨修对曹植态度并无改变，真乃一重情重义之人。

杨修与曹植不仅是依附隶属关系，又有才子间的惺惺相惜。曹植《与杨德祖书》赞杨修“足下高视上京”，杨修《答临淄侯笺》盛赞曹植“含王超陈，度越数子”，不仅其文才，且“体发、旦之资，有圣善之教”，“仲尼日月，无得逾焉”。讨论文学史是两位才子书信往来的主要内容，针对子建“辞赋小道”、“建永世之业，流金石之功，岂植以翰墨勋绩，辞赋为君子哉”等重功业轻文章的言论，杨修明白这并不能视为曹植对文学的轻视，只是因功业追求太过强烈所致，故回信阐发文章与功业并重且不相妨害之意：

> 今之赋颂，古诗之流，不更孔公，《风》、《雅》无别耳。修家子云，老不晓事，强著一书，悔其少作。若此仲山周旦之俦，为皆有愆邪！君侯忘圣贤之显迹，述鄙宗之过言，窃以为未之思也。
>
> 若乃不忘经国之大美，流千载之英声，铭功景钟，书名竹帛，斯自雅量，素所畜也，岂与文章相妨害哉？

尽管杨修对曹植的才华充满仰慕之情，但二人谈论文学却非常平等，足见当时的深厚友情，在文学上也是真正的知音。

蔡琰（177～？年），字文姬，陈留圉（今河南杞县）人，东汉大学者蔡邕之女。据《后汉书·列女传》的简略记载及其他史料所示，蔡琰人生经历颇多不幸，初嫁河东卫仲道，夫亡无子，归宁陈留。董卓作乱时，她被胡骑所掳，再嫁为匈奴左贤王，在胡地生活十二年，生二子。曹操出于与蔡邕的友谊，痛其死后无嗣，建安十三年（208年）遣使者以金璧赎回蔡琰，并将其重嫁董祀。

文姬归汉，曾在邺城逗留，并默写其父遗作400多篇献给曹操，以示感恩。时邺下文人同情文姬的不幸遭遇，写了不少以此为内容的辞赋。今存曹丕《蔡伯喈女赋序》（正文亡佚）及丁翼同题赋（已非完篇）。归汉后，蔡琰追怀往事，悲愤交加，成五言、骚体《悲愤诗》各一首，另有《胡笳十八拍》亦归蔡琰名下。关于这三首诗的真伪及作者归属，学界争议颇多，多数学者认为五言《悲愤诗》可确定为蔡琰所作，其余两首或为后人伪托。

五言体《悲愤诗》是建安文人诗中唯一的一首长篇叙事诗。其内容以诗人不幸经历为线索，诉说了妇女的悲惨人生。诗人从董卓作乱写起，这是诗人蒙难的背景。表现汉末动乱及民生苦难是建安诗人的普遍主题，但蔡琰以一个卷入战争漩涡的女性的眼睛见证了战争之野蛮与残酷：

> 卓众来东下，金甲耀日光。平土人脆弱，来兵皆胡羌。
> 猎野围城邑，所向悉破亡。斩截无孑遗，尸骸相撑拒。
> 马边悬男头，马后载妇女。……

此诗就表现战乱的生动鲜明及动人心魄的感染力而言，毫不逊色于男性作家的同类之作。故清人沈德潜谓此诗“激昂酸楚，读去如惊蓬坐振，沙砾自飞，在东汉人中力量最大”①。

吴质（178～230年），字季重，济阴（今山东定陶）人。建安前期入曹操幕，“以才学能博”，深为曹丕、曹植所重，为南皮之游的重要成员。建安十六年，出为朝歌（今河南淇县）令，十九年迁元城（今河北

①《古诗源》卷三，中华书局，1963年，第65页。

大名县）令，抑或时至邺城与曹氏兄弟相聚。吴质周旋于丕、植之间，与曹氏兄弟多有书信往来，实则是曹丕争嗣的谋主，曹丕曾密召其至邺参与谋划。《三国志·吴质传》裴松之注引《魏晋世语》载："魏王尝出征，世子及临淄侯植并送别路侧，植称述功德，发言有章，左右属目，王亦悦焉。世子怅然自失。吴质耳曰：'王当行，流涕可也。'及辞，世子泣而辞，及王左右咸歔欷。于是皆以植辞多华，而诚心不及也。"此是小说家言，却传神地写出曹丕与吴质的关系。曹丕代汉，征吴质入都，拜中郎将，封列侯，持节督河北军事，镇信都（今河北冀县）。年五十二卒，谥丑侯。

吴质文今有7篇，以《答东阿王书》、《在元城与魏太子笺》、《答魏太子笺》最著名，三文均入《文选》。《答东阿王书》作于建安十九年，时吴质任朝歌令已有4年，虽有政绩但官职卑微，故有英雄无用武之地之叹。曹植写信给他（即《与吴季重书》），认为以吴质的文武之才，"鹰扬其体，凤叹虎视"，"萧曹不足俦，卫霍不足侔"，理应作出更大成绩，而"改辙易行，非良乐之师；易民而治，非楚郑之政"，勉励吴质在朝歌令上一如既往尽心尽力，勿作他图。吴质《答东阿王书》即是对曹植此信的回复，先赞叹曹植书之文采巨丽，感谢他对自己的关切之情。然后陡转笔锋说自己"无毛遂耀颖之才"，"无冯谖三窟之效"，"又无侯生可述之美"，只是个"知百里"的小小县令，无以报答曹氏知遇之恩，以致"愤积于胸臆"，"怀眷而悁邑"，委婉地回敬曹植：

> ……倾海为酒，并山为肴，伐竹云梦，斩梓泗滨，然后极雅意，尽欢情，信公子之壮观，非鄙人之所庶几也。若质之志，实在所天。思投印释黻，朝夕侍坐，钻仲父之遗训，览老氏之要言，对清酤而不酌，抑嘉肴而不享，使西施出帷，嫫母侍侧，斯盛德之所蹈，明哲之所保也。……

"投印释黻，朝夕侍坐"，似乎志向不够远大，但终极目的却是要陪伴人主左右，做"北慑肃慎"，"南震百越"的大事，其潜台词是：区区朝歌令怎能与此大志相合？最后一段此意甚明："一旅之众，不足以扬名，步武之间，不足以骋迹，若不改辙易御，将何以效其力哉！"委婉地回敬了曹植对自己不要"改辙易行"的规劝。

大约吴质的怨言打动了曹植，也打动了曹丕。建安十九年，吴质迁元城令，"之官，过邺，辞太子，到县与太子笺"（《文选》李善注引《魏略》），此即《在元城与魏太子笺》：

> 臣质言：前蒙延纳，侍宴终日，燿灵匿景，继以华灯。虽虞卿適赵，平原入秦，受赠千金，浮觞旬日，无以过也。小器易盈，先取沈顿，醒寤之後，不识所言。即以五日到官。
>
> 初至承前，未知深浅。然观地形，察土宜。西带常山，连冈平代；北邻柏人，乃高帝之所忌也。重以泜水，渐渍疆宇，喟然叹息：思淮阴之奇谲，亮成安之失策；南望邯郸，想廉蔺之风；东接钜鹿，存李齐之流。都人士女，服习礼教，皆怀慷慨之节，包左车之计。而质闇弱，无以莅之。若乃迈德种恩，树之风声，使农夫逸豫于疆畔，女工吟咏于机杼，固非质之所能也。至于奉遵科教，班扬明令，下无威福之吏，邑无豪侠之杰，赋事行刑，资于故实，抑亦懔懔有庶几之心。
>
> 往者严助释承明之懽，受会稽之位；寿王去侍从之娱，统东郡之任。其後皆克复旧职，追寻前轨。今独不然，不亦异乎？张敞在外，自谓无奇；陈咸愤积，思入京城。彼岂虚谈夸论，诳燿世俗哉？斯实薄郡守之荣，显左右之勤也。古今一揆，先后不贸，焉知来者之不如今？聊以当觐，不敢多云。质死罪死罪。

此信为吴质至元城任上五日后所作，一方面向曹丕汇报初任的感受，另一方面再次提出返邺的要求，表明自己看轻郡守之荣耀而看重近臣之显赫的中心意思。此信言简意丰，用典贴切，显示了吴质的文才。

《答魏太子笺》是对曹丕《又与吴质书》的答复，作于建安二十二年（218年）。是年，邺城疫疾流行，建安七子中的徐、陈、应、刘相继离世，曹丕写信给吴质，回忆在邺城与他们“行则接舆，止则接席”“丝竹并奏，酒酣耳热，仰而赋诗”的情景，如今与他们已是阴阳两界，“痛何言耶”！哀悼亡友，评价其才学与文章，曹丕不胜感慨。吴质复信先叙旧致哀，“昔侍左右，厕坐众贤”，“何意数年之间，死丧略尽。臣独何德，以堪永久”；次则劝太子节哀，言陈、徐等人擅文逊武，“后来君子，实可畏也”，会有更多的人才为国效力；次又称赞太子杰出文才与卓越识见：“摛藻下笔，鸾龙之文奋矣。虽年齐萧王，才实百之。此众议所以归高，远近所以同声”。其中抑或隐含太子会得到更多佐助的深意；最后申述自己虽年事渐长，“白发生鬓”，但仍然壮心不已，“欲触匈奋首，展其割裂之用”，为太子陛下尽忠。此信劝慰对方，陈述己志，都恰如其分，只说“臣幸得下愚之才，值风云之会”，不炫耀其为曹丕为争太子之功，而表明愿为太子继续效力，吴质善于揣摩人心之才情可见一斑。

吴质《魏都赋》是建安时期的都邑赋。建安十八年（213年）曹操封魏王，以邺为都。邺城是当时北方最繁荣富庶的大都市之一，而邺城的一切都与曹操的英雄业绩分不开，故铺陈魏都之繁荣与颂扬曹魏政权当为此类赋惯常表现的主题。惜吴质此赋今仅存2句残文：“我太祖鸿飞衮豫，英雄响附。”仅此2句亦可推知此赋的歌颂主题。

邯郸淳，一名竺，字子叔，生卒年不详，颍川（今河南长葛）人。博学能文，初平中由长安避乱至荆州。建安十三年荆州平，曹操慕名召见，由此入邺。先为曹丕属官，后曹植求淳为属官，为临淄侯文学，二人作舞、跳丸、击剑，诵俳优小说，评论古今，议论文学，相处甚欢。不久邯郸淳受命离开曹植，曹植为其饯行，二人有诗赠答。邯郸淳诗称“我受上命，来随临淄，与君子处，曾未盈期……饯我路隅，赠我嘉辞。既受德音，敢不答之”，可见二人情笃。

邯郸淳名下有《孝女曹娥碑》文，被蔡邕称为“绝妙好辞”。但据年岁推之，当非其所作。[①] 另有后人所辑《笑林》，鲁迅先生评之“举非违，显纰缪，实《世说》之一体，亦后来诽谐文字之权舆也”[②]。《笑林》故事虽滑稽可笑，却多蕴含讽刺鞭挞之意，时见人生哲理。如《甲啮乙鼻》、《俭啬老人》、《山鸡凤凰》、《障叶隐形》等故事，或揭露官吏的昏庸，或反映富绅的吝啬，或讽刺诈骗行为，都入木三分，搞笑中包含严肃的寓意，这种寓庄于谐的手法对后世产生了很大影响，之后出现的笑话集如《启颜录》、《艾子杂说》、《笑赞》、《应谐录》等都继承了这一传统。

丁仪（？～220 年），字正礼，沛郡（今江苏沛县）人，其父冲素与曹操亲善。建安中曹操寻辟仪为掾。入邺，丁仪及其弟丁廙与曹植关系密切，因助曹植争立太子事结怨曹丕，建安二十五年与弟丁廙并家中男口均被曹丕杀害。

丁氏兄弟均能文，丁仪文今存三篇。其《周成汉昭论》论周成王与汉昭帝之优劣，《刑礼论》论治国“先礼而后刑”之理，表现了邺下文人对政治的热衷。《厉志赋》先叙写平生志向和追求：“虽疲驽而才弱，敢舍力而不攀。懿躬稼之克在，贱善射而陨残。羡首阳之遗誉，憎千驷之余仙。宗舍藏之伟节，荐鼎角之自干。”一积极进取，宗事稼穑，文武兼修，追慕高义的文士形象隐然凸显出来。然而世道黑暗，“嗟世俗之参差，将未审乎好恶。咸随情而与议，固真伪以纷错”，他不幸含冤蒙垢，悲愤难当，“恨骡驴之进庭，屏骐骥于沟壑。疾青蝇之染白，悲小弁之靡托”。从内容来看，此赋当作于丁氏兄弟被杀之前，他们只能绝望地寄语神祇：“苟神祇之我昭，永明目而不怍。”陷入政治漩涡的文人，其悲剧命运往往具有普遍性。

丁廙（？～220 年），字敬礼，丁仪之弟，建安中为曹操掾属，入邺与其兄党附曹植，为曹植立嗣尽心谋划，引起曹丕不满。建安二十五

① 曹道衡、沈玉成：《中国文学家大辞典·先秦汉魏晋南北朝卷》，中华书局，1996 年，第 171 页。
② 鲁迅：《中国小说史略》，《鲁迅全集》第八卷，人民文学出版社，1957 年，第 50 页。

年，丁氏兄弟遇害。

丁廙作品今存《弹棋赋》、《蔡伯喈女赋》两篇。《弹棋赋》描写当时流行的一种游戏，从棋盘质地，棋子产地、形状，棋局布阵，游戏规则，人物神情等方面一一铺陈，惟妙惟肖。弹棋大约是邺城文人娱乐方式之一，曹丕亦有同题之作。《蔡伯喈女赋》为文姬归汉而作，虽非完篇，但自有价值。此赋追述文姬不幸遭遇，表达同情之意，大略反映出邺下文人普遍的悲悯情怀。赋中写蔡琰自幼受到严格的闺训，才华出众，“明兴列之尚致，服女史之话言。参过庭之明训，才朗悟而通玄”；又写其初嫁时对婚姻的憧憬，“羡荣曜之所茂，表寒霜之已繁。岂偕老之可期，庶尽欢于余年”；复写其被掳匈奴，在胡地十二年的痛苦：“我羁虏其如昨，经春秋之十二。忍胡颜之重耻，恐终风之我萃。……哀我生之何辜，为神灵之所弃……”由第三人称转换成第一人称，人称的变化透露出情感渐浓，在建安抒情小赋中独具特色。

刘廙（180～221年），字恭嗣，南阳安众（今河南邓县）人。建安十三年（208年）前后，刘廙奔扬州，归曹操。入邺，为丞相掾属，后转为五官将文学，得曹氏父子器重。曹丕继位后为侍中，赐关内侯，黄初二年（221年）卒。

史载刘廙著书数十篇幅，今存《政论》佚文及章表等12篇，其《谏曹公亲征蜀疏》阐述征蜀之弊，建议曹操“料四方之险，择要害之处而守之，选天下之甲卒，随方面而岁更焉”，可“高枕于广厦，潜思于治国”，但惜未被采纳。其《论治道表》则受到曹操赏识，表中所述“课之皆当以事，不得依名”的考核官员的观念，与曹操注重实用的选才思想颇相吻合。

路粹（？～215年），字文蔚，陈留（今河南开封东南陈留镇）人，少受学于蔡邕，建安初擢尚书郎。后入邺，为曹操司空军谋祭酒，与陈琳、阮瑀等典记室。建安十九年（214年），转为秘书令，建安二十年从曹操西征汉中，因违禁被杀。

路粹诗赋皆散佚《后汉书·孔融传》存其二文，刀笔可畏。建安九年之后，孔融与曹操交恶，路粹奉曹操之命所作《为曹公与孔融书》，意在激怒孔融，使曹操抓其把柄。建安十三年，曹操命路粹作枉状历数孔融之罪，孔融以是被杀。此文罗列了孔融三大罪状，一是图谋不轨："少府孔融，昔在北海，见王室不静，而招合徒众，欲规不轨……及与孔权使语，谤讪朝廷"；二是不遵朝仪："秃巾微行，唐突"；三是言论放荡："与白衣祢衡跌荡放言云：'父之于子，当有何亲？论其本意，实为情欲发耳。子之于母，亦复奚为？譬如寄物瓶中，出则离矣。'既而与衡更相赞扬。衡谓融曰：'仲尼不死。'融答曰：'颜回复生。'"这三大罪状句句都可置孔融于死地。路粹总结曰："大逆不道，宜极重诛。"为曹操诛孔融作了有力的铺垫。故时人见此文，"无不嘉其才而畏其笔也"[①]。《文心雕龙·奏启》云："观孔光之奏董贤，则实其奸回；路粹之奏孔融，则诬其衅恶。名儒与险士，固殊心焉。"足见此枉状之著名。

甄氏（183～221年），中山无极（今河北无极）人。建安中，为袁绍次子袁熙妇。建安九年（204年），曹操破邺城，曹丕入袁宅，见甄氏貌美，娶为妻，生魏明帝。后失宠，有怨言，被曹丕赐死邺宫，并葬于邺。

甄氏"姿貌绝伦"，喜读书，在邺城也曾随曹丕交游诸子。曹丕"尝请诸文学，酒酣坐欢，命夫人甄氏出拜"[②]。《塘上行》一诗传为甄氏所作。《乐府诗集》归于曹操名下，《乐府解题》曰："前志云，晋乐奏魏武帝《蒲生篇》，而诸集录皆言其词文帝甄后所作，叹以谗诉见弃，犹幸得新好，不遗故恶焉。"所言"诸集"包括《玉台新咏》、《艺文类聚》等书。以甄氏经历来看，《塘上行》所言比较吻合：

蒲生我池中，其叶河离离。傍能行仁义，莫若妾自知。
众口铄黄金，使君生别离。念君去我时，独愁常苦悲。

①《三国志》卷二十一，第603页。
②《三国志》卷二十一，第602页。

想见君颜色，感结伤心脾。念君常苦悲，夜夜不能寐。
莫以豪贤故，弃捐素所爱。莫以鱼肉贱，弃捐葱与薤。
莫以麻枲贱，弃捐菅与蒯。出亦复苦愁，入亦复苦愁。
边地多悲风，树木何修修。从君致独乐，延年寿千秋。

此诗为一首弃妇诗，当是甄氏失宠之后所作。《乐府诗集》引《邺都故事》有甄氏“为郭皇后所谮，文帝赐死后宫，临终为诗”云云，则“众口铄黄金，使君生别离”等句，便引人联想曹丕新宠郭贵嫔的忌刻。曹丕赐死甄氏即因其被弃后有怨言。从此诗看，弃妇的情感始终限定于怨而不怒的范围内。思念、悲叹、企盼乃至最后的祝愿，千回百转，一个温柔敦厚之贤妃的形象跃然纸上。但皇权无情，夫权无情，甄氏的悲剧并非个例。

第二章　魏晋之际的河北作家

第一节　刘　劭

刘劭，字孔才，广平邯郸（今河北邯郸）人，生卒年不详，活动于建安至正始间。建安中，为太子舍人，迁秘书郎。黄初中为尚书郎、散骑侍郎。魏明帝太和中，出为陈留太守，征拜骑都尉，迁散骑常侍。正始中，封关内侯。卒，追赠光禄勋。刘劭历仕四朝，是曹魏时期的著名官员。

史称刘劭“该览学籍，文质周洽”（《三国志·魏书·刘劭传》），他一生涉笔多种文体。魏文帝时受诏参与编辑大型类书《皇览》；参与制定法令，作《新律》18篇；明帝景初中，受诏作《都官考课》72条，用来考察各级官吏的政绩；《飞白书势》论证一种特殊的书法；另有《祀六宗义》、《元会日蚀议》、《文帝诔》等，已难窥其完篇。据《三国志·魏书》载，刘劭有“《乐论》十四篇”，“《法论》、《人物志》之类百余篇”，这三部书足以昭示他作为三国时期重要政论作家的地位。刘劭撰述绝大部分已亡佚，三书中也仅有《人物志》比较完整地留存下来。

《人物志》现存3卷12篇，是一部系统的人才学理论著作。清儒将其与刘勰《文心雕龙》及刘知几《史通》并列，有“三刘三绝”之说。[①] 此书承继东汉以来品评人物的风气，适应当时“九品中正制”举才授官的需要，总结了一整套才性举定的方法及应避免的谬误，观点多有独到之处。关于理想人才的标准，刘劭指出“凡人之质量，中和最贵矣。中和之质必平淡无味”，“是故观人察质，必先察其平淡，而后求其

① 臧琳：《经义杂记》卷二十五。

聪明”（《九徵》篇）。将儒家之“中和”与道家“平淡”调和，显然已与魏晋玄学融合儒道的思路有相通之处。刘劭关于人才的另一个标准是德与才并重。传统儒学人才观偏重于德，以仁、义、礼、智、信等为其内涵，汉末儒学衰微，曹操“术兼刑名”，反映在人才的选择任用方面，提出了“举贤勿拘品行”等观点，把才干置于德行之上。在新的历史条件下，刘劭提出德才并举，其德已非传统旧德目，指出德行应由内发，必兼有才智，提出了“兼才”、“兼德”的术语。所谓“兼才”即其才不限于一方面，具兼才之才，乃可谓之“德”。能“兼德”者，可谓之“圣人”。又谓“兼德而至，谓之中庸”。所谓“中庸”也非儒家所谓中庸，而是兼备众才，故清人谓“其学虽近于名家，其理则弗乖于儒者也”①。

就文法而言，《人物志》作为政论文，也有值得称道处。宋阮逸《序》谓其“博而畅，辨而不肆”。如卷中《英雄》篇围绕究竟何谓英雄的论题展开论述，可谓丝丝入扣：

> 夫草之精秀者为英，兽之特群者为雄；故人之文武茂异，取名于此。是故，聪明秀出，谓之英；胆力过人，谓之雄。此其大体之别名也。
>
> 若校其分数，则互相须，各以二分，取彼一分，然後乃成。何以论其然？夫聪明者，英之分也，不得雄之胆，则说不行；胆力者，雄之分也，不得英之智，则事不立。是以，英以其聪谋始，以其明见机，待雄之胆行之；雄以其力服众，以其勇排难，待英之智成之；然后乃能各济其所长也。
>
> 若聪能谋始，而明不见机，乃可以坐论，而不可以处事。聪能谋始，明能见机，而勇不能行，可以循常，而不可以虑变。若力能过人，而勇不能行，可以为力人，未可以为先登。

① 《四库全书总目》卷一一七《人物志》楊要。

力能过人，勇能行之，而智不能断事，可以为先登，未足以为将帅。必聪能谋始，明能见机，胆能决之，然后可以为英：张良是也。气力过人，勇能行之，智足断事，乃可以为雄：韩信是也。

体分不同，以多为目，故英雄异名。然皆偏至之材，人臣之任也。故英可以为相，雄可以为将。若一人之身，兼有英雄，则能长世；高祖、项羽是也。然英之分，以多于雄，而英不可以少也。英分少，则智者去之，故项羽气力盖世，明能合变，而不能听采奇异，有一范增不用，是以陈平之徒，皆亡归高祖。高祖英分多，故群雄服之，英才归之，两得其用，故能吞秦破楚，宅有天下。

然则英雄多少，能自胜之数也。徒英而不雄，则雄材不服也；徒雄而不英，则智者不归往也。故雄能得雄，不能得英；英能得英，不能得雄。故一人之身，兼有英雄，乃能役英与雄。能役英与雄，故能成大业也。

汉末以来，风云际会，英雄辈出。“英雄”既是清议的重要品题，也是时人口中、笔下常用的词汇。曹操青梅煮酒论英雄，王粲著有《汉末英雄记》数说英雄事迹。在刘劭《人物志》中，《英雄篇》也是比较特别的一篇。刘劭认为“英”与“雄”是两个概念，“聪明秀出谓之英，胆力过人谓之雄”，英与雄“皆偏至之才，人臣之任也”，“一人之身兼有英雄，乃能役英与雄。能役英与雄，故能成大业也”。如此系统深刻地辨析英雄的概念与特征，皆出于对那样一个英雄辈出的时代风云的洞悉。

刘劭亦擅长赋体的写作。今存《嘉瑞赋》、《龙瑞赋》、《七华》等，成就最突出的是《赵都赋》。《文心雕龙·才略》誉此篇“攀于前修”；《魏书》本传记载：“劭尝作《赵都赋》，明帝美之，诏劭作《许都赋》、《洛都赋》。时外兴军旅，内营宫室，劭作二赋，皆讽谏焉。”三赋中现存《赵都赋》，也非完篇。就写作目的来看，《赵都赋》与其余二赋有所不同，并非奉诏所作，也无讽谏之意。内容与风格沿袭汉代京都大赋的传统，恣意铺陈。与传统所不同处，如徐公持《魏晋文学史》所言，因刘劭为邯郸人，“赵都即其地，所以字里行间涌动着乡土热情，与一般客观铺陈写法略显区别，使原本重在写物图貌的大赋，加强了主观感情色调”[①]。如开头“且敝邑者，固灵州之敞宇，而天下之雄国”，即已自豪地开始挥洒对家乡的挚爱浓情。以下先述赵都之地理形势：

其南也则有洪川巨渎，黄水浊河，发源积石，径拂太华，洒为九流，入于玄波；其东则有天浪水府，百川是钟，包络坤维，连薄太濛；北则有陶林玄坛，层冰冱寒；西则有灵丘平圃，邪接昆仑；其近则有天井勾注，飞壶太行，璀错磥硌，属阜连冈。龙首嵯峨以嵬郁，羊坂仑崛妇以崆峨。清漳发源，浊滏汩越，汤泉涫沸，洪波漂厉。

从各个方位将邯郸之地理予以全景勾勒，太行、羊坂、清漳、浊滏，这些特有的自然景观增添了此赋的地域文化色彩。次则描摹城内宫殿建筑态势：

而乃都城万雉，百里周回，九衢交错，三门旁开，层楼疏阁，连栋结阶。峙华爵以表甍，若翔凤之将飞。正殿俨其造天，朱棂赫以舒光。盘虬螭之蜿蜒，承雄虹之飞梁。结云阁于南宇，立从台于少阳。

再则描写狩猎情景，所谓“国乃讲武，狩于清源”，令人感受到当年赵武灵王胡服骑射的遗风尚存：

及至暮秋涉冬，则朔风烈寒，猛豹鸷攫，鹰隼奋翰。国乃讲武，狩于清源，驾骛冥之骏驳，抗冲天之旌旃。北连昭余，

---

① 徐公持：《魏晋文学史》，人民文学出版社，1999年，第173页。

南属滹沱，西眄大陵，东结缭河。然后嵘子放机，戈矛乱发，决班萌鬐，破文额，当手毙僵，应弦倒越。

按照汉大赋的传统，狩猎盛况的夸饰必辅之以歌舞享乐，《赵都赋》于此也是不厌其烦，并进而将歌舞艺人的名贵佩饰，以及狩猎器用与马匹之精良绘声绘色地勾画出来：

尔乃进夫中山名倡，襄国妖女，秋狄鞮妙音，邯郸才舞，六八骈罗，并奏迭举，体凌浮云，声哀激楚。其珍玩服物，则昆山美玉、元珠、曲环、轻绡、启缯、织纩、绨纨。其器用良马，则六弓四弩，绿沈、黄间、堂嵠、鱼肠、下令、角端、飞兔、奚斯、常鸸、紫燕，丰鬒角颅，龙身鹄颈，月如黄金，兰筋参精，迅蹑飞浮，轶响追声。

又写及上巳节春禊情景：

辰火炽光，挺新赠往，祓于水阳，朱幕蔽野，彩帷连冈，妖冶呈饰，颜如春英。

如此，将赵都之繁华富庶铺陈得饱满充沛。此外赋中对赵都各类人物也有精彩刻画：

其谋谟之士，则思通神睿，权略无形，沈灶生蛙，转败为成。辩论之士，则智凌狙兵，材过东里，分摘滞义，割擗纤理，论折坚白，辩藏三耳。游侠之徒，晞风拟类，贵交尚信，轻命重气，义激毫毛，节成感慨。爰及富人郭侯之伦，赀衍陶卫，奓溢无垠，金碧其舆，朱丹其轮，会遇燕好，其从如云。

此赋宛如一幅邯郸的地理、风物、民俗图，绚丽多彩的画面洋溢着作者的激情。遗憾的是，今天已经不能睹其全貌。

第二节 李 康

李康（生卒年不详），字萧远，中山（今河北定州一带）人。据李善注《文选》李康小传，其“性耿介，不能和俗。著《游山九吟》，魏明帝异其文，遂起家为寻阳长，政有美绩，病卒”。但其《游山九吟》已亡佚，作品完整留存者仅《运命论》一篇，载于《文选》及《艺文类聚》。

“魏晋之际，天下多故”，士人比以往更加敏感于国家与士人自身的命运问题。《运命论》主要探讨的即是国家治乱与士人出处之间的关系，其基本观点是：“治乱，运也；穷达，命也；贵贱，时也。”个人不应与命运抗争，“圣人之所以为圣者，盖在乐天知命矣”，“而后之君子，区区于一主，叹息于一朝，屈原以之沉湘，贾谊以之发愤，不亦过乎”士人对待出处的正确态度应是，“既明且哲，以保其身，贻厥孙谋，以燕翼子者”。文章主要思想显然有“知其不可奈何而安之若命”的道家倾向，当是玄学兴盛的产物。与阮籍等正始文人的忧生之嗟联系起来，更能够发现其内在的真实情感：一个“政有美绩”的官员，口口声声谈命，强调明哲保身，未尝不是对时代的愤激之词。

文章气势充沛，有纵横家铺张扬厉之风。如论述出处的高下之分，广征博引，一连六组排比反问，气势如虹：

> 凡人之所以奔竞于富贵，何为者哉？若夫立德必须贵乎？而幽厉之为天子，不如仲尼之为陪臣也；必须势乎？则王莽、董贤之为三公，不如杨雄、仲舒之阒其门也；必须富乎？则齐景之千驷，不如颜回、原宪之约其身也。其为实乎？则执杓而饮河者，不过满腹，弃室而洒雨者，不过濡身。过此以往，弗能受也；其为名乎？则善恶书于史册，毁誉流于千载，赏罚悬于天道，吉凶灼乎鬼神，固可畏也。将以娱耳目乐心意乎？譬

命驾而游五都之市，则天下之货毕陈矣；褰裳而涉汶阳之丘，则天下之稼如云矣；椎纷而守敖庾海陵之仓，则山坻之积在前矣；披袵而登锺山蓝田之上，则夜光之珍可观矣。夫如是也，为物甚众，为己甚寡，不爱其身，而啬其神，风惊尘起，散而不止，六疾待其前，五刑随其后，利害生其左，攻夺出其右，而自以为见身名之亲疏，分荣辱之客主哉！

全篇文采华赡，尤善用比喻，如论从政的危险性曰："木秀于林，风必摧之；堆出于岸，流必湍之；行高于人，众必非之。"已成名言。《文选》收其人"论"类，盖因其符合"深思"、"翰藻"的选录标准。钱钟书先生称其"波澜壮阔，是以左挹迁（司马迁）袖，右拍愈（韩愈）肩，于魏晋间人，别其机调"①。

李康另有《骷髅赋》、《游九山吟序》仅存残句。其《游九山吟序》云："盖人生天地之间也，若流电之过户牖，轻尘之栖弱草"，嗟叹人生短暂，生命脆弱，呼应了《古诗十九首》以来同一题材的咏唱。

---

① 钱钟书：《管锥编·全三国文卷四三》，中华书局，1979年，第1081页。

第三章 西晋时期的河北作家

西晋是继建安文学之后中古文学的又一个繁荣时期。钟嵘《诗品序》以“凌迟衰微”与“勃而复兴”形容建安之后诗坛衰而复振的动态过程。这一判断不仅仅适用于诗歌领域，西晋文学之于中古文学史的意义由此而生。创作理念、题材风格的新变，使太康文学有别于建安、正始。此时的河北文学随着河北籍作家的扬名京洛而在他乡焕发异彩。西晋后期，刘琨、卢谌辗转幽并，由吴入洛的陆云供职清河、邺城，又在河北本土留下诗文，使西晋时期的河北文学愈加多姿多彩。

第一节 张　华

在西晋文坛，张华是一个重要人物，他对西晋文学的贡献是多方面的。他官高位重，提携青年才俊，堪称文坛领袖；他的诗赋创作“其体华艳”，“辞藻温丽”，开西晋文学“结藻清英”、“繁文绮合”的主流风气之先；他又作有《博物志》，推动了两晋小说的繁荣。

一、悲剧人生

张华（232～300年），字茂先，范阳方城（今河北固安）人。出身庶族，父早亡，家贫，牧羊自给。少有奇才，颇得乡人赏识。“同郡卢钦见而器之，乡人刘放奇其才，以女妻焉”[①]。出为太常博士，转著作佐郎，迁长史兼中书郎。

咸宁五年（279年），晋武帝与羊祜密谋伐吴，以贾充为首的群臣

① 《晋书》卷三十六，中华书局，1974年，第1068页。

多以为不可，惟张华与杜预赞成此计。张华被任命为度支尚书。咸宁六年（280年）平吴大获全胜，张华因“算定权略，运筹决胜，有谋谟之勋”，进封广武县侯，增邑万户。以寒素出身而能封赏如此，颇遭荀勖等高门大族中人的嫉恨。太康三年（282年），张华被排挤出京城，都督幽州诸军事，在任有政绩，四境无虞，兵马强壮。朝廷欲征为相，冯紞谮之。太康六年（285年），征为太常，掌管礼乐郊庙社稷之事。太康八年，太庙屋栋摧折，张华被免官。

惠帝即位，为太子少傅，又为杨骏所忌，不与朝政。张华事业走入低谷。但不久又有新的转机。贾后与贾谧专权时期，他因出身素族，“进无逼上之嫌，退为众望所依”（《晋书》本传）[①]，受到重用，为中书监，加侍中，拜右光禄大夫，开府仪同三司。封壮武郡公，进司空。

张华后半生的起起落落均与贾氏有关。晋惠帝登基之初，贾后擅权，外戚当政，朝纲废弛，张华作《女史箴》讽谏贾后恪守妇道，警告其“天道恶盈”，“至盈必损”。虽然未能发挥作用，却树立了正义的形象。他既拒绝与太子合作废掉贾后，也反对贾后废太子，以一个恪尽职守的忠臣的力量，暂时稳定了朝政。但是张华的力量毕竟有限，大厦将倾，他也难以担当力挽狂澜的重任。何况他自己身处矛盾漩涡，身不由己，极易被激流吞没。对此，其子张韪曾劝张华逊位，不无先见之明。但张华却抱定“静以待之，以俟天命”的信念，终致杀身之祸。永康元年（300年），贾后矫诏谋害太子司马遹，赵王伦、梁王肜矫诏废贾后，诛贾谧及其党羽。张华被当做贾后一党惨遭杀害，夷三族，演绎了西晋文人“人未尽才”的悲剧。

张华的悲剧归宿固然因其贪恋功名，但从另一方面讲，却是其积极人生观使然。他的存在对于世道之乱有所抑制。正如史家所言，他“尽忠匡辅，弥缝补阙，虽当闇主虐后之朝，而海内晏然，华之功也”[②]，不

① 《晋书》卷三十六，中华书局，1974年，第1072页。
② 《晋书》卷三十六，中华书局，1974年，第1072页。

失为一位有作为的政治家。

二、文学成就

张华位崇望高，不仅在政治上“众所推服”，而且在文坛颇有领袖风范。首先，他有引荐延誉人才之功。史载其“性好人物，诱进不倦，至于穷贱侯门之士，有一介之善者，便咨嗟称咏，为之延誉”[①]。被张华引荐的文学之士包括二陆、左思、束晳、成公绥、李密、陈寿、褚陶等人，留下了不少文坛佳话。例如陆机陆云兄弟入洛，造访张华，“一面如旧，钦华德范，如师资之礼焉”。张华则有“伐吴之役，利获二俊”[②] 的名言，使二陆名声大噪。又如左思《三都赋》初成，“时人未之重”，张华见而叹曰：“班、张之流也，使读之者，尽而有余，久而更新。”称之“此二京可三”[③]，于是有《三都赋》使洛阳纸贵的典故。这些青年才俊聚拢在张华周围，成就了西晋文学“勃而复兴”的繁荣局面。

其次，张华个人创作颇能引领风气。张华今存诗 40 余首。陆云《与兄平原书》道：“往日论文，先辞而后情，尚絜而不取悦泽。尝忆兄道张公父子论文，实自欲得，今日便宗其言。”可见张华关于情、辞关系的见解在陆氏兄弟心中的分量。可以说陆机“诗缘情而绮靡”说的提出，张华有启发首创之功[④]。

张华个人的创作，鲜明地体现出他对情、辞关系的看法。他的诗歌，重视语言、文辞的修饰，多表达儿女之情的内容。钟嵘《诗品》评其诗：“其体华艳，兴托不奇。巧用文字，务为妍冶。虽名高曩代，而疏亮之士，犹恨其儿女情多，风云气少。”而“华艳”、“巧用文字”、“妍冶”等要素，正与西晋主流诗风相合。张华表现“女儿情”的诗主

---

① 《晋书》卷三十六，中华书局，1974 年，第 1074 页。

② 《晋书》卷五十四，中华书局，1974 年，第 142 页。

③ 《世说新语·文学》，上海古籍出版社，1982 年，第 145 页。

④ 胡大雷：《诗人 文体 批评》，人民文学出版社，2001 年，第 11 页。

要有《情诗》5首、《感婚诗》、《杂诗》3首等。《情诗》其五曰：

游目四野外，逍遥独延伫。兰蕙浮情渠，繁华荫绿渚。
佳人不在兹，取此欲谁与？巢居知风寒，穴处识阴雨。
不曾远别离，安知慕俦侣？

此诗表现游子对妻子的思念，即景生情。“佳人不在兹”，“不曾远别离”等句写情真切，“油然入人”（《古诗源》语）。“兰蕙”一句，为“游目”所见，叙景清新，且有自觉的对偶意识，“巧用文字”的用意也很明显。钟嵘《诗品》评鲍照诗“贵尚巧似”，“其源出于二张”，“含茂先之靡嫚”，认为张华诗之巧似绮丽对鲍诗有直接影响。而现存鲍照集中有多首与张华集互见，从一个侧面表明了张华一代领袖的姿态。

“儿女情多，风云气少”虽是西晋诗坛的普遍现象，但以此概括张华诗歌创作的全部却不够准确。因为张华诗尚有豪壮之作，尤其是乐府诗。其《壮士篇》云：

天地相震荡，回薄不知穷。人物禀常格，有始必有终。
年时俯仰过，功名宜速崇。壮士怀愤激，安能守虚冲。
乘我大宛马，抚我繁弱弓。长剑横九野，高冠拂玄穹。
慷慨成素霓，啸吒起清风。震响骇八荒，奋威蚋四戎。
濯鳞沧海畔，驰骋大漠中。独步圣明世，四海称英雄。

诗中不仅有“慷慨”之词，且流贯慷慨之情。“功名宜速崇”的信念，长剑高冠，纵横大漠九野的英雄形象，使人遥想曹植笔下的白马少年。只不过张华笔下的这位英雄并非生当乱世，而是“独步圣明世”。正如白马少年被认为是曹植本人的写照，《壮士篇》中的英雄显然寄托了张华的理想。而《博陵王宫侠曲》更盛赞侠客的英雄气概，“生从命子游，死闻侠骨香”二句，直启盛唐诗人“孰知不向边庭苦，纵死犹闻侠骨香”（王维《少年行》）的豪壮之语。就上述二诗来看，其“风云气”充盈饱满，故概以“女郎诗”（何义门语）品评张华，显然不合实情。

张华诗歌题材丰富，除上述表现儿女情与英雄气的诗歌之外，尚有游仙、招隐、拟古、赠答、咏物、励志、应诏、玄言、上巳等类，多不被重视，但其中往往见出作者真实的思想状态。论者多以亦儒亦道来概括张华的思想指向，而儒、道两家思想对他的浸润，都可从其作品中得到印证。《答何劭诗》三首向同僚倾诉心曲，可以很容易地读出他济世的热情、对于“吏道”的体察及其内心的困苦。前二首入选《文选》诗“赠答”类，诗云：

吏道何其迫，窘然坐自拘。缨绥为徽纆，文宪焉可逾。
恬旷苦不足，烦促每有馀。良朋贻新诗，示我以游娱。
穆如洒清风，焕若春华敷。自昔同寮寀，于今比园庐。
衰疾近辱殆，庶几并悬舆。散发重阴下，抱杖临清渠。
属耳听鸣禽，流目玩儵鱼。从容养馀日，取乐于桑榆。

洪钧陶万类，大块禀群生。明暗信异姿，静躁亦殊形。
自予及有识，志不在功名。虚恬窍所好，文学少所经。
忝荷既过任，白日已西倾。道长苦智短，责重困才轻。
周任有遗规，其言明且清。负乘为我戒，夕惕坐自惊。
是用感嘉贶，写心出中诚。发篇虽温丽，无乃违其情。

这位为国事殚精竭虑的忠臣，在诗中向友人慨叹“吏道何其迫，窘然坐自拘”，“道长苦智短，责重困才轻”，向往“道长苦智短，责重困才轻”的隐士生活，甚至否认自己曾经的理想：“自予及有识，志不在功名。”，这些与其行止太相径庭的表白，透露出张华身居要职但内心难以摆脱矛盾困苦的复杂状态。

张华对于出处问题的思考，也见于其《励志诗》。这组四言九章的述志诗，被录入《文选》诗“劝励”类，李善注“此诗茂先自劝勤学”的说法过于笼统，因为诗中既有“安心恬荡，栖志浮云”（其六）的道家思想，又有“进德修业，辉光日新”（其九）、“山不让尘，川不辞盈。

勉尔含弘，以隆德声”（其七）的儒家襟怀，是其首鼠两端、思想驳杂的状态的外化。

张华辞赋同样可以体现其思想与行为相矛盾的情形。其《鷦鷯赋》入选《文选》赋“鸟兽”类，是魏晋咏物赋的代表作，也是一篇借物言志之作。其序曰：

鹪鹩，小鸟也，生于蒿莱之间，长于藩篱之下，翔集寻常之内，而生生之理足矣。色浅体陋，不为人用，形微处卑，物莫之害，繁滋族类，乘居匹游，翩翩然有以自乐也。彼鹫鹗惊鸿，孔雀翡翠，或凌赤霄之际，或托绝垠之外，翰举足以冲天，觜距足以自卫，然皆负矰婴缴，羽毛入贡。何者？有用于人也。夫言有浅而可以托深，类有微而可以喻大，故赋之云尔。

此序已经表明赋的写作意图在于阐发鷦鷯这种小鸟“形微处卑，物莫之害”之理。赋云：

何造化之多端兮，播群形于万类。惟鹪鹩之微禽兮，亦摄生而受气。育翩翾之陋体，无玄黄以自贵。毛弗施于器用，肉弗登于俎味。鹰鹯过犹俄翼，尚何惧于罿罻。翳荟蒙笼，是焉游集。飞不飘扬，翔不翕习。其居易容，其求易给。巢林不过一枝，每食不过数粒。栖无所滞，游无所盘。匪陋荆棘，匪荣茝兰。动翼而逸，投足而安。委命顺理，与物无患。

伊兹禽之无知，何处身之似智。不怀宝以贾害，不饰表以招累。静守约而不矜，动因循以简易。任自然以为资，无诱慕于世伪。雕鹖介其觜距，鹄鹭轶于云际。稚鸡窜于幽险，孔翠生乎遐裔。彼晨凫与归雁，又矫翼而增逝。咸美羽而丰肌，故无罪而皆毙。徒衔芦以避缴，终为戮于此世。苍鹰鸷而受緤，鹦鹉惠而入笼。屈猛志以服养，块幽絷于九重。变音声以顺旨，思摧翮而为庸。恋钟岱之林野，慕陇坻之高松。虽蒙幸于今日，未若畴昔之从容。

海鸟鶢鶋，避风而至。条枝巨雀，踰岭自致。提挈万里，飘飖逼畏。夫唯体大妨物，而形瑰足玮也。阴阳陶蒸，万品一区。巨细舛错，种繁类殊。鹪螟巢于蚊睫，大鹏弥乎天隅。将以上方不足，而下比有余。普天壤以遐观，吾又安知大小之所如？

此赋将“微禽”鹪鹩“动翼而逸，投足而安。委命顺理，与物无患”与雕鹖、苍鹰、鹦鹉之类的鸷鸟或被戮或受绁或入笼的境遇进行对比，旨在说明“体大妨物”，未若弱势者易于全身远害。作者对小大之辩、“任自然以为资，无诱慕于世伪”的老庄玄理体会颇深，且辞藻温丽，故能得阮籍青眼，叹其为“王佐之才也”。

《归田赋》同样表现出淡退的向往。此赋虽模拟张衡，但亦因张华有亲历归田的经历创作而成。太康八年（287 年），张华因太庙屋栋摧折被免官，大约有过几年乡居生活。赋中有“归郑鄏之旧里，托言静以闲居”等语，并且对闲居乐趣进行了穷形尽相的描摹：

育草木之蔼蔚，因地势之丘墟。丰蔬果之林错，茂桑麻之纷敷。用天道以取资，行药物以为娱。时逍遥于洛滨，聊相佯以纵意。目白沙与积砾，玩众卉之同异，扬素波以濯足，溯清澜以荡思。低徊住留，栖迟庵蔼，存神忽微，游精域外。藉纤草以为茵，援垂阴以为盖。瞻高鸟之陵风，临儵鱼于清濑。

篇末曰：“眇万物而远观，修自然之通会，以退足于一壑，故处否而忘泰。”显示了张华的玄学修养。此外《朽社赋》“言盛衰之理”，《相风赋》寄托“既在高而想危，又戒险而自箴。虽回易之无常，终守正而不淫”的思考，都可窥见张华思想的丰富性。

张华不仅是一位有作为的政治家、引领一代的文学家，同时还是一位识见渊博的学者。史载晋武帝尝问汉代宫室制度及建章宫的千门万户，张华应对如流，画地为图，时人比之子产。张华嗜书，史称其“雅爱书籍，身死之日，家无余财，惟有文史溢于机箧。尝徙居，载书三十乘……天下奇秘，世所稀有者，悉在华所”①。秘书监挚虞撰定官书，多以张华藏本为正。或许正是基于博学，张华看重左思《三都赋》所体现的“尚用征实”精神，对其欣赏有加；并且他个人创作也追求巧似，穷形尽相。最能表现张华博学的是其《博物志》，此书为张华“采天下遗逸”，“考验神怪及世间闾里所说”创作而成。今本《博物志》10卷，前7卷记奇事异物，后3卷为“史补”、“杂说”。书中既有山川地理知识，草木虫鱼飞禽走兽的奇异描述，也有历史人物传说以及神仙方技故事，内容博杂，故曾被《三国志》裴注、《水经注》、《齐民要术》、《后汉书》刘昭注、《文选》李善注、《一切经音义》、张彦远《历代名画记》、《史记》三家注、《艺文类聚》、《初学记》、《北堂书钞》、《太平御览》、《太平广记》、《本草纲目》等各种类型的文献征引。范宁《博物志校证》据此辑得佚文212条，从一个侧面证实了《博物志》之博。

《博物志》的文学意义在于，其中较有故事性的杂史异逸闻颇具小说特质，或语人之风神，或记神之怪事，推动着魏晋南北朝小说朝着志人与志怪两个方向发展。故事的怪诞不经显示出作者奇特的想象力，小说的魅力因此得到了充分的展示。且看两则有关饮酒的故事：

> 君山有道，与吴包山潜通。上有美酒数斗，得饮者不死。汉武帝斋七日，遣男女数十人至君山，得酒，欲饮之。东方朔曰：“臣识此酒，请视之。”因一饮致尽。帝欲杀之，朔乃曰：“杀臣若死，此为不验；以其有验，亦不死。”乃赦之。

> 昔刘玄石于中山酒家酤酒，酒家与千日酒，而忘言其节度。归至家当醉，不醒数日，而家人不知，以为死也，权葬

① 《晋书》卷三十六，中华书局，1974年，第1074页。

之。酒家计千日满，乃忆玄石前来酤酒，醉向醒耳。往视之，云玄石亡来三年，已葬。于是开棺，醉始醒。俗云："玄石饮酒，一醉千日。"

在魏晋人看来，饮酒为名士风度，且能传名士风神，故有关酒的传说极多。志怪内容的加入，使得传说更加引人入胜。东方朔抢先饮尽不死之酒，因言语智慧而被汉武帝赦免，仍是其智者形象的延伸。刘玄石饮千日酒三年始醒，构思更妙，埋葬、开棺等情节使故事具有可读性。又如"八月浮槎"的传说：

旧说云天河与海通。近世有人居海渚者，年年八月有浮槎去来，不失期。人有奇志，立飞阁于查上，多赍粮，乘槎而去。十余日中犹观星月日辰，自后芒芒忽忽亦不觉昼夜。去十余日，奄至一处，有城郭状，屋舍甚严，遥望宫中多织妇，见一丈夫牵牛渚次饮之。牵牛人乃惊问曰："何由至此?"此人具说来意，并问此是何处，答曰："君还至蜀郡访严君平则知之。"竟不上岸，因还如期。后至蜀，问君平，曰："某年月日，有客星犯牵牛宿。"计年月，正是此人到天河时也。

将古老的海槎传说与牛郎织女神话联系起来，引人遐想。唐宋诗词以此为典者，如"明河可望不可亲，愿得乘槎一问津"（宋之问《明河篇》），"云阶月地，关锁千重，纵浮槎来，浮槎去，不相逢"（李清照《行香子·七夕》），"人间宝镜离仍合，海上仙槎去复还"（吴文英《思佳客·闰中秋》）等等，意境为之飞动。再如"天门郡"一则：

天门郡有幽山峻谷，而其士人有从下经过者，忽然踊出林表，状如飞仙，遂绝迹。年中如此甚数，遂名此处为仙谷。有乐道好事者，入此谷中洗沐，以求飞仙，往往得去。有长意思人（一作"有智能者"），疑必以妖怪，乃以大石自坠，牵一犬入谷中，犬复飞去。其人还告乡里，募数十人执杖擖山草伐木至山顶观之，遥见一物长数十丈，其高隐人，耳如簸箕。格射刺杀之。所吞人骨积此左右有成封。有蟒开口广丈余，前后失人，皆此蟒气所翕上。于是此地遂安稳无患。

幽谷飞人原是巨蟒吸食所致，并非至幽谷而能成仙。“长意思人”率众除害，此地方得平安。这一题材后来在干宝《搜神记》中被处理成李寄斩蛇的故事，情节更加曲折，表现了叙事技巧的进一步发展完善。

史载张华精于数术方技，《晋书》本传谓其“图纬方技之书莫不详览”，而其能察剑气、辨海凫毛等传说更增添了他的神秘色彩，这或许是他钟情于志怪的机缘。

第二节　木华　束皙

木华，字玄虚，广川（今河北枣强）人，生卒年不详。据《文选》卷十二《海赋》李善注引《木华集》，知其曾为杨骏主簿，故其生活年代当在晋武帝、惠帝之世。

木华作品今仅存《海赋》一篇，却为他赢得了文学史上的声誉，被赞为“文甚俊丽，足继前良”（李善注引傅亮《续文章志》），“奇之又奇，相如、子云无以复加”[1]。《海赋》作为魏晋时期著名的山水赋，描写大海气势磅礴，物产富饶，壮丽多姿，视野极为广阔。从大禹治水启龙门引百川归海开篇，把大海的史前状态写得神奇莫测；然后从不同角度对大海的特征展开铺写，多用比喻，引人联想。如写大海鼓怒之状则曰“状如天轮，胶戾而激转；又似地轴，挺拔而争回”；写巨浪腾涌之状则曰“岑岭飞腾而反覆，五岳鼓舞而相追”；写王命急宣，急流飞舟之状则曰“鹬如惊危之失侣，倏如六龙之所掣。一越三千，不终朝而济所届”。

《海赋》不仅善状大海之神奇壮丽，而且在铺陈时随处赋予其人格

① 何焯：《义门读书记》卷四十五，中华书局，1987年，第875页。

意识。如写到天昏地暗、浊浪排空时，谓“若其负秽临深，虚誓愆祈，则有海童邀路，马衔当蹊。天吴乍见而仿佛，蝄像暂晓而闪尸。群妖遘迕，眇㳫冶夷。决帆摧橦，戕风起恶”，将大海的兴风作浪与惩戒邪恶联系在一起，谓如果罪人、恶人来至大海深处，一定会遇到海童拦路，马衡（传说中的神怪）挡道，天昊（传说中的水神）在池水边出没，蝄像（水怪）在他身边闪现，海浪“决帆摧橦”便是对恶人的惩罚。这段描写颇具想象力，把大海作为正义力量的化身，状景而能寓托思想，在魏晋山水赋中别具一格。

同样的写法又见于对大海物产丰饶、包罗万有的咏叹：

> 且其为器也，包乾之奥，括坤之区。惟神是宅，亦祗是庐。何奇不有，何怪不储？芒芒积流，含形内虚。旷哉坎德，卑以自居。弘往纳来，以宗以都。品物类生，何有何无？

赞美大海的博大胸襟，为百川之归宿，万物之总库，“弘往纳来”却“卑以自居”，如此伟大的水德，无疑启发人联想到虚怀若谷的人格风范。

《海赋》将对大海的人格力量寄寓于具体的铺陈描绘之中，表现了作者由状大海波澜壮阔之景进而体悟到的生命启示。此后郭璞《江赋》，张融《海赋》均以一定篇幅谈玄说理，由景而理的意识越发自觉、凸显，与初创时期的山水诗在结构模式上颇为相类，这或许与文体之间的相互启发与渗透相关。

束皙（261？～300？年），字广微，阳平元城（今河北大名）人。元康中，被张华召为掾属，后历任佐著作郎、尚书郎等。束皙博闻广识，曾参与汲冢出土竹书的考释，将古文转为今文。其著述甚富，《晋书》本传记有《三魏人士传》、《七代通记》、《五经通论》、《发蒙记》、《晋书》纪传等，多遇乱亡佚。今存文13篇，赋5篇，《补亡诗》6首。

束皙赋今存《贫家赋》、《劝农赋》、《饼赋》、《近游赋》、《读书赋》5篇，或写下层民众的贫苦状况，或写自己的乡居生活与见闻，或讽刺官吏的为非作歹，与西晋文坛“结藻清英，流韵绮靡”（沈约《宋书·谢灵运传论》）的主流倾向颇不协调。故《晋书》本传称“文颇鄙俗，时人薄之”，但“俗”也正是束皙的独特价值之所在。

束赋之俗首先是题材的平民化。作者眼光向下，关注下层民众的困苦，其《贫家赋》描绘贫困人家“有漏狭之草屋，无蔽覆之受尘”，“食草叶而不饱，常嗛嗛于膳珍”，“无衣褐以蔽身，还趋床而无被，手狂攘而妄牵”，衣、食、住的拮据状态可感可触。而雪上加霜的是，“债家至而相敦，乃取东而偿西。行乞贷而无处，退顾影以自怜”，一家人长吁短叹，更加令人心酸。赋中以第一人称述贫家之苦，所谓“余家”，并非是束皙家，但没有对下层民众生存状态的细腻体察，也不会写来如此贴切感人。

《劝农赋》讽刺劝农吏的嚣张跋扈、贪赃枉法，他们“专一里之权，擅百家之势。及至青幡禁乎游惰。田赋度乎顷亩，与夺在己，良薄澹口。受饶在于肥脯，得力在于美酒”。百姓对他们不敢怒不敢言，只得备下美酒佳肴极力讨好，以求少受一点盘剥。赋的结尾，“若场工毕，租输至，录舍长，召闾师，条牒所领，注列名讳，则豚鸡争下，壶榼横至。遂乃定一以为十，拘五以为二”，简直就是一幅生动的漫画，活画出酒足饭饱、中饱私囊的劝农吏的丑恶嘴脸。

束皙这种眼光向下、不避俚俗的表达方式并非刻意惊世骇俗，而是感情的自然流露。《晋书》本传载：“太康中，郡界大旱，皙为邑人请雨，三日而雨注，公谓皙诚感，为作歌曰：‘束先生，通神明，请天三日甘雨零。我黍以育，我稷以生。何以酬之？报束长生。’”百姓以最朴素的方式表达了他们的感情。束皙去世后，“元城市里为之废业，门生故人立碑墓侧”，更可见这种情感的深挚绵长。西晋文人大多热衷功名，攀附权贵，享此荣光者，恐怕绝无仅有。

束皙俗赋之“俗”还表现在语言风格的通俗化。这不仅与赋体“拓宇于辞人”的“出身”及铺采摛文的贵族化身份相去甚远，而且对于西晋雅化、繁缛的主流文风更是一种反拨。其《饼赋》写了一种寻常面食的制作过程与诱人情形。题材之“鄙俗”自不待言，其用语之浅近平直在赋体文学中也属罕见。如对饼出笼后香气诱人的情态的描摹，具有生动的情趣：

气勃郁以扬布，香飞散而远遍。行人失涎于下风，童仆空嚼而斜眄。擎器者舐唇，立侍者干咽。尔乃濯以玄醢，钞以象箸。伸要虎文，叩膝偏据。盘案财投而辄尽，庖人参潭而促遽。手未及换，增礼复至。唇齿既调，口习咽利。三笼之后，转更有次。

又如其《近游赋》写乡间见闻，淳朴民风亦出之以淳朴表述：

其男女服饰，衣裳之制，名号诡异，随口迭设。系明襦以御冬，胁汗衫以当热。帽引四角之缝，裙为素条之杀。书儿啼于客堂，设杜门以避吏。妇皆卿夫，子呼父字。及至三农间隙，遘结婚姻，老公戴合欢之帽，少年著蕞角之巾。

以近乎口语的质朴浅俗语言勾勒出一幅农村风俗画。

总之束皙赋题材的平民化与语言的通俗化，“与当时张华的‘温丽’，成公绥的‘至丽’、‘极丽’风格形成对照，代表了西晋文风中的非主流一端”①。

有意思的是，束皙诗则弃俗入雅。其《补亡诗》六首补《诗经·小雅》中有目无辞的六首“笙诗”而作，即《南陔》、《白华》、《华黍》、《由庚》、《崇丘》、《由仪》。《补亡诗》序曰：“皙与司业畴人肄修乡饮之礼，然所咏之诗，或有义无辞，音乐取节，阙而不备。于是遥想既往，存思在昔，补著其文，以缀旧制。”《毛诗小序》就这六首诗的存目逐一注明其义，束皙依其义补其辞，形式上模仿《诗经》，为雅正的四言体，

① 徐公持：《魏晋文学史》，人民文学出版社，1999年，第318页。

内容则有当代印迹。如《南陔》告诫如何敬养父母，《白华》写孝子品格纯正，当与西晋统治集团倡导以孝治天下有关。而有识之士冷眼旁观，又颇能识得司马氏重名教的虚伪，故束皙强调孝敬父母应该真心实意，“馨尔夕膳，洁尔晨飡”，早晚将香甜洁净的食物奉于父母；“养隆敬薄，惟禽之似”，意谓对父母深厚的养育之恩不重加回报，与禽兽何异？这些尖锐的言辞或许也有讽刺世风的用意。此外《华黍》写君德感动上苍，使年丰岁收；《由庚》述“万物得由其道”；《崇丘》阐“人无道天，物极则长”之理；《由仪》明“万物之生，各得其仪”之道，都渗透了儒道合和、天人合一的思想。如《由仪》所谓“肃肃君子，由仪率性。明明后辟，仁以为政”的理想，“鱼游清沼，鸟萃平林”的太平盛世向往，无论思想还是用语均已与《诗经》相去甚远。

第三节　石崇　欧阳建　牵秀

魏晋时天下多故，名士少有全者。刘勰谓西晋文人的悲剧在于卷人诸王争斗旋涡，以致“人未尽才”，死于非命者不在少数。河北籍作家如张华、石崇、欧阳建、牵秀均列其中，才华未及展示，令人叹惋，作品少有流传，更是遗憾。

一、石崇

石崇（249～300 年），字季伦，小名齐奴，渤海南皮（今河北南皮）人。父石苞为西晋开国元勋，石崇因此深得晋武帝器重，因伐吴有功封安阳侯，历任修武令、散骑常侍、阳城太守、侍中、南中郎将、荆州刺史等职。永康元年（300 年），被杀于“八王之乱”中。

就人格而言，石崇具有二重性：一方面讲义气重然诺，为朋友两肋插刀，颇有重义任侠的燕赵遗风。著名的事例如连夜急驰王恺家救助刘舆、刘琨兄弟，刘氏兄弟深为感激。此类义举使石崇在士人中名气很大，位列贾谧“二十四友”之首；另一方面，他攀附权贵，穷奢极欲，在西晋时代士人气格普遍跌落的态势下，表现颇为典型。谄事贾谧，“望尘而拜”的典故，与王恺、孙秀等人比富及劫掠客商的故事，都反映其人格的卑下之处。

石崇在文学史上颇值一提的是“金谷雅集”一事。这是一次大规模的文人聚会。“金谷”是石崇的别墅，在洛阳郊外金谷涧中。石崇《金谷诗》序曰：

> 余以元康六年，从太仆卿出为使持节监青、徐诸军事、征虏将军。有别庐在河南县界金谷涧中，去城十里，或高或下，有清泉茂林，众果竹柏、药草之属。金田十顷，羊二百口，鸡猪鹅鸭之类，莫不毕备。又有水碓、鱼池、土窟，其为娱目欢心之物备矣。时征西大将军祭酒王诩当还长安，余与众贤共送往涧中。昼夜游宴，屡迁其坐。或登高临下，或列坐水滨。时琴瑟笙筑，合载车中，道路并作。及住，令与鼓吹递奏。遂各赋诗，以叙中怀。或不能者，罚酒三斗。感性命之不永，惧凋落之无期。故具列时人官号、姓名、年纪，又写诗著后。后之好事者，其览之哉！凡三十人，吴王师、议郎、关中侯、始平武功苏绍，字世嗣，年五十，为首。

石崇是这次雅集的核心人物，颇得东晋王羲之钦羡。《世说新语·企羡》曰：“王右军得人以《兰亭集序》方《金谷集序》，又以己敌石崇，甚有欣色。”与著名的《兰亭集序》相比，石崇此序在情感的深沉、哲思的颖悟方面都逊一筹，但其衔觞畅饮之时，“感性命之不永，惧凋零之无期”，表现雅集状态下的文人情怀，对《兰亭集序》颇有启发。《金谷集》今已不传，唯潘岳诗全篇流传下来，诗末“投分寄石友，白首同所归”，不幸一语成谶，后来二人同时遇害。

石崇个人的创作据《隋书·经籍志》所著录有集6卷，已亡佚。今存文8篇，除《金谷集序》外，《思归引》、《思归叹》表现归隐的乐趣：

“吹长笛兮弹五弦，高歌凌云兮乐余年。舒篇卷兮与圣谈，释冕投绂兮希彭聃。超逍遥兮绝尘埃，福亦不至兮祸不来。”但石崇所谓的归隐不过是在河阳别业过着大庄园主的享乐生活，与隐士的高风亮节殊无相类。其《思归引序》说得更明白：

余少有大志，夸迈流俗，弱冠登朝，历位二十五年，年五十以事去官，晚节更乐放逸，笃好林薮，遂肥遁于河阳别业。其制宅也，却阻长堤，前临清渠，百木几于万株，流水周于舍下。有观阁池沼，多养鱼鸟。家素习技，颇有秦赵之声。出则以游目弋钓为事，入则有琴书之娱。又好服食咽气，志在不朽，傲然有凌云之操。欻复见牵，羁婆娑于九列；困于人间烦黩，常思归而永叹。寻览乐篇，有思归引，傥古人之情，有同于今，故制此曲。此曲有弦无歌，今为作歌辞，以述余怀。恨时无知音者，令造新声而播于丝竹也。

叙述庄园规模、景物、归隐生活，都毫不掩饰自得之意。

此外，《自理表》为一痛快文章。据《晋书·石崇传》，其“兄统忤扶风王骏，有司承旨奏统，将加重罚，既而见原。以崇不诣阙谢恩，有司欲复加统罪”，于是石崇上此表申辩曰：

臣兄统以先父之恩，早被优遇，出入清显，历位尽勤。伏度圣心，有以垂察。近为扶风王骏横所诬谤，司隶中丞等飞笔重奏，劾案深文，累尘天听。臣兄弟跼蹐，忧心如悸。骏戚属尊重，权要赫奕。内外有司，望风承旨。苟有所恶，易于投卵。自统枉劾以来，臣兄弟不敢一言稍自申理。戢舌钳口，惟须刑书。古人称“荣华于顺旨，枯槁于逆违”，诚哉斯言，于今信矣。是以虽董司直绳，不能不深其文，抱枉含谤，不得不输其理。幸赖陛下天听四达，灵鉴昭远，存先父勋德之重，察臣等勉励之志。中诏申料，罪谴澄雪。臣等刻肌碎首，未足上报。臣即以今月十四日，与兄统、浚等诣公车门拜表谢恩。伏度奏御之日，暂经天听。此月二十日，忽被兰台禁止符，以统蒙宥，恩出非常，臣晏然私门，曾不陈谢，复见弹奏，讪辱理尽。臣始闻此，惶惧狼狈，静而思之，固无怪也。苟尊势所驱，何所不至，望奉法之直绳，不可得也。臣以凡才，累荷显重，不能负载析薪，以答万分。一月之中，奏劾频加，曲之与直，非臣所计。所愧不能承奉戚属，自陷于此。不媚于灶，实愧王孙。《随巢子》称"明君之德，察情为上，察事次之。"所怀具经圣听，伏待罪黜，无所多言。

此表痛斥有司依仗扶风王骏对石氏兄弟横加诬谤之举，征引《随巢子》"明君之德，察情为上，察事次之"之语，希望晋惠帝继续"存先父勋德之重，察臣等勉励之志"，为其洗雪冤屈。文章动之以情，晓之以理，反复强调其开国元勋石苞之子的身份，提醒皇帝勿忘旧恩。所谓"所愧不能承奉戚属，自陷于此"，也是正话反说，以退为进，申说自己蒙受诬谤的缘由，故最终"由是事解"①。

《奴券》颇类王褒《僮约》，写一件买奴的趣事。此奴为胡人，其旧主称其"恶羝奴"，向作者历数其"恶"："身长九尺余，力举五千斤，挽五石力弓，百步射钱孔，言读书，欲使便病，日食三斗米，不能奈何"，作者"下绢百匹"，买下此奴，不料此奴却讲条件："吾奴王子，性好读书。公府事一不上券，则不为公府作。"于是主仆二人拟定券文，明确其职责，诸如"取东海巨盐，东齐羝羊；朝歌蒲荐，八板桃床"，"张金好墨，过市数蠡；并市豪笔，备即写书"之类，事无巨细一一铺陈，很有些小说的味道。

石崇诗今存8首完篇，以赠答、咏史为主要题材。其赠答诗如《答曹嘉诗》、《赠枣腆诗》、《答枣腆诗》等叙朋友相思之意，表现石崇重情

①《晋书》卷三十三，中华书局，1974年，第1005页。

义的一面。其咏史诗《楚妃叹》歌咏“楚之贤妃”樊姬故事，赞美她“体道履信”、“杜绝邪佞”、“著于闺闱，光佐霸业”的美德。《王明君辞》为最早以王昭君故事入诗的作品，其序曰：

王明君者，本是王昭君，以触文帝讳改焉。匈奴盛，请婚于汉。元帝以后宫良家子昭君配焉。昔公主嫁乌孙，令琵琶马上作乐，以慰其道路之思。其送明君，亦必尔也，其造新曲，多哀怨之声，故叙之于纸云尔。

严格说来，《王明君辞》并非咏史诗，而是代言体抒情诗，揣摩昭君情感，以第一人称写其远嫁匈奴的“道路之思”：

我本汉家子，将适单于庭。辞诀未及终，前驱已抗旌。
仆御涕流离，辕马悲且鸣。哀郁伤五内，泣泪沾朱缨。
行行日已远，遂造匈奴城。延我于穹庐，加我阏氏名。
殊类非所安，虽贵非所荣。父子见陵辱，对之惭且惊。
杀身良不易，默默以苟生。苟生亦何聊，积思常愤盈。
愿假飞鸿翼，乘之以遐征。飞鸿不我顾，伫立以屏营。
昔为匣中玉，今为粪上英。朝华不足嘉，甘与秋草并。
传语后世人，远嫁难为情。

此诗语言口语化，多用顶针体，可直观地见出其受民歌体影响的痕迹。此后咏昭君故事的诗歌很多，形成一个系列，在各具时代特征的同时，往往有继承前代的痕迹。石崇首创之功是不容忽视的。

二、欧阳建

欧阳建（216～300年），字坚石，渤海（今河北南皮一带）人，石崇外甥。《晋书》本传称其“世为冀方右族。雅有理思，才藻美赡，擅名北州。时人为之语曰：‘渤海赫赫，欧阳坚石。’”历任山阳令、尚书郎、冯翊太守等职。与石崇、潘岳等人谄事贾谧，为“二十四友”之一。永康元年（300年），卷入赵王伦政变事件漩涡，被赵王伦所杀。

欧阳建是当时著名的玄学家，今存其《言尽意论》一文。言意关系自先秦时期即开始讨论，《周易·系辞》及《庄子·外物》主“言不尽意”论，《论语》有“辞达”之说。至魏晋时期，言意之辩成为玄学家的重要命题，荀粲宗言不尽意论，王弼进而提出得意忘言论。欧阳建则持论相反，其《言尽意论》假托雷同君子与违众先生的一段问答亮明观点。他不愿做“雷同君子”，自拟“违众先生”阐说言尽意之理：

> 理得于心，非言不畅；物定于彼，非言不辩。言不畅志则无以相接，名不辩物则鉴识不显。鉴识显而名品殊，言称接而情志畅：原其所以，本其所由，非物有自然之名，理有必定之称也。欲辩其实，则殊其名，欲宣其志则立其称。名逐物而迁，言因理而变：此犹声发响应，形存影附，不得相与为二矣。苟其不二，则言无不尽。

欧阳建的言尽意论认为语言能够准确地表达思想，对于“言不尽意”论否定语言表达作用的不实之词有矫正作用。此论虽然不及言不尽意论对文学创作和鉴赏的影响重大，但在当时拥有众多的认同者。《世说新语·言语》载，“王丞相过江，止道‘声无哀乐’、‘养生’、‘言尽意’三理而已”。足见“违众先生”虽独标一格，却并不和寡。

欧阳建诗今存两首。《答石崇赠诗》颂其舅石崇，“我遘君子，仰之弥高”。石崇《赠欧阳建诗》今仅存两句：“文藻譬春华，谈话如芳兰。”可见这甥舅二人的互相欣赏。欧阳建《临终诗》“临命作诗，文甚哀楚”（《晋书》本传）：

> 伯阳适西戎，子欲居九蛮。苟怀四方志，所在可游盘。
> 况乃遭屯蹇，颠沛遇灾患，古人达机兆，策马游近关。
> 咨余冲且暗，抱责守微官。潜图密已构，成此祸福端。
> 恢恢六合间，四海一何宽！天网布纮纲，投足不获安。

松柏隆冬悴，然后知岁寒。不涉太行险，谁知斯路难？
真伪因事显，人情难豫观。穷达有定分，慷慨复何叹？
上负慈母恩，痛酷摧心肝。下顾所怜女，恻恻中心酸。
二子弃若遗，念皆遘凶残。不惜一身死，惟此如循环。
执纸五情塞，挥笔涕汍澜。

此诗被录入《文选》诗“咏怀”类，表达了临刑前复杂的思想感情。首先，懊悔自己身处乱世，离家游宦却招致祸谤。其次，慨叹“天网布闳纲，投足不获安”，仕途凶险重重，世道阴森恐怖，毫无安全感。最后，哀痛亲人受牵连，同遭不测，悲从中来，为之“摧心肝”、“心中酸”、“五情塞”、“涕汍澜”。欧阳建临终前的这一番真情告白，将魏晋士人身处乱世，卷入上层统治集团争权夺势政治漩涡的忧患、悲痛展露无遗。

三、牵秀

牵秀（？～306年），字成叔，武邑欢津（今河北武邑东）人。晋武帝太康中，为新安令。惠帝元康中，为司空张华长史。后投靠成都王司马颖，谮毁陆机反颖，司马颖乃遣牵秀斩之。后受知于河间王司马颙，为尚书转平北将军，镇冯翊。永兴三年（306年），东海司马越攻颙，牵秀被杀于冯翊。

牵秀工辞赋。《魏志·牵招传》注引荀绰《冀州记》载，牵秀被杀后，“世人玩其辞赋，惜其材干”。牵秀赋今仅存《相风赋》残句，另有《黄帝颂》、《老子颂》、《彭祖颂》、《王乔赤松颂》，颂赞对象有道家鼻祖，也有神仙灵异，可见牵秀思想玄学气味较浓。牵秀诗今仅存四首，均残。

第四节　安平三张

钟嵘《诗品》描绘西晋文坛的繁荣局面时说：“太康中，三张、二陆、两潘、一左，勃而复兴。”一大批优秀作家的活跃是文学复兴的重要条件。其中三张即安平（今河北安平县）张载、张协、张亢兄弟三人，张氏兄弟三人生卒年均已不详，但他们以各自的文学实绩为西晋文学增添了光彩。

一、张载

张载，字孟阳，太康中为著作佐郎，补肥乡（今河北肥乡）县令，转太子中舍人，迁乐安相、弘农太守。八王之乱起，为长沙王乂记室督，拜中书侍郎。其时皇室攻伐纷争，张载辗转仕途，最终急流勇退，称疾告归，卒于家。

张载的文学生涯始于为官之前。晋武帝泰始九年（273年），张载入蜀省父（时其父张收为蜀郡太守），这次独特的经历是张载日后享誉文坛的重要机缘。流传至今的《叙行赋》、《登成都白菟楼赋》、《剑阁铭》等重要作品都与张载的入蜀经历有关。《叙行赋》叙其入蜀途中所见，表现了一位初次入川的北方青年对蜀道的好奇之感。《登成都白菟楼赋》则是入川之后对成都这座西南大都会的总体印象，“西瞻岷山岭，嵯峨似荆巫”，“虽遇尧汤世，民食恒有余”，“郁郁小城中，岌岌百族居”，山川形胜，百族聚居，富庶繁荣，此外“杨子宅”、“长卿庐”又昭示了它的文化底蕴，故作者感慨：“人生苟安乐，兹土聊可娱。”最为脍炙人口的是《剑阁铭》，这是文学史上描写蜀道难最具盛名的作品之一：

岩岩梁山，积石峨峨。远属荆衡，近缀岷嶓。南通邛僰，北达褒斜。狭过彭碣，高逾嵩华。惟蜀之门，作固作镇。是曰剑阁，壁立千仞。穷地之险，极路之峻。世浊则逆，道清斯顺。闭由往汉，开自有晋。秦得百二，并吞诸侯。齐得十二，田生献筹。矧兹狭隘，土之外区。一人荷戟，万夫趑趄。形胜之地，匪亲勿居。昔在武侯，中流而喜。山河之固，见屈吴起。兴实在德，险亦难恃。洞庭孟门，二国不祀。自古迄今，天命匪易。凭阻作昏，鲜不败绩。公孙既灭，刘氏衔璧。覆车之轨，无或重迹。勒铭山阿，敢告梁益。

剑阁是通往蜀地的要道，地势险要，易守难攻，自古为兵家必争之地。张载此文即扣此二点：一方面描述剑阁“壁立千仞，穷地之险，极路之峻”的险要异常；另一方面追溯历史，得出“兴实由德，险亦难恃”，“凭阻作昏，鲜不败绩”的结论，希望当朝统治者吸取历史的经验教训。据臧荣绪《晋书》，张载此文写成后，“益州刺史张敏见而奇之”，上表推荐给晋武帝。晋武帝于是派特使把它镌刻在剑阁山上，以示旌赏。

上述三文使张载极获殊荣，且赢得了文学史上的声誉。左思创作《三都赋》时，特地造访张载，问以岷邛之事；据说李白从未走过蜀道，却凭借非凡的想象力写下著名的《蜀道难》，而其想象的根基恐难以排除张载《剑阁铭》的影响。特别是“一夫当关，万夫莫开”等句，应该正是本于张载所谓的“一人荷戟，万夫趑趄”。

如果说蜀中三文显示了张载文学生涯的起点之高，那么人洛后《蒙汜》一赋又使他蜚声京华。《蒙汜赋》铺陈蒙汜池水胜景及天子游观之乐，虽不脱汉赋绘景老套，但状蒙汜之美却很生动：

苍台临滥，修条垂干；绿叶覆水，玄阴夹岸；红莲炜而秀出，繁葩赤以焕烂；游龙跃翼而上升，翔凤因仪而下观……

据《晋书》本传，张载此赋写成后，“司隶校尉傅玄见而嗟叹，以车迎之，言谈尽日，为之延誉，遂知名，起家佐著作郎”。传论谓“孟阳镂石之文，见奇于张敏；蒙汜之咏，取重于傅玄，为名流之所誉，亦当代之文宗矣”。

张载之才并非仅用于写景状胜，他对政治的热情也是西晋文人政治情结的表现。《剑阁铭》之反思历史、警诫当世已见端倪。《平吴颂》作于太康元年西晋灭吴之时，更见其对时事的热切关注。《榷论》是一篇著名政论，旨在抨击门阀士族制度之弊。文章先从机遇的重要说起，引述史实，“殷汤无鸣条之事，则伊尹有莘之匹也；周武无牧野之阵，则吕牙渭滨之钓翁也”，得出“时平则才伏，世乱则奇用”的结论。处于“时平”的西晋王朝便是一个使“才伏”的王朝，“九品官人法”的继续推行则压抑了才德之士，助长了恶劣的士风：

> 今士循常习故，规行矩步，积阶级，累阀阅，碌碌然以取世资。若夫魁梧隽杰，卓跞俶傥之徒，直将伏死嵚岑之下，安能与步骤共争道里乎！至于轩冕黻班之士，苟不能匡化辅政，佐时益世，而徒俯仰取容，要荣求利，厚自封之资，丰私家之积，此沐猴而冠耳，尚焉足道哉。

张载之于士族制度虽无左思的切肤之痛，但批判的锋芒同样锐利。

张载诗除早年《登成都白菟楼》、晚岁《招隐诗》外，名篇尚有《七哀诗》二首入《文选》诗类“哀伤”目，诗曰：

> 北芒何垒垒。高陵有四五。借问谁家坟。皆云汉世主。恭文遥相望。原陵郁膴膴。季世丧乱起。贼盗如豺虎。毁壤过一抔。便房启幽户。珠柙离玉体。珍宝见剽虏。园寝化为墟。周墉无遗堵。蒙笼荆棘生。蹊径登童竖。狐兔窟其中。芜秽不复扫。颓陇并垦发。萌隶营农圃。昔为万乘君。今为丘中土。感彼雍门言。凄怆哀今古。（其一）
>
> 秋风吐商气。萧瑟扫前林。阳鸟收和响。寒蝉无余音。白露中夜结。木落柯条森。朱光驰北陆。浮景忽西沉。顾望无所见。唯睹松柏阴。肃肃高桐枝。翩翩栖孤禽。仰听离鸿鸣。俯闻蜻蛚吟。哀人易感伤。触物增悲心。丘陇日已远。缠绵弥思深。忧来令发白。谁云愁可任。徘徊向长风。泪下沾衣襟。（其二）

其一凭吊古迹透露出对现实的忧虑；其二借悲秋写内心愁苦。其忧患精神与建安文人遥相呼应。这在西晋文人气格日趋卑下、诗歌少有忧世之作的大背景下，显得尤其可贵。王夫之《古诗评选》（卷四）甚至说“子建、仲宣皆其宇下”。此外《拟四愁》模拟张衡《四愁诗》，除了形式的模仿，伤时忧世之情也一如原作。

张载赋今存5篇，多咏物小赋。其中《安石榴赋》为与其弟张协同题之作，另有《瓜赋》、《羽扇赋》、《鞞舞赋》等显示出长于铺陈描绘的笔法。

二、张协

张协，字景阳，约于武帝咸宁中辟公府掾，转秘书郎、华阳令、征北大将军府从事中郎、中书侍郎、河间内史等。八王乱起，乃弃绝人事，屏居草泽，以属咏自娱。怀帝永嘉中，复征为黄门侍郎，托疾不就，卒于家。

张协少有隽才，与其兄张载齐名。《文心雕龙·才略》云：“孟阳景阳，才绮而相埒，可谓鲁卫之政，兄弟之文也。”张溥《汉魏六朝百三家集·张孟阳景阳集》题词曰：“景阳文让兄，而诗独劲出。盖二张齐驱，诗文之间，互有短长，若论才家庭，则伯难为兄，仲难为弟矣。”

就诗歌创作而言，《诗品》列张协于上品，称：“其源出于王粲。文体华净，少病。又巧构形似之言。雄于潘岳，靡于太冲。风流调达，实旷代之高手。”其诗入《文选》的有《咏史》及《杂诗》十首等。张协《咏史诗》云：

昔在西京时，朝野多欢娱。蔼蔼东都门，群公祖二疏。
朱轩曜金城，供帐临长衢。达人知止足，遗荣忽如无。
抽簪解朝衣，散发归海隅。行人为陨涕，贤哉此大夫。
挥金乐当年，岁暮不留储。顾谓四座宾，多财为累愚。
清风激万代，名与天壤俱。咄此蝉冕客，君绅宜见书。

此诗所咏对象为西汉宣帝时的二疏，即疏广、疏受叔侄。二人曾为太子太傅、太子少傅，以二千石辞官归乡，是“知足”、“知止”的达人。

《汉书·疏广传》记载，时“公卿大夫、故人邑子，设祖道供帐东都门外，送者车数百辆。观者皆曰：贤哉二大夫”。张协此诗赞扬二疏“抽簪解朝衣，散发归海隅”的达者风范，谓之“清风激万代，名与天壤俱”，所以此诗不仅歌咏史实，也表达了对一种理想人格的向往之情。故当晋室祸起萧墙之时，张协毅然屏居草泽，不失为达人之举。

《杂诗》十首是一组抒情述志之作，关于“杂诗”之意，《文选》李善注曰：“杂者，不拘流例，遇物即言，故云杂也。”[①] 徐公持《魏晋文学史》按其感怀性质，将张协这组诗大致分为五类：一为感时勖志类；二为述人格理想类；三为刺流俗类；四为斥战乱类；五为思故乡类，并且指出“张协《杂诗》，实际上即是忧患文学”[②]。的确，忧患意识是这组作品的主导精神，“感物多所怀，沉忧结心曲”（其一），“畴昔叹时迟，晚节悲年促。岁暮怀百忧，将从季主卜”（其四），“感物多思情，在险易常心”（其六）。这些直抒忧患之情的诗句，为“缛旨星稠，繁文绮合”[③] 的西晋主流诗风吹进了清新之气。而这组诗内容的浑厚在某种程度上更是对西晋诗坛普遍“采缛”、“力柔”的反正。如第七首：

此乡非吾地，此郭非吾城。羁旅无定心，翩翩如悬旌。
出睹军马阵，入闻鞞鼓声。常惧羽檄飞，神武一朝征。
长铗鸣鞘中，烽火列边亭。舍我衡门衣，更被缦胡缨。
畴昔怀微志，帷幕窃所经。何必操干戈，堂上有奇兵。
折冲樽俎间，制胜在两楹。巧迟不足称，拙速乃垂名。

前四句写羁愁，但这并非诗歌的主题。因为之后即转入对战争的忧虑，“常惧羽檄飞，神武一朝征。长铗鸣鞘中，烽火列边亭”几句流露的并非建立军功的向往，“折冲樽俎间。制胜在两楹”才是诗人的理想。这首诗有明显的反战思想，蕴含着对朝廷用兵方略的忧虑，在西晋文人热

① 李善注：《文选》、王粲：《杂诗》题解，上海古籍出版社，1986年，第1359页。
② 徐公持：《魏晋文学史》，人民文学出版社，1999年，第415页。
③ 沈约：《宋书·谢灵运传论》，《文选》卷五十，上海古籍出版社，1986年，第2219页。

衷功名的热潮中汇入了一股冷静、理智而深刻的清流。

张协诗在艺术表现上以写景见长。《杂诗》十首多以景语抒情，如第一首通过渲染秋景的凄凉以衬托思妇的苦楚。“蜻蛚吟阶下，飞蛾拂明烛”，“房栊无行迹，庭草萋以绿。青苔依空墙，蜘蛛网四屋”都不是单纯绘景，应以情语读之。即使从绘景的角度看，钟嵘谓之“巧构形似之言”，其“形似”也往往能够传达出景物的神韵。如第二首之“飞雨洒朝兰。轻露栖丛菊”；第三首之“腾云似涌烟。密雨如散丝。寒花发黄采。秋草含绿滋”；第八首之“借问此何时，胡蝶飞南园”等等皆即目直寻，将白描手法的朴素与炼字骈偶的精致融汇在一起，清新感人。

钟嵘《诗品》评张协诗“雄于潘岳，靡于太冲”，指出张协诗在诗意浑厚、刚健方面胜过以潘岳为代表的“繁文绮合”之风，兼具左思的某些雄健之气；而其绮靡的要素又使之不同于左思而更具时代特色。按照后人的审美趣味，左思诗成就高于潘岳，张协的地位正在其中，故陈祚明《采菽堂古诗选》卷十一有所谓“胜潘逊左”之说。

在中古诗歌史上，后世诗人受张协影响的颇多。刘熙载《艺概·诗概》云：“张景阳开鲍明远。明远遒劲绝人，然炼不伤气，必推景阳独步。”钟嵘《诗品》谓谢灵运诗“杂有景阳之体”，黄子云《野鸿诗的》亦云：“景阳琢辞，实祖太冲，而写景渐启康乐。”其中不独开启鲍、谢，张协之“尚巧似”对南朝大盛的咏物诗、山水诗都有启发意义。陶渊明与张协的关系，较少为人关注。陶、张同咏二疏的题材选择，长沮、桀溺、黔娄等人频频出现在二人诗中，特别是张协诗“结宇穷风曲，耦耕幽薮阳。荒庭寂以闲，悲岫峭且深”（《杂诗》之九）对隐居自然环境的描写，以及“养真尚无为”（《杂诗》之九）的思想，乃至“流波恋旧浦。行云思故山”（《杂诗》之八）与陶诗“羁鸟恋旧林，池鱼思故渊”（陶渊明《归园田居》其一）之类相同的句法与意旨，诸如此类的现象则令人可以很明显地感受到他们之间的联系。

今存张协赋以《洛禊赋》、《登北邙赋》比较重要。前者铺陈三月三日上巳节修禊的盛况，先勾画环境："和风穆以布畅，百卉晔而敷芬，川流清泠以汪濊，原隰葱翠以龙鳞，游鱼瀺灂于渌波，玄鸟鼓翼于高云"，以下便依次铺写缙绅先生、都人士女、权戚之家、豪侈之族在节日里的行乐情形，犹如一幅绚丽多彩的风俗画，反映出晋初繁荣富庶的景象。

《登北邙赋》写凭吊古迹的见闻感慨。北邙山在今洛阳东北，汉魏王侯公卿多葬于此。时世变迁，风光难再，故登临之际易于引发文人的种种感喟。张载《七哀诗》其一即是登临抒怀之作，张协此赋题材与其兄同，而视野之广、想象力之强更为突出。"前瞻狼山，却阚大岯，东眺虎牢，西睨熊耳。邪亘天际，旁极万里。莽眩眼以芒昧，谅群形之难纪。临千仞而俯看，似游身于云霓。抚长风以延伫，想凌天而举翮。瞻冠盖之悠悠，睹商旅之接柜。"登临远眺，气象万千；俯视脚下，却凄清凋敝："尔乃地势窊隆，丘墟陂陀。坟陇崽叠，棋布星罗。松林掺映以攒列，玄木搜寥而振柯"，"丧乱起而启壤，僮竖登而作歌"，五陵毁于一旦，嗟生忧时，作者感慨万端："山川汩其常弓，万物化而代转。何天地之难穷，悼人生之危浅。叹白日之西颓兮，哀世路之多蹇。"此赋在不长的篇幅内，感情跌宕起伏，写来纵横捭阖，虽然似为残篇，但大致也表达了完整的意思。

《七命》也是张协作品中的名篇。此文入选《文选》"七"类。枚乘《七发》之后，仿作纷纷，遂成一体，名曰"七"体。《文选》共收此体三篇，即枚乘《七发》、曹植《七启》与张协《七命》。可见在《文选》编者看来，《七命》在"七"体中属上乘。就内容体式而言，仿作创意无多，自是情理之中。《七命》假托徇华大夫以七事劝隐居的冲漠公子出山，七事依次为：琴曲、宫馆、田猎、剑术、骏马、饮馔、晋德，前六事都不能使冲漠公子动心，直到徇华大夫说："盖有晋之融皇风也，金华名徽，大人有作。继明代照，配天光宅。其基德也，隆于姬公之处岐，其垂仁也，富乎有殷之在亳……”言未终，公子蹶然而兴：“……余虽不敏，请寻后尘。”情节套路虽与《七发》、《七启》无异，特别是劝人出仕的内容更多因袭曹植《七启》，但在模拟的框架中，其命意则与《七启》有所不同。曹植以镜机子的积极用世代表了自己的进取精神，张协却不是冲漠公子的化身，他最终并未像文中冲漠公子一样决意出仕，而是隐而不出，只是借冲漠公子之口表达了自己理想中的社会范式。具有讽刺意味的是，徇华先生所称颂的“晋德”与实际上晋统治者虚伪残忍的本性大相径庭。据陆侃如先生《中古文学系年》，此文约作于晋惠帝永康元年（300年）或以后几年间，时“八王之乱”已起，张协看透世事，屏居草泽，但是理想不曾毁灭，徇华先生颂扬“晋德”，冲漠公子应声而起，都说明冲漠公子并不“冲漠”，作者张协的热肠隐约可见。他怀抱着“皇风载韪，时圣道淳，举实为秋，摛藻为春，下有可封之人，上有大哉之君”这样一个遥不可及的理想，在安平乡间隐居的日子里过得并不平静。

三、张亢

张亢，字季阳，仕历集中于东晋之初。元帝中授散骑侍郎，明帝中秘书监荀崧举为佐著作郎，出补乌程令，入为散骑常侍，复领佐著作。《晋书》对张亢的记载甚为简略，称其“才藻不逮二昆，亦有属缀，又解音乐伎术，时人谓载、协、亢、陆机、云曰‘二陆三张’”。

张亢作品均已亡佚。《隋书·经籍志》录有“散骑常侍《张杭集》二卷”，历来多以为即“张亢”之误。《晋书》本传记其有《述历赞》，亦早亡，殊为憾事。

第五节　刘　琨

在西晋时期的河北作家中，刘琨以其具有传奇色彩的人生经历闻名于世。爱国志士、末路英雄的光环使其形象熠熠生辉，创作中贯注的清刚之气使其雄视西晋文坛。“枕戈待旦”、“闻鸡起舞”的典故耳熟能详，又使我们对刘琨的认识切近而感性。

一、人生三部曲

刘琨的人生丰富多彩，人生轨迹曲折多变，悲剧结局震撼人心。其中大略，约为三端。

其一是青年时期，为俊朗的贵介公子。刘琨（271～318年）字越石，中山魏昌（今河北无极县东北）人，汉中山靖王刘胜后裔。祖父刘迈，为曹魏后期相国参军，散骑常侍，父刘蕃，位至晋光禄大夫。这种显赫的家世背景，对刘琨早年性情颇有影响。《晋书》本传说他“素奢豪，嗜声色，虽暂自矫励，而辄复纵逸”。青少年时期的刘琨是一位贵介公子，有“俊朗”、“雄豪”之名，也沾染了浮华之气，同时还有少年的单纯轻信。《世说新语·仇隙》所载刘琨与其兄刘舆（《世语》作刘玙）“轻就人宿”，险些被王恺所害，即是显例。

刘琨26岁开始步入仕途，初为司州主簿（治所在洛阳），时祖逖亦任此职，于是有“闻鸡起舞”的佳话。《晋书·祖逖传》载：

> （祖逖）与司空刘琨俱为司州主簿，情好绸缪，共被同寝。中夜闻荒鸡鸣，蹴琨觉曰：“此非恶声也。”因起舞。逖、琨并有英气，每语世事，或中宵起坐，相谓曰：“若四海鼎沸，豪杰并起，吾与足下当相避于中原耳。”

可知刘琨于贵介公子的浮华之外，尚有“英气”，好“语世事”，关心时政。此后，刘琨被太尉陇西王司马泰引为掾属，未就；不久任著作郎，迁太学博士，尚书郎。

在洛阳，刘琨的文学才能崭露头角，他参与石崇等人的金谷雅集，诗作颇为当时所许；又以文才攀附权贵贾谧，名列“二十四友”。

其二是卷入“八王之乱”。永康元年（300年），赵王司马伦执政，利用禁兵对贾后杀害太子的不满情绪，起兵杀了贾后、贾谧、张华等人。永康二年（301年）正月，司马伦废晋惠帝，自立为帝，引起司马氏诸王的讨伐，自此宫廷政变演变成“八王之乱”。时刘琨在司马伦手下任记室督，转从事中郎。司马伦之子司马荂是刘琨的姐夫，刘琨父子因姻亲关系为司马伦所用。“八王之乱起”，刘琨被司马伦委任为冠军将军，假节率兵三万，与成都王司马颖战于黄桥，大败而还。司马伦父子被诛后，刘琨父子以当世之望被特赦，刘琨转而在齐王冏、范阳王虓、东海王越手下任职，在“八王之乱”中越陷越深。

永兴三年（306年），刘琨统兵入长安，迎晋惠帝还洛阳，以功封广武侯，食邑二千户。

其三是转战河北。永嘉元年（307年），刘琨为并州刺史，加振威将军，领匈奴中郎将，开始了他人生的重大转折。由于连年战乱，并州百姓流亡，尸骨纵横。刘琨募得流民千余人，转战至晋阳，安抚百姓，“鸡犬之音复相接矣”[①]。更为重要的是，刘琨从此扮演了抵御异族、保卫朝廷的重要角色。

晋阳距匈奴刘渊部仅三百里，而双方的敌对从刘琨到并州即已开始。刘琨先在版桥挫败刘渊部，匈奴不甘，以“枭刘琨，定河东，建帝号，鼓行而南，克长安而都之，以关中之众席卷洛阳”为目标，而刘琨面对极其危急艰难的环境，也抱定了尽忠晋室、抵御强虏的决心。

晋愍帝建兴二年（314年），拜刘琨为大将军，都督并州军事。建兴三年（315年）愍帝又拜刘琨为司空，都督并、冀、幽三州军事。刘琨上表，数陈报国之志，“被坚执锐，致身寇仇”（《谢拜大将军都督并州表》），“首启戎行，身先士卒。臣与二虏，势不并立，聪、勒不枭，臣无归志”（《又表》）。刘渊之子刘聪及石勒是刘琨的主要对手，也是晋室死敌。建兴四年（316年）刘琨与石勒决战，大败。幽州刺史段匹磾

①《晋书》卷六十二，中华书局，1974年，第1681页。

邀刘琨至幽州，刘琨与之结为兄弟，立下誓言为晋室“尽忠竭节”。建兴五年（317年）晋愍帝司马邺在平阳被刘聪所杀，刘琨等一百八十多名大臣上书司马睿劝进登极，司马睿黄袍加身，是为东晋元帝。祖逖是年为徐州刺史，刘琨闻之，作《与亲故书》曰：“吾枕戈待旦，志枭逆虏，常恐祖生先吾著鞭。”如果说“闻鸡起舞”只是少年意气，那么“枕戈待旦”则是刘琨匡复晋室的实际行动。但刘琨最终并未实现“枭逆虏”的誓言，反而因段匹磾不守盟誓、凶狠猜忌而被拘入狱，以至被段缢死，年48。死前留下了英雄失路的悲歌：“何意百炼钢，化为绕指柔。”多少无奈，多少悲叹。

刘琨的人生道路曲折多变，充满传奇色彩。正如徐公持先生所言，“他走过了人生三部曲：由贵游子弟到军阀混战的工具，再到救国志士，终于壮烈殉国。”[①] 因为殉国的缘故，他的人生就比其他二十四友中人增添了壮烈的色彩。《晋书·刘琨传》的论赞将刘琨的人生转折、价值及悲剧色彩评说得颇为透辟：

> 刘琨弱龄，本无异操，飞缨贾谧之馆，借箸马伦之幕，当于是日，实佻巧之徒欤！……古人有言曰：“世乱识忠良。”盖斯之谓矣。天不祚晋，方启戎心，越石区区，独御鲸鲵之锐，推心异类，竟终幽圄，痛哉！士稚叶迹中兴，克复九州之半，而灾星告衅，笠毂徒招，惜矣！

如果刘琨的人生仅有前两个阶段，则他的悲剧与潘陆等人无异，他的人生色彩会黯淡许多。历史的机缘将刘琨推向护卫晋室、抗御异族的前沿，他早年“闻鸡起舞”的英风豪气，只有在征战北方时才真正释放出来，他壮志未酬的人生悲剧才会有强烈的感染力。许多年之后，南宋爱国诗人文天祥经过刘琨墓地，崇敬地写道：

> 中原经分崩，壮哉刘越石。孤迹起幽州，双手扶晋室。

① 徐公持：《魏晋文学史》，人民文学出版社，1999年，第426页。

福华天意乖，匹磾生鬼域。公死百世芳，天下分南北。

（《经刘琨墓》）

当历史又重复了地分南北的格局的时候，刘琨仍在感召着爱国志士为收复失地奋斗挣扎。

二、文学创作的“幽并本色”

按照文学史的一般规律，作品内容及创作特色与作者的人生经历密切相关。刘琨的文学创作当呈现出阶段性的差异。但是刘琨现存作品均为永嘉元年（307 年）任并州刺史之后所作，前期诗文均不传，故已难窥见其创作全貌。刘琨的文学史地位是由其后期创作所奠定的，刘琨后期特殊的人生经历导致其灵魂深处的革命。他在被杀害前两年作有《答卢谌书》，文中的自述使我们得以了解他思想的转变：

昔在少壮，未尝检括，远慕老庄之齐物，近嘉阮生之放旷，怪厚薄何由而生，哀乐何由而至。自顷辀张，困于逆乱，国破家亡，亲友凋残；负杖行吟，则百忧俱至，块然独坐，则哀愤两集时。……然後知聃周之为虚诞，嗣宗之为妄作也。

这番内心剖白清晰勾勒出了刘琨的思想轨迹，他由少壮时向往道家的齐物放旷，到经历了国破家亡之后转向儒家的修齐治平。在国难当头的时刻，他由一个纵逸佻巧的贵介公子转变为勇于担当的爱国志士，这种巨大的转变在他的一系列书表中都有具体的体现。《为并州刺史到壶关上表》作于就任并州刺史途中，一路上“道险山峻，胡寇塞路”，“顿伏艰危，辛苦备尝”，但是最让刘琨悲伤的是战祸给百姓、给社会带来的深重灾难：

臣自涉州疆，目睹困乏，流移四散，十不存二，携老扶弱，不绝于路。及其在昔，鬻卖妻子，生相捐弃，死亡委危，白骨横野，哀呼之声，感伤和气。群胡数万，周匝四山，动足遇掠，开目睹寇。唯有壶关，可得告采。而此二道，九州之险，数人当路，则百夫不敢进，公私往反，没丧者多。婴守穷城，不得薪采，耕牛既尽，又乏田器。

刘琨为之“忧如循环，不遑寝食”。身历八王之乱的刘琨对动乱造成的残破景象应该是司空见惯的，此时所见之所以触动了他的悲悯情怀，当是儒家修齐治平的理想在召唤。因此他对动乱表现出来的关切与哀痛之情，遥接建安文人对“世积乱离”的真切感受，而在西晋文学中独具一格。就主题的深刻与格调的崇高而言，西晋文士无人能与之比肩。并且这种由悲悯情怀激发出来的报国之志更提升了刘琨的思想境界，“没身报国，辄死自效”，“致命寇场，尽其臣节”（《谢拜大将军都督并州表》），“首启戎行，身先士卒。臣与二虏，势不并立，聪勒不枭，臣无归志。……陨首谢国，没而无恨”（《又表》）。这些肺腑之言，荡气回肠，感人至深。

现存刘琨文大都体现出上述的悲悯情怀与报国之志。《劝进表》作于建兴五年（317 年）三月，时晋愍帝被胡人所俘，西晋灭亡，皇统中断。刘琨此表本着“黎元不可以无主”之意，劝司马睿即皇帝位，但文中所申述的政治主张与爱国思想却超越了文章的本意，也超越了此类文体往往以歌功颂德为主的一般模式。此表作于国家危亡时刻，劝人主登基的出发点是：胡人入侵，连年战乱，国家无主，则抗击胡虏便群龙无首，故“尊位不可久虚，万机不可久旷”，将皇帝登基与救民水火联系起来，并且陈述自己在国难中的所见所闻，表达出忧国忧民之情：

自元康以来，艰过繁兴，永嘉之际，氛厉弥昏，宸极失御，登遐丑裔，国家之危，有若缀旒。赖先后之德，宗庙之灵，皇帝嗣建，旧物克甄，诞受钦明，服膺聪哲，玉质幼彰，金声夙振，冢宰摄其纲，百辟辅其治，四海想中兴之美，群生怀来苏之望。不图天不悔祸，大灾荐臻，国未忘难，寇害寻兴。逆胡刘曜，纵逸西都，敢肆犬羊，陵虐天邑。臣等奉表使还，仍承西朝，以去年十一月不守，主上幽劫，复沈虏庭，神器流离，再辱荒逆。臣每览史籍，观之前载，厄运之极，古今未有，苟在食士之毛，含气之类，莫不叩心绝气，行号巷哭。况臣等荷宠三世，位厕鼎司，承问震惶，精爽飞越，且悲且惋，五情无主，举哀朔垂，上下泣血。

读来慷慨激昂，时有声泪俱下之感。值得注意的是，此表在劝进中表现了刘琨的政治思想与治国方略，如“多难以固邦国”，“殷忧以启圣明”，“以社稷为务”，“以黔首为忧”，“柔服以德，伐叛以刑”等。虽然刘琨本不善理政，但他却从历史经验中概括出成功政治所遵循的通则，所谓“前事之不忘，后代之元龟”，这使此表内容更为充实深刻，其得以入选《文选》“表”类，又被《文心雕龙·章表》许以“文致耿介，并陈事之美也”，盖因其在应用文体中融入了浓郁的抒情色彩，堪为表中翘楚。

刘琨诗与其文在内容上交相辉映，互为表里。刘琨诗今存四首，其中《扶风歌》、《答卢谌诗》、《重赠卢谌》三首为《文选》选录。《扶风歌》的写作时间，据刘文忠先生考证，当作于拜并州刺史后离京（洛阳）赴任途中。[①] 诗曰：

朝发广莫门，暮宿丹山水。左手弯繁弱，右手挥龙渊。
顾瞻望宫阙，俯仰御飞轩。据鞍长叹息，泪下如流泉。
系马长松下，废鞍高岳头。烈烈悲风起，泠泠涧水流。
挥手长相谢，哽咽不能言。浮云为我结，归鸟为我旋。
去家日已远，安知存与亡。慷慨穷林中，抱膝独摧藏。
麋鹿游我前，猨猴戏我侧。资粮既乏尽，薇蕨安可食。
揽辔命徒侣，吟啸绝严中。君子道微矣，夫子故有穷。
惟昔李骞期，寄在匈奴庭。忠信反获罪，汉武不见明。
我欲竟此曲，此曲悲且长。弃置勿重陈，重陈令心伤。

① 吕慧娟主编：《中国历代著名文学家评传续编》（一），山东教育出版社，1997年，第290页。

经过“八王之乱”，西晋王朝国力衰微，内乱未平，外患又起，刘琨赴任并州，可谓“受命于危难之际”，因此诗中慷慨之情与凄戾之叹相交融，悲壮中洋溢着清刚之气。诗中所谓“据鞍长叹息，泪下如流泉”，“哽咽不能言”，并非软弱，而是饱含着对时局的忧患。“资粮既乏尽”是对当时处境的实写，由此引出了孔子在陈绝粮却说“君子固穷”之典，作为自己面对困难的精神支撑。而李陵被迫降匈奴，武帝不明其忠信反加之罪的典故，则是对自己前途的隐忧。时值多事之秋，诗人孤悬一方，虽立下“没身报国”之志，结果却可能如李陵身败名裂。但他仍然义无反顾，为国家与民族的安危可以牺牲个人的荣辱得失。此番真情告白中隐含着英雄主义色彩，何等悲壮而惨烈！

《答卢谌》、《重赠卢谌》均入《文选》诗类“赠答”目。这两首诗的写作距离《扶风歌》的创作时间已有10年左右。这些年，刘琨在并幽地区艰苦征战，但形势每况愈下，只得投靠鲜卑人段匹磾。寄人篱下，个中滋味自知。“国破家亡，亲友凋残”，“哀愤两集”，只有卢谌是一个合适的倾诉对象。卢谌是刘琨内侄，又为刘琨僚属，随琨投段匹磾，为匹磾别驾。战乱中，刘卢“二族偕覆”，他们的父亲及亲友死于乱中，患难中二人相互扶持，又互诉心曲。这种特殊的关系，使他们的作品多往来赠答之作，且多名篇。《答卢谌》为四言体，共八章，集中表达了对国家倾覆的痛心，以及对自己不能力挽狂澜的愧疚。前者如第一章：

> 厄运初遘，阳爻在六。乾象栋倾，坤仪舟覆。
> 横厉纠纷，群妖竞逐。火燎神州，洪流华域。
> 彼黍离离，彼稷育育。哀我皇晋，痛心在目。

后者如第三章：

> 咨余软弱，弗克负荷。愆衅仍彰，荣宠屡加。
> 威之不建，祸延凶播。忠损于国，孝愆于家。
> 斯罪之积，如彼山河。斯衅之深，终莫能磨。

《重赠卢谌》是刘琨的绝命诗。时刘琨被段匹磾囚禁，赠诗卢谌，一则希望卢谌能够救援自己，一则预感凶多吉少，勉励卢谌建功立业。而据《晋书·刘琨传》的记载，“谌素无奇略，以常词酬和，殊乖琨心。重以诗赠之，乃谓琨曰：‘前篇帝王大志，非人臣所言矣。’”或许可以帮助理解刘琨此诗的创作缘由。卢谌并不真正理解刘琨赠诗的用意，于是刘琨“重以诗赠之”，更为明确地表达了自己的情志：

握中有玄璧，本自荆山璆。惟彼太公望，昔在渭滨叟。
邓生何感激，千里来相求。白登幸曲逆，鸿门赖留侯。
重耳任五贤，小白相射钩。苟能隆二伯，安问党与仇。
中夜抚枕叹，相与数子游。吾衰久矣夫，何其不梦周。
谁云圣达节，知命故不忧。宣尼悲获麟，西狩涕孔丘。
功业未及建，夕阳忽西流。时哉不我与，去乎若云浮。
朱实陨劲风，繁英落素秋。狭路倾华盖，骇驷摧双辀。
何意百炼刚，化为绕指柔。

前半多用历史名臣之典，显然另有寄托。如《晋书》本传所言：“托意非常，摅畅悲愤，远想张、陈，感鸿门白登之事，用以激谌。”遥想名臣贤君，竟至于“中夜抚枕叹，想与数子游”，饱含着对卢谌的暗示与期望。后半诉说自己的人生失败之感，黯然神伤。“功业未及建”几句已非常沉痛，及至结尾愈加悲怆，“百炼刚”“化为绕指柔”，今昔对照，英雄失路的悲哀与无奈喷薄而出。张玉穀《古诗赏析》所谓“语似自嘲，而意则讽卢当早建功，勿沮丧也”，不无道理，但卢湛似乎并未领会其中蕴含的悲剧力量。倒是元好问《论诗绝句》：“可惜并州刘越石，不教横槊建安中”，庶几读出了刘琨的悲剧。陈祚明《采菽堂古诗选》更为形象地描述道：“越石英雄失路，满衷悲愤，即是佳诗。随笔倾吐，如金笳成器，木檀商声，顺风而吹，嘹飘凄戾，足使枥马仰歕，城乌俯咽。”都是就此诗的感人力量而言。钟嵘《诗品》列刘琨诗于中品，但评价颇高，称其“善为凄戾之词，自有清刚之气”，“善叙丧乱，多感恨之词”，风格、内容两方面的概括都比较中肯。

在历代对刘琨诗的评价中，明代许学夷的一段话值得注意：“刘越石五言，篇什不多，其《赠卢谌》及《扶风歌》，语甚浑朴，气颇遒迈，元裕之诗谓‘可惜并州刘越石，不教横槊建安中’是也。至如‘朱实陨劲风，繁英落素秋。狭路倾华盖，骇驷摧双辀。何意百炼刚，化为绕指柔’等句，则又工美也。”[①] 从“浑朴”与“工美”两个方面评价刘琨的两首代表作，很有眼力。前者是其对传统的承袭之处，有汉魏古诗特质；后者是讲其并未脱离当代，晋人的讲究辞采、句式的骈偶追求在诗中都有迹可寻。除了许氏点到的《重赠卢谌》中的工美之句，“语甚浑朴”的《扶风歌》中也不乏工美偶句，如“朝发广莫门，暮宿丹山水”，“系马长松下，废鞍高岳头”，“烈烈悲风起，泠泠涧水流”等已是整齐的律句，实践了晋人缘情绮靡的诗歌理论主张。

何焯《义门读书记》说：“刘越石《重赠卢谌》，慷慨悲凉，故是幽并本色”[②]。其实不独《重赠卢谌》一首，现存刘琨诗（甚至包括某些文）都染有慷慨悲凉的幽并本色。仅仅从籍贯断定诗人的美学追求或风范当然不够科学，但刘琨作品“幽并本色”的形成原因正与他十几年征战幽并地区的经历密切相关。文化的浸润，悲剧的人生，共同造就了刘琨作品独特风貌，使其浑朴中不乏工美，身处晋世而有建安风骨，足以雄视西晋文坛。

第六节 卢 谌

卢谌（284～350年），字子谅，范阳涿（今河北涿州）人，出身名门。范阳卢氏曾显赫一时，卢谌高祖卢植、曾祖卢毓、族祖卢钦皆汉魏名儒，笃志经史；祖卢珽、父卢志在晋廷为官。卢谌博学多艺，工书

① 许学夷：《诗源辩体》卷五，人民文学出版社，1987年，第95页。

② 何焯：《义门读书记》，中华书局，1987年，第910页。

法，学钟繇体。少有才行，为时所重，被晋武帝选为荥阳公主婿，拜驸马都尉，未成婚而公主卒。后举秀才，辟太尉掾。怀帝永嘉五年（311年），石勒陷洛阳，卢谌随父北投并州刺史刘琨。时刘琨为匈奴所败，志、谌父子为匈奴部刘粲所虏。次年刘琨攻刘粲，卢谌得入刘琨部，为主薄，转从事中郎。后随刘琨投幽州刺史段匹磾，为段匹磾别驾。刘琨遇害后，段匹磾不久败亡，卢谌投辽宁段末波。后石虎破辽西，以谌为中书侍郎、国子祭酒、中书监等。石虎死，卢谌从冉闵于襄国。永和七年（351年），军败遇害，年67岁。

史载卢谌“好老庄，善属文”，但作品亡佚不少。现存赋10篇（含残篇）、文4篇并《祭法》残文，诗7首并残句。

现存卢谌诗文多与刘琨相关。卢谌为刘琨内侄，卢与刘有姻亲、僚属、知交等多重关系，特别是他们在北方患难与共的人生经历更加历练了他们的友谊。刘琨遇害后，朝廷出于利用段匹磾对付更危险之敌石勒的考虑，未为刘琨举哀。太兴三年（320年），即刘琨遇害的第3年，卢谌表奏刘琨之冤，此即《理刘司空表》。文中首先从四个方面痛陈刘琨之忠贞：一是劝进效忠之功；二是任并州刺史后，艰难征战，“破家为国”；三是“稽民神之旨，通天下之意，唱上尊号，归重圣躬，令南北万里，若合符契”；四是尽管“父母罹屠戮之殃，门族受歼夷之祸”，自身又被段匹磾拘禁，但仍然“没不忘国”，顺理成章地揭示出刘琨的冤情：如此忠贞之臣被害，“冤痛已甚”却“未闻朝廷有以甄论”，实在不公。此表陈刘琨之功激情澎湃，揭段匹磾之恶又义愤填膺，对段早期“以琨王室大臣，惧夺己威重”的阴暗心理，以及杀害刘琨后又“横加诬谤，言琨欲窥神器，谋图不轨”等种种恶毒用心层层剥开。其情其理终使晋文帝发诏吊祭刘琨。卢谌多次对其子表示，“吾身没之后，但称‘晋司空从事中郎’即尔”，足见他对刘琨的敬仰。

卢谌《赠刘琨并书》入《文选》诗赠答类。关于此诗及书的写作背景，李善注云：“段匹磾领幽州牧，谌为匹磾别驾。谌笺诗与琨。”诗前之《书》亦交代了赠诗之缘由。卢谌追随刘琨五年，友谊深厚，“绸缪之旨，有同骨肉；其为知己，古人罔喻”，分手之际，“摅其所抱”，赞刘琨匡扶汉室的才德，回顾二人的深厚情谊，表达感恩之意。而对段匹磾也予以由衷赞美，这表明卢谌对前途充满期待，当时对段的真面目缺乏认识。在这首长达二十章的诗中，除了赞美、感恩之外，诗末三章劝慰刘琨：

爰造异论，肝胆楚越。惟同大观，万涂一辙。
死生既齐，荣辱奚别。处其玄根，廓焉靡结。
福为祸始，祸作福阶。天地盈虚，寒暑周回。
夫差不祀，衅在胜齐。句践作伯，祚自会稽。
邈矣达度，唯道是杖。形有未泰，神无不畅。
如川之流，如渊之量。上弘栋隆，下塞民望。

意谓老庄遗训可以化解谤议。这段玄学意味很强的结尾表明，卢谌与刘琨思想内涵有不同。经历了家国之难，刘琨痛悔当初“远慕老庄之齐物，近嘉阮生之放旷”而弃道返儒；卢谌则将老庄之学作为精神慰藉，始终不离不弃。《文心雕龙·才略》谓“卢谌情发而理昭”，其理多为情之所感，因情悟理。如《时兴》之为“忽忽岁云暮”，“凝霜沾蔓草，悲风振林薄”，“蕊蕊芬华落”的自然现象所触动，悟出“形变随时化，神感因物作。澹乎至人心，恬然存玄漠”之理。刘勰之评不为虚言。

《赠崔温》、《答魏子悌》2首赠答对象崔道儒、温太真（即温峤）、魏子悌，三人亦均为刘琨麾下供职的同僚。诗中除了叙友情，还表达了渴望复兴汉室、建功立业的思想。如前者之“朔鄙多侠气，岂唯地所固。李牧镇边城，荒夷怀南惧。赵奢正疆场，秦人折北虑”几句，颂扬赵国良将李牧、赵奢，用意正是激励自己与友人在北地建立如此的功勋。

卢谌似乎有赵国英雄情结。其《览古诗》亦咏赵事，歌颂赵国贤相蔺相如和老将廉颇。何义门将咏史诗分为“正体”、“变体”两种，“美其事而咏叹之，隐括本传，不加藻饰，此正体也”[1]。卢谌此诗属咏史之“正体”。诗从“赵氏有和璧，天下无不传”写起，将史载完璧归赵、渑池会、将相和三事隐括诗中，只诗末“智勇盖当世，弛张使我叹”二句抒发赞美之情。徐公持先生认为此诗当有隐指，“以相如譬美刘琨”，以廉、蔺关系隐指刘琨与段匹磾的关系。如此，则此诗之用心与结撰极为高妙[2]，但似乎也不能排除作者身处赵地、歌咏赵国英雄的可能。

《诗品》将卢谌与刘琨俱列中品，合而评之，谓“其源出于王粲，善为凄戾之词，自有清拔之气。琨既体良才，又罹厄运，故善叙丧乱，多感恨之词。中郎仰之，微不逮者矣”，指出了类似的创作背景与风格以及卢有不及刘之处。卢不及刘处恐怕在于缺乏刘诗之“清刚之气”，“叙丧乱”及“感恨之词”不如刘之深重。

现存卢谌赋，咏物赋占去一半，又集中于花、鸟两类，虽多残篇，也约略看出作者对物之特征的把握。如《菊花赋》咏菊之“涉节变而不伤，越松柏之寒茂，超芝英之冬芳”；《蟋蟀赋》之咏蟋蟀“历清响以千霄，激悲声以迄曙”等句。其他类型的赋作，值得一读的是《登邺台赋》：

显阳隗其颠隧，文昌鞠而为墟。铜爵陨于台侧，洪钟寝于两除。奚帝王之灵宇，为狐兔之攸居。

此赋入《艺文类聚》卷六十二，由登台所见邺城旧迹之荒芜，而生世事沧桑之感。邺城百年间已由显赫一时的魏都变为狐兔自由出入的荒凉之地，怎不令人感慨万端。

---

① 何焯：《义门读书记》卷四十六，第893页。

② 徐公持：《魏晋文学史》，人民文学出版社，1999年，第437页。

附录：陆云在河北的创作

陆云（262～303年），字士龙，吴郡吴（今江苏苏州）人，陆机之弟。太康十年（280年）与其兄应诏入洛，任公府掾、尚书郎、侍御史等职，位列贾谧“二十四友”之列。八王之乱时，与其兄投奔成都王司马颖。永宁二年（302年）春，任清河（今河北清河县）内史，后人习称“陆清河”。是年夏，在邺（今河北临漳）为大将军右司马。太安二年（303年），陆机兵败被杀，陆云亦遇害。

陆云在清河及邺城的时间仅一年左右，却留下了一些重要作品。就辞赋创作而言，有《岁暮赋》、《愁霖赋》、《喜霁赋》、《登台赋》等。关于这几篇赋的写作地点，正文前的序言都有所交代。《岁暮赋》序云：

> 余祗役京邑，载离永久。永宁二年春，忝宠北郡；其夏又转大将军右司马于邺都。自去故乡，荏苒六年，惟姑与姊，仍见背弃。衔痛万里，哀思伤毒，而日月逝速，岁聿云暮。感万物之既改，瞻天地而伤怀，乃作赋以言情焉。

岁暮最易掀动文人的思乡之情与人生感慨。此前6年，陆云曾还吴，离吴后的6年中，奔波仕途，亲人零落，时值岁暮，自是感物伤怀：

> ……时凛戾其可悲兮，气萧索而伤心。凄风怆其鸣条兮，落叶翻而洒林。兽藏丘而绝迹兮，鸟攀木而栖音。山振枯于曾岭兮，民怀惨于重襟。
>
> 寒与暑其代谢兮，年冉冉其将老。丰颜晔而朝荣兮，玄发粲其夕皓。感芳华之志学兮，悲时暮而难考。远图逝而辞怀兮，密思集而盈抱。美厚德之溥载兮，嘉丰化之大造。恨盛来之苦晏兮，悲衰至之常蚤。指晞露而怵心兮，衍死生于靡草……

此赋为骚体赋，体现出“朗丽以哀志”、“绮靡以伤情”（《文心雕龙·辨骚》）的楚骚精神。

《愁霖赋》与《喜霁赋》的创作缘于是年夏邺城的“大霖”及雨霁。当年建安文人对此题材也多有表现。两赋前均有序说明创作背景。《愁霖赋》序云：“永宁三年（按：当为二年）夏六月，邺都大霖。旬有奇日，稼穑沈湮，生民愁瘁。时文雅之士，焕然并作，同僚见命，乃作赋曰。”正文铺陈霖雨泛滥的情状，结尾又由愁霖上升到人生的愁苦，“考伤怀于众苦兮，愁岂霖之足悲”，并展开想象以化解悲伤：“劾丰隆于岳阳兮，执赤松于神馆。命云师以藏用兮，绁乘龙于河汉。照蒙汜之清晖兮，炳扶桑之始旦。考幽明于人神兮，妙万物以达观。”

身居邺城自然少不得游览凭吊这里的古迹，陆云作有《登台赋》：

永宁中，参大府之佐于邺都，以时事巡行邺宫三台。登高有感，因以言崇替，乃作赋云：

承后皇之嘉惠兮，翼圣宰之威灵。肃言而述业兮，乃启行乎北京。巡华室以周流兮，登崇台而上征。攀凌坻而遂隮兮，迄云阁而少宁。

尔乃伫眄瑶轩，满目绮寮。中原方华，绿叶振翘。嘉生民之亹亹兮，望天晷之苕苕。历玉阶而容与兮，步兰堂以逍遥。蒙紫庭之芳尘兮，骇洞房之回飚。頩响逝而忤物兮，倾冠举而凌霄。曲房营而窈眇兮，长廊邈而萧条。

于是迴路季夷，邃宇玄芒。深堂百室，会台千房。辟南窗而蒙暑兮，启朔牖而覆霜。游阳堂而冬温兮，步阴房而夏凉。万禽委蛇于潜室兮，惊风矫翼而来翔。纷谲谲于有象兮，邈攸忽而无方，于是南征司火，朱明郁遂，县车式徐，曜灵西坠，暑乘阴而增炎兮，景望渊而暧昧，玩琼宇而情廞兮，览八方而思锐，陋雨馆之常规兮，鄙鸣鹄之蔽第，仰凌眄于天庭兮，俯旁观乎万类，北溟浩以扬波兮，青林焕其兴蔚，扶桑细于毫末兮，昆仑卑乎覆篑，于是忽焉俯仰，天地既闷。宇宙同区，万物为一。原千变之常钧兮，齐亿载于今日。彼区中之侧陋兮，非吾党之一室。本达观于无形兮，今何求而有质。

于是聊乐近游，薄言徉。朝登登金虎，夕步文昌。绮疏列于东序，朱户立乎西厢。经蕤晔以披藻兮，椒涂馥而遗芳。感旧物之咸存兮，悲昔人之云亡。凭虚槛而远想兮，审历命于斯堂。

于是精疲游倦，白日藏辉。鄙春登之有情兮，恶荆台之忘归。聊弭节而驾言兮，怅将逝而徘徊。感崇替之靡常兮，悟废兴而永怀。隆期启而云升，逝运靡其如颓。

长发惟祥，天鉴在晋，肃有命而龙飞兮，跚重斯而肇建。嘉有魏之钦若兮，鉴灵符而告禅。清文昌之离宫兮，虚紫微而为献。委普天之光宅兮，质率土之黎彦。钦哉皇之承天，集北顾于乃眷。诞洪祚之远期兮，则斯年于有万。

邺城曾是魏都，曹氏父子两代在此经营。三台是其标志性建筑。但魏晋易代，风光不再。陆云于此远眺近游，生出诸多感慨："感旧物之咸存兮，悲昔人之云亡。凭虚槛而远想兮，审历命于斯堂"；"感崇替之靡常兮，悟废兴而永怀"。陆云对邺城厚重的历史感于斯可见。

在陆云整体创作中有一组重要文献，即他写给陆机的书信《与兄平原书》三十五则。据论者所考，这组书信除了第三十四书无从确定外，余皆作于永宁元年（301 年）下半年至太安二年（303 年）陆氏兄弟遇害前，"至于写作地点，几乎尽属邺下"①。

这组书信中，值得注意的是陆氏兄弟对文学的热情。陆氏兄弟作诗作文，往往互为第一读者，彼此切磋乃至润色，然后才公之于众。如第 2 则云："前省皇甫士安《高士传》，复作《逸民赋》，今复送之，如欲

① 朱晓海：《陆云〈与兄平原书〉臆次编说》，《燕京学报》，2000 年，第 11 期。

报称。久不作文，多不悦泽，兄为小润色之，可成佳物，愿必留思。”又第二十七则云：“一日视伯喈《祖德颂》，亦以述作宜褒扬祖考为先，聊复作此颂，今送之，愿兄为损益之。”都提到以新作呈陆机请为润色之事。第9则评述陆机诸赋，以“深情”、“清妙”、“绮语颇多”、“新奇”等语肯定其特色，又委婉指出有些作品“未得为兄赋之最”。

此外，陆云在信中经常评论他人文章，表达自己的文学观念。第十一则云：

> 往日论文，先辞而后情，尚絜而取不悦泽。尝忆兄道张公文（父）子论文，实自欲得。今日便欲宗其言，兄文章之高远绝异，不可复称言。然犹皆欲微多，但清新相接，不以此为病耳。若复令小省，恐其妙欲不见，可复称极，不审兄由以□为尔不？《茂曹碑》皆自是《蔡氏碑》之上者，比视蔡氏数十碑，殊多不及，言亦自清美，愚以无疑不存。《三祖赞》不可闻，《武帝赞》如欲管管流泽，有以常相称美，如不史，愿更视之。小跛几而悦奕为尽理。云今意视文，乃好清省，欲无以尚，意之至此，乃出自然。张公在者必罢，必复以此见调，不知《九愍》不多，不当小减。《九悲》、《九愁》，连日钞除，所去甚多。才本不精，正自极此，愿兄小为之定，一字两字出之便欲得，迟望不言。

陆氏兄弟受张华的影响，修正了“先辞而后情”的主张。陆云为文倡导“清省”，与其兄“绮语颇多”、“微多”为代表的繁缛文风有所不同。正如明张溥所言：“士龙与兄书，称论文章，颇贵清新，妙若《文赋》，尚嫌绮语未尽。”[①]

这组书信还有一项内容，便是陆云向兄长汇报巡行邺都的所见所感，颇似后世的旅行日记。他以“一日案行”、“一日上三台”为信的开

① 张溥：《汉魏六朝百三家集题辞注》，人民文学出版社，1981年，第135页。

端，语气亲切平易。如第一则云：

> 一日案行，并视曹公器物，床荐席具，有寒夏被七枚；介帻如吴帻，平天冠、远游冠具在；严器方七八寸，高四寸馀，中无鬲，如吴小人严具状，刷腻处尚可识；梳枇、剔齿、纤綖皆在；拭目黄絮二在，有垢黑，目泪所沾污；手衣、卧笼、挽蒲、棋局、书箱亦在，奏案大小五枚；书又作欹枕，以卧视书；扇如吴扇、要扇亦在；书箱五枚，想兄识彦高书箱，甚似之；笔亦如吴笔，砚亦尔；书刀五枚，琉璃笔一枝，所希闻，景初三年七月七日，刘婕妤折之。见此期复使人怅然有感处。器物皆素，今送邺宫大尺闻数。前已白其繐帐及望墓田处。是清河时台上诸奇变无方，常欲问曹公："使贼得上台，而公但以变谲因旋避之，若焚台当云何?"此公似亦不能止。文昌殿北有阁道，去殿丈，内中在东，殿东便属陈留王，内不可得见也。

陆云对曹操故居遗物一一描绘，不厌其烦，平静的叙述中隐含者伤逝之情。这或许是对一个英雄辈出的时代的追怀。

总之，陆云在河北时间短暂，却留下了一批具有重要价值的作品，这是他生命终结之前的最后咏叹。

第四章　东晋时期的河北作家

东晋文学总体上不及西晋文学繁荣，但仍有独特之处。就诗歌而言，百余年盛行玄言诗，主流创作一变西晋繁缛之气，转而崇尚清虚恬淡之美，因此陶渊明诗呈现出冲淡的美学风范并不是偶然的。东晋小说成就突出，志人与志怪两大阵营已颇具规模，分别以裴启《语林》、干宝《搜神记》为代表。具体到河北籍作家的创作，百年间值得一提的只有玄言诗人许询及志怪小说家祖台之。

第一节　玄言诗人许询

东晋一代，玄言诗极盛，代表人物是孙绰、许询。钟嵘《诗品》谓“永嘉以来，清虚在俗。王武子辈，诗贵道家之言。爰洎江表，玄风尚备。真长、仲祖、恒、庾犹相袭。世称‘孙许’弥善恬淡之辞”，这段话可视为许询的文学史定位。

许询（生卒年不祥），字玄度，高阳（今河北高阳一带）人。父为琅邪太守，怀帝永嘉中随元帝过江，迁会稽内史，因家于山阴。许询性好山水，隐居不仕。时会稽有奇山秀水，为名士聚居之地，著名的兰亭雅集即在此地。许询曾参与此聚会，与王羲之往来频繁。现存王羲之尺牍中，多次提及玄度来访之事。据唐许嵩《建康实录》卷八所记，许询不受朝廷征召，“策杖披裘，隐于永兴西山，凭树构堂，萧然自致，至今此地名为‘萧山’”；后奉佛，“遂舍永兴、山阳二室为寺，家财珍异悉是给。既成启奏孝宗。诏曰：‘山阴旧宅为祇洹寺，永兴新宅为崇化寺”。后移居皋屯之岩，后人称许玄度岩。

就文学成就而言，许询是当时的清谈名士，玄言诗的领军人物。据《世说新语·文学》注引《续晋阳秋》所言，许询“有才藻，善属文”，“（许）询、（孙）绰并为一时文宗，自此作者悉体之”。但是作为东晋玄言诗代表诗人的许询，却没有流传下一首完整的诗作，唯存若干残句。“青松凝素髓，秋菊落芳英”二句，似有借山水领略玄趣的用意；《竹扇诗》所存四句“良工眇芳林，妙思触物骋。篾疑秋蝉翼，团取望舒景”，以两个比喻表现竹扇之精美，颇有情致；而《农里诗》之“亹亹玄思得，濯濯情累除”两句则“平典似《道德论》”。

许询之文今存《墨麈尾铭》及《白麈尾铭》两篇。麈尾为魏晋名士清谈时必备之物，由此二文可领略当时名士的清谈风采。其《墨麈尾铭》曰：

> 卑尊有余，贵贱无始。器以通显，废兴非己。伟质软蔚，岑条疏理。体随手运，散飙清起。通彼玄咏，申我先子。

《白麈尾铭》曰：

> 蔚蔚秀气，伟我奇姿。荏弱软润，云散雪飞。君子运之，探玄理微。因通无远，废兴可师。

“体随手运，散飙清起”，“云散雪飞”状麈尾之态；“君子运之，探玄理微”，“通彼玄咏”言麈尾功用。二文与其玄言诗互为表里，彰显了当时玄谈盛行的风气，更见出文士谈玄时的风采。

第二节 小说家祖台之

祖台之（生卒年不详），字元辰，范阳（今河北涿州一带）人，祖冲之曾祖。《晋书》列传第四十五对祖台之事迹记载颇简略：“官至侍中，光禄大夫。撰《志怪》，书行于世”。

祖台之《志怪》又称《祖氏志怪》，因东晋尚有曹毗、孔约等同名

《志怪》。据李剑国先生《唐前志怪小说史》，《祖氏志怪》“记有安帝隆安中事，知书成于晋末”[①]。据《隋书·经籍志》记载，祖台之撰《志怪》二卷，今多亡佚。鲁迅《古小说钩沉》辑得十五则。十五则大抵一条一事，篇幅短小，是典型的“丛残小语”。

祖台之《志怪》的内容一为杂传式志怪，有多则涉及历史人物，如汉武帝见梁上老翁、张华察剑气、陶侃失牛、周处斩蛟等，都体现了杂史与志怪的结合。汉武帝见梁上老翁之事曰：

> 汉武帝与近臣宴会于未央殿，忽闻人语云：“老臣冒死自陈。”乃见屋梁上有一翁，长八九寸，拄杖偻步，笃老之极；缘柱而下，放杖稽首，默而不言；因仰首视殿屋，俯指帝脚，忽然不见。东方朔曰：“其名‘藻居，’兼水木之精，春巢幽林，冬潜深河。今造宫室，斩伐其居，故来诉于帝。仰视宫殿，殿名未央，诉陛下方侵其居宅未央也；俯指陛下脚者，足也，愿陛下宫殿足于此，不愿更造也。”上为之息宫寝之役。居少时，帝亲幸河都，闻水底有弦歌之声，又有善芥。须臾，前梁上老翁及年少数人，绛衣素带，缨佩乘藻，甚为鲜丽，凌波而出，衣不沾濡。帝问曰：“闻水底奏乐声，为君耶？”老翁对曰：“老臣前昧死归诉，幸蒙陛下天地之施，即止息斧斤，得全其居宅，不胜嘉欢，故私相庆乐耳。”献帝一紫螺壳，状如牛脂。帝曰：“朕暗无以识君，东方生知耳；君可思以吴□贻之。”老翁乃顾命取洞穴之，一人即受命下没泉底，倏忽还到，奉大珠径寸，明耀绝世。帝甚玩焉，问朔：“何以识此珠为洞穴之宝？”朔曰：“河底有洞穴之宝”。帝以五十万钱赐朔，取其珠。

篇幅短小，但在《祖氏志怪》中已算长篇。叙事颇生动，武帝之从善如

① 李剑国：《唐前志怪小说史》，南开大学出版社，1984年，第335页。

流，梁上老翁之冒死自陈，东方朔之善解“神”意，都惟妙惟肖。梁上老翁“缘柱而下”，“忽然不见”，“凌波而出，衣不沾濡”等情节怪异迭出，引人入胜，故事简短而可读。

人神结合是六朝志怪常见的内容，《祖氏志怪》也有涉及。如有关曹著的两则：

> 建康小吏曹著见庐山夫人，夫人为设酒馔。余鸟啄罂，其中镂刻奇饰异形，非人所名；下七子盒盘，盘中亦无俗间常肴敉。夫人命女婉出与着相见。婉见著欣悦，命婢琼林令取琴出，婉抚琴歌曰：“登庐山兮郁嵯峨，晞阳风兮拂紫霞，招若人兮濯灵波。欣良运兮畅云柯，弹鸣琴兮乐莫过，云龙会兮乐太和。”歌毕，婉便辞去。
>
> 建康小吏曹著，为庐山使君所迎，配以女婉。著形意不安，屡求请退；婉潸然垂涕，赋诗叙别，并赠织成裈衫也。

这是一个人神并未成功结合的故事。庐山君为其女婉招婿，婉见建康小吏曹著而欣悦，琴歌传情。但曹著却“形意不安，屡求请退”，婉“潸然垂涕”，即便如此，仍赋诗赠衫，俨然一人间多情少女。多情与无情演绎出令人伤感的故事，别有余味。相形之下，“吴中大夫”的故事很俗气，是志怪小说中常见的俗套：

> 吴中有一士大夫，于都假还，行至曲阿塘上，见一女子，容貌端正，便呼即来，便留住宿。士解臂上金铃系其臂，令暮更来，遂不至。明日，更使寻求，都无此色。忽过一猪圈边，见母猪臂上系金铃。

美女原是母猪，这一场人神结合不知“吴中大夫”感受如何。《祖氏志怪》还记有灵奇之物：

> 苟晞为兖州镇，去京师五百里。有贡晞珍异食者，欲贻都邑亲贵，虑经信宿之间，不复鲜美；募有牛能日行数百里者，

当厚赏之。有人进一牛云："此日行千里。"晞乃命具丁车善驭，书疏发遣。旦发，日中到京师；取答书还，至一更始进便达。晞以其骏快，筋骨必将有异，遂杀而观之；亦无灵异，惟双肋如小竹大，自头挟脊着肉裹，故外不觉也。

此外值得一提的还有"陈悝"的故事：

隆安中，陈悝于江边作鱼簄。潮去，于簄中得一女人，长六尺，有容色，无衣服；水去不能动，卧沙中，与语不应。人有就辱之。悝夜梦云："我是江黄，昨失道落君簄，小人遂见加凌；今当白尊神杀之。"悝不敢移，潮来自逐水去。奸者寻病。

这是一则复仇故事。水中之神江黄误落陈悝的渔网中，受到小人的凌辱。江黄并不怪罪陈悝，唯独惩罚小人，维护了自身的尊严。故事的主旨似是告诫人们，弱者同样需要尊重。

《隋书·经籍志》记载，《祖台之集》梁时有二十卷，惜今仅存残文五篇，包括赋、书信、论说等形式。其《荀子耳赋》曰：

夫恶劳而希逸，实万物之至诚。何斯耳之不辰，托荀子而宅形。在瘠土而长勤，无须臾之闲宁。预清谈而闭塞，开鄙秽而聪明。竭微听于门阁，采群下之风声。

借助描摹荀子之耳，表达对荀子思想行为倾向的理解。虽为残篇，亦约略可见构思之巧。

小　结

历时二百余年的魏晋文学，在文学史长河中只是匆匆一瞬。惊鸿一瞥，却也风光无限，其间河北文学的兴衰颇值回味。魏晋时期长期动荡不安，间或短暂稳定，政权由北徙南的历史特点，直接影响了河北文学的整体布局与发展趋势。河北本土吸纳外籍作家加盟，河北文学在他乡开花结果，这两道不同的风景营构起特定时代河北文学的景观。因此观照这一特定时段的河北文学，生硬地找寻地域文化元素、提炼地域文化精神的做法是不切实际的，我们的乡邦情感不应成为理性审视的障蔽。

魏晋时期的河北文学之于中国文学史的影响，从杰出人物的贡献中更为鲜明地体现出来。建安、西晋、东晋三个阶段都涌现了领袖群伦的杰出作家。曹丕主持邺下集团的活动，赋予其文学特质，建安诗歌“五言腾涌”，由质朴转向工美的文人化进程正完成于邺下时期。在邺写就的《典论·论文》开六朝文学批评之先河，其文学价值观、文体论、文气说都具有划时代的意义。张华作为西晋时期的文坛领袖，创作《情诗》，倡导“情先于辞”，以“儿女情多”变建安诗歌的慷慨多气，把太康文学引向另一坦途。许询作为随东晋王朝迁居江南的北人，迅速融入主流文化圈，与孙绰等人将玄学与文学联姻，领衔创制的玄言诗风行百年，开发了诗歌抒情、叙事之外的说理功能，尽管承受了“理过其辞，淡乎寡味”的苛评，但百年间留下的印痕铭刻诗史，而其“弥善恬淡之词”，似乎启示了平淡成为中国诗歌的别一美学追求。

从三曹七子在邺城文学足迹的清晰可辨，到许询、祖台之居江南“生卒不详”，魏晋时期的河北文学渐行渐远，至南朝淡出史家视线。历史的机缘使河北文学在北朝重放异彩，这或许是一种补偿。

第四编

北朝河北文学

绪 论

对于河北文学史来说，北朝是一个非常值得关注的时代。从十六国的动荡到拓跋氏统一北方，进而经过东魏和西魏、北周和北齐的分裂和对峙，所有的朝代更迭、政权变换都是在北方完成的。在整个北朝时期，河北地区的政治、经济、军事、文化都占据重要地位，这是前所未有的。十六国时期，幽冀诸州曾被前赵、后赵、前燕、后燕先后占据，作为向南方推进的根据地。北魏时期，河北地区既提供了农业的基本保障，更输送了大量本土高门士族中的优秀之士进入其政权，加速了鲜卑族的汉化和拓跋氏政权的封建化，为统一北方作出了巨大贡献。一直到北魏末年，高欢政权仍是以河北为根本，为后来东魏和北齐的强盛奠定了基础。

就文学而言，河北文人也第一次成为一个朝代的创作主力。在西晋末年的大动乱中，河北的幽、冀二州是相对安定的地带，当地的世家大族多未南迁，很多人先后仕于前燕、前秦和后燕。由于拓拔氏统一北方首先是从灭后燕开始，河北士族如清河崔宏、崔逞，渤海封懿等成了最早被征召进入北魏政权的汉族官员。后来，太武帝拓跋焘在神䴥四年（431 年）又下令征召了一批汉族士人。高允在《征士赋》中提到了除自己之外的 34 人之名。其中有 28 人的籍贯在今河北地区。这些河北士人一方面积极创作，树立了文学典范，形成了进步的文学氛围；另一方面也以自己的文化传统，规范着文学发展的方向。①

这一时期的河北文学朴实粗犷，注重现实，呈现出与南方截然不同的特色。

---

① 孙光：《河北士族对北朝文学的影响》，《北方论丛》，2007 年，第 2 期。

第一章　十六国时期的河北文学

西晋末年发生“八王之乱”后，中国陷入长时期的混乱，贫弱不堪。在这个时期，匈奴、鲜卑、羯、氐、羌等少数民族纷纷趁机进入中原，相继在中国北方建立了近 20 个民族割据政权。其中以成汉、夏、前赵、后赵、前秦、后秦、西秦、前燕、后燕、南燕、北燕、前凉、后凉、南凉、北凉、西凉 16 个政权为主，史称“五胡十六国”。一直到公元 439 年北魏太武帝拓跋焘消灭北凉政权，北方各族才重又进入统一政权。

十六国时期是中国历史上最为混乱的时期之一。这一时期的思想文化也随之呈现出混乱时期的显著特征，那就是多种思想文化并存，百家争鸣。

这一时期，儒学作为中国文化的正统思想得以继续发展。大多数文人仍然是以儒家思想为宗。但在西晋末年开始并逐渐盛行的玄学思想并没有在北方发展起来，当时的北方对玄学思想和玄学人物甚至持厌恶的态度。《晋书·姚兴载记》载：“时京兆高慕阮籍之为人。居母丧，弹琴饮酒。诜（给事黄门侍郎古成诜）闻而泣曰：‘吾当私刃斩之，以崇风教。’遂持剑求高。高惧，逃匿，终身不敢见诜。”[①] 与此同时，外来的佛学文化在北方中原地区逐渐站稳脚跟。北方上层社会对佛教的崇信在这一时期达到了前所未有的高度。如后赵石虎尊佛是“戎神”，前秦苻坚与道安同辇出游、支持道安大规模翻译佛经，等等。在统治者的提倡下，各地大造寺院，一些著名的佛学大师及传播者，像圆澄、道安、鸠摩罗什分别在后赵、前秦及后秦成为显赫人物。这些著名的僧人在传播

① 上海书店：《二十五史·晋书·姚兴载纪》，上海古籍出版社，1986 年，1594 页。

佛法的同时，也带来了异域的文化思想，不可避免的对中原传统文化思想产生深刻的影响。

由于十六国时期的政治局势和社会状况相对较为混乱，一些政权，如前燕和前秦基本是同时存在的，通常采用的按照时段来描述文学史的叙述方式不再适用，我们只能以国别和文体为线索来结构本节的内容。

十六国时期河北地区的文学包括汉（前赵）、后赵、前燕和前秦文学。这几国的统治者都比较注重文化教育，大力提倡文学。如前燕慕容廆虚怀引纳文章才俊，并立学舍。《晋书·慕容廆载记》云："平原刘赞儒学该通，引为东庠祭酒，其世子皝率国胄束修受业焉。廆览政之暇，亲临听之，于是路有颂声，礼让兴矣。"其子"（慕容皝）赐其大臣子弟为官学生者号高门生，立东庠于旧宫，以行乡射之礼每月临观，考试优劣。皝雅好文籍，勤于讲授，学徒甚盛，至千余人。亲造《太上章》以代《急就》，又著《典诫》十五篇，以教胄子。"[①] 其后，慕容俊亦"雅好文籍，自初即位至末年，讲论不倦，览政之暇，惟于侍臣错综义理，凡所著述四十余篇。"[②] 苻坚也留心儒学，于文学活动也多所提倡。后燕慕容盛命中书更为《燕颂》以述祖上之功。前赵、后赵也都有立太学、小学之事，其中后赵石勒两次清定九品，又设立太学、小学和郡国学，培养了很多文人学者。《晋书·石勒载记》载，当石季龙听说石兽位移后，认为是天助其功，于是群臣为之贺，"上《皇德颂》者一百七人"，可见御用文学在后赵时期颇为壮大。前秦也是这样。当得到西域诸国进贡的名马，皇帝便命群臣作《止马诗》。一时之间，"献诗者四百余人"[③]。这些御用诗文今已不存，但这种创作氛围对于文学的存在和发展无疑是有利的。河北文学也就是在这种氛围中，展现出自己的时代面貌。

---

① 上海书店：《二十五史·晋书·慕容皝载纪》，上海古籍出版社，1986年，1574页。

② 上海书店：《二十五史·晋书·慕容俊载纪》，上海古籍出版社，1986年，1572页。

③ 上海书店：《二十五史·晋书·苻坚载纪》，上海古籍出版社，1986年，1585页。

后赵河北地区的文人据记载有刘群，字公度，中山魏昌（今河北无极）人，晋司空刘琨子。少拜广武侯世子，随父在晋阳，性清慎，有裁断，得士类欢心。晋成帝咸康二年，尝下诏征群等，为段末波所阻，不得南渡。及段辽为石虎所灭，群等俱没于石虎，为中书令。冉闵败后，刘群也遇害。温峤曾上表晋帝，谓群与崔悦、卢谌等"并有文思"。只可惜刘群的文章今无存者。

前燕在河北活动的文人有慕容儁、韩恒、封弈。慕容儁是十六国前燕君主，字宣英。公元352年，乘后赵内乱，入据中原，都邺（今河北临漳）称帝。《晋书·慕容儁载记》称其"博观图书，有文武干略"；又谓他"雅好文籍，自初即位至末年，讲论不倦，览政之暇，唯与侍臣错综义理。凡所著述，四十余篇。"[①] 又记其"讌群臣于蒲池，酒酣赋诗。"但其诗文几乎全部散佚。今存者仅公文三篇，清代严可均辑入《全上古三代秦汉三国六朝文·全晋文》中。《手令赦常炜》一文是慕容儁赦免常炜的命令："今大乱之中，诸子尽至，岂非天所念邪？天且念卿，况于孤乎？"《下令追崇祖考》是慕容儁登上皇位后对祖先的追封："追崇祖考，古人之令典也。其追尊武宣王廆为高祖武宣皇帝，文明王皝为太祖文明皇帝。"《下书定冠冕制》中先追述了周礼中的冠冕礼制，"君臣略同"。又说明了制定冠冕体制的原因，是为了能够"瞻冠思事，刑断详平"，接着具体介绍了各种冠冕的样式，希望能够达到"敬慎威仪，示民轨则"的目的。

韩恒，字景山，安平灌津（今河北衡水）人。生卒年不详。其父韩默，以学行显名。韩恒年少时即擅长写文章，师事西晋名作家张载，张载曾夸奖其曰："王佐才也。"韩恒博览经籍，无所不通。其文章今多散佚，只有一篇《驳宋该等议表请廆为燕王》幸存：

> 自群胡乘闲，人婴荼毒，诸夏萧条，无复纲纪。明公忠武

---

① 上海书店：《二十五史·晋书·慕容儁载纪》，上海古籍出版社，1986年，1576页。

笃诚，忧勤社稷，抗节孤危之中，建功万里之外，终古勤王之义，未之有也。夫立功者，患信义不著，不患名位不高。故恒文有宁复一匡之功，亦不先求礼命以令诸侯，今宜缮甲兵，候机会，除群凶，清四海，功成之后，九锡自至，且要君以求宠爵者，非为臣之义也。

这篇文章写于晋成帝咸和中，宋该请慕容廆称燕王，韩恒写文章驳斥他的建议。短文先是赞扬了慕容廆的英勇事迹和为社稷的一片忠贞之心，接着指出了当今的迫切形势和紧急任务，认为当今之际最应该摒除群雄，使四海统一，等到功成之后名位自然而至，而且臣子以功劳求取名位实属不该。文章情辞恳切，句句入理，具有很强的逻辑性。

封弈为渤海蓨（今河北景县）人，《晋书·慕容廆载记》称“渤海封弈、平原宋该、安定皇甫岌、兰陵缪恺以文章才俊，任居枢要。”《周书·王褒庾信传论》言及十六国文人时，谓封弈等知名于燕。封弈尝率师攻击宇文别部，击后赵，历事慕容氏四世，卒于晋哀帝兴宁三年(365年)。据史籍记载封弈能文，可惜他的文章今已不存。

前秦时期，河北地区最重要的作家是王猛。王猛是十六国时期前秦的名臣，字景略，北海剧（今山东寿光）人，家于魏郡（今河北临漳一带)。其为人瑰姿俊伟，博学好兵书，谨重严毅，气度雄远。王猛是苻坚的谋士，历任辅国将军、司隶校尉，累迁至司徒，率前秦军灭前燕，镇邺。《隋书·经籍志》著录有“晋苻坚丞相《王猛集》九卷，录一卷。”清严可均《全上古三代秦汉三国六朝文》辑有其文九篇，皆应用性文字，可略见其文风。如《疾少上疏》：

不图陛下以臣之命，而亏天地之德，开辟以来，未之有也。臣闻报德莫如尽言，谨以垂末之命，窃献遗款。伏惟陛下威烈振乎八荒，声教光乎六合，九州百郡十居其七。平燕定蜀，犹如拾芥。夫善作者不必善成，善始者不必善终，是以古先哲王，知功业之不易，兢兢业业，如临深谷。伏惟陛下追踪前圣，天下幸甚。

从内容上来看，这是王猛临终之际对君主的真切希冀。作者先是回顾了君主对他的恩德，然后通过“尽言”来回报圣恩，希望皇上能够效仿古先圣王，勤奋努力，发扬声教德化，这样的话就能实现国家统一的愿望。文章情感真挚，构思精密，语言平实明快，能够代表河北地区散文的成就。

由上文所列可以看出，十六国时期的河北散文主要是表、章等应用文学，数量较少，文风特点是简朴、质实。这些散文大多是为现实的政治需求所作，简单朴实，晓畅易读，具有很强的目的性和针对性。

十六国时期的河北诗歌数量很少，文人诗现已不存，有价值的是乐府民歌。这些歌谣反映的是当时社会生活的真实状况及人民的思想感情。《幽州马客吟歌辞》可为代表：

快马常苦瘦，剿儿常苦贫。黄禾起羸马，有钱始作人。①

这首歌辞语言朴素无华，风格刚健豪放，情感真实强烈，与南朝民歌的轻快格调形成鲜明的对比。

一般认为，十六国时期作家和作品数量都很少，是中国文学史上最为晦暗的时段。但就北方同一时期比较来说，河北地区的文学在整个十六国时期还是较为出色的，文人和文学作品数量也较为可观，为中国古代文学的发展作出了贡献，同时为北魏、东魏、北齐的文学发展打下了良好的基础。

① 《乐府诗集》卷二十五，中华书局，1979年，370页。

第二章　北魏时期的河北文学

北魏时期河北文学的主要成就是散文和诗歌。以太和十五年（491年）孝文帝亲政为界，此一时期的散文和诗歌又可分为前后两期。前期散文多为军国文章，代表性作家有刁雍、崔浩、高允、高间、高谦之、游雅等。后期散文则主要是章、表等应用文字和部分赋作，代表性作家有王肃、李谧和卢元明等。诗歌方面，前期中只有高允的四言诗创作较有成就，后期则四言、五言均有不错的创获，王肃、卢元明、祖莹、阳固、卢渊是后期的代表性诗人。另外《水经注》作为写景散文也取得了不俗的成就。

第一节　北魏前期的河北散文

北魏政权（386～534年）是中国北朝的第一个王朝，又称后魏、拓跋魏、元魏，由鲜卑族建立。鲜卑是中国北方游牧的少数民族之一，最早生活在今天黑龙江、嫩江流域以及大兴安岭附近。后来逐步南迁，进入到今天内蒙古的和林格尔地带。在此过程中，鲜卑的实力逐步增强。不久西晋建立，拓跋鲜卑同晋朝交往，逐渐成为北方剽悍部落之一。到公元329年，后赵石勒灭前赵，拓跋鲜卑乘势举兵自立。其首领拓跋什翼健于公元338年建立代国，都城云中盛乐，占据东南至雁门关以北地区。后来因为前秦的崛起，代政权灭亡。拓跋什翼健之孙拓跋珪在亡国后的第十年，利用淝水之战后前秦瓦解之机重新建国，自称魏王，改国号为魏。之后，拓跋珪发动战争，逐步占有今山西、河北的大部分地区。公元398年十二月，拓跋珪定都平城（今山西大同），称皇帝。拓跋珪为北魏开国皇帝，史称太祖道武帝。北魏皇始元年（396年），拓跋珪大举进攻后燕，派遣将领王建攻广宁、上谷，封真率兵出军都关，袭幽州，自己亲统步骑40万，进屯曲阳，取道井陉，克常山，于次年正月，陷信都。三月，急攻中山，慕容宝北奔蓟城，后又逃往龙城。九月，北魏军进据中山，天兴元年（398年）正月，后燕邺城守将慕容德南徙滑台，邺又归属拓跋硅。至此，河朔幽、冀诸州大部分被北魏占据。

拓跋珪入驻河北，为北魏统一北方作了准备。在北魏统治期间，河北一直是一个战略要地，各个统治者也都从各个方面加强对河北的管理。这就从不同角度促进了河北经济、文化事业的发展，文学事业也因此而达到了一个新的高度。

北魏的河北文学以太和十五年孝文帝亲政为界，分为前后两期。北魏统治的前期，仍然在与各国争雄，军事斗争是政治生活的主体。无论是统治者还是士人都无暇顾及文学，文学自然也无所突破。这一时期的留存之作大抵以军国文章为主，很少纯文学作品。文人主要由两部分人组成，一部分是在消灭各国政权时接受过来的文人，如刁雍；另一部分则是被皇帝征集而聚集到一起的河北士人，以崔浩、高允为代表。后一部分构成了北魏前期河北文人的主体。

刁雍，字淑和，祖籍渤海饶安（今河北南皮）人。曾祖协从晋元帝过江，官至尚书令。其父畅为右卫将军，及宋武帝诛刁氏，刁雍为父故吏所匿，奔后秦，及后秦亡，遂入魏。太武帝时，为徐、豫二州刺史，上表论引河水，后又上表论兴礼乐。孝文帝太和八年卒，年九十五。《魏书》本传谓“雍性宽柔，好尚文典，手不释书，明敏多智。凡所为诗颂并杂文，百有余篇。”又谓其“笃信佛道，著教诫二十余篇，以教导子孙。”① 现在所存的只有一些奏疏，清代严可均辑入《全上古三代秦汉三国六朝文》，从中可略窥其文风。

① 上海书店：《二十五史·魏书·刁雍传》，上海古籍出版社，1986年，2269页。

《兴礼乐表》先是说明了礼乐对于国家的重要性："臣闻有国有家者，莫不礼乐为先。故月记云，礼所以制外，乐所以修内，和气中释，恭敬温文，是以安上治民，莫善于礼，易俗移风，莫善于乐。"接着回顾了先贤们重视礼乐的各种表现，认为"夫感天动神，莫近于礼乐，故大乐与天地同和，大礼与天地同节。和故百物阜生，节故祀天祭地。礼行于郊，则上下和肃，肃者礼之情，和者乐之致，乐至则无缘，礼至则不违。"最后向帝王提出了自己的建议："伏惟陛下无为以恭己，使贤以御世，方鸣和鸾以陟岱宗，陪群后以昇中岳，而三礼阙于唐辰，象舞替于周日。夫君举必书，古之典页，柴望之礼，帝王盛事。臣今以为有其时而无其礼，有其德而无其乐，史阙封右之文，工绝清颂之飨。良由礼乐不兴，王政有缺致也。臣闻乐由礼所以象德，礼由乐所以防淫，五帝殊时不相沿，三王异世不相袭，事与时并，名与功偕故也。臣识昧儒先，管窥不远，谓宜修礼正乐，以光大圣之治。"

另一篇《行孝论》云：

> 古之葬者，衣之以薪，不封不树，后世圣人，易之以棺椁。至秦以后，生则不能致养，死则厚葬过度，及于末世，至蘧篨裹尸，裸而葬者，确而为论，并非折衷。既知二者之失，岂宜同之。当今所存者椁，厚不过三寸，高不过三尺，弗用缯丝，敛以时服，輀车只用白布为幔，不加画饰，名为清素车。又去挽歌方相，并明器杂物。

首先追述了自古代以来的丧葬制度，认为秦以后以及末世以来的丧葬制度均不合制，并提出了自己的建议：应该对棺椁的厚度和高度加以明确具体的规定。对于给死人穿什么样的衣服，灵车该怎么装饰，文章也提出了详细的意见，而且给车取名为"清素车"。

这两篇文章所持均是传统的儒家观点，并无新意，但所谏对象为鲜卑统治者，可以看出作者力图恢复儒道的苦心。文章观点明确，语言通俗，无所润饰，这种质朴的风格虽然首先源于劝谏异族统治者的实用目的，但也体现了当时不甚发达的社会文化水平。

在北魏初期，崔浩和高允是最著名的本土作家。崔浩历仕道武帝、明元帝和太武帝三朝，位至司徒。明元帝拓跋嗣时，崔浩“常受帝经书”，“恒与军国大谋，甚为宠密”，“自朝廷礼仪、优文策诏、军国书记，尽关于浩”。在太武帝拓跋焘统治期间，崔浩谋谟筹划，翊赞太武帝击败北境柔然，削平了关陇赫连氏、河西沮渠氏等割据集团，对完成北方统一大业作出了重大贡献。太武帝称其“才略之美，当今无比。朕行止必问，成败决焉，若合符契。”崔浩还不遗余力地为北魏引荐人才。“明元、太武之世，徵海内贤才，起自仄陋，及所得外国远方名士，拔而用之，皆浩之由也”，对北魏文化的发展产生了深远影响。《北史·本传》称其“少好学，博览经史，玄象阴阳百家之言，无不该览。研精义理，时人莫及。”[①]笃守经学传统，曾注《孝经》、《论语》、《诗》、《尚书》、《春秋》、《礼记》、《周易》等，其《周易注》十卷至隋代仍广泛流传。《隋书·经籍志》著录崔浩有《赋集》83卷，虽已不存，但可以说明崔浩创作过文学作品。现在散见于《魏书》中的崔浩文章题材以论史议政等应用文章为主，说理清楚、逻辑严密是其共同特色。只有《册封沮渠蒙逊为凉王》一文，模仿三国时潘勖的《册魏公九锡文》，略带骈文韵味，遣词典雅，是北魏前期应用文字中少见的。

高允，字伯恭，渤海人。太和十一年卒，年九十八，赠侍中司徒，谥曰文。有集21卷。“性好文学，担笈负书，千里就业，博通经史、天文、术数，尤好《春秋公羊》”。他以文才见长，连司徒崔浩也称赞他“丰才博学，一代佳士”。他在繁忙的政务之余，“所制诗、赋、颂、箴、论、表、赞，《左氏公羊释》、《毛诗拾遗》、《论杂解》、《议何郑膏肓事》，凡百余篇，别有集行于世。”[②]

高允的《鹿苑赋》是北朝现存最早的纯文学作品，全文如下：

---

① 李延寿：《北史·崔宏传》，中华书局，1974年，772页、776页、785页。

② 上海书店：《二十五史·魏书·高允传》，上海古籍出版社，1986年，2295页。

启重基于朔土，系轩辕之洪裔。武承天以作主，熙大明以御世。洒灵液以滂沱，扇仁风以遐被。踵姬文而筑苑，包山泽以开制。植群物以充务，蠲四民之常税。暨我皇之继统，诞天纵之明睿。追鹿野之在昔，兴三转之高义。振幽宗于已永，旷千载而可寄。于是命匠选工，刊兹西岭。注诚端思，仰模神影。庶真容之仿佛，耀金晖之焕炳。即灵崖以构宇，竦百寻而直正。绾飞梁于浮柱，列荷花于绮井。图之以万形，缀之以清永。若祇洹之瞪对，孰道场之涂回，嗟神功之所建，超终古而秀出，寔灵祇之协赞，故存贞而保吉。凿仙窟以居禅，辟重阶以通术。澄清气于高轩，伫流芳于王室。茂花树以芬敷，涌澧泉之洋溢。祈龙宫以降雨，侔膏液于星毕。若乃研道之伦，行业贞简，慕德怀风，校策来践。守应贞之重禁，味三藏之渊典。或步林以经行，或寂坐而端宴。会众善以并臻，排五难而俱遣。道欲隐而弥彰，名欲毁而逾显。伊皇舆之所幸，每垂心于华囿。乐在兹之闲敞，作离宫以荣筑。固爽垲以崇居，枕平原之高陆。恬仁智之所怀，眷山水以肆目。玩藻林以游思，绝鹰犬之驰逐。眷耆年以广德，纵生生以延福。慧爱内隆，金声外发。功济普天，善不自伐。尚谘贤以问道，询刍尧以补阙。尽敬恭于灵寺，遵晦望而致谒。奉请戒以毕日，兼六时而宵月。何精诚之至到，良九劫之可越。资圣王之远图，岂循常以明教。希缙云之上升，羡顶生之高蹈。思离尘以迈俗，涉玄门之幽奥。禅储宫以正位，受太上之尊号。既存无而御有，亦执静以镇躁。睹天规于今日，寻先哲之遗诰。悟二乾之重荫，审明离之并照。下宁济于兆民，上克光于七庙。一万国以从风，总群生而为导。正南面以无为，永措心于冲妙。夫道化之难期，幸微躬之遭遇。逢扶桑之初开，遘长夜之始曙。顾衰年以怀伤，惟负忝以危惧。敢布心以陈诚，效鄙言以自著。

文章首先叙述了建设鹿苑的原因，接着描写了建造的过程，然后用大量笔墨来对君主歌功颂德。就内容而言，此文并无特别出色之处。但其中一些描写景物和建筑风姿的句子比较有辞采。如“即灵崖以构宇，竦百寻而正直，绠飞梁于浮柱，列荷花于绮井”，还有像“固爽垲以崇居，枕平原之高陆。恬仁智之所怀，眷山水以肆目。玩藻林以游思，绝鹰犬之驰逐”这样的句子，对仗已经比较工整，体现出作者驾驭文学语言的能力。而且，文章通篇基本是四言和六言句。骈赋的形式本身在当时即是文学进步的一种体现。

高允另有《筮论》：

昔明元末起白台，其高二十余丈。乐平王（丕）尚梦登其上，四望无所见。王以问日者董道秀，筮之曰：“大吉”。王默而有喜色。后事（谋反）发，王遂忧死，而道秀弃市。道秀若推六爻以对王曰：“《易》称亢龙有悔，穷高曰亢。高而无民，不为善也。”夫如是，则上宁于王，下保于己，福禄方至，岂有祸哉！

推究高允之意，董道秀筮曰“大吉”，成了元丕谋反的诱导或助剂。这是董道秀滥用占筮，没有察时度势的缘故。真正的善筮者，必能明察秋毫，在占筮之中寓箴诫之意，才可以“上保于王，下宁于己。”只从对一件事情的假设中阐发自己的见解，作者似乎只是为了表明自己注重现实需要的实用观点，作为“论”来说，稍嫌单薄；但简洁凝炼，语气生动又是其所长。

高允其他文章现存的有《北伐颂》、《酒训》、《征士颂并序》等数十篇。其中《酒训》中一段状言酗酒的危害：

酒之为状，变惑性情，虽曰哲人，孰能自兢？在官者殆于政也，为下者慢于令也，聪达之士荒于听也，柔顺之人兴于诤也，久而不悛，致于病也。岂止于病，乃损其命。谚亦有云：

其益如毫，其损如刀。言所益者止于一味之益，不亦寡乎？言所损者夭年乱志，夭乱之损，不亦伙乎？

从不同角度叙说了酒的危害，对于为官者，在下者、聪达之士、柔顺之伦都有很严重的伤害，甚至会损害性命。此文行文严谨整饬，描写生动，读了令人戒惕。

《征士颂并序》写当时应征者三十五人济济一堂，今故旧之人零落将尽，自己不胜孤独，写的较有感情。他先是回顾了当时的盛况："尔乃髦士盈朝，而济济之美兴焉。昔与之俱蒙斯举，或从容廊庙，或游集私门，上谈公务，下尽忻娱，以为千载一时，始于此矣。"接着描写了人散后的寂寥："日月推移，吉凶代谢，同征之人，凋歼殆尽，在者数子，然复分张，往昔之忻，变为悲戚。"抒发自己的孤单情感："在朝者皆后进之士，居里者非畴昔之人，进涉无寄心之所，出入无解颜之地。顾省形骸，所以永叹而不已。"这篇文章遣词朴素，不著铅华，情真意切，真实地表达了对故人的思念之情和岁月流逝的感慨，是高允作品中价值较高的一篇。

高允还有《代都赋》，今文不传，《魏书》评其"亦二京之流也。"①

高闾，字阎士，曾为幽州刺史。闾早孤，少好学，博综经史，文才俊伟，下笔成章。《魏书》本传谓："闾好文章，军国书檄、诏令、碑颂、铭赞百余篇，集为三十卷。其文亦高允之流，后称二高，为当时所服。"可知其文风如是。高闾尝作《宣命赋》，今已不存。他的文章今存有《五德议》、《至德颂并表》等十数篇，其风格与高允大致相近，但是骈俪气息有加强的趋势，如《至德颂》：

茫茫太极，悠悠遐古。三皇创制，五帝垂祜。仰察璇玑，俯鉴后土。雍容端拱，惟德是与。夏、殷世传，周、汉纂烈。道风虽邈，仍诞明哲。爰暨三季，下陵上替。九服三分，礼乐

---

① 上海书店：《二十五史·魏书·高允传》，上海古籍出版社，1986年，2293页。

四缺。上灵降鉴，思皇反正。乃眷有魏，配天承命。功冠前王，德侔往圣。移风革俗，天保载定。于穆太皇，克广圣度。玄化外畅，惠鉴内悟。遗此崇高，挹彼冲素。道映当今，庆流后祚。明明我皇，承乾绍焕。比诵熙周，方文隆汉。重光丽天，晨晖叠旦。六府孔修，三辰贞观。功均乾造，云覆雨润。养之以仁，敦之以信。绥之斯和，动之斯震。自西徂东，无思不服。祯候并应，福禄来格。嘉谷秀町，素文表石。玄乌呈皓，醴泉流液。黄龙蜿蜿，游鳞奕奕。冲训既布，率土咸宁。穆穆四门，灼灼典刑。胜残岂远，期月有成。翘翘东岳，庶见翠旌。先民有言，千载一泰。昔难其运，今易其会。沐浴淳泽，被服冠带。饮和陶润，载欣载赖。文以写意，功由颂宣。吉甫作歌，式昭永年。唐政缉熙，康哉垂篇。仰述徽烈，被之管弦。

和高允的《鹿苑赋》相比，此文虽通篇四言，但在辞采的华丽上是略能胜出的。

高谦之，字道让，渤海蓨（今河北景县）人。据史书记载，高谦之屏绝人事，专意经史，天文算历，图纬之书，都有所涉猎。日诵数千言，喜好文章，留意《老》、《易》，修《凉书》十卷，所著文章百余篇，别有集录。只可惜他的文章大都散佚，今天存留的只有数篇公文。如他的《陈时务疏》：

臣闻夏德微，少康成克复之主。周道将飞，宣王立中兴之功。则知国无常案，世无恒敝，惟在明主所以变之有方化之道耳。自正光已来，边城屡扰，命将出师，相继于路，军费戎资，委轮不绝。至如弓格赏募，咸有出身，槊刺斩首，又蒙阶级。故四方壮士，愿征者多。各各为己，公私两利。若使军帅必得其人，赏勋不失其时，则何贼不平，何征不捷也。诸守帅或非其才，多遣亲者，妄称人募。别倩他人引弓格，虚受征官，身不赴陈，惟遣奴客充数而已。对寇临敌，曾不弯弓，则是王爵虚加，征夫多阙，贼虏何可殄除，忠贞何以劝诫也。且近习侍臣，戚属朝士，请托官曹，擅作威福，如有清镇风发，不为罔者，咸共谮毁，横受罪罚，在朝顾望，谁肯申闻。蔽上拥下，亏风坏政，使谗谄甘心，忠谠息义。

作者列举了当前时务的黑暗之处，矛头直指皇上身边的奸佞小人，指出了他们的种种丑恶行为以及给国家造成的严重后果，对现实的分析一针见血而且提出了解决的方法，忠贞爱国之情溢于笔端。该文用语朴实，说理透彻，符合给君主进言的文体类型以及北方当时整体的朴素文风。

游雅，字伯度，小名黄头，广平任（今河北任县东）人，少好学，有高才。魏太武帝时，与高允等俱知名。他曾奉诏作《太华殿赋》，今已不传，现存有一篇《上皇太子疏请罪人徙边》，值得一观：

殿下亲览百揆，经营内外，昧旦而兴。谘询国老，臣职忝疑承，司是献替。汉武时始启河右四郡，议诸疑罪而谪徙之。十数年后，边郡充实，并脩农戍。孝宣因之，以服北方，此近世之事也。帝王之于罪人，非怒而诛之，欲其徙善而惩恶。谪徙之苦，其惩亦深。自非大逆正刑，皆可徙。徙虽举家投远，忻喜赴路，力役终身，不敢言苦。且远流分离，心或思善。如此，奸邪可息，边陲足备。

文章说明了令罪人徙边这种政策的由来，列举了这种政策的诸多好处，语言明白晓畅，逻辑严密，通俗易懂。另有一篇《论高允》则是为高允辩白并赞美其言辞及高风亮节的文章。“知人固不易，人亦不易知，吾既失至于心内，崔亦漏之于形外，钟期止听于伯牙，夷吾见明于鲍叔，良有以也”。

张衮也是这一时期的河北文人，字洪龙，上谷沮阳（今河北官厅东）人。他曾经为幽州刺史，《魏书》本传称衮：“纯厚笃实，好学，有文采。”作品传世的只有一篇《临终上疏》，用典颇多，略有骈句，与两晋应用文字相近：

> 臣既庸人，志无殊操。值太祖诞膺期运，天地始开参戎氛雾之初，驰驱革命之会，托翼邓林，寄鳞溟海，遂荷恩宠，荣兼出内。陛下龙废旧物，仍参顾问，曾无微诚，尘山露海。今旧疾弥留，气力虚顿，天罚有罪，将填沟壑。然犬马恋主，敢不尽言。方今中夏虽平，九域未一，西有不宾之羌，南有逆命之虏，岷蜀殊风，辽海异教。虽天挺明圣，拨乱乘时，而因几抚会，实需经略。介焉易失，功在人谋，伏愿恢崇叡道，克广德心，使揖让与干戈并陈，文德与武功俱运，则太平之化，康哉之美，复隆于今。不独前古，昔子囊将终，寄言城郢，荀偃辞晗，遗恨在齐。臣虽闇劣，敢忘前志，魂而有灵，结草泉壤。

这是张衮临终时上书皇帝的奏表，首先表白了自己对受君恩宠的感激之心，又诚恳分析了国家面临的隐患，提出了自己的建议，最后以历史上的子囊、荀偃为例说明了自己上书奏表的良苦用心。作为这个时期的应用文字，这篇上书明显多了几分文学意味，体式也比较工整，还有的地方使用了骈句，叙述之中自然包含了深刻的感情，这在当时北方地区是较少见的。

阳固，字敬安，博览篇籍，有文采。他存留的作品以《演赜赋》为代表，作此赋以明幽微通塞之事。全文充满了畏惧之感，如说“俱堂构之颓挠兮，恐崩毁其洪基。心惴惴而慄慄兮，若临深而履薄”，又说：“何身轻而任重兮，懼颠坠于峻壑”。战战兢兢的神态恍若可见。在此心境下，作者铺陈了历史上许多危亡倾败的故事作为鉴戒，最后归结为“进不求闻达兮，退不营于荣利”，“除纷竞而靖默兮，守卫寂以无为”，以“保护其遗孙”。作者的恐惧在于堂构颓挠，洪基崩毁，目的在于保家安族。这种背景和心理基础，在北方这种门第人家族中非常多见。

卢渊是范阳涿（今河北涿县）人，字伯源，北魏书法家，文人。文章今存的有《议亲伐江南表》，颇有文采：

臣诚识不周览，颇寻篇籍，自魏晋以前，承平之世，未有皇舆亲御六军，决胜行陈之间者。胜不足为武，弗胜有亏威德，千钧之弩，不为鼷鼠发机故也。昔魏武以敝卒一万，而袁绍土崩。谢玄以步兵三千，而苻坚瓦解。胜负不由众寡，成败在于须臾。若用田丰之谋，则坐制孟德矣。魏既并蜀，迄于晋世，吴介有江水，居其上流，大小势殊，德政理绝，然犹君臣协谋，垂数十载。逮孙皓暴戾，上下携爽，水陆俱进，一举始克。今萧氏以篡杀之烬，政虐役繁，又支属相屠，人神同弃，吴会之民，延踵皇泽，正是齐轨之期，一同之会，若大驾南巡，必左衽革面，闽越倒戈，其犹运山厌卵，有征无战。

他列举了君主亲征的种种弊端，不仅胜算极小，而且有可能劳民伤财，接着详细地分析了战争的各种因素，指出了国内潜伏的不安定因素，说明当前的紧要任务是“宜速惩决，戮其魁帅”。如果不这样的话，就有可能“成黄巾、赤眉之祸”。表章条分缕析，指陈利弊，充满了对国家、对君主的忠贞情感。

第二节　北魏前期的河北诗歌

这个时期河北的诗歌创作较少，题材内容也少可取之处。现今存诗数量最多者为高允，存诗四首，一首为赠答诗，一首为歌颂贞洁烈妇的诗，均为四言。还有一首《罗敷行》，描写与乐府诗歌中的罗敷形象相似：

邑中有好女，姓秦名罗敷，巧笑美回盼，鬒发复凝肤，脚著花文履，耳穿明月珠，头作堕马髻，倒枕象牙疏。姌姌善趋步，襜襜曳长裾。王侯为之鼓，驷马自踟蹰。

篇幅比汉乐府中的《陌上桑》略短，但明显是在复述《陌上桑》前半首的内容。通过详细介绍罗敷的穿着打扮来刻画她的美丽，又与曹植《美女赋》的手法有相似之处。这种模仿的代价就是缺少个性和特色，自然算不上佳作。它的价值在于体现了北朝文人对于新的诗歌形式的兴趣。

当时宗钦、高允俱为著作郎，与崔浩同撰国史。宗钦有《赠高允诗》12章，高允则写了《答宗钦》13章。二人的诗全用四言，手法质朴，如：

吾生倜傥，诞发英风。绍熙前绪，奕世克隆。
方圆备体，淑德斯融。望倾群雄，响振华戎。
史班称达，杨蔡致深。负荷典策，载蹈于心。
四辙同轨，覆车相寻。敬承嘉悔，永佩明箴。

称扬赞颂的套话过多地占据了诗歌的内容，相应地就缺乏个性的体现。

高允的《咏贞妇彭城刘氏》八章也是拙直古质的四言：

两仪正位，人伦肇甄。爰制夫妇，统业承先。虽曰异族，气犹自然。生则同室，终契黄泉。

封声令达，卓为时彦。内协黄中，外兼三变。谁能作配，克应其选。実有华宗，挺生淑媛。

京野势殊，山川乖互。仍奉王命，载驰在路。公务既弘，私义获著。因媒致弊，遘止一暮。

率我初冠，眷彼弱笄。形由礼比，情以趣谐。忻愿难常，影迹易乖。悠悠言迈，戚戚长怀。

时值险屯，横离尘网。伏锧就刑，身分土壤。千里虽遐，应如影乡。良嫔洞感，发于梦想。

仰惟亲梦，俯寻嘉好。谁谓会浅，义深情到。毕志守穷，誓不二醮。何以验之，殒身是效。

人之处世，孰不厚生。心存于义，所重则轻。结愤钟心，甘就幽冥。永捐堂宇，长辞母兄。

茫茫中野，翳翳孤丘。葛藟冥蒙，荆棘四周。理苟不昧，神必俱游。异哉贞妇，旷世靡俦。

这首诗是高允感念封卓的妻子刘氏重情重义而名不见著，为赞美刘氏特意而作。诗歌晓畅易懂，回忆了刘氏生前的行为以及殉夫的事迹，感情真挚，是高允四言诗中的佳作。

这时还有诗歌流传的人是游雅。据《魏书》记载："高后重雅才，而雅轻薄允才。允性柔宽，不以为恨。允将婚于邢氏，雅劝允婚于其族，允不从。雅曰：'人贵河间邢，不胜广平游。人自弃伯度，我自敬黄头。'"[①] 伯度是游雅的字，而黄头是他的小名，这首类似打油诗的五言小诗简单质朴，晓畅易懂，虽然在艺术手法上还很幼稚，但是明快简练，也表现了文人的自信。

第三节　北魏后期的河北诗歌

太和十五年，孝文帝亲政。对汉文化倾心已久的孝文帝采取一系列的改革措施，提高了汉族士大夫的地位，促进了鲜卑民族的汉化。他本人对汉族文学也是兴趣浓厚，身体力行。《隋书·经籍志》著录有"后魏孝文帝集三十九卷"；《魏书》中还留有他和臣下联句的记载；史称其在太和十年以后的诏令文字都是出自本人之手，散见于《魏书》中的孝文帝之文多属应用文字，有的甚至接近成熟的骈文。他的《吊比干文》更是为史家所称道。文章写于太和十八年幸邺途经比干之墓时，节奏舒缓，情调感伤，慨叹忠臣的不遇，赞颂比干忠贞的品格，"脱非武发，封墓谁园？呜呼介士，胡不我臣"，又吐露了自己求贤的心声。"重曰"

① 上海书店：《二十五史·魏书·游雅传》，上海古籍出版社，1986年，2306页。

以下全用骚体，模仿屈骚的痕迹比较明显，但感情真挚，文采斐然，在当时的北方已是非常难得了。由于孝文帝对文学事业的重视和表率作用，北魏鲜卑上层士人也出现了相当数量的文学创作。这在一定程度上刺激了当时创作的积极性。在这种氛围中，河北这一区域的文学取得了长足的进步。作家、作品无论是数量还是质量都有了飞跃，为东魏、北齐的繁盛打下了良好的基础，是河北文学史上不容忽视的一个时期。

诗歌在北魏后期河北文学形式中占了很大的比重。北魏前期河北诗歌以四言诗为主，五言诗很少见到。但是孝文帝以来，士人逐渐意识到五言诗的优势，不断尝试，五言诗艺术也自然日益成熟了。

王肃，字恭懿，孝文帝太和十七年（493年）奔魏，孝文帝见之于邺。王肃与孝文帝论治国之道及图齐之策，深受器重。其所作诗有《悲平城》：

悲平城，驱马入云中。阴山常晦雪，荒松无罷风。

这首诗形象描写了平城的荒凉景象，使用了“晦雪”、“荒松”、“罷风”这些具有强烈感情色彩的词语。我们通过他的描述就可以想见得到苍茫的阴山下，由于时常下雪而呈现出一片昏暗的景象，而荒山上的松树，在永不停止的狂风中四处摇摆，何等悲凉的景色！人们在描写景物时往往都写入了自己的感情，同样的景物在快乐时和悲伤时感觉是不同的。这首诗的描述更加烘托了作者的悲伤情绪，形成了情景交融的意境。

卢元明，字幼章，范阳涿（今河北涿县）人。据史书记载他涉猎群书，兼有文义。今存诗有《晦日泛舟应诏》一首：

轻灰吹上管，落蓂飘下蒂。迟迟春色华，畹畹年光丽。

描写景色细致入微，轻轻的灰尘，飘落的蓂荚（古代传说中一种象征祥瑞的草）都呈现了柔和的景象，而春色虽然迟迟到来，却仍然华丽动人。在这种天气和景色中泛舟江上，该何等惬意！这首诗描写的景物虽然很少，但却很贴切地展现了动人的春色，给人留下很深刻的印象。

这时期河北文人创作诗歌时已经开始注重诗歌技巧的运用，如冯元兴的《浮萍诗》：

> 有草生碧池，无根绿水上。脆弱恶风波，危微若惊浪。

《北史》曰："元兴世寒，因元乂之势，托其要道，相为引用。乂既赐死，兴亦被废，乃为浮萍诗以自喻。"以物寄意、托物言志是传统的比兴手法。冯元兴以浮萍自比，以浮萍的漂泊无依暗示自己的无助，表达了对前途的忧虑和迷惘，通篇无一字涉及自身，但读来俱是个人感慨，对比兴的运用可谓纯熟。

李谧，字永和，赵郡（今河北赵县）人，北魏著名隐士。谧少好学，博通诸经，周览百氏。存留有《神士赋》诗，讥讽了儒道之学，"终不为人移"即是士人意识、士人人格的写照：

> 周孔重儒教，庄老贵无为。二途虽如异，一是买声儿。生乎意不惬，死名用何施。可心聊自乐，终不为人移。脱寻余志者，陶然正若斯。

他对周孔的重儒教和庄老的贵无为均持否定态度，认为两者虽方式不同，但是终极目的都是买个名声罢了。如果活着的时候不能惬意生活，死后的名声又有什么用处呢？接着又抒发了自己的志向是"可心聊自乐，终不为人移。"李谧是一个隐士，可他能唱出"终不为人移"的个性精神，反映了当时的文人士子追求独立个性和自由精神的思想倾向。

祖莹，字元珍，范阳遒（今河北涞水）人。8岁即能诵《诗》、《书》，12岁为中书学生，好学耽书，尤好属文，为高允所赏，曾为冀州镇东府长史。祖莹今存诗有《悲彭城》一首：

> 悲彭城，楚歌四面起，尸积石梁亭，血流睢水里。

关于这首诗的来历有一个脍炙人口的小故事，据《魏书·祖莹传》记载，尚书令王肃曾于省中咏《悲平城诗》，云："悲平城，驱马入云中，阴山常晦雪，荒松无罷风。”彭城王勰甚嗟其美，欲使肃更咏，乃失语云：“王公吟咏性情，声律殊佳，可更为诵《悲彭城诗》?”肃因戏勰云：“何以《悲平城》为《悲彭城》也?”勰有惭色。莹在座，即云：“所谓《悲彭城》，王公自未见耳。”肃云：“可为诵之。”莹应声云：“悲彭城，楚歌四面起，尸积石梁亭，血流睢水里。”肃甚嗟赏之。在当时这么短促的时间内，祖莹能够写出字数、格式与《悲平城》完全一致的《悲彭城》，而且在诗歌的格调气势上完全不输前者，可见其才情。

这时期有诗作留存的还有崔巨伦。崔巨伦字孝宗，博陵安平（今属河北）人。其叔崔楷为殷州刺史，巨伦为长史、北道别将。州陷于葛荣。荣欲以为黄门侍郎，五月五日令巨伦赋诗，即《五月五日诗》：

五月五日时，天气已大热。狗便呀欲死，牛复吐出舌。

诗歌朴实得简直有些太过于通俗了，但描写倒也是活灵活现，对于狗、牛在炎热时的表现叙述的很生动细致，对生活中的细节有独特的洞察力。

这个时期的四言诗有阳固的《刺谗》和《疾佞》二诗，形式上显示出与前一时期高允等诗的承接。在内容上，阳固的诗则具有暴露社会邪恶的特点，如《刺谗》：

巧佞巧佞，谗言兴兮。营营习习，似青蝇兮。
以白为黑，在汝口兮。汝非腹虿，毒何厚兮。

通过描写这些奸佞小人的语言和行动刻画他们丑陋的面貌，将他们比作无事生非的苍蝇，颠倒黑白。最后痛恨地说，你们又不是有毒的蝎子，怎么会歹毒至此呢？厌恶之情显而易见。

又如《疾佞》：

志行偏小，好习不道；朝挟其车，夕承其舆；
或骑或徒，载奔载趋，或言或笑，曲事亲要。
正路不由，邪径是蹈。

这两首诗虽然刻画的技巧比较单调，但是情感的表达直率，能够给人以多侧面、多层次的触动。

总的来看，这一时期河北诗人的诗歌多以抒发个人情怀为主，体现出文人自我意识的觉醒，为文学进一步发展奠定了基础。

第四节　北魏后期的河北散文

北魏后期的河北文章，主要以赋及一些章、表等应用文字为主。

卢元明的《剧鼠赋》是一篇讽刺作品，借物咏怀，用老鼠的形象比拟朝政中的追名逐利的恶劣小人。该文在描写老鼠形象上栩栩如生，将老鼠的种种特征刻画得惟妙惟肖，可谓入木三分，给读者留下了深刻的印象：

> 跖实排虚，巢居穴处，惟饮噬于山泽，悉潜决于林御。故寝庙有处，茂草别所，矧乃微虫，乖群异侣，干纪而进，于情难许。《尔雅》所载，厥类多种。详其容质，并不足重。或处野而隔阴山，或同穴而邻嶓冢，或饮河以求饱腹，或翕烟而游森耸。
>
> 然今者之所论，出于人家之壁孔。嗟乎在物，最为可贱。毛骨莫充于玩赏，脂肉不登于俎膳。故淮南轻举，遂呕肠而莫追；东阿体拘，徒称仙而被谴。其为状也，憯惔咀吁，睢离睒睅，须似麦穗半垂，眼如豆角中劈，耳类槐叶初生，尾若酒杯馀沥。乃有老者，羸髋疥癞，偏多奸计，众中无敌。托社忌器，妙解自惜，深藏厚闭，巧能推觅。或寻绳而下，或自地高踯。登机缘柜，荡扉动帘。切切终朝，轰轰竟夕。是以诗人为辞，实云其硕。盗干汤之珍俎，倾留髲之香泽，伤绣领之斜制，毁罗衣之重袭。曹舒由是献规，张汤为之被谪。
>
> 亦有闲居之士，倦游之客，绝庆吊以养真素，屏左右而寻

《诗》、《易》。庭院肃清，房栊虚寂，尔乃群鼠乘间，东西撺掷，或床上捋髭，或户间出额，貌甚舒暇，情无畏惕。又领其党与，欣欣奕奕，欹覆箱奁，腾践茵席，共相侮慢，特无宜适。讶天壤之含弘，产此物其何益。

作者描写的是那些潜伏于壁孔中的老鼠。这些老鼠一无用处，面目丑陋，作者运用比喻逐一对鼠须、鼠眼、鼠耳、鼠尾进行惟妙惟肖的描绘：胡须好像半垂的麦穗，无精打采；眼睛如同从正中劈开的豆角，小若缝隙；耳朵和尾巴也是无一可观者。人们常说的贼眉鼠眼，在这里可以找到准确的描画。那些老的更是如同贪官污吏，加倍可恶，"羸髋疥癞"，却又偏偏诡计多端，一有机会便唯恐天下不乱，狡猾势利，深谙为官之道，陷害别人，保全自己。这些官员于民无益，对国事更不会尽心，这不仅让我们想起了《诗经》中的硕鼠，贪婪、残忍、丑恶的面目与作者的描述颇多相似。

钱钟书先生在《管锥编》中，曾对此赋有精彩的评说："此篇乃是游戏之作，不求典雅，直摹物色，戛戛工于造语，《先唐文》卷一朱彦时《黑儿赋》、刘思真《丑妇赋》颇堪连类，惜其不全，'剧'如'剧盗'、'剧病'，猖獗难制也。'托社忌器，妙解自惜；深臧厚闭，巧能推觅'，写鼠之性能，简而能赅。前八字言鼠善自全，后八字言人难匿物。'须似麦穟半垂，眼如豆角中劈，耳类槐叶初生，尾若酒杯余沥'，写鼠之形模，揣甚巧。'眼如豆角中劈'之'劈'，犹如杜甫《胡马》言'竹批双耳'之'批'；'尾若杯沥'思致尤新，指残沥自酒杯倾注时纤长如线状，非涓滴留在杯底。'或床上捋髭，或户间出额。貌甚舒暇，情无畏惕'，写鼠之意态，读之解颐。'貌甚舒暇'仿贾谊《鹏鸟赋》：'止于坐隅兮，貌甚闲暇'；《永乐大典》卷一九六三《目》字引周邦彦《游定夫见过，晡，饭既，去。烛下目昏，不能阅书，感而赋之》：'余膻未洁鼎，傲鼠已出额'，即用《赋》中语。《初学记》引此文，作'床上捋髭'，而《太平御览》作'壁隙见髭'，减色倍理；大睹虎一毛，不知其斑也，壁罅只出鼠髭，何缘能见鼠貌之安闲而鼠情之恣放乎？‘捋’字稍落滞相；近人陈三立《散原精舍诗》卷下《月夜楼望》：‘松枝影瓦龙留爪，竹籁声窗鼠弄髭’，常闻师友称诵之，倘亦曰‘床上弄髭’，便髭毫无遗憾矣。”①

除此之外，还有一些应用文字。如王肃的两篇章表奏疏：

《奏请依旧考检》：

> 考以显能，陟由绩著，昇明退闻于是乎在。自百寮旷察，四稔于兹。请依旧式，考检能否。

《奏增彭城王勰邑户》：

> 臣等闻旌功表德，道贯前王，庸勋亲亲，义高盛典。是故姬旦翼周，光宅曲阜。东平宰汉，宠绝列蕃。彭城王勰，景思内昭，英风外发，协廓乾规。埽氛汉沔，属先帝在天，凤旌旋旆，静一六师。肃宁南服，登圣皇于天卫，开有魏之灵祐，论道中铉，王猷以穆，七德丕宣，九功在咏。臣等参详，宜增邑一千五百户。

前一篇非常简短，先说明了考试的功用，又说实行旧制已经四年了，不应该加以改变，所以奏请皇帝依旧制考检。第二篇则纯粹是歌功颂德的作品，请皇上为彭城王勰加官晋爵。这两篇文章都质木无文，几乎没有什么艺术手法，这也符合当时社会环境下的文学状况。

李谧的《明堂制度论》也值得一提。文章先是论述了明堂制度当时的混乱情形以及造成这种情形的原因：“余谓论事辨物，当取正于经典之真纹，援正定疑，必有验于周孔之遗训，然后可以称准的矣。今礼文残缺，圣言糜存，明堂之制，谁使正之？是以后人纷纠，竞兴异论，五九止说，各信其习，是非无准，得失相半，故历代纷纭，无所取正。”

---

① 钱钟书：《管锥编》，中华书局，1979年，1493页。

接着提出了自己的建议“愚以为尊祖配天，其义明著；庙宇之制，理据未分，直可为殿屋以崇严父之祀，其余杂碎，一皆除之。”这是因为“典文残灭，求之靡据”。然后说明了制订这些制度时运用的方法：“乃籍之以礼传，考之以训注，博采先贤之言，广搜通儒之说。量其当否，参其同异，弃其所短，收其所长。”以后的篇幅便是具体论述他所制定的明堂制度，论述详细，可见用功颇深。

祖莹也有文章留存，大都是章表奏书。

《乐舞名议》：

夫乐所以乘灵通化，舞所以象物昭功。金石播其风声，丝竹申其歌咏，郊天祠地之道，虽百世可知。奉神育民之理，经千载而不昧，是以黄帝作咸池之乐，颛项有承云之舞。尧为大章，舜则大韶，禹为大夏，汤为大濩，周曰大武，秦曰寿人，汉为大予，魏名大钧，晋曰正德，虽三统互变，五运代降，莫不述作相因，徽号殊别者也。皇魏道格三才，化清四宇，奕世载德，累叶重光，或以文教兴邦，或以武功平乱，功成治定，于是在乎。及主上龙飞载造，景命惟新，书轨自同，典刑罔二，覆载均于两仪，仁泽披于四海，五声有序，八音克谐，乐舞之名，宜以详定。案周兼六代之乐，声律所施，咸有次第。灭学之后，经礼散亡，汉来所存，一一舞而已。请以韶武为崇德，武舞为章烈，总名曰嘉成。汉乐章云，高张四县，神来燕飨，宗庙所设宫悬明矣，计五郊天神，尊于人鬼，六宫阴极，体同至尊，理无灭降。宜皆用宫悬，其舞人冠服制裁，咸同旧式，庶得以光赞鸿功，敷扬大业。

这篇文章首先介绍了乐舞的功用：乐舞可以流传百世，给予人们奉神育民之理。接着叙述了黄帝、颛项、尧、舜、禹、汤、周、秦、汉、魏、晋各个时代的乐曲名称，这也可看出每个朝代均对乐舞给予极大的重视。然后作者又介绍说当前国定民安，也应该制定乐舞制度了，对乐舞礼制的必要性作了详细的说明，最后提出了自己的看法以及具体的制度。从艺术手法来看与这个时期的其他应用文大致相同，没有特殊之处；但是内容上却反映了祖莹对于文教礼乐的重视，从一个侧面表现了北魏后期文化事业的发展。

北魏后期河北文学的显著特征就是文学创作仍然没有形成大规模的态势，作家们都属于零散创作，文学作品质量也是参差不齐，文学在当时尚没有达到自觉的水平，大多数作品仍是奉制之作，个性作品很少。可以说，北魏文学作为北朝河北文学发展的第二阶段，尽管与前代相比有了长足的进步，但是总体水平距同期南朝文学发展还是落后很多。一直到北齐，这种情况才有所改善。

第五节　郦道元与《水经注》

在魏晋南北朝时期，出现了大量地理著作。据《隋书·经籍志》所载，当时记海内外山川地理的著述，有139种，如挚虞的《畿服经》170卷，记“国邑、山陵、水圈、香亭成、道里、土田、敏物风俗、先贤旧好”；陆澄集一百六十家之说，编为地理书；任昉又增陆澄之书八十四家，谓之《地记》；顾野王“抄撰众家之言”作《舆地志》。

郦道元，字善长，北魏涿州郦亭（今河北涿县南）人。生年说法不一，尚难确定。史书仅记载他于孝昌三年（527年）被害于阴盘驿亭（今陕西临潼县东）。郦道元自幼好学，历览奇书，除《水经注》外，还撰有《本志》13卷及《七聘》诸文，但都已亡佚，仅《水经注》得以流传。至于为何要作《水经注》，他在序言中道出了自己的初衷：“昔《大禹记》著山海，周而不备；《地理志》其所录，简而不周；《尚书》《本纪》与《职方》俱略；都赋所述，裁不宣意；《水经》虽粗缀津绪，又阙旁通。所谓各言其志，而罕能备其宣导者矣。”因为他深感《山海经》、《汉书·地理志》等载述之地理，存在着“周而不备”、“简而不周”种种不足，而《水经》虽初缀各水系的粗线条但却缺少注解的情况，才萌发了为《水经》作注解的构想。他出身仕宦之家，少年时随父官居山东，喜好游历，培养了“访渎搜渠”的兴趣。成年后承袭其父封爵，封为永宁伯，先后出任太尉掾、书侍御史、冀州镇东府长史、颍川太守、鲁阳太守、东荆州刺史、河南尹、黄门侍郎、侍中兼摄行台尚书、御史中尉等职。他利用任职机会，周游了北方黄淮流域广大地区，足迹遍布今河北、河南、山西、陕西、内蒙、山东、江苏、安徽等省区。每到一地都留心勘察水道形势，溯本穷源，游览名胜古迹，在实地考察中广泛搜集各种资料，以补文献不足，这都为他注释《水经》，积累了丰富的资料和创作条件。

《水经》原是我国第一部记述河道水系的专门著作，它系统地以水道为纲记其源流和流经的地方，确立了因水证地的方法。载有河水、汾水、浍水、济水、清水、洹水、洛水、伊水、渭水、江水等137条水道，每水各成一篇。其成书年代和作者，一般都认为是汉朝桑钦。但清代学者戴震、赵一清、杨守敬，及其《四库全书总目提要》，都对此提出怀疑，认为是三国时人所做。晋代郭璞曾为《水经》作注，但已亡佚。《水经》因郦道元《水经注》而流传于世。

郦道元以《水经》为纲，作了二十倍于原书的注释，所记大小水道一千多条，详细地记述所经地区山陵、城邑建筑、人物故事、历史古迹、地理沿革，以至神话传说。他繁征博引，收集全国水文记载，详为考订。所引书籍，多至347种，还记录了不少汉魏间的碑刻（如被罗振玉称为“后魏第一碑”的河北易县《皇帝东巡之碑》）。这些书籍和碑刻，极大部分在流传中散失，却因《水经注》而部分的被保存下来。他在《水经注》中，除了指明每条水的源流方向，并极详细的记载各水所经过的地域，随而说明古今地名的沿革，也常纠正其前人地理著作中的某些错误，在我国古代地理学上有很重要的参考价值。作者也还把与山川地方有关的历史事迹及神话传说一一详述，使枯燥的地理记载具有生动丰富的历史意义及故事趣味。因此，《水经注》不仅仅是一部地理考证学著作，也是社会学、历史学及文学著作，有较高的学术价值和文学艺术价值。

就文学价值而言，《水经注》可视为我国山水文学的珍品。

长江三峡（瞿塘峡、巫峡、西陵峡）闻名天下。唐代大诗人李白，曾为它写下“朝辞白帝彩云间，千里江陵一日还；两岸猿声啼不住，轻舟已过万重山”的名句，成为千古绝唱。早在李白前的郦道元，已以他深峭清绝的笔调，赞叹过长江三峡各种雄奇、秀媚的景色，如其《水经注·江水篇》云：

> 自三峡七百里中，两岸连山，略无阙处。重岩叠嶂，隐天蔽日，自非亭午夜分，不见曦月。至于夏水襄陵，沿溯阻绝。或王命急宣，有时朝发白帝，暮到江陵，其间千二百里，虽乘奔御风，不以疾也。春东之时，则素湍绿潭，回清倒影。绝巘多生怪柏，悬泉瀑布，飞漱其间，清荣峻茂，良多趣味。每至晴初霜旦，林寒涧肃，常有高猿长啸，属引凄异，空谷传响，哀转久绝。故渔歌曰：“巴东三峡巫峡长，猿鸣三声泪沾裳。”

三峡的山水在郦道元的笔下焕发出一派生机，朝发白帝，暮到江陵。晴初霜旦，孟夏寒冬，时令不同，形态各异，悬泉倒影，浪急猿啼，真是有声有色。

郦道元又能以不同风格的语言，表达出不同性格的山水。其写龙门河水时，又与巫峡山水不同。其云：“其中水流交冲，素气云浮，往来遥观者常若雾露沾人，窥深悸魄。其水尚崩浪万寻，悬流千丈，浑洪赑怒，鼓若山腾，濬波颓叠，迄于下口，方知慎子下龙门，流浮竹，非驷马之追也。”将黄河经龙门的景象写得惊心动魄。

郦道元除了刻画雄伟的三峡，惊心动魄的龙门河水外，还描写了一些小的河流和湖泊。如《滱水注》中写阳城淆：

渚水潴涨，方广数里。匪直蒲笋是丰，实亦偏饶菱藕。至若娈婉丱童及弱年崽子，或单舟采菱，或叠舸折芰，长歌阳春，爱深绿水。掇拾者不言疲，遥咏者自流响，于时行旅过瞩，亦有慰于羁望矣。

以娈婉丱童、弱年崽子驾船采菱、折芰不知疲劳，以及他们在水乡的歌咏，致使客旅羁望的活动，表现了这些湖泊幽静、清丽、妩媚的景色，别有一番田园水乡的风貌，于三峡、龙门，又是一种风味。这类文字在《水经注》中很多，如《河水注》中的平山，《清水注》中的黑山等，有的是细致描写，有的则寥寥数语，却又疏落有致，都能把山川景物和游览者的心境结合起来，具有不同的意境。

郦道元的写景手法，对后世游记，有很大影响。如柳宗元的山水小记，其《至小丘西小石潭记》云：

潭中鱼可百许头，皆若空游无所依。日光下彻，影布石上，怡然不动。俶尔远逝，往来翕忽，似与游者相乐。

我们早在《水经注》中可找到类似的描写：

平潭清洁澄深，俯视游鱼，类若乘空矣，所谓渊无潜鳞也。(卷二十二洧水注)

虽然柳宗元所描写的鱼的形象更为丰富生动，但郦道元的示范作用是很显然的。苏东坡《寄周安孺茶诗》："今我乐何深，《水经》亦屡读。"可知其山水散文写得那样得出色，可能也深受郦道元的影响。

《水经注》除了是山水文学的珍品外，还将流传在江河两岸的神话故事，夹叙进去。如《江水》中所载巫山神女瑶姬、屈原姐姐女媭，《温水》中关于阴阳石的传说，都是富于文学意味的。另外，它所记述的一些小故事，也很动人。例如，《河水》中记汉武帝掠取大宛马的故事："胡马感北风之思，遂顿羁绝绊，骧首而驰，晨发京城，食时至敦煌北塞外，长鸣而去。"后又说："今晋昌郡南及广武马蹄谷，盘石上马迹若践泥中，有自然之形，故其俗号曰天马径。”用简练的笔墨，刻画出良马的形象，这都受到民间传说的影响。又如杜甫的《秋兴八首》第二首有句云：“听猿实下三声泪”，即本之《水经注》中“渔者歌曰：巴东三峡巫峡长，猿鸣三声泪沾裳。”又如《江水注》中，描写黄牛滩后，引行人歌谣“朝发黄牛，暮宿黄牛，三朝三暮，黄牛如故。”以形容江水绕过黄牛滩的迂回之甚。而李白的《上三峡》诗：“三朝上黄牛，三暮行太迟，三朝又三暮，不觉鬓成丝。”就是运用《江水注》中行人歌谣的辞意，以抒写他的旅途艰涩之感的。

在语言上，郦道元借鉴骈文在语言艺术方面的某些经验，结合自己简洁质直、明快朴素的语言特点，创造出句式整齐而兼有疏散，文辞简洁而兼有华彩的写景语言。既融入了当时骈文的精华，又能呈现语言个性的异彩。例如，写水的清澈，便有“漏石分沙”、“渊无潜甲”、“俯视游鱼，类若乘空”、“下见底石，如樗蒲矣”等各种不同的形容，的确是“片语只字，妙绝古今！”又如全书记载了泉水几百处，其中包括不少温泉。在温度没有测量标准的古代，郦道元用“冬温夏冷”、“冬夏常温”、“炎热”、“沸涌”、“可将鸡豚”等级别来记载不同温泉的水温，借以表现同中有异的温泉的确切情况。还有《浍水注》中“寒泉奋涌，扬波北注，悬流奔壑，一十许丈。青崖若点黛，素湍若委练，望之极为奇观矣”一段，使用四字骈文，又不全用这种格式，使文章跌宕有致；而且运用了比喻的手法加以描写，更形象地表现了浍水的奇异景观，给读者留下了很深的印象，可以看出作者组织语言的匠心。

总之，《水经注》取材广泛，内容丰富，体例严谨，文字优美，在文学方面取得了很高的成就，是北魏河北文学最高成就的代表。

第三章　东魏北齐时期的河北文学

邺下是东魏和北齐的政治中心，同时也是这两个朝代的文学中心，可以说整个这一时期的河北文学几乎构成了东魏北齐文学的全部。而这恰恰是北朝文学成就最高的时期。

东魏（534～550年）是由鲜卑化汉人高欢拥立北魏孝文帝年仅十一岁的曾孙元善见为孝静帝，为自己登上帝位而铺路，并与宇文泰所建的西魏对立，建都邺城。在整个东魏统治时期，一直都由权臣高欢控制着政权。他玩弄权术，积极筹备篡位，并不勤于政务，因此国内土地兼并问题严重，民族矛盾尖锐，而且屡败于西魏。公元550年，当二十七岁的孝静帝以为高欢已死，自己可以亲政时，随即被高欢之子高洋所废，东魏亡。东魏只经历一帝，享国十六年，此后东魏全境进入高洋的统治。高洋取代东魏建立政权，国号齐，建元天保，建都邺，史称北齐。历经文宣帝高洋、废帝高殷，孝昭帝高演，武成帝高湛，后主高纬，幼主高恒六帝，公元577年被北周消灭，共享国二十八年。

东魏、北齐是北朝文学的繁荣时代。首都邺城是北方文化的中心，一些文人大抵聚居邺城。《文镜秘府论·四声论》中曾赞叹东魏、北齐文学之盛说："及宅邺中，辞人间出，风流弘雅，泉涌云奔，动合宫商，韵谐金石者，盖以千数，海内莫之比也。郁哉焕乎，于斯为盛。"这些话虽不免有些颂扬过分，但也证明北齐时代文学的繁荣。《北齐书·文苑传》对这时的文学盛况也有记述：

> （后主）颇好讽咏。幼稚时曾读诗赋，语人云"终有解作此理否?"及长，亦稍有留意。初，因画屏风，敕通直郎兰陵萧放及晋陵王孝武录古名贤烈士及近代轻艳诸诗以充图画。帝

弥重之。后复追齐州录事参军萧悫、赵州功曹参军颜之推同入撰次，犹依霸朝，谓之馆客。放及之推意欲更广其事，又祖珽辅政，爱重之推；又托邓长颙渐说后主，属意斯文。三年，祖珽奏立文林馆。于是更召弘文学士，谓之待诏文林馆焉。①

文林馆是北齐后主设立的一个以文人学士为主体的机构，其规模之盛，曾在南北朝后期造成了广泛的影响，唐代史官在修北朝史书时还津津乐道。文林馆的设立对当时文学发展有着举足轻重的作用。一方面，它把众多的文士聚集一处，便于互相讨论，形成广泛的文学创作氛围；另一方面，它体现了当时统治者对于文化文学事业的重视程度。这样的制度极大促进了文学事业的发展。

与前代相同，东魏、北齐河北文学依旧由诗歌与文章两部分组成，文章仍然占据主要地位，诗歌的数量和质量远远无法与文章相抗衡。然而，在统治者的倡导和支持下，诗歌也出现了高涨的创作氛围，甚至已经出现了流派，是中国诗歌发展史上不可或缺的一个重要环节。

第一节　东魏北齐时期的河北诗歌

东魏作家中以诗歌闻名的当属邢劭，在后面将有专门章节论述，这里主要介绍北齐的河北诗歌。《北朝文学史》云："北齐诗歌由三个流派组成：一是鲜卑军人组成的六镇兵歌诗派，主要描写行伍生活，诗风粗壮豪放；一是由南入北的文人们组成的清丽诗派，展示着齐梁文学遗响的风度；一是本土作家组成的诗派，是继温子升之后的北地主要诗歌集团。"② 河北文学大致也是如此，不同类型的作者创作出多姿多彩的诗歌种类，展现出一片灿烂的文学盛景。

从整体上看，北齐的河北诗歌与前代存在着很大的不同。首先在形

① 上海书店：《二十五史·魏书·文苑传》，上海古籍出版社，1986年，2384页。

② 周建江：《北朝文学史》，中国社会科学出版社，1997年，117、118页。

式上抛弃了传统的四言诗句，出现了成熟的五言诗，体现了文学的自觉特征。其次，这一时期的诗歌真正用于抒发诗人的真挚情感和真实思想，是诗人抒发胸臆的表达方式，是中国古代诗歌传统精神的继承者。

鲜卑军人虽然人数不多，但地域集中，都是来自北疆六镇（沃野、怀朔、武川、抚冥、柔玄、怀荒）的军士，为高氏军人集团成员。“六镇兵歌”以表现北方军人生活为主，由军人亲自写作，表现得军队生活更为真实具体，不仅用于表现行军的艰苦生活，同时也体现了征战的欢乐和杀敌的酣畅淋漓。

高昂是北朝魏、齐间名将，字敖曹，渤海（今河北景县）人。幼年时便有壮气，胆力过人。曾任豫州刺史。魏孝静帝元象元年，东、西魏战于河阴，为西魏兵所杀。高昂是一代名将，他的诗歌也有着浓郁的征战情绪，呈现出一种新奇的特征。其《征行诗》：

　　垅种千口牛，泉连百壶酒。朝朝围山猎，夜夜迎新妇。

《从军与相州刺史孙腾作行路难》：

　　卷甲长驱不可息，六日六夜三度食。初时言作虎牢停，更被处置河桥北。回首绝望便萧条，悲来雪涕还自拟。

《征行诗》描写了军官的日常生活，喝酒、打猎构成了他们生活的全部内容，饶有情趣。《行路难》则是作者随高欢亲信、都督府长史、相州刺史孙腾进军西魏时写下的。这首诗叙述了目睹中原地区惨状后的凄凉心情，反映了艰苦的行军打仗生活，同《征行诗》共同反映了军人们的两极生活，呈现出迥异的风格特征。

同时军人们的赠诗也弥漫着豪放的气势。《赠弟季式诗》即是如此：

　　怜君忆君停欲死，天上人间无可比。
　　走马海边射游鹿，偏坐石上弹鸣雉。
　　昔时方伯愿三公，今日司徒羡刺史。

另如高延宗《经墓兴感诗》：

> 夜台长自寂，泉门无复明。独有鱼山树，郁郁向西倾。睹物令人感，目极使魂惊。望碑遥堕泪，轼墓转伤情。轩丘终见毁，千秋空建名。

高延宗是文襄帝高澄第五子，宣帝时受封安德王，在武平七年底曾做过近一个月的皇帝。他现存诗作仅此一篇，是为缅怀其兄高长恭而作，诗中借兄弟之情吐露对国家前途的忧虑，同时抒发了面对乱世无可奈何的悲凉心境："轩丘终见毁，千秋空建名"。无论有着多么巨大的成就，在乱世中都显得那么微不足道，白白耗费自己的年华，留下的只是空洞的名声而已。歌声悲惋，情调凄楚。

另一个类型的作家则是由南入北的文人。他们大都待诏文林馆，在文坛上异常活跃，为北齐文学的发展做出了很大贡献。

活跃于河北的由南入北文人成员有萧祇、萧放、萧悫、袁奭。他们是在不同的历史时期入北的，他们的诗歌继承了南朝诗歌的婉约特征，绮丽华艳，几乎是齐梁诗歌的翻版。

萧祇，字敬式，梁武帝南平王萧伟的儿子，侯景入建邺，遂奔东魏。齐天保初年授右光禄大夫，领国子祭酒，卒于邺。《香茅诗》可以说是他的代表之作：

> 鶗鴂芳不歇，露繁绿更滋。擢本同三脊，流放有四时。
> 粗根缩酒易，结解舞蚕迟。终当入楚贡，岂羡咏陈诗？

这首诗运用屈原美人香草的比拟手法，通过对香茅命运的描述和叹惜诉说了自己的不幸遭遇和渴望得到重用的心情，是经历乱世之后的文人的典型心态，希望建功立业的愿望溢于笔端。

还有一首《和回文诗》：

危台出岫回，曲涧上桥斜。池莲隐弱芰，径菝落藤花。

对危台的形状刻画细致生动，甚至连隐藏在莲花下的弱芰和落下的藤花都给与了细致的描述，可见诗人观察细致入微，和南朝诗歌的婉约特色如出一辙，与北地本土诗人的思维方式和观察角度截然不同。

萧放，字希逸，袭爵为清河郡公。武平中，待诏文林馆。他的代表作是《冬夜咏妓诗》：

佳丽尽时年，合暝不成眠。银龙衔烛烬，金凤起炉烟。
吹篪先弄曲，调筝更撮弦。歌还团扇后，舞出妓行前。
绝代终难及，谁复数神仙。

《咏竹诗》：

怀风枝转弱，防露影逾浓。既来丹穴凤，还作葛陂龙。

这两首诗在描写景物方面与南朝诗歌大致相同。前一首详细描述了冬天的夜里妓女的活动：吹篪、调筝、歌舞，这是他们生活的全部，充满了轻松愉快的气氛，丝毫看不到客居异乡的孤独凄凉之感。作者还能发出"谁复数神仙"慨叹，可见他当时的惬意心情。

萧悫，字仁祖，天保时入齐。后主时，待诏文林馆，有集九卷。他的诗作在由南入北的诗人中是最多的。其诗歌的风格与其他萧梁诗人作品风格一致，如《临高台》：

崇台高百尺，回出望仙宫。画栱浮朝气，飞梁照晚虹。
小衫飘雾縠，艳粉拂轻红。笙吹汶阳筱，琴奏峄山桐。
舞逐飞龙引，花随少女风。临春今若此，极宴岂无穷。

还有《春日曲水诗》：

落花无限数，飞鸟排花度。禁苑至饶风，吹花春满路。
岩前片石迥如楼，水里连沙聚作洲。二月莺声才欲断，三月春风已复流。
分流绕小渡，堑水还相注。山头望水云，水底看山树。
舞馀香尚存，歌尽声犹住。麦陇一惊翚，菱潭两飞鹭。
飞鹭复惊翚，倾曦带掩扉。芳飚翼还憾，藻露挹行衣。

《秋思》则是这方面的代表：

清波收潦日，华林鸣籁初。芙蓉露下落，杨柳月中疏。

燕帏缃绮被，赵带流黄裾。相思阻音息，结梦感离居。

这首作品相当清丽，而其中“芙蓉露下落，杨柳月中疏”两句，用轻松的笔触，勾画出一幅秋夜的清美物象，给人以体味不尽的艺术美感，当时颜之推即曾爱赏其“萧散宛然在目”。后来清代词人纳兰性德的《临江仙寒柳》词云：“疏疏一树五更寒，爱他明月好，憔悴也相关。”二者意境之清美，千余年来，可谓异曲同工。他的诗作还有《春庭晚望诗》和《听琴诗》，也都属于这种作品。但是这类诗歌已同他们在南朝时所作的同类诗歌有极大的不同，即香艳的比重降低，没有女性和色情的描写，只是对于美好景物的细致刻画。

由南入北待诏文林馆的还有袁奭，字元明。现今只有一首诗存留。《从驾游山诗》：

天游响仙跸，春望动神衷。涧水含初溜，山花发早丛。

玉舆明淑景，珠旗转瑞风。平原与上路，佳气远葱葱。

这首诗与萧梁皇室成员的诗歌相比，多了一份朴实，虽然也用了大量的形容词来描写景色，却让我们感觉到些许厚重。

北齐河北本土作家在这个时期也出现了鲜明的变化，在继承北地豪迈精神传统的基础上吸取了南朝诗风的一些委婉之韵，呈现出一种别具匠心的新奇特征。

本土文人诗中描写女性的篇章是以多愁善感的少妇为主角的闺怨诗。卢询祖《中妇织流黄》就是这方面的代表：

别人心已怨，愁空日复斜。然香望韩寿，磨镜待秦嘉。残丝愁绩烂，余织恐缣赊。织机一片石，缓转独轮车。下帘还忆月，挑灯更惜花。似天河上景，春时织女家。

诗中弥漫的柔和气息会使我们即刻就联想到南朝诗歌，描写女性生活以及女性情感不知不觉中已经渗透到北方以粗犷见称的诗歌内容中，这是特殊年代中南北方交融的产物，也体现了当时文人相互交流的程度，这在北齐以前是不可能出现的。

卢询祖的另一首《赵郡王配郑氏挽词》则是一首悼亡诗：

> 君王盛海内，伉俪尽寰中。女仪掩郑国，嫔容映赵宫。春艳桃花水，秋度桂枝风。遂使丛台夜，明月满床空。

诗中先盛赞赵郡王伉俪相配与恩爱为寰中第一，接着赞扬郑氏仪容，五六句过渡，亦是比拟郑氏风度美貌，又是下文悼情的景物对比。全诗以写郑氏仪容为突出点，联系卢询祖创作此诗的时代相当南朝梁初，描摹女色早已蔚然成风气，卢询祖的诗作注重女性容貌的描摹并配以美妙景物，表明他已经在摹拟与学习南朝写女性的风气了。

裴让之的《有所思》也是闺怨诗的代表：

> 梦中虽暂见，及觉始知非。辗转不能寐，徒倚独披衣。
> 凄凄晓风急，晻晻月光微。室空常达旦，所思终不归。

诗篇开头两句“梦中虽暂见，及觉始知非”起笔不凡，选取了一个最为动人的镜头。梦中写自己日思夜念的人得以相见，可以想象其激动高兴之情，但马上从梦中醒来，才知是一场虚幻。梦中的热烈、高兴与梦醒后的失落凄清形成了极其鲜明的对比。在这强烈的感情起伏下，主人公“辗转不能眠，徒倚独披衣”，难以重入睡乡，翻来覆去后，索性披上外衣，起身独坐。“凄凄晓风急，晻晻月光微”，无眠的夜晚，是这样的凄凉，能听见夜风的声音，感到阵阵的凉意，月光淡淡的照着，这一切愈增添了主人公的一层愁思。“室空常达旦，所思终不归”，结尾处方交代了主人公是因为自己一人常常独守空房，思念的人总回不到自己的身边，才会出现梦中相见的场面。尾句与首句内容衔接，使整首诗情感流畅，感人至深。诗人在诗中纯用白描的手法描述了因梦而醒，醒而难眠的场景，平淡的勾勒，没有用任何色彩强烈的词语，反而达到了一个理想的效果：用语极淡，但诗情极浓。

这个时期的诗歌作品还有一些赠别诗，如裴让之《公馆宴酬南使徐陵诗》：

嵩山表京邑，钟岭对江津。方域殊丰壤，分野各星辰。
出境君图事，寻盟我恤邻。有才称竹箭，无用忝丝纶。
列乐歌钟响，张旃玉帛陈。皇华徒受命，延誉本无因。
韩宣将聘楚，申胥欲去秦。方期饮河朔，翻属卧漳滨。
礼酒盈三献，宾筵盛八珍。岁稔鸣铜雀，兵戢坐金人。
云来朝起盖，日落晚催轮。异国犹兄弟，相知无旧新。

此诗作于548年，当时裴让之担任东魏主客郎，接待南使徐陵，酒宴之上写给徐陵此诗。因为使臣对接，场面隆重，而对方又是南朝著名的诗人，故篇幅较长，共24句。这首诗虽未明写送别，但所酬的对象终是要走的，油然生出强烈的兄弟朋友之情，感情真挚，风格典正是其所长。

河北本土作家创作的诗歌还有一些景物诗。如刘逖的《对雨诗》：

重轮宵犯毕，行雨旦浮空。细落疑含雾，斜飞觉带风。
湿槐仍足绿，沾桃更上红。无由似玄豹，纵意坐山中。

写雨后的景物，细致微妙，刻画得很生动。他选取了槐树、桃花这种细微的景物来表现雨的可贵之处，细腻动人。

祖珽的《望海诗》也是这类的佳作：

登高临巨壑，不知千万里。云岛相连接，风潮无极已。
时看远鸿度，乍见惊鸥起。无待送将归，自然伤客子。

这首诗起笔就表现了大海的辽阔，“不知千万里”。接着用侧面描写的方法写大海漫无边际表现大海无与伦比的气势和魄力。而“时看远鸿度，乍见惊鸥起”一联，更是此诗的点睛之笔。我们可以想象一下，蔚蓝的天空下，泛着浪花的大海边，远远地看到鸿雁飞过，人还未醒过神，忽然惊起了一只沙鸥，在这种情境下，我们该多羡慕天空的高远和海鸟的自由自在呀！

阳休之《春日诗》也是佳章：

迟迟暮春日，霭霭春光上。柔露洗金盘，轻丝缀珠网。
渐看阶苣蔓，稍觉池莲长。蝴蝶映花飞，楚雀缘条响。

诗歌通过细腻的笔触描写了春景的柔和。台阶上的蔓草渐渐地长大了，一不留神，池塘里的莲花也在成长。万物开花了，蝴蝶也忙个不停，从一朵花飞到另一朵花，不亦乐乎。就连麻雀也不甘寂寞，仿佛在为这一切加油鼓劲，叫个不停。万物充满了盎然的生机，溢出了一片春色。

河北本土士人还有一类诗是文士们的兵歌。这些兵歌写行伍队伍中文士们的感受；在风格上豪放而不粗犷，沉挚而不张扬。如裴让之的《从北征诗》：

沙漠胡尘起，关山烽燧惊。皇威奋武略，上将总神兵。
高台朔风驶，绝野寒云生。匈奴定远近，壮士欲横行。

第一、二句写风云突变，胡尘骤起，敌兵犯境，关隘山口顿时烽火绵延，警报频传。第三、四句写威严的皇上奋然决策，进行讨伐，主将统帅精兵，及时出征。第五、六句是战场环境的描写，写北进途中所遇朔风，所见寒云，显示征战艰苦。最后两句写匈奴被平定已为期不远，壮士须纵横沙场，去夺取胜利。这首诗从意象上来说，充满北地风情，沙漠、胡尘、关山、烽燧、朔风、高台、绝野、寒云。诗中描写的人物则是皇、将、匈奴、壮士。艰苦的外在环境与热血澎湃的英雄人物二者相衬托，使整首诗表现出一种尚武豪迈的风格。而此诗最可贵的地方在于“匈奴定远近，壮士欲横行”这一结束语。诗人对战争充满了必胜的信心，出征的战士都跃跃欲试。以这一极富动感极有爆发力的场面结尾，使诗篇铿锵有力，掷地有声。这里表现出诗人对战争的态度是积极的，乐观的。

祖珽《从北征诗》：

翠旗临塞道，灵鼓出桑乾。祁山敛雰雾，瀚海息波澜。
戍亭秋雨急，关门朔气寒。方系单于颈，歌舞入长安。

与上首诗歌不同，诗歌没有写从军征战的艰苦，没有写边塞生活的苦寒，而写行伍的军威与气势，以及从军路上的自然景色，最后还设想了胜利归来后的情景。充满了乐观向上、积极进取的生命态度。

北齐河北诗歌与前代相比，可以算是诗歌的繁盛时期，不仅出现了诗歌流派，而且无论是在诗歌数量上还是质量上都有了飞跃的进步，邺下在整个北方地区是除长安以外的文化集中地区。到这个时期，河北的诗歌才大放异彩，取得了令人瞩目的成就。

第二节　东魏北齐时期的河北散文

这个时期河北文学所取得的成就不仅局限于诗歌，文章在此期也甚为耀眼。除了专著《魏书》、《颜氏家训》外，还有一些散篇亦值得我们重视。

这一时期辞赋和骈文较少。卢询祖《筑长城赋》是其中较有特点的一篇：

板则紫柏，杵则木瓜，何斯才而何斯用也。草则离离靡靡，缘冈而殖，但使十步而有一芳，余亦何辞间于荆棘。

这篇文章写于天保末年，卢询祖被授为筑长城子使，至役而作。文章首先说明了有什么能力做什么事情的道理，然后写小草蔓延遍布山冈，但是如果十步以内就有芳草的话，我又怎么会厌倦在荆棘中行进呢？暗指虽然对这份派遣不甚满意，但是他是一个乐观的人，所以又劝慰自己，说服自己努力工作，短小的赋作之中可见作者性格。

北齐河北散文中数量最多的是描写山水的散文。这些散文受郦道元的影响，将北齐的山水散文推向了新的高度。

北齐山水散文中最为突出的是祖鸿勋的《与阳休之书》：

> 阳生大弟：吾比以家贫亲老，时还故郡，在本县之西界，有雕山焉，其处闲远，水石清丽，高崖四布，良田数顷。家先有野舍于斯，而遭乱荒废，今复经始，即石成基，凭林起栋，萝生映宇，泉流绕阶，月松风草，缘庭绮合，日华云实，傍沼星罗，檐下流烟，共霄气而舒卷，园中桃李，杂椿柏而葱蒨。时一褰裳涉涧，负杖登峰，心悠悠以孤上，身飘飘而将逝，杳然不复自知在天地间矣。若此者久之，乃还住所，孤坐危石，抚琴对水，独咏山阿，举酒望月，听风声以兴思，闻鹤唳以动怀，企庄生之逍遥，慕尚子之清旷，首戴萌蒲，身衣缊袯，出艺稻粱，归奉慈亲，缓步当车，无事为贵。斯已适矣。岂必抚尘哉。而吾子既系声名之缰锁，就良工之剞劂，振佩紫台之上，鼓袖丹墀之下，采金匮之漏简，访玉山之遗文，敝精神于丘坟，尽心力于河汉。摛藻期之鞶绣，发议必在芬芳。兹自美耳，吾无取焉，尝试论之，夫昆峰积玉，光泽者前毁，瑶山丛桂，芳茂者先折。是以东都有挂冕之臣，南国见捐情之士，斯岂恶梁锦，好蔬布哉，盖欲保其七尺，终其百年耳，今弟官位既达，声华已远，象由齿毙，膏用明煎，既览老氏谷神之谈，应体留侯止足之逸，若能翻然清尚，解佩捐簪，则吾于兹山庄，可办一得，把臂入林，挂巾垂枝，携酒登岳，舒席平山，道素志，论旧款，访丹法，语玄书，斯亦乐矣。何必富贵乎，去矣阳子，途乖趣别，缅寻此旨，杳若天汉，已矣哉，书不尽言。

祖鸿勋，涿郡范阳（今河北定兴南）人，《北齐书·文苑传》列为第一名。《与阳休之书》是祖鸿勋归隐后写给友人阳休之的信。阳休之是当时的贤达，《北齐书》本传称“好学不倦，博综经史。文章虽不华靡，亦为典正。邢、魏殂后，以先达见推。”[①] 祖鸿勋在信中详尽描述了山林生活的种种乐趣，表现了自己恬淡生活的美好情景。此文使用骈体，但是却全然没有骈体的繁缛，反而质朴无华，运用细致生动的笔触描绘了动人的山水风光，在古代散文史上也是颇具盛名之作。

传记文学在北齐时期也别具一格。北齐时，河北的传记文学除魏收《魏书》外，也有些人用传记体写作文章。李概的《达生丈人集·序》即是：

> 达生丈人者，生于战国之世，爵里姓名无闻焉。尔时人揆其行己，强为之号。颇好属文，成则弃稿。常持论文曰：古人有言，性情生于欲。又曰：人之性静，欲实汩之。然则性也者，所受于性，嗜欲是也，故为形骸之役。由此言之，性情之辨，断然殊异。故其身泰，则均齐死生，尘垢名利，纵酒恣色，所以养情。否则屏除爱著，摈落支体，收视返听，所以养识。是以，遇荣乐而无染，遭乞穷而不闷。或出人间，或栖物表，逍遥寄托，莫知所终。

李概，官殿中侍御史，太子舍人。这篇文章采用传记的形式，介绍了达生丈人的出身和姓名由来，还写出了他的行为和思想。作者在描写人物时主要运用语言来刻画人物，表现了达生丈人无欲无求的性格。

第三节　北朝三子之邢邵

邢邵，字子才，河间鄚（今河北雄县鄚州）人，既与温子升并称“温、邢”，又与魏收并称“邢、魏”，是北齐最著名的作家。他的文学

① 上海书店：《二十五史·北齐书·文苑传》，上海古籍出版社，1986年，2571页。

成就，不但见重于北朝，也为南朝士人所重视。《北齐书》本传称其“文章典丽，既赡且速”，“自孝明（525 年）之后，文雅大盛，邵雕虫之美，独步当时。每一文初出，京师为之纸贵，读诵俄遍远近”，时在北魏后期。自温子昇之后，邢邵独霸文坛数十年间，“累迁太常卿、中书监、摄国子祭酒。……邵顿居三职，并是文学之首，当世荣之”。①

邢邵的诗今存八首，大多近于齐梁体制。其中最为后人传诵的是《七夕》：

盈盈河水侧，朝朝长叹息。不惜渐衰苦，波流讵可测。秋期忽云至，停梭理容色。束衿未解带，回銮已沾轼。不见眼中人，谁堪机上织。愿逐青鸟去，暂因希羽翼。

这是一首闺怨诗，歌咏了织女思会。前两句描写了在河水旁边常常叹息的织女，三四句还是描述织女的痛苦心情，五六句描写秋天已到，织女渴望能够见到心上人。最后几句表达了织女宁愿变作青鸟去寻找自己的爱人，她是这么羡慕自由的青鸟，这么渴望美满的生活，可是在实际中却又得不到满足，这种痛苦可想而知。

另一首《思公子》则是模仿南方民歌之作：

绮罗日减带，桃李无颜色。思君君未归，归来岂相识。

这是一首纯粹的相思之曲，一位年轻的妇女思念远去之人，盼望其归来而茶饭不思，身体越来越瘦弱，衣服越来越宽松；容貌日衰，相思是最折磨人的，没有爱情滋润的容颜只会惨不忍睹。她还想到如果心上人归来之时，恐怕已经难以辨认出自己。刻骨的相思将女子折磨到了如此地步。

与上面这两首诗相比，《三日华林园公宴诗》和《齐韦道逊晚春宴诗》则是另一种类型的诗歌。《三日华林园公宴诗》：

① 上海书店：《二十五史·北齐书·邢邵传》，上海古籍出版社，1986 年，2558 页。

回銮自乐野，弭盖属瑶池。五丞接光景，七友树风仪。芳春时欲遽，览物惜将移。新萍已冒沼，余花尚满枝。草滋径芜没，林长山蔽亏。芳筵罗玉俎，激水漾金卮。歌声断以续，舞袖合还离。

《齐韦道逊晚春宴诗》：

日斜宾馆晚，风轻麦候初。檐喧巢幕燕，池跃戏莲鱼。
石声随流响，桐影傍崖疏。谁能千里外，独寄八行书。

这是写自己日常生活的诗作。美好的自然景色，欢快的生活情趣，心情愉悦，格调轻快，“新萍已冒沼，余花尚满枝”，“檐喧巢暮燕，池跃戏莲鱼”，观察细腻，写景生动，大自然的勃勃生机中显示出诗人对未来的美好憧憬。

邢邵还有一种抒发自己志向的诗作。《冬日伤志篇》即是此作：

昔日惰游士，任性少矜裁。朝驱玛瑙勒，夕衔熊耳环。折花步淇水，抚瑟望丛台。繁华夙昔改，衰病一时来。重以三冬月，愁云聚复开。天高日色浅，林劲鸟声哀。终风激檐宇，余雪满条枚。遨游昔宛洛，踟蹰今草莱。时事方去矣，抚已独伤怀。

这首诗篇描写故地重游的感慨，感叹时光的流逝。诗人对洛阳的一草一木都是非常熟悉的，而随着自己的年老多病，昔日繁华的洛阳城也因战乱而荒芜不堪，于是作者抚今追昔，嗟叹不已。此诗的情调颇类于阮籍的《咏怀》，但未着意模仿，表现出北方文学重气质的特点。

《冬夜酬魏少傅直史馆书》是一首语调伤感的诗作：

年病从横至，动昔不自安。兼豆未能饱，重裘讵解寒。况乃冬之夜，霜气有余酸。风音响北牖，月影渡南端。灯光明且灭，华烛新复残。衰颜依候改，壮志于时阑。体羸不尽带，发落强扶冠。夜景将欲近，夕息故无宽。

这是一首写给好朋友的诗，所以吐露的都是发自肺腑的真心话。他在诗中抒发了自己的忧患，吐露了前途未测的担心，对未来的无能为力。因为是这样的内容，语调也就十分沉重。说明即使仕途顺畅的邢邵，在内心深处也有难以排遣的痛苦，平时无从发泄，只有在面对好友时才能一吐心怀。

邢邵的文章创作，流传下来的，均为官方应用文学。这正是其典丽、典正文学风格的体现，也正是历代统治者所称赞的。其所作诏诰也“文体宏丽”，体现了北方那个政治空气的特征。他的赋作有《新宫赋》和《甘露赋》。《新宫赋》：

拟二仪而构路寝，法三山而起翼室，何大厦之耽耽，而斯干之秩秩。岂西京之足伟，故东都之所匹。而其状也，则环谲屈奇，澜漫陆离，嵯峨崔嵬，巉巇参差，若密云之乍举，似鹏翼之中垂，布菱华之与莲带，咸反植而倒施。若承露而将转，似含风而欲披，土成黼黻。木化蛟螭，布红紫之融泄，间朱黄之赫曦。兽狂顾而犹动，鸟将骞而以疲。木神水怪，海若山祇，千变万化，殊形异宜。阴梁北注，阳乌南施，百楹列倚，千栌代支。或据险而形固，或居安而势危。

这篇赋歌颂帝王宫殿，应该是奉诏之作。它突出的地方是运用了大量的比喻来描写宫殿，使得这篇文章内容上虽然没有新奇之处，却能使人读起来不觉得乏味，甚至很新奇。它所运用的比喻也都是很生动的，如密云乍举、鹏翼中垂、菱华、莲带、鸟兽等，都是我们觉得活灵活现的生物，将它们用来比喻一座固定的建筑物，这本身就很有新意，何况他还能描写得这样出人意料，的确也是颂宫赋里的精品了。

《甘露颂》也是如此：

历选列辟，逖听前闻，三才易统，五运相君。皇极攸序，庶类以分，乃忠乃敬，或质或文。赫矣景命，蒸哉上圣，大德大名，至道无竞，川停岳路，云临水镜，往日齐明。瞻天比映，功深徽禹。业隆作周，英华内积，文教外修，广输四海，堤封十洲。紫川北注，赤水南流，宸居两楹，恭己万国，圣敬日渐，王猷允塞，礼有大成。乐无断德，用天之道，顺帝之则，政平民豫，岁稔时和，九功惟教，九叙惟歌。风轮碾汉，毛舟沉河，玉黾出沼，鸣凤在阿。休征屡动，感极回天，流甘委素。玉润冰鲜，蜜房下结，珠琲上悬。布获林野，洒散旌旃。日月已明，宇宙已廓，鼓缶成咏，挹水为乐，以为玄黄，犹参沃若。取慰天坏，用忘沟壑。

这赋也是颂德文章，典雅、方正、宏丽，呈现出一片辉煌。另外一篇《广平王碑文》是其典正、华赡特点的体现，代表了这种文体所能达到的最高成就：

公（广平王）年方弱冠，而位居傣右，道被生民，惠渐万物，郁为雅俗之表，峨成社稷之镇。公孙声动天下，已非其伦；管子光照邻国，孰云能拟。方谓膺兹多福，降此永年。奋搏风之逸羽，穷送日之远路；同岐山嘉会，陪岱宗之盛礼。而群飞在辰，横流具及，山崩川竭，星殒日销。昆仑既毁，玉石俱烬。兰挺则芳，玉生则润；泱泱万源，落落千仞。

这篇碑文叙述了广平王的平生事迹，给予了广平王极大的荣誉。语言庄重，使用的词语也都是典正的朝廷用语，符合邢邵的身份和碑文的题材。

邢邵还是北朝提出“神灭论”的著名思想家。在《北齐书》和《北史》中保留了邢邵与当时为北齐中书令的杜弼的一段关于人死后灵魂是否灭亡的辩论，足以体现邢邵的无神论思想。杜弼认为，人死不能再生是不正确的认识，人虽死，但其灵魂（精神）是存在的。邢邵反驳说，人死后若能复生，无异于画蛇添足，不符合实际情况，邢邵又进一步提出，既然如此，为什么有灵魂不灭之说呢？他说，圣人创立佛教，其本来目的是为了劝奖人们行善，防止作恶，所以假设灵魂不灭，欲以轮回报应之说震慑人们，使人们不敢作恶，并不是真有灵魂。邢邵尖锐地揭露了佛教的灵魂不灭说的虚伪与欺骗性，充分显示了他的卓越见识与唯物主义思想。在佛教大盛的北齐社会，邢邵敢于独树一帜，足以与南朝的范缜相媲美。

第四节 魏收及其《魏书》

魏收（505～572 年），字伯起，小字佛助，钜鹿下曲阳（今河北晋县西）人，北齐本土作家，仕魏及北齐。北魏孝吕元年（525 年），以父功除太学博士，历任散骑侍郎，中书侍郎，典起居注，修国史。入北齐后，除中书令、魏尹，受诏撰魏史。北齐天保五年（545 年），修成《魏书》一百三十卷。又除太子少傅、仪同三司，卒官尚书右仆射，特进。谥号文贞，有集七十卷。

在北齐时期，魏收的影响遍及政治、礼制、律令等各方面，其地位煊赫异常。北齐文襄帝曾赞之曰：“在朝今有魏收，便是国之光乐，雅俗文墨，通达纵横。”这与他本人的才学、性情是密不可分的。

从少年时代起，魏收便勤奋读书，其本传云：“夏月，坐板床，随树阴讽颂。积年，床板为之锐减，而精力不辍。”[①] 他藏书丰富，卢思道曾向他借异书[②]；樊逊校理秘府书籍，曾奏请向邢邵、魏收等多书之家借书，以供比勘。这令他才学富赡，与同僚相处时，能够胜出一筹；在侍奉帝王时，也能够恰到好处地迎合帝王的心理。齐文襄（高澄）尝云：“吾或意有所怀，忘而不语，语而不尽，意有未及，收呈草，皆以

① 魏征：《隋书》卷五七，中华书局，1973 年，1397 页。
② 李延寿：《北史》卷八三，中华书局，1974 年，2789～2790 页。

周悉。此亦难有。”这是作文方面的例子。在生活琐事上亦是如此。《北史》本传云：“魏帝宴百僚，问何故名‘人日’，皆莫能知。收对曰：‘晋议郎董勋《答问礼俗》云：正月一日为鸡，二日为狗，三日为猪，四日为羊，五日为牛，六日为马，七日为人。’时邢邵亦在侧，甚恧焉。”[①] 魏收学识广博，连邢子才也自愧不如。

魏收“好声乐，善胡舞”，其文学成就尤其令人推崇。他与从叔魏季景比肩，号称“二魏”；与北间第一才士邢邵齐誉，世称“大邢小魏”；甚至与温子升骖驾，他本人、邢邵及温子升被誉为“北地三才”。

魏收与邢邵、阳休之、徐之才、卢思道、李德林等文学名流，交往密切。诸人或谈说经史，或吟咏诗赋，或相互嘲戏，欣笑不绝。《北史》卷八九《张子信传》还记载说：“河内张子信，颇习文学，以医术知名，善《易》及风角之术，隐居白鹿山，时出游京邑，为魏收、崔季舒所重。”

魏收雅好文学，从诗词歌赋、朝廷诏策、军国文词，到碑铭家诫、佛经愿文，皆有佳作。《北史》卷一百《序传》云：魏收无子，唯有一女伯卿，“伯卿子师上，聪敏好学，雅有词致。外祖魏收……甚爱重之，童龀便自教属文，有名于世。”由此可见，在阅尽世道沧桑之后，对于文学，魏收依旧痴情不改。

对于文学，魏收有自己的见解。虽然他的文章中没有专门的论文之作，不过从那一部颇受人非议的《魏书》之中，我们隐约能够窥到他的文学观点。《魏书》卷八五《文苑传序》云：“夫文之为用，齐来日久。自昔圣达之作，贤哲之书，莫不统理成章，蕴气标致，其流广变，诸非一贯，文质推移，与时俱化。”总体说来，魏收那些立足于使用的作品，的确呈现出一种崇尚理致的倾向。此外，对于清丽的文学风格，魏收也是持肯定态度的。

魏收作了不少赋，有《南狩赋》、《庭竹赋》、《皇居新台殿赋》、《骋

① 李延寿：《北史·魏收传》，中华书局，1974年。

游赋》等。虽然它们都没有能够保留下来，但是我们可以从史书的记载中略窥一二。永熙二年十二月，“孝武（元修）尝大发士卒，狩于嵩少之南，旬有六日。时寒，朝野嗟怨。帝与从官及诸妃主，奇伎异饰，多非礼度。收欲言则惧，欲默不能已，乃上《南狩赋》以讽焉，时年二十七。虽富言淫丽，而终归雅正。帝手诏报焉，甚见褒美。”可见这篇赋是用于劝谏君主的，讽刺了魏孝武天寒狩猎，不顾士兵与朝臣的怨嗟，但是又没有惹怒皇帝，魏收迎合君王的文学能力由此可见。

兴和二年，在使梁归国途中，魏收作《聘游赋》，“辞甚美盛”。天保九年三台成，改铜爵曰金凤，金武曰圣应，冰井曰崇光，“文宣（高洋）曰：‘台成，须有赋。’（杨）愔先以告收，收上《皇居新台殿赋》，其文甚壮丽。时所作者自邢邵已下，咸不逮焉。”《皇居新殿台赋》铺张帝居的雄伟壮丽，继承了汉代宫廷大赋的传统。从“富言淫丽，而终归雅正”，“辞甚美盛”，“其文甚壮丽”等评价语句来看，魏收的这些赋作，大概继承了汉代大赋的传统，讲究结构宏大，追求语言富丽。

魏收在各种场合也作了不少诗歌，现在保存相对完整的共14首。其中乐府5首，诗9首。其内容涉及女性容貌、思妇闺媛、冶游宴乐、自然风物、时令节气等诸方面。我们先来看他的《美女篇》：

（其一）

楚襄游梦去，陈思朝洛归。参差结旌旆，掩霭顿骖騑。
变化看台曲，骇散属川沂。仍令赋神女，俄闻要虙妃。
照梁何足艳，升霞反奋飞。可言不可见，言是复言非。

（其二）

□□□□□，我帝更朝衣。擅宠无论贱，入爱不嫌微。
智琼非俗物，罗敷本自稀。居然陋西子，定可比南威。
新吴何为误，旧郑果难依。甘言诚易污，得失定因机。
无憎药英妬，心赏易侵违。

第一首展示给我们的是一种纷纷霭霭、朦朦胧胧的意境；而第二首则是一口气罗列出数位古代美女，让人目不暇接。同样是写女性，《永世乐》、《挟瑟歌》所刻画的却是另外的类型：歌儿舞女与闺门思妇：

绮窗斜影入，上客酒须添。翠羽方开美，铅华汗不霑。关门今可下，落珥不相嫌。(《永世乐》)

春风宛转入曲房，兼送小苑百花香。白马金鞍去未返，红妆玉筯下成行。(《挟瑟歌》)

《永世乐》一曲，讴歌了美女与美酒在生活中的位置，“绮窗斜影入，上客酒须添”，表现了他追求快乐的放荡生活。《挟琴歌》虽然色彩不浓，写的较为淡雅，但所表现的心情却是明白无误的。“春风宛转入曲房，兼送小苑百花香”两句，更是影射了魏收平日的生活情调。“白马金鞍去未返，红妆玉筋下成行。”两句，与王昌龄“忽见陌头杨柳色，悔教夫婿觅封侯”之类的闺怨诗相比，显得更为含蓄而不乏韵致。

魏收还有一些歌咏自然美好事物的诗篇。通过对大自然美好景物的细致勾描，体现大自然的生机。《喜雨诗》：

霞晖染客栋，础润上雕楹。神山千叶照，仙草百花荣。
泻溜高齐响，添池曲岸平。滴下如珠落，波回类璧成。
气调登万里，年和欣百灵。定知丹甑处，何须铜雀鸣。

这首诗主要描写了雨后的美丽景色，首先写霞晖，然后写山，写草，写池塘，大雨过后是一个清新的世界，尤其“滴下如珠落，波回类璧成”两句刻画细致入微。

这样描写自然景物的诗歌魏收还有许多。如《看柳上鹊诗》，刻画了鹊鸟的细微举动，生动活泼，用拟人化的手法表现了喜鹊的可爱神态；《庭柏诗》则是赞美松柏的刚强不屈、不畏严寒的精神，越是冷酷，越发显得坚强，表现了诗人透彻观察事物的能力，展示出了诗人认可的高贵品格。

魏收常常陪同帝王宴游，所以他也有很多歌颂帝王功业的溢美之词。如《后园宴乐诗》："束马轻燕外，猎雉陋秦中。朝四转夜轂，仁旗指旦风。式宴临平圃，展卫写屠穹。积崖疑造花，导水逼神功。树静归烟合，帘疎返照通。一逢尧舜日，未假北山丛。"首先歌颂了帝王打猎时的翩翩风度，然后描写打猎归来后的丰盛宴会，太平盛世，就如同尧舜再世，哪里还会有什么隐逸之人！明显的歌功颂德之作，迎合君主的需求也是当时御用文人的重要创作目的。《晦日汎舟应诏诗》则更侧重于写景：

> 袅袅春枝弱，关关新鸟呼。棹唱忽逶迤，菱歌时顾慕。
> 睿赏芳月色，宴言忘日暮。游豫慰人心，照临康国步。

春天的枝头，小鸟在鸣叫，船桨拍溅起水花，应合着女子低回的吟唱。这分明就是江南水乡的图画。同样是写春天的景色，《棹歌行》四句"雪溜添春浦，花水足新流。桃发武陵岸，柳拂武昌楼"借用陶渊明《桃花源记》的意境，以及晋陶侃在武昌遍种柳树的事迹，增加了诗作的历史韵味和厚重感。另外一首有特色的《月下秋宴》："此夕甘言宴，月照露方涂。使星疑向蜀，剑气不关吴。良交契金水，上客尉萱苏。何必应刘辈，还来游鄴都。"则是重游故地，引发怀旧之情的诗作。

总的看来，魏收的诗歌在艺术手法上具有以下一些特点：首先，他大量运用典故。甚至一些典故在今天看来相当生僻。如《美女篇》中的"智琼"，后代诗文虽有吟咏，却不及"罗敷"、"西子"等流行。其次，魏收的诗歌在很大程度上是模仿齐梁作品的。许多字词、语句甚至风格都与南朝作品难以区分，这也从一个侧面反映了南朝文学风格对北方诗人的吸引。

魏收的散文成就主要体现在《魏书》上。他以过人的才华和极大的创作热情，积多年的修史经验而完成《魏书》，十年中又经历三次修改，是倾尽心血之作。

首先，《魏书》在记述历史事件和人物事迹方面能够较好的继承和发扬孔子整理《春秋》时开创的针砭时弊的实录精神。魏收受诏修撰

《魏书》是在齐文宣王高洋天保二年，也就是东魏禅齐之后的一年，而高洋之登帝位是由于其兄高澄在受禅前夕突然遇刺身亡。魏收在《魏书·孝静记》中却并未“为尊者讳”，而是向后人生动形象地展示了这位后来被追谥为文襄皇帝的高澄，其专横跋扈、不可一世、已然全无臣下之相者的狰狞面目。

在具体人物的描写上，魏收善于将人物置于特定的历史背景下，刻画不同情境背景下的不同人物，将展示人物性格的背景一一列出，采取不同的写法，使人物性格突出，形象鲜明又各有特色。这突出表现在以传主的奏记表章来反映人物性格。《魏书》中载录了许多章表，通过这些章表可以更全面的反映传主的生平性格。以《魏书》列传五十五《崔光传》为例。本传中载崔光为人“宽和慈善。不逆于物，进退沉浮，自得而已。常慕胡广、黄琼之为人，故为气概者所不重。始领军于忠以光旧德，甚信重焉，每事筹决，光亦倾身事之。……郭祚、裴植见杀，清河王怿遇祸，光随时俯仰，竟不匡救，于是天下讥之……崇信佛法，礼拜读诵，老而逾甚，终日怡怡，未曾恚忿。曾于门下省昼坐读经，有鸽飞集膝前，遂入于怀，缘臂上肩，久之乃去。”从上文的描述中，展现给我们的崔光是一个颇有大家风度、怡然自得之士。然而，从其本传所载九篇章表所分别论述的时事以及率直的态度来看，读者分明看到了一个心怀天下苍生的忠臣形象。他在《答敕示太极西序菌表》中言：“今极宇崇丽，墙筑工密，粪朽弗加，沾濡不及，而兹菌焱构，厥状扶疏，诚足异也。夫野木生朝，野鸟入庙，古人以为败亡之象。然惧灾修德者，咸致休庆，所谓家利而怪先，国兴而妖豫。是故桑谷拱庭，太戊以昌。雊雉集鼎，武丁用熙。自比鸱鹊巢于庙殿，枭鹏鸣于宫寝，菌生宾阶轩坐之正，准诸往记，信可为诫。且东南未静，兵革不息，郊甸之内，大旱跨时，民劳物悴，莫此之甚。承天子育者，所宜矜恤。伏愿陛下追殷二宗感变之意，侧躬耸诫，惟新圣道，节夜饮之忻，强朝御之膳，养方富之年，保金玉之性，则魏祚可以永隆，皇寿等于山岳。”情辞恳切，发自肺腑。

魏收在创作《魏书》过程中所体现出来的善于叙事的特点是最为突出的。钱钟书曾明确指出："魏收《魏书》叙事佳处，不减沈约《宋书》。"[①] 魏收的叙事中渗入了作者强烈的感情倾向，读起来更觉得生动感人，气势充沛。魏收叙妃嫔有"子贵母死"的制度，这制度虽然披着维护统治秩序的堂皇外衣，实质上是灭绝人性和冷酷无情的。直到孝文帝立太子恂，特向祖母文明太后禀明并获得首肯，太子恂的母亲林皇后才得以幸免于难。魏收为此事颇有赞叹之词："子贵母死，矫枉之义不亦过哉！高祖终革其失，良有以也。"

魏收叙事简洁，特别善于利用语言刻画人物性格，通过人物自身的语言展现不同的人物特征，使人读之如身临其境。《魏书》中多次出现辩论的场面，例如，高闾与孝文帝论忠佞（《魏书·列传第四十二·高闾传》），张普惠与灵太后论时政得失（《魏书·张普惠传》），韩显宗等与孝文帝论选举等（《魏书·韩麒麟附韩显宗传》），尤以刘文晔与孝文帝、高闾、陆睿等人论起复刘休宾归顺可否赏勋一节最为精彩。其中孝文帝前后四次发问，文晔均能对答如流，孝文帝辞穷，尚书陆睿、高闾又继之以问难，仍被文晔一一驳回，终于说服孝文帝，赢得了这场辩论的胜利，为其父争得赏勋，自己也被孝文帝赐爵。在这场对话中，孝文帝和刘文晔这两个人物性格鲜明突出，人物的语言既符合身份又清晰流畅，条理清楚，很能代表北朝散文明理达意的传统风格。

魏收《魏书》的主要成就，还在于他将故事性和生动性相结合，既完整记述了历史事实又具有可读性，往往能引起读者的共鸣，这样的文章才能流传广远，具有感人的力量。《魏书》中记载了北魏王朝从微到盛、从盛到衰、从衰到亡的全部过程，字里行间寄予了他的敬佩、赞叹、同情、惋惜、哀怨、遗憾等复杂的思想感情，作者不是作为一个旁观者，而是真正将自己的浓郁感情投注在每个历史人物和每件历史事件

① 钱钟书：《管锥编》第四册，中华书局，1986年，1509页。

上了，虽然不够客观，但是这正是魏收《魏书》的最为显著的特点，也是其流传至今的重要原因。

第五节 颜之推和《颜氏家训》

颜之推，字介，原籍山东临沂人，少时以才华著称，初仕梁元帝萧绎为散骑侍郎。江陵为周军所破，投奔北齐，累官到黄门侍郎。齐亡，入周，曾作过御史上士。隋开皇中，太子召为学士，终于隋。他一生遭逢乱离，性命几乎不保。到北方后，在北方统治者威逼下妥协，这也使他抱恨终生。他家世代精于《周官》《左氏》之学，从小他就继承家业，博览群书，却不喜好当时流行的老庄清谈风气。由于他历仕数朝，使他对现实认识得更清楚。所写文章，内容真实，文笔平易近人，具有一种独特的朴质风格，对后世学者的影响，至为深远。我们在此主要论述的是他的一些诗歌散文以及他的代表作《颜氏家训》。

颜之推虽然在齐梁生活了二十多年，并在西府亲承萧绎音旨，但“家世文章，甚为典正，不从流俗”（《颜氏家训·文章篇》）的家学传统，使他的创作和思想不同于他所从出的南朝宫体诗风。他的见解“文章当以理智为心肾，气调为筋骨，事义为皮肤，华丽为冠冕”反映在他的诗歌中，就是不逞华藻而骨力健旺，比一般由南入北文人质朴沉郁。如《从周入齐夜度砥柱》：

侠客重艰辛，夜出小平津。马色迷关吏，鸡鸣起戍人。

露鲜华剑彩，月照宝刀新。问我：“将何去?”“北海就孙宾”。

写去周奔齐的偷渡情景，风清骨茂，简约利落，音调流畅，语言清雅。“重”是“重重叠叠”之“重”，此处作为动词；“鲜”此处也是作动词用，意即清露使华剑的光彩更鲜明有生气。可见他也很注重语言的形式，只是他看重锤炼而反对堆砌而已。

他的《古意二首》自伤身世，哀悼故国的沦亡，充满黍离之悲。清人沈德潜称其“直述中怀，转见古质”，在反映北朝末期门第士族的心态方面更加值得注意。第一首前半写他在梁朝通达丰富的生活，但未几“歌舞未终曲，风尘暗天起”，梁朝倾覆，“璧人邯郸宫，剑去襄城水”，他自己也成了周人的俘虏。这时，是忠旧君而殉国，还是保命安族，成了他面临的两难选择。在现实中他当然选择了后者，但道德心使他异常痛苦：“未获殉陵墓，独生良足耻。悯悯思旧都，恻恻怀君子。白发窥明镜，忧伤没余齿。”这种心情，与庾信入北以后在许多诗赋中所表达的以及与卢思道在《听鸣蝉篇》所表达的孤苦寂寞、哀寒无靠的处境遭遇相似，以及与其所反映的北朝后期战争相仍、朝廷倾覆下门第士族播迁转移，与家族和土地分离的现实都具有相当大的一致性。第二首“常悲黄雀起，每畏灵蛟迎。千刃安可舍，一毁难复营。昔为时所重，今为时所轻”数句，则是北齐时代鲜卑武人排抑汉人士族的反映，与颜之推《观我生赋》自注所云“时武职疾汉人，之推蒙礼遇，每构创痏”的情况，可以互证。

对于赋的创作，颜之推颇为自信，曾有过“作赋凌屈原”的自述，这说明他在这方面是有所擅长的。颜之推的赋作，除载于《北齐书》本传的《观我生赋》，尚作过《稽圣赋》，《七悟》一卷。今存的《观我生赋》长达两千字，乃是作者用赋体写成的自传，是他平生经历的实录，赋中并夹有比较详细的自注，为六朝赋中继刘宋谢灵运《山居赋》、北魏初张渊《观象赋》以后又一篇带有自注的作品。但《观我生赋》所注只明本事，不涉典故，和谢、张相比，又为“深得义法”。这些对本事的注释，不但使我们能更深入的理解赋作，而且还为我们提供了许多关于当时的“今典”，所以弥足珍贵。其赋文、注文组成一个有机的整体，为后世研究颜之推生平事迹和当时社会政治历史现状提供了第一手的珍贵材料。

根据自注，这篇赋作于作者齐灭入周之时。此时作者已经经历了许多战乱动荡，这些经历给他带来了常人难以想象的艰辛和险恶，使他比较容易接受北方文学鲜明强烈的现实精神。《观我生赋》在结构上以纵横两线交织展开。以纵线叙述自己的身世遭际，以这一线索为纲，展开了梁代社会广阔的历史画面，铺陈了当时社会政治的风云画卷。他写到自东晋以来一直为南朝汉族政权统治中心的建业地区竟侯景之乱后“野萧条以横骨，邑阒寂而无烟”的残破景象。描写江陵破亡，人民颠沛流离，是作者较为动情、因而也较为感人的一节：“惊北风之复起，惨南歌之不畅。……击磬之子，家缠其悲怆”。表现了作者对南方国土之沦丧，生灵之涂炭痛彻心扉的感情，言简而意赅，辞朴而情茂。

颜之推还在赋末慨叹云：

> 予一生而三化，备荼苦而蓼辛，鸟焚林而铩翮，鱼夺水而暴鳞，嗟宇宙之辽旷，愧无所而容身。

前两句，他自注曰：“在扬都，值侯景杀简文而篡位，于江陵，逢孝元（萧绎）覆灭；至此而三为亡国之人。”这寥寥六句，简括地总结了作者一生遭乱颠沛，备经苦楚的不幸命运，作为全篇的点睛之笔，意绪苍凉，耐人寻味。

颜之推的传世代表作是《颜氏家训》，这是一本散文杂论集，书共20篇。他著书的旨意在训诫子孙，以传统思想来教训子弟们如何做人、治家、处世，故名《家训》，但各篇内容涉及范围很广，“立身治家之法，辨正时俗之谬”，无不备俱，反映出作者丰富的经历和渊博的知识。如《书证》《音辞》两篇考辨文字词义和音韵，有很高的学术价值；其他对当时南北风尚、学术动向所作的明确记载和严正批评，在《勉学》《涉务》等篇里也可见到。我们在这里主要论述的是《颜氏家训》中所体现的各种文学主张。

颜之推的文学观基本上是先秦儒家文学思想的继承与发挥。他首先强调一切文体与儒家经典著作的联系：“夫文章者，原出五经。”在他看来，儒家经典著作的根本特征是“敷显仁义，发明功德，牧民建国，施用多途”，即经世致用。因此文学创作也必须以此为原则。他分析文学的性质与功能道："至于陶冶性灵，从容讽谏，入其滋味，亦乐事也。行有余力，则可习之。"他一方面看到了文学作品"陶冶性灵"的审美作用，另一方面又指出其中应当有讽谏的内容，从而对社会有所裨益。"行有余力，则可习之"看起来似乎对文学的地位有所贬低，其实不然。他曾特意对扬雄将文学视为"童子雕虫篆刻，壮夫不为也"之说提出反驳："孔子曰：'不学诗，无以言。'自卫反鲁，乐正；雅颂各得其所……扬雄安敢忽之也。"可见他是在着重强调文学创作的社会作用，认为作家不应把文学仅仅作为娱乐手段而一味陶醉于其中。

颜之推把经世致用作为一个作家应有的重要条件来看待并加以倡导。在《涉务篇》中他说："夫君子之处世，贵能有益于物耳。不徒高谈虚论，左琴右书，以费人君禄位也。"并由此而尖锐批评当时一些作家：

> 吾见世中文学之士，品藻古今，若指诸掌，及有试用，多无所堪。居承平之世，不知有丧乱之祸；处庙堂之下，不知有战阵之急；保俸禄之资，不知有耕稼之苦；肆黎民之上，不知有劳役之勤。

在他看来，这种虽然有些知识，徒能弄墨舞文的人称不上真正优秀的作家。明末清初的顾炎武《日知录》有"文须有益于天下"及"能文不为文人，能讲不为讲师"的著名观点，可以说颜之推已较早地提出了比较接近的思想。

由于着重从社会效应的角度来看待文学价值，颜之推对作品内容与形式的关系也作了比较辩证的论述，他比喻道：

> 文章当以理致为心肾，气调为筋骨，事义为皮肤，华丽为冠冕。

所谓"理致"、"气调"，指作品蕴含的思想感情；"事义"与"华丽"则是就作品的用典用事及文采辞藻而言。前者犹如人的内脏筋骨，后者好比外貌服饰。两者间显然应该是主次与本末的关系。

颜之推还针对六朝以来的绮靡文风提出尖锐批评："今世相承，趋末弃本，率多浮艳。辞与理竞，辞胜而理伏；事与才争，事繁而才损。放逸者流宕而忘归，穿凿者补缀而不足。"显然，他对文学的内容与形式关系而发这些议论，在当时是有其砭意的。他自称："吾家世文章，甚为典正，不同流俗。""典正"大致就是先秦儒家提出过的文质彬彬的风格。

为了做到文风的典正，颜之推还提出了一些具体方法及须注意之处。如他认为沈约的"文章当从三易"之说值得重视："易见事一也；易识字二也；易读诵三也。"用今天的话讲，就是要求文章写得通俗易懂，明白晓畅。他又强调作家于创作应有严谨态度，一方面须"用事如自出胸臆"，另一方面又须符合客观实际，甚至连作品中涉及的地理知识也不可轻率疏忽，虽然他们无关大体，但如错了毕竟是"美玉之瑕"。他还提倡作家要能虚心听取别人意见，"学为文章，先谋亲友，得其评论者，然后出手，慎勿师心自任"。这些看法今天看来也仍是有益的。

颜之推关于文学创作的特殊性及其对作家才能的特殊要求的一段话尤其值得我们重视：

> 学问有利钝，文章有巧拙。钝学累功，不妨精熟；拙文研思，终归蚩鄙。但成学士，自足为人；必乏天才，勿强操笔。

这里的文章特指文学作品。颜氏认为，做学问与创作有各自规律，所需才能也有异，前者一般可以经由积年累月的钻研而臻于精熟；后者则有赖于一定的主观甚至禀赋条件方能成为优秀的作家。一个想有所作为的人应当懂得如何根据自己的特点来培养锻炼才能。颜之推的这番话并没有创作才能可不需要后天学习锻炼的意思，前面他说的"以理致为心肾"语中就包含有积累学问事理之意。他还特别告诫作家不能仅凭自己的天赋条件而骋才驰气，"流乱轨躅"，视创作所必需的技巧法度于不顾。因此，他上面这些思想是比较中肯、全面的。在中国文学批评史上相当明确地指出文学创作才能有其特殊性，颜之推可算是很早的一位。

《颜氏家训》的文学思想中也有明显的偏见、糟粕。这表现在他对某些作家品格所作的评价中。例如，他称屈原“扬才露己，暴露君过”，宋玉“体貌容冶，见过俳优”，“东方曼倩滑稽不雅”，“阮籍无礼败俗，嵇康凌物凶终”，“王粲率躁见嫌”，“孔融、祢衡诞傲致殒”等，由此他宣称“自古文人，多陷轻薄”。颜氏这里指责的不仅是作家的个性风格，而且有些还正是这批作家思想品格中的可贵之处。他的指责反映出他伦理观中的落后与顽固的方面。此外，他还宣扬“讽刺之祸，速乎风尘”，告诫作家“深宜防虑，以保元吉”，这种明哲保身的处世哲学固然与封建制度对文人的残酷压抑摧残状况有关，毕竟是消极不足取的。

小　　结

北朝文学在整个古代文学史上是较为沉寂的。这一时期战乱频繁，没有为文学的发展提供良好的社会环境，作家和作品数量较少，质量也无法和后代文学作品相媲美。与社会大环境相符合，河北文学在整个北朝时期也经历了比较荒凉的时代，十六国时期河北文学主题是散文创作，韵文和诗歌都只有寥寥数篇，而且篇幅短小，艺术手法和技巧也很稚嫩。即使是篇数较多的散文也都是表章等应用文字，题材贫乏，风格也以质朴为主。到了北魏时期，由于统治者的提倡和统一局面的形成，河北文学有了较大的进步，无论散文、韵文还是诗歌都有了飞跃发展，文学作品数量增多，质量也有了很大提高，尤为值得注意的是出现了《水经注》这样一部鸿篇巨制，是散文发展的里程碑。诗歌仍以四言诗为主，但这时的诗歌艺术手法得到了很大提高，文人们着意写诗的主观意识不断加强，为东魏、北齐的繁盛打下了良好的基础，是河北文学史上一个重要的过渡时期。东魏、北齐是河北文学的繁盛时代，当时河北作为政治中心，经济繁荣，社会安定，聚集了大批的文人雅客，他们待诏文林馆，专职写作，创作了一大批流传后世的优秀著作。出现了邢劭、魏收、颜之推等文学大家，写出了《魏书》、《颜氏家训》等在文学史上有相当地位的作品。北齐诗歌最为显著的特色是五言诗迅速发展，并最终取代四言诗成为诗歌的主要体式。总之，从十六国时期至北齐，河北文学经历了一个从荒凉到发展再到繁盛的过程，为后来唐代文学的繁盛打下了良好的基础。

第五编

唐代河北文学

绪　论

在唐代文学的发展历程中，河北籍文人一直是一支不可或缺的重要力量。初唐贞观诗坛上，河北籍诗人魏徵、高士廉、李百药、封行高、杜正伦、李义府、许敬宗、张文琮等，是太宗及其群臣文学唱和中的骨干成员。以魏徵、李百药等为代表的史书编纂者，从理论层面对南朝轻绮文风进行了批判，同时也肯定了南朝文学在艺术上的成绩，因而提出了文质彬彬的诗歌美学理想。在诗歌创作上，河北籍诗人许敬宗深受南朝诗风影响，却能发慷慨之语；李百药、李义府等人以北方气质为主，也有委婉清丽之作。他们的创作虽然还尚未达到浑融的境界，却不失为盛唐诗风的先声。除上及四人外，尚有高士廉、杜正伦、郭正一、魏玄同等人。他们的文学活动一方面丰富了此时的创作，另一方面也对整个诗坛起到号召和引领作用。其后"初唐四杰"中的卢照邻，创作了许多佳作。《长安古意》不仅是卢照邻的代表作，也代表着初唐歌行的最高成就。河北籍文人卢藏用的《右拾遗陈子昂文集序》一文，对宣传陈子昂的文学思想起到了重要的作用。从某种程度上说，正是因为有了卢藏用的大声疾呼，陈子昂标举的"风骨兴寄"才为后世所重。此外，包括河北籍诗人李峤、苏味道、阎朝隐、魏知古、崔湜等人在内的"珠英学士"对五律的定型起到了关键的作用。

在盛唐诗坛上，活跃着高适和李颀两位著名的河北诗人。他们的诗歌创作，为盛唐诗坛浓墨重彩的长卷上点缀了耀眼的亮色。张震、贾至、李嶷、寇泚、卢象、李华等人堪为羽翼。盛唐崇道风气与文学发展的关系较为密切，河北诗人高绍、尹懋、阎宽、李阳冰、李栖筠、卢鸿一、李颀的"道隐诗"成为这一时期值得关注的文学现象。大历诗坛的都城才子集团和江南地方官集团中，有许多都是河北籍诗人，如刘长卿、李嘉祐、郎士元、张南史等，都是诗坛耸动一时的中坚人物。特别是在名噪一时的“大历十才子”中，河北籍的诗人竟有四位，他们是李端、卢纶、司空曙、崔峒。因此，河北籍诗人在大历诗坛上占据着举足轻重的地位。中唐诗坛上崇尚雄奇险怪的韩孟诗派中也有许多河北籍诗人。除韩愈之外，还有刘言史、卢殷、卢仝、刘叉等重要作家。中唐的雅正诗派中，张仲素和崔玄亮也是河北籍诗人。除此之外，中唐时期的河北籍诗人还有崔元翰、张荐、宋氏五姐妹、张又新、李德裕等。晚唐诗坛上，苦吟诗人贾岛是河北著名的诗人，其弟诗僧无可的诗歌创作也独具特色；高骈、张蠙、高蟾、崔渥、卢廷让、公乘亿、卢汝弼等的诗文成就也值得关注。另外，河北籍作家张读的《宣室志》是唐传奇小说集中的代表作品，对后世小说创作产生了相当大的影响。

第一章　河北诗人在初唐诗歌发展中的重要贡献

初唐是整个唐代诗歌发展的奠基期。在这一时期内，“合南北文学之两长”主张的提出为唐诗的发展确立了总的方向；风骨的提倡、五律的定型、七律的探索等诸方面的准备工作都在初唐时期得以完成。而在每一个重大环节和关键链条上，河北诗人都作出了至关重要的贡献，起着举足轻重的作用。《全唐诗》中存诗的初唐河北诗人有59人（卒年截至玄宗天宝元年）。其中，魏徵、李百药、卢照邻、卢藏用、李峤、苏味道等著名诗人，以他们卓越的理论建树和创作实绩，光耀一代，流芳后世。

第一节　魏徵、李百药与初唐诗歌理想

在对待文学的态度上，唐初统治者一开始便表现出成熟、自信的文化心态。唐太宗武功赫赫，又兼尚文艺。他虽然更看重江山社稷，却并不把国家的败亡完全归罪于文艺。魏徵也认为：“文之为用，其大矣哉！上所以敷德教于下，下所以达情志于上。”（《隋书·文学传序》）太宗君臣以前事为师，站在巩固政权、使国家长治久安的根本立场上，既强调文学“经纬天地，风谣歌颂”的政教功能，又不否定对文学形式美的肯定和自觉追求。在著名的《帝京篇序》中，唐太宗提出“皆节制于中和，不系之于淫放”，这对初唐文化政策和文学观念具有重要的指导意义。考察《贞观政要》中太宗言论亦能发现，他反对“乱政害物”的“浮华”文风，提倡“可裨于事理”的“词理切直”之作。也即是说，在文与质、实与华之间，他反对“释实求华”，主张文质并重。而更能

体现这一点的则是魏徵在《隋书·文学传序》那段著名的论断。在分析江左和河朔文风之后，魏徵提出了折中南北、文质兼顾的文学主张：

> 江左宫商发越，贵乎清绮，河朔词义贞刚，重乎气质。气质则理胜其词，清绮则文过其意。理深者便于时用，文华者宜于咏歌，此其南北词人得失之大较也。若能掇彼清音，简兹累句，各去所短，合其两长，则文质彬彬，尽善尽美矣。

初唐的文学活动，围绕文和质这两端，主要是在以太宗为中心的宫廷诗人群中展开的。贾晋华先生在其著作《唐代集会总集与诗人群研究》中，对武德九年（627年）九月至贞观二十三年（649年）五月，在太宗及其群臣中开展的文学活动和唱和作品进行了详尽的统计。从中可以看到，参与其事的诗人共有45人。其中河北诗人有8位，分别是魏徵、高士廉、李百药、封行高、杜正伦、李义府、许敬宗、张文琮，几乎占了同一时期河北籍诗人的一半。

魏徵（580～643年），字玄成，巨鹿（今河北晋县）人。以敢于犯颜直谏著称。少孤，有大志，通贯书术。隋乱，武阳郡丞元宝藏举兵应李密，以征典书檄。后随李密降唐，授秘书丞。建成为太子，引为洗马。太宗即位，拜谏议大夫，封巨鹿县男。贞观二年，迁秘书监，参与朝政。七年，拜给侍中。以预修周、齐、梁、陈史功，进封魏公，卒谥文贞。《全唐诗》存1卷，计36首，中有郊庙歌辞32首；《全唐诗补编·续拾》补录3首，移正5首。

贞观十一年（637年）3月，太宗宴群臣于洛阳宫积翠池，诏各赋一事。魏徵赋“西汉”：

> 受降临轵道，争长趣鸿门。驱传渭桥上，观兵细柳屯。夜宴经柏谷，朝游出杜原。终藉叔孙礼，方知皇帝尊。

诗中列举了西汉四代帝王（高祖、文帝、武帝、宣帝）即天子位故事，意在申明“行帝道则帝，行王道则王”（唐·刘肃《大唐新语》卷一）

的道理。是作音情顿挫、气骨刚劲，言辞之间透露出一代诤臣的忠心赤胆、大义凛然。贞观十六年（642年）岁末，太宗君臣有元日唱和诗。魏徵作《奉和正日临朝应诏》，虽属歌功颂德之作，然亦不失北方文人特有的贞刚气质。

魏徵最受后人推许的诗作莫过《述怀》一首。诗云：

> 中原初逐鹿，投笔事戎轩。纵横计不就，慷慨志犹存。杖策谒天子，驱马出关门。请缨系南粤，凭轼下东藩。郁纡陟高岫，出没望平原。古木鸣寒鸟，空山啼夜猿。既伤千里目，还惊九逝魂。岂不惮艰险？深怀国士恩。季布无二诺，侯嬴重一言。人生感意气，功名谁复论！

这是一首即事抒怀之作，作于唐高祖即位之初。时魏徵已随李密归唐，而李密旧部徐世勣（即李勣）拥众拒于山东。魏徵自请安辑山东，这首诗便作于负命东进途中。慷慨激昂、抒情见于叙事，是这首诗最大的特点。诗的最后四句以古代任侠重然诺的两位高士自比，进一步申明自己只重义气，不计功名的一身侠骨和一腔豪情，戛然而止，而余响铮铮。沈德潜在《唐诗别裁》中评价此诗云："气骨高古，变从前纤靡之习，盛唐风格，发源于此。"出言中肯。

李百药（565～648年），字重规，定州安平（今河北安平）人。因幼年多病，祖母以"百药"名之。七岁解属文，有"奇童"之称。在隋历东宫通事舍人、太子舍人、吏部员外郎，出为桂州司马。隋唐之际，历事沈法兴、李子通、杜伏威、辅公祏。贞观时，拜中书舍人，封安平县男，寻除礼部侍郎。四年（631年），授太子右庶子。迁散骑常侍，进左庶子、宗正卿，爵为子。年八十四岁卒，谥曰康。《全唐诗》存诗一卷，计26首；《全唐诗补编》补诗3首，皆五言。

在《唐故都督徐州五州诸军事徐州刺史临淄定公房公碑》（《全唐文·卷一百四十三》）一文中李百药提到：

雕虫小技，曾未（阙）怀，时有制述，将符作者，致极宏远，词穷典丽，足以克谐声律，感召风云，岂唯白雪阳春，郢中寡和而已？

从中可以看到，李百药论文，标举的是“致”与“词”两个方面，“致”的标准是“宏远”，“词”的标准是“典丽”，能够“克谐声律”。这与当时“合南北文学之两长”、“文质并重”的文学理想是一致的。

李百药诗善于吸收南朝诗歌的艺术技巧，较少有合而不融的弊病。（袁行霈《中国文学史》）其《咏蝉》诗云：

清心自饮露，哀响乍吟风。未上华冠侧，先惊翳叶中。

本诗文字清丽，风神俊朗。以蝉自喻性情高洁，傲出俗流。与虞世南同题诗（“垂緌饮清露，流响出疏桐。居高声自远，非是藉秋风”）堪为姊妹篇。另有几首轻盈明快的诗作，亦不乏佳句。如“寂寥无与晤，尊酒论风花”（《雨后》）、“明日河梁上，谁与论仙舟？”（《送别》）等。这类诗多采用五言八行体式，声律对偶的运用也较为熟练。

李百药才行为海内名流所景仰，是太宗皇帝非常宠幸的大臣。贞观元年（627 年），太宗尝有诗歌赠李百药，曰：“项弃范增善，纣妒比干才。嗟此二贤没，余喜得卿来。”（《赐李百药》）作为政治家的李百药，确实不失为王佐之才。作为文学家，他的才能亦深受太宗称赏。据《大唐新语》记载：“太宗常制《帝京篇》，命其和作，叹其精妙，手诏曰：‘卿何身之老而才之壮，何齿之宿而意之新？’”可惜百药和作已失，难睹其妙了。世谓百药诗“藻思沉蔚”（《大唐新语》）当指《赋礼记》、《赋得魏都》等应制诗及《郢城怀古》、《谒高祖庙》、《途中述怀》等咏史、行役诗而言。兹举《渡汉江》、《秋晚登古城》、《晚渡江津》三首以观之。

东流既弥弥，南纪信滔滔。水激沉碑岸，波骇弄珠皋。含星映浅石，浮盖下奔涛。溜阔霞光近，川长晓气高。樯乌转轻翼，戏鸟落风毛。客心既多绪，长歌且代劳。

——《渡汉江》

日落征途远，怅然临古城。颓墉寒雀集，荒堞晚乌惊。萧森灌木上，迢递孤烟生。霞景焕徐照，露气澄晚清。秋风转摇落，此志安可平。

——《秋晚登古城》

寂寂江山晚，苍苍原野暮。秋气怀易悲，长波淼难诉。索索风叶下，离离早鸿度。丘壑列夕阴，葭菼凝寒雾。日落亭皋远，独此怀归慕。

——《晚渡江津》

在这一时期，值得称道的河北诗人还有李义府和许敬宗。李义府(614～666年)，瀛洲饶阳人。累官中书侍郎同中书门下三品、吏部尚书同中书门下三品，司列太常伯同东西台三品。与太子司议郎来济俱以文翰见知，时称“来、李”。《全唐诗》存诗8首。

在李义府所存有限的几首诗中，“轻绮”与“贞刚”两种风格表现得非常明显。前者如《堂堂诗二首》。其一云：“镂月成歌扇，裁云作舞衣。自怜回雪影，好取洛川归。”诗演《洛神赋》故事，文字简洁而不滞塞，尤其“镂月成歌扇，裁云作舞衣”一句，把美人形象刻画得惟妙惟肖，楚楚动人。又《咏乌》一首：“日里飏朝彩，琴中伴夜啼。上林如许树，不借一枝栖。”作于贞观八年（634年），乃君臣唱和之作。时义府初见召，借乌以明志，亦清雅可读。《隋唐嘉话》有载：“李义府始召见，太宗试令咏乌，其末句云：‘上林多许（一作“多少”）树，不借一枝栖。’帝曰：‘吾将全树借汝，岂惟一枝。’”显示北人“贞刚”气质的诗作如《和边城秋气早》、《招谕有怀赠同行人》和《在巂州遥叙封禅》，其中尤以《和边城秋气早》为善：

金微凝素节，玉律应清葭。边马秋风急，征鸿晓阵斜。关树凋凉叶，塞草落寒花。雾暗长川景，云昏大漠沙。溪深路难越，川平望超忽。极望断烟飘，遥落惊蓬没。霜结龙城吹，水照龟林月。日色夏犹冷，霜华春未歇。睿作高紫宸，分明映玄阙。

此诗名为和作，除末尾一句外，通篇只是景物描写，并无深刻思想内涵。然而就描写论，塞上之苍凉、秋风之萧瑟，宛如一幅浓墨写意风景画卷，尤其动词用得恰到好处，如“凝”、“急”、“斜”、“凋”、“落”、“暗”、“昏”等字，几乎字字精当，笔笔传神。其“边马秋风急，征鸿晓阵斜”、“雾暗长川景，云昏大漠沙”两句，气魄、意境已与盛唐边塞诗无异。

许敬宗（592～672年），籍属高阳（今属河北），因世仕任江左，故两《唐书》均以其为杭州新城（今浙江富阳）人。幼善属文，历任郑州刺使、卫尉卿、太子宾客、侍中、中书令、右相、太子少师等职，进封郡公。《全唐诗》存诗46首。许敬宗是以才晋身，并历居清级的。作为秦府十八学士之一，很早便是太宗集团中的重要人物。许敬宗存诗中，奉制应和诗占了存诗的绝大部分。据贾晋华先生考订，仅太宗朝，许敬宗参与君臣唱和活动就达20次之多，预唱诗篇达30首，为众人之冠。敬宗早期生长在南方，本是受南方文化滋养的，但从其存诗来看，却无纤弱之病，反多慷慨之音。贞观十九年（645年）至二十年（646年），太宗亲率大军伐辽及幸灵州定边，文臣大多侍从，君唱臣和，写了不少征边诗。有学者谓太宗君臣于贞观前期多作述怀言志、军旅边塞诗，后期多作咏物宴游诗，恐失之臆测。时敬宗与高士廉等共知机要。中书令岑文本卒于行所，敬宗又以本官检校中书侍郎，一直跟随太宗左右。《旧唐书》本传载其于太宗破辽驻跸山时，立于马前受旨草诏书，词彩甚丽，深见嗟赏。其《奉和执契静三边应诏》、《奉和行经破薛举战地应制》、《春日望海》、《辽东侍宴山夜临秋同赋临韵应诏》、《奉和宴中山应制》等便作于此时。总的来看，这些诗用典繁密，雕饰有余，内容空洞，虽不无佳句，却少有佳篇，佳句如“冲襟赏临睨，高咏入长安”，

(《奉和入潼关》)可谓气象壮大，有盛唐气度。

其《拟江令于长安归扬州九日赋》二首，有南朝民歌情韵：

本逐征鸿去，还随落叶来。菊花应未满，请待诗人开。

——其一

游人倦蓬转，乡思逐雁来。偏想临潭菊，芳蕊对谁开？

——其二

对于贞观诗坛，历史上一直存在着两种不同的评价。贬抑者多评其承陈隋余风，未出齐梁，尚浮靡而寡理致。宋蔡启《蔡宽夫诗话》、宋蔡梦弼《草堂诗话》、明宋濂《答章秀才论诗书》、明王祎《张仲简诗序》、清吴乔《围炉诗话》、清宋育仁《三唐诗品》、清丁仪《诗学渊源》等皆持此说。褒扬者虽不免有言过其实者，但亦有公允如下者：

唐自贞观末，虽尚有六朝声病，而气韵雄深，骎骎古意。

——宋·尤袤《全唐诗话序》

(初唐诗)承六朝之后，而能卒然振奋其气，词或稍因其故，而格则力脱其靡也。

——明·康海《樊子少南诗集序》

唐初诸君，正以能变六朝为佳。

——清·姚鼐《五七言近体诗钞序目》

显然，后者更近于初唐诗歌的创作实际。近年学者多从开风气之先评论初唐诗歌，肯定其于整个唐代文学的奠基之功。

考察贞观时期河北籍诗人的理论和创作活动不难发现，他们所作的贡献影响深远。从理论层面，以魏徵、李百药等为代表的史书编纂者，在对南朝文病进行批判的同时，肯定其在艺术上的成绩，提出了文质并重的诗歌美学理想。在诗歌创作上，随着大一统政权的稳固，南北诗风相互影响，相互借鉴，产生了大量值得称道的作品。平心而论，他们的创作还明显存在两极分化的现象，即区别于不同的题材，表现出两种不同的风格，尚未达到浑融的境界，但不失为盛唐诗歌之先声。

贞观之后，初唐诗坛风气出现两个重大变化。其一，沿着“质”的一路，诗歌题材拓宽，从宫廷走向市井、关山、塞漠，诗歌表现领域不断扩大，题材更加多样，寄寓更加深远，开始显示出昂扬壮大的气象；其二，沿着“文”之路，诗歌形式美被发展到顶点。律诗逐渐定型，成为唐及后世诗歌创作的主要体式。在前述两项逐渐完善的同时，诗人们开始着眼于诗歌意境的创造，并通过成功的创作实践，为后世提供了宝贵的艺术借鉴。

第二节　卢照邻、卢藏用与风骨、兴寄

如果说唐初开国三十年的诗歌是以对六朝浮靡之风的批判而开始的，那么，贞观之后则是以对“上官体”的批判开始的。介于贞观、龙朔之间，上官仪显于诗坛，并在以宫廷为中心的狭小圈子里，形成一股倒退的潮流。宫廷诗人们的生活空间本就狭窄，加之身份所带来的言论上的局限，在他们手中，诗歌更多地是炫耀才华、应和酬唱的工具。应该说，以浮靡流荡为主要特点的“上官体”的流行并非偶然，但这并不是文学的正常发展。这种倒退的文学现象已与日益丰富和繁荣起来的社会文化生活产生尖锐的矛盾。以“初唐四杰”王勃、杨炯、卢照邻、骆宾王为代表的新兴中下层知识分子顺应时代的要求，相继登上诗坛，当然地立于时代的潮头。

“初唐四杰”的活动主要在高宗至武后时期。他们怀着变革文风的自觉意识，有一种十分明确的审美追求：反对纤巧绮靡，提倡刚健骨气。他们才情充裕，有着积极的入世进取之心。他们有着各自不同的生活际遇，不像他们的前代诗人那样优游于宫廷禁院。田间市井、关山塞漠是他们成长的环境，而诗歌也成为他们展示才华、抒发情感、传达政治抱负的有力工具。他们的视野更加开阔，胸襟更加宽广，诗情更加激

昂。他们逐渐成为诗坛的主要力量，为诗坛注入了一股强大的气势，一股刚劲的力量。

卢照邻（632？～686年？），字昇之，幽州范阳（河北涿州）人。年十余岁，就曹宪、王义方学《苍》、《雅》及经史，博学善属文。初授邓王府典签，王甚爱重之，曾谓群官曰："此即寡人相如也。"后拜新都尉。后染风疾，处太白山中，曾从孙思邈问医道。咸亨四年（673年）作《病梨树赋》，序称"余年垂强仕，则有幽忧之疾"，遂自号幽忧子。后客东龙门山，以服饵为事。后疾转笃，徙居阳翟（今河南禹州）之具茨山。终因不堪病痛折磨，自投颍水而死。

最能表现卢照邻慷慨情怀的是一组咏史言志诗和几首边塞题材的诗歌。

> 季生昔未达，身辱功不成。髡钳为台隶，灌园变姓名。幸逢滕将军，兼遇曹丘生。汉祖广招纳，一朝拜公卿。百金孰云重，一诺良匪轻。廷议斩樊哙，群公寂无声。处身孤且直，遭时坦而平。丈夫当如此，唯唯何足荣。
>
> ——《咏史四首》其一
>
> 刘生气不平，抱剑欲专征。报恩为豪侠，死难在横行。翠羽装刀鞘，黄金饰马铃。但令一顾重，不吝百身轻。
>
> ——《刘生》
>
> 陇阪高无极，征人一望乡。关河别去水，沙塞断归肠。马系千年树，旌悬九月霜。从来共呜咽，皆是为勤王。
>
> ——《陇头水》

《咏史四首》分别写楚汉相争时的季布、汉武帝时的郭解、汉灵帝时的郑太和汉元帝时的朱云等四位豪侠勇武之士，歌颂他们轻生死、重大义的英雄气概，每首诗的末尾一句都是对主人公的评价："丈夫当如此，唯唯何足荣"、"谁知仙舟上，寂寂无四邻"、"凛凛千载下，穆然怀秋风"、"伟哉旷达士，知命固不忧"，充分显示了作者耿介坚毅、傲岸不俗的刚贞性情。在邓王府时，卢照邻曾奉使益州。行至塞外，写过几首边塞诗，《紫骝马》、《战城南》、《梅花落》、《结客少年场行》、《刘生》、《陇头水》、《雨雪曲》、《昭君怨》等即以乐府旧题抒发边塞建功豪情。继贞观年间对辽用兵后，高宗时期，唐王朝东取高句丽和百济，西击西突厥。武则天时期，出兵西域，和吐蕃争夺四镇。唐与吐蕃的冲突直至圣历二年（699 年）以后，因吐蕃贵族内部矛盾的爆发才告纾缓。因此，边塞建功是这一时期诗人创作的一大主题。这一时期的边塞诗蕴涵丰富的情感，具有强烈的感召力和强大的艺术魅力，实开盛唐边塞诗之先声。

使卢照邻名传不朽的是他的歌行，所存五篇歌行（《行路难》、《长安古意》、《明月引》、《怀仙引》、《释疾文三歌》）几乎都是可以吟唱的佳作。其中《长安古意》不仅是卢照邻的代表作，也是那个时代的代表作。诗借汉京人物写唐都现实，极富批判精神。全诗分四个部分，前三部分分别写物欲、情欲和权欲。其中写豪门歌儿舞女的生活和心境，颇具胆识和见地；“得成比目何辞死，愿作鸳鸯不羡仙”一句，则成为追求恋爱自由的坚贞誓言，历来传诵不衰。第四部分写文士恬淡的文化生活，与上层统治者的生活形成鲜明对照。“寂寂寥寥扬子居，年年岁岁一床书。独有南山桂花发，飞来飞去袭人裾”，两句缥缈如来自天外，余味绵绵。“不唯视《帝京篇》（骆宾王）结语蕴藉，即高达夫‘有才不肯学干谒’（《行路难》二首之二），亦逊其温柔敦厚也。”（贺裳《载酒园诗话》）全篇洋洋洒洒，缠绵往复，兴味无穷，难怪胡应麟极口称赞：“七言长体，极于此矣！”（《诗薮·内编》卷三）七言歌行肇端于曹丕的《燕歌行》，但发展缓慢，到庾信大体成熟，但受时风影响，不免侈靡之讥。初唐歌行，虽尚未尽洗铅华，但毕竟寄寓了新的时代精神。《长安古意》的出现，成为歌行体式完全成熟的标志，这也是卢照邻对初唐诗坛的重大贡献之一。[①]

① 乔象钟、陈铁民：《唐代文学史》，北京人民出版社，1995 年。

卢照邻的仕途并不如意，年届40，却只当到个小小的县尉，且又远在西蜀。巨大的热情和残酷的现实之间形成强烈反差，迫使诗人发出英雄末路之慨："一鸟自北燕，飞来向西蜀……谁能借风便，一举凌苍苍？"（《赠益府群官》）"思北常依驭，图南每丧群。无由召宣室，何以答吾君！"（《至望喜瞩目言怀贻剑外知己》）然而，经过一场有惊无险的牢狱之灾后，心灰意懒的他，产生了归隐的念头："不知名利险，辛苦滞皇州。始觉飞尘倦，归来事绿畴。"（《过东山谷口》）即便如此，他的归隐亦非情愿："天子何时问，公卿本不怜。自哀还自乐，归薮复归田。"（《于时春也慨然有江湖之思寄赠柳九陇》）他还在感慨世道的不公和己身之不遇。《四库全书总目提要》有评曰："（卢）平生所作，大抵欢寡愁殷。有骚人遗响，亦遭遇使之然也。""欢寡愁殷"正是通读卢诗给人的又一种感觉。

提到唐诗的"风骨"、"兴寄"，历来首标陈子昂之功。其实，早在陈子昂之前，包括"初唐四杰"在内的诗人已经在进行实践。在理论上，也有一些零散或者模糊的表述。只是这些表述还不成熟，没能形成体系。李百药在《唐故都督徐州五州诸军事徐州刺史临淄定公房公碑》一文中已经提到"正始之音"这一概念，且与其后陈子昂在《与东方左史虬修竹篇序》里提到的"不图正始之音，复睹于兹，可使建安作者相视而笑"之"正始之音"有着相近的旨趣。碑文中说：

> 百药爰以畴昔，妄游兰芷，宁谓正始之音，一朝长谢，师资之德，百舍无从，义绝宾阶，哀缠宿草，思效薄技，觊申万一，仰惟治身之术，立德之基，固系辞可以尽言，岂言之而无愧也。

我们当然不能由此贸然断言陈子昂与李百药的渊源关系，但可以肯定，某一时期的文学现象和创作风尚绝非孤立的存在，文学的发展自有其规律可循。陈子昂并不是孤独地傲立于世。事实上，他前有古人，后有来者。在他的同时，亦有卢藏用为他大声疾呼。从某种程度上甚至可以说，正是因为有了卢藏用，才有了后世为文者无不知晓的陈子昂。

卢藏用（663～713年），字子潜，幽州范阳（河北涿州）人。少以辞学著称，初举进士选，不调，隐居终南、少室二山。虽隐而有意当世，人称"随驾隐士"。长安中，征拜左拾遗。景龙中，为吏部侍郎。睿宗立，迁黄门侍郎，兼昭文馆学士，转工部侍郎、尚书右丞。先天二年（713年），坐托附太平公主，配流岭表。开元初，起为黔州都督府长史，兼判都督事，未行而卒。

《旧唐书》本传记载，藏用少与陈子昂友善，子昂早卒，藏用厚抚其子，为时所称。陈子昂有《蓟丘览古赠卢居士藏用七首》和《同宋参军之问梦赵六赠卢陈二子之作》一首。而今所见卢藏用有关诗文均是陈死后追悼纪念之作，诗如《宋主簿鸣皋梦赵六予未及报而陈子云亡今追为此诗答宋兼贻平昔游旧》，文如《陈子昂别传》、《祭拾遗陈公文》、《右拾遗陈子昂文集序》等。

卢藏用的文学思想，集中见于《右拾遗陈子昂文集序》一文。将之与陈子昂的《与东方左史虬修竹篇序》两相比较不难发现，在主要观点上，他们几乎有着完全相同的立场。陈子昂说"文章道弊五百年"，据时当推及东汉末。对于汉、魏、晋、宋人物，他有取舍地加以肯定，而卢藏用亦指出"班、张、崔、蔡、曹、刘、潘、陆，随波而作，虽大雅不足，其遗风馀烈，尚有典型"；子昂以为"齐、梁间诗，彩丽竞繁，而兴寄都绝"，藏用认为"宋、齐之末，盖憔悴矣，逶迤陵颓，流靡忘返，至于徐、庾，天之将丧斯文也"；子昂对"风雅不作"耿耿于怀，藏用则慨叹"风雅之道，扫地尽矣"；子昂评东方虬诗"骨气端翔，音情顿挫，光英朗练，有金石声"，藏用评子昂出，"天下翕然，质文一变"，都是从质、文两方面着眼，似更强调质的一面。考卢藏用此文，参之《陈子昂别传》，可知其文学思想如下：

第一，他认为，文章（当然也包括诗歌）的正统源头在孔子。自春秋末期至两汉，乃至魏、晋，主流都是在孔子规范的框架内发展的。期间，自屈原出，“婉丽浮侈之法行焉”，但总体上仍然没有偏离轨道。从南朝始，浮靡压倒“斯文”。到上官仪，风雅之道彻底断送。物极必反，陈子昂出，一如雷霆，扫荡淫邪，文章复归于正道。抛开过激之处，他对千余年间文学发展脉络的梳理是有道理的。

第二，在诗文的功用问题上，他强调的是要有补于时，以佐政教。所谓“立言措意，在王霸大略”。(《陈子昂别传》) 所以他首先肯定陈子昂是“谏诤之辞，则为政之先也；昭夷之碣，则议论之当也；国殇之文，则大雅之怨也；徐君之议，则刑礼之中”，但他同时不废“感激顿挫，微显阐幽”的个性化创作，不出“感于哀乐，缘事而发”(《汉书·艺文志》) 的古老命题，与陈子昂提出的“兴寄”之说是同一个范畴。

第三，对于作品的美学要求，他也主张要有风骨。他评价陈子昂“属文，雅有相如、子云之风骨”。(《陈子昂别传》) 与陈子昂一样，他标举的有风骨的作品，也是出自汉魏人物。

卢藏用的这篇序文，时出陈子昂之后，较之《修竹篇序》，也未有新见，所以它在文学史上的地位远不如《修竹篇序》，但与陈子昂之说紧密呼应，喊出了时代的强音，充分反映了那个时代文学发展的必然趋势。

从创作实践看，与陈子昂和卢藏用同时或稍后，亦不乏“骨气端翔，音情顿挫”者出现，兹举王适、郭震和郑愔等人略述之。

王适，幽州（今北京市）人，生卒年未详。存诗仅5首，多抑郁不得志之作。如《铜雀妓》一首云：“日暮铜雀迥，秋深玉座清。萧森松柏望，委郁绮罗情。君恩不再得，妾舞为谁轻?”题虽旧，却是有感而发，因情而作。又《江上有怀》云：

湛湛江水见底清，荷花莲子傍江生。采莲将欲寄同心，秋风落花空复情。棹歌数曲如有待，正见明月度东海。海上云尽月苍苍，万里分辉满洛阳。洛阳闺阁夜何央，娥眉婵娟断人肠。寂寥金屏空自掩，青荧银烛不生光。应怜水宿洞庭子，今乡迢遥天一方。

有似民歌，委婉抒情，由江而莲，由莲而月，由月而宫，由宫而人，如怨如嫉，如泣如诉。读之有使人不胜凄清落寞之感。

郭震（656～713年），字元振，魏州贵乡（河北大名）人，以字显。《全唐诗》存诗23首，编为1卷，《全唐诗补编·续拾》补诗1首。《古剑篇》是其早年所作。郭震尝以异行为武后召见，“（后）问蜀川之迹，（震）对而不隐。令录旧文，乃上《古剑歌》。则天览而佳之，令写数十本，遍赐学士李峤、阎朝隐等。”（张说《兵部尚书代国公赠少保郭公行状》）诗曰：

君不见昆吾铁冶飞炎烟，红光紫气俱赫然。

良工锻炼凡几年，铸得宝剑名龙泉。龙泉颜色如霜雪，良工咨嗟叹奇绝。

琉璃玉匣吐莲花，错镂金环映明月。正逢天下无风尘，幸得周防君子身。

精光黯黯青蛇色，文章片片绿龟鳞。非直结交游侠子，亦曾亲近英雄人。

何言中路遭弃捐，零落漂沦古狱边。虽复尘埋无所用，犹能夜夜气冲天。

张说以“有逸气”评其文，可谓切入神理。此篇今天读来亦有荡气回肠之感，在当时更与宫廷诗风大异其趣，难怪武则天为之一振，并传示大内诸学士。

郑愔（？～710年），字文靖，沧州（今属河北）人。《全唐诗》收诗1卷，共19首。除奉和酬唱诗外，尚有乐府、边塞、咏物之作。文辞清雅，声律和谐，顿挫有骨力。《塞外三首》，分别写塞外风光、征人生活和坚贞志节，多有佳句。描写塞外风光如“长城带晚霞”、“山春雪作花”（《塞外三首》之一）运思巧妙，意象生动；其他如“戎旆霜旋重，边裘夜更轻”（《塞外三首》之二），“边声入鼓吹，霜气下旌竿”（《塞外三首》之三）等句既是写实，又将人的主观感受巧妙地融入其中，尤可称道。另有《秋闺》一首云：

征客向轮台，幽闺寂不开。音书秋雁断，机杼夜蛩催。虚幌风吹叶，闲阶露湿苔。自怜愁思影，常共月裴回。

写征人妇的孤寂无聊赖，刻画入微，牵动人心，从另一个视角展示出边戍生活给人们带来的负面影响，已经不局限于壮士建功的常式，在初唐边塞诗中实是难得的佳制。

第三节　李峤与律诗定型

关于初唐宫廷诗人在律诗定型上的贡献，今人早已达成共识。但就何人享有五律定型之功的问题，历来争论不休。传统观点多推沈佺期、宋之问二人，亦有沈、宋、苏、李并提者。毋庸置疑，包括律诗在内，任何一种诗歌体式的演进都不是个别人的力量所能实现的。它是一个群体智慧过程性的结晶，我们很难确切地将功劳加诸某个人的身上。但是，通过对诗人创作情况的考察，参考前人的著述和研究成果，我们却可以发现，个别诗人在定型问题上的巨大贡献不可忽视。

今人贾晋华《“珠英学士”与律诗定型》一文已开始关注“珠英学士”这一群体对于五律定型的关键作用。葛晓音的《创作范式的提倡和初盛唐诗的普及——从〈李峤百咏〉谈起》一文则认为，“李峤百咏”的出现，才带有划阶段的意义。

所谓“珠英学士”，是后人对武后统治时期预修《三教珠英》的宫廷诗人群体而言。预修者尽是当时文坛圣手，这些人“日夕谈论，赋诗聚会”，（《旧唐书·徐坚传》）对诗歌的题材、格律多所研讨，理论和创作皆有建树。时李峤任成均祭酒，当是实质上的主事者。

李峤（644～713年），字巨山，赵州赞皇（河北赞皇）人。20岁擢进士第，始调安定尉。举制策甲科，迁长安。时畿尉名文章者，骆宾王、刘光业，峤最少，与等夷。授监察御史，稍迁给事中，久乃召为凤阁舍人。则天深加接待，朝廷每有大手笔，皆特令峤为之。五度入相，累封赞皇县男、县公，赵国公。因曾密表请处置相王诸子，及玄宗践祚，赦令放斥，随子虔州刺史畅赴任。寻起为卢州别驾而卒。峤富才思，有所属缀，人多传讽。“前与王勃、杨炯接，中与崔融、苏味道齐名，晚诸人没，为文章宿老，学者取法焉。”（辛文房《唐才子传》）李峤存诗较多，《全唐诗》编为五卷。

李峤文名早著，后更为“一代宿老”，自己也曾当仁不让地说：“纪事属辞，虽窃比老、彭，诚未拟于先哲；而上追班、马，敢自强于后进。”（《自叙表》）其在于律诗定型上的贡献，尤其为后世所重。李峤的《单题诗》（或称《百咏诗》，马茂元有文称李峤咏物诗“杂咏”与“单题”，名异而实同）“很可能是修《三教珠英》的副产品”（葛晓音《论宫廷文人在初唐诗歌艺术发展中的作用》），《单题诗》共一百二十首，诗皆五律，每题一字，涉及天象、地仪、人居、文事、武备、乐器、宝货、服用，草木、禽兽等，《全唐诗》编为两卷。选择李峤的单题诗作为考察对象，探讨当时五律发展水平及李峤本人在五律定型上的贡献和地位，主要基于两点考虑：第一，创作时间相对集中，且带有一定示范性，可视为作者当时的最佳水平；第二，诗在格律上的成果可以说是集中了群体的智慧，亦能代表当时五律发展的最高水平。本书依据《平水韵》，参之《广韵》，对这20首单题诗进行逐一标识。

通过统计分析，可以看出：

（1）除41首诗完全使用五律正格律句外，其余79首98处使用了变格。尤其对“平平仄平仄”和“平平仄仄仄”两种变格的使用已经非常普遍和自如（表一）。

表 一

全用正格律句者	用正格律句参以变格律句者(79首)		
	平⃝平平仄仄(正格)	仄⃝仄平平仄(正格)	平平仄仄平(正格)
	平平仄平仄(变格) 平平仄仄仄(变格)	仄⃝仄平⃝仄⃝仄⃝(变格)	仄⃝平平仄平(变格)
41首	68处	14处	16处

(2) 对于五律的四种平仄格式的使用，依使用频率多少排序，分别为“首句仄起仄收式”、“首句仄起平收式”、“首句平起仄收式”和“首句平起平收式”。其中“首句仄起仄收式”的使用频率尤高，这为其后诗人写五律在选用格式上起到示范的作用，后代诗人写的五律，绝大多数是采用了这个格式，而且创作出许多精品（表二）。

表 二

首句仄起仄收式	首句仄起平收式	首句平起仄收式	首句平起平收式
83首	24首	11首	2首

关于李峤“单题诗”合格率的问题，在下结论之前我们先将其所有非律句的句子摘列如下，并进行分析。

嘉宾饮未极，君子娱俱并。(《瑟》) 平平仄仄仄，平仄平平平。(三平调)

若逢楚王贵，不作夜行人。(《锦》) 仄平仄平仄，仄仄仄平平。(前句误)

马眼冰凌影，竹根雪霰文。(《绫》) 仄仄平平仄，仄平仄仄平。(犯孤平)

九苞应灵瑞，五色成文章。(《凤》) 仄平仄平仄，仄仄平平平。(前句误，后句三平调)

友生若可冀，幽谷响还通。(《莺》) 仄平仄仄仄，平仄仄平平。(前句误)

郁林开郡毕，维扬作贡初。(《象》) 仄平平仄仄，平平仄仄平。(失对)

以上6处或不符变格条件，或为三平调，或犯孤平，或失对，是属于非律句者。

桂满三五夕，蓂开二八时。（《月》）仄仄平仄仄，平平仄仄平。

彩棹浮太液，清觞醉习家。（《池》）仄仄平仄仄，平平仄仄平。

左思裁赋日，王充作论年。（《砚》）仄仄平仄仄，平平仄仄平。

以上所列3句涉及“仄⃝仄平平仄”变格为“仄⃝仄平⃝仄⃝仄”的问题，这种变格要求其对句中间第三字变为平声以补救，李未补救，故而当视为不合格。加上上面6个非律句，总共有9处（分属9首诗中）平仄失误。李峤“单题诗”的整体合格率应为92.5%（120首五律，全部压平声韵且一韵到底，全部采用粘对规则），这个比率在同时代诗人的作品中是罕见的。

李峤的120首单题咏物诗，在上官仪的《笔札华梁》、元兢的《诗髓脑》等探讨诗歌理论的著作问世之后，首先为世人提供了鲜活的诗歌创作范本。《四库全书总目》卷一百三十五有评曰：“唐以来诸本骈青妃白，排比对偶者，自徐坚《初学记》始。铸故实，谐以声律者，自李峤单题诗始。”他的这些诗，不仅为当时所重，还漂洋过海，流传到日本，成为日本的幼学启蒙书。其后盛唐时期的张庭芳不但盛赞其诗“藻丽词清，调谐律雅，宏溢逾于灵运，密致掩于延年。特茂霜松，孤悬皓月。高标凛凛，千载仰其清芬；明镜亭亭，万象含其朗耀。味夫纯粹，罕测端倪。故燕公刺异词曰‘新诗冠宇宙’（按：张说《李赵公峤》中有“故事遵台阁，新诗满宇宙”之句），斯言不佞，信而有征。”（《故中书令郑国公李峤杂咏百二十首序》）更抱着“庶有补于琢磨，俾无至于疑滞，且欲启诸童稚”的目的为之加以注释，使之在盛唐时期继续发挥着示范作用。

此外，李峤还创作了4首完全符合格律要求的七律，合格律达到100%，这在同时代的诗人中是绝无仅有的，我们不难看出李峤在律诗定型上作出的重大贡献。

在律诗定型过程中，其他几位参与修撰《三教珠英》的河北诗人亦功不可没。

苏味道（648～705年），赵州栾城（今属河北）人。9岁能属辞，与李峤俱以文翰显，时号“苏李”，又与李峤、崔融、杜审言合称“文章四友”。苏味道存诗16首，观其五律创作，合格率只有44%。而七律《嵩山石淙侍宴应制》则完全合乎格律要求。

崔湜（671～713年），定州安喜（今河北定州）人。少以文辞知名，累官至中书侍郎、同中书门下平章事。全唐诗存诗1卷，五律合格率为93%。

魏知古（647～715年），深州陆泽（今河北深县）人。早有才名，弱冠举进士，官至紫微令，累封梁国公。存诗4首，其中五律3首，全部合格。

初唐后期，诗人们在继承和总结前人理论成果和创作经验的基础上，在个人的创作实践中，逐渐把粘式律作为律诗的最终形态。在这一进程中，河北诗人所作出的努力和贡献尤应加以肯定。

第二章　盛唐时期河北诗人及创作成就

开元、天宝是唐王朝的鼎盛时期，诗歌的发展也达到了最高峰。殷璠在《河岳英灵集序》中以“既闲新声，复晓古体；文质半取，风骚两挟”，精当全面地概括了盛唐诗歌的艺术成就。后世更有“以汉、魏、晋、盛唐为师，不作开元、天宝以下人物”（严羽《沧浪诗话·诗辩》）“开元、天宝间，神秀、声律粲然大备，故学者当以是楷式”（高棅《唐诗品汇·凡例》）等语，无不极力标举。这个时期，出现了许多光耀千载的大诗人，他们从不同的角度，用各自的方式表达了同样一个主题——盛唐精神。

与盛唐高度繁荣的政治、经济、文化以及极度自信、开放的时代精神相适应，盛唐诗歌也具有高远的“盛唐气象”。第一个把“盛唐气象”作为崇高的艺术标准提出来的是南宋的严羽，其《沧浪诗话·诗评》中称：“唐人与本朝人诗，未论工拙，直是气象不同。”在《考证》一节，他举例区别盛唐与中唐诗：“‘迎旦东风骑蹇驴’绝句，决非盛唐人气象，只似白乐天语。”后世遂常以此评盛唐诗。何谓“盛唐气象”，前人并未给予明确定义，但从当时的社会历史及诗人创作中，我们又能分明地感受到这一气象的存在及盛唐诗与前后诗风的不同。前人论盛唐之诗，多有“诗体浑大，格高语壮”（方回《瀛奎律髓》）“冲融温厚、昌明博大、含蓄隽永、雄浑沉郁、清新娟秀、飞腾摇曳”（明·李沂《唐诗援序》）“气格浑老、神韵生动”（清·贺贻孙《诗筏》）“雍容闲雅、清而不薄”（纪昀《瀛奎律髓刊误》）之说，其实这些都可视为“盛唐气象”的表现。启功先生曾经评古诗：唐以前的诗是“长”出来的，唐人的诗是“嚷”出来的，宋人诗是“想”出来的，宋以后的诗是“仿”出来的。语虽诙谐，却是一语中的。

在盛唐诗坛，除了有李白、杜甫的双峰并峙外，尚有许多满腹经纶、才华横溢的诗人和各种松散的诗人群体争奇斗妍、各领风骚，他们或以静逸明秀见长，或以清刚劲健取胜，或以慷慨奇伟著称，笔墨传神，诗史留名。其中，高适与李颀这两位著名的河北诗人，以自己的诗歌创作，为盛唐诗坛浓墨重彩的长卷上，点缀上了独特而耀眼的亮色。

第一节　高适生平及诗歌创作成就

一、高适生平

高适（704？～765？年），字达夫，海蓨（河北景县）人。据周勋初《高适年谱》考证，高适的祖父高侃是高宗时的名将，官至陇右道大总管，安东督护，封平原郡开国公。父崇文，“位终韶州长史”。但到高适青年时代，其家庭已很困窘。《旧唐书》传载：“（适）少濩落，不事生业，家贫，客于梁宋，以求丐取给。”《新唐书》本传载：“（适）少落魄，不治生事。客梁宋间，宋州刺史张九皋奇之，举有道科中第，调封丘尉，不得志，去。”《唐才子传》载“少性拓落，不拘小节，耻预常科，隐迹博徒，才名便远。后举有道，授封丘尉。”高适存诗较多，计200余首。其一生，特别是安史之乱前的出处行止、思想情绪于诗中多有表现。

开元十二年（724年），高适20岁时，曾西游长安，寻求仕进。《别韦参军》一诗说：“二十解书剑，西游长安城。举头望君门，屈指取公卿。”如许多盛唐士人一样，他自以为佐君有术，幻想一朝登得高位。然而幻想很快破灭，翌年便无功而返，开始了客居梁宋（今河南商丘）长达七年的耕钓生涯。《行路难》二首以长安少年和富家翁与自家对比，悲吟“安知憔悴读书者，暮宿虚台私自怜”（《行路难》二首其一）“自矜一朝忽如此，却笑傍人独悲苦”（《行路难》二首其二）。《宋中十首》

悼古伤怀，满纸凄然。7年间，他的内心始终处在深重的落寞不平之中。憔悴、悲苦、惆怅、穷愁、无奈、蹉跎以及穷秋、寒城、落木、转蓬、空、独、伤、凄等字眼几乎见于此一时期的所有诗歌。但他始终不忘谋求仕进，“弱冠负高节，十年思自强”（《鲁郡途中遇徐十八录事》），终于，开元十九年（731年），诗人又重新振作起来，满怀新的期盼，北游燕赵，踏上投军求仕之路。

唐代士人入仕的途径很多，入幕就是其中之一。唐制，边帅可以自辟佐吏，盛唐时期的王翰、王维、李白、杜甫、岑参等都曾有在幕府的生活经历。开元十八年（730年）五月，“可突干弑邵固，帅其国人并胁奚众叛降突厥，奚王李鲁苏及其妻韦氏、邵固妻陈氏皆来奔。制幽州长史赵含章讨之，又命中书舍人裴宽、给事中薛侃等于关内、河东、河南、北分道募勇士。”（《资治通鉴》卷二百一十三），这大概是高适北游求仕的直接原因。高适北上蓟门，过魏州，经巨鹿，至真定，出卢龙塞，后于开元二十一年（733年）冬自蓟北归，经邯郸、漳水、卫州，一路有诗留存。高适初至魏郡（隋郡名，唐相州，天宝元年改为邺郡，此用旧称。治所在今河南安阳），睹物增怀，为《三君咏》，分咏魏郑公征、郭代公元振、狄梁公仁杰。此三公皆贞正之士，文韬武略，为一代楷模。高适此诗咏怀故人，实寄寓己身的功业抱负，亦不无身世之叹。尝自诩“有才不肯学干谒”的高适此时也忐忑委婉地投出名刺，希求援引。《真定即事奉赠韦使君二十八韵》、《信安王幕府诗》分致恒州刺史韦济及信安王祎幕下诸公，但均未能如愿。北游燕赵期间，高适所作除《三君咏》、《蓟门行五首》、《塞上》、《邯郸少年行》、《寄宿田家》、《营州歌》等几首即事言怀外，其余皆奉酬赠别之作，真切表达了其“逢时事多谬，失路心弥折”（《蓟门不遇王之涣郭密之因以留赠》）的困顿与无奈。其中，“长歌增郁快，对酒不能醉。穷达自有时，夫子莫下泪”（《效古赠崔二》）最是愁绝。虽然如此，但“自有时”、“莫下泪”等语依然表达了作者期盼理想一朝实现的迫切愿望。又如“飘飘未得意，感激与谁论。昨日遇夫子，仍欣吾道存”（《酬司空璲少府》）“君若登青云，余当投魏阙”（《酬李少府》）等，与同道互勉，怨而不怒，沉而不沦，这也是盛唐士人普遍具有的乐观通达心态。《送李少府时在客舍作》诗云：“相逢旅馆意多违，暮雪初晴候雁飞。主人酒尽君未醉，薄暮途遥归不归？”在如此凄凉落寞中，诗人结束了此次蓟北的伤心之行。

“拂衣去燕赵，驱马怅不乐”。（《淇上酬薛三据兼寄郭少府微》），二次求进失败，诗人再度萌生退意：“不然买山田，一身与耕凿。”（同上）“对此更愁予，悠哉怀故园。”（《同韩四、薛三东亭玩月》）然而，终高适一生，隐居只可视为“潜龙勿用”。看他的诗，未有一句是发自内心地抒写田园生活的快乐闲适。事实上，他的功名心极强，无时无刻不在寻找出路。开元二十三年（735年），他再入长安应制举，却又落第而返。直到天宝八载（749年），高适大部分时间居于宋州，但期间几度外出：开元末游相州；天宝三年（744年）秋末“东征”；四载与李白、杜甫游汴、宋；五载同之齐鲁，又与北海太守李邕相遇。这是高适诗歌创作的一个高峰期，看高适这一时期的诗歌创作，明显流露出两种看似相反的感情倾向。一方面继续寥落和无奈，如“赖兹尊中酒，终日聊自过”（《苦雪四首》其二）“饮酒莫辞醉，醉多适不愁。”（《淇上送韦司仓往滑台》）“忧来谁得知，且酌尊中酒”（《自淇涉黄河途中作十三首》其八）“且向世情远，吾今聊自然”（《淇上别业》）等皆是；另一方面却又是壮志难酬，功名不遂但不减执著之心，其如“出关逢汉壁，登陇望胡天。亦是封侯地，期君早着鞭”（《独孤判官部送兵》）“男儿争富贵，劝尔莫迟回”（《宋中遇刘书记有别》）“尚有献芹心，无因见明主”（《自淇涉黄河途中作十三首》其九）是也。但两者又是统一的，一时的无奈并不是诗人彻底的放弃。一旦有机会，他便要一逞云霄之志，看《别韦兵曹》一首：“离别长千里，相逢数十年。此心应不变，他事已徒然，惆怅春光里，蹉跎柳色前。逢时当自取，看尔欲先鞭。”“他事已徒然”无疑是在悲怀，“此心”二字虽或含朋友情谊，但据末句“逢时当自取，看尔欲先鞭”可知，亦是功名事业之心。盛唐士人多有强烈的功名心，自信至于自负，动辄自比先贤，敢作公卿之想，高适无论穷达都体现了这一点。

《新唐书》本传记载：“宋州刺史张九皋奇之，举有道科中第，调封丘尉。”这是高适仕途的起点，时在天宝八载（749年）。而从其这一时期的诗作来看，他对这个职位显然从一开始就怀有极大的不满。对于早富才名、自命不凡的高适来说，小小一尉显然与“公侯皆我辈”（《和崔二少府登楚丘城作》）的雄心相差甚远。从《初至封丘作》中，不但难窥一点喜气，反见满纸微词：“可怜薄暮宦游子，独卧虚斋思无已。去家百里不得归，到官数日秋风起。”至于个中原由，《封丘作》这样写道：“只言小邑无所为，公门百事皆有期。拜迎官长心欲碎，鞭挞黎庶令人悲。”这里归纳了四点：一是州县小职无所施展；二是公务繁琐无从应付；三是官场险恶无意逢迎；四是百姓艰难不忍欺凌。其实早在客居梁宋前期，高适对州县掾职便有訾议：“不是鬼神无正直，从来州县有瑕疵。”（《同颜六少府旅宦秋中之作》）封丘任上，这种情绪屡有流露：“州县徒劳那可度”（《同陈留崔司户早春宴蓬池》）“终嗟州县劳，官谤复迍邅。虽负忠信美，其如方寸悬。”（《途中酬李少府赠别之作》）而另一首《封丘作》更是凄凉：“州县才难适，云山道欲穷。揣摩惭黠吏，栖隐谢愚公。”不但小官难当，为着这小官，连“全真”的路都堵塞了，真个“是进亦忧退亦忧，然则何时而乐耶”！随之，弃官复归之意渐决，“自堪成白首，何事一青袍。”（《使青夷军入居庸三首》其三）“州县甘无取，丘园悔莫追。”（《奉酬睢阳路太守见赠之作》）“乍可狂歌草泽中，宁堪作吏风尘下”（《封丘作》）。

天宝十一载（752年）秋，高适弃官西至长安。“良辰自多暇，欣与数子游”，（《同薛司直诸公秋霁曲江俯见南山作》），与诸友有过一段短暂的交游经历。时哥舒翰于陇右统兵拒吐蕃，屡建功勋，朝野称奇，士人多有投军入幕者，高适以诗赠别，并且很快作出赴陇的决定。其

“功名万里外，心事一杯中”（《送李侍御赴安西》）“料君终自致，勋业在临洮”（《送蹇秀才赴临洮》）等语，表达了自己对边塞建功的美好期待与勃勃雄心。是年，高适经田梁（一作良）推荐，入哥舒翰幕府，任左骁卫兵曹，充掌书记。《入昌松东界山行》、《登陇》，写于赴陇途中，“王程应未尽，且莫顾刀环”（《入昌松东界山行》），“岂不思故乡，从来感知己”（《登陇》），可见此行的决绝。杜甫有《送高三十五书记》，“高生跨鞍马，有似幽并儿”，可以想见其意气风神。然而经历过数次挫折，此时的高适虽有一腔抱负，却也对前途不敢抱太多幻想：“此行岂易酬，深意方郁陶。微效倘不遂，终然辞佩刀。”（《自武威赴临洮谒大夫不及因书即事寄河西陇右幕下诸公》）道出了当时的矛盾心情，同时再次显示了其耿介的个性。此次入幕，彻底改变了高适的命运，事实上成为高适飞黄腾达的起点。在幕府短短几年，也是高适诗歌创作的又一个高峰期，不少著名的边塞诗如《塞下曲》、《九曲词三首》、《武威作品二首》即作于此时。综观其这一时期作品，作者将边塞见闻、观察思考和功名志向糅为一体，苍凉慷慨中带有理智的冷静。

天宝十四年（755年），安禄山在范阳起兵反唐。朝廷召哥舒翰讨贼，即拜高适为左拾遗，转监察御史，佐翰守潼关。俄迁侍御史，擢谏议大夫，以负气敢言，为权贵侧目。玄宗入蜀后曾欲以诸王分镇拒敌，这无疑是刚刚私自称帝的肃宗所忌讳的，高适对此极力表示反对。不久，江陵大都督府永王璘擅领舟师下广陵。肃宗召与计事，高适又断言永王必败。以上两件事足可见高适敏锐的政治眼光和出色的预见能力，高适也因此取得肃宗皇帝的信赖，遂除扬州大都督府长史、淮南节度使。宰相李辅国恶其才，高适一度遭贬，为太子少詹事，未几蜀乱，出为蜀、彭二州刺史，旋为西川节度使。广德元年（763年），召还为刑部侍郎、左散骑常侍，封渤海县侯。永泰元年（765年）卒，赠礼部尚书，谥曰忠。

《新唐书》评价高适曰：“适尚节义，语王霸衮衮不厌。遭时多难，以功名自许，而言浮其术，不为搢绅所推。然政宽简，所涖，人便之。年五十始为诗，即工，以气质自高。每一篇已，好事者辄传布。其诒书贺兰进明，使救梁、宋以亲诸军；与许叔冀书，令释憾；未度淮，移檄将校，绝永王，俾各自白，君子以为义而知变。”基本无误，唯“年五十始为诗”一说失实。其实高适的大部分诗歌包括影响深远的名篇，多为安史乱前所作，对此，若对其存诗稍加留意便可了然。《旧唐书》本传言：“有唐已来，诗人之达者，唯适而已。”则为事实。

殷璠在《河岳英灵集》中评高适诗：“多胸臆语，兼有气骨。”唐诗史上，高适、岑参并称，严羽《沧浪诗话·诗评》曰：“高岑之诗悲壮，读之使人感慨。”以上二则基本概括出了高适诗歌的气质面貌，追求不朽功名的高昂意气与直面冷峻现实的悲慨相结合，使他的诗有一种慷慨悲壮的美。以下对此试作概述。

二、高适的边塞诗

高适以边塞诗著称，他的两次出塞和一次入幕经历，是他题材和情感的源泉。其耿介的性格和蹭蹬的人生历程则奠定了他边塞诗慷慨悲壮的基调，加重了其边塞诗的艺术魅力。

高适的边塞诗，清晰地表达了作者的军事主张。《塞上》中云“转斗岂长策，和亲非远图。惟昔李将军，按节出皇都。总戎扫大漠，一战擒单于”，高适既反对用和亲的方式寻求暂时的安定，也不赞成同敌人作无休止的纠缠，主张以强大的武力彻底摧垮敌人。“练兵日精锐，杀敌无遗残。献捷见天子，论功俘可汗”（《东平留赠狄司马》），则表达出诗人对破敌建功的高度自信。《睢阳酬别畅大判官》一诗，进一步揭示这一主张的依据：“戎狄本无厌，羁縻非一朝。饥附诚足用，饱飞安可招？”举战国时赵将李牧居边立下的赫赫战功再度申明自己的强硬立场。在当时重用归降胡人防边的政策环境下，如此直言是需要一定胆识的。又《登百丈峰二首》其二云：“晋武轻后事，惠皇终已昏。豺狼塞瀍洛，胡羯争乾坤。四海如鼎沸，五凉更自尊。而今白亭路，犹对青阳门。都市不足问，君臣随草根。”流露出对朝廷对胡政策以及边防颓危现实的深重忧虑：前事犹在眼，后世怎敢忘！事实也正如高适的忧虑。后不久，安史之乱爆发，大唐盛世由此断送。在高适的边塞诗中，多处提到汉代李广、卫青、霍去病等名将，如“君不见沙场征战苦，至今犹忆李将军”（《燕歌行》）“倚剑对风尘，慨然思卫霍”（《淇上酬薛三据兼寄郭少府微》）“丈夫拔东蕃，声冠霍嫖姚”（《睢阳酬别畅大判官》）等，都是当时强盛的国力激发出的时人自信壮大的气魄，也是作者刚直勇武个性的流露。

《蓟门行五首》高适北游燕赵期间创作的边塞题材组诗：

蓟门逢古老，独立思氛氲。一身既零丁，头鬓白纷纷。勋庸今已矣，不识霍将军。——其一

汉家能用武，开拓穷异域。戍卒厌糠核，降胡饱衣食。关亭试一望，吾欲泪沾臆。——其二

边城十一月，雨雪乱霏霏。元戎号令严，人马亦轻肥。羌胡无尽日，征战几时归。——其三

幽州多骑射，结发重横行。一朝事将军，出入有声名。纷纷猎秋草，相向角弓鸣。——其四

黯黯长城外，日没更烟尘。胡骑虽凭陵，汉兵不顾身。古树满空塞，黄云愁杀人。——其五

该组诗所表现的主题，其一形象地刻画了一位久戍边庭、劳而无功、晚景凄凉的老兵；其二以游历时见闻，隐隐发出对战争性质的质疑，大胆表达了对遭受不平待遇、饱经苦难的汉兵的同情；其三承前启后，情调一变，笔锋投向对现实的关怀；其四写男儿意气；其五寓情于景。不独词工句切，更在立意新颖、旨意深刻，且在多处使用对比手法：老兵与少年对比；降胡与汉兵对比；理想与现实对比，在强烈的对比中，强化了诗人的情绪和爱憎，加深了诗歌反映现实的力度，同时表达出作者心

头郁郁难消的愁结。

《燕歌行》被前人评为“常侍第一大篇”（赵熙《唐百家诗选》），是唐代众多边塞诗中最具代表性的作品。题下有序，曰：“开元二十六年，客有从御史大夫张公出塞而还者，作《燕歌行》以示适。感征戍之事，因而和焉。”全诗如下：

> 汉家烟尘在东北，汉将辞家破残贼。男儿本自重横行，天子非常赐颜色。摐金伐鼓下榆关，旌旆逶迤碣石间。校尉羽书飞瀚海，单于猎火照狼山。山川萧条极边土，胡骑凭陵杂风雨。战士军前半死生，美人帐下犹歌舞。大漠穷秋塞草腓，孤城落日斗兵稀。身当恩遇恒轻敌，力尽关山未解围。铁衣远戍辛勤久，玉箸应啼别离后。少妇城南欲断肠，征人蓟北空回首。边庭飘飖那可度，绝域苍茫更何有。杀气三时作阵云，寒声一夜传刁斗。相看白刃血纷纷，死节从来岂顾勋。君不见沙场征战苦，至今犹忆李将军。

这首诗突破了以前同题诗作铺陈、渲染征人思妇缠绵相思之情的格局，而大大开拓了歌词的内容。诗中骈散相间的句式、平仄互换的用韵，以及援声律入古体的写法，和卢、骆以来的歌行并无二致，但局势的动荡排阖却非前人可比。盛唐人殷璠在《河岳英灵集》中评曰：“适诗多胸臆语，兼有气骨，故朝野通赏其文。至如《燕歌行》等篇，甚有奇句”。可知这首七言歌行已为时人赞赏、传诵。此诗不仅声情高壮，奇句惊人，更兼气脉贯畅，流转自如，“长篇滚滚，句虽佳，然皆有序”（桂天祥《批点唐诗正声》），不独在高适集中堪为第一，即在盛唐边塞诗中亦为一座雄峰。更为重要的是，它的内涵博大深邃。诗人上则期望报国安邦，下则怜悯征夫思妇；既写出了出征将士白刃格斗、血溅沙场的献身精神，还揭示了军中将士之间苦乐悬殊的现实，对骄纵轻敌的主将予以深刻批判。从中亦可窥见诗人所禀赋的慷慨好勇、舍身为国的燕赵文化精神。明人邢昉评曰：“金戈铁马之声，有玉磬鸣球之节，非一意抒写以为悲壮也。”(《唐风定》)将此诗宽广而深刻的思想内涵、顿挫跌宕的艺术特色一语道破。

高适的七绝很少，计有10几首，涉及边塞题材的亦不过《九曲词三首》、《营州歌》、《塞上闻笛》及缺题诗一首，但首首都是精品。《九曲词三首》其三云：“铁骑横行铁岭头，西看逻逤取封侯。青海只今将饮马，黄河不用更防秋。”直是盛唐气概。缺题诗云：“一队风来一队沙，有人行处没人家。阴山入夏仍残雪，溪树经春不见花。”风神在苍苍莽莽间。《塞上闻笛》更为人称许：

雪净胡天牧马还，月明羌笛戍楼间。借问梅花何处落，风吹一夜满关山。

此诗或为高适和王之涣《凉州词》之作。王诗作于其游西塞时，约在开元十年(722年)至十五年(727年)期间，高适和诗亦当作于此时，故而也绝非如有学者所说，是基于亲临边塞的生活体验才写出来的。作为和作，高诗直承王诗命意，而起笔将人事与情景自然组合，虽不及“黄河远上白云间，一片孤城万仞山”突兀神来，却不失老成工妙；虽少些许浑厚，却多几分铿锵；王诗横吹《折杨柳》，高诗笛奏《梅花落》，取意无二；前者怨春风不度，后者乐声满关山，异曲同工。若以二者高下论，王诗前两句占优，高诗后两句则胜出一筹。

高适另有一些边塞诗虽整体上成就不及《燕歌行》、《蓟门行五首》，但也不乏佳句，如《送浑将军出塞》一首中有“城头画角三四声，匣里宝刀昼夜鸣”，透露出一股英雄气。《同河南李少尹毕员外宅夜饮时洛阳告捷遂作》中有“半醉忽然持蟹螯，洛阳告捷倾前后”，狂喜之态，不逊杜子美的“漫卷诗书喜欲狂”。

三、多方面的创作成就

高适存诗较多，不独边塞诗，其他题材的诗也多有可观者。下面所举，或长于表达思想，或长于描摹叙述，有的具有补史、证史作用。

高适一生的大部分时间长居乡野，抑抑不得志，自艾自怜之间，很容易生发对百姓疾苦的同情，而广泛的游历又加深了他对社会民生的认识。他的诗中数次提及百姓疾苦，这在开、天诗坛是不多见的。

《东平路作三首》作于天宝四年（745 年）赴东平途中，其二有“今日无成事，依依亲老农”句，可见他与下层百姓有着主动的接近。“试共野人言，深觉农夫苦。去秋虽薄熟，今夏犹未雨。耕耘日勤劳，租税兼舄卤。园蔬空寥落，产业不足数……”（《自淇涉黄河途中作十三首》其九）。在与“野人”的交谈中，他深切地了解到农民的艰难与困苦，造成这种状况的原因，除了天灾，还有人祸，“租税兼舄卤”一句已将矛头指向国家政策。《东平路中遇大水》于体恤民生一义表现尤为突出：

> 天灾自古有，昏垫弥今秋。霖霪溢川原，澒洞涵田畴。指途适汶阳，挂席经芦洲。永望齐鲁郊，白云何悠悠。傍沿钜野泽，大水纵横流。虫蛇拥独树，麋鹿奔行舟。稼穑随波澜，西成不可求。室居相枕藉，蛙黾声啾啾。仍怜穴蚁漂，益羡云禽游。农夫无倚著，野老生殷忧。圣主当深仁，庙堂运良筹。仓廪终尔给，田租应罢收。我心胡郁陶，征旅亦悲愁。纵怀济时策，谁肯论吾谋。

《旧唐书》玄宗本纪载有天宝四载（745 年）八月，河南、睢阳、淮阳、谯等八郡遇洪水事，此诗叙写的便是水灾发生时作者赴东平途中所见。百姓面临严重的生存危机，高适疾呼朝廷应不遗余力地予以救济，同时罢黜租税，使百姓得以休养生息。

高适还有一些诗则体现了他的政治思想。《过卢明府有赠》诗借美卢明府（卢僎）善政，体现出了对黎民的关爱，结尾“何幸逢大道，愿言烹小鲜。谁能奏明主，一试武城弦”四句又见高适的政治思想。“烹小鲜”，语见《老子》第六十章，主“无为而治”。“武城弦”，典出《论语·阳货》，言礼乐教化。唐时三教并行，同受儒、释、道思想影响，并行诸同一篇作品者，并不为奇。在与民休息这一点上，儒道两家一为“干预”，一为“顺应”，事实上是殊途同归的。总体上说，高适受儒家影响最深，《同群公秋登琴台》、《宓公琴台诗三首》、《观彭少府树宓子贱祠碑作》、《宋中十首》其九等诗都涉及儒家以礼乐治国的思想。

高适还有一些诗有证史、补史作用。乾元元年（758 年），适遭李辅国谗，降官为太子詹事，留司东都，亲见邺城战败后溃散回来的士兵的劣迹，以及人民崩殁、城池萧条的惨状。《酬裴员外以诗代书》诗有：

> ……是时扫氛祲，尚未歼渠魁。背河列长围，师老将亦乖。归军剧风火，散卒争椎埋。一夕瀍洛空，生灵悲曝腮。衣冠投草莽，予欲驰江淮。登顿宛叶下，栖遑襄邓隈。城池何萧条，邑屋更崩摧。纵横荆棘丛，但见瓦砾堆。行人无血色，战骨多青苔……

据《资治通鉴》载，肃宗乾元二年（759 年）二月，郭子仪等九节度使陈重兵围邺城，欲一举消灭安庆绪。“人皆以为克在朝夕，而诸军既无统帅，进退无所禀；城中人欲降者，碍水深，不得出。城久不下，上下解体”。不久，史思明自魏州引兵来救，两军恶战，“大风忽起，吹沙拔木，天地昼晦，咫尺不相辨。两军大惊，官军溃而南，贼溃而北，弃甲仗辎重委积于路。子仪以朔方军断河阳桥保东京。战马万匹，惟存三千，甲仗十万，遗弃殆尽。东京士民惊骇，散奔山谷，留守崔圆、河南尹苏震等官吏南奔襄、邓，诸节度各溃归本镇。士卒所过剽掠，吏不能止，旬日方定。”《酬裴员外以诗代书》既涉此事，有佐史之功。又《李云南征蛮诗》作于天宝十二年（753 年）四月，前年冬，适随哥舒翰入朝，此时仍在长安。诗前有序：

> 天宝十一载，有诏伐西南夷，右相杨公兼节制之寄，乃奏前云南守李宓涉海自交趾击之。道路艰险，往复数万里，盖百王所未通也。十二载四月，至于长安，君子是以知庙堂使能，

而李功效节。适忝斯人之归，因赋是诗。

关于唐对南诏的这场战争，《资治通鉴》只记李宓败迹：天宝十三年（754年）六月，“侍御史、俞南留后李宓将兵七万击南诏。阁罗凤诱之深入，至太和城，闭壁不战。宓粮尽，士卒罹瘴疫及饥死十七八，乃引还；蛮追击之，宓被擒，全军皆没”，而对其取胜事未见记载。高适目击李宓并于天宝十二年（753年）四月回京献捷而作此诗，可据以补史载之缺。

此外，值得一提的还有高适的送别诗。与宫廷诗人多应制奉和诗不同，随着士人队伍的壮大和活动范围的拓宽，盛唐时，酬赠送别诗的比重在诗人作品中的比重明显增大。在高适诗中，此类作品占到一半以上。《东平别前卫县李寀少府》一首云：

黄鸟翩翩杨柳垂，春风送客使人悲。怨别自惊千里外，论交却忆十年时。云开汶水孤帆远，路绕梁山匹马迟。此地从来可乘兴，留君不住益凄其。

在黄鸟翩翩的春日与朋友相别，孤帆已远而匹马迟徊，更兼同为失路之人（时高适正在东游途中，李寀已卸卫县县尉之任），难怪悲从中来。“此地从来可乘兴，留君不住益凄其”两句进一步强化对比，闻者潸然。高适赠别诗中最为后世推许的莫过《别董大二首》其一：

十里黄云白日曛，北风吹雁雪纷纷。莫愁前路无知己，天下谁人不识君。

与其大多数同类诗相比，此诗一反通常的伤感情调，写得悲慨而壮大，以真挚的情谊、坚强的信念，传达出一种昂扬雄放、催人奋进的力量。

又有《寄宿田家》：

田家老翁住东陂，说道平生隐在兹。鬓白未曾记日月，山青每到识春时。门前种柳深成巷，野谷流泉添入池。牛壮日耕十亩地，人闲常扫一茅茨。客来满酌清尊酒，感兴平吟才子诗。岩际窟中藏鼹鼠，潭边竹里隐鸬鹚。村墟日落行人少，醉后无心怯路歧。今夜只应还寄宿，明朝拂曙与君辞。

刻画人物细腻生动，描摹物候清淡明丽，人与自然和谐共处，趣味只从平白浅近中流出。这样格调的诗在高适集中并不多见，却能反映其诗歌成就的一个方面。

第二节 李颀的边塞诗和道隐诗

一、李颀的边塞诗

自先秦至唐，战争题材的诗歌层出不穷。概括说来，唐以前的战争诗，多以描写将士英姿、沙场风光，歌颂和鼓舞舍身报国的精神和斗志为主。至唐，强盛的国力和错综复杂的民族关系，使得战争诗空前繁荣，并呈现出与以往不同的特征和风格，近世诗评家冠之以“边塞诗”，并由之划分出所谓“边塞诗派”。唐代的边塞诗，反映现实的深度和广度均大大超越前代，亦非后代所能企及。许多盛唐诗人都有边塞题材的诗歌留存，在河北诗人中，除了高适，尚有李颀堪与比肩。

李颀（690？～754？年），郡望赵郡（今河北赵县），长期居住在颍阳（今河南登封）东川，故世称“李东川”。开元二十三年（735年）进士及第，官止新乡（今河南新乡）尉，故又称“李新乡”。《全唐诗》存李颀诗3卷，计120余首。世谓李颀众体兼善，尤长于七言：“新乡七古，每于人不经意处忽出异想，令人心赏其奇逸，而不知其所从来者。新乡七律，篇篇机宕神远，盛唐妙品也。”（《唐诗选脉会通评林》）确乎其言。“（歌行）盛唐高适之深、岑参之丽、王维之雅、李颀之俊，皆铁中铮铮者”（胡应麟《诗薮》）。

从现有材料看，李颀似并未有出塞从军的经历，所作边塞诗也不过五首。然而就是这五首边塞诗奠定了李颀在唐诗史上的地位，后人并以此视其为盛唐“边塞诗派”的代表人物之一。

白日登山望烽火，黄昏饮马傍交河。行人刁斗风沙暗，公主琵琶幽怨多。野营万里无城郭，雨雪纷纷连大漠。胡雁哀鸣夜夜飞，胡儿眼泪双双落。闻道玉门犹被遮，应将性命逐轻车。年年战骨埋荒外，空见蒲桃入汉家。

——《古从军行》

《古从军行》是李颀边塞诗歌的代表作，诗约作于玄宗天宝年间，是一首以古讽今的佳制。诗起首写紧张、艰苦的军旅生活：白日登山，黄昏饮马；刁斗声寒，琵琶幽怨。接着渲染边陲的环境，军营所在，四顾荒野，大漠飞雪，胡雁哀鸣。即便如此，皇帝不准罢兵，士兵只得赴死。发动战争的原因是复杂的，但无论如何，战争都会给广大民众带来沉重的负担和灾难。“年年战骨埋荒外，空见蒲桃入汉家”，死者或不可知，生者怎不伤怀！此二句除了表达对饱受战争苦难的各族人民的深切同情，更于战争代价（战骨）与胜利果实（蒲桃）的强烈对比中加重了诗的悲剧色彩。

再来看另外几首：

男儿事长征，少小幽燕客。赌胜马蹄下，由来轻七尺。杀人莫敢前，须如猬毛磔。黄云陇底白云飞，未得报恩不得归。辽东小妇年十五，惯弹琵琶解歌舞。今为羌笛出塞声，使我三军泪如雨。

——《古意》

黄云雁门郡，日暮风沙里。千骑黑貂裘，皆称羽林子。金笳吹朔雪，铁马嘶云水。帐下饮蒲萄，平生寸心是。

——《塞下曲》

行人朝走马，直指蓟城傍。蓟城通漠北，万里别吾乡。海上千烽火，沙中百战场。军书发上郡，春色度河阳。袅袅汉宫柳，青青胡地桑。琵琶出塞曲，横笛断君肠。

——《古塞下曲》

少年学骑射，勇冠并州儿。直爱出身早，边功沙漠垂。戎鞭腰下插，羌笛雪中吹。膂力今应尽，将军犹未知。

——《塞下曲》

概括起来，李颀的几首边塞诗均可用“侠”和“怨”两字概括旨意。表现“侠”，如“男儿事长征，少小幽燕客。赌胜马蹄下，由来轻七尺。杀人莫敢前，须如猬毛磔。”（《古意》）“少年学骑射，勇冠并州儿”（《塞下曲（少年学骑射）》）“千骑黑貂裘，皆称羽林子”（《塞下曲（黄云雁门郡）》）。表现“怨”，如“黄云陇底白云飞，未得报恩不得归”（《古意》）“膂力今应尽，将军犹未知”（《塞下曲》（少年学骑射））等。除了直接抒情之外，李颀表现边兵哀怨，更善于借助“音乐”的烘托。值得注意的是，在其五首边塞诗中，全都不同程度地采用了这一手法，如“公主琵琶幽怨多”（《古从军行》）“辽东小妇年十五，惯弹琵琶解歌舞。今为羌笛出塞声，使我三军泪如雨”（《古意》）“戎鞭腰下插，羌笛雪中吹”（《塞下曲（少年学骑射）》）“琵琶出塞曲，横笛断君肠”（《古塞下曲》）“金笳吹朔雪，铁马嘶云水”（《塞下曲（黄云雁门郡）》），这样熟练和频繁使用同一表现手法，除了有创作本身需要的原因外，还在于作者对音乐的精通，其《琴歌》、《听董大弹胡笳声兼寄语弄房给事》、《听安万善吹觱篥歌》等都是长于表现音乐感受的名篇。李颀是质疑和反对战争的，在他笔下，边兵是凄苦哀怨的，但表达这样的主题，却偏偏赋予他们慷慨赴国的姿态。这种强烈的对比与反差，或许正是李颀的边塞诗清刚劲健风格魅力之外，能够深深打动人心的又一原因所在。

二、李颀的道隐诗

盛唐之世，士人由官而道、由道而官以及在官思道、在道思官者比比皆是。这些人或为曲以求进，或为保全名节，又或诚心入道，各有不同。但上至帝王百官，下到士人学子，俗、道之间并无截然界限，他们彼此往还，谈玄论道，栖游唱和。与崇道相表里，隐逸之风大行。士人“既服膺道家哲学，以为人生信条；又信奉道教仙学，以为生命寄托，由此隐逸同时追求长生，修道兼得遁栖山水，两相联袂而进”（汪涌豪、俞灏敏《中国游仙文化》），以至于道无不隐、隐则涉道。士人在学道、隐逸相结合的过程中，所创作的反映道、隐主题的诗歌，就被称为道隐诗。在盛唐河北诗人中，写道隐题材，存诗较多且成就颇高的，莫过于李颀。

李颀早年有过一段任侠放浪的生活经历。《缓歌行》对此记述颇详：

> 小来托身攀贵游，倾财破产无所忧。暮拟经过石渠署，朝将出入铜龙楼。结交杜陵轻薄子，谓言可生复可死。一沉一浮会有时，弃我翻然如脱屣。男儿立身须自强，十年闭户颍水阳。业就功成见明主，击钟鼎食坐华堂。二八蛾眉梳堕马，美酒清歌曲房下。文昌宫中赐锦衣，长安陌上退朝归。五侯宾从莫敢视，三省官僚揖者稀。早知今日读书是，悔作从来任侠非。

在“一沉一浮”之间，他看透世情冷暖，于是发奋自强，闭户读书，开始寻求功名。然而李颀的仕途并不得意，最终只做到小小的新乡县尉。在赴尉前，李颀还曾做过几年吏，这几年，不但没有积累下什么家产（“数年作吏家屡空”），似乎也没有留下突出的政绩。（“自知寂寞无去思，敢望县人致牛酒”）。在新乡任，也没能为其仕途带来什么转机，反而是久不见调，于是，《不调归东川别业》有了这样的感叹：“寸禄言可取，托身将见遗。惭无匹夫志，悔与名山辞。”另从“始知物外情，簪绂同刍狗”（《裴尹东溪别业》）“宦途已可识，归卧包山春”（《送顾朝阳还吴》）等语，也可看出他对于自己的仕途已经不再抱有幻想。很快，李颀便辞去官职，隐于东川，终其一生。

李颀之隐，更似名士之隐。归东川后，他怡情山水，玩味景致，诗中不见忧愤之辞，反多优游之态。《晚归东园》诗曰：“荆扉带郊郭，稼穑满东菑。倚杖寒山暮，鸣梭秋叶时。回云覆阴谷，返景照霜梨。澹泊真吾事，清风别自兹。”诗写田园景象，用“寒”、“暮”、“霜”等字，却丝毫没有凄凉之意，表达出诗人宁静平和的心态。李颀另外还有一首同题诗写道：“出郭喜见山，东行亦未远。夕阳带归路，霭霭秋稼晚。樵者乘雾归，野夫及星饭。请谢朱轮客，垂竿不复返。”山野田园成了诗人的生活场所，渔樵野夫成为诗人的近邻，闲处其中，乐而忘返，谁复有暇理会那些高官显宦？“且复乐生事，前贤为我师”。(《不调归东川别业》)，所谓“前贤”，从李颀存诗中可以确实指出名姓的有“夷齐”(《登首阳山谒夷齐庙》)“葛洪”(《赠苏明府》) 等。李颀追求的是一种生活，一种境界。在他的笔下，山野抑或渔樵始终是其所处生活环境的组成部分，他注视和关怀的始终不是百姓，而是自身精神的愉悦与修行。试以《野老曝背》和《渔父歌》二者比较：前者中“曝背”、“扪虱”，自得其乐的“老翁”，显然不是作者颂扬和所欲效仿的对象，至多见时一笑而已，而后者中的“白首老人”，乃是“避世长不仕”的“真人”，于山林间所为“濯足”、“垂纶”、“寓宿”“行歌”、“持竿”、“爇火”等种种举动，皆为保全真性，这才是作者理想中的生活，理想中的境界。

隐居中的李颀并非孤独自处，而是广泛交游，对象多为下层官吏。与这些人游宴酬赠之作在李颀诗中约占一半，在这些诗中，虽然也有无奈之叹，但却隐而不发，不似高适等人，言词中总有一股排遣不散的怨气。《唐才子传》评其诗“发调既清，修词亦秀……多为放浪之语，足可震荡心神”。准确概括了李颀诗最显著的风格特征。

《河岳英灵集》评李颀“性疏简，厌薄世务。慕神仙，好道术，服饵丹砂，结好尘喧之外”，有据可征。李颀的交往对象中很重要的一部分便是道士和隐士，在寄赠焦炼师、张旭、张果先生、卢道士、暨道士、镜湖朱处士等人的诗歌中，人物的清风高节，景致的仙气氛氲以及诗人的虔诚态度无不表现得淋漓尽致。炼丹和服食丹药是道教养生和修行的重要活动之一，这在今天看来无疑是非科学并且非常危险的，但在古代，出于追求“全真”和“长生”的目的，很多人竞相身体力行。李颀也曾热衷于此。高适有《赠李颀》诗曰：“闻君饵丹砂，甚有好颜色。不知从今去，几时生羽翼……”弥补了李颀诗中未曾明言之缺。在《寄焦炼师》诗中，李颀说其“得道凡百岁，烧丹惟一身”，又说张果“自说轩辕师，于今几千岁”（《谒张果先生》），也显示出对丹药灵验的迷信。《河岳英灵集》又说李颀诗“玄理最长”，结论便自李颀道隐诗中得出。而通观李颀的这部分诗作，除了表达遁出尘俗的生活观念和处世态度外，涉及纯粹的“理”的并不多。在《杂性》中，有“善恶死生齐一贯，只应斗酒任苍苍”一语，认同的是道家的生死观。事实上，李颀还有一些与佛家有关的诗作，计不下10首，却一直不被人们注意。《无尽上人东林禅居》一诗中有“草堂每多暇，时谒山僧门”句，明白地说出自己与僧人有着密切的交往。《粲公院各赋一物得初荷》提到：“从来不著水，清净本因心。”正是对佛家“明心见性”之说的一种敷衍，而《宿莹公禅房闻梵》一首更言“始觉浮生无住著，顿令心地欲皈依”。他到底有没有真正皈依佛门，根据现有资料很难定论，但其接受佛家影响的事实已然非常明了。可以说，浓郁的崇道氛围包括三教兼容的政策，给了盛唐士人更多的出处自由和精神寄寓。

李颀道隐诗的艺术成就自然比不上他的边塞诗，但其中不乏以描摹见长者。试看《赠张旭》一首，诗云：

> 张公性嗜酒，豁达无所营。皓首穷草隶，时称太湖精。露顶据胡床，长叫三五声。兴来洒素壁，挥笔如流星。下舍风萧条，寒草满户庭。问家何所有，生事如浮萍。左手持蟹螯，右手执丹经。瞪目视霄汉，不知醉与醒。诸宾且方坐，旭日临东城。荷叶裹江鱼，白瓯贮香粳。微禄心不屑，放神于八纮。时人不识者，即是安期生。

张旭一生惟“酒”、“草”、“道”三者是务，至于痴迷，时以“颠”称。李颀此诗紧紧抓住“颠”这一外在特征，从其醉酒、作书、执经的狂态，表现其豁达的性格。落笔从细处着手，人物形象鲜活欲出。以独到的艺术气质和审美眼光、细腻精致的感受能力和精湛的表现技巧，平白叙述，发微阐幽，亦是李颀之所长。

第三节　盛唐时期的其他河北诗人

张震，河间鄚县（今河北任丘东北）人。玄宗开元间任左司员外郎、户部郎中。约于开元二十一年（733年）任江西采访使、洪州刺史。存诗一首，题为《宿金河戍》，诗曰：

朝发铁麟驿，夕宿金河戍。奔波急王程，一日千里路。但见容鬓改，不知岁华暮。悠悠沙漠行，悠悠沙漠行，王事弥多故。

诗写将士为日复一日年复一年，在茫茫塞外奔波。结尾“悠悠沙漠行，王事弥多故”一句明显带有不满的情绪，表达了对连年战争的反感。

贾至（718～772年），字幼邻，一作幼几，洛阳人，郡望长乐（今河北冀县）。天宝中擢明经第，官终右散骑常侍，卒赠礼部尚书，谥曰文，与李白、房琯、杜甫等友善。《全唐诗》存诗46首，《唐才子传》评其诗有“俊逸之气”“调亦清畅”，杜甫赞曰“雄笔映千古”（《别唐十五诫因寄礼部贾侍郎》）。宝应初，杨绾建请依古制，县令举孝廉于刺史，刺史升于天子礼部。诏有司参议，多是绾言。至议以为：试学者以帖字为精通，而不穷旨义；考文者以声病为是非，唯择浮艳，致儒道不举，取士之失也。由此可推知其文学思想之大略，即贵实祛华，以使“风俗淳一，运祚长远”为目的，强调学问、文章的政治教化功能。

《燕歌行》诗曰：

国之重镇惟幽都，东威九夷北制胡。五军精卒三十万，百战百胜擒单于。

前临滹沱后易水，崇山沃野亘千里。昔时燕山重贤士，黄金筑台从隗始。

倏忽兴王定蓟丘，汉家又以封王侯。萧条魏晋为横流，鲜卑窃据朝五州。

我唐区夏馀十纪，军容武备赫万祀。彤弓黄钺授元帅，垦耕大漠为内地。

季秋胶折边草腓，治兵羽猎因出师。千营万队连旌旗，望之如火忽电驰。

匈奴慑窜穷发北，大荒万里无尘飞。君不见隋家昔为天下宰，穷兵黩武征辽海。南风不竞多死声，鼓卧旗折黄云横。六军将士皆死尽，战马空鞍归故营。时移道革天下平，白环入贡沧海清。自有农夫已高枕，无劳校尉重横行。

前六句指出幽燕地区的地理位置和战略地位；继六句概括叙述历史变迁；接着以自信的口吻写本朝武备精良；继而通过与故隋对比，批判隋朝的穷兵黩武，提出自己的军事主张，即以强大的武力威胁作制约，以达到守土保安宁的目的，表现出与高适完全相反的立场。

贾至另有七绝《出塞曲》一首，极见其勾画概括之功：

万里平沙一聚尘，南飞羽檄北来人。传道五原烽火急，单于昨夜寇新秦。

前两句写前方快马急报，于可以想见的纷乱、紧张、急迫等等场面之中，惟取军士送信一节，而又于众多情境中独选“万里平沙一聚尘”一个画面，一种意象，细致入微，见微知著。后两句写匈奴突犯边庭，在末句作者用仅仅七字，将事件发生的时间（“昨夜”）、地点（“新秦”）、人物（“单于”）、事件（“入寇”）交代得明明白白。

李嶷，赵郡（今河北赵县）人。开元十五年（727年）进士及第，为状元，官右武卫录事参军。今存诗6首。《少年行三首》诗摹写皇帝近卫扈从游猎时的英武形象，亦不失为盛唐国力、军力的展示：

十八羽林郎，戎衣事汉王。臂鹰金殿侧，挟弹玉舆旁。驰道春风起，陪游出建章。——其一

侍猎长杨下，承恩更射飞。尘生马影灭，箭落雁行稀。薄暮归随仗，联翩入琐闱。——其二

玉剑膝边横，金杯马上倾。朝游茂陵道，暮宿凤凰城。豪吏多猜忌，无劳问姓名。——其三

殷璠在《河岳英灵集》中称李嶷诗“鲜净有规矩”，恰当地道出其诗歌的整体风格特征；又言《少年行三首》曰“翩然佚气在目也”，不亦确乎！

卢象（？～763年），字纬卿，汶水人，祖籍范阳（今河北涿州）。开元中进士及第，仕为校书郎、右卫仓曹掾、左补阙、河南府司录、司勋员外郎、膳部员外郎、主客员外郎，期间曾因受安禄山伪职遭贬。有诗名，“雅而不素，有大体，得国士之风”（《河岳英灵集》）。今存诗28首，《全唐诗》编为1卷。刘禹锡有《唐故尚书主客员外郎卢公集序》，述其事略，涉及其诗文，曰：“始以章句振起于开元中，与王维、崔颢比肩骧首，鼓行于时。妍词一发，乐府传贵……丞相曲江公方执文衡，揣摩后进，得公深器之。”

家居五原上，征战是平生。独负山西勇，谁当塞下名。死生辽海战，雨雪蓟门行。诸将封侯尽，论功独不成。

——《杂诗二首》其一

此诗清劲明快，朗朗成颂。“谁当塞下名”表现出一种舍我其谁的英雄豪气，“雨雪蓟门行”更刻画出壮士凛凛丰姿，都是难得的佳句。“诸将封侯尽，论功独不成”句笔锋一转，写无情的现实，又未尝不是对己身

境况的无奈叹息。另外一首《送赵都护赴安西》则鲜明地表达了自己对连年征战的看法：

> 下客候旌麾，元戎复在斯。门开都护府，兵动羽林儿。黠虏多翻覆，谋臣有别离。智同天所授，恩共日相随。汉使开宾幕，胡笳送酒卮。风霜迎马首，雨雪事鱼丽。上策应无战，深情属载驰。不应行万里，明主寄安危。

赵都护即赵颐贞，定州鼓城（今河北晋县）人，官至安西副都护。此诗是卢象送其赴任之作，诗中描绘了当时威武壮大的场面，而“上策应无战，深情属载驰”两句才是整首诗的中心所在。《汉书·匈奴传下》载，王莽伐匈奴，严尤谏曰：匈奴自古为患，“周得中策，汉得下策，秦无策焉”。周宣王时，“视戎狄之侵，譬犹蚊蝱之螫，驱之而已，故天下称明，是为中策”，汉武帝大动干戈，兴兵远伐，“兵连祸结三十余年，中国罢耗，匈奴亦创艾，而天下称武，是为下策”。卢象据此提出更为高明的“上策”，即“无战”，“不战而屈人之兵”（《孙子·谋攻篇》），至于如何实现这一目标，则主张采取外交手段——春秋时，狄人灭卫，宋桓公在漕邑立卫戴公，戴公同母妹许穆夫人来漕吊唁，许穆夫人作《载驰》，呼吁向大国求援。

李华（715～766年），字遐叔，赵州赞皇（今属河北）人。开元二十三年（735年）举进士，天宝二年（743年）举博学鸿词科，皆为科首，历秘书省校书郎、监察御史、右补阙等职。禄山陷京师，陷贼，伪署凤阁舍人。贼平，屏居江南数年。李岘领选江南，表为从事，擢检校吏部员外郎。明年，因风痹去官，客隐山阳。晚事浮图法，不甚著书。华善属文，“文体温丽，少宏杰之气”（两《唐书》本传）与萧颖士齐名，并称“萧李”。又与萧颖士、颜真卿等共倡古文，开中唐古文运动之先河。李华论文，主张宗经，强调文章要表现儒家的政治思想和伦理道德观念，发挥教化作用。[1] 其《赠礼部尚书清河孝公崔沔集序》、《扬州功曹萧颖士文集序》、《杨骑曹集序》等几篇序文集中体现了他的主要思想。

《全唐诗》存李华诗1卷，计29首。《奉使朔方赠郭都护》一首约作于天宝十一载（752年）或十二载（753年）秋冬之季，时郭子仪官横塞军使兼安北都护或副都护。诗中描写边塞生活的艰辛及克敌降虏的美好愿望，是李华诗中不多见的爽朗劲健之作：

> 绝塞临光禄，孤营佐贰师。铁衣山月冷，金鼓朔风悲。都护征兵日，将军破虏时。扬鞭玉关道，回首望旌旗。

总体而言，李华诗名不及文名。其诗歌思想大体与文章思想相近，《送薄九自牧往义兴序》中说："诗者辅佐情怀，其旧俗则泰伯之让德、延陵之高风，因是而佐王孙，缘物而兴之，远也矣。"他不反对"情动于中"（《毛诗序》），"发言为诗"（《毛诗序》），但却不同意"其本在人心之感于物"（《礼记·乐记·乐本》）的说法，而以儒家道德传统为情感出发点和内容。《送观往吴中序》称李观（李华侄）诗"敬不逾节，情而中礼，是篇也，得诗人之一端矣"，也是强调这一点，又说："先王省方，命太师陈诗，以观人风，固非远峤之松雪、清江之云月。变也久矣，将如之何？观其勉之！"则进一步强调诗歌的政教作用，排斥诗歌的审美功能。然而其在《登兴陀寺东楼诗序》中又提到："境胜可以澡濯心灵，词高可以继声金石。"由此可见，在诗歌审美问题上，他也并非完全不顾词采、声律。特别值得注意的是其以"境"论诗，并已经注意到"境胜"对于发挥诗歌功能的重要作用。

盛唐时期河北诗人的作品，除了高适、李颀灿然夺目，诸体兼擅而外，便是一些充盈着"道"气的诗作最堪瞩目。盛唐河北诗人这些充盈着"道"气的诗作，成就并不高，既少陶渊明的超然与恬淡，复无玄言

① 乔象钟、陈铁民主编：《唐代文学史》，1995年，北京人民出版社。

诗的高兴和远志，更无王、孟之空灵明静，但作为一个时期的文学现象，我们仍不能忽略它们的存在。

道隐诗的表现主题主要是四个方面，即对自然的欣赏、对山林的向往、对全真的追求和对玄理的发扬，以下依次略而述之。

首先来看李嶷一首《林园秋夜作》：

林卧避残暑，白云长在天。赏心既如此，对酒非徒然。月色遍秋露，竹声兼夜泉。凉风怀袖里，兹意与谁传。

日里醉卧林中，眼望白云在天；静夜听风动竹叶，泉水淙淙，任凉风怀袖。此境非仙居而何处？此情惟仙人且能传，诗中充满对自然之美的吟咏和对山林之乐的陶醉。

高绍，渤海蓨（今河北景县）人。初唐名臣高士廉（576～647年）曾孙，袭爵申国公。先天二年（712年），以工部郎中为剑南宣劳使。后历任商州刺史、主爵郎中。开元七年（719年），由长安县令左迁润州长史，官至考功郎中。今存《晦日宴高氏林亭》一首，诗曰：

啸侣入山家，临春玩物华。葛弦调绿水，桂醑酌丹霞。岸柳开新叶，庭梅落早花。兴洽林亭晚，方还倒载车。

“葛弦调绿水，桂醑酌丹霞”两句，带有明显的道家气息。葛弦，即葛天氏之乐，《吕氏春秋·古乐》载：“昔葛天氏之乐，三人操牛尾，投足以歌八阕。”葛天氏是传说中的远古帝号，是古人理想中的自然、纯朴之世，是道家追求和向往的理想社会。同样的旨趣，在当时许多诗人的作品中都有流露。高绍此诗最早见于高正臣辑《高氏三宴诗集》，集中所载皆同人会宴之诗，以一会为1卷，共3卷，计34首。与宴者中有河北籍诗人高正臣、郎余令、解琬、高瑾、高峤、高绍等6人，除高绍外，其余5人均宜归入初唐，故在此不再详述。

尹懋，河间（今属河北）人，曾官补阙。开元四年（716年）年至五年间，张说为岳州刺史，懋为从事。今存诗4首，皆陪（张说）游之作。《同燕公泛洞庭》一首云：

风光浙浙草中飘，日彩荧荧水上摇。幸奏潇湘云壑意，山旁容与动仙桡。

与普通的风景描写和受佛教影响的诗歌不同，诗人笔下的风光日彩、潇湘云壑既不是客观的描摹，也没有寂寂的“空灵”之感，反而有一种从容的“仙气”，是一种带有浪漫情调地对客观事物的观察和体验。《秋夜陪张丞相赵侍御游灉湖二首》诗前有序：“燕公以盖司马初到，赵侍御客焉，聿理方舟，嬉游灉壑。览山川之异，探泉石之奇，骋望崇朝，留尊待月，一时之乐，岂不盛欤？”其一云：

熊轼巴陵地，鹢舟湘水浔。江山与势远，泉石自幽深。杳霭入天壑，冥茫见道心。超然无俗事，清宴有空林。

在这里更是直接地表明，公退之余，览异探奇，并不是单纯的游山玩水，而是为了超脱“俗事”，澄滤“道心”，是一种更深层次的精神需求。

阎宽，洺州（今河北永年或鸡泽）人。天宝初官醴泉尉，后任太子正字、监察御史。李白《酬坊州王司马与阎正字对雪见赠》有评曰：“阎公汉庭旧，沈郁富才力。价重铜龙楼，声高重门侧。”今存诗5首。《春宵览月》曰：

月生东荒外，天云收夕阴。爱见澄清景，象吾虚白心。耳目静无哗，神超道性深。乘兴得至乐，寓言因永吟。

此处之“兴”之“乐”，较前所述似更进一步，已达到心物合一的境界。

李阳冰，字少温，赵郡（今河北赵县）人，李白族叔。乾元二年（759年）至上元二年（761年）为缙云令，秩满，退居缙云窪尊山，后世因名吏隐山。宝应元年（762年），官当涂令，终将作少监。《阮客旧居》是阳冰仅存的一首诗，当是作于阳冰为缙云令时：

阮客身何在，仙云洞口横。人间不到处，今日此中行。

诗写至山中寻访一位隐者旧居，直把其当做神仙洞府，人间仙境。阳冰乃李白族叔，李白病危时至当涂依冰阳，冰阳应请作《唐李翰林草堂集序》。其中有言："阳冰试弦歌于当涂，心非所好，公遐不弃我，乘扁舟而相顾。临当挂冠，公又疾亟，草藁万卷，手集未修，枕上授简，俾余为序。"从中亦可以看出其意并不在官。又，冰阳工篆书，志气尚淳古，论"篆籀之宗旨""以淳古为务，以文明为理"。观其一生，称之以"吏隐"，至为恰当。

李栖筠（719～776年），字贞一，赵郡（今河北赵县）人。天宝七载（748年）举进士，尝官常州刺史，以治行进银青光禄大夫，封赞皇县子。官终御史大夫，卒赠吏部尚书，谥曰文献。喜书，多所能晓，为文章，劲迅有体要。喜奖善，而乐人攻己短，为天下士所归。今存诗2首。《张公洞》一首云：

一径深窈窕，上升翠微中。忽然灵洞前，日月开仙宫。道士十二人，往还驭清风。焚香入深洞，巨石如虚空。夙夜备蘋藻，诏书祠张公。五云何裴回，玄鹤下苍穹。我本道门子，愿言出尘笼。扫除方寸间，几与神灵通。宿昔勤梦想，契之在深衷。迟回将不还，章绶系我躬。稽首谢真侣，辞满归崆峒。

张公洞，在今江苏宜兴东南，是道书所称七十二福地之一。诗的首句至"玄鹤下苍穹"，叙写道士拜祭张公的场面及周围的环境；自"我本道门子"以下表达摆脱"章绶"，逃离"尘笼"的强烈愿望。整首诗，可以分明感受到作者对道行深深的诚意与虔敬的心态。

盛唐河北诗人中，尚有一位名噪一时的人物——卢鸿一。他之所以显耀，原因不在于诗，在于他的高蹈出世，傲离尘俗。

卢鸿一（一作卢鸿），字浩然。祖籍范阳（今河北涿州），徙家洛阳，隐于嵩山。《新唐书·隐逸传》有云："古之隐者，大抵有三概：上焉者，身藏而德不晦，故自放草野，而名往从之，虽万乘之贵，犹寻轨而委聘也；其次，挈治世具弗得伸，或持峭行不可屈于俗，虽有所应，其于爵禄也，泛然受，悠然辞，使人君常有所慕企，怊然如不足，其可贵也；末焉者，资槁薄，乐山林，内审其才，终不可当世取舍，故逃丘园而不返，使人常高其风而不敢加訾焉。”卢鸿一便是此所谓“上焉者”。开元五年（717年），继两征不至之后，玄宗再下诏书，曰：“朕以寡薄，忝膺大位。尝恨玄风久替，淳化未升，每用翘想遗贤，冀闻上皇之训。以卿黄中通理，钩深诣微，穷太一之道，践中庸之德，确乎高尚，足侔古人。故比下征书，伫谐善绩，而每辄托辞，拒违不至。使朕虚心引领，于今数年，虽得素履幽人之贞，而失考父滋恭之命。岂朝廷之故与生殊趣耶？将纵欲山林不能反乎？礼有大伦，君臣之义，不可废也！今城阙密迩，不足为难，便敕赍束帛之贶，重宣斯旨，想有以翻然易节，副朕意焉！”（《旧唐书》本传）从诏书中可见鸿一在当时声名非常之重和玄宗“礼贤下士”的姿态之足。鸿一此次虽然勉强出山，却固不受职（谏议大夫）。玄宗无奈，只得放其还山，又赐隐居之服，仍令府县送隐居之所。《唐才子传》载他归嵩山后，广聚生徒，从而学者达五百之众。及卒，诏赐万钱营葬。皮日休《七爱诗》序谓评曰：“傲大君者，必有真隐，以卢征君为真隐焉。”更作《卢征君》诗以赞之。

鸿一善书籀，博学而工诗，今存《嵩山十志十首》，《全唐诗》编为1卷。《嵩山十志十首》是一组骚体诗，以嵩山上十处景物为描写对象，既张扬物形之盛，又兼谈玄说教。每首诗前有序，先对该景致来历、功用作以介绍，而每至结尾处，必拿世俗人来说教；序后之诗则极言景致之美，而终归结为对世俗人的示范和点化。且看其一《草堂》，序云：

> 草堂者，盖因自然之谿阜，前当墉洫；资人力之缔构，后加茅茨。将以避燥湿，成栋宇之用；昭简易，叶乾坤之德。道可容膝休闲，谷神同道，此其所贵也。及靡者居之，则妄为剪饰，失天理矣。

此所谓“靡者”，乃奢侈之人，其他如“荡者”、“机士”、“匪士”、“喧者”、“邪者”及“世人”、“世士”、“俗人”、“儒者”，在称谓上已经先行定性，俨然一副通达圣人度人化俗的姿态。序下词曰：

> 山为宅兮草为堂，芝兰兮药房。罗蘼芜兮拍薜荔，荃壁兮兰砌。蘼芜薜荔兮成草堂，阴阴邃兮馥馥香，中有人兮信宜常。读金书兮饮玉浆，童颜幽操兮不易长。

用词古奥，有骚人遗风，宁静志远，得道家之超然。从这里也可以看出，所谓“道”，实则道教、道家乃至游仙、隐逸等诸文化因素的综合体。

除上述之外，在许多河北诗人作品中，轻易便能寻到受道教（道家）影响的痕迹，如“乡入无何有，时还上古初”（卢僎《奉和李令扈从温泉宫赐游骊山韦侍郎别业》），“无何有”，语出《庄子·列御寇》：“彼至人者，归精神乎无始而甘瞑乎无何有之乡。”“东山云壑意，不谓尔来同”（赵冬曦《和尹懋秋夜游灉湖二首》其二）诗中“东山云壑意”是优游山林之志。“昔日青溪子，胡然此无状。”（赵冬曦《陪张燕公登南楼》）“青溪”，山名，亦水名，在今天湖北当阳西北，郭璞《游仙诗》中有“青溪千余仞，中有一道士……借问此何谁，云是鬼谷子”句。“兴随晓光发，道会春言深”（阎宽《晓入宜都渚》），此处的“道”，乃道家天地自然之道。“安知馀兴尽，相望紫烟赊”（宋鼎《酬故人还山》），“紫烟”或曰“紫气”，乃祥瑞的光气，多附会为帝王、圣贤或宝物出现的先兆。如是等等，在盛唐诗中，举不胜举。

第三章　中唐时期河北文学发展

唐代宗大历初年，“安史之乱”甫平，唐朝从巅峰跌落到深渊。风雨飘摇中的唐中央政府不得不采取姑息养奸的态度，容忍各个藩镇割据一方。这些藩镇桀骜不驯，互相攻伐，乃至以武力威胁长安，逐渐成为唐代最大的政治离心势力。

这个时期的文人目睹战乱的惨痛、国家的残破、民生的凋敝以及理想的破灭，不禁感到盛唐的繁华已如一场春梦，一切美好的企盼早已成梦幻泡影。深深的失落感笼罩着他们的心灵。他们的诗歌风格由盛唐的雄浑昂扬、声律风骨兼备开始转向衰飒岑寂、冷落萧条。虽然有些作家仍沉湎于挥之不去的盛唐情结中，部分作品尚带有盛唐余韵，但大部分诗人缺乏李、杜等盛唐诗人的济世情怀，只好在作品中表现高雅情志和淡泊世情的超脱，表达出一种冷落寂寞的情调。

驰骋在大历诗坛上的诗人们，主要形成了两个诗人集团，即汇聚在长安、洛阳的才子集团与生活在吴越荆楚一带的江南地方官诗人集团。在这两大诗人集团中，有许多河北籍文人。比如刘长卿、李嘉祐、郎士元、张南史等，都是当时耸动诗坛的中坚人物。另外，在名噪一时的“大历十才子”中，河北籍的诗人竟有四位，他们是：李端、卢纶、司空曙、崔峒。[①]

---

① 关于“十才子”之名，文献记载各有出入，此处依姚合《极玄集》卷下记载，十才子为李端、卢纶、吉中孚、韩翃、钱起、司空曙、苗发、崔峒、耿湋、夏侯审。

第一节 刘长卿、李嘉祐、郎士元、张南史等大历诗人

刘长卿以一首“风雪夜归人”的绝句饮誉后世，李嘉祐、郎士元、张南史等才子型的诗人也都各有所长。以下我们分别介绍这些诗人的创作成就。

一、“秋风夕阳”诗人——刘长卿

刘长卿（714？～790年?），字文房，排行第八。郡望河间（今属河北），祖籍宣州（今属安徽），长期居住洛阳（今属河南）。至德间进士及第，授长洲尉，摄海盐令。上元元年（760年）以事贬南巴（今广东电白东）尉，上元二年遇赦北归。广德间，官殿中侍御史。大历中，以检校祠部员外郎出任转运使判官，知淮西、鄂岳转运留后。大历九年，鄂岳观察使吴仲孺欲截留输送京师钱粮，长卿不与，吴仲孺诬长卿犯赃20万贯。朝廷遣监察御史苗伾就推，贬长卿为睦州（今浙江建德）司马。后迁随州（今属湖北）刺史，世称“刘随州”。刘长卿到任不久，随州就为叛将李希烈占领，刘长卿只好流寓江淮间。约于贞元六年（790年）前后卒。现存诗500余首，有《刘随州文集》行世。

旧题皎然《诗式》卷四称，刘长卿等大历诗人“窃占青山白云、春风芳草，以为己有。吾知诗道初丧，正在于此”。通观刘长卿的全部创作实践，此评不确。从诗歌的题材内容来看，刘长卿诗歌中强烈的写实精神在大历诗人中尤为突出，直承杜甫①。卢文弨《抱经堂文集》卷七《刘随州文集题辞》认为，刘长卿“子美之后，定当推为巨擘”，方东树《昭昧詹言》卷十八亦认为：“文房之诗，可以通津杜公。”

安史之乱中，刘长卿身在江南，侥幸没有卷入兵燹之中。然而家乡

① 潘殊闲、刘静：《刘长卿与杜甫》，《杜甫研究学刊》，2004年，第2期。

的惨遭荼毒以及在江南不断历经的兵乱仍使得诗人哀伤不已，如广德元年（763年），诗人由江西归江东，恰逢袁晁起义刚刚平息，尸骨遍地市井凋残不堪，刘长卿不禁在诗中叹道："双旌谁道来何暮，万井如今有几人!"（《奉送贺若郎中贼退后之杭州》）在《送朱山人放越州贼退后归山阴别业》中云：

越州初罢战，江上送归桡。南渡无来客，西陵自落潮。
空城垂故柳，旧业废春苗。闾里相逢少，莺花共寂寥。

诗中将浙东战后的残破情景生动地表现出来。又如他的名篇《穆陵关北逢人归渔阳》云：

逢君穆陵路，匹马向桑干。楚国苍山古，幽州白日寒。
城池百战后，耆旧几家残。处处蓬蒿遍，归人掩泪看。

以上这些诗歌代表了惊魂未定的大历诗人们面对凋敝社会所共有的衰飒、忧伤心情，他们所面临的就是这样一个"从恶梦中醒来却又陷落在空虚的现实里，因而令人不能不忧伤的时代"（程千帆《唐诗鉴赏辞典·前言》）。

刘长卿曾自许为"五言长城"（权德舆《秦徵君校书与刘随州唱和诗序》），关于其"五言"具体何指，曾产生过到底是指古体还是近体的争论，现在一般认为应指其全部五言诗，包括五古、五律和五绝。刘长卿现存510首诗中，五言诗有380余首，约占总数的3/4。刘长卿用这些体式写离别与山水景物，颇多意象省净而极富韵味的优秀之作[①]。然而蒋寅认为，刘长卿五言长篇存在着意脉不清的毛病，所以"五言长城"实在不像他自以为的那么坚稳，倒是他的五律确实写得工稳妥帖，风韵天然，可以视为"五言短城"[②]。确实，刘长卿成就最高的应该是他的五律。《新年作》是其五律的代表作：

① 袁行霈：《大历诗风》，《中国文学史》第二卷第五章，高等教育出版社，1999年，第300页。
② 蒋寅：《刘长卿与唐诗范式的演变》，《文学评论》，1994年，第1期。

乡心新岁切，天畔独潸然。老至居人下，春归在客先。

岭猿同旦暮，江柳共风烟。已似长沙傅，从今又几年。

刘长卿因谤被贬，心情忧愤；恰又适逢新年，种种思绪萦绕心头，遂在诗中尽情倾吐。全诗哀婉凄怆，用典含蓄。颔联“老至居人下，春归在客先”，写老居人下，正见出归心之切，是属对精严的佳句，意思凝练，为一篇之警策。不过刘长卿诗歌中最为著名的当属那首五绝《逢雪宿芙蓉山主人》：

日暮苍山远，天寒白屋贫。柴门闻犬吠，风雪夜归人。

此诗意境幽远，语言省净，意绪萧索。明唐汝询评曰：“首见行之难至，次言家之萧条，闻犬吠而睹雪中归人，当有牛衣对泣景象。此诗直赋实事，然令落魄者读之，真是凄绝千古。”（《唐诗解》卷二二）

刘长卿的七律同样值得重视[①]。乔亿《剑溪说诗》卷下认为，刘长卿“七律亦最佳”。沈德潜说：“七律至随州，工绝亦秀绝矣!”（《唐诗别裁集》卷十四）如他的名作《长沙过贾谊宅》云：

三年谪宦此栖迟，万古惟留楚客悲。秋草独寻人去后，寒林空见日斜时。

汉文有道恩犹薄，湘水无情吊岂知。寂寂江山摇落处，怜君何事到天涯？

刘长卿于上元元年（760年）被贬南巴尉，秋经长沙，凭吊贾谊故居，借此诗以抒发迁谪之感。颔联写寒秋日暮之时，唯见空林萧瑟之景，渲染其惆怅心情，融情入景。尾联的“君”，既指代贾谊，也指代诗人自己；“怜君”，不仅是怜人，更是怜己。全诗笔法顿挫，寄慨深长，堪称佳作。

和大历许多诗人一样，刘长卿诗集中有许多用七律写成的送别之

① 储仲君：《刘长卿诗编年笺注·前言》，中华书局，1996年，第4页。

作，但他的送别诗很少作感情浅薄的套语，而常能寄之以深情，所以能够感人至深。吴乔《围炉诗话》卷二云："刘长卿《送陆澧》、《赠别严士》、《送耿拾遗》、《别薛柳二员外》诸诗，绝无套语。"又卷四云："今人作应酬诗者，不必责以王右丞之《送杨少府》、杜少陵之《和裴迪》，只作中唐人刘长卿之《送陆澧》、李益之《送贾校书》几首，请拜以为五十六字之师。"请看这首为吴乔所称道的《送陆澧仓曹西上》：

长安此去欲何依，先达谁当荐陆机？日下凤翔双阙迥，雪中人去二陵稀。

舟从故里难移棹，家住寒塘独掩扉。临水自伤流落久，赠君空有泪沾衣。

金圣叹对此诗批曰："言长安诚多先达，此亦何待君说，但我第一要问者：何依？第二要问者：谁当？'何依'者，言君欲何人荐？'谁当'者，言谁人必荐君也？只须两问，早令西上之人心口一时诎然，更复不知所措。妙！妙！三四反复再晓譬之，言'日下凤翔'，设使得荐，诚然快事，但'雪中人去'，万一不荐，为之奈何？'双阙迥'，又常言地甚远，'二陵稀'，又微言去者甚少也。上解讽陆不必西上，此解述已不复西上也。言已昔在长安，流落乃不可说，然则今之得归故里，寄在寒塘，其为幸甚，岂可胜道！而肯于他人之去，乃独欣欣相送耶？"（《唐才子诗甲集》卷四）由上可见，刘长卿的七律成就，完全可以和他的五律相媲美。甚至有学者认为，其七律的优秀之作，已经超过五律[①]。所以卢文弨《刘随州文集题辞》称刘长卿："众体皆工，不独五言长城也。"（《抱经堂文集》卷七）

储仲君先生称刘长卿为"秋风夕阳"诗人[②]，这个评价非常确切地概括了刘长卿诗歌的精神风貌。因为刘长卿诗中秋风、夕阳、寒雁、落

---

① 陈顺智：《刘长卿诗歌体裁论》，《西南师范大学学报》，1995年，第1期。

② 储仲君：《秋风、夕阳的诗人——刘长卿》，《唐代文学研究（第三辑）》，广西师范大学出版社，1992年。

叶、衰草等意象非常之多，可谓俯拾即是。例如：

万里通秋雁，千峰共夕阳。

——《移使鄂州次砚阳馆怀旧居》

秋草通征骑，寒城背落晖。

——《送王端公入奏上都》

寒诸一孤雁，夕阳千万山。

——《秋抄江亭有作》

万里通秋雁，千峰共夕阳。

——《移使鄂州次岘阳馆怀旧居》

山含秋色近，鸟度夕阳迟。

——《陪王明府泛舟》

荒村带返照，落叶乱纷纷。

——《碧涧别墅喜皇甫侍御相访》

帆带夕阳千里没，天连秋水一人归。

——《青溪口送人归岳州》

秋草独寻人去后，寒林空见日斜时。

——《长沙过贾谊宅》

汉口夕阳斜渡鸟，洞庭秋水远连天。

——《自夏口至鹦鹉洲夕望岳阳寄源中丞》

诗人显然十分偏爱这些衰飒的意象。究其原因，储仲君先生认为首先和刘长卿的个性、经历有关。刘长卿为人干练而刚直，唐代高仲武在《中兴间气集》中评说他："有吏干，刚而犯上，两遭贬谪，皆自取之。"纵观刘长卿的一生，于宦海沉浮中频遭贬斥和挫折。这种坎坷的经历，使得他长期郁郁寡欢，当然也就影响到了他的审美趣味。如《负谪后登干越亭作》云：

天南愁望绝，亭上柳条新。落日独归鸟，孤舟何处人。

生涯投越徼，世业陷胡尘。杳杳钟陵暮，悠悠鄱水春。
秦台悲白首，楚泽怨青蘋。草色迷征路，莺声伤逐臣。
独醒空取笑，直道不容身。得罪风霜苦，全生天地仁。
青山数行泪，沧海一穷鳞。牢落机心尽，惟怜鸥鸟亲。

官场的险恶，贬谪路上的无助及因此所生感慨，让诗人愈发感觉到人生的孤独，所以他每每借“落日”、“孤舟”这些衰飒的景物，含蓄地表达心中说不尽的忧伤。另外，刘长卿之所以钟爱“秋风夕阳”之类的意象，也和唐王朝当时衰败萧索的国势密切相关。“刘长卿诗歌中的秋天，映出一个心灵的秋天，也映出一个王朝的秋天”。[①] 战乱与残破的社会给大历时期的诗人心中投下巨大的阴影，也造成了他们难以治愈的心灵创伤，因而大历诗风从总体上具有一种衰飒冷寂的情绪，而这种孤独冷寂的心态在刘长卿身上体现得最为明显。从这一点来说，刘长卿是地道的大历诗人。

高仲武《中兴间气集》中曾讥讽刘长卿诗歌“诗体虽不新奇，甚能炼饰。大抵十首以上，语意稍同，于落句尤甚，思锐才窄也”，指出由于其才华不足，使其诗歌在艺术上常陷于重复。那么刘长卿这种艺术上的重复具体表现是什么呢？蒋寅指出，刘长卿反复运用“秋风”、“夕阳”一类的意象，使之成为一种程式化、概念化的表达，陈熟老化而使读者失去了新鲜感，自然会“不新奇”了。[②] 不过储仲君不同意高仲武的批评，认为高仲武之所以贬抑刘长卿，是因为他不喜欢刘诗的风格。高仲武欣赏的是闲雅清远，而刘长卿的诗却散发出一种他从未嗅过的异味。[③]不管怎样，刘长卿是大历时期风格最为鲜明的诗人，他代表了大历诗人，特别是江南地方官诗人创作的主体风貌，也是这一时期成就最高的诗人之一。

---

①③ 储仲君：《秋风、夕阳的诗人——刘长卿》，《唐代文学研究（第三辑）》，广西师范大学出版社，1992年。

② 蒋寅：《刘长卿与唐诗范式的演变》，《文学评论》1994年，第1期。

二、“大收芳誉”的李嘉祐

李嘉祐（722？～782年？或谓728？～783年？）[①]，字从一，行二，赵州（今河北赵县）人。天宝七载（748年）进士，历官秘书省正字、监察御史，贬鄱阳令，量移江阴令，入朝为司勋员外郎，出为袁州刺史，终台州刺史，约卒于建中中。《全唐诗》编其诗为3卷，《全唐诗补编·续拾》补诗3首。

在大历诗人中，李嘉祐不像许多逃避现实的诗人那样或只注重抒发内心的积郁，或表现出超然出世的高尚情怀。他的诗歌比较关注安史之乱后残破的社会现实，这大概和他屡次外放，亲身接触到下层民众的疾苦有关系。其《自常州还江阴途中作》云：

> 处处空篱落，江村不忍看。无人花色惨，多雨鸟声寒。
>
> 黄霸初临郡，陶潜未罢官。乘春务征伐，谁肯问凋残？

将吴中乱后的荒凉冷寂写得触目惊心。又如《送皇甫冉往安宜》：

> 江皋尽日唯烟水，君向白田何日归。楚地蒹葭连海迥，隋朝杨柳映堤稀。
>
> 津楼故市无行客，山馆荒城闭落晖。若问行人与征战，使君双泪定沾衣。

《自苏台至望亭驿人家尽空春物增思怅然有作因寄从弟纾》云：

> 南浦菰蒋覆白苹，东吴黎庶逐黄巾。野棠自发空临水，江燕初归不见人。
>
> 远岫依依如送客，平田渺渺独伤春。那堪回首长洲苑，烽

① 关于李嘉祐生卒年考证，可参见储仲君：《李嘉祐诗疑年》（《唐代文学研究》第二辑，广西师范大学出版社，1990年）；蒋寅：《大历诗人札记·李嘉祐》（《河北师院学报》，1993年，第2期）等文。

火年年报虏尘。

《早秋京口旅泊，章侍御寄书相问，因以赠之，时七夕》云：

移家避寇逐行舟，厌见南徐江水流。吴越征徭非旧日，秣陵凋弊不宜秋。

千家闭户无砧杵，七夕何人望斗牛。只有同时骢马客，偏宜尺牍问穷愁。

以上这些诗歌，都是诗人任江阴令时所作，真实反映了袁晁起义之后的萧条沉寂之景。所以蒋寅指出，李嘉祐的诗“比起十才子一流诗人来不仅在反映现实苦难的广度上有以过之，在深度上更是若辈不可望其项背的。他经常能透过表象而洞察问题的根本”①。

高仲武《中兴间气集》评李嘉祐曰：“袁州自振藻天朝，大收芳誉，中兴高流，与钱、郎别为一体。往往涉于齐梁，绮靡婉丽，盖吴均、何逊之敌也。如‘野渡花争发，春塘水乱流’，又‘朝霞晴作雨，湿气晚生寒’，文章之冠冕也。又‘禅心超忍辱，梵语问多罗’，设使许询更出，孙绰复生，穷极笔力，未到此境。”高仲武指出，李嘉祐的诗风有齐梁诗“绮靡婉丽”的特点，和吴均、何逊等诗人很相似。我们看到，在李嘉祐集中确有这样的绮艳之作，如上面《中兴间气集》中提到的那首《送王牧往吉州谒王使君叔》诗云：

细草绿汀州，王孙耐薄游。年华初冠带，文体旧弓裘。

野渡花争发，春塘水乱流。使君怜小阮，应念倚门愁。

颈联“野渡花争发，春塘水乱流”为李嘉祐写景名句。沈德潜《唐诗别裁集》卷十一评曰：“天然名秀，当时称其齐梁风格，不虚也。”又《春日淇上作》云：

淇水春风涨，鸳鸯逐浪飞。清明桑叶小，度雨杏花稀。

---

① 蒋寅：《唐代诗人李嘉祐的创作道路和艺术倾向》，《河北大学学报》，1994年，第1期。

卫女红妆薄，王孙白马肥。相将踏青去，不解惜罗衣。

此诗风调轻软，意象纤丽，语涉轻艳，确实为齐梁体之流亚。蒋寅认为，李嘉祐此类作品，应是其裘马轻狂时的“少作”。这样的作品在其集中是寥寥可数的，并不足以代表其风格。①

李嘉祐的五律、七律俱佳。有人指出，李嘉祐长于七律，其七律结构完整、对仗工稳，成就超出大历时期一般诗人之作②，如《送朱中舍游江东》云：

孤城郭外送王孙，越水吴洲共尔论。野寺山边斜有径，渔家竹里半开门。

青枫独映摇前浦，白鹭闲飞过远村。若到西陵征战处，不堪秋草自伤魂。

然而笔者细按李嘉祐的诗歌后发现，其所作七律亦有率意之作，如《承恩量移宰江邑，临鄱江怅然之作》云：

四年谪宦滞江城，未厌门前鄱水清。谁言宰邑化黎庶，欲别云山如弟兄。

双鸥为底无心狎，白发从他绕鬓生。惆怅闲眠临极浦，夕阳秋草不胜情。

这首诗内容上抒发旅途宦情，感情真实质朴，抒写流畅，甚得后人称赏。而从格律上衡量，颔联、颈联却两次失粘，实属不应有的失误。

三、台阁诗人郎士元

郎士元（？～786年），字君胄，行四，定州（今属河北）人。天宝十五载（756年）进士，授校书郎，补渭南尉。入朝任拾遗、补阙、

① 蒋寅：《唐代诗人李嘉祐的创作道路和艺术倾向》，《河北大学学报》，1994年，第1期。

② 吴庚舜、董乃斌：《唐代文学史》（下），人民文学出版社，1995年，45页。

员外郎。大历末，出为郢州刺史，后人为郎中。《全唐诗》编其诗为1卷，其中有他人诗混入，《全唐诗补编·续拾》补诗5首又6句。

郎士元是大历时期典型的台阁诗人，与包佶兄弟、皇甫冉兄弟互相唱和。在当时与钱起齐名，有“前有沈宋，后有钱郎”（高仲武《中兴间气集》卷上）之称。又与钱起、刘长卿、李嘉祐并称“钱郎刘李”。高仲武《中兴间气集》以为卷下之首，评其诗云：“员外河岳英灵，人伦秀异，自家形国，遂拥大名。右丞以往，与钱更长。……就中郎公稍更闲雅，近于康乐。”现存郎士元的诗歌多用五律、七律的形式，通常表现送人伤别的主题。其送别诗在当时已享有盛誉：“自丞相以下，更出作牧，二公（指钱起、郎士元）无诗祖饯，时论鄙之。”（高仲武《中兴间气集》卷下）

在台阁诗人中，郎士元的艺术成就较为突出。其诗能于平易晓畅中表现含蓄不尽的情致，语言清丽，意象鲜明，写景中蕴涵了诗人自己的高志，颇多警句佳联。如“乱流江渡浅，远色海山微”（《送孙愿》）“秋城临海树，寒月上营门”（《送裴补阙入河南幕》）“水清迎过客，霜叶落行舟”（《送奚贾归吴》）“连雁沙边至，孤城江上秋”（《石城馆酬王将军》）等。从形式上来看，郎士元的五、七律代表作虽气格不高，但能做到宛转流利，自有一种流畅圆活之美。如《盩厔县郑礒宅送钱大》：

暮蝉不可听，落叶岂堪闻？共是悲秋客，那知此路分。
荒城背流水，远雁入寒云。陶令门前菊，馀花可赠君。

此诗首联“暮蝉不可听，落叶岂堪闻”为高仲武所欣赏，称其“工于发端”（《中兴间气集》卷下），然王世懋《艺圃撷馀》云：“诗称发端之妙者，谢宣城而后，王右丞一人而已。郎士元诗起句云‘暮蝉不可听，落叶岂堪闻’，合掌可笑。高仲武乃云：‘昔人谓谢朓工于发端，比之于今，有惭沮矣。’若谓出于讥戏，何得入选？果谓发端工乎？谢宣城地下当为拊掌大笑。”从单纯对仗的角度来看，首联确实稍有合掌的嫌疑，但是由于诗人以反问句式“岂堪闻”和否定句式“不可听”相对，最大限度地避免了简单重复。而且两句诗合起来看，“暮蝉”与“落叶”之声的重叠更使愁情得到了强化，并不算是简单重复。从通篇来看，此诗各联间承接勾连紧密，流水对自然无痕，写景、用典寓情于中，尾联回扣送别主题，整首诗完整流畅，读后让人感觉余韵无穷，确实可称大历时期的佳作。

有人指出，郎士元律诗给人流畅圆润之感的原因之一，是他多用衬字和流水对[①]。相比较而言，郎士元的五律要比七律运用得更为纯熟，七律中虽亦有佳作，但郎士元对这种形式似乎不能如五律那样得心应手。如为论者称赏的《春宴王补阙城东别业》云：

柳陌乍随州势转，花源忽傍竹阴开。能将瀑水清人境，直取流莺送酒杯。

山下古松当绮席，檐前片雨滴春苔。地主同声复同舍，留欢不畏夕阳催。

此诗虽对仗工稳，音节流畅，但颈联和尾联之间竟然失粘。[②] 所以郎士元的诗歌成就，主要还是集中在五律这种形式之中。

从内容来看，除了应酬唱和之作外，郎士元的诗歌还经常表现出渴望摆脱宦海生活羁绊的情感。如《长安逢故人》云：“一官今懒道，双鬓竟羞看。莫问生涯事，只应持钓竿。”蒋寅指出，这是戴叔伦、刘长卿、钱起等大历诗人诗中均可看到的壮志消歇、心灰意懒的精神状态，我们只能姑妄听之，不可太认真。[③] 不过诗人在抒发仕途的萧索之感后，往往又向往着田园生活的恬静与超脱。如《送张光归吴》云：

看取庭芜白露新，劝君不用久风尘。秋来多见长安客，解爱鲈鱼能几人？

---

① 吴庚舜、董乃斌：《唐代文学史（下）》，人民文学出版社，1995年，39页。

② 此诗尾联按照格律要求应该是“平平仄仄平平仄，仄仄平平仄仄平。”而诗中误为“仄仄平平仄平仄，平平仄仄仄平平。”

③ 蒋寅.《祖饯诗会上的明星——郎士元》，《暨南学报》，1995年，第1期。

在对友人的劝慰之中，诗人自己也不禁像晋代的张翰一样兴起对家乡莼菜鲈鱼的向往，于是在诗中有大量对山水的描摹，难怪高仲武说他“近于康乐”呢！郎士元诗中有些写景之作颇得盛唐山水田园诗的神韵，如《山中即事》云：“入谷多春兴，乘舟棹碧浔。山云昨夜雨，溪水晓来深。”状物清新，独具神韵。又如《柏林寺南望》诗云：

溪上遥闻精舍钟，泊舟微径度深松。青山霁后云犹在，画出西南四五峰。

读后宛如一幅鲜明的图画在眼帘。柏林寺，在今河北赵县，建于东汉末年，是中国最古老的寺院之一，为我国著名的佛教圣地，史称“古佛道场”、“畿内名刹”，是中国禅宗史上一座重要的“祖庭”，唐玄奘取经前曾在此研习《成实论》。此诗通过诗人对闻钟、泊舟、穿径、南望等一系列活动的描写，点化出柏林寺周围美丽幽谧的景色，表达了诗人探幽寻胜的惊奇之感与愉悦情怀。近人俞陛云评之云：“诗仅平写寺中所见，而吐属蕴藉，写景能得全神。……读此诗如展《秋山晚霁图》，所谓‘欲霁山如新染画’也。”（《诗境浅说内编》）

然而盛唐的时代精神在郎士元这一代诗人的心中留下的印象是不可抹杀的，所以其诗作中仍时时可见盛唐余韵。如《送李将军赴定州》云：

双旌汉飞将，万里授横戈。春色临边尽，黄云出塞多。
鼓鼙悲绝漠，烽戍隔长河。莫断阴山路，天骄已请和。

此诗气骨凛然，风格豪迈苍凉，格调非常接近盛唐边塞之作。可惜这样的作品在郎士元诗歌中仅属凤毛麟角，其大多数诗歌还是充满应酬习气的送行祖饯之作。蒋寅通过分析郎士元 27 首送行之作后指出，这类作品已经形成了一种程式化的结构。在这种形式中，惜别的抒情成分意外地缺失，出现了完全为文造情的倾向，抒情意味明显降低。[①] 所以说郎

① 蒋寅：《祖饯诗会上的明星——郎士元》，《暨南学报》，1995 年，第 1 期。

士元虽然得诗名于祖饯，可是应酬习气最终也严重削弱了其诗歌的艺术感染力。

四、“宝塔诗人”张南史

张南史，字季直，行二，幽州（今北京）人。好弈棋，其后折节读书，遂入诗境。天宝末试左卫仓曹参军，至德元载（756年）避安史之乱居苏州，后闲居扬州，大历中移居宣州。再召，未赴而卒。《全唐诗》存诗一卷，《全唐诗补编》补诗1首又2句。

张南史的六首咏物诗《雪》、《月》、《泉》、《竹》、《花》、《草》写得很有特色。《雪》诗云：

> 雪，雪。花片，玉屑。结阴风，凝暮节。高岭虚晶，平原广洁。初从云外飘，还向空中噎。千门万户皆静，兽炭皮裘自热。此时双舞洛阳人，谁悟郢中歌断绝。

《月》诗云：

> 月，月。暂盈，还缺。上虚空，生溟渤。散彩无际，移轮不歇。桂殿入西秦，菱歌映南越。正看云雾秋卷，莫待关山晓没。天涯地角不可寻，清光永夜何超忽。

《泉》诗云：

> 泉，泉。色净，苔鲜。石上激，云中悬。津流竹树，脉乱山川。扣玉千声应，含风百道连。太液并归池上，云阳旧出宫边。北陵井深凿不到，我欲添泪作潺湲。

《竹》诗云：

> 竹，竹。披山，连谷。出东南，殊草木。叶细枝劲，霜停露宿。成林处处云，抽笋年年玉。天风乍起争韵，池水相涵更绿。却寻庾信小园中，闲对数竿心自足。

《花》诗云：

花，花。深浅，芬葩。凝为雪，错为霞。莺和蝶到，苑占宫遮。已迷金谷路，频驻玉人车。芳草欲陵芳树，东家半落西家。愿得春风相伴去，一攀一折向天涯。

《草》诗云：

草，草。折宜，看好。满地生，催人老。金殿玉砌，荒城古道。青青千里遥，怅怅三春早。每逢南北离别，乍逐东西倾倒。一身本是山中人，聊与王孙慰怀抱。

这6首诗每首14句7对，每对的句中字数从1字逐对增加到7字，这种奇巧的结构，被后人称为“宝塔诗”，在唐诗中真是令人叹为观止。更难得的是，每首诗能紧紧抓住所咏物的特点，渐次展开，拓出不落俗套的深远意境，充分显示出诗人的诗才与匠心。

除了以上6首独具匠心的咏物之作让人印象深刻外，张南史现存诗歌中有五律15首，占其诗歌的绝大多数，成就也最高。其中《同韩侍郎秋朝使院》、《寄中书李舍人》、《殷卿宅夜宴》、《送司空十四北游宋州》等都是张南史的代表作，如《送司空十四北游宋州》云：

九拒危城下，萧条送尔归。寒风吹画角，暮雪犯征衣。
道里犹成间，亲朋重与违。白云愁欲断，看入大梁飞。

这首送别之作写得感情真挚，意境萧索。颔联“寒风吹画角，暮雪犯征衣”既是一篇警策，又是一幅鲜明的风雪送别图。全诗对仗、用典仿佛毫不着力，而能做到意脉流畅，音节圆润，是唐代送别诗中的上乘之作。和其他大历诗人一样，张南史的七律写得也相当纯熟，从今存的5首七律来看，对仗工稳，音调铿锵，显示了诗人对七律这种形式的重视，其中《春日道中寄孟侍御》、《江北春望赠皇甫补阙》等篇尤多风致。

张南史和大历著名诗人郎士元、钱起、刘长卿、戴叔伦、李端诗等人均有交往。李端诗集中有《哭张南史因寄南史侄叔宗》：

争路忽摧车，沈钩未得鱼。结交唯我少，丧旧自君初。
谏草文难似，围棋智不如。仲宣新有赋，叔夜近无书。
地闭滕公宅，山荒谢客庐。歼良从此恨，福善竟成虚。
酿酒多同醉，烹鸡或取馀。阮咸虽永别，岂共仲容疏。

李端在诗中将其和王粲、嵇康、阮咸、谢灵运等前代著名文人相提并论，可见张南史在当时文坛的声誉。

第二节　“大历十才子”中的河北籍诗人

一、才子中的才子——李端

李端，字正己，行二，赵州（今河北赵县）人，生卒年不详。闻一多《唐诗大系》将其生年定为天宝二年（743 年），未言所据。乔长阜据李端诗歌考证，认为其生年当约在开元二十五年（737 年），其卒年约在兴元元年（784 年）左右。[①] 又据王定璋考证，其生年约为天宝四载（745 年）。[②] 傅璇琮《唐才子传校笺》、《唐代诗人丛考》等书推测，李端大约卒于兴元元年（784 年）至贞元三年（787 年）之间。李嘉祐之从侄，父名震，官大理寺丞。少时居庐山，依皎然读书。大历五年（770 年）登进士第，授秘书省校书郎。建中中以疾辞官，居江南（《唐才子传》称其“居终南山草堂寺”）。未几，授杭州司马，旋卒。《全唐诗》卷二八四至二八六编其诗为 3 卷。

李端为“大历十才子”之一，与钱起、卢纶、司空曙、苗发、耿沛等多有唱和，其诗“辞情捷丽”（《旧唐书·卢简辞传》）。李端才思敏

① 乔长阜：《李端生平考述》，《江苏广播电视大学学报》，1994 年，第 3 期。
② 王定璋：《略论李端和他的诗歌》，《青海民族学院学报》，1989 年，第 1 期。

捷，最擅长在酒宴唱酬中技惊四座。《旧唐书·李虞仲传》、李肇《国史补》、辛文房《唐才子传》中都记载了李端在郭暧家宴座中即席赋诗的惊人才智，这些文献记载的详略不一，其中《唐才子传》云：

（李端）初来长安，诗名大振。时令公郭子仪子郭暧尚升平公主，贤明有才，延纳俊士，端等皆在馆中。暧尝进官，大宴酒酣，主属端赋诗，顷刻而就，曰："青春都尉最风流，二十功成便拜侯。金距斗鸡过上苑，玉鞭骑马出长楸。熏香荀令偏怜小，傅粉何郎不解愁。日暮吹箫杨柳陌，路人遥指凤皇楼。"主甚喜，一座赏叹。钱起曰："此必端宿制，请以起姓为韵。"端立献一章曰："方塘似镜草芊芊，初月如钩未上弦。新开金埒看调马，旧赐铜山许铸钱。杨柳入楼吹玉笛，芙蓉出水妒花钿。今朝都尉如相顾，愿脱长裾逐少年。"作者惊伏。主厚赐金帛，终身以荣，其工捷类此。

李端这两首即席所作之诗题作《赠郭驸马》。当李端即席吟出第一首之后，有人怀疑是"宿制"，于是钱起请他再以自己的姓氏——"钱"字为韵，另赋一章，以证清白。李端立即又完成了另一篇，众人皆惊服，推为擅场，可见李端的才思之速，真是倚马可待。这两首七律虽然内容并无足观，但在迅捷的时间内草成两章，且属对工整，格律精严，实属难能可贵。更何况在应酬之作中，还能拟出"熏香荀令偏怜小，傅粉何郎不解愁"、"新开金埒看调马，旧赐铜山许铸钱"这样对仗工稳的用典佳构，尤为难得。李端的最大本领就在于，他能将典故熔炼于整饬的对仗之中，难怪当时连钱起也甘拜下风了。这件事后来成为人们津津乐道的一段文坛佳话，李端因此被誉为"才子中的才子"。

纵观李端诗集，对刚刚过去的安史之乱的反思和表现战争对人民的残害的作品占据了一定比例。这些感时伤乱的诗歌中不乏感人肺腑、感情深挚的佳作，如《过宋州》云：

睢阳陷虏日，外绝救兵来。世乱忠臣死，时清明主哀。

荒郊春草遍，故垒野花开。欲为将军哭，东流水不回。

安史之乱期间，张巡、许远在睢阳与安史叛军浴血奋战，坚持了一年左右，虽竭力拼杀，但因外援不至，寡不敌众，最后城陷被杀。多年以后，诗人经过荒颓的宋州，见到故垒野花遍地，追念抗敌名将，感时伤事，写下此篇。又如《芜城》也表现了同样的主题：

昔人登此地，丘陇已前悲。今日又非昔，春风能几时。

风吹城上树，草没城边路。城里月明时，精灵自来去。

当年杜甫诗中“忆昔开元全盛日，小邑犹藏万家室”的繁盛情景早已成为一场永不可即的梦幻，眼前只余月下“精灵来去”的阴森冷寂，不禁使诗人沉浸在深深的怅惘与今昔对比的深长叹惋之中，久久难以释怀。再如《宿石涧店闻妇人哭》：

山店门前一妇人，哀哀夜哭向秋云。自说夫因征战死，朝来逢著旧将军。

这首诗从一个妇女的角度反映出战乱带给人民长久难愈的心灵伤痛。“可怜无定河边骨，犹作春闺梦里人”，忍受着长久相思之苦的妇女，心中本还一直有着一份无法忘怀的牵挂，在几近绝望的漫长等待中，夫妻团聚的梦想成为支撑她挣扎着活下去的理由。只因“朝来逢著旧将军”，蓦然得知丈夫的死讯，她才突然发觉连最微薄的一丝期盼都已经成了永远无法实现的奢望，诗人对她悲惨命运的深挚同情在诗中得到了充分的表现。在《胡腾儿》中，诗人通过少数民族舞者酣畅淋漓的舞姿与坐中“安西旧牧”观舞时的朦胧泪眼相对比，揭示出昔日陇右之地已被吐蕃攻陷的重大社会变故。诗云：

胡腾身是凉州儿，肌肤如玉鼻如锥。桐布轻衫前后卷，葡萄长带一边垂。帐前跪作本音语，拾襟搅袖为君舞。安西旧牧收泪看，洛下词人抄曲与。扬眉动目踏花毡，红汗交流珠帽偏。醉却东倾又西倒，双靴柔弱满灯前。环行急蹴皆应节，反手叉腰如却月。丝桐忽奏一曲终，呜呜画角城头发。胡腾儿，胡腾儿，故乡路断知不知？

值得注意的是，诗人在这首诗中所关注的已经涉及当时国家最严重的问题。因为从至德二载（757年）十月吐蕃攻陷鄯州开始，吐蕃趁唐朝国力削弱，屡次入侵，相继攻陷兰、廓、河、鄯、洮、岷等州。到了大历时期，唐王朝已经失去了对陇右的控制权。“他在观赏胡腾儿的舞蹈，为他们的装束和舞姿惊异的时候，同时注意到安西旧牧的黯然神情，想到陇右的沦陷，‘故乡路断知不知？’不是在问胡腾儿——胡腾儿岂有不知——那是在问朝廷、问世人！这孤独的呐喊是那么微弱，要到数十年之后才从白居易《西凉伎》里传来它的回声。唯其如此，它的意义更加宝贵”[①]。本诗结尾“胡腾儿，胡腾儿”这种叠句形式，显示了作者心情之急，呼声之切，从而增强了诗的气氛和艺术感染力。

毋庸讳言，李端诗集中送别应酬之作占据一半以上的比例，其中有许多浮泛之辞，缺乏真实感情，有些作品甚至纯粹是为文造情。不过李端倚仗高超的艺术技巧和奇妙的构思不时能够做到“新警可喜”，这就在很大程度上弥补了“平熟”的不足。除去感情平淡的无聊应酬之作外，李端诗集中有些倾注了感情的作品还是相当感人的。如《江上喜逢司空文明》云：

秦人江上见，握手泪沾巾。落日见秋草，暮年逢故人。
非夫长作客，多病浅谋身。台阁旧亲友，谁曾见苦辛！

在乍逢故友之际，将生平遭遇娓娓道来，看似浅易，实有多少慨叹蕴涵其中，故能感人至深。又如《宿淮浦忆司空文明》云：

① 蒋寅：《才子中的才子——李端》，《河北大学学报》，1993年，第3期。

愁心一倍长离忧，夜思千重恋旧游。秦地故人成远梦，楚天凉雨在孤舟。

诸溪近海潮皆应，独树边淮叶尽流。别恨转深何处写，前程唯有一登楼。

这样的送别诗因极富人情味，与那些泛泛之作有着天壤之别。

在艺术上，李端的诗句往往特色鲜明，新颖可爱。比如“重露湿苍苔，明灯照黄叶”（《过谷口元赞善所居》），比之司空曙的名句“雨中黄叶树，灯下白头人”（《喜外弟卢纶见宿》），不是有异曲同工之妙吗？

另外，李端是写情的高手，诗集中有许以多以女性题材的作品，对女性心理和痛苦情感体察入微。如《闺情》：

月落星稀天欲明，孤灯未灭梦难成。披衣更向门前望，不忿朝来鹊喜声。

诗以兆示喜事的鹊声作比，抒写少妇盼望丈夫归来的焦急心情。“天欲明”暗示等待时间之长，“梦难成”、“披衣”、“前望”写尽思妇的焦躁与百般无奈。另外，《唐诗三百首》中选入的《听筝》也是李端表现女性细腻情感的作品，诗云：“鸣筝金粟柱，素手玉房前。欲得周郎顾，时时误拂弦。”题为“听筝”，却不写听筝，只描摹弹奏者的情态：“银筝玉手，相映生辉，尚恐未当周郎之意，乃误拂冰弦，以期一顾。”（俞陛云《诗境浅说续编》）将女儿家心事写得曲折宛转，纤毫必现。又如《荆州泊》云：

南楼西下时，月里闻来棹。桂水舳舻回，荆州津济闹。

移帷望星汉，引带思容貌。今夜一江人，唯应妾身觉。

同样体现出诗人多情而细腻的情感，表现出对女性真诚的理解。然而最为动人的还是那首《王敬伯歌》，这首诗无疑是唐诗中最为经典的描写女性情感的作品，诗云：

妾本舟中女，闻君江上琴。君初感妾意，妾亦感君心。
遂出合欢被，同为交颈禽。传杯唯畏浅，接膝犹嫌远。
侍婢奏箜篌，女郎歌宛转。宛转怨如何，中庭霜渐多。
霜多叶可惜，昨日非今夕。徒结万重欢，终成一宵客。
王敬伯，绿水青山从此隔！

此诗爱情本事见《太平广记》卷三一八，原是会稽人王敬伯夜晚在阊门舟中鼓琴，与吴县令刘惠明已故小女的人鬼恋爱故事。李端将这一素材加以剪裁和改造，使王敬伯的爱情故事更加缠绵悱恻。全诗以"闻琴"作为两人相悦、相知的基础，之后女主人公毅然果决地追求自己爱情的幸福，"遂出合欢被，同为交颈禽"，二人在美妙的歌舞和狂欢的酒宴中极尽缱绻。"中庭霜渐多"，意味着欢宴的短促与人生的无奈，最后以女主人公凄美的绝诀和深长的呼告作结。全篇为我们塑造了一个对爱情大胆追求的唐代女性形象，闪耀着经久不息的动人光彩。

二、边塞诗人卢纶

卢纶（748? ～798 年?），字允言，河中蒲州（今山西永济）人，郡望范阳（今河北涿州）。幼年因安史之乱避乱鄱阳，曾游吴越。大历初，还京师，屡举进士不第。《极玄集》卷上谓卢纶"天宝末举进士不第"，《旧唐书·卢简辞传》称卢纶"天宝末举进士，遇乱不第，奉亲避地于鄱阳"，俱不确。大历六年（771 年），卢纶由宰相元载、王缙举荐，补阌乡尉，旋任密县令、昭应令。迁监察御史、集贤学士、秘书省校书郎。大历十二年，坐与元载、王缙相善，下狱去官。大历十四年，调陕府户曹。贞元元年（785 年），任奉天行营副元帅浑瑊判官，检校金部郎中。因舅氏韦渠牟荐，拜户部郎中，未几卒。《唐才子传》载，唐文宗曾于卢纶卒后遣中使索卢纶诗稿，"得诗五百首进之"。今存诗 300 余首，《全唐诗》编其诗为 5 卷，有《卢户部诗集》传世。

在卢纶全集中，有一首诗对我们研究他的生平事迹、思想经历非常有帮助。诗的题目很长——《纶与吉侍郎中孚、司空郎中曙、苗员外发、崔补阙峒、耿拾遗湋、李校书端，风尘追游，向三十载。数公皆负当时盛称，荣耀未几，俱沈下泉。畅博士当感怀前踪，有五十韵见寄，辄有所酬，以申悲旧。兼寄夏侯侍御审侯仓曹钊》，诗云：

禀命孤且贱，少为病所婴。八岁始读书，四方遂有兵。
童心幸不羁，此去负平生。是月胡入洛，明年天陨星。
夜行登灞陵，惝恍靡所征。云海一翻荡，鱼龙俱不宁。
因浮襄江流，远寄鄱阳城。鄱阳富学徒，诮我戆无营。
谕以诗礼义，勖随宾荐名。舟车更滞留，水陆互阴晴。
晓望怯云阵，夜愁惊鹤声。凄凄指宋郊，浩浩入秦京。
沴气既风散，皇威如日明。方逢粟比金，未识公与卿。
十上不可待，三年竟无成。偶为达者知，扬我于王廷。
素志且不立，青袍徒见萦。昏孱夙自保，静躁本殊形。
始趋甘棠阴，旋遇密人迎。考实绩无取，责能才固轻。
新丰古离宫，宫树锁云扃。中复莅兹邑，往惟曾所经。
缭垣何逶迤，水殿亦峥嵘。夜雨滴金砌，阴风吹玉楹。
官曹虽检率，国步日夷平。命蹇固安分，祸来非有萌。
因逢骇浪飘，几落无辜刑。巍巍登坛臣，独正天柱倾。
悄悄失途子，分将秋草并。百年甘守素，一顾乃拾青。
相逢十月交，众卉飘已零。感旧谅戚戚，问孤恳茕茕。
侍郎文章宗，杰出淮楚灵。掌赋若吹籥，司言如建瓴。
郎中善馀庆，雅韵与琴清。郁郁松带雪，萧萧鸿入冥。
员外真贵儒，弱冠被华缨。月香飘桂实，乳溜滴琼英。
补阙思冲融，巾拂艺亦精。彩蝶戏芳圃，瑞云凝翠屏。
拾遗兴难侔，逸调旷无程。九酝贮弥洁，三花寒转馨。
校书才智雄，举世一娉婷。赌墅鬼神变，属词鸾凤惊。
差肩曳长裾，总辔奉和铃。共赋瑶台雪，同观金谷筝。

倚天方比剑，沈井忽如瓶。神昧不可问，天高莫尔听。

君持玉盘珠，泻我怀袖盈。读罢涕交颐，愿言跻百龄。

据傅璇琮先生《唐代诗人丛考》考证，吉中孚、司空曙、苗发、崔峒、耿沣、李端皆于贞元四年前后去世，故此诗“当作于贞元四年（789年）后数年间”[1]，可从。在这首诗中，卢纶回顾了自己四十岁之前的人生经历，带有自传性质。诗中自言早岁值安史之乱，南奔鄱阳。在鄱阳折节读书，数年后入京考试进士，然“十上不可待，三年竟无成”。其后得到元载、王缙这些“达者”的举荐，才得一官。让人难以意料的是，灾难竟突如其来：“命蹇固安分，祸来非有萌。因逢骇浪飘，几落无辜刑。”因受到元载、王缙的牵连，几遭不测。后得“登坛臣”浑瑊之助，竟然意外获得高官显位。以下是悼念亡友吉中孚、司空曙、苗发、崔峒、耿沣、李端等人，赞颂其才华文章。最后是对畅当、侯审、侯钊等朋友的美好祝愿。全诗铺排始终，慷慨悲凉，在慨叹自己和友人身世的同时，紧紧联系国家的兴衰治乱，故虽是诗人自传，亦可谓大历时期印有诗人心灵烙印的一部“诗史”。

提起卢纶，人们就会想起他气势奔放、风格雄浑的边塞之作，其中最具盛誉的无疑当推《和张仆射塞下曲》6首了：

鹫翎金仆姑，燕尾绣蝥弧。独立扬新令，千营共一呼。

林暗草惊风，将军夜引弓。平明寻白羽，没在石棱中。

月黑雁飞高，单于夜遁逃。欲将轻骑逐，大雪满弓刀。

野幕敞琼筵，羌戎贺劳旋。醉和金甲舞，雷鼓动山川。

调箭又呼鹰，俱闻出世能。奔狐将迸雉，扫尽古丘陵。

亭亭七叶贵，荡荡一隅清。他日题麟阁，唯应独不名。

组诗中的第二、三首是卢纶的名作，“林暗草惊风”一首隐括《史记》中“飞将军”李广射虎的故事，简劲传神；“月黑雁飞高”一首，情节

[1] 傅璇琮：《唐代诗人丛考·卢纶考》，中华书局，1980年。

跌宕，首尾呼应，满纸风雪，气格沉雄。俞陛云《诗境浅说续编》评云：“唐人善边塞诗者，推岑嘉州。卢之四诗，音词壮健，可与抗手。”明王世懋《艺圃撷馀》云：“至大历十才子，其间岂无盛唐之句？盖声气犹未相隔也。”卢纶这类边塞诗作可以看做盛唐边塞诗的余韵，是“声气未隔”的产物。

除了短小精悍的五绝，卢纶还有许多歌行体也写得雄壮奔放，如《腊月观咸宁王部曲娑勒擒豹歌》、《慈恩寺石磐歌》、《张郎中还蜀歌》、《萧常侍瘿柏亭歌》等都写得骨力劲健，气韵充沛。特别是这首《腊月观咸宁王部曲娑勒擒豹歌》值得我们注意：

> 山头曈曈日将出，山下猎围照初日。前林有兽未识名，将军促骑无人声。潜形踠伏草不动，双雕旋转群鸦鸣。阴方质子才三十，译语受词蕃语揖。舍鞍解甲疾如风，人忽虎蹲兽人立。欻然扼颡批其颐，爪牙委地涎淋漓。既苏复吼拗仍怒，果协英谋生致之。拖自深丛目如电，万夫失容千马战。传呼贺拜声相连，杀气腾凌阴满川。始知缚虎如缚鼠，败虏降羌生眼前。祝尔嘉词尔无苦，献尔将随犀象舞。苑中流水禁中山，期尔攫搏开天颜。非熊之兆庆无极，愿纪雄名传百蛮。

全诗写得虎虎生风，“舍鞍解甲疾如风，人忽虎蹲兽人立。欻然扼颡批其颐，爪牙委地涎淋漓”，将人兽相互搏击的惊险场面写得如在目前，惊心动魄，扣人心弦。因为卢纶曾经入河中浑瑊幕府长期担任元帅判官，有过从军边塞的亲身经历，所以他的边塞诗能承继盛唐边塞诗豪迈悲壮的风格，取得较高成就。

但是由于大历时代国期的衰微，从而使得卢纶的一些边塞诗中，明显地染上了一层衰飒悲凉的色彩，如《送郭判官赴振武》云：

> 黄河九曲流，缭绕古边州。鸣雁飞初夜，羌胡正晚秋。
> 凄凉金管思，迢递玉人愁。七叶推多庆，须怀杀敌忧。

又如《送颜推官游银夏谒韩大夫》云：

> 业篁叫寒笛，满眼塞山青。才子尊前画，将军石上铭。
> 猎声云外响，战血雨中腥。苦乐从来事，因君一涕零。

这样的诗歌虽然气骨犹存，但衰飒悲怆的意味还是非常明显的，是衰微国势在他诗歌中的折射。

在卢纶的笔下，除了盛唐边塞之作中常见的主题之外，更多是将关注的目光投向现实内容方面。朝廷的昏庸、边将的腐败和士卒的苦痛等内容在其诗中多有体现。如《逢病军人》云："行多有病住无粮，万里还乡未到乡。蓬鬓哀吟古城下，不堪秋气入金疮。"伤病士卒在秋风中呻吟无助，而将军们则是争名逐利，不图恢复："白羽三千出井陉，当风看猎拥珠翠。"（《冬日登城楼有怀因赠程腾》）"洛下仍传箭，关西欲进兵。谁知五湖外，诸将但争名。"（《夜泊金陵》）这样深刻反映军队现实的作品。

不过卢纶诗集中并不都是如上那样的边塞军旅之作。包括卢纶在内，沉浸在深深迷茫和失落里的大历诗人们，对生命的无常和历史的宿命经常欷歔叹惋。蒋寅指出，他们"从对荣华无常的体认中产生的历史虚无感必然导致对现实生存的怀疑和生存意义的迷惘"[①]，卢纶《焦篱店醉题》就表现了这样一种心态。诗云：

> 洛下渠头百卉新，满筵歌笑独伤春。何须更弄邵翁伯，即我此身如此人。

题下自注云："时看弄邵翁伯。""邵翁伯"是当时酒宴上酒的一种偶戏。"独伤春"的诗人觉得，人们何必取笑玩偶呢，难道我们一生的命运不也是和"邵翁伯"一样可怜吗？通过这样的诗歌，我们可以窥见卢纶这一辈大历诗人的独特心态。

和李端等其他大历诗人一样，卢纶诗集中数量最多的还是送别之

① 蒋寅：《大历诗风》，上海古籍出版社，1992年，第43页。

作。其中有些送别诗写得感情真挚，凄怆动人，如《送李端》云：

故关衰草遍，离别正堪悲。路出寒云外，人归暮雪时。
少孤为客早，多难识君迟。掩泣空相向，风尘何所期。

俞陛云《诗境浅说甲编》评曰："诗为离乱送友，满纸皆激楚之音。前四句言岁寒送别，念征途之迢递，值暮雪之纷飞，不过以平实之笔写之。后半篇沉郁激昂，为作者之特色。"在"故关衰草"、"寒云"、"暮雪"等景物的渲染下，诗人悲己念友，又深感后会难期，字字从肺腑流出，读后让人潸然泪下。蒋寅指出，"卢纶长于写事言情，他能捕捉日常生活中一些极平常的感触，在诗中加以艺术表现，因而富于人情味。"[①] 的确如此。请看卢纶的名篇《晚次鄂州》：

云开远见汉阳城，犹是孤帆一日程。估客昼眠知浪静，舟人夜语觉潮生。

三湘愁鬓逢秋色，万里归心对月明。旧业已随征战尽，更堪江上鼓鼙声。

全诗围绕着"归心"二字展开，前六句写归心之急切，后两句写归心之所以急。颔联"估客昼眠知浪静，舟人夜语觉潮生"曲尽江行之景，有人将此诗推为卢纶七律第一，信不为虚。可惜的是，卢纶诗集中像这样优秀的作品不多。当然，这也这并不妨碍他成为大历时期成就最为突出的诗人之一。王士禛称卢纶为"大历十才子之冠冕"（《分甘馀话》卷四），卢纶是无愧于这样的评价的。

三、"巫山十二峰"之一：司空曙

司空曙（720？～794 年？）[②]，字文明，一字文初，行十四，广平

① 蒋寅：《大历时期的台阁诗人——大历诗论纲之二》，《广西师范大学学报》，1990 年，第 1 期。

② 陈庆惠：《大历诗人司空曙的生平及其创作》（《浙江师范学院学报》，1984 年，第 4 期）经考证后认为，司空曙约生于开元十八年（730 年）前后，可备一说。

（今河北永年）人。《极玄集》谓司空曙曾举进士，未载中举年月。《唐才子传校笺》据耿湋《晚秋卧疾寄司空拾遗曙卢少府纶》诗，认为卢纶约于大历前期任阌乡尉，即耿诗中所云“少府”，则司空曙之授右拾遗，亦在此时。[1] 安史乱起，司空曙避难江南，后登进士第，历任主簿、左拾遗、检校水部郎中、虞部郎中等职。司空曙是唐诗人卢纶的表兄，和他同为“大历十才子”之一。今传《司空曙诗集》二卷，《全唐诗》编其诗为二卷。

从体式上来看，司空曙长于五律。现存司空曙诗，去其重复，共有177首，而其五律有104首（包括五排14首）[2]，五律所占比例将近3/5，可见司空曙对五律的偏爱。在五律这种自己最擅长的体式中，司空曙创作出了许多脍炙人口的名篇，如《云阳馆与韩绅宿别》云：

故人江海别，几度隔山川。乍见翻疑梦，相悲各问年。
孤灯寒照雨，深竹暗浮烟。更有明朝恨，离杯惜共传。

饱经离乱之后的蓦然相逢，将多少感慨包蕴其中。宋范晞文称，此乃“唐人会故人之诗也，久别倏逢之意，宛然在目，想而味之，情融神会，殆如直述”（《对床夜语》卷五）。此诗与李益《喜见外弟又言别》同为大历时期感慨分别的名作，李诗云：

十年离乱后，长大一相逢。问姓惊初见，称名忆旧容。
别来沧海事，语罢暮天钟。明日巴陵道，秋山又几重。

二诗内容相同，而相形之下，司空曙所作似不及李益诗更为深沉。然《云阳馆与韩绅宿别》的颔联“乍见翻疑梦，相悲各问年”，将久别忽遇，乍喜翻疑，悲喜交集，忽忽若梦的复杂心态描摹的真切动人，不愧为唐诗中的绝唱。《喜外弟卢纶见宿》也是司空曙的代表作，诗云：

① 傅璇琮：《唐才子传校笺（二）》，中华书局，1989年，第50页。

② 此处司空曙诗数字的统计，依季平《司空曙生平与创作考论》，载《新乡师范高等专科学校学报》，2000年，第3期。

静夜四无邻，荒居旧业贫。雨中黄叶树，灯下白头人。

以我独沉久，愧君相见频。平生自有分，况是蔡家亲。

此诗以表弟见宿之喜和贫老独处之悲相对比，益显出诗人的穷愁潦倒。颔联“雨中黄叶树，灯下白头人”，也是司空曙的得意之处。明代谢榛曰：“韦苏州曰：‘窗里人将老，门前树已秋。’白乐天曰：‘树初黄叶日，人欲白头时。’司空曙曰：‘雨中黄叶树，灯下白头人。’三诗同一机杼，司空为优。善状目前之景，无限凄感，见乎言表。”（《四溟诗话》卷一）又如《贼平后送人北归》云：

世乱同南去，时清独北还。他乡生白发，旧国见青山。

晓月过残垒，繁星宿故关。寒禽与衰草，处处伴愁颜。

司空曙的家乡是河北广平，即今河北永年。在安史之乱中，广平因靠近安史老巢范阳，屡遭兵火。从司空曙诗中“世乱同南去，时清独北还”之句可知，安史之乱初起，少年时期的诗人和家人仓皇逃离家园，避地江南。如今十载难归，故在送友归乡之际，感慨万千，遂写下此诗。颔联“他乡生白发，旧国见青山”运用对比手法，将自己滞留异乡之悲对比友人返归故乡之喜，情味宛转悠长，尤为后人所激赏。

司空曙在五律中间两联的对仗中特别喜欢以青、白相对，设色鲜明，表现出他对景物颜色的敏感。如“他乡生白发，旧国见青山”（《贼平后送人北归》）“人到白云树，鹤沉青草田”（《送僧无言归山》）“白雪高吟际，青霄远望中”（《为李魏公赋谢汧公》）“青原高见水，白社静逢人”（《寄钱起》）“白波连雾雨，青壁断蒹葭”（《送卢使君赴夔州》）“绿田通竹里，白浪隔枫林”（《送乐平苗明府》）“戍旌标白浪，罟网入青葭”（《送乔广下第归淮南》）“青镜流年看发变，白云芳草与心违”（《酬李端校书见赠》）“前登灵境青霄绝，下视人间白日低”（《送张炼师还峨嵋山》）。蒋寅指出：“青白的色彩对比，最是爽净醒目，能造成极佳的视觉效果。”[①] 我们看到，在这些青、白相对的诗句里，司空曙确实营造了一种清新鲜活的艺术境界，颇多警策，故为人所称赏。然而连连读来，让人颇感重复，难免生才短之疑。倒不如他的一些小诗写得清新自然，鲜明如画，如《黄子陂》云：

岸芳春色晓，水影夕阳微。寂寂深烟里，渔舟夜不归。

此诗以渔家之乐表现一种萧散闲逸的情趣。春天，岸边花草芬芳；黄昏，碧水倒映着落日的余辉，可谓景美如画。就在大山悠悠的云雾深处，渔人整日整夜地流连，舍不得回去，正得自在之趣。胡震亨《唐音癸签》评司空曙诗云：“婉雅闲淡，语近自然。”闲淡自然的风格，在司空曙的许多这类小诗当中得以充分的体现。所以王定璋先生指出，司空曙的艺术风格是质朴自然，不事雕琢。他还将司空曙诗的特征准确地概括为：①工于造句，善于造境；②深于述情，精于传神；③清新闲淡，语近性情。[②]

总之，作为“大历十才子”之一，司空曙诗歌长于五律，情味深长，尤其给人印象深刻的是他以青、白相对的艺术手法，这种手法一方面使得诗歌醒目；另一方面也易于形成一种套化，制约诗人在艺术境界上的进一步开拓。前人称大历十才子如巫山十二峰，司空曙作为其中一峰，以其独特的风貌，引起我们的关注。

四、苦吟诗人崔峒

崔峒，行八，恒州井陉（今属河北石家庄）人，郡望博陵（今河北定州）。大历初进士，历为左拾遗、集贤学士、左补阙。贞元初，贬为潞州功曹参军。傅璇琮《唐才子传校笺》卷四称，崔峒卒于贞元二年至六年间。[③]《全唐诗》存其诗1卷，共47首。

① 蒋寅：《大历才子司空曙略论》，《咸宁师专学报》，1994年，第3期。

② 王定璋：《婉雅闲淡，语近性情——论司空曙的诗歌》，《天府新论》，1989年，第4期。

③ 傅璇琮：《唐才子传校笺（二）》，中华书局，1989年，第66页。

崔峒工诗，名列“大历十才子”中，常与韦应物、戴叔伦、钱起、卢纶等诗人唱和往还。和其他大历诗人一样，其诗多登临、赠别之作，有些作品句式凝练，意绪深挚，情感蕴藉，是这一时期不可多得的佳制。如《登蒋山开善寺》云：

山殿秋云里，香烟出翠微。客寻朝磬至，僧背夕阳归。

下界千门见，前朝万事非。看心兼送目，葭菼暮依依。

蒋山，即南京钟山。诗歌先描摹山寺之景，表达登寺眺望时所生的万事皆非的出尘之感，特别是颔联的“僧背夕阳归”给人的印象相当深刻。在寥落的山巅古寺，于悠扬的佛磬声中，从僧人逆光而来的耀眼身影中，不免会使人顿生顶礼神圣的眩晕。此诗妙在以景衬情，妙和无垠，故清黄周星评曰：“荒寒黯淡，如在目中。”（《唐诗快》卷九）另外如《秋晚送丹徒许明府赴上国，因寄江南故人》云：

秋暮之彭泽，篱花远近逢。君书前日至，别后此时重。

寒夜江边月，晴天海上峰。还知南地客，招引住新丰。

《润州送师弟自江夏往台州》云：

远客乘流去，孤帆向夜开。春风江上使，前日汉阳来。

别路犹千里，离心重一杯。剡溪木未落，羡尔过天台。

《喜逢妻弟郑损因送入京》云：

乱后自江城，相逢喜复惊。为经多载别，欲问小时名。

对酒悲前事，论文畏后生。遥知盈卷轴，纸贵在江城。

《送皇甫冉往白田》云：

江边尽日雉鸣飞，君向白田何日归。楚地蒹葭连海迥，隋朝杨柳映堤稀。

津楼故市无行客，山馆空庭闭落晖。试问疲人与征战，使君双泪定沾衣。

《书情寄上苏州韦使君兼呈吴县李明府》云：

数年湖上谢浮名，竹杖纱巾遂性情。云外有时逢寺宿，日西无事傍江行。

陶潜县里看花发，庾亮楼中对月明。谁念献书来万里，君王深在九重城。

《唐诗品汇》称大历诗人“其篇什讽咏，不减盛时，然而近体颇繁，古声实远”。近体诗的创作数量多于古诗，这一点在崔峒身上体现得较为明显。现存崔峒诗歌多是近体，其中五律最多。诗人在五律中用心经营，锤炼出许多意象清迥的佳句，如“白烟横海戍，红叶下淮村”（《送陆明府之盱眙》），“孤猿啼海岛，群雁起湖田。”（《送丘二十二之苏州》），“烟树临沙静，云帆入海稀”（《登润州芙蓉楼》），“旷野人寒草，独行随远山。”（《送李道士归山》）“月满关山道，乌啼霜树枝”（《宿江西窦主簿厅》），“清淮水急桑林晚，古驿霜多柿叶寒”（《送韦八少府判官归东京》）。这些诗句所营造的是一个清静、寒寂、淡远的境界，但不失色彩的装饰和意境的渲染，显示了崔峒独特的艺术趣味。高仲武《中兴间气集》卷下称崔峒诗歌“文彩炳然，意思方雅”，已经指出崔峒诗歌对高雅文彩的刻意追求。

崔峒一生官位不显，在诗中经常写自己的潦倒失意之情，如“泪流襟上血，发变镜中丝”（《江上书怀》）之类，其格调和情绪都是很低沉的。因此在他诗集中就有许多和佛教相关的题材，表达诗人渴望超脱凡俗的愿望，当然这也是大历时期最为流行的题材内容，如《题兰若》云：

绝顶茅庵老此生，寒云孤木独经行。世人那得知幽径，遥向青峰礼磬声。

寒云之巅的几缕磬声，一领茅庵中的清绝佛唱，如此孤寒的情境衬托出诗人超脱尘俗的清高。这样的诗句，如果出现在贾岛、姚合的诗中，世人倒不会觉得奇怪。所以崔峒在此类诗歌中打造的清迥寒瘦的意象风格，应该对其后的姚、贾一类诗人给予了很大的启发，这些启发不仅在诗风上，在锤炼字句方面也同样如此，如《题崇福寺禅院》诗云：

僧家竟何事，扫地与焚香。清磬渡山翠，闲云来竹房。
身心尘外远，岁月坐中长。向晚禅堂掩，无人空夕阳。

高仲武《中兴间气集》卷下谓："如'清磬渡山翠，闲云来竹房'、'流水声中视公事，寒山影里见人家'斯亦披沙拣金，往往见宝。""清磬渡山翠"，是写悠扬的佛磬，飘过青翠的山峦，一个"渡"字可见炼字之妙。"流水声中视公事，寒山影里见人家"是《题桐庐李明府官舍》中的句子，二句仿佛脱口而出，于寒山流水之间，自有一段潇洒韵致。在上述诗中，我们一眼就能在诗中找到诗人苦心锤炼的佳句。这种苦吟的倾向，在中晚唐逐渐形成了一种风气。而这种诗风嬗变的倾向，可以说正是从崔峒一类诗人身上开始透露出来的。

总之，大历时期河北籍诗人的创作体现出大历时期共同的诗风，正如四库馆臣评云："大历以还，诗格初变。开、宝浑厚之气，渐远渐漓。风调相高，稍趋浮响，升降之关，十子实为之职志。"（《四库全书总目·钱仲文集提要》）作为唐诗发展转型阶段的代表——大历诗人，包括上述众多河北籍诗人，由于他们的共同努力，为这一时期诗歌的发展作出了重要的贡献。

第三节　韩孟诗派中的河北籍诗人

唐诗大变于中唐。当盛唐之音袅袅将绝之时，经过了大历时期短暂的徘徊与消沉之后，中唐诗歌在政治激变中，又一次以雄壮的声音形成了澎湃的激流。其中浅近通俗的元白诗派和崇尚雄奇险怪的韩孟诗派，就是中唐诗歌中两股势力最为奔放的洪流，它们以冲决一切的气魄，在兴象玲珑的盛唐诗歌的高峰之后，为唐诗的发展谱写出新的篇章。而在这唐诗新变的潮流中，许多河北籍的诗人，都是诗坛的中流砥柱。

一、韩愈

韩孟诗派的领导者韩愈，其郡望就是河北昌黎（今属河北秦皇岛）。在中唐文学的新变中，韩愈作为韩孟诗派的领导者，无论从开派之功、创新精神还是领袖风范来讲，都无疑是一面大纛，在当时和后代产生了巨大的影响。

韩愈（768～824年），字退之，河南河阳（今河南孟县）人。世称“韩昌黎”，晚年因任吏部侍郎，又称韩吏部。卒谥“文”，故又称“韩文公”。韩愈三岁丧父，由兄嫂抚养成人。德宗贞元八年（792年）登进士第，任节度推官，其后任监察御史，因上书《御史台上论天旱人饥状》，请减免赋税，贬阳山令。永贞元年（805年）八月，宪宗即位，韩愈遇赦，移官江陵，为法曹参军。元和元年（806年），奉诏回长安，充国子博士。因避谤毁，求为分司东都，移官洛阳。又因“日与宦者为敌”，降职河南县令。元和六年（811年），迁为尚书职方员外郎，坐论柳涧，调为国子博士。元和八年，迁比部郎中，史馆修撰。元和十二年（817年），从裴度征讨淮西吴元济叛乱有功，升任刑部侍郎。元和十四年（819年），宪宗迎佛骨人大内，他上《谏迎佛骨表》力谏，触怒宪宗，被贬为潮州刺史，移袁州。不久回朝，历官国子祭酒、吏部侍郎等显职。卒于长安，有《昌黎先生集》。

韩、柳倡导的古文运动，开辟了唐代以来古文的发展道路。另外，韩愈还是韩孟诗派的领袖人物。他以议论为诗、以文为诗，把古文语言、章法、技巧引入诗歌创作，风格奇崛险怪、豪健奔放，在很大程度上增强了诗的表达功能，扩大了诗的领域。

在韩愈所处的时代，所有诗人都面临着一个困境，就是如何在辉煌的盛唐诗歌之后取得进一步的发展。盛唐诗歌的伟大成就给中唐诗人带来了巨大的压力，这种盛极难继的尴尬，期待着人们去打破旧传统，开创新局面。而这个继往开来的历史重任，就落在了韩愈身上。韩愈首先强调要加强对大诗人李白、杜甫的学习，力图扭转中唐诗坛衰颓不振的态势。关于这一点，最突出地表现在其《调张籍》一诗中，诗云：

李杜文章在，光焰万丈长。不知群儿愚，那用故谤伤！
蚍蜉撼大树，可笑不自量。伊我生其后，举颈遥相望。
夜梦多见之，昼思反微茫。徒观斧凿痕，不瞩治水航。
想当施手时，巨刃磨天扬。垠崖划崩豁，乾坤摆雷硠。
惟此两夫子，家居蟀荒凉。帝欲长吟哦，故遣起且僵。
剪翎送笼中，使看百鸟翔。平生千万篇，金薤垂琳琅。
仙官敕六丁，雷电下取将。流落人间者，太山一毫芒。
我愿生两翅，捕逐出八荒。精诚忽交通，百怪入我肠。
刺手拔鲸牙，举瓢酌天浆。腾身跨汗漫，不着织女襄。
顾语地上友：经营无太忙！乞君飞霞佩，与我高颉颃！

韩愈对李、杜的学习主要表现在诗歌艺术风格方面。特别是韩愈继承了杜甫"语不惊人死不休"(《江上值水如海势聊短述》)那样的创作精神，《调张籍》中"精诚忽交通，百怪入我肠。刺手拔鲸牙，举瓢酌天浆"的自述，就是他以李、杜为师，异军突起的宣言。他立志在"光焰万丈长"的李、杜文章之后，力求开创奇险雄奇、怪诞夸张的全新一派，达到青出于蓝而胜于蓝。韩愈成功地完成了这种诗歌新变，为唐诗的发展开拓出一个全新的境界。叶燮在《原诗》中称"韩愈为唐诗之一大变，其力大，其思雄，崛起特为鼻祖"，就是从唐诗发展史的角度肯定韩愈作出的这种开拓性贡献。

韩愈性格刚直木讷，入仕为官之后，在险恶政治漩涡中直言敢谏，屡屡遭受贬谪。先是贬阳山令，后是以谏迎佛骨贬潮州刺史，这种独特的仕途经历是韩愈诗歌呈现出怨愤激郁的险怪特色的一个重要原因。[①]

---

① 余恕诚：《变奏的心源——韩诗大变唐诗的若干剖析》，《江淮论坛》，1990年，第3期。

韩愈这种怪奇诗风的发展有一个过程。大致始于贞元后期，至元和中期定型，形成了极具代表性的风格特征，比如他的《石鼓歌》云：

> 张生手持石鼓文，劝我试作石鼓歌。少陵无人谪仙死，才薄将奈石鼓何！周纲陵迟四海沸，宣王愤起挥天戈。大开明堂受朝贺，诸侯剑佩鸣相磨。蒐于岐阳骋雄俊，万里禽兽皆遮罗。镌功勒成告万世，凿石作鼓隳嵯峨。……

写得气势豪放，风格雄浑，力透纸背。又如《卢郎中云夫寄示送盘谷子诗两章歌以和之》：

> 昔寻李愿向盘谷，正见高崖巨壁争开张。是时新晴天井溢，谁把长剑倚太行！冲风吹破落天外，飞雨白日洒洛阳。东蹈燕川食旷野，有馈木蕨芽满筐。马头溪深不可厉，借车载过水入箱。平沙绿浪榜方口，雁鸭飞起穿垂杨。穷探极览颇恣横，物外日月本不忙。归来辛苦欲谁为，坐令再往之计堕眇芒。闭门长安三日雪，推书扑笔歌慨慷。旁无壮士遣属和，远忆卢老诗颠狂。开缄忽睹送归作，字向纸上皆轩昂。又知李侯竞不顾，方冬独入崔嵬藏。我今进退几时决，十年蠢蠢随朝行。家请官供不报答，何异雀鼠偷太仓！行抽手版付丞相，不等弹劾还耕桑。

其纵横开阖的气概、睥睨万物的豪气、想落天外的诗思，将情感的雄奇壮美表现得淋漓尽致。司空图说韩诗“驱驾气势，若掀雷抉电，撑抉于天地之间”（《题柳集后》），当就是指韩愈这一类作品。在很大程度上，韩愈诗歌中的这种自我表现力已经超过了李、杜等人的作品，宋人就以为上述那样的诗歌“虽杜子美亦不及”（张戒《岁寒堂诗话》引）。这种强烈的主观意识表现，是和韩愈等人对诗歌抒情功能的重视分不开的。韩愈在《送孟东野序》中指出：

> 大凡物不得其平则鸣，草木之无声，风挠之鸣；水之无

> 声，风荡之鸣。其跃野，或激之；其趋也，或梗之；其沸也，或炙之。金石之无声，或击之鸣。人之于言也亦然。有不得已者而后言，其歌也有思，其哭也有怀。凡出乎口而为声者，其皆有弗平者乎！

同样，在《荆潭唱和诗序》中，韩愈进一步指出："夫和平之音淡薄，而愁思之声要妙；欢愉之辞难工，而穷苦之言易好也。是故文章之作，恒发于羁旅草野；至若王公贵人，气满志得，非性能而好之，则不暇以为。"饱经磨难的草野诗人，用诗歌这种形式，抒发内心强烈的"不平之鸣"，当然要比王公贵人茶余酒后的"欢愉之辞"深入现实得多，当然也就更能打动和感染读者。

另外，韩愈险怪诗风的形成，也和他审美意识的新变有密切关系。韩愈"少小尚奇伟"（《县斋有怀》）"搜奇日有富"（《答张彻》），所以他对怪奇之美有着一种与生俱来的偏爱。他说自己与孟郊、张籍等人的诗是"险语破鬼胆，高词媲皇坟"（《醉赠张秘书》）；说贾岛的诗是"狂词肆滂葩，低昂见舒惨。奸穷怪变得，往往造平淡"（《送无本师归范阳》）；说孟郊的诗是"冥观洞古今，象外逐幽好。横空盘硬语，妥帖力排奡"（《荐士》）；说张籍的诗是"文章自娱戏，金石日击撞。龙文百斛鼎，笔力可独扛"（《病中赠张十八》）。在《调张籍》一诗中，他说："李杜文章在，光焰万丈长……想当施手时，巨刃磨天扬……我愿生两翅，捕逐出八荒。精神忽交通，百怪入我肠。刺手拔鲸牙，举瓢酌天浆。"从以上这些都可以看出，韩愈具有迥异于传统审美意识的倾向，他标举狂怪壮大的风格，追求出人意表的独特艺术效果。他在诗中不惜运用大胆的夸张和离奇的想象，描写超出自然界的令人骇异的物象，甚至用多变的视角、怪诞的比拟，着力铸造出一个"狠重奇险"的艺术境界。有人甚至指出，韩愈追求的是一种"不美之美"的"非诗之诗"。《陆浑山火一首和皇甫湜用其韵》、《八月十五夜赠张功曹》、《谒衡岳庙遂宿岳寺题门楼》等诗是最能代表韩愈这种险怪风格的作品了。我们请看这首《陆浑山火一首和皇甫湜用其韵》：

皇甫补官古贲浑，时当玄冬泽乾源。山狂谷很相吐吞，风怒不休何轩轩。摆磨出火以自燔，有声夜中惊莫原。天跳地踔颠乾坤，赫赫上照穷崖垠。截然高周烧四垣，神焦鬼烂无逃门。三光弛隳不复暾，虎熊麋猪逮猴猿。水龙鼍龟鱼与鼋，鸦鸱雕鹰雉鹄鹍。燖炰煨爊孰飞奔，祝融告休酌卑尊，错陈齐玫辟华园，芙蓉披猖塞鲜繁。千钟万鼓咽耳喧。攒杂啾嚄沸篪埙，彤幢绛旃紫纛幡。炎官热属朱冠裈，髹其肉皮通髀臀。颓胸垤腹车掀辕，缇颜靺股豹两鞬。霞车虹靷日毂幡，丹蕤縓盖绯翻䡚。红帷赤幕罗脤膰，迋池波风肉陵屯。谽呀钜壑颇黎盆，豆登五山瀛四尊。熙熙釂酬笑语言，雷公擘山海水翻。齿牙嚼啮舌腭反，电光䃶磹赪目□，项冥收威避玄根，斥弃舆马背厥孙。缩身潜喘拳肩跟，君臣相怜加爱恩。命黑螭侦焚其元，天阙悠悠不可援。梦通上帝血面论，侧身欲进叱于阍。帝赐九河湔涕痕，又诏巫阳反其魂。徐命之前问何冤，火行于冬古所存。我如禁之绝其飧，女丁妇壬传世婚。一朝结雠奈后昆，时行当反慎藏蹲。视桃著花可小骞，月及申酉利复怨。助汝五龙从九鲲，溺厥邑囚之昆仑。皇甫作诗止睡昏，辞夸出真遂上焚。要余和增怪又烦，虽欲悔舌不可扪。

全诗写陆浑的一场山火，可以分为三部分：第一部分写陆浑山冬季突发山火，风大火猛，烧得飞禽走兽无处藏身，甚至乾坤颠倒、神焦鬼烂、日月无光；第二部分写这场山火的制造者——火神祝融在一片火海中得意洋洋地大宴宾客，大张旗鼓，兴高采烈；第三部分写一败涂地的水神遣使上诉于天庭，然而上帝也无可奈何，只好说“火行于冬”，符合时令，不可禁绝，并劝水神暂避锋芒，以待来春。在韩愈笔下，普通的山火具有一种狂野暴烈的超自然力量，它摧枯拉朽、狰狞咆哮，消灭一切。全诗光怪陆离，想象超凡，铺叙侈张，充分显示了韩愈诗歌奇险的艺术风貌，是韩愈此类诗歌中登峰造极之作。

从形式因素来看，雄奇险怪诗风的形成，是因为韩愈以议论为诗，以文为诗，把古文的语言、章法、技巧引入诗歌创作。赵秉文云："昌黎以古文浑灏，溢而为诗，而古今之变尽。"（《与李孟英书》）他指出韩愈作为熟谙古文章法的古文大家，在表现手法上采用较为自由的散文笔调入诗，能够做到痛快畅达地叙事抒情，促进了韩愈诗歌散文化的倾向。

以古文的章法入诗，讲究起承转合，虚实正反，是韩愈"以文为诗"的重要方面。这样就做到了"既有诗之优美，复具文之流畅，韵散同体，诗文合一"（陈寅恪《金明馆丛稿初编·论韩愈》）。例如韩愈著名的《南山诗》，便是运用了作赋之法成诗。诗云：

> 吾闻京城南，兹惟群山囿。东西两际海，巨细难悉究。山经及地志，茫昧非受授。团辞试提挈，挂一念万漏。欲休谅不能，粗叙所经觏。尝升崇丘望，戢戢见相凑。晴明出棱角，缕脉碎分绣。蒸岚相澒洞，表里忽通透。无风自飘簸，融液煦柔茂。横云时平凝，点点露数岫。天空浮修眉，浓绿画新就。孤撑有巉绝，海浴褰鹏噣。春阳潜沮洳，濯濯吐深秀。岩峦虽崒嵂，软弱类含酎。夏炎百木盛，荫郁增埋覆。神灵日歊歔，云气争结构。秋霜喜刻轹，磔卓立癯瘦。参差相叠重，刚耿陵宇宙。冬行虽幽墨，冰雪工琢镂。新曦照危峨，亿丈恒高袤。明昏无停态，顷刻异状候。西南雄太白，突起莫间簉。藩都配德运，分宅占丁戊。逍遥越坤位，诋讦陷乾窦。空虚寒兢兢，风气较搜漱。朱维方烧日，阴霰纵腾糅。昆明大池北，去觌偶晴昼。绵联穷俯视，倒侧困清沤。微澜动水面，踊跃躁猱狖。惊呼惜破碎，仰喜呀不仆。前寻径杜墅，岔蔽毕原陋。崎岖上轩昂，始得观览富。行行将遂穷，岭陆烦互走。勃然思圻裂，拥掩难恕宥。巨灵与夸蛾，远贾期必售。还疑造物意，固护蓄精

祐。力虽能排斡，雷电怯呵诟。攀缘脱手足，蹭蹬抵积甃。茫如试矫首，堛塞生怐愗。威容喪萧爽，近新迷远旧。拘官计日月，欲进不可又。因缘窥其湫，凝湛阏阴兽。鱼虾可俯掇，神物安敢寇。林柯有脱叶，欲堕鸟惊救。争衔弯环飞，投弃急哺鷇。旋归道回睨，达枿壮复奏。吁嗟信奇怪，峙质能化贸。前年遭谴谪，探历得邂逅。初从蓝田入，顾眄劳颈脰。时天晦大雪，泪目苦矇瞀。峻涂拖长冰，直上若悬溜。褰衣步推马，颠蹶退且复。苍黄忘遐睎，所瞩才左右。杉篁咤蒲苏，杲耀攒介胄。专心忆平道，脱险逾避臭。昨来逢清霁，宿愿忻始副。峥嵘跻冢顶，倏闪杂鼯鼬。前低划开阔，烂漫堆众皱。或连若相从，或蹙若相斗。或妥若弭伏，或竦若惊雊。或散若瓦解，或赴若辐凑。或翩若船游，或决若马骤。或背若相恶，或向若相佑。或乱若抽笋，或嵲若注灸。或错若绘画，或缭若篆籀。或罗若星离，或蓊若云逗。或浮若波涛，或碎若锄耨。或如贲育伦，赌胜勇前购。先强势已出，后钝嗔□譳。或如帝王尊，丛集朝贱幼。虽亲不亵狎，虽远不悖谬。或如临食案，肴核纷饤饾。又如游九原，坟墓包椁柩。或累若盆罂，或揭若□豆。或覆若曝鳖，或颓若寝兽。或蜿若藏龙，或翼若搏鹫。或齐若友朋，或随若先后。或迸若流落，或顾若宿留。或戾若仇雠，或密若婚媾。或俨若峨冠，或翻若舞袖。或屹若战阵，或围若蒐狩。或靡然东注，或偃然北首。或如火熹焰，或若气饙馏。或行而不辍，或遗而不收。或斜而不倚，或弛而不彀。或赤若秃鬝，或熏若柴槱。或如龟拆兆，或若卦分繇。或前横若剥，或后断若姤。延延离又属，夬夬叛还遘。喁喁鱼闯萍，落落月经宿。訚訚树墙垣，巘巘驾库厩。参参削剑戟，焕焕衔莹琇。敷敷花披萼，□□屋摧雷。悠悠舒而安，兀兀狂以狃。超超出犹奔，蠢蠢骇不懋。大哉立天地，经纪肖营腠。厥初孰开张，黾勉谁劝侑。创兹朴而巧，戮力忍劳疚。得非施斧斤，无乃假诅咒。鸿荒竟无传，功大莫酬僦。尝闻于祠官，芬苾降歆嗅。斐然作歌诗，惟用赞报酭。

南山，即终南山。全诗共204句，1020字。韩愈以汪洋恣肆的笔墨，多层次的全方位描写，极力铺排了终南山雄伟奇丽的全貌。整首诗或赋或比，气势恢弘，结构严密，刻画瑰丽，发语新奇，竟成102韵的鸿篇巨制，真可谓卓绝千古。通篇层次结构，亦依古文例，极为严整清晰。特别是诗的中段，连用51个“或”字，即用赋的笔法，充分显示了韩诗雄奇博大、恣肆崛荡的气势。同样，韩愈在《杂诗》中连用5个“鸣”字，《赠别元十八》连用4个“何”字，《双鸟诗》连用4个相同的句子作排比，皆在句法上有意出奇，别创一格。又如《山石》诗云：

山石荦确行径微，黄昏到寺蝙蝠飞。升堂坐阶新雨足，芭蕉叶大栀子肥。僧言古壁佛画好，以火来照所见稀。铺床拂席置羹饭，疏粝亦足饱我饥。夜深静卧百虫绝，清月出岭光入扉。天明独去无道路，出入高下穷烟霏。山红涧碧纷烂漫，时见松枥皆十围。当流赤足踏涧石，水声激激风吹衣。人生如此自可乐，岂必局束为人鞿。嗟哉吾党二三子，安得至老不更归！

这是一篇纪游诗，诗中的叙述按照明显的时间与行程的顺序依次写来，从“黄昏到寺”、“夜深静卧”到“天明独去”，整个游程中的所见、所闻、所感，都是按照行程的顺序而生。诗既吸取散文游记的写法，又充分择取景面，使自然风景、人文景观、人物动态穿插交错，在游踪历历、情景逼现中融炼出独特的审美意境。结尾四句，通过“人生如此”的愉悦感受表达出超脱世俗名利羁绊的主旨，并以“吾党二三子”点明同游人物，反贯全篇，尤增意趣。再如《八月十五夜赠张功曹》：

纤云四卷天无河，清风吹空月舒波。沙平水息声影绝，一杯相属君当歌。君歌声酸辞且苦，不能终听泪如雨。洞庭连天九嶷高，蛟龙出没猩鼯号。十生九死到官所，幽居默默如藏逃。下床畏蛇食畏药，海气湿蛰熏腥臊。昨日州前捶大鼓，嗣皇继圣登夔皋。赦书一日行万里，罪从大辟皆除死。迁者追回流者还，涤瑕荡垢清朝班。州家申名使家抑，坎坷只得移荆蛮。判司卑官不堪说，未免捶楚尘埃间。同时辈流多上道，天路幽险难追攀。君歌且休听我歌，我歌今与君殊科。一年明月今宵多，人生由命非由他，有酒不饮奈明何。

张功曹，即张署，与韩愈为同僚、朋友。贞元十九年，韩愈与张署因触怒权贵，分别被贬为阳山、临武令。永贞元年顺宗立，二月大赦，二人得以待命郴州。八月宪宗立，再大赦，但由于湖南观察使杨凭压制韩愈、张署，二人仅得江陵府法曹、功曹之低职。此诗即作于将赴江陵之时。全诗分三层，先写郴州官舍中秋夜景象，中写张署所作歌辞，末写自己所歌。诗题赠张署，内容却反客为主，除首尾两层11句外，中18句全为张署之歌，韩愈乃借张署之歌以抒写自己内心之愤懑与不平。这种特别之章法，被称为“虚者实之，实者虚之，得反客为主之法”（汪琬《批韩诗》）。

韩愈还在诗中大量使用长短错落的散文句法，尽力消融诗与文的界限。如《符读书城南》之“乃一龙一猪”，《南山诗》之“时天晦大雪”，《泷吏》之“固罪人所徙”，《送区弘南归》之“嗟我道不能自肥”、“子去矣时若发机”，《陆浑山火》之“溺厥邑囚之昆仑”、“虽欲悔舌不可扪”，都使得传统诗歌中顺畅流利的语言形式变得拗峭滞涩，节奏不畅。又如《月蚀诗效玉川子作》：

元和庚寅斗插子，月十四日三更中。森森万木夜僵立，寒气赑屃顽无风。月形如白盘，完完上天东。忽然有物来啖之，不知是何虫。如何至神物，遭此狼狈凶。星如撒沙出，攒集争强雄。油灯不照席，是夕吐焰如长虹。玉川子，涕泗下，中庭独行。念此日月者，为天之眼睛。此犹不自保，吾道何由行。尝闻古老言，疑是虾蟆精。径圆千里纳女腹，何处养女百丑形。杷沙脚手钝，谁使女解缘青冥。黄帝有四目，帝舜重其明。今天只两目，何故许食使偏盲。尧呼大水浸十日，不惜万国赤子鱼头生。女于此时若食日，虽食八九无嚵名。赤龙黑乌烧口热，翎鬣倒侧相搪撑。婪酣大肚遭一饱，饥肠彻死无由鸣。后时食月罪当死，天罗磕匝何处逃汝刑。玉川子立于庭而言曰：地行贱臣仝，再拜敢告上天公。臣有一寸刃，可刳凶蟆肠。无梯可上天，天阶无由有臣踪。寄笺东南风，天门西北祈风通。丁宁附耳莫漏泄，薄命正值飞廉慵。东方青色龙，牙角何呀呀。从官百馀座，嚼啜烦官家。月蚀汝不知，安用为龙窟天河。赤乌司南方，尾秃翅觰沙。月蚀于汝头，汝口开呀呀。虾蟆掠汝两吻过，忍学省事不以汝觜啄虾蟆。于菟蹲于西，旗旄卫毵　。既从白帝祠，又食于蜡礼有加。忍令月被恶物食，枉于汝口插齿牙。乌龟怯奸，怕寒缩颈，以壳自遮。终令夸蛾抉汝出，卜师烧锥钻灼满板如星罗。此外内外官，琐细不足科。臣请悉扫除，慎勿许语令啾哗。并光全耀归我月，盲眼镜净无纤瑕。弊蛙拘送主府官，帝箸下腹尝其皤。依前使兔操杵臼，玉阶桂树闲婆娑。姮娥还宫室，太阳有室家。天虽高，耳属地。感臣赤心，使臣知意。虽无明言，潜喻厥旨。有气有形，皆吾赤子。虽忿大伤，忍杀孩稚。还汝月明，安行于次。尽释众罪，以蛙磔死。

此诗是模仿“卢仝体”所作，形式上和卢仝的原作一样，完全打破了诗与文的界限，三言、四言、五言、七言、九言、十一言，参差错落，表现形式新颖、生僻、怪奇，这样的诗歌代表了韩愈“以文为诗”的一种极端倾向，是韩愈诗歌在语言形式上力求创新的表现。

当然，韩愈以文为诗也产生了许多弊端。袁行霈指出，在破坏传统的同时也必须建立新的规范，这种规范，韩愈在诗中并非没有建立，但相比起他的散文来说还欠完备[①]，如用词造句刻意求新致使语意晦涩，对诗材的不加简择导致意象过于丑陋怪诞，大量使用散文化句式和哲理性议论在一定程度上破坏了诗歌的节奏美、形象美。如此种种，既对后世的诗歌创作造成不良影响，也曾引起后人的指责。对于一位诗坛的改革者和新诗风的开创者来说，这恐怕都是难以避免的。

二、刘言史和卢殷

韩孟诗派在中唐影响甚大，诗派成员众多，有卢仝、马异、刘叉、李贺、皇甫湜、徐希任、贾岛等众多诗人。在韩孟诗派的早期成员中，刘言史和卢殷也都是河北籍的诗人。

刘言史（？～812年）[②]，邯郸（今河北邯郸市）人，《唐才子传》称其为赵州（今河北赵县）人，误。言史《泊花石浦》诗云："旧业丛台废苑东，几年为梗复为蓬。杜鹃啼断回家梦，半在邯郸驿树中。"则推其应为邯郸人，其后刘言史曾在贝州漳南（今河北故城东南）隐居多年。言史与孟郊友善，孟郊赞其诗才云："精异刘言史，诗肠倾珠河。"（《哭刘言史》）刘言史与李翱亦有相互酬答。王武俊为恒冀都团练观察使时，对刘言史颇为赏识，曾举荐其为枣强县令，他辞疾不就。世以此重之，仍称其为"刘枣强"。后来李夷简节度汉南，辟其为司功掾。岁余，奏升其秩。诏下之日，无疾而终，葬之襄阳城郭五里之柳子关。孟郊《哭刘言史》云："今日果成死，葬襄之洛河。洛岸远相吊，洒泪双滂沱。"刘言史诗歌数量很多，《刘枣强碑》称"所有歌诗千首"，《宋史·艺文志》著录其诗10卷，《唐才子传》称其"有歌诗六卷，今传"。明代以后刘言史诗歌散佚颇多，至《全唐诗》收其诗仅为1卷，存诗79

---

① 袁行霈：《中国文学史（第二卷）》，高等教育出版社，1999年8月，325～326页。

② 商隶君：《刘言史生平考》，《渤海学刊》，1988年，第2期。据刘言史同时人李夷简、孟郊生平及刘言史《观绳伎》中"坐中还有沾巾者，曾见先皇初教时"等诗句推断，刘言史生年约在天宝十年（750年）前后。

首。可见刘言史的诗歌已经十不存一了。皮日休的《刘枣强碑》是研究刘言史生平和诗歌的重要材料，故录如次：

歌诗之风，荡来久矣，大抵丧于南朝，坏于陈叔宝。然今之业是者，苟不能求古于建安，即江左矣。苟不能求丽于江左，即南朝矣。或过为艳伤丽病者，即南朝之罪人也。吾唐来有是业者，言出天地外，思出鬼神表，读之则神驰八极，测之则心怀四溟，磊磊落落，直非世间语者，有李太白。百岁有是业者，雕金篆玉，牢奇笼怪，百锻为字，千练成句，虽不追蹋太白，亦后来之佳作也，有与李贺同时有刘枣强焉。先生姓刘氏名言，史不详其乡里。所有歌诗千首，其美丽恢赡，自贺外，世莫得比。王武俊之节制镇冀也，先生造之。武俊性雄健，颇好词艺，一见先生，遂见异敬，将署之宾位，先生辞免。武俊善骑射，载先生以贰乘，逞其艺如野。武俊先骑惊双鸭起于蒲稗间，武俊控弦不再发，双鸭联毙于地。武俊欢甚，命先生曰："某之伎如是，先生之词如是，可谓文武之会矣，何不出一言以赞邪？"先生由是马上草《射鸭歌》以示武俊，议者以为祢正平《鹦鹉赋》之类也。武俊益重先生。由是奏请官先生，诏授枣强县令，先生辞疾不就，世重之曰刘枣强，亦如范莱芜之类焉。故相国陇西公夷简之节度汉南也，少与先生游，且思相见，命列将以襄之髹器千事赂武俊，以请先生，武俊许之，先生由是为汉南相府宾冠。陇西公日与之为笔宴，其献酬之歌诗，大播于当时。陇西公从事或曰："以某下走之才，诚不足污辱重地。刘枣强至重，必以公宾刘于幕吏之上，何抑之如是？"公曰："愚非惜幕间一足地不容刘也，然视其状有不足称者。诸公视某与刘分岂有间然哉？反为之惜其寿尔？"后不得已问先生所欲为，先生曰："司功椽甚闲，或可承阙。"相国由是椽之。虽居官曹，宾见与从事仪埒。后从事又曰："刘枣强纵不容在宾署，承乏于掾曹，诎矣。奚不疏整其秩？”相国不得已而表奏焉。诏下之日，先生不恙而卒。相国哀之恸曰：“果然止椽曹。然吾爱客，葬之有加等。”坟去襄阳郭五里，曰柳子关。后先生数十岁，日休始以鄙文称于襄阳。襄阳邑人刘永，高士也，尝述先生之道业，常咏先生之歌诗。且叹曰：“襄之人只知有孟浩然墓，不知有先生墓。恐百岁之后，埋灭而不闻，与荆棘凡骨溷。吾子之文，吾当刊焉。”日休曰：“存毁摭实，录之何愧？”呜呼！先生之官卑不称其德，宜加私谥。然枣强之号，世已美矣，故不加焉。是为刘枣强碑。铭曰：已夫先生，禄不厚矣。彼苍不诚，位既过于赵壹兮，才又逾于祢衡。既当时之有道兮，非殁世而无名。呜呼！襄阳之西，坟高三尺而不树者，其先生之故茔。

皮日休在碑文中提到《射鸭歌》今已不传，然从其现存诗歌来看，刘言史的诗歌亦有许多即席之作，可证其诗思敏捷。皮日休称刘言史的诗歌“雕金篆玉，牢奇笼怪，百锻为字，千练成句，虽不追躅太白，亦后来之佳作”，评价相当之高。检现存刘言史的部分作品，确实存在韩孟诗派追奇求怪的共同特点。如《观绳伎》云：“重肩接立三四层，著屐背行仍应节。两边丸剑渐相迎，侧身交步何轻盈。闪然欲落却收得，万人肉上寒毛生。危机险势无不有，倒挂纤腰学垂柳。”将寒食日艺人的绳伎表演描摹得惊险万分。又如《竹里梅》：

竹里梅花相并枝，梅花正放竹枝垂。风吹总向竹枝上，直是王家雪下时。

“王家雪下时”，是比拟之法。一是用《世说新语·任诞篇》记王徽之雪中访友事；二是用《晋书·王恭传》记王恭雪中乘高舆披鹤氅而行，若仙人事。松、竹、梅号称“岁寒三友”，这首诗里合写竹、梅“二友”。竹、梅并枝，梅放竹垂，并不稀奇。奇的是风吹之时，片片白梅吹到竹枝上，犹如雪花飘舞，真是既富诗情，又有画意。而“王家雪下”典故的妙用，更为之增色。再如《夜入简子古城》云：

远火荧荧聚寒鬼，绿焰欲销还复起。夜深风雪古城空，行客衣襟汗如水。

风雪古城，深夜魅影，鬼火曈曈，真是令人毛骨悚然。这样的诗歌，不是很容易让人联想起“诗鬼”李贺的作品吗？作为喜谈“牛鬼蛇神”的李贺，代表着韩孟诗派中求追幽僻冷寂的一种审美倾向。在这一点上，我们从刘言史身上发现了端倪。再联系皮日休《刘枣强碑》称言之作史“美丽恢赡，自贺外，世莫得比”，我们就会恍然大悟，明白为什么他会独独举出李贺和刘言史相比了。

但是从刘言史诗歌的总体情况来看，与其说他是开启李贺一派先河的诗人，还不如说他是由大历诗人向孟郊、贾岛等苦吟诗人的过渡人物。在他诗歌中，可以见到孟郊一样的苦寒之音。比如《放萤怨》：

放萤去，不须留，聚时年少今白头。架中科斗万馀卷，一字千回重照见。

青云杳渺不可亲，开囊欲放增馀怨。且逍遥，还酩酊，仲舒漫不窥园井。

那将寂寞老病身，更就微虫借光影。欲放时，泪沾裳。冲篱落，千点光。

在萤火散去的点点微光之中，青云直上的科举之梦彻底破灭了。老病之身的放达与貌似洒脱的逍遥酩酊，终也掩饰不了莫名的落寞。

另外，刘言史诗中字句的锤炼，意象的选择，都可以见出孟郊、贾岛一类诗人苦吟锻炼的痕迹。如“碧蹄声碎五门桥”（《春游曲》其二）“迸却颇梨义甲声”（《乐府杂词三首》其二）“孤帆瞥过荆州岸，认得瞿塘急浪声”（《送人随姊夫任云安令》），其中“碎”字、“迸”字、“瞥”字，都很见功力，明显是苦心锤炼的结果。

然而刘言史对字句的锤炼和对新奇意象的追求，并不是他诗歌风格的主要方面，他诗歌最大的特点应该是在短短的篇幅中表达含蓄不尽的韵致和怅惘的情愫。在这点上，刘言史的风格和大历诗人总体上非常相似。也正因为如此，他在韩孟诗派中的特点并不算十分突出。

卢殷（746～810），范阳人（今河北涿州），宋人避讳改作“卢隐”。他曾为登封尉，以病去官，元和五年贫病而死。韩愈为作墓志铭云：“君能为诗，自少至老，诗可传录者，在纸凡千余篇。”孟郊亦有《吊卢殷十首》，称述备至。《全唐诗》存诗13首。

卢殷现存13首诗歌的主要体式是五律、五绝和七绝。因为其现存篇什多为散佚之余，故已难窥其整体风貌。将他归入韩孟诗派的依据主要是因为韩愈、孟郊等人的诗文中对他的称述，孟郊《吊卢殷十首》云：“诗人多清峭，饿死抱空山”（其一）“河南韩先生，后君作因依”（其四）“可惜千首文，闪如一朝花”（其五）“戆叟老壮气，感之为忧云”（其六）“初识漆鬓发，争为新文章”、“吟哦无滓韵，言语多古肠”（其七）“有文死更香，无文生亦腥”（其十）。由孟郊以上的诗歌我们大体可以知道，卢殷与韩、孟友善，有诗歌千余篇，风格“清峭”、“争新”，可见卢殷的诗歌风格总体上应与韩孟接近，其《长安亲故》云：“楚兰不佩佩吴钩，带酒城头别旧游。年事已多筋力在，试将弓箭到并州。”骨力遒劲，也许就是孟郊所云“戆叟老壮气”之作。卢殷有一首托物言志的《晚蝉》，让我们触到了诗人的精神世界：“深藏高柳背斜晖，能轸孤愁减昔围。犹畏旅人头不白，再三移树带声飞。”但是这样的诗歌和韩孟诗派的主体风格相距还是很远的。

三、卢仝和刘叉

在韩孟诗派中，还有卢仝、马异、刘叉等诗人。他们在追求奇怪险僻的路上走得更远，表现得更为极端，卢仝曾自谓“近来爱作诗，新奇颇烦委。忽忽造古格，削尽俗绮靡”（《寄赠含曦上人》）。在某种层面上，正是这些诗人，将险怪诗派的艺术趣尚和追求发挥到了极致，使该派能够独树一帜。其中卢仝、刘叉等，都是河北籍诗人。

卢仝（775？～835年），号玉川子，祖籍范阳（今河北涿州市），迁居济源（今属河南）。早岁隐居，后寓洛阳，曾得韩愈接济，与孟郊友善。《唐才子传》称，在“甘露之变”中，卢仝适宿宰相王涯家，遂共罹难。今人姜光斗、顾启《卢仝罹甘露之祸说不可信》一文[①]，据贾岛《哭卢仝》诗云：“平生四十岁，惟著白布衣。”以及卢仝《与马异结交诗》：“天地日月如等闲，卢仝四十无往还。”等诗文推算，认为卢仝约卒于元和七、八年间（812～813年）。《全唐诗》收卢仝诗三卷，清人孙之騄有《玉川子诗集注》。

卢仝诗风惊奇险怪，人称“卢仝体”。卢仝以其非凡的笔法耸动视听，其《月蚀诗》堪称“卢仝体”的代表。诗云：

> 新天子即位五年，岁次庚寅，斗柄插子，律调黄钟。森森万木夜僵立，寒气赑屃顽无风。烂银盘从海底出，出来照我草屋东。天色绀滑凝不流，冰光交贯寒曈昽。初疑白莲花，浮出龙王宫。八月十五夜，比并不可双。此时怪事发，有物吞食来。轮如壮士斧斫坏，桂似雪山风拉摧。百炼镜，照见胆，平地埋寒灰。火龙珠，飞出脑，却入蚌蛤胎。摧环破璧眼看尽，当天一搭如煤炱。磨踪灭迹须臾间，便似万古不可开。不料至神物，有此大狼狈。星如撒沙出，争头事光大。奴婢炷暗灯，掩菼如玳瑁。今夜吐焰长如虹，孔隙千道射户外。
>
> 玉川子，涕泗下，中庭独自行。念此日月者，太阴太阳精。皇天要识物，日月乃化生。走天汲汲劳四体，与天作眼行光明。此眼不自保，天公行道何由行。吾见阴阳家有说，望日蚀月月光灭，朔月掩日日光缺。两眼不相攻，此说吾不容。又

① 《学林漫录》第七集，中华书局，1983年。

孔子师老子云，五色令人目盲。吾恐天似人，好色即丧明。幸且非春时，万物不娇荣。青山破瓦色，绿水冰峥嵘。花枯无女艳，鸟死沉歌声。顽冬何所好，偏使一目盲。传闻古老说，蚀月虾蟆精。径圆千里入汝腹，汝此痴骸阿谁生。可从海窟来，便解缘青冥。恐是眶睫间，掩塞所化成。黄帝有二目，帝舜重瞳明。二帝悬四目，四海生光辉。吾不遇二帝，滉漭不可知。何故瞳子上，坐受虫豸欺。长嗟白兔捣灵药，恰似有意防奸非。药成满臼不中度，委任白兔夫何为。忆昔尧为天，十日烧九州。金烁水银流，玉焬丹砂焦。六合烘为窑，尧心增百忧。帝见尧心忧，勃然发怒决洪流。立拟沃杀九日妖，天高日走沃不及，但见万国赤子々生鱼头。此时九御导九日，争持节幡麾幢旒。驾车六九五十四头蛟螭虬，掣电九火辀。汝若蚀开齱齵轮，御辔执索相爬钩，推荡轰訇入汝喉。红鳞焰鸟烧口快，翎鬣倒侧声酡邹。撑肠拄肚礧傀如山丘，自可饱死更不偷。不独填饥坑，亦解尧心忧。恨汝时当食，藏头擫脑不肯食。不当食，张唇哆觜食不休。食天之眼养逆命，安得上帝请汝刘。

呜呼，人养虎，被虎啮。天媚蟆，被蟆瞎。乃知恩非类，一一自作孽。吾见患眼人，必索良工诀。想天不异人，爱眼固应一。安得常娥氏，来习扁鹊术。手操舂喉戈，去此睛上物。其初犹朦胧，既久如抹漆。但恐功业成，便此不吐出。

玉川子又涕泗下，心祷再拜额榻砂土中，地上虮虱臣仝告愬帝天皇。臣心有铁一寸，可刳妖蟆痴肠。上天不为臣立梯磴，臣血肉身，无由飞上天，扬天光。封词付与小心风，颰排阊阖入紫宫。密迩玉几前擘坼，奏上臣仝顽愚胸。敢死横干天，代天谋其长。东方苍龙角，插戟尾捭风。当心开明堂。统领三百六十鳞虫，坐理东方宫。月蚀不救援，安用东方龙。南方火鸟赤泼血，项长尾短飞跋躠，头戴井冠高逵枅。月蚀鸟宫十三度，乌为居停主人不觉察，贪向何人家。行赤口毒舌，毒虫头上吃却月，不啄杀。虚眨鬼眼明，乌罪不可雪。西方攫虎立踦踦，斧为牙，凿为齿。偷牺牲，食封豕。大蟆一脔，固当软美。见似不见，是何道理。爪牙根天不念天，天若准拟错准拟。北方寒龟被蛇缚，藏头入壳如入狱。蛇筋束紧束破壳，寒龟夏鳖一种味。且当以其肉充臛，死壳没信处，唯堪支床脚，不堪钻灼与天卜。岁星主福德，官爵奉董秦。忍使黔娄生，覆尸无衣巾。天失眼不吊，岁星胡其仁。荧惑矍铄翁，执法大不中。月明无罪过，不纠蚀月虫。年年十月朝太微。支卢谪罚何灾凶。土星与土性相背，反养福德生祸害。到人头上死破败，今夜月蚀安可会。太白真将军，怒激锋铓生。恒州阵斩郦定进，项骨脆甚春蔓菁。天唯两眼失一眼，将军何处行天兵。辰星任廷尉，天律自主持。人命在盆底，固应乐见天盲时。天若不肯信，试唤皋陶鬼一问。一如今日，三台文昌宫，作上天纪纲。环天二十八宿，磊磊尚书郎。整顿排班行，剑握他人将。一四太阳侧，一四天市傍。操斧代大匠，两手不怕伤。弧矢引满反射人，天狼呀啄明煌煌。痴牛与骇女，不肯勤农桑。徒劳含淫思，旦夕遥相望。蚩尤簸旗弄旬朔，始捶天鼓鸣珰琅。枉矢能蛇行，眊目森森张。天狗下舐地，血流何滂滂。谲险万万党，架构何可当。眯目衅成就，害我光明王。请留北斗一星相北极，指麾万国悬中央。此外尽扫除，堆积如山冈，赎我父母光。当时常星没，殒雨如迸浆。似天会事发，叱喝诛奸强。何故中道废，自遗今日殃。善善又恶恶，郭公所以亡。愿天神圣心，无信他人忠。

玉川子词讫，风色紧格格。近月黑暗边，有似动剑戟。须臾痴蟆精，两吻自决坼。初露半个壁，渐吐满轮魄。众星尽原赦，一蟆独诛磔。腹肚忽脱落，依旧挂穹碧。光彩未苏来，惨澹一片白。奈何万里光，受此吞吐厄。再得见天眼，感荷天地力。或问玉川子，孔子修春秋。二百四十年，月蚀尽不收。今子咄咄词，颇合孔意不。玉川子笑答，或请听逗留。孔子父母鲁，讳鲁不讳周。书外书大恶，故月蚀不见收。予命唐天，口食唐土。唐礼过三，唐乐过五。小犹不说，大不可数。灾沴无有小大愈，安得引衰周，研核其可否。日分昼，月分夜，辨寒暑。一主刑，二主德，政乃举。孰为人面上，一目偏可去。愿天完两目，照下万方士，万古更不瞽，万万古，更不瞽，照万古。

这首诗近1700字，可以约略分为三大段：第一段写八月十五夜发生的一次月全食的情景，表现了诗人对异常天象的震惊；第二段主要写诗人认为月蚀是天眼被遮蔽所致，进而引申出宦官专擅，皇权旁落的政治寓意，意在提醒最高统治者。这一段中诗人极力驰骋笔力，将古代传说、文献典籍、佛经道书中有关天地日月的内容，铺排描摹，极尽渲染之能事；第三段写月蚀结束后诗人的感悟，希望月亮以后不要再遭受这样的灾厄，其意仍在告诫统治者要引以为戒，居安思危，谋求国家的长治久安之道。苏轼云："作诗狂怪，至卢仝、马异极矣。"（《诗人玉屑》卷十一引）这首诗从语言形式到内容风格都表现出狂怪至极的特色。从表现手法来看，这首诗体现出韩孟诗派"以文为诗"的特点。首先是句式的参差不齐，这是一首杂言体诗歌，诗句有三言、五言、六言、七言、九言，乃至十二言、十三言，可谓错落纷呈，完全打乱了传统诗歌的语言节奏，这对表现不羁的想象和诗人心中的震惊和不平都起到了较好的效果。其次，诗中长短不齐的句式又非常接近散文的句法，如诗歌的开头："新天子即位五年，岁次庚寅"，完全是以写散文的笔法写诗，可见诗歌的高度凝练在卢仝手中已经变成了汪洋恣肆、一泻千里，乃至平铺直叙，这都是对传统诗歌形式的刻意颠覆。最后，卢仝在诗歌内容上意在创造一种新的审美标准，将诗歌之美推向狂怪至极的地步，力图别造新境。所以宋人王观国评《月蚀诗》云："玉川子诗虽豪放，然太险怪，而不循诗家法度。"（《韩昌黎诗系年集释》引《学林新录》）

卢仝《与马异结交诗》也是和《月蚀诗》风格相似的作品，诗云：

天地日月如等闲，卢仝四十无往还。唯有一片心脾骨，巉岩崒硉兀郁律。刀剑为峰崿，平地放著高如昆仑山。天不容，地不受，日月不敢偷照耀。神农画八卦，凿破天心胸。女娲本是伏羲妇，恐天怒，捣炼五色石，引日月之针，五星之缕把天补。补了三日不肯归婿家，走向日中放老鸦。月里栽桂养虾蟆，天公发怒化龙蛇。此龙此蛇得死病，神农合药救死命。天怪神农党龙蛇，罚神农为牛头，令载元气车。不知药中有毒药，药杀元气天不觉。尔来天地不神圣，日月之光无正定。不知元气元不死，忽闻空中唤马异。马异若不是祥瑞，空中敢道不容易。

昨日仝不仝，异自异，是谓大仝而小异。今日仝自仝，异不异，是谓仝不往兮异不至，直当中兮动天地。白玉璞里斫出相思心，黄金矿里铸出相思泪。忽闻空中崩崖倒谷声，绝胜明珠千万斛，买得西施南威一双婢。此婢娇饶恼杀人，凝脂为肤翡翠裙，唯解画眉朱点唇。自从获得君，敲金摐玉凌浮云。却返顾，一双婢子何足云。

平生结交若少人，忆君眼前如见君。青云欲开白日没，天眼不见此奇骨。此骨纵横奇又奇，千岁万岁枯松枝。半折半残压山谷，盘根蹙节成蛟螭。忽雷霹雳卒风暴雨撼不动，欲动不动千变万化总是鳞皴皮。此奇怪物不可欺。卢仝见马异文章，酌得马异胸中事。风姿骨本恰如此，是不是，寄一字。

此诗也是极尽铺排之能事。先说自己的性情"天不容，地不受"，又插入神农、女娲的神话传说，引出马异之奇。然后谓二人脾性相投，故相思入骨。后用"西施、南威"二美人，反衬出对马异的倾慕之情。最后说“平生结交若少人，忆君眼前如见君”，极赞马异文章的风骨凛然，故引为同调。

卢仝诗歌中的庄调多于谐体，但庄调中亦多蕴涵奇险，如《逢郑三游山》云：

> 相逢之处花茸茸，石壁攒峰千万重。他日期君何处好？寒流石上一株松。

诗题为《喜逢郑三游山》，写游山逢友人的喜悦之情。前两句以“花茸茸”与峰万重对举，近景与远景兼具，且紧扣“游山”，既写景又寄情，语境奇险；后两句期与友人再会，用语直白，而平淡处亦可见想象之奇特，在对仗方面则表现为流水对，“寒流石上一株松”又与“石壁攒峰千万重”隔句成为妙对。

通过以上卢仝诗歌可见，卢仝的诗歌已经从韩愈“以文为诗”进一步发展到混淆诗、文界限的境界，再加上超乎寻常的铺排、想象与夸张，使得像《月蚀诗》这类的诗歌，在后人手里究竟该分为诗或文的哪一类都成了问题。姜剑云认为：“假如说孟郊怪奇在‘词’，韩愈怪奇在‘势’，那么说卢仝怪奇在‘体’也就毫无疑问了。”[①] 辛文房在《唐才子传》卷五中评价卢仝诗歌云：“唐诗体无遗，而仝之所作特异，自成一家。语尚奇谲，读者难解，识者易知。后来仿效比拟，遂为一格宗师。”他指出由于卢仝体的特异，使得他成为一代宗师，这充分显示出后人对卢仝一流诗人求新求变精神的认可。不过追求“奇谲”如果走到极端，难免会产生过犹不及的问题，这种流弊也是卢仝体显而易见的毛病。

险怪诗派中的刘叉也是河北籍诗人。刘叉，有人将其名误作刘乂、刘义。生卒年不详，河朔（今属河北）人，或因其自号彭城子，误为彭城（今江苏徐州）人。家贫，尚侠义，因醉酒杀人而亡命，遇赦后流浪

① 姜剑云：《审美的游离——论唐代怪奇诗派》，东方出版社，2002年10月，第105页。

齐鲁间，始读书。负才不羁，为诗多愤俗之语，雄壮狂谲，自成一家。出于韩愈门下，与孟郊友善。《全唐诗》收诗1卷，《全唐诗补编》补2首又2句。

刘叉性格奇特豪爽，如《新唐书·韩愈传》云：

> 刘义（即刘叉）者，亦一节士。少放肆为侠行，因酒杀人亡命。会赦，出，更折节读书，能为歌诗。然恃故时所负，不能俯仰贵人，常穿屐、破衣。闻愈接天下士，步归之，作《冰柱》、《雪车》二诗，出卢仝、孟郊右。樊宗师见，为独拜。能面道人短长，其服义则又弥缝若亲属然。后以争语不能下宾客，因持愈金数斤去，曰："此谀墓中人得耳，不若与刘君为寿。"愈不能止，归齐、鲁，不知所终。

杀人亡命、与人争执不下、怒夺韩愈润笔费等，都体现了刘叉的豪爽性格。文中提到"出卢仝、孟郊右"的《冰柱》、《雪车》二诗，是刘叉的代表作。《冰柱》诗云：

> 师干久不息，农为兵兮民重嗟。骚然县宇，土崩水溃。畹中无熟谷，垄上无桑麻。王春判序，百卉茁甲含葩。有客避兵奔游僻，跋履险厄至三巴。貂裘蒙茸已敝缕，鬓发蓬舥。雀惊鼠伏，宁遑安处。独卧旅舍无好梦，更堪走风沙。天人一夜剪瑛琭，诘旦都成六出花。南亩未盈尺，纤片乱舞空纷拏。旋落旋逐朝暾化，檐间冰柱若削出交加。或低或昂，小大莹洁，随势无等差。始疑玉龙下界来人世，齐向茅檐布爪牙。又疑汉高帝，西方未斩蛇。人不识，谁为当风杖莫邪。铿镗冰有韵，的皪玉无瑕。不为四时雨，徒于道路成泥柤。不为九江浪，徒为汩没天之涯。不为双井水，满瓯泛泛烹春茶。不为中山浆，清新馥鼻盈百车。不为池与沼，养鱼种芰成霪霪。不为醴泉与甘露，使名异瑞世俗夸。特禀朝澈气，洁然自许靡间其迩遐。森

然气结一千里，滴沥声沈十万家。明也虽小，暗之大不可遮。勿被曲瓦，直下不能抑群邪。奈何时逼，不得时在我目中，倏然漂去无馀些。自是成毁任天理，天于此物岂宜有忒赊。反令井蛙壁虫变容易，背人缩首竞呀呀。我愿天子回造化，藏之韫椟玩之生光华。

《雪车》诗云：

腊令凝绨三十日，缤纷密雪一复一。孰云润泽在枯荄，阛阓饿民冻欲死。死中犹被豺狼食，官车初还城垒未完备。人家千里无烟火，鸡犬何太怨。天下恤吾氓，如何连夜瑶花乱。皎洁既同君子节，沾濡多著小人面。寒锁侯门见客稀，色迷塞路行商断。小小细细如尘间，轻轻缓缓成朴簌。官家不知民馁寒，尽驱牛车盈道载屑玉。载载欲何之，秘藏深宫以御炎酷。徒能自卫九重间，岂信车辙血，点点尽是农夫哭。刀兵残丧后，满野谁为载白骨。远戍久乏粮，太仓谁为运红粟。戎夫尚逆命，扁箱鹿角谁为敌。士夫困征讨，买花载酒谁为适。天子端然少旁求，股肱耳目皆奸慝。依违用事佞上方，犹驱饿民运造化防暑厄。吾闻躬耕南亩舜之圣，为民吞蝗唐之德。未闻孽苦苍生，相群相党上下为蝥贼。庙堂食禄不自惭，我为斯民叹息还叹息。

二诗借咏隆冬的冰柱和雪车，大声疾呼，抨击黑暗的现实，鞭挞邪恶势力，呼吁皇帝忧念苍生，重用贤才，解民倒悬，重致太平，代表了刘叉放纵不羁、不拘一格的诗风。从形式上看，二诗句式长短不齐，整散结合，奇偶相生，而且善押险韵，多用僻字。排比和反问等手法的运用也增强了诗歌的感染力。苏轼称赏道："老病自嗟诗力退，寒吟《冰柱》忆刘叉。"（《雪后书北台壁二首》）读后我们感觉到和卢仝体非常相似，但是刘叉这样诗歌中的散文化倾向并没有走到卢仝那样极端的程度，还保持了诗歌的韵律特征。

另外，刘叉的一首《偶书》写得最有声色："日出扶桑一丈高，人间万事细如毛。野夫怒见不平处，磨损胸中万古刀。"在人间最灿烂的阳光照射之下，自称野夫的诗人，见到人间的种种不平，不禁厉声发出怒吼，要用胸中那把正义之刀将之铲除殆尽，而利刃竟终被磨损。此诗将诗人面对丑恶现实怒不可遏、须发尽张的强烈感情表现无疑，这和他怒夺韩愈案上润笔费的性格非常相似，让人想见诗人慷慨豪侠的燕赵侠风。刘叉曾自称"酒肠宽似海，诗胆大于天。"（《自问》）这就是他在创作上秉承的宗旨。正是因为具备了非凡的"诗胆"，他才能够充分发挥主观创造性，悖逆常规，异想天开。也只有这样，才能创造出和卢仝、孟郊等人差肩的怪奇诗风。

总之，刘叉作为韩孟诗派的中坚成员，对其怪奇诗风的发展起到推波助澜的作用；又因为其豪放的个性和怪癖的行为，为险怪诗派进一步扩大了影响。

第四节　雅正诗派中的河北籍诗人

在中唐时代，韩孟诗派和元白诗派占据了诗坛的主流。而以白居易、元稹为首的元白诗派是中唐另一影响深远的流派，该派以重写实、尚通俗为特征，强调诗歌必须写得真实可信，语言上又浅显易懂，主要成员还有张籍、王建等诗人。但是在元白诗派中，河北籍诗人取得的成就并不显著。姜剑云指出，与韩孟、元白诗派同时，还有一个诗人群体既不尚"俗"也不尚"怪"，而是以"雅正"相尚的雅正诗派。[①] 这个诗派与韩孟诗派和元白诗派共同构成了中唐诗坛的三大阵营，权德舆、武元衡、杨巨源、裴度、张仲素、王涯、令狐楚是其代表，而张仲素就是我们要重点介绍的河北籍诗人。

---

① 姜剑云：《审美的游离——论唐代怪奇诗派》，东方出版社，2002年10月，第61页。

一、张仲素

张仲素（769？～819年），字绘之，河间（今属河北）人。贞元十四年（798年）进士，历官礼部员外郎、礼部郎中、中书舍人等职。仲素工诗、能文、善赋，其《燕子楼诗三首》，咏张愔爱妾关盼盼，为时传诵，白居易曾有和诗。其乐府诗与元和间同为中书舍人的王涯、令狐楚所作乐府被编为《三舍人集》，今存。《全唐诗》编其诗为一卷，《全唐诗补编·续拾》补诗2句。

《燕子楼诗三首》是张仲素最为时人传诵的作品，诗云：

楼上残灯伴晓霜，独眠人起合欢床。相思一夜情多少，地角天涯不是长。

北邙松柏锁愁烟，燕子楼人思悄然。自埋剑履歌尘散，红袖香消已十年。

适看鸿雁岳阳回，又睹玄禽逼社来。瑶瑟玉箫无意绪，任从蛛网任从灰。

白居易和诗云：

满床明月满帘霜，被冷灯残拂卧床。燕子楼中霜月夜，秋来只为一人长。

钿晕罗衫色似烟，几回欲著即潸然。自从不舞霓裳曲，叠在空箱十一年。

今春有客洛阳回，曾到尚书墓上来。见说白杨堪作柱，争教红粉不成灰？

燕子楼的故事及两人作诗的缘由，见于白居易诗的小序。其文云：

徐州故张尚书有爱妓曰盼盼，善歌舞，雅多风态。余为校书郎时，游徐、泗间。张尚书宴余，酒酣，出盼盼以佐欢，欢甚。余因赠诗云："醉娇胜不得，风袅牡丹花。"一欢而去，尔后绝不相闻，迨兹仅一纪矣。昨日，司勋员外郎张仲素绘之访余，因吟新诗，有《燕子楼》三首，词甚婉丽，诘其由，为盼盼作也。绘之从事武宁军（唐代地方军区之一，治徐州）累年，颇知盼盼始末。云："尚书既殁，归葬东洛，而彭城（即徐州）有张氏旧第，第中有小楼名燕子。盼盼念旧爱而不嫁，居是楼十余年，幽独块然，于今尚在。"余爱绘之新咏，感彭城旧游，因同其题，作三绝句。

这两组诗遵循了最严格的唱和方式，诗的题材主题、诗体、用韵乃至押韵各字的先后次序都是相同的。张仲素的原作是代盼盼抒发她"念旧爱而不嫁"的生活和感情，白居易的继和则是抒发了他对于盼盼这种生活和感情的同情和爱重以及对于今昔盛衰的感叹。一唱一和，配合得可谓天衣无缝。

张仲素最善于运用乐府的形式描写女性，代表作有《春闺思》、《秋夜曲》、《玉绳低建章》、《宫中乐五首》、《陇上行》、《秋思赠远》、《秋思二首》、《上元日听太清宫步虚》等，其中以《春闺思》和《秋夜曲》最为著名。《春闺思》云："袅袅城边柳，青青陌上桑。提笼忘采叶，昨夜梦渔阳。"这首诗明显是从《诗经·周南·卷耳》"采采卷耳，不盈倾筐。嗟我怀人，置彼周行"诗句化出的。三、四句写陌上采桑女子的思绪不知不觉间从袅袅杨柳、青青桑叶之间飘向梦中人所在的渔阳。第四句"昨夜梦渔阳"补出"忘采叶"的真正原因，同时也点明了本诗的主题。"渔阳"是亲人所去之地，关河万里，只有梦中才能前往。昨夜梦中相见，悲喜交集的情景，至今仍萦绕在脑际，真是"此情无计可消除，才下眉头，又上心头"。《秋夜曲》云："丁丁漏水夜何长，漫漫轻云露月光。秋逼暗虫通夕响，征衣未寄莫飞霜。"单调的漏声伴随着漫漫长夜，轻云缓缓移动月光了洒落银光，深秋之夜秋虫整夜的鸣叫，丈夫的征衣还没有寄出，于是心中祷念：老天爷请你再容我些时日，可千万别下寒霜。全诗以特有的轻柔笔调，为我们描绘了清凉之夜里赶制寒衣的女性温柔细腻的感情，在她多情的祈愿中，对征人的关切表达得曲折生动。对女性情感的细腻把握和深切同情，使得张仲素表达这类题材得心应手，《秋思二首》也是这样的成功之作：

碧窗斜日蔼深晖，愁听寒螿泪湿衣。梦里分明见关塞，不知何路向金微。

秋天一夜静无云，断续鸿声到晓闻。欲寄征衣问消息，居延城外又移军。

诗中提到的金微，即金微山，在今新疆北部及蒙古境内的阿尔泰山。“梦里分明见关塞，不知何路向金微”写思妇梦见了关塞，心中惊喜，急欲和丈夫团聚，但征路茫茫，不知如何抵达，万千欢喜，转瞬成空，将闺情写得语近情遥，曲尽衷肠。此外，张仲素的六言诗《山寺秋霁》，景物描写分明如画，给人的印象也相当深刻。诗云：“水落溪流浅浅，寺秋山霭苍苍。树色犹恋残雨，钟声远带斜阳。”这首诗写山寺黄昏秋雨初晴时的迷濛景象。第三句以拟人手法写雨后山树的湿润，饶有情致，第四句斜阳、钟声的意境，空灵悠远，给人以余音袅袅、余味深长之感。

张仲素除了最为擅长的闺怨之作外，还有歌功颂德之作以及边塞诗等内容。张仲素是一位御用文人，有相当一部分诗歌属于歌功颂德之作。如《圣明乐》：“九陌祥烟合，千春瑞月明。宫花将苑柳，先发凤凰城。”《太平词》：“圣德超千古，皇威静四方。苍生今息战，无事觉时良。”《献寿词》：“玉帛殊方至，歌钟比屋闻。华夷今一贯，同贺圣朝君。”《思君恩》：“紫禁香如雾，青天月似霜。云韶何处奏，只是在朝阳。”我们看到，无论是对国家祥和太平的描绘，还是对君主寿宴盛大场景的描写，诗人都盛赞了国家的繁荣安定，热情歌颂了国家太平、天下一心，表达了诗人对太平盛世的渴望和对圣明君主的崇敬与期盼。

张仲素还写了不少边塞诗，如《塞上曲》：“卷旆生风喜气新，早持龙节静边尘。汉家天子图麟阁，身是当今第一人。”写君主御驾亲征，巩固边疆的豪情壮志。再如《塞下曲五首》：

三戍渔阳再渡辽，骍弓在臂剑横腰。匈奴似若知名姓，休傍阴山更射雕。

猎马千行雁几双，燕然山下碧油幢。传声漠北单于破，火照旌旗夜受降。

朔雪飘飘开雁门，平沙历乱卷蓬根。功名耻计擒生数，直斩楼兰报国恩。

陇水潺湲陇树秋，征人到此泪双流。乡关万里无因见，西戍河源早晚休。

阴碛茫茫塞草肥，桔槔烽上暮云飞。交河北望天连海，苏武曾将汉节归。

组诗突出表现了将士们的报国豪情和英雄气概，边疆战士们不破楼兰誓不还的昂扬情怀被刻画得细致入微。另外，诗人还关心边关将士的内心世界，对他们对家乡的深深思念之情寄予了深切的同情。所以胡应麟在《诗薮》评云："江宁（王昌龄）之后，张仲素得其遗响，《秋闺》、《塞下》诸曲俱工。"

张仲素的诗歌无论是从内容还是形式上，都反映出他中和雅正的审美观。从内容上说，其《绘事后素赋》曰：

质不胜文，孰谓何先何后；白能受采，有以颠之倒之。胡未至而取诮，岂卒获而能欺。不有分布，孰为文采。恒起予于后进，润色斯成；苟弃我于已前，人文焉在。

张仲素认为质必须胜文，但反过来质也需要文的润饰，这其实就是儒家"文质彬彬"的观点。张仲素将这种观点渗透到诗歌的创作之中，因此其诗歌的思想内容都符合俗不伤雅、乐而不淫的闲雅情志，表现了儒家"温柔敦厚"的审美理想。从形式而言，张仲素十分注重诗歌的形式美，对诗歌辞采韵律十分讲究。《全唐诗话》卷三载，宪宗以张仲素为翰林学士，韦贯之谏阻道：“学士所以备顾问，不宜专取词艺。”可见张仲素的对“词艺”的专擅，在当时是蜚声朝野的。其现存诗歌全部都是格律诗，多用双声叠韵，故诗歌音节铿锵，辛文房《唐才子传》卷五称其诗歌“法度严确”，“尤精乐府，往往和在宫商，古人有未能虑者”。因此张仲素“中和雅正”的诗歌才在中唐诗坛独具魅力，他亦成为雅正诗派中成就和影响较为突出的一位诗人。

张仲素擅长写赋，李肇《翰林志》云：“兴元元年敕：翰林学士朝服序班，宜准诸司官知制诰例。凡初迁者，中书门下召令右银台门候旨，其日入院试制书答共三首，诗一首。自张仲素后，加赋一首。”赵璘《因话录》卷三《商部下》云：“（元和以来）李相国程、王仆射起、白少傅居易兄弟、张舍人仲素，为场中词赋之最，言程式者，宗此五人。”可见张仲素科举考试中所作的诗赋，特别是赋作，已经成为当时士子们学习的榜样。张仲素对赋体素有研究，曾经撰有《赋枢》三卷，对赋体的创作进行专门论述，辛文房《唐才子传》中称该书“今传”，可见元初《赋枢》一书尚传，后来便散佚了。《全唐文》卷六四四录存张仲素文27篇，其中19篇为赋作。除了《管中窥天赋》、《玉磬赋》2篇之外，其余17篇题下都标有押韵的限制，如《黄雀报白环赋》，题下注明“以‘灵禽感德，报以白环’为韵”，这些赋作极有可能就是科场中士子引为程式的应试之作。

二、崔玄亮

崔玄亮（768～833年），字晦叔，磁州滏阳（今河北磁县）人，郡望博陵（今河北安平），因好诗、琴、酒，自号“三癖翁”。贞元十一年（795年），与元、白同登进士第，后又中书判拔萃科。宪宗时，历任监察御史、驾部员外郎、洛阳令等职，后历密、歙、湖三州刺史，多有善政。太和中，入为秘书少监、谏议大夫、太子宾客分司东都，官终虢州刺史。与白居易、元稹唱和颇多，有《三州倡和集》，已佚，《全唐诗》

存诗2首。

崔玄亮一生居官显赫，和张仲素的经历颇为相似。崔玄亮以太子宾客分司东都时，作七律《和白乐天》云：

病余归到洛阳头，拭目开眉见白侯。凤诏恐君今岁去，龙门欠我旧时游。

几人樽下同歌咏，数盏灯前共献酬。相对忆刘刘在远，寒宵耿耿梦长洲。

诗歌描绘元和时期诗坛盟主同游共咏的场面，晓畅通俗，故亦可目为元白诗派的羽翼，惜其诗作多已不传，使后人难窥大概。现存崔玄亮另外一首诗竟是其绝命之作《临终诗》：

暂荣暂悴石敲火，即空即色眼生花。许时为客今归去，大历元年是我家。

弥留的诗人在瞬间回忆了自己的一生，他感觉生命消亡之迅速如电光石火一般，让人不可捉摸，不免产生浮生若寄的深沉喟叹。诗人生于大历三年，而诗的最后一句称“大历元年是我家”，真是耐人寻味，颇有悟道的意味，很容易让人想起初唐白话诗人王梵志的《道情诗》：“我昔未生时，冥冥无所知。天公强生我，生我复何为？无衣使我寒，无食使我饥。还你天公我，还我未生时。”二诗一雅一俗，相映成趣。

第五节　韩愈和古文运动

一、古文运动的历史由来

中唐时期，韩愈等人提倡的“古文”是针对当时文坛上占据统治地位的骈文而言的。魏晋以来，骈文逐渐兴盛起来，到了齐梁时代，骈文已经占据了统治地位，到唐代以后仍继续发展。应该说骈文的发展大大丰富了散文的艺术表现技巧和形式美，然而随着骈文这种形式的迅猛发展，其本身存在的多种弊端越来越多地表现出来，特别是骈文片面追求辞藻、声律、用典和对偶，严重束缚了作者思想的顺畅表达。许多骈文存在着绮艳浮靡、僵化死板、艰深晦涩的弊病，如此一来，文章的抒情、叙事、说理等多种功能都受到极大的制约。这些弊端表露之初，有识之士的批判就已经开始了。比如西魏文帝时的宇文泰、苏绰和隋初的隋文帝、李谔，都提出过文体复古的主张，但成效和影响都不大。初唐的陈子昂可以说是古文运动的先驱，他的文章开始廓除骈文的绮艳浮靡之风，在形式上化骈为散，骈散相间，文意畅达易晓，质朴平实，开文章改革的风气之先。其后萧颖士、独孤及、李华、元结等人继续承继了陈子昂的文体革新主张，在文体革新理论探索和创作实践上进一步探索，为古文运动的最终胜利作了充分的准备。在他们之后，又有柳冕、梁肃、权德舆、欧阳詹、李观等古文作家继起，为古文运动推波助澜。他们的理论和创作，使古文运动进入了成熟与兴盛时期。等到中唐的韩愈、柳宗元登上文坛时，开始大力提倡"古文"创作，反对骈体文的浮艳文风，振臂一呼，应者云集，使得古文创作形成了一场轰轰烈烈的文学潮流。《旧唐书·韩愈传》说："大历、贞元之间，文字多尚古学，效扬雄、董仲舒之述作，而独孤及、梁肃最称渊奥，儒林推重。愈从其徒游，锐意钻仰，欲自振于一代。"韩愈"奋不顾流俗，犯笑侮，收召后学"（柳宗元《答韦中立论师道书》），不断壮大了古文运动的队伍。韩愈的学生李翱、皇甫湜、李汉等人，又转相传授，推动了古文运动的深入开展并取得了最终的胜利。以韩、柳为首的古文运动的胜利，树立了一种摆脱陈言俗套，自由抒写的新文风，大大提高了散文的抒情、叙事、议论、讽刺的艺术功能。

二、韩愈的古文革新主张

（一）文道合一

韩愈在古文运动中最突出的主张是重新建立儒家的道统，越过西汉以后的经学而复归孔孟。他以孔孟之道的继承者和捍卫者自居，声言："使其道由愈而粗传，虽灭死而万万无恨。"（《与孟尚书书》）他说自己学习和写作古文的目的，是为了学习古"道"，即孔孟之道。其云"修其辞以明其道"（《争臣论》），"愈之为古文，岂独取其句读不类于今者邪？思古人而不得见，学古道则欲兼通其辞。通其辞者，本志乎古道者也"（《题欧阳生哀辞后》），"然愈之所志于古者，不惟其辞之好，好其道焉耳"（《答李秀才书》），他说："吾所谓道也，非尔所谓老与佛之道也。尧以是传之舜，舜以是传之禹，禹以是传之汤，汤以是传之文、武、周公，文、武、周公传之孔子，孔子传之孟轲，轲之死，不得其传也。"（《原道》）足见韩愈的"道"指的是儒家之道，他是以儒家思想的复兴者来自命的："寻堕绪之茫茫，独旁搜而远绍，障百川而东之，挽狂澜于既倒，先生之于儒，可谓有劳矣。"（《进学解》）其主要目的，除了致力于建立儒家道统外，便是用"道"来充实文的内容，使文成为参与现实政治强有力的舆论工具。道是内容，文是形式，文与道，或文统与道统有机结合，文章才具有充实的内容和现实的意义。因而，文道合一，是韩愈古文的基本主张。柳宗元也同样倡导"文者以明道"，强调作家的道德修养，但在学习对象和方法上，他比韩愈更宽泛、灵活。

（二）革新文体，建立新的文学语言

反对骈文，并在三代两汉文章的基础上创立新的散文，这是韩、柳文体革新的主旨。文体的革新，关键在于文学语言的创新。韩柳力求创立一种新的文学语言，其标准主要包括两个方面：一是陈言务去，言必己出。韩愈认为，为文宜"自树立，不因循"，贵在创新，其《答刘正夫书》云：

> 夫百物朝夕所见者，人皆不注视也。及睹其异者，则共观而言之。夫文岂异于是乎？汉朝人莫不能文，独司马相如、太

史公、刘向、杨雄为之最。然则用功深者其收名也远。若皆与世浮沉，不自树立，虽不为当世所怪，亦必无后世之传也。若圣人之道，不用文则已，用必尚其能者。能者非他，能自树立、不因循是也。

韩愈指出，圣贤文章之最可贵者，即在于它的独创性。这种文章固然会为世所怪，但惟其如此，才能传于后世。韩愈认为学习古文辞应“师其意不师其辞”，“若皆与世浮沉，不自树立，虽不为当时所怪，亦必无后世之传也”。另外他指还出：“惟古于词必己出，降而不能乃剽贼。”（《南阳樊绍述墓志铭》）在《答李翊书》中，韩愈明确提出了“陈言务去”的主张，反对因袭，而力主创新。但是他也注意到在实际创作中，这种语言上的创新是要经历一个过程的。人们在刚开始学习古人时，虽欲力去“陈言”，却感到“戛戛乎其难哉”；接下来渐有心得，对古书有所去取，“当其取于心而注于手也，汩汩然来矣”；如此坚持下去，对古人之言“迎而距之，平心而察之”，最后才能达到随心所欲、“浩乎其沛然”的自由境界。韩愈本人的散文正是遵循这样的理论主张，不断进行创新和开拓，所以《新唐书》本传评韩文：“尽刊陈言，横骛别驱”，“卓然树立，成一家言”，“造端置辞，要为不袭蹈前人者。”古文运动的第二方面要求是文从字顺，符合自然的语法规范。韩愈强调“文从字顺各识职，有欲求之此其躅。”（《南阳樊诏述墓志铭》），所谓“文从字顺”，就是文章表达要清楚，行文要自然妥帖，即古文的写作要符合自然的语法规范。“文从字顺”说起来似乎很简单，真正做起来就不容易了。为了做到这一点，韩愈在其文章中尽量吸收骈文和散文的全部优点，根据文章内容的要求，能骈则骈，能散则散，骈散结合，由此造成文章长短错落、音调铿锵的声情效果，以期顺畅地表达文意，用韩愈的话说，就是“引物连类，穷情尽变，宫商相宣，金石谐和”（《送权秀才序》）。可见韩愈并不一味地排斥骈文，而是吸收了骈文中形式美的合理要素，创制了一种骈散结合的新型古文。

从韩愈文章创作的主要倾向来看，力求创新，求奇尚怪的一面最为突出。柳宗元曾这样谈自己阅读韩愈文章的感受：“索而读之，若捕龙蛇、搏虎豹，急与之角，而力不得暇，信乎韩子之怪于文也。”（《读韩愈所著毛颖传后题》）孙樵也说过，读韩愈文章“如赤手捕长蛇，不施鞚控骑生马，急不得暇，莫可捉搦。又似远人入太兴城，茫然自失”（《与王霖秀才书》），可见在时人眼中韩文是以奇险著称的。

三、韩愈散文的内容和成就

韩愈的散文，内容丰富，形式也多种多样。论说文在韩愈散文中占有重要的地位，其内容涉及社会、政治、经济、哲学思想等各个方面。《原道》、《原毁》等文，气势充沛，结构严谨，富有逻辑。《原道》是宣传儒家之道、排斥佛道二教的代表作，他指出佛教“弃而君臣，去而父子，禁而相生养之道，以求其所谓清净寂灭者”，直接动摇了社会的根本，严重破坏了社会的生产。韩愈引用《礼记·大学》云：“古之欲明明德于天下者，先治其国；欲治其国者，先齐其家；欲齐其家者，先修其身；欲修其身者，先正其心；欲正其心者，先诚其意。”韩愈将儒家经典的思想创造性地发挥改进，强调“所谓正心诚意者，将以有为也”，即为学的目的，应该是为了有利于国家的，借以反驳佛教学说。韩愈还针对佛教徒宣称的“孔子，吾师之弟子”之谬论，提出一个儒家的道统：尧、舜、禹、汤、文、武、周公、孔子、孟轲、荀子、扬雄，从而粉碎了佛家的谣言。总之，文章如抽丝剥笋般层层递进，气势逼人，因具有极强的说服力而深入人心。

韩愈嘲讽现实、文笔犀利的短小“杂文”，也都具有鲜明而又强烈的现实意义，其中《师说》、《杂说四·说马》、《获麟解》等篇最有代表性。《师说》针对当时士大夫耻于相师的不良风气，首先提出“古之学者必有师”的中心论点，接着层层深入，借用古今、幼长、“巫医、乐师、百工之人”与上层士大夫等多方位的对比，从正反两方面申说“必有师”的道理，提出了自己的师道思想：“是故无贵无贱，无长无少，道之所存，师之所存也。”打破封建思想的束缚，在当时起到了振聋发聩的作用。《杂说四·说马》云：

> 世有伯乐，然后有千里马。千里马常有，而伯乐不常有，故虽有名马，只辱于奴隶之手，骈死于槽枥之间，不以千里称也。马之千里者，一食或尽粟一石。食马者不知其能千里而食也，是马也，虽有千里之能，食不饱，力不足，才美不外见，且欲与常马等不可得，安求其能千里也。策之不以其道，食之不能尽其材，鸣之而不能通其意，执策而临之曰：“天下无马！”呜呼！其真无马邪？其真不知马也！

韩愈用识马的道理生动地表明识别人才的重要，极短的篇幅中包含了自己怀才不遇的感慨和穷愁寂寞的叹息。

韩愈的叙事文如《张中丞传后叙》、《毛颖传》、《石鼎联句诗序》等，叙事中或加渲染，或杂谐谑，也写得很生动传神。像《张中丞传后序》写南霁云向贺兰进明求援，而贺兰进明坐观成败，按兵不动，反而设宴以笼络南霁云，这时，韩愈以浓墨重彩写道：“霁云慷慨语曰：‘云来时，睢阳之人不食月余日矣，云虽欲独食，义不忍；虽食，且不下咽。’因拔所佩刀断一指，血淋漓，以示贺兰，一座大惊，皆感激为之泣下。”当南霁云得知贺兰进明根本无意出兵相救后，毅然离去。文章这样写他临行前的义愤：“将出城，抽矢射佛寺浮图，矢着其上砖半箭，曰：‘吾归破贼，必灭贺兰，此矢所以志也。’”这些描写刻画了南霁云忠勇坚贞的品格，把南霁云刚烈的个性也凸现出来，给后代读者留下了深刻的印象。

在韩愈的散文中，悼念其侄韩老成的《祭十二郎文》尤其具有浓厚的抒情色彩。哀吊之文前人多用骈体或四言韵文写作，形式板滞枯燥。而韩愈这篇《祭十二郎文》完全抛弃了祭文的传统格式，全用散体口语写成。全文以向死者诉说的口吻写成，哀家族之凋落，哀自身之未老而衰，哀死者之早夭，疑天理，疑神明，疑生死之数乃至疑后嗣之成立，极写内心之辛酸悲恸；中间一段写初闻噩耗时将信将疑、不甘相信又不得不信的心理，尤其哀切动人。文章语意反复而一气贯注，最能体现在特定情景下散体文相对于骈体文的长处。

总之，韩愈的散文，气势充沛，雄奇奔放，纵横变化而又流畅明快，具有多样的艺术风格。苏洵说："韩子之文，如长江大河，浑浩流转，鱼鼋蛟龙，万怪惶惑，而抑遏蔽掩，不使自露。而人自见其渊然之光、苍然之色，亦自避畏，不敢迫视。"（《上欧阳内翰书》）很能形容出韩愈散文的主体风貌。后人对韩愈评价颇高，尊他为"唐宋八大家"之首。杜牧把韩文与杜诗并列，称为"杜诗韩笔"（《读韩杜集》）；苏轼称他"文起八代之衰，而道济天下之溺"（《潮州韩文公庙碑》），可见韩愈散文在后代所产生的巨大影响。

第六节　中唐时期的其他诗人

在中唐的诗坛上，除了韩孟诗派、元白诗派以及雅正诗派之外，还有一些河北诗人游离于这些集团之外，其中有些诗人值得我们关注。

一、崔元翰

崔元翰（729～795年），名鹏，以字行，博陵（今河北安平）人。建中二年（781年）状元及第，后又连中博学宏词科、贤良方正、能言直谏科。历任校书郎、节度从事、太常博士、礼部员外郎、知制诰、比部郎中等。新旧《唐书》均有传。文章为时所称。《全唐诗》存诗7首。

现存崔元翰诗歌多是奉和皇帝之作，雍容华贵，四平八稳。当然在颂圣的同时，他还忘不了给皇帝讲些治国安邦的大道理。比如《杂言奉和圣制至承光院见自生藤感其得地因以成咏应制》诗中，由看到承光院中生长的一株野藤，联想到在野隐居的贤人，说"圣心对此应有感，隐迹如斯谁复知?”这样一来当然达到了“曲终奏雅”的目的,可是也严重削弱了诗歌的形象性。倒是小诗《雨中对后檐丛竹》写得活泼潇洒,分明如画:“含风摇砚水,带雨拂墙衣。乍似秋江上,渔家半掩扉。”崔元翰在奉和圣制的诗歌中,其实也有少数写景之句值得称道,如“风吹从上苑,龙宫连外城。花鬘列后殿,云车驻前庭。松竹含新秋,轩窗有馀清”(《奉和圣制中元日题奉敬寺》)“风轻水初绿,日迟花更新”(《奉和圣制三日书怀因以示百寮》)。可见以清新的笔法写景状物,对崔元翰来说是非常拿手的本领。然而在更多的时候,他却多用生动的景物描写来衬托皇家的巍峨气象,或者将其生发到“王道”、“天下”之类的内容上去说理议论,而且多采用当时较为得体的五言排律,这样他就用诗歌的形式完成了奏章的内容。他的政教目的是达到了,但也因此失去了跻身一流诗人的机会。

二、张荐

张荐(? ~805年),字孝举,深州陆泽(今河北深县北)人,张鷟之孙。敏锐有文辞,为颜真卿所赏。真卿陷李希烈,荐上疏论救,为左拾遗。论卢杞奸恶,德宗纳之,擢谏议大夫。将疏裴延龄恶,延龄知之,遣使回鹘,还为秘书少监。复使吐番,三临绝域,占对详辩。卒赠礼部尚书。《全唐诗》存诗3首。

张荐存诗不多,成就也不高。如《奉酬礼部阁老转韵离合见赠》质木少文,诗云:

> 移居既同里,多幸陪君子。弘雅重当朝,弓旌早见招。
> 植根琼林圃,直夜金闺步。劝深子玉铭,力竞相如赋。
> 间阔向春闱,日复想光仪。格言信难继,木石强为词。

但此诗形式上值得注意,所谓“转韵离合”是指诗中采用了一种特别的押韵形式。首先是“转韵”,本诗先后五次换韵。所谓“离合”,是指离合诗,这是一种特殊的诗歌体式,即离合字的偏旁以成文的诗歌,这种体式乃是建安诗人孔融所创。[①] 可见张荐比较喜欢在诗歌的形式上追求新奇，现存他的另一首《和潘孟阳春日雪回文绝句》也是这样："迟迟日气暖，漫漫雪天春。知君欲醉饮，思见此交亲。"所谓"回文绝句"，就是全诗无论正读还是倒读，都能成诗。潘孟阳的原诗题为《春日雪以回文绝句呈张荐权德舆》，诗云："春梅杂落雪，发树几花开。真须尽兴饮，仁里愿同来。"这样的诗歌可以说更加接近文字游戏，诗的韵味就在貌似新奇巧妙的形式下丧失殆尽了。

三、宋氏五姐妹

家住贝州清阳（今河北清河）的处士宋庭芬乃是初唐大诗人宋之问裔孙，他生有五个女儿：若华、若昭、若伦、若宪、若茵[②]，都有文才，欲以学名家，不愿嫁人。德宗贞元年间（785～805年）五姐妹一同入宫，召试文章，并问经史大义，五姐妹对答如流，帝叹美之，悉留宫中，呼为女学士。贞元七年，诏若华总管禁中图籍。《穆宗纪》称："元和十五年十二月戊寅，召故女学士宋若华妹若昭入宫掌文奏。"王建《宫词》："御前新赐紫罗襦，步步金阶上软舆。宫局总来为喜乐，院中新拜内尚书。"说的就是若昭掌文奏之事。元和末，若华卒，故穆宗于嗣位后诏若昭掌文书，若昭历穆、敬、文三朝，皆呼为先生。若宪，文宗时以谗死。若伦、若茵早卒。宋氏五女才名出众，王建、窦常皆有诗称许。王建《宋氏五女》云：

> 五女誓终养，贞孝内自持。兔丝自萦纡，不上青松枝。
> 晨昏在亲傍，闲则读书诗。自得圣人心，不因儒者知。
> 少年绝音华，贵绝父母词。素钗垂两髦，短窄古时衣。
> 行成闻四方，征诏环珮随。同时入皇宫，联影步玉墀。

---

① 关于离合体，其详可参陈新：《"离合体"杂考》，《阅读与写作》，1999年，第11期；胡锦贤：《离合相字史论》，《中国典籍与文化》，2003年，第4期。

② 宋尤袤《全唐诗话》中五女之名与此稍有不同：若华作若莘，若昭作若照，若茵作若荀。

乡中尚其风，重为修茅茨。圣朝有良史，将此为女师。

窦常《过宋氏五女旧居》云：“谢庭风韵婕妤才，天纵斯文去不回。一宅柳花今似雪，乡人拟筑望仙台。”可见宋氏五姐妹的文采风流一时耸动天下。可惜宋氏五姐妹存诗甚少，若伦诗已失传，余下四姐妹《全唐诗》中每人均存诗一首。宋若宪《奉和御制麟德殿宴百官》云：

端拱承休命，时清荷圣皇。四聪闻受谏，五服远朝王。
景媚莺初啭，春残日更长。命筵多济济，盛乐复锵锵。
丰镐谁将敌，横汾未可方。愿齐山岳寿，祉福永无疆。

宋若昭《奉和御制麟德殿宴百僚应制》云：

垂衣临八极，肃穆四门通。自是无为化，非关辅弼功。
修文招隐伏，尚武殄妖凶。德炳韶光炽，恩沾雨露浓。
衣冠陪御宴，礼乐盛朝宗。万寿称觞举，千年信一同。

两首应制诗均是五言六韵，因为是奉和皇帝在麟德殿宴百官之作，所以二诗内容乏善可陈。但此类诗歌对仗工整，用典得体，雍容华贵，颇具大家风范，非常符合庙堂上君臣宴集的气氛。我们可以从中窥见宋氏姊妹在这种诗体上过人的娴熟技巧。可惜她们存诗过少，我们从她们残存的一鳞半爪的诗作中已经难窥她们的诗歌成就了。不过宋若华有一首《嘲陆畅》倒是写得非常生动：“十二层楼倚翠空，凤鸾相对立梧桐。双成走报监门卫，莫使吴歈入汉宫。”前两句写皇宫巍峨精致。双成，本是西王母的侍女，这里指传递命令的宫女。吴歈，也称吴歌、吴吟，左思的《吴都赋》的北朝庾信的《哀江南赋》中都有“吴歈越吟”的说法，这是嘲笑陆畅的吴地口音。陆畅，字达夫，湖州（今属浙江）人，郡望吴郡（今江苏苏州），元和元年（806年）年进士，为太子僚属，迁殿中侍御使。宋若华的这首小诗构思巧妙，情调活泼，读后让人感受到女诗人天真、俏皮的性格。

四、张又新

张又新（生卒年不详），字孔昭，深州陆泽（今河北深县）人。初为京兆解头，元和九年（814年）进士及第为状头，十四年举博学宏词科为敕头，时号“张三头”。初为淮南节度从事，历补阙、祠部员外郎，《唐才子传》卷六称其“为性倾邪，谄事宰相李逢吉，为之鹰犬，名在‘八关十六子’之目。”后为山南东道节度行军司马、汀州刺史、主客郎中、尚书郎等，终左司郎中。工文辞，善七绝，多游览登临之作。嗜茶，自恨生于陆羽之后，自著《煎茶水记》一卷。《全唐诗》卷四七九录其诗17首。

张又新最出名的诗作是《牡丹》诗：“牡丹一朵直千金，将谓从来色最深。今日满栏开似雪，一生辜负看花心。”诗先从唐人重红牡丹写起，那一朵值千金的原是色深的、大红的牡丹，可是今日欣赏了“开似雪”的白牡丹之后，才觉得前种传统认识有问题，若错过赏白牡丹的机会，那才真是辜负看花心了。通篇所用是先扬后抑的手法。从诗的内容看，是写牡丹，亦可能有比兴寄托。《唐才子传》卷六称张又新：“善为诗，恃才多轥藉。其淫荡之行，卒见于篇。尝曰：‘我少年擅美名，意不欲仕宦，惟得美妻，平生足矣。’娶杨虔州女，有德无色，殊怏怏。后过淮南，李绅筵上得一歌姬，与之偕老。”孟棨《本事诗·情感第一》中也记载了张又新在李绅筵上赠给歌妓的诗歌，这首诗的题目叫《赠广陵妓》：“云雨分飞二十年，当时求梦不曾眠。今来头白重相见，还上襄王玳瑁筵。”

除去《牡丹》、《赠广陵妓》之外，张又新现存17首诗歌几乎全是歌咏山水之作，绝大多数采用七言绝句体式。诗人对南朝大诗人谢灵运非常推崇，在诗中甚至多次直接用大谢诗中的名胜为题，如《谢池》、《孤屿》、《春草池》等。在这些山水诗中也屡次称述谢灵运，表示了对他的追慕。如《行田诗》云：“白石岩前湖水春，湖边旧境有清尘。欲追谢守行田意，今古同忧是长人。”《谢池》云：“郡郭东南积谷山，谢公曾是此跻攀。今来惟有灵池月，犹是婵娟一水间。”《春草池》云：“谢公梦草一差微，谪宦当时道不机。且谓飞霞游赏地，池塘烟柳亦依依。”张又新有些写景的七绝确能得大谢山水诗的神韵，如《罗浮山》云：“江北重峦积翠浓，绮霞遥映碧芙蓉。不知末后沧溟上，减却瀛洲第几峰。”此诗设色对比鲜明，情韵生动传神，堪称一幅工笔画。

五、李德裕

李德裕（787～850年），初名缄，字文饶，赵郡赞皇（今河北赞皇县）人。祖父栖筠，大历间任御史大夫。父吉甫贞元间贬瓯越，元和初入相。德裕以荫补校书郎，拜监察御史。穆宗即位，擢翰林学士，与元稹、李绅共称“三俊”。再进中书舍人，未几，授御史中丞。牛僧孺、李宗闵追怨吉甫，出德裕为浙江观察使。太和三年（829年），召拜兵部侍郎。宗闵秉政，复出为郑滑节度使。逾年，徙剑南西川，以兵部尚书召。太和七年（833年）入相，拜中书门下平章事，封赞宣县伯。宗闵罢，代为中书侍郎、集贤殿大学士。郑注、李训怨之，乃召宗闵，拜德裕为兴元节度使。入见帝，自陈愿留阙下，复拜兵部尚书。为李汉等所谮，贬太子宾客，分司东都，再贬袁州刺史。未几徙滁州，起为浙西观察使，迁淮南节度使。武宗立，召为门下侍郎，同中书出门下平章事，拜太尉，封卫国公。在会昌年间（841～846年）得到武宗独任，平叛削藩、裁汰僧尼、发展生产、巩固边防，政绩卓著，威名独重于时。宣宗即位，牛党复又执政，罢为荆南节度使。白敏中、令狐绹使党人构陷，贬崖州（今海南琼山）司户参军，大中三年十二月十日卒于崖州。李德裕学问、辞章的造诣很深，一生著述甚富。今存《会昌一品集》，包括正集二十卷，主要是会昌年间起草的诏敕制文表状等；《别集》十卷，主要是诗赋杂文；《外集》四卷，是大中初被放潮州后写的47篇短论。另外，李德裕还有《次柳氏旧闻》一卷，乃历史笔记小说，主要写唐明皇故事十七则。《全唐诗》录其诗一卷，《全唐诗补编》补诗9首又16句。

李德裕是中晚唐之际一位重要的政治家、文学家，他在文宗、武宗朝两任宰相。四为节度使，革弊政，平叛乱，抑阉宦，固边防，使日趋没落的唐王朝出现了“小中兴”的局面，称得上是唐代最后一位名相、贤相，叶梦得称其为“唐中世第一等人物”（《避暑录话》卷二）。在牛、李党争之中，李德裕身为李党首领，一生于党争中荣辱沉浮，其诗文创作和其政治经历的关系较为密切。

由于李德裕身居高位，所以他诗歌中有一部分乃是奉和应制之诗。其中《寒食日三殿侍宴奉进诗一首》可为代表，诗云：

宛转龙歌节，参差燕羽高。风光摇禁柳，霁色暖宫桃。
春露明仙掌，晨霞照御袍。雪凝陈组练，林植耸干旄。
广乐初跄凤，神山欲抃鳌。鸣笳朱鹭起，叠鼓紫骍豪。
象舞严金铠，丰歌耀宝刀。不劳孙子法，自得太公韬。
分席罗玄冕，行觞举绿醪。彀中时落羽，橦末乍升猱。
瑞景开阴翳，薰风散郁陶。天颜欢益醉，臣节劲尤高。
楛矢方来贡，雕弓已载櫜。英威扬绝漠，神算尽临洮。
赤县阳和布，苍生雨露膏。野平惟有麦，田辟久无蒿。
禄秩荣三事，功勋乏一毫。寝谋惭汲黯，秉羽贵孙敖。
焕若游玄圃，欢如享太牢。轻生何以报，只自比鸿毛。

诗写得雍容华贵，一片升平景象，是一首典型的台阁体。不过如果我们仔细品味，就会感到在花团锦簇的富贵意象之后，洋溢着一股雄阔豪迈的英气。但是从这样的诗歌难以看到李德裕诗歌的真实性情，只能折射出这位在政治生涯中大起大落的诗人生活的一个侧面。

李德裕最值得关注的诗篇还是他在贬谪时期的作品。大中初年，受到牛党打击的李德裕被远贬崖州。他在崖州的生活非常困窘，在给朋友们的信中曾这样描绘自己的艰难处境：“天地穷人，物情所弃，虽有骨肉，亦无音书，平生旧知，无复吊问。阁老至仁念旧，再降专人，兼赐衣服器物茶药至多，开缄发纸，涕咽难胜。大海之中无人拯恤，资储荡尽，家事一空，百口嗷然，往往绝食，块独穷悴，终日苦饥，唯恨垂没之年，须作馁而之鬼。十月末，伏枕七旬，药物陈裛，又无医人，委命信天，幸而自活。”（《唐文拾遗》卷二十八之《答侍郎十九弟书》）信中描写自己身处绝境心情真实动人，这种心情和可以和他写于南贬途中及崖州贬所的诗歌相互印证。如《到恶溪夜泊芦岛》：

甘露花香不再持，远公应怪负前期。青蝇岂独悲虞氏，黄犬应闻笑李斯。

风雨瘴昏蛮日月，烟波魂断恶溪时。岭头无限相思泪，泣向寒梅近北枝。

《谪岭南道中作》云：

岭水争分路转迷，桄榔椰叶暗蛮溪。愁冲毒雾逢蛇草，畏落沙虫避燕泥。

五月畬田收火米，三更津吏报潮鸡。不堪肠断思乡处，红槿花中越鸟啼。

《登崖州城作》云：

独上高楼望帝京，鸟飞犹是半年程。青山似欲留人住，百匝千遭绕郡城。

以上这些感情深沉，格调苍凉，颇有“庾信平生最萧瑟，暮年诗赋动江关”（杜甫《咏怀古迹五首》其一）的意味，是李德裕诗歌成就最高的部分，真是所谓“文章憎命达”、“诗必穷而后工”。

远贬天涯的李德裕经常怀念自己的平泉别墅，其《山信至说平泉别墅草木滋长地转幽深怅然思归复》云：

忽闻樵客语，暂慰野人心。幽径芳兰密，闲庭秀木深。

麇麚来涧底，凫鹄遍川浔。谁念沧溟上，归欤起叹音。

平泉别墅在洛阳南郊，遗址在今伊川县梁村沟，李德裕将之视若生命。他曾在他所著的《平泉山居戒子孙记》中立下家规，告诫子孙："鬻平泉者非吾子孙也。以平泉一树一石与人者，非佳子弟也。吾百年后，为权势所夺，则以先人所命，泣而告之。"李德裕集中咏平泉庄者甚多，有《思山居》十首、《春暮思平泉杂咏》二十首、《思平泉树石杂咏》十首、《重忆山居》六首、《忆平泉杂咏》十首等组诗。这些诗歌描摹平泉风景，风格清新隽秀，写景细腻传神，继承了盛唐山水田园诗派的传统，取得较高成就。以《忆平泉杂咏》为例，这组诗写平泉四时风光，分别以初暖、辛夷、寒梅、药栏、茗芽、野花、春雨、晚眺、新藤、春耕等为题。如《春雨》诗云：

春鸠鸣野树，细雨入池塘。潭上花微落，溪边草更长。
梳风白鹭起，拂水彩鸳翔。最羡归飞燕，年年在故乡。

此诗格调轻软，诗中景物明丽，透出诗人对平泉山居的眷恋和挚爱，诗的最后将回归之念寄托于归燕身上，寄慨深长。也许他只能将最美好的记忆作为绝境中不停闪烁的一束亮光，来温暖和慰藉自己饱经沧桑的人生吧！

相对于诗歌而言，李德裕文章的成就更为突出，当时"凡号令大典册，皆更其手"(《新唐书·李德裕传》)，以"大手笔"著称于朝。李德裕对骈文和散体均很擅长，他反对文风的浮艳，文章中很少华丽的辞藻。他也写作骈文，其特点是气韵晓畅，简约准确，委婉达意。如《武宗改名告天地文》：

臣缵承丕绪，励翼七年，不敢怠荒，以思无逸。北制强虏，东剪叛徒，享此鸿名，实由元造。尝欲述帝尧之典，钦若昊天，修周武之法，建用皇极，成于王道，以黜异端。释氏之教，兴于戎狄，悖君臣之礼，废父子之亲，耗蠹烝人，殚竭物命。宣尼垂训，不语怪神，因而渐除，咸一于正，袭前圣之业，灿而光明。臣之本心，谅在于此。伏以《书》载五行，当被水土，名有五义，不以山川，后之称名，稍违古典。今则循汉宣之故事，禀皇祖之贻谋，采用离明，以符一德。又臣近因微恙，已及二时，感此阳和，物皆畅茂。未逢勿药之喜，独有向隅之忧。如臣政教不明，宜有阴谴，刑罚不中，未合天心，伏愿舍臣咎愆，许臣改悔，永保宗庙，以安邦家，所疾日瘳，平复如旧，五星度理，百福来臻。敢不克己厉精，祗事上帝，洗心斋戒，严奉神祇。恳陈至诚，仰望照鉴。

文章基本为骈体，多用对偶，以四言为主。然此文写得并不板滞典重，而是流畅自然，气势雄健，这是因为李德裕善于将散文体式化用于骈文之中，做到骈散结合，有效地表达了文意。李德裕的《幽州纪圣功碑铭并序》是他的另一篇名作，兹录如下：

幽州卢龙军帅检校尚书右仆射张公仲武，往年修献捷之礼，今岁有铭勋之请。二者君子韪之。岂不以诸侯有四夷之功，献其戎捷，《春秋》旧典也；宗周纳肃慎之贡，铭于楛矢，天子令德也。斯可以为元侯表，可以为后世法。圣上嘉其动而中礼，乃命宰臣采其元功，传于惇史。臣德裕乃敢飏言曰：

夫兵者，所以除暴害也，爱人则恶其为害，禁暴则恶其为乱，虽睿智不杀，化之以神，至德允怀，招之以礼，然《书》有猾夏之戒，《传》有修刑之训，虞舜四罪，乃成大功，文王一怒，以至无悔，非德教之助欤？仁圣文武章天成功神德明道大孝皇帝，熙我文典，焕乎光明，极象外之微，臻于至道，鼓天下之动，致于中和，虑必钩深，退而藏密，故能神机独照，伐未兆之谋，威光远震，制不羁之虏。当其时也，烽燧迭警，羽书狎至，人心大摇，群师沮气。皇帝以轩后之威神，汉高之大略，光武之雄断，魏祖之机权，合而用之，以定王业，此议臣所以不敢望于清光也。倬哉！天地应而品物生，君臣应而功业成，故龙跃而云从，鹤鸣而子和，方叔伐猃狁，蛮荆来威，安远击车师，西域振服，宜有良将，殿于朔边。张公礼阅战器，书成《传》癖，张促孝友，子孺塞泉，流落不偶，光景未耀。明主雅闻奇志，持印而拜将军，遥推赤心，筑坛而命元帅，拔自雄武，授之蓟门。果能精诚奋发，策虑偪臆，千里献筹，一心忧国。则知龙颜善将，任人杰而不疑，日角好谋，叹敌国而强意。

回鹘者，本北狄之裔也，或曰獯狁，或曰山戎，五帝所不能臣，三王所不能制，前史载之详矣。暨薛延陀之败也，酋帅吐迷度率众款塞，太宗幸灵武纳降，立回鹘部落，置瀚海都督，因我封殖，遂雄北方。代宗之戡内难也，叶护以射雕之士，亲护戎旌，亦由羌髳率师以翼周，北貊枭骑以助汉，既殄大憝，乃畴厥庸，特拜叶护司空，岁赐缯二万匹。厥后饰宗女以配之，立宫室以居之。其在京师也，瑶祠云构，甲第棋布，栋宇轮焕，衣冠缟素，交利者风偃，挟邪者景附。其翎侯贵种，则被我文绘，带我金犀，悦和音，厌珍膳，蝎蠹上国，百有馀年。既而桀骜无亲，天命不佑，僭侈极欲，神道恶盈，本国荐饥，畜产耗半。黠戛斯躛因利乘便，遂焚龙庭，区落萧条，阴燐青荧。

今之乌介可汗，亡逃失国，窃号沙漠，非我册命，自为假王。其来也，羡漫阴山，睥睨高阙，元塞之下，氛雾蔽天。质贵主以前驱，依大国而求援，或丐我米粮，救其饥人，或邀我甲兵，复其故地，外虽柔服，内有桀心。因行人致辞，徵呼韩故事，愿居光禄塞，急保受降城。其下有二部，曰赤心宰相、那颉啜特勒。赤心者，天性忿鸷，戎马尤盛，初与名王嗢没斯首谋内附，俄而负力怙气，潜图厉阶，为嗢没斯所绐，诱以俱谒可汗，戮于帐下，其众大溃，东逼渔阳。

上乃赐公玺书，授以方略。公以室韦悍亟之兵，近我边鄙，俾其侦逻，且御内侵，寻以征役不供，为虏所败。由是介马数万，连亘幽陵，伏精甲于松槸，布穹庐于碛卤，散若飞鸟，止如长云，火燎于原，不可向迩。公激义气以虹贯，发精诚而石开，奇计兵权，密授髦俊，乃命介弟仲至与裨将游奉寰、王如清、左敌万、李君庆、张自荣、高守素、李志操率锐兵三万，建旆而前。介胄雪照，戈矛林植，命以义殉，壮由师直，声隆隆而未洩，欲逐逐而不食，戢以听命，严而有威。公曰："险道倾仄，且驰且射，胡兵所以无敌也。致之平原，勒以方陈，我师可以逞志也。"于是据于莽平，环以武刚，首尾蛇伸，左右翼张。轻骑既合，奇锋横骛，如摧枯株，如搏畜兔，摄詟者弗取，陆梁者皆仆，虏王侯贵人，计以千数。然后尽众服听，悉数系累，谷静山空，靡有孑遗，橐驼駃騠，风泽而散，旃墙毯幕，布野毕收，马牛几至于谷量，虏血殆同于川决，径路宝刀，祭天金人，奇货珍器，不可殚论。乃命从事李周瞳驰传上奏，又命牙门将周从玘继献戎俘。皇帝受而劳之，群臣毕贺。昔长平七征，骠骑六举，窦宪合氐羌之众，陈汤揽城郭之兵，或生灵减耗，士马物故，或邀功救罪，矫命专征，然犹告类上帝，荐功清庙，顾视二汉，不其恧欤？

以公威动蛮貊，功在漏刻，因命为东面招抚回鹘使。先是奚、契丹皆有虏使监护其国，责以岁遗，且为汉谍，自回鹘啸聚，靡不鸱张。公命裨将石公绪等谕意两部，戮回鹘八百人。虽介子讨罪于龟兹，班超行诛于鄯部，未足俦也。回鹘又遣宣门将军等四十七人诡辞结欢，潜伺边隙。公密赂其下，尽得阴谋，且欲驰入五原，尽驱杂虏。公逗留其使，缓彼师期，竟得人病马瘏，缩衄而退，挫锐解纷，系公善计。今乌介自绝皇泽，莫敢近边，并丁令以图安，依康居而求活，尽徙馀种，屈意黑车，寄托远遁，流离饥冻。黑车亦倚其威重，迫协诸戎，造谋藉兵，解仇交质。自谓约赍深入，汉将取而未期，渡幕轻留，王师往而不利。公以壮猷远驭，长计羁縻，不输避嫌之便，终尽致敌之术，将时动而得隽，岂岁数而胜微。矧乎明主仗将帅为爪牙，视戎狄为鼠彘，方猎猛敌，不玩细娱。非周宣无以成召虎之勋，非汉宣无以听营平之计，勖哉上将，光我中兴。公前後受降三万人，特勒二人，可汗姊一人，都督外宰相四人，其他侯王骑将，不可备载。王褒以日逐归德，称为人瑞，班固以稽落荡寇，大振天声，孰若天子神武，百蛮振慑，乘其蹙困，临以兵锋，刈单于之旗，纳休屠之附，非万里之伐，无三年之勤，巍乎成功，辉焯后代。宜刻金石，以扬鸿休。铭曰：

太和之初，赤气宵兴。开成之末，彤云暮凝。异鸟南来，胡灭之徵。北夷飙扫，厥国土崩。逼迫迁徙，震我边鄙。长蛇去穴，奔鲸失水。上都蓟门，兵连千里。曾不畏天，犹为骄子。丐我边谷，邀我王师。假我一城，建彼幡旗。归计强汉，郅支嫚词。狼顾朔野，伏莽见羸。雁门之北，羌戎杂处。濈濈群羊，茫茫大卤。纵其枭骑，惊我牧圉。暴若豺狼，疾如风雨。皇赫斯怒，羽檄征兵。谋而泉默，断乃雷声。沉机变化，动若神明。沙漠之外，虏无隐情。渔阳突骑，燕歌壮气。赳赳元戎，耽耽虎视。金鼓誓众，干旄蔽地。爰命介弟，属之大事。翩翩飞将，董我三军。禀兄之制，代帅之勤。威略火烈，胡马星分。戈回白日，剑薄浮云。天街之北，旄头已落。绝辔之野，蚩尤未缚。俾我元侯，恢宏远略。取彼单于，系之徽

索。阴山寝烽，亭徼弢弓。万里昆夷，九译而通。蛮夷既同，
天子之功。儒臣篆美，刊石垂鸿。

此《碑铭》记述了唐朝击败回鹘侵扰的史实，被清代孙梅称为“经济大文，英雄本色。”（《四六丛话》卷十八）通过此文可见，李德裕的文章讲究文采，特别注重文章的气势，善于将奔腾鼓荡、汪洋恣肆与凝练含蓄、深湛蕴蓄相结合，风格雄健而又不一览无余。①

① 吴庚舜、董乃斌：《唐代文学史（下）》，人民文学出版社，1995年，399页。

第四章　晚唐时期的河北文学

晚唐兵连祸结，帝王播迁，文人漂寓，民生愈加艰难。在这样的时代，晚唐代文人的社会地位比中唐更趋低下卑微，处境更为困厄艰难。这种处境与遭遇，影响了他们的心态与精神风貌。面对凋敝与混乱的局面，晚唐文人已经失去匡世济民的志向，他们的胸怀已很少激荡着救济苍生的豪情。大多数文人政治热情消退，心胸局促，精神萎弱，意气低沉，这都与唐末的黑暗现实息息相关。在晚唐诗坛上，有很多河北籍诗人成就突出，以下分别加以介绍。

第一节　苦吟诗人贾岛

贾岛是晚唐时期著名诗人，他以多方面的诗歌创作才能称杰于诗坛，对以后各个时代的诗人都产生了较大影响。

贾岛，字阆仙，一字浪仙，自称碣石山人，范阳（今河北省涿州市）人，一说范阳幽都县（治所在今北京市西南）人。生于公元 779 年（唐代宗大历十四年），卒于 843 年（唐武宗会昌三年）。贾岛一生历经德宗、顺宗、宪宗、穆宗、敬宗、文宗、武宗七朝，虽穷困潦倒，但始终洁身自好，正直自守。他早年出家为僧，法号无本。元和六年（811 年）结识韩愈，并在其劝说下还俗应举，但困于举场二十多年终不能得中进士。大和八年（834 年）55 岁时，他才得任遂州长江县主簿这一小官，三年后迁任普州司仓参军，又七年于唐武宗会昌三年（843 年）转授普州司户参军，“未受命卒”。

贾岛是著名的苦吟诗人，注重诗句锤炼，刻意求工。诗歌多表现其困苦的生活和怀才不遇的愤懑，故往往有哀愁悲苦情绪的流露和琐细景物的刻画。在诗歌艺术上，贾岛各体兼善，虽属韩孟诗派却擅长五律。其五律精严顺畅，对仗严谨、句式多变而又情景交融，意象独特，具有很高的艺术成就。其五古在当时就负有盛名，五绝和七绝则大多平易自然，通俗易懂；七绝题材多样，风格多变，尤为突出。其诗情调凄苦，与孟郊齐名，有“郊寒岛瘦”之称。有诗集《长江集》10卷传世，《全唐诗》编其诗为4卷，共403首。

过去评论家一般认为贾岛诗歌题材琐碎，一味苦吟，诗风过于寒瘦，实际上这种评价并不全面。贾岛诗歌题材多样，不乏关注现实与个人生活之作。其中反映战争的题材是贾岛现实类诗歌题材的重要方面之一。如五律《逢旧识》：

几岁阻干戈，今朝劝酒歌。羡君无白发，走马过黄河。
旧宅兵烧尽，新宫日奉多。妖星还有角，数尺铁重磨。

诗首联先写诗人和朋友因为战争而分隔数年，直到今天才再次欢聚，从而显示出战争使人们同在一国却如同天涯的分离之苦。紧接着在颔联诗人又通过羡慕朋友没有白发，能够跃马前行，渡过黄河奔赴战场以靖国难，表现出自己的爱国之心。颈联写民宅被战火烧尽，而新建的宫室却日渐增多。通过对比，既写出了战后残败景象、百姓的深重苦难，又批评了统治者的不恤民生，不思与民休养生息，反而大兴土木。尾联则又指出战争危险还在，需要整备军备，不能松懈。诗体现了贾岛对社会现实的关注，既反映了战争给人民带来的苦难，抒发了渴望奔赴战场为国建功立业的热切愿望，又对统治者不思民生疾苦大兴土木进行了讽刺。

贾岛一生贫病交加，自从元和六年入长安后，便立志科举登第，却时运不济，始终不得一第，过着缺衣少食的贫困生活，因而心理抑郁，身体状况很差，常常生病。因而他描写这种贫病生活的作品相当多。如五律《冬夜》：

羁旅复经冬，瓢空盎亦空。泪流寒枕上，迹绝旧山中。

凌结浮萍水，雪和衰柳风。曙光鸡未报，嘹唳两三鸿。

诗首联应题，点明羁旅在外又遇到了寒冷的冬天，本已寒冷难耐，却又断粮少米，于是更加艰难；颔联正面描写诗人贫病交加之状；颈联则以物喻人，以寒冰中的浮萍和风雪中的衰柳比喻自己漂泊孤苦之痛；尾联则写天色将晓，但却没听见公鸡报晓之声，反而是传来两三声鸿雁的哀鸣，寓情于景，进一步加重心中凄苦之感。全诗凄怆悲凉，将羁旅之悲、贫寒之状、孤寂之苦表现得淋漓尽致。

贾岛还有一些诗歌反映了当时人们的日常生活之事，如五律《郑尚书新开涪江二首》：

岸凿青山破，江开白浪寒。日沈源出海，春至草生滩。

梓匠防波溢，蓬仙畏水干。从今疏决后，任雨滞峰峦。

——其一

不侵南亩务，已拔北江流。涪水方移岸，浔阳有到舟。

潭澄初捣药，波动乍垂钩。山可疏三里，踪知历亿秋。

——其二

诗写郑尚书为了免除涪江水患而开凿涪江、新江之事。第一首诗先写新江开成后水流畅通、水位下降、春草生于滩涂、太阳从涪江升起的壮丽景象；接着第二首诗又写涪水疏浚后交通便利、人民生活安乐之事。诗歌通过赞颂新江的功用和描写周围的美丽景象以及给人民带来的安居生活，含蓄赞颂了郑尚书的功绩，使人信服。

另外，贾岛诗中有相当数量的描写自然风光的诗篇。如其名篇《暮过山村》：

数里闻寒水，山家少四邻。怪禽啼旷野，落日恐行人。

初月未终夕，边烽不过秦。萧条桑柘外，烟火渐相亲。

诗一开始就紧扣题目，写诗人在秋天的夜晚匆匆赶路，经过一个小山村，在数里外就听到潺潺的流水声，然而放眼四望，山上人家极少，孤零零的这里一家，那里一户，而没有四邻。从听觉到视觉，写出了山村荒寂寥落的景象。颔联仍先写听觉后写视觉，先写怪鸟在旷野发出凄厉的叫声，令人毛骨悚然；再写太阳已经下山，四周阴森黑暗，进一步描绘荒凉的景象，渲染恐怖的气氛。颈联写一轮新月升上天空，诗人的心情也随之稍稍安定。尾联写诗人走过一片萧条的桑柘林，看到山村农家的灯火，诗人心中的恐惧随之一扫而空。诗除末句“烟火渐相亲”明写感情外，其他均融情入景，由“寒水”、“山家”、“怪禽”、“落日”、“初月”、“边烽”、“桑柘”、“烟火”这些景象使色调由寒凉逐渐转向温暖，气氛由阴森恐怖转向平和光亮，从而衬托出诗人情绪的变化。

贾岛诗歌中数量最多的要数与友人交往的友情诗，共114首，占其诗歌总数的1/4。送别的对象也从王公贵族到寒士举子，从高僧名道到外国友人，可见其交游之广泛。其友情诗艺术性很高，如《忆江上吴处士》：

闽国扬帆去，蟾蜍亏复圆。秋风吹渭水，落叶满长安。
此地聚会夕，当时雷雨寒。兰桡殊未返，消息海云端。

诗首联先写友人离开长安坐船去闽地，已经一个月了，还未得到他的消息，用思念时间之长衬托友情之深。接着颔联写别后月余，长安已入秋天，已是一片“秋风吹渭水，落叶满长安”的萧瑟景象。渭水是诗人送别友人的地方，送别之时，还是夏季，渭水还未有秋风而如今秋风吹着渭水，黄叶落满长安。此情此景，使诗人倍加思念友人。由此情景又很自然地勾起了下文的回忆：“此地聚会夕，当时雷雨寒。”从而更加衬托出时间过得飞快，转瞬又是秋风萧瑟，黄叶遍地之时。尾联点明作者的一片殷切怀念之情。且由“兰桡”与题目“江上”呼应章法严密。全诗语言简朴自然，尤其颔联自然工整，既描写出了深秋的典型景物，又情景交融，成为历代传诵的名句。

贾岛诗歌艺术中以五律成就最高，他于五律用力最深。在其400余首诗中，有240余首是五律（包括五排），超过存诗总数的60%。“岛之五七言古诗，虽生涩险僻，然不逮韩、孟、玉川子远甚。至其五言律，吾独敛衽无间言。五律原亦出自少陵，以细小处见奇，实能造出幽微之境。而于事物理态，体认最深，非苦思冥搜，不能臻此。”[①]“贾浪仙五言诗律高古。平生用力之至者，七言律诗不逮也。”[②]由以上评论可以看出贾岛的五律形成了自己独特的艺术特色。

首先，贾岛的五律语言凝练自然，善于融情入景，形成情景交融的意境。如《送友人游蜀》尾联：“惟有岷江水，悠悠带月寒。”岷江水这一景物正切合友人游蜀之意，而“悠悠带月寒”五字则将抽象的感情化为具体可感之景，情意悠长而又贴切自然。诗无一字写情，但我们却又能感受到诗人对友人感情的真挚深厚。又如《宿孤馆》颔联：“寒山晴后绿，秋月夜来孤。”诗人先描绘了一幅写寒山晴绿的清新明快画面，紧接着又写自己于孤旅寂馆之中举头望月，而此时此刻中望月只能是倍增乡愁，倍觉孤单。诗以上联明快之景与下联客中孤月形成反衬，从而形成一种情景交融的意境。

其次，贾岛的五律律法精严，对仗工稳但又句式多变，不拘一格。贾岛专擅五律。他的五律格律严谨，对仗精切工整。如《寄朱锡珪》颔联：“长江人钓月，旷野火烧风。”作者以修饰空间的形容词“长”和“旷”相对，以自然事物“江”和“野”相对，以名词“人”和“火”相对，以动词“钓”和“烧”相对，再以自然物候“月”和“风”相对，可谓精切至极。其他如《送邹明府游灵武》颈联：“边雪藏行径，林风透卧衣。”《赠李金州》颈联：“晓角吹人梦，秋风卷雁群。”亦是如此。贾岛的五律对仗工整而不拘一格，自然有致。如其诗中有很多流水对，如《逢旧识》颔联：“羡君无白发，走马过黄河。”此联从字面看上下两联对仗工整，但在意思上它又是一个意义贯穿的单句，由动词

---

① 陈延杰：《贾岛诗注》，商务印书馆，1937年，第4页。

② 李庆甲：《瀛奎律髓汇评》，上海古籍出版社，1986年，第1742页。

“羡”总领下面的意思，下面的“君”“无白发”和“走马过黄河”都是它的宾语。其他如《酬厉玄》颔联：“白发初相识，秋山拟共登。”《送耿处士》颔联“万水千山路，孤舟几月程”亦均是非常巧妙的流水对。贾岛的对偶句还在句法上力求变化，如《马戴居华山因寄》颈联：“绝雀林藏鹘，无人境有猿。”上联是由果及因，“绝雀”是由“林藏鹘”造成的，下联则是由因及果，因为“无人”所以“境有猿”。同时贾岛的对偶句在句式上也寻求变化。他在对偶句中多用错位句式，如《怀紫阁隐者》颔联：“梨栗猿喜熟，云山僧说深。”正常语序应为“猿喜梨栗熟，僧说云山深。”《送韩湘》颔联：“细响吟干苇，余馨动远苹。”正常语序应为“干苇吟细响，远苹动余馨”。这些诗句通过词语错位，既显得健练劲峭，产生一种新奇劲健的美感，又使意象朦胧化，产生一种恍惚迷离的美感。

贾岛虽以苦吟著称，且是韩孟诗派成员之一，但其风格总体来说是清幽平淡。贾岛在创作时喜欢选取那些幽静冷僻的物象，而不愿选取宏大壮阔的物象，在选取景物时又喜静不喜动，喜小不喜大，从而形成他独具审美特色的孤寂清幽诗境。如《题李凝幽居》云：

> 闲居少邻并，草径入荒园。鸟宿池边树，僧敲月下门。
> 过桥分野色，移石动云根。暂去还来此，幽期不负言。

诗人选取“草径”、“荒园”、“池边树”、“月下门”、“移石”、“云根”这些孤寂幽静的物象，再配以朴素自然的语言，以白描的手法描绘出一幅幅清幽寂静的画面。其他像“枯草”、“疏牖”、“苔痕”、“石缝”等物象还有很多，贾岛正是通过他这种独特的选景，形成了他与众不同的清幽诗境。

与清幽的诗境相配，贾岛的诗歌在抒情方式上也极少痛快淋漓的直抒胸臆，而是将情感蕴藉于胸，将其表现得和婉徐迂。贾岛一生致力科举以图得官报国，但总是怀才不遇，不得不与穷困病痛相伴。面对这些以及生活中的种种不幸、不平之事，其他诗人早就“不平则鸣”，大声疾呼一抒愤懑之气，而贾岛则是以和婉徐迂的语气将其缓缓道来，仿佛平静地咀嚼着生活中的痛苦，抚平心灵的创伤。如其哀悼好友孟郊去世的诗篇《哭孟郊》：

身死声名在，多应万古传。寡妻无子息，破宅带林泉。
冢近登山道，诗随过海船。故人相吊后，斜日下寒天。

面对好友的去世，贾岛没有像其他诗人那样撕心裂肺的痛哭，而是一种异乎寻常的平静，但这平静中同样蕴含着巨大的悲恸。诗人在哭好友，又仿佛是在哭自己，仿佛是说自己死后多半也会像友人那样，虽然一生穷苦，但诗名会流传千古。再如描写自己穷苦生活的诗篇《朝饥》：

市中有樵山，此舍朝无烟。井底有甘泉，釜中乃空然。
我要见白日，雪来塞青天。坐闻西床琴，冻折两三弦。
饥莫诣他门，古人有拙言。

面对无柴、无水、无米、无烟而又遇到大雪纷飞的饥寒窘况，贾岛没有怨恨世道不公，也没有气馁，而是说“饥莫诣他门，古人有拙言”，表明自己要保持君子的气节，要坚持自己的气节。

贾岛虽然以苦吟著称，但他“苦吟”追求的是一种平淡之美，故其诗歌语言大多自然平淡，以白描为主，较少堆砌典故，也极少冷僻晦涩之字。贾岛喜用简洁朴素的语言写景状物、表情达意。如其诗《原上秋居》：

关西又落木，心事复如何。岁月辞山久，秋霖入夜多。
鸟从井口出，人自洛阳过。倚杖聊闲望，田家未翦禾。

颈联“鸟从井口出，人自洛阳过”虽是苦吟锻炼的名句，“出”、“过”两个动词更是诗人着意锤炼之语。但它们却非冷僻晦涩之字，而是寻常话语，自然平淡，毫无刻意造作之感。整首诗也是浅近平易、如话家常，初看似乎无一佳句，但细思却又深得平淡之美，耐人寻味，这就是贾岛的最大本领。

贾岛诗歌风格的形成与他独特的生活经历是分不开的。贾岛一生艰难坎坷，贫困交加，终身未第，直到55岁时才任长江主簿，后又迁普州司仓参军这样的小官。他虽然过着“瓢空盎亦空”（《冬夜》）的贫困生活，但却洁身自好，注重自身操守：“饥莫诣他门，古人有拙言。”（《朝饥》）他早年为僧，还俗后也是想入仕建功立业，然而在经历过这些人生的坎坷后，他几乎把自己的全部身心都投入到诗歌艺术中：“身心无别念，余习在诗章。”（《送天台僧》）《唐才子传》卷五也记载贾岛“每至除夕，必取一岁所作置几上，焚香再拜，酹酒祝曰：‘此吾终年苦心也’，痛饮长谣而罢。”[①] 作诗成了他心理的寄托与宣泄，成了他心灵世界的旨归，成了他的第二生命。他用诗歌来痛陈自身的不幸和坎坷，控诉不公平的社会现实，以此来消解心灵的苦楚和伤悲，达到精神境界的释然。但同时贾岛早年为僧，直到32岁才还俗，佛教思想对于其人生观、美学观都有异常深刻的影响，陆时雍《诗境总论》即指出：“贾岛衲气终身不除。”由佛门释子成为贫困自守的诗人，这种生活轨迹培育了贾岛内向自省的心态，喜欢平淡和婉的抒情方式，同时受佛教思想的影响，在审美方面他偏好幽僻、孤寂之美。这些都促使他以一种独特的风格来描写他所经历的困苦生活，选择他身边的幽寂景物从而形成他清幽平淡的艺术风格。

贾岛对后代影响深远，从晚唐一直到清末，学习贾岛的诗人不绝如缕。晚唐是学习贾岛的一个高峰时期，近代学者闻一多先生甚至称晚唐诗坛为“贾岛时代”。杨慎在其《升庵诗话》中说：“晚唐之诗，分为两派，一派学张籍……一派学贾岛，则李洞、姚合、方干、喻凫、周贺、九僧其人也。”[②] 晚唐这些诗人学习贾岛，多学习其奇僻的诗风，因而多落入狭窄、琐碎一路。这些诗人们在物象选择上学习贾岛，喜欢选择

---

① 傅璇琮：《唐才子传校笺》（第二册），中华书局，1989年，第332页。

② 王仲镛：《升庵诗话笺证》，上海古籍出版社，1987年，第122页。

那些色调灰暗，孤寂凄凉的物象，诸如枯叶、落花、乱鸦、昏蝉、秋风、斜阳、古庙、荒城等等，从而使其诗气局狭窄。另外晚唐诗人多学习贾岛苦吟之风，注重炼字琢句，尤其是对律诗的颔联、颈联这两个对偶句进行锻炼，这样造成的流弊之一就是往往使得诗歌有句无篇。他们虽然能锤炼出一些极为出色的名联警句，但从整首诗来衡量，艺术性却并不完整。

贾岛在唐以后仍然一直有着重要影响，宋初晚唐体诗人就主要以贾岛为宗。九僧、林逋、寇准、潘阆、魏野为其中的代表，他们继承了贾岛推敲苦吟的精神，偏重五律，讲究锻炼，多在写景上用功，内容大多描绘清幽寂静的山林景色和枯寂淡泊的隐逸生活。到了南宋末年，“永嘉四灵”徐照、徐玑、赵师秀和翁卷等诗人为纠正江西诗派堆砌典故、以学问为诗的弊端，也以贾岛、姚合为宗，学习贾岛在艺术上精雕细琢、注重炼字的同时又注重白描的诗风，并以五律为主要诗体，以描写清幽淡泊的景色和隐逸生活为主要内容，在当时产生了很大影响。

晚明以钟惺、谭元春为代表的竟陵派诗人为了纠正明代中期以来复古、拟古的诗风和当时公安派俚俗肤浅的创作弊病，标举贾岛及其晚唐诗风，提出学习古人的“真精神”和“幽情单绪”、“奇趣妙理”，追求一种幽深奇僻的审美情趣。竟陵派片面学习贾岛奇僻险怪、幽情孤寂的诗境诗风，因而走上了比较狭窄、怪僻的诗歌创作道路，在纠正复古之弊的同时又陷入了另一个极端。到清代乾隆时期，李怀民再次标举以贾岛为代表的晚唐诗风。李怀民反感当时流行的甜熟浮靡诗风，在其所撰《中晚唐诗主客图》中，尊贾岛为“清真僻苦主”，对其诗的立意、瘦硬及锤炼功夫赞不绝口。

总之，贾岛对后代诗人的影响是非常深远的，近代学者闻一多在其《唐诗杂论》中说：“几乎每个时代的末叶都有回向贾岛的趋势。”[1] 诚哉斯言。

---

① 闻一多：《唐诗杂论》，上海古籍出版社，1998年，第37页。

第二节　诗僧无可

无可，生卒年不可考，其诗集中有《吊从兄岛》，则其卒年应晚于贾岛。《唐才子传》卷六称其为“长安人”，实误，应为范阳（今河北涿州）人。无可俗姓贾，僧人，贾岛从弟。《全唐诗》中有《秋寄从兄贾岛》与《客中闻从兄岛游蒲绛因寄》等诗，题均称岛为“从兄”，可证。由姚合《送无可上人游越》：“清晨相访立门前，麻履方袍一少年。”可知无可出家时年尚少。他曾和贾岛同居青龙寺，又曾为终南白阁寺及长安先天寺僧人，也曾到过越州、湖湘、庐山等地。无可工诗，尤善五言，交游颇广，与雍陶、方干、贾岛、姚合、马戴、厉玄、李贺、朱庆馀、顾非熊、李洞、戴叔伦、薛能、喻凫等友善，多有酬唱。张为《诗人主客图》列无可为“清奇雅正主”之“入室”十人之中。《全唐诗》编其诗为2卷，共100首，其中颇多赝作，混入李群玉、许浑、刘得仁、清江、周贺、张乔等人诗多首，陶敏、陈尚君等先生对其真伪的甄别，多可参考，现在确考为无可的诗歌约为90首。

无可是个“诗僧”，佛教对诗歌创作的影响当然是不可避免的。通观无可的诗歌，和佛教有关的题材占据了相当一部分。无可佛教题材的诗歌包括写寺院生活、方外景物和感受以及和僧侣交往等方面。如《寄兴善寺崔律师》：

沐浴前朝像，深秋白发师。从来居此寺，未省有东池。
幽石丛圭片，孤松动雪枝。顷曾听道话，别起远山思。

诗中表达了对崔律师的景仰和思慕，颈联用“幽石丛圭片，孤松动雪枝”反衬法师持操的高洁，为人营造了一种平淡清高的境界。又如《禅林寺》云：

台山朝佛陇，胜地绝埃氛。冷色石桥月，素光华顶云。

远泉和雪溜，幽磬带松闻。终断游方念，炉香继此焚。

中间两联对清冷环境的渲染，写出了佛寺的幽寂凄寒，这是诗僧作品中特别常见的题材。《寄青龙寺原上人》也是这样的诗作：

敛屦入寒竹，安禅过漏声。高杉残子落，深井冻痕生。

罢磬风枝动，悬灯雪屋明。何当招我宿，乘月上方行。

方回在《瀛奎律髓》中评价此诗说："三四极天下之清苦。"在漏声相伴的安禅中，凝听残子落，静观冻痕生。屋外的白雪与灯光辉映，使得禅房显得分外晶莹明亮。整首诗禅意撩人，显出诗人于醇浓禅意熏濡之下恬然自得的心理状态，是安禅宁思的心理状态映照之下的一种境像。

无可是苦吟诗人贾岛的从弟，诗风受到贾岛的影响。贾岛同样写过一首《题青龙寺镜公房》：

一夕曾留宿，终南摇落时。孤灯冈舍掩，残磬雪风吹。

树老因寒折，泉深出井迟。疏慵岂有事，多失上方期。

以上二诗风调、意境惊人的相似，显示了两位诗人相似的一面。另外，贾岛《长江集》中有写给无可的诗有四首，《僻居无可上人相访》诗曰："自从居此地，少有事相关。积雨荒林圃，秋池照远山。砚中枯叶落，枕上断云闲。野客将禅子，依依偏往还。"可见无论从审美趣向还是思想意识上，无可都和贾岛有着密切的联系。无可现存的诗作中除七律《题崔附马林亭》、七绝《御沟水》、五排《小雪》等诗外，绝大多数诗歌都是五言律诗，显示出诗人对这种体式的专擅。其实五律是晚唐以来苦吟诗人最喜欢的形式，因为五律篇幅短小，仅四十个字，被称为"四十个贤人"；特别是中间两联要求对仗，最适合才思短窄的诗人在其中下苦功，于是五律成为苦吟诗人们创作的标准形式。我们看到无可这些五律在格律上相当严谨，很少见到不符合格律的句子，故《唐才子传》卷六称其"律调谨严，属兴清越"。无可与贾岛一样喜欢锻词炼句的"苦吟"，其《暮秋宿友人居》云"开门但苦吟"，《金州冬月陪太守游池》云“苦吟行迴野”,《奉和裴舍人春日杜城旧事》云“春来诗更苦”,都是形容自己创作上的艰苦。贾岛寒僻幽峭的诗风对无可影响是很大的,在无可诗中随处可见贾岛式的炼句和寒瘦意象,比如《游山寺》:“多年人迹断,残照石阴清。”《酬姚员外见过林下》:“入楼山隔水,滴旆露垂松。”《寄华州马戴》:“水寒仙掌路,山远华阳人。”《秋夜寄青龙寺空贞二上人》:“磬寒彻几里,云白已经宵。”《送人罢举东游》:“鸿嘶荒垒闭,兵烧广川寒。”《金州冬月陪太守游池》:“苦吟行迴野,投迹向寒云。”《暮秋宿友人居》:“寒浦鸿相叫,风窗月欲沈。”《秋日寄厉玄先辈》:“夜雨吟残烛,秋城忆远山。”《禅林寺》:“冷色石桥月,素光华顶云。”等等。除此之外,一些诗句中动词的锤炼,更见无可苦吟诗人的本色,如“雨雾蒸秋岸”(《送李使君赴琼州兼五州招讨使》)的“蒸”字,“幽磬带松闻”(《禅林寺》)的“带”字等,不经苦吟,断难到此境。不过无可的苦吟相对于贾岛而言,尚未达到那种奇崛幽峭的程度。更多的时候,无可诗歌表现出一种平淡含蓄、自然流畅的风致,颇得后人称赏。如清贺裳《载酒园诗话又编》曰:“无可诗如秋涧流泉,虽波涛不兴,亦自清冷可悦。”纪昀也评无可诗“格韵颇高”(《瀛奎律髓汇评》),都指出其诗歌有着韵高的特点。

宋蔡居厚《诗史》言:“唐僧多佳句,其琢句法有比物以意而不言物,谓之‘象外句’。如无可上人诗曰‘听雨寒更尽,开门落叶声’,是落叶比雨声也。又曰‘微阳下乔木,远烧入秋山’,是微阳比远烧也。用事琢句妙在言其用,而不言其名耳。”方回《瀛奎律髓》也说:“听雨彻夜,既而开门乃是落叶如雨,此体极少而绝佳。‘微阳下乔木,远烧入寒山’亦然。”这便道出了无可诗歌创作的另一个特点:“象外句”。诗评家所谓“象外句”的说法,指出了在无可诗歌在文字背后,存在着超出具体物象的一种灵动的意境,这就是司空图所说的“象外之象,景外之景”(《司空表圣文集》卷三)。如“听雨寒更尽,开门落叶声”,见《秋寄从兄贾岛》:“微阳下乔木,远烧入寒山”二句,《全唐诗》失收,宋释惠洪《天厨禁脔》卷上称其题为《登楼远望》。

另外，明胡震亨在《唐音癸签》中说："无可诗与兄岛同调，亦时出雄句，咄咄火攻。"胡震亨所谓"雄句"、"火气"，指出了无可诗风的另一方面。如《送薛重中垂充太原副使》：

中司出华省，副相晋阳行。书答偏州启，筹参上将营。
踏沙夜马细，吹雨晓笳清。正报胡尘灭，桃花汾水生。

又如《寄羽林卢大夫将军》：

将军直禁闱，绣服耀金羁。羽卫九天静，英豪四塞知。
望云回朔雁，隔水射宫麋。旧国无归思，秋堂梦战时。
门风荀氏敌，剑艺霍家推。计日旌旄下，萧萧万马随。

以上这样诗歌的壮而多风，豪迈奔放，确实是"时出雄句"，展现了燕赵慷慨悲歌之士的特征。也从另一个侧面让我们认识了这位诗僧的精神世界。

有学者指出，"诗僧"无可在文学史上文名不显，后人对他的诗歌创作少有提及，然而细心研味他的存诗，并无僧侣之作常有的凄苦之色，反而有着尘俗中人难以企及的素朗与超逸，而且还时出雄句，与其他诗僧相较，确有独特的价值。[①] 宋代严羽《沧浪诗话·诗评》评曰："释皎然之诗，在唐诸僧之上。唐诗僧有法照、无可、护国、灵一、清江、无本、齐已、贯休。"除皎然外，无可排名仅次于法照列第三。清贺贻孙在《诗筏》中也说："唐释子以诗传者数十家，然皎然外，应推无可、清塞、齐已、贯休数人为最。"总之，无可的诗歌在唐代著名诗僧中成就较为突出，其诗风和其从兄贾岛颇为相似，在创作上也崇尚苦吟。但无可并不是贾岛的影子，而是从某种程度突破了贾岛的局限和影响，形成了自己冲淡含蓄、超逸清冷的独特风格，其诗歌的特色和成

① 李俊标：《"诗僧"无可的诗歌创作》，《中国韵文学刊》，2004年，第2期。

就，值得引起我们进一步的关注。

第三节　高　骈

高骈（821～887年），字千里，幽州（今属北京）人。南平郡王崇文之孙，家世为禁卫将领。幼颇修饬，折节为文学。初事灵武节度使朱叔明为左司马，后历右神策军都虞侯、秦州刺史。咸通五年（864年），拜安南都护，进检校刑部尚书。七年，置静海军于安南，授骈节度使，兼诸道行营招讨使。后入为右金吾大将军，迁天平军节度使。僖宗立，加同中书门下平章事，迁剑南西川节度使，进检校司徒，封燕国公，徙荆南节度使，加诸道行营都统、盐铁转运等使，俄徙淮南节度副大使。广明初，进检校太尉、东面都统、京西京北神策军诸道兵马等使，封渤海郡王，光启三年（887年），为部将毕师铎所害。《全唐诗》存诗一卷。

高骈在唐末为戎帅诗人，诗中不脱一股英雄之气，题材也多与其军旅生涯有关。其《言怀》云：

恨乏平戎策，惭登拜将坛。手持金钺冷，身挂铁衣寒。

主圣扶持易，恩深报效难。三边犹未静，何敢便休官。

诗中为我们展现了一个忧虑国事的戎装将军形象，表现了高骈手握重兵、睥睨天下英雄的豪气。高骈是个乱世英雄，《唐才子传》卷九载："（高骈）少闲鞍马弓刀，善射，有膂力。更刬锐为文学，与诸儒交，硁硁谈治道。初事朱叔明为府司马，迁侍御史。一日校猎围合，有双雕并飞，骈曰：'我后大富贵，当贯之。'遂一发联翩而坠，众大惊，号'落雕御史'。"可见高骈早年就已勇力知名。高骈一生戎马倥偬、转战南北的经历，在诗中都有所反映，如《赴安南却寄台司》："曾驱万马上天山，风去云回顷刻间。今日海门南面事，莫教还似凤林关。"安南属于交州都督府，治所在今河南，高骈赴任时，府治已为南诏所陷；凤林关，在甘肃临夏县南，宝应元年凤林关为吐蕃所陷，这样的诗歌表现了高骈对国家局势的高度关注。

高骈一些边塞军旅内容的诗歌苍凉雄健，但难掩一股悲愤之气，骨力可以直追盛唐之作。如《边城听角》：“席箕风起雁声秋，陇水边沙满目愁。三会五更欲吹尽，不知凡白几人头！”《寓怀》云：“关山万里恨难销，铁马金鞭出塞遥。为问昔时青海畔，几人归到凤林桥。”长期的边关鏖战，归期遥遥无望，面对边地苦寒，不禁让人感慨无限。汉代班超曾有“生入玉门关”的心愿，但是又真的有几人能够实现这个愿望呢！其《塞上曲二首》将征夫的怨恨表现得更为直接：

> 二年边戍绝烟尘，一曲河湾万恨新。从此凤林关外事，不知谁是苦心人？
>
> 陇上征夫陇下魂，死生同恨汉将军。不知万里沙场苦，空举平安火入云。

胡虏进犯的烟尘平息以后，累累的白骨、战死的冤魂已经没有人关心，“平安火”传入京都，只是为将军们换来加官晋爵。《叹征人》云：“心坚胆壮箭头亲，十载沙场受苦辛。力尽路傍行不得，广张红旆是何人！”此诗更是将下层士兵的悲惨命运与“广张红旆”的将军进行对比，表现了诗人对不公命运的强烈愤慨。

高骈本人位高权重，在黄巢之乱中保存实力，致令皇帝播迁，《新唐书》将之归入《叛臣传》。《唐才子传》卷九称“骈以战讨之勋，累拜节度，手握王爵，口含天宪，国家倚之。时巢贼日日甚，两京亦陷，大驾蒙尘，遂无勤王之意，包藏祸心，欲便徼幸。帝知之，以王铎代为都统，加侍中。骈失兵柄，攘袂大诟”。高骈集中有《闻河中王铎加都统》诗：“炼汞烧铅四十年，至今犹在药炉前。不知子晋缘何事，只学吹箫便得仙。”揣其诗意，当是此时所作。子晋指王子晋，好吹笙作凤凰鸣，后得道成仙，此以王子晋影射王铎。

《唐才子传》卷九称：“（高骈）一旦离势，威望顿尽，方且弃人间事，绝女色，属意神仙。鄱阳离侩吕用之会妖术，役鬼神，及狂人诸葛殷、张守一等相引而进，多为谬悠长年飞化之说，羽衣鹤氅，诡辩风生，骈事之若神。造迎仙楼，高八十尺，日同方士登眺，计鸾笙在云表而下，用之等叱咤风雷，或望空揖拜，言睹仙过，骈辄随之。用之曰：‘玉皇欲补公真官，吾谪限亦满，必当陪幢节同归上清耳。’其造怪不可胜纪。至以用之、守一、殷等为将，分掌兵将，皆称将军，开府置官属，礼与骈均。卒至叛逆首乱，磔尸道途，死且不悟。裹骈以破毡，与子弟七人，一坎而瘗。”罗隐当年因考不中进士，乃投淮南高骈，但罗隐见高骈喜欢神仙道术，就比较反感，曾作《淮南高骈所造迎仙楼》诗讥讽道：

> 鸾音鹤信杳难回，凤驾龙车早晚来。仙境是谁知处所，人间空自造楼台。
>
> 云侵朱槛应难到，虫网闲窗永不开。子细思量成底事？露凝风摆作尘埃。

后来高骈被杀，罗隐又提笔写了《妖乱志》记载其遭祸之由。因高骈惑于道术，故其诗集中颇多这一题材的诗歌，不过有些作品在艺术上相当成功，不乏脍炙人口的名篇，如《和王昭符进士赠洞庭赵先生》：

> 为爱君山景最灵，角冠秋礼一坛星。药将鸡犬云间试，琴许鱼龙月下听。
>
> 自要乘风随羽客，谁同种玉验仙经。烟霞淡泊无人到，唯有渔翁过洞庭。

诗中描绘了在君山习仙的赵先生的形象，化用《淮南子》、《荀子》、《列子》、《神仙传》中仙人典故，渲染了赵先生的高风雅操，满纸道气，令人读后若有羽化升仙之感。中间二联对仗工稳巧妙，融化典故而能做到自然流畅，显示了高超的艺术技巧，故元好问对高骈这样的七律非常欣赏，于《唐诗鼓吹》中多加选录。除了此诗外，元好问还选了高骈的

《寄鄠杜李遂良处士》、《依韵奉酬李迪》、《留别彰德军从事范校书》、《途次内黄马病，寄僧舍呈诸友人》、《遣兴》等篇。从形式上看，高骈最擅长的就是七绝和七律，五言作品很少，显示了诗人对七言近体的偏爱。从内容上看，雄浑豪迈的戎旅之作与渴慕摆脱浮世、向往仙家烟霞的诗作，共同构成高骈诗歌的两个主要方面。

第四节 "咸通十哲"之一：张蠙

晚唐咸通年间，出现了以"咸通十哲"为代表的一批寒素诗人。五代王定保《唐摭言》卷十称，"十哲"分别是许棠、张乔、喻坦之、剧燕、伍涛、吴罕、张蠙、周繇、郑谷、李栖远、温宪、李昌符等十二位诗人，后人甚至将这些诗人的奖掖者薛能、李频以及与之交往密切曹松和李洞也归于这个群体。这个群体以五律创作为主，艺术上主要接续贾岛、姚合等人。在"咸通十哲"中，张蠙是河北籍诗人。

张蠙，字象文，郡望河北清河人，居家江南。初与许棠、张乔齐名，为"咸通十哲"之一，又与许棠、张乔、周繇合称"九华四俊"。登昭宗乾宁二年（895年）进士第，授校书郎，改栎阳尉，迁犀浦令。后仕前蜀王建，拜膳部员外，终金堂令。《全唐诗》存诗一卷，《全唐诗补编》及《全唐诗续拾》补诗1首，断句3句。

张蠙诗歌多以律诗为多，早年尝游塞北，写有不少边塞诗作，其中《登单于台》是张蠙的名作，诗云：

> 边兵春尽回，独上单于台。白日地中出，黄河天外来。
> 沙翻痕似浪，风急响疑雷。欲向阴关度，阴关晓不开。

单于台，在今内蒙古呼和浩特市西，相传汉武帝曾率军登临此台。张蠙此诗描写登上单于台所见的塞外风光，境界阔大，感慨深沉，颇具盛唐气象。特别是颔联"白日地中出，黄河天外来"，写耀眼的太阳从遥远的地平线上喷薄而出，浩荡奔腾的黄河从天地相接处而来，气象苍茫辽阔，意境旷远，堪与盛唐诗人王维的名联“大漠孤烟直，长河落日圆”相媲美，是唐诗描绘边塞风光中不可多得的名句。颈联“沙翻痕似浪，风急响疑雷”也抓住了大漠特有的景色，景象真切而富有想象力。明胡应麟《诗薮杂编·闰余上·五代》云：“唐诗之壮浑者，终于此。”

张蠙诗中边塞题材的诗歌最多，成就也最高。晚唐国势衰微，大厦将倾的明确预感，使得许多晚唐诗人普遍表现出绝望的末世情怀。所以晚唐边塞之作中早已丧失了盛唐诗人的阳刚之气，这些边塞题材的篇什中充斥最多的是对国家衰颓残破的哀鸣。而张蠙独能做到慷慨苍劲，风骨凛然，可以看作盛唐气象的回光返照。如《边将二首》云：

历战燕然北，功高剑有威。闻名外国惧，轻命故人稀。
角怨星芒动，尘愁日色微。从为汉都护，未得脱征衣。
按剑立城楼，西看极海头。承家为上将，开地得边州。
碛迥兵难伏，天寒马易收。胡风一度猎，吹裂锦貂裘。

二诗写得壮怀激烈，苍凉雄浑，将百战沙场的将军形象塑造得丰满生动。从按剑城楼、极目海天的将军形象中，我们仿佛可以感受到洋溢在诗人心头彭湃的激情。《塞下曲》同样表现了诗人对建立功勋的渴望：

边事多更变，天心亦为忧。胡兵来作寇，汉将也封侯。
夜烧冲星赤，寒尘翳日愁。无门展微略，空上望西楼。

除了对投身军旅建功立业的渴望之外，张蠙边塞诗中有许多是对边事的关注，如《蓟北书事》云：

度碛如经海，茫然但见空。戍楼承落日，沙塞碍惊蓬。
暑过燕僧出，时平虏客通。逢人皆上将，谁有定边功？

面对错综复杂的蓟北边境形势，还有镇抚乏人的堪忧现实，诗人不禁发出了“逢人皆上将，谁有定边功”的强烈质疑。张蠙承继了高适等盛唐诗人关注下层士卒境况的现实主义传统，他对普通士兵的命运特别关注。例如《吊万人冢》云："兵罢淮边客路通，乱鸦来去噪寒空。可怜白骨攒孤冢，尽为将军觅战功。"《古战场》云："荒骨潜销垒已平，汉家曾说此交兵。如何万古冤魂在，风雨时闻有战声。"真是一将功成万骨枯！多少无辜的生命永远沉寂在荒草乱鸦的郊野，风雨中仿佛还传来当年阵阵喊杀声。在《边将》中，诗人更是直接将矛头指向不爱惜士卒生命的将军们：

上马乘秋欲建勋，飞弧夜阙出师频。若无紫塞烟尘事，谁识青楼歌舞人？

战骨沙中金镞在，贺筵花畔玉蝉新。由来边卒皆如此，只是君门合杀身。

也许这就是边卒的宿命？频繁出征，血战关山的众多士兵的生命，最终都只是为了成就那些只知在筵边花畔流连的将领们的功勋？张蠙这样的作品，从思想上直接踵武高适《燕歌行》一类现实主义作品，可是算做盛唐边塞之作遥远的嗣响。

和"咸通十哲"其他诗人一样，张蠙很少写古体诗，他最擅长写五律，七律、七绝亦为数不少。早年在长安应举时，张蠙屡试不第，曾作《下第述怀》诗：

十载长安迹未安，杏花还是看人看。名从近事方知险，诗到穷玄更觉难。

世薄不断云路晚，家贫唯怯草堂寒。如何直道为身累，坐月眠霜思枉干。

又《叙怀》云：

月里路从何处上，江边身合几时归？十年九陌寒风夜，梦扫芦花絮客衣。

从这两首诗看来，诗人羁旅长安的时间为丨年左右。《唐才子传》中还称，《叙怀》诗竟闻于当权者："主司知为非滥成名。"可能诗人最终及第，便和此类诗歌产生的影响有关。《唐才子传》还记载了张蠙因《夏日题老将林亭》诗受到前蜀皇帝称赏的事迹："王衍与徐后游大慈寺，见壁间题：'墙头细雨垂纤草，水面回风聚落花。'爱赏久之，问谁作，左右以蠙对，因给笺，令以诗进，蠙上二百篇，衍尤待重，将召掌制诰，宋光嗣以其轻傲驸马宜疏之，止赐白金千两而已。"现存蠙诗仅百余篇，可见其诗应已散佚过半。张蠙的七律也为后人激赏，元好问《唐诗鼓吹》选入两篇，即《长安春望》、《钱塘夜宴留别郡守》，《长安春望》云：

明时不敢卧烟霞，又见秦城换物华。残雪未销双凤阙，新春已发五侯家。

甘贫只拟长缄酒，忍病犹期强采花。故国别来桑柘尽，十年兵践海西艖。

《钱塘夜宴留别郡守》云：

四方骚动一州安，夜列樽罍伴客欢。觱篥调高山阁迥，虾蟆更促海声寒。

屏间佩响藏歌妓，幕外刀光立从官。沈醉不愁归棹远，晚风吹上子陵滩。

前诗写诗人羁宦长安，时值帝阙残雪未销，自己甘贫戒酒，忍病踏青采花，忽忆故国苦遭兵乱，桑柘荡尽，留滞难归。后诗写遭黄巢、朱全忠之乱，在钱塘郡守家夜宴作别，宴席之上，侍从林里，管弦悲鸣，诗人沉醉归棹，晚风吹来，忽然想到东汉严光（子陵）垂钓于富春山七里滩之事，不禁萌生归欤之叹。二诗情与景会，寄慨深长，洵为佳构。我们注意到在这样的诗篇中，张蠙对诗句的锤炼颇见功力，从"残雪未销双凤阙，新春已发五侯家"、"觱篥调高山阁迥，虾蟆更促海声寒"这样工整流畅的对仗，可以想象出诗人对于律诗形式完美的苦心追求，这一点可以找到贾岛等人的影子。在张蠙集中有《伤贾岛》：“生为明代苦吟身，死作长江一逐臣。可是当时少知己，不知知己是何人。”伤贾岛当时苦无知己，便是引其为异代知音，可见张蠙等“咸通十哲”对贾岛、姚合的诗歌非常推崇，所以他们在创作中普遍崇尚苦吟，这种诗风对宋初的诗坛也产生了直接的影响。

第五节　高蟾、崔渥、卢廷让、公乘亿、卢汝弼

一、高蟾

高蟾，渤海（今河北沧州）人，辛文房《唐才子传》卷九称其为“河朔人”。出身寒素，性倜傥，尚气节，累举不第。懿宗咸通十四年（873年）登进士第，《唐才子传》称其僖宗乾符三年（876年）始登进士第。昭宗乾宁（894～898年）间，官至御史中丞。《全唐诗》存诗1卷，《全唐诗补编》及《全唐诗续拾》补诗2首。

高蟾与郑谷、贯休相友善。郑谷有《高蟾先辈以诗笔相示抒成寄酬》：“张生故国三千里，知者唯应杜紫微。君有君恩秋后叶，可能更羡谢玄晖。”贯休有《避地寄高蟾》“荒寺雨微微，空堂独掩扉。高吟多忤俗，此貌若为饥。旅梦遭鸿唤，家山被贼围。空余老莱子，相见独依依。”高蟾诗歌以感怀、行旅为主，尤其擅长绝句。郑谷诗中称“知者唯应杜紫微”，以杜牧为其知音，或许和高蟾对于绝句这种形式的专擅有关，辛文房《唐才子传》卷九称高蟾“诗体则气势雄伟，态度谐远，如狂风猛雨之来，物物竦动，深造理窟”。

高蟾的《下第后上永崇高侍郎》一诗最为著名，诗云：

天上碧桃和露种，日边红杏倚云栽。芙蓉生在秋江上，不向东风怨未开。

关于此诗有一段本事，见《唐才子传》卷九：“（高蟾）初累举不上，题

诗省墙间曰：‘冰柱数条搘白日，天门几扇锁明时。阳春发处无根蒂，凭仗东风次第吹。’怨而切。是年人论不公，又下第。上马侍郎云（诗从略）……又有‘颜色如花命如叶’之句，自况时运蹇窒。”“冰柱数条搘白日”一首为七律《春》之前半，“颜色如花命如叶”实乃白居易《陵园妾》之句。《春》和《下第后上永崇高侍郎》都是反映晚唐科举弊端的著名诗歌。依唐代科举惯例，举子考试之前，先得自投门路，向达官贵人“投卷”以求得到荐举，否则无论你有多高的才华，也没有被录取的希望，这种所谓推荐、选拔相结合的办法产生的弊端至晚唐尤甚。高蟾下第后，慨叹“阳春发处无根蒂”，可见当时靠人事“关系”成名者大有人在。《下第后上永崇高侍郎》诗中用“天上碧桃”、“日边红杏”来比拟新科进士地位的不同寻常；用“和露种”、“倚云栽”比喻他们有所凭恃，特承恩宠。“碧桃”在天，“红杏”近日，方得“和露”“倚云”之势，又岂是僻居于秋江之上无依无靠的“芙蓉”所能比拟的呢？“天上”、“日边”与“秋江上”这样极为悬殊的地位，让人不禁想起左思在《咏史》诗中“郁郁涧底松，离离山上苗”那样寒士的愤慨之情。另外，秋江芙蓉风神之美，与春风桃杏颜色妖艳之美不同，秋江芙蓉孤高的品格也正是诗人人格的象征。《唐才子传》中称“蟾本寒士，惶惶于一名，十年始就。性倜傥离群，稍尚气节。人与千金，无故，即身死不受，其胸次磊块，诗酒能为消破耳”，都可证高蟾生平是以孤高自许的。正是因以上“怨而切”的落第诸诗所产生的巨大影响，高蟾在第二年终于蟾宫折桂。

下层文人难觅一第，仕途上毫无出路，正是晚唐国势衰微的表现之一。高蟾通过自己艰难的科举之路，深深地认识到气息奄奄的大唐帝国已经是末路穷途，其《金陵晚望》云：“曾伴浮云归晚翠，犹陪落日泛秋声。世间无限丹青手，一片伤心画不成。”诗中对落日残景的描绘，不正是一个王朝垂暮的写照吗？这样的诗歌，很容易让人联想起李商隐的《乐游原》：“向晚意不适，驱车登古原。夕阳无限好，只是近黄昏。”

危机四伏的社会现实，江河日下的时代，正是敏锐的诗人眺望落日而生无限感伤的决定性因素。

二、崔渥

崔渥，郡望博陵（今河北安平）。光启（885～888年）间因中原丧乱奔至湖南，传说曾于潇湘二妃庙中题诗，后被二妃召去，与之唱和。《全唐诗》中存此二诗，诗云："万里同心别九重，定知涉历此相逢。谁人翻向群峰路，不得苍梧徇玉容。"这首诗的题目叫《与崔渥冥会杂诗》，大概前四句诗就是崔渥的题诗，后面是二妃与崔渥的联句唱和：

春鸟交交引思浓，岂期尘迹拜仙宫。鸾歌凤舞飘珠翠，疑是阳台一梦中。

鸾舆昔日出蒲关，一去苍梧更有还。若是不留千古恨，湘江何事竹犹斑。

愁闻黄鸟夜关关，汭汭春来有梦还。遗美代移刊勒绝，唯闻留得泪痕斑。

方承恩宠醉金杯，岂为干戈骤到来。亡国破家皆有恨，捧心无语泪苏台。

桃花流水两堪伤，洞口烟波月渐长。莫道仙家无别恨，至今垂泪忆刘郎。

泾阳平野草初春，遥望家乡泪滴频。当此不知多少恨，至今空忆在灵姻。

目断魂销正惘然，九疑山际路漫漫。何人知得心中恨，空有湘江竹万竿。

常说仙家事不同，偶陪花月此宵中。锦屏银烛皆堪恨，惆怅纱窗向晓风。

细揣诗意，第五首和第七首的口气最像女子口吻，其余有可能是崔渥的和作。唱和全用七绝的形式，围绕潇湘二妃泪洒斑竹的千古之恨，与诗人崔渥国破家亡的身世经历，抒发了对千古爱情传说的无限同情及对好事难全的深深怅惘之感。

三、卢廷让

卢廷让，字子善，行十三，范阳（今河北涿州）人，《十国春秋》有传。参加科举考试25次，直到昭宗光化三年（900年）才登进士第。武贞节度使雷满辟为从事，满卒，入蜀。王建称帝，授水部员外郎，累迁给事中，拜工部侍郎，终刑部侍郎。著有《卢廷让诗集》一卷，《全唐诗》存诗14首、断句10联，《全唐诗补编》补诗1首，断句四联。

廷让天资聪颖，才能卓绝，为诗师法薛能。词义入僻，不竞纤巧，多以浅近通俗语言入诗，且多健语，自成一体。侍御史吴融出官峡中，时卢廷让布衣游荆渚，贫无卷轴。吴融表弟滕籍偶得卢廷让诗百余篇，融览其警联，如《宿东林》云："两三条电欲为雨，七八个星犹在天。"《旅舍言怀》云："名纸毛生五门下，家僮骨立六街中。"《赠元上人》云："高僧解语牙无水，老鹤能飞骨有风。"《蜀道》云："云间闹铎骡驮去，雪里残骸虎拽来。"又云："树上諏咨批颊鸟，窗间逼驳扣头虫"等，吴融大惊曰："此去人远绝，自无蹈袭，非寻常耳。此子后必垂名。余昔在翰林召对，上曾举其'臂鹰健卒横毡帽，骑马佳人卷画衫'一联，虽浅近，然自成一体名家，今则信然矣。"（《唐才子传》卷十）除了以上所举这些之外，卢廷让还有很多警句，如"每过私第邀看鹤，长著公裳送上驴"（《寄友人》）"名纸毛生五门下，家僮骨立六街中"（《旅舍言怀》）"云间闻铎骡驮去，雪里残骸虎拽来"（《蜀路》）"树上咨諏批颊鸟，窗间壁驳叩头虫"（《冬夜》）"渡水蹇驴双耳直，避风羸仆一肩高"（《雪》）"凉雨打低残菡萏，急风吹散小蜻蜓"（见《锦绣万花谷》），以上这些诗句从意象上多取寒瘦冷怪，独具一格，所以为吴融所赏，回京后广为廷誉。后卢廷让再次进京应考，拜访吴融时献上《苦吟》（《唐摭言》卷十二诗题作《说诗》）一诗：

莫话诗中事，诗中难更无。吟安一个字，捻断数茎须。

险觅天应闷，狂搜海亦枯。不同文赋易，为著者之乎。

晚唐以来诗人普遍苦吟，贾岛就曾称自己“两句三年得，一吟双泪流”，“推敲”的故事早已家喻户晓。方干亦曾云：“才吟五字句，又白几茎须。”（《赠喻凫》）“吟成五字句，用破一生心。”（《贻钱塘县路明府》）李贺、贾岛、姚合、方干、卢仝、李昌符等苦吟派诗人可以说一个比一个雕肝镂肺、呕心沥血。卢廷让此诗中的“吟安一个字，捻断数茎须”更是道尽了炼字推敲的甘苦，让人感动，所以后来就成为苦吟诗人的写照。由上可见，卢廷让的诗风通俗浅易，但创作上崇尚苦吟，对仗精切，且形象生动，颇多警句。比如《宿东林》中“两三条电欲为雨，七八个星犹在天”一联，写夏夜疏雨，确是传神笔致，其中数字的运用尤为精妙，所以这两句后来就为南宋大词人辛弃疾的名篇《西江月·夜行黄沙道中》所化用。

卢廷让早年四处游历时，多次向官员投赠自己的诗歌，但由于其诗冷僻，多为时人鄙之。不过有些诗句例外，比如“狐冲管道过，狗触店门开”一联得到过度支使张浚的赞赏；“饿猫临鼠穴，馋犬舐鱼砧”一联得到过中书令成汭的夸赞。唐末卢廷让投奔王建，拜见时的投赠诗中有“栗爆烧毡破，猫跳触鼎翻”一联，王建读后很感兴趣，后偶于冬夜命宫女烧栗，有数栗爆出烧绣褥；是夜宫猫相戏，误触丹鼎翻，念卢氏句，建蘧然曰：“诗人信无虚境，卢廷让曾预言之矣。”次日即拜卢氏为工部。卢廷让曾感慨曰：“平生投谒公卿，不意得力于猫鼠狗子也！”道出了乱世诗人不为人理解的感慨与无奈。

四、公乘亿

公乘亿，字寿仙，一作寿山，魏州（今河北大名）人。懿宗咸通十二年（871年）进士，乾符四年（877年）任万年县尉，京兆府试官。后为魏博节度使乐彦祯从事，加监察御史衔。昭宗时，又为魏博节度使罗弘信从事。善诗赋，擅名场屋间，进取者以为法式。《北梦琐言》卷二云：“咸通中，礼部侍郎高湜知举，榜内孤贫公乘亿赋诗三百首，人多书于屋壁。”有赋集12卷，诗1卷，已佚。《全唐诗》存诗4首及断句1联。《全唐文》录存文3篇。

公乘亿残存的四首诗中，《春风扇微和》一作蒋防诗。其余三首《赋得郎官上应列宿》、《赋得秋菊有佳色》、《赋得临江迟来客》都是“赋得体”。唐代科举考试的试贴诗，诗题多摘取前人成句，故题前均标有“赋得”二字。公乘亿这三首诗就当是参加进士考试的试贴诗，“郎官上应列宿”语出《后汉书·明帝纪》：“郎官上应列宿，出宰百里，有非其人，则民受其殃。”“秋菊有佳色”语出陶渊明《饮酒》其七：“秋菊有佳色，裛露掇其英。”“临江迟来客”则出自谢灵运《南楼中望所迟客》：“登楼为谁思？临江迟来客。”通过这样的诗歌，我们可以了解唐代试贴诗的一些基本情况。科举应制的赋得体一般是五言六韵，一韵到底，中间四联要求对仗，首尾两联不限。公乘亿的试贴之作写得中规中矩，将题目表现得淋漓尽致，如《赋得临江迟来客》：

江上晚沈沈，烟波一望深。向来殊未至，何处拟相寻。
柳结重重眼，萍翻寸寸心。暮山期共眺，寒渚待同临。
北去鱼无信，南飞雁绝音。思君不可见，使我独愁吟。

描绘诗人寒江眺望的凄清孤寂之景，在俯仰之中，极尽渲染之能事，将久待不至的渴盼与落寞之情表现得曲尽其妙，难怪《唐才子传》中称其诗歌为时人法为程式呢！

《全唐文》录存公乘亿文三篇：《复河湟赋》、《魏州故禅大德奖公塔碑》、《唐太师南阳王罗公神道碑》，其中《复河湟赋》、《唐太师南阳王罗公神道碑》都已残缺，唯《魏州故禅大德奖公塔碑》尚属完整。《复河湟赋》云：

（上阙）左衽之心庶无虞于魏阙，足以谈元。想播洪休，使恩波之不绝，令瑞色以长浮。帐下美人，醉舞胡筵之夜。天边戍客，行歌陇月之秋。况在秦则秦之无策，在汉则汉之莫克。恨旄头而夜夜长悬，怨羽檄而年年不息。爰及我后，混成区域，自然与三代同风，百王作式。若臣者，则何足以论功而赞德。

文章是针对收复河湟而作，虽已残缺，但通过“帐下美人，醉舞胡筵之夜。天边戍客，行歌陇月之秋”这样标准的律赋句子，我们已经可以想见其对此体的得心应手了。《魏州故禅大德奖公塔碑》是公乘亿的名作，文云：

盖闻妙谛惟元，不可以一理测。真筌至奥，不可以诸相求。随万物而泯色空，而不生不灭。超三界而越尘垢，故无去无来。此乃不思议者，其惟西方释迦牟尼佛之谓乎？伏自教传西域，化被中原，汉明推入梦之祥，梁武显施身之愿。语其大也，外不见须弥之广。言其小也，内不知芥子之微。斯乃梵玺裒然，代代相付。肇自摩诃迦叶，迄于师子尊者，统为二十三代。而后达摩多罗降于汉土，至能秀分之为七。而後苞披叶附，派别脉分。其真宗不泯不灭者，则我大觉大师固有系焉。和尚姓孔，字存奖。家本邹鲁，即阙里之裔孙也。乃祖乃父，因官隶于蓟门。历祀既深，籍同编人。和尚以无量劫中，修菩萨行。及兹降世，岂同凡伦。当衣釆之妙龄，蓄披缁之大志。未逾七岁，即悟三乘。启白所亲，恳求剃落。遂于蓟三河县盘山甘泉院依止禅大德晓方，乃亲承杖履，就侍瓶盂。启顾全身，惟思半偈。大中五年，伏遇卢龙军节度使张公奏置坛场，和尚是时戒相方具，而後大中九年，再遇侍中张公重起戒坛于涿郡。众请和尚以六逾星纪，三统讲筵，宣金石之微言，示玉毫之真相。三千大千之世界，靡不瞻依。十一十二之因缘，竟无凝滞。禅大德元公者，即临济之大师也。和尚一申礼谒，得奉指归。传黄蘖之真筌，授白云之秘诀。所为醍醐味爽，乍灌顶以皆醒。薝蔔花香，才经手而分馥。一旦旋辞旧刹，愿历诸方。西自京华，南经水国，至于攀萝冒险，蹈石眠云，经吴会兴废之都，尽梁武庄严之地，无不追穷圣迹，探讨朝宗。后过钟陵，伏遇仰山大师方开法宇，大启禅扃。赴地主之邀迎，会天人之供施。面陈奥义，众莫能分。和尚立以剖之，如刀解物。仰山目眙击指，称叹再三，遽闻临济大师已受满相蒋公之请，才凝省侍，飞锡而遽及中条。寻获参随，置杯而将渡白马，当道先太尉中令何公，专发使人，迎请临济大师。和尚翼从一行，不信宿而至于府下。而乃止于观音寺江西禅院，而得簪裾继踵，道俗连肩。曾未期年，是至迁化。斯盖和尚服勤道至，展敬情深，无乖灵堵之仪，克尽荼毗之礼云。

乾符二年，有幽州节度押两蕃副使检校秘书兼御史中丞赐紫金鱼袋董廓及幽州临坛律大德沙门僧惟信并涿州石经寺监寺律大德宏屿等，咸欲指陈盘岭，祈请北归。和尚欲狥群情，将之蓟部，晨诣衙庭，启述行迈。先时中丞韩公之叔曰赞中，遽闻告云，抚掌大敌。乃曰："南北两地，有何异也？魏人何薄，燕人何厚？如来之敬，岂如是耶？"和尚辞不获已，许立精舍。韩公之叔常侍及诸檀信，鸠集财货，卜得胜概，在于南砖门外，通衢之左，成是院也，有如化成。松楠将杞梓俱来，文石与碱砆洊至。重廊复道，竹翠松青。四户八窗，风轻月朗。和尚乐兹幽致，用化群迷。开解脱门，演无量法。能使天花散地，水月澄空。常与四众天人，皆臻法要。六州士庶，尽结胜因。岂谓一念俱尸，奄从物化。斯乃文德元年七月十二日也，享龄五十九，僧腊四十一。有亲信弟子藏晖、行简，一以主丧，一以传法。大德奉先师之遗命，于龙纪元年八月二十二日，于本院焚我真身，用观法相。阖城禅律，继踵争来。四达簪裾，连肩悉至。于是幡花蔽日，螺呗喧天。火才发而云自愁，薪不加而风助势。三日三夜，号礼如斯。于香烬之中，得舍利一千馀粒。诸寺大德，各各作礼，请分供养焉。于戏！雪氎如故，其仪宛然。捧一履以徒悲，仰双林而莫见。遂建塔于府南贵乡县薰风里，附于先师之塔志也。亿到职之初，曾获瞻礼。法主大德藏晖，不以亿才业庸浅，具闻于我公，相请撰斯文。亿秉笔惕然，得尽芜鄙。铭曰：

传如来教，厥惟大雄。百千劫外，方丈室中。慈悲是念，色相皆空。端然不动，岂染尘蒙。矫迹三界，安心四禅。身虽是假，道本无边。璞内有玉，火中生莲。传法何处，随其有缘。越绝支遁，匡庐远公。高情远致，迹异心同。既离邪缚，肯处凡笼。松轩竹径，空悲夜风。我性不动，我心就然。果得舍利，粒粒珠圆。幡花艳闪，螺呗交连。唱偈作礼，声彻梵天。宝刹新建，招提旧踪。莲芳不见，葱岭谁逢。响亮朝磬，清泠夜钟。历千万祀，传我禅宗。

临济宗创始人是义玄（？～866年），发源地是“河朔三镇”中成德镇所辖的镇州（治所在今河北正定）。义玄到镇州传法的时间大约是在唐武宗会昌五年（845年）禁断佛教前后，他在此传法受到统治成德镇的节度使王绍懿（857～866年在位）等人的支持。义玄晚年应魏博镇的节度使何敬弘（840～866年在位）邀请到魏博镇的治所魏州的贵乡（今河北大名东北）传法，在此去世。弟子存奖继后。公乘亿此碑文记述义玄弟子存奖的生平事迹，其中提到的义玄晚年到魏州传法的记载，对研究义玄经历很有参考价值。

五、卢汝弼

卢汝弼（？～921年），《才调集》作卢弼，字子谐，一作子诰。祖籍范阳（今河北涿县），后徙河中蒲州（今山西永济），大历诗人卢纶之孙。少勤学，善诗文，文采秀丽，为时所称。昭宗景福中登进士第，历任祠部员外郎、知制诰，后从昭宗迁洛。时柳璨党附朱温，诬陷士族，汝弼惧祸，称疾退居，客游上党。后从丁会至太原，依李克用，克用表荐为河东节度副使，累迁户部侍郎。克用子存勖为晋王，承制封拜多出汝弼之手。《全唐诗》存诗八首。

卢汝弼现存八首诗，四首七律，四首七绝。语言精丽清婉，辞多悲气，皆是佳作，尤以边塞诗《和李秀才边庭四时怨》四首最为著名，诗云：

> 春风昨夜到榆关，故国烟花想已残。少妇不知归不得，朝朝应上望夫山。
>
> 卢龙塞外草初肥，雁乳平芜晓不飞。乡国近来音信断，至今犹自著寒衣。
>
> 八月霜飞柳半黄，蓬根吹断雁南翔。陇头流水关山月，泣上龙堆望故乡。
>
> 朔风吹雪透刀瘢，饮马长城窟更寒。半夜火来知有敌，一时齐保贺兰山。

这是一组边塞诗。前两首主要是写闺中少妇的思念，后两首主要写征夫在边地的生活。这种题材在盛唐时期的高适、岑参、李颀等人手里屡见不鲜，但这组小诗，却能在写同类题材的作品中，做到“语意新奇，韵格超绝”（明胡应麟《诗薮·内编》卷六评）。组诗其四最为后人所称道，首句“朔风吹雪透刀瘢”写北地严寒，风吹飞雪，雪借风势，而至于穿透刀瘢。这样的描写纯是从下层士兵的角度下笔，读后使人印象深刻，让人不禁联想起盛唐王昌龄“不信沙场苦，君看刀箭瘢”（《代扶风主人答》）那样的诗句。次句“饮马长城窟更寒”，是由建安七子之一陈琳《饮马长城窟行》中“饮马长城窟，水寒伤马骨”之句化来，加一“更”字，以增其“寒”字的分量。这两句对北地的严寒作了极致的形容，为下文蓄势。“半夜火来知有敌”，是说烽火夜燃，传来敌人夜袭的警报。结句“一时齐保贺兰山”，是这首小诗诗意所在。“一时”，犹言同时，无先后；“齐”，犹言共同，无例外，形容闻警后将士们在极困难的自然条件下，团结一致、同仇敌忾的英雄气概。全诗格调急促高亢，写艰苦是为了表现将士们的不畏艰苦；题名为“怨”，而毫无边怨哀叹之情，正是一首歌唱英雄主义、充满积极乐观精神的小诗。这样的诗歌，承继了乃祖卢纶边塞之作的慷慨悲凉之风，是卢汝弼的代表作。

第六节 唐传奇作家张读

经过中唐的极盛时期，到了晚唐，唐传奇进入了衰落时期，像中唐《南柯太守传》、《霍小玉传》、《枕中记》那样的名篇佳作已经极少出现，但是传奇作品的数量却颇为繁盛，并且出现了许多唐传奇小说集，其中以裴铏《传奇》、段成式《酉阳杂俎》、苏鹗《杜阳杂编》、《苏氏演义》、张读《宣室志》等为代表。

张读，字圣朋，一字圣用，深州陆泽（今河北深县北）人。他是张鷟后裔，张荐之孙，牛僧孺外孙。宣宗大中六年（852 年）进士及第，据唐《阙史》“许道敏”条，谓道敏“至大中六年……方擢于上科。时有同年张读，一举成事，年 19，乃道敏败于垂成之冬，傧导张希复之子，牛夫人所生也”。知读登第时年 19，故应生于大和八年（834 年）。另《唐摭言》称张读“年十八及第”，则其应生于大和九年（835 年）。由于文献记载的不一，这两种说法已经无从辨析孰是孰非了。张读登进士第后，累官至中书舍人，礼部侍郎，典贡举，时称得士。位终尚书左丞。所著有《宣室志》十卷、《建中西狩录》十卷（已佚）。

《宣室志》原书已佚，《新唐书·艺文志》著录谓十卷，《郡斋读书志》卷十三亦著录，谓有苗台符序。目前《宣室志》的遗文散见于《太平广记》等书之中。今存《稗海》本，亦十卷，附《补余》一卷，共收 150 余条，并非完帙。1983 年中华书局据《稗海》本校点，又从《太平广记》等书中辑佚文数十条，共得200余则，是目前最完备之本。

张读写小说是有家学渊源的。其高祖张鷟是《游仙窟》的作者，祖父张荐曾作《灵怪集》，也是传奇之作；外祖父牛僧孺作《玄怪录》，亦是声名显赫，所以张家真可谓是一个传奇之家了。《四库全书总目》说，《宣室志》一书“所记皆鬼神灵异之事，岂以其外祖牛僧孺尝作《元（玄）怪录》，读少而习见，故沿其流波欤?”四库馆臣指出了张读创作传奇小说极有可能受到了家庭的影响。牛僧孺《玄怪录》十卷，原书已经散佚，佚文散见于《太平广记》、《类说》、《说郛》等书，张荐的《灵怪集》亦早已散佚不传，不过《宣室志》对《玄怪录》和《灵怪集》的继承应该是不容怀疑的。

《宣室记》取汉文帝于宣室召贾谊询问鬼神事的典故为书名。该书多是纂录仙鬼灵异故事，篇幅有长有短，水平不一，不过粗陈梗概的短篇占据多数，酷似六朝志怪小说的规模，质量并不高，这也从某种程度上可以看到晚唐传奇趋于衰落的总体趋势。

从张读在《宣室记》中记载的内容来看，他追奇求怪的好奇心理非常强烈。《宣室记》因为内容荒诞不经，常被斥为无稽之谈。不过书中有些故事非常离奇，确实引人入胜。如《陆颙传》写太学生陆颙并无他才，惟自幼嗜食面，食愈多而质愈瘦。有胡商曲与结交，馈遗良多。颙疑惧而避之渭水，未一月而胡商又至。谓颙肚中有一食面虫，因以药进之让其吐出，谢以重金，颙自是大富。复一年，胡商携颙游于海，将虫投于鼎中烧炼七日，有仙人献避水珠，胡商与颙入海游龙宫，“珍宝怪珠，随意择取”。颙以胡商所赠货于南越，获金千镒，由是益富云。陆颙吐消面虫而终至入海致富，设想新奇，出人意表，读后让人兴味盎然。

特别引人注意的是，《宣室记》中记载了许多人和动物互相转化的故事。人与动物、植物之间常能变化，真是无奇不有。其中为人称道的是现实意义较为深刻的《李徵》（《太平广记》卷四二七引《宣室志》，题为《李徵》。明代陆楫等编《古今说海》改题为《人虎传》，撰人署李景亮，误)，本篇是写李徵发狂化虎的故事。故事是说李徵本是天宝十载进士，博学能文，调补江南尉，因恃才倨傲，与同僚不合，郁郁不得志。后去官归乡，于汝坟逆旅中忽发狂疾，化虎遁入山中。第二年，其同年袁傪以监察御史奉诏使岭南，路过此山，虎自草中跃出，惊散众人，与袁傪叙旧，慨叹今昔之别。在袁傪的一再追问下，李徵诉说了自己化身异类的痛苦和对家人的眷恋，控诉了命运的不公，这一段写得非常精彩：

> 我前身客吴楚，去岁方还，道次汝坟，忽婴疾发狂走山谷中，俄以左右手据地而步，自是觉心愈狠，力愈倍，及视其肱髀，则有氂毛生焉。又见冕衣而行于道者、负而奔者、翼而翱者、毳而驰者，则欲得而啖之。既至汉阴南，以饥肠所迫，值一人腯然其肌，因擒以咀之立尽。由此率不为常。非不念妻孥、思朋友，直以行负神祇，一日化为异兽，有觍于人，故分不见矣。嗟夫！我与君同年登第，交契素厚。今日执天宪，耀亲友。而我匿身林薮，永谢人寰，跃而吁天，挽而泣地，身毁不用，是果命乎？

李徵自述这段文字极富人情人性，剖析自己化虎后的心理，传达了失意文人的悲苦心境。李徵化虎成异类的故事，用象征的手法从侧面反映了社会上某类特定人群被边缘化的悲惨境遇，对后世影响颇大，还被翻译成日文，成为传奇中的名篇。另外，《闾丘子》也是较有现实意义的作品，文曰：

> 有荥阳郑又玄，名家子也。居长安中，自小与邻舍闾丘氏子偕读书于师氏。又玄性骄，率以门望清贵，而闾丘氏寒贱者，往往戏而骂之曰："闾丘氏，非吾类也，而我偕学于师氏，我虽不语，汝宁不愧于心乎？"闾丘子嘿然有惭色。后数岁，

闾丘子病死。

及十年，又玄以明经上第，其后调补参军于唐安郡。既至官，郡守命假尉唐兴。有同舍仇生者，大贾之子，年始冠，其家资产万计，日与又玄会。又玄累受其金钱赂遗，常与燕游。然仇生非士族，未尝以礼貌接之。尝一日，又玄置酒高会，而仇生不得预。及酒阑，有谓又玄者曰："仇生与子同舍，会燕而仇生不得预，岂非有罪乎?"又玄惭，即召仇生至。生至，又玄以卮饮之，生辞不能引满。固谢。又玄怒骂曰："汝市井之民，徒知锥刀尔，何为僭居官秩邪且吾与汝为伍，实汝之幸，又何敢辞酒乎?"因振衣起。仇生羞且甚，挽而退。遂弃官闭门，不与人往来。经数月，病卒。

明年，郑罢官，侨居濛阳郡佛寺。郑常好黄老之道，时有吴道士者，以道艺闻，庐于蜀门山。又玄高其风，即驱而就谒，愿为门弟子。吴道士曰："子既慕神仙，当且居山林，无为汲汲于尘俗间。"又玄喜谢曰："先生真有道者。某愿为隶于左右，其可乎?"道士许而留之。凡十五年，又玄志稍惰。吴道士曰："子不能固其心，徒为居山林中，无补矣。"又玄即辞去。燕游濛阳郡久之。

其后东入长安，次褒城，舍逆旅氏。遇一童儿，十余岁，貌甚秀，又玄与之语，其辩慧千转万化，又玄自谓不能及。已而谓又玄曰："我与君故人有年矣，君省之乎?"又玄曰："忘矣。"童儿曰："吾尝生闾丘氏之门，居长安中，与子偕学于师氏，子以我寒贱，且曰：'非吾类也。'后又为仇氏子，尉于唐兴，与子同舍，子受我金钱赂遗甚多，然子未尝以礼貌遇我，骂我市井之民。何吾子骄傲之甚邪?"又玄惊，因再拜谢曰："诚吾之罪也。然子非圣人，安得知三生事乎?"童儿曰："我太清真人。上帝以汝有道气，故生我于人间，与汝为友，将授真仙之诀。而汝以性骄傲，终不能得其道。吁，可悲乎！”言讫，忽亡所见。又玄既寤其事，甚惭恚，竟以忧卒。

唐代的山东旧士族中崔、卢、李、郑、王是五大高门望族，社会地位很高，荥阳郑姓就是其中之一。本篇主人公郑又玄就因为自己出身望族，所以对那些不如自己的人非常瞧不起。先是讥讽寒贱的邻居同学闾丘氏子“非吾类也”，使得闾丘氏惭愧病死。但是郑又玄并不吸取教训，进士及第后任唐安郡参军，“假尉唐兴”，又受到资产万计的大贾之子仇生的资助，但是因仇生也非士族，“未尝以礼貌接之”，甚至在一次置酒高会的时候，郑又玄并不邀请仇生。在好心人的提醒下，终于将仇生招来，但是又因为仇生不肯满饮遭到他的怒骂：“汝市井之民，徒知锥刀尔，何为僭居官秩邪？且吾与汝为伍，实汝之幸，又何敢辞酒乎？”这样蛮横得毫不近情的话语深深地伤害了仇生，也最终导致了他的病死。不过这种种罪孽终要偿还。罢官后的郑又玄和吴道士学习黄老之道，在蜀门山隐居修炼十五年却毫无所成。在东入长安的褒城旅舍，郑又玄遇到一个十余岁的童子，一切至此才真相大白。原来这个童子就是太清真人，此前的同学闾丘子、大贾之子仇生，都是由他所变。他告诉郑又玄，上帝本想将真仙之诀授给他，于是令自己生于人间，与郑又玄为友，然而却因郑又玄性情骄傲，屡次羞辱别人，最终不能使他得道成仙。其实在郑又玄以门望清贵傲人的同时，也在毁坏着自己通往神仙之路。越是以为自己清高脱俗，就越难以摆脱尘世的羁绊，放弃了接近仙诀的机会。郑又玄这种自高自大的可悲之处在于，对唾手可得的机会不知道珍惜，对自己所犯的错误毫无悔意，且屡犯不改，却向外去苦苦追求成仙得道，所以愈求愈远。故事中哲理蕴涵得深刻，发人深省。

张读信奉佛教，在《宣室志》中有许多宣扬佛法灵验的内容。比如《甯勉》，写甯勉守飞虎城，蓟门帅反，夜袭飞虎城，勉度兵少，不能折蓟师之锋，欲坚壁自守，又虑一邑之人悉屠于贼手，正在难于决策之时，贼兵却弃甲驰走。原来甯勉好佛教，常阅《金刚经》，因得金刚现身城头，蓟人见之，汗栗走避。后来甯勉作了御史中丞。这个故事是想突现佛法的灵验和佛经的法力。又如《鸡卵》，写文宗皇帝本欲斥佛，但听“尚食吏”说用鼎烹鸡蛋，而鸡蛋在鼎中呼观世音，因命左右验之而如尚食所言，乃“叹曰：吾不知浮屠氏之力乃如是也!”于是命郡国各修观世音像。《杨叟》写会稽富翁杨叟因“财产既多，其心为利所运”而得“失心”之疾，需食活人之心。其子拜佛求之，于山中逢一胡僧，许予己心，但求一饭。饭毕，僧却跃上高树，将杨子嘲笑奚落一番而化猿跃去。文中对那些既利欲熏心又崇信佛教、想要求佛杀人助己的富翁，讽刺极为锐利。不过张读对道教乃至巫术也不排斥，凡是可资志怪的素材，在书中也多有采纳。比如《僧契虚》一篇，写僧人契虚在安史之乱中避乱入太白山中，为道士乔君指引往商山游稚川仙都，见到稚川真君、杨外郎、乙支润等仙人，后终于修道成仙。所以萧相恺认为，张读在《宣室志》中的思想，表现出一种多元文化兼容的倾向。[①]

《宣室志》中对前代的诗人和政治人物的生平事迹也多有涉及，如唐玄宗、李林甫、王缙、韩愈、王涯等，多为前代名人。其中一些材料常为后人引用，如《李贺》云：

> 陕西李贺，字长吉，唐郑王之孙。稚而能文，尤善乐府词句，意新语丽，当时工于词者，莫敢与贺齿，由是名闻天下。以父名晋肃，子故不得举进士。卒于太常官，年二十四。其先夫人郑氏，念其子深，及贺卒，夫人哀不自解。一夕梦贺来，如平生时，白夫人曰：“某幸得为夫人子，而夫人念某且深，故从小奉亲命，能诗书，为文章。所以然者，非止求一位而自饰也，且欲求大门族，上报夫人恩。岂期一日死，不得奉晨夕之养，得非天哉！然某虽死，非死也，乃上帝命。”夫人讯其事，贺曰：“上帝，神仙之君也。近者迁都于月圃，构新宫，

① 萧相恺：《唐代小说家张读及其小说〈宣室志〉》，《东南大学学报》，2002年，第6期。

> 命曰‘白瑶’，以某荣于词，故召某与文士数辈，共为《新宫记》。帝又作凝虚殿，使某辈纂乐章。今为神仙中人，甚乐。愿夫人无以为念。”既而告去。夫人寤，甚异其梦，自是哀少解。

李贺之死乃为上帝赋白玉楼之事，最早见于李商隐的《李贺小传》：

> 长吉将死时，忽昼见一绯衣人，驾赤虬，持一板，书若太古篆或霹雳石文者，云：“当召长吉。”长吉了不能读，欻下榻叩头，言：“阿老且病，贺不愿去。”绯衣人笑曰：“帝成白玉楼，立召君为记。天上差乐不苦也！”长吉独泣，边人尽见之。少之，长吉气绝。常所居窗中，有烟气，闻行车嘒管之声。太夫人急止人哭，待之如炊五斗黍许时，长吉竟死。

张读《宣室志》中对李贺死后传说的记载，比之李商隐所记更加详细生动，后《太平广记》、《类说》均引之，成为研究李贺生平的重要材料。晚唐小说家出于对前代诗人的景仰，对他们生平之“奇”颇感兴趣，故开始着意搜集有关诗人及其创作的传说和故事。张读之后僖宗朝范摅所撰《云溪友议》即是唐代诗人故事的专集，其中相当一部分富有传奇色彩，而我们从张读《宣室志》已经可以看到这种特殊时代风气的端倪。另外，《许贞》中的狐女也是一位颜色端丽、生有七子二女的良家女子，这对蒲松龄《聊斋志异》中狐女形象应该具有一定的启发作用。

总之，《宣室志》中的题材对后世小说的影响相当大。萧相恺指出，从下面这些材料可以见出它影响力的一部分[①]：①《计真》篇被改写作《西湖二集·假邻女诞生贵子》的“入话”；②《李徽》篇被改写作《醉醒石》第六回《高才生傲世失原形义气友念孤分半俸》；③《沈枚之》篇被改写作《醒世恒言·黄秀才徼灵玉马坠》；④《张果》篇被改写作《初刻拍案惊奇》中《唐明皇好道集奇人武惠妃崇禅斗异法》；⑤《李

① 萧相恺：《唐代小说家张读及其小说〈宣室志〉》，《东南大学学报》，2002年，第6期。

生》篇被改写作《初刻拍案惊奇》中《王大使感行部下李参军怨报生前》；⑥《杨叟》篇中老猿化胡僧的形象影响到《西游记》中的孙悟空；⑦《任项》影响到话本《唐太宗人冥记》及后来的《西游记评话·梦斩泾河龙》之前半等。

小　结

唐代诗坛的天空群星璀璨，众星云集，而在这闪耀的群星中，河北籍诗人的光芒和风采同样熠熠生辉，毫不逊色。在唐诗发展的每个阶段、每个重要流派，乃至每一种文学思潮中，我们都能发现河北籍文人的身影。他们所取得的成就极其辉煌，对后世产生的影响也相当深远。唐代河北地区先后出现卢照邻、李峤、高适、李颀、李端、卢纶、韩愈、贾岛等名垂青史的著名诗人。另外，从“初唐四杰”、“珠英学士”到“大历十才子”、“韩孟诗派”、“咸通十哲”，这些不同时期的文士团体和诗歌流派中也都少不了河北籍文士的参与。还有贾至、李华、刘言史、卢殷、卢仝、刘叉、张仲素、崔玄亮、崔元翰、僧无可、高骈、高蟾、崔渥、卢廷让、公乘亿、卢汝弼、张读等，这些文人在当时文坛上都是不容忽视的。他们在唐代文学发展的每个链条上各自起着不同的作用，在唐代文坛上演绎出一段段辉煌绚丽的华美乐章，成就了不少千古佳话。特别需要指出的是，河北籍文士身上历来秉持的刚健气质，作为北方地区特有的文学品质，为唐诗风骨的形成和发展，一直注入着活力和热情，并不时矫正着文坛的主流走向，对浮靡绮艳的文学风气起着制约和遏制作用，规范着文学发展道路。因此燕赵文士在唐代文学史发展的历程中，一直是一股不可或缺的力量，甚或左右着诗文发展的方向，这都充分反映了燕赵文化在整个唐代文化中的影响。另外，在唐代文学的许多革新运动中，河北籍文人多能积极参与，勇于革新，体现了锐于进取的精神。河北籍文士多敢于直视生活的苦难，也勇于背负更多的社会责任，为社会不公和民生疾苦大声疾呼，故其诗文中体现的现实主义精神也就特别突出。可以说当我们以河北地域文化为切入视角，审视整个唐代文学发展史进程的时候，也就同时不可避免地会遇到唐代文学史方方面面的问题，因此可以毫不夸张地说，唐代河北文学史从某种程度上就是整个唐代文学发展史的一部缩影。如果缺少了“慷慨悲歌”的燕赵文士的创作，唐代文学的绚丽色彩就会为之大大减色。燕赵大地孕育产生的这些优秀作家，是我们河北的光荣和骄傲；燕赵地区一脉相承的优秀文学传统，也值得我们继承和发扬。

参考文献

B

班固. 1962. 汉书. 北京：中华书局

保定历史文化丛书编委会. 2005. 保定历史文化丛书. 北京：方志出版社

北京大学中国文学史教研室. 1962. 魏晋南北朝文学史参考资料. 北京：中华书局

C

曹道衡，刘跃进. 2000. 南北朝文学编年史. 北京：人民文学出版社

曹道衡，刘跃进. 2005. 先秦两汉文学史料学. 北京：中华书局

曹道衡，沈玉成. 1991. 南北朝文学史. 北京：人民文学出版社

曹道衡，沈玉成. 1996. 中国文学家大辞典（先秦汉魏南北朝卷）. 北京：中华书局

曹道衡. 1986. 中古文学论文集. 北京：中华书局

曹道衡. 1999. 南朝文学与北朝文学研究. 南京：江苏古籍出版社

陈尚君辑校. 1992. 全唐诗补编. 北京：中华书局

陈寿. 1979. 三国志. 裴松之注. 北京：中华书局

陈文华. 2003. 唐诗史案. 北京：中华书局

陈延杰. 1937. 贾岛诗注. 北京：商务印书馆

陈贻焮. 2001. 增订注释全唐诗（全五册）. 北京：文化艺术出版社

陈寅恪. 1963. 隋唐制度渊源略论稿. 北京：中华书局

陈寅恪. 1987. 陈寅恪魏晋南北朝史讲演录. 合肥：黄山书社

晨风，刘永平. 1986. 韩诗外传选译. 北京：书目文献出版社

成晓军，宋素. 1999. 燕赵文化纵横谈. 北京：中国文联出版社

程世和. 2004. 汉初世风与汉代文学. 北京：中国社会科学出版社

储仲君. 1986. 刘长卿诗编年笺注. 北京：中华书局

D

邓中龙. 2005. 唐代诗歌演变. 长沙：岳麓书社

丁福保. 1983. 历代诗话续编. 北京：中华书局

董诰. 1981. 全唐文（全十二册）. 北京：中华书局

杜国庠．1955．先秦诸子散文研究．上海：生活·读书·新知三联书店

段连勤．1982．北狄族与中山国．石家庄：河北人民出版社

F

范晔．1965．后汉书．北京：中华书局

房玄龄，褚遂良．1974．晋书．北京：中华书局

费振刚，胡双宝，宗明华辑校．1997．全汉赋．北京：北京大学出版社

冯浩菲．2003．历代诗经论说述评．北京：中华书局

冯良方．2004．汉赋与经学．北京：中国社会科学出版社

傅璇琮．1980．唐代诗人丛考．北京：中华书局

傅璇琮．1989．唐才子传校笺．北京：中华书局

傅璇琮，罗联添．1991．唐代文学研究（第二辑）．桂林：广西师范大学出版社

傅璇琮，罗联添．1992．唐代文学研究（第三辑）．桂林：广西师范大学出版社

G

葛兆光．1999．中国思想史（第一卷）．上海：复旦大学出版社

顾易生，蒋凡．1990．先秦两汉文学批评史．上海：上海古籍出版社

郭沫若．1954．十批判书·荀子的批判．北京：人民出版社

郭绍虞．1983．清诗话续编．上海：上海古籍出版社

郭绍虞．1999．中国古代文学批评史．天津：百花文艺出版社

郭维森，许结．1996．中国辞赋发展史．南京：江苏教育出版社

H

韩婴．1987．许维遹校释．韩诗外传集释．北京：中华书局

郝志达．1990．国风诗旨纂解．天津：南开大学出版社

何文焕，1981．历代诗话．北京：中华书局

河北人民出版社．1985．河北风物志．石家庄：河北人民出版社

河北省社科院历史研究所．2000．河北通史（先秦卷，秦汉卷）．石家庄：河北人民出版社

河北省地名办公室．1987．河北名胜志·石家庄．石家庄：河北科学技术出版社

河北师范学院中文系．1980．三曹资料汇编．北京：中华书局

胡大雷．1986．中古文人集团．桂林：广西师范大学出版社

胡大雷．2001．诗人·文体·批评．北京：人民文学出版社

胡国瑞．1980．魏晋南北朝文学史．上海．上海文艺出版社

胡旭. 2004. 汉魏文学嬗变研究. 厦门：厦门大学出版社

J

贾晋华. 2001. 唐代集会总集与诗人群体研究. 北京：北京大学出版社

姜剑云. 2002. 审美的游离——论唐代怪奇诗派. 北京：东方出版社

姜剑云. 2003. 太康文学研究. 北京：中华书局

蒋南华，罗书勤，杨寒清注译. 1995. 荀子全译. 贵阳：贵州人民出版社

蒋寅. 1992. 大历诗风. 上海：上海古籍出版社

金汉祥. 1985. 南北朝诗和散文. 太原：山西人民出版社

K

孔颖达. 1980. 毛诗正义（阮元刻十三经注疏影印本）. 北京：中华书局

L

蓝旭. 2004. 东汉士风与文学. 北京：人民文学出版社

李百药. 1972. 北齐书. 北京：中华书局

李炳海. 2000. 汉代文学的情理世界. 长春：东北师范大学出版社

李长之. 1957. 诗经试译. 上海：古典文学出版社

李崇智. 2001.《人物志》校笺. 成都：巴蜀书社

李从军. 1999. 唐代文学演变. 北京：人民文学出版社

李浩. 2002. 唐代三大地域文学士族研究. 北京：中华书局

李剑国. 1984. 唐前志怪小说史. 天津：南开大学出版社

李林甫等，陈仲夫点校. 1992. 唐六典. 北京：中华书局

李庆甲. 1986. 瀛奎律髓汇评. 上海：上海古籍出版社

李孝聪. 2003. 唐代地域结构与运作空间. 上海：上海辞书出版社

李延寿. 1974. 北史. 北京：中华书局

李泽厚，刘纲纪. 1999. 中国美学史. 合肥：安徽文艺出版社

梁启超. 1999. 梁启超全集. 北京：北京出版社

令狐德棻等. 1971. 周书. 北京：中华书局

刘松来. 2001. 两汉经学与中国文学. 南昌：百花洲文艺出版社

刘肃. 1984. 大唐新语. 北京：中华书局

刘餗. 1979. 隋唐嘉话. 北京：中华书局

刘文英. 1993. 崔寔评传. 南京：南京师范大学出版社

刘昫. 1986. 旧唐书. 北京：中华书局

刘知渐. 1985. 建安文学编年史. 重庆：重庆出版社

鲁迅．1973．而已集．北京：人民文学出版社
鲁迅．1973．中国小说史略．北京：人民文学出版社
陆侃如．1985．中古文学系年．北京：人民文学出版社
逯钦立辑校．1983．先秦汉魏晋南北朝诗．北京：中华书局
吕德申．1986．钟嵘诗品校释．北京：北京大学出版社
吕慧鹃等．1997．中国历代著名文学家评传（续编一）．济南：山东教育出版社
吕思勉．1948．两晋南北朝史．上海：开明书店
旅游出版社．1984．北京风物志．北京：北京旅游出版社
罗根泽．1984．中国文学批评史．上海：上海古籍出版社
罗宗强．1996．魏晋南北朝文学思想史．北京：中华书局
罗宗强．2003．隋唐五代文学思想史．北京：中华书局
骆玉明，张宗原．1991．南北朝文学．合肥：安徽教育出版社

M

马承源．2001．上海博物馆藏战国楚竹书．上海：上海古籍出版社
马积高．1998．赋史．上海：上海古籍出版社

N

倪健中．1996．中国的南北情貌与人文精神．北京：中国社会出版社
聂石樵．1994．先秦两汉文学史稿．北京：北京师范大学出版社
宁可．1998．中华文物通志·地域文化典·燕赵文化志．上海：上海人民出版社
牛润珍．2000．河北通史·魏晋北朝卷．石家庄：河北人民出版社

O

欧阳修，宋祁．1986．新唐书．上海：上海古籍出版社

P

裴庭裕．1994．东观奏记．北京：中华书局
彭定求等．1960．全唐诗．北京：中华书局

Q

钱志熙．1993．魏晋诗歌艺术原论．北京：北京大学出版社
乔象钟，陈铁民．1995．唐代文学史（上）．北京：人民文学出版社

R

荣格．1987．心理学与文学．上海：上海三联书店

S

尚定. 1994. 走向盛唐. 北京：中国社会科学出版社

沈长云等. 2000. 赵国史稿. 北京：中华书局

沈德潜. 1957. 唐诗别裁集. 北京：中华书局

沈约. 1974. 宋书. 北京：中华书局

司马迁. 1982. 史记. 北京：中华书局

孙钦善. 1984. 高适集校注. 上海：上海古籍出版社

T

谭其骧. 1988. 中国历史地图集. 北京：中国地图出版社

谭其骧. 1996. 中国历史大辞典·历史地理卷. 上海：上海辞书出版社

陶敏. 1996. 全唐诗人名考证. 西安：陕西人民教育出版社

天津人民出版社编. 1985. 天津风物志. 天津：天津人民出版社

W

汪祚民. 2005. 诗经文学阐释史（先秦—隋唐）. 北京：人民出版社

王先谦. 1993. 鲜虞中山国事表疆域图说补释. 上海：上海古籍出版社

王瑶. 1998. 中古文学史论. 北京：北京大学出版社

王仲荦. 1980. 魏晋南北朝史. 上海：上海人民出版社

王仲荦. 2003. 隋唐五代史. 上海：上海人民出版社

王仲镛. 1987. 升庵诗话笺证. 上海：上海古籍出版社

魏收. 1974. 魏书. 北京：中华书局

魏徵等. 1973. 隋书. 北京：中华书局

闻一多. 1998. 唐诗杂论. 北京：中华书局

吴庚顺，董乃斌. 1995. 唐代文学史. 北京：人民文学出版社

吴兢. 1978. 贞观政要. 上海：上海古籍出版社

吴汝煜. 1993. 唐五代人交往诗索引. 上海：上海古籍出版社

吴先宁. 1997. 北朝文化特质与文学进程. 北京：东方出版社

吴云. 2005. 建安七子集校注. 天津：天津古籍出版社

X

夏传才. 1992. 曹丕集校注. 郑州：中州古籍出版社

萧涤非. 1984. 汉魏六朝乐府文学史. 北京：人民文学出版社

辛彦怀，康香阁. 2003. 赵文化研究. 保定：河北大学出版社

徐复观. 2001. 两汉思想史. 上海：华东师范大学出版社

徐公持. 1999. 魏晋文学史. 北京：人民文学出版社
徐连达. 2003. 唐朝文化史. 上海：复旦大学出版社
许总. 1994. 唐诗史. 南昌：江西教育出版社

Y

严可均. 1958. 全上古三代秦汉三国六朝文. 北京：中华书局
叶君远. 1994. 中国古代文体丛书—诗. 北京：人民文学出版社
永瑢. 1965. 四库全书总目. 北京：中华书局
于迎春. 2000. 秦汉士史. 北京：北京大学出版社
余冠英. 1958. 诗经选译. 北京：人民文学出版社
余英时. 2003. 士与中国文化. 上海：上海人民出版社
俞绍初. 2005. 建安七子集. 北京：中华书局
袁珂. 1980. 神话选译百题. 上海：上海古籍出版社
袁行霈. 1999. 中国文学史. 北京：高等教育出版社

Z

张读撰，张永钦、侯志明点校. 1983. 宣室志. 北京：中华书局
张怀承. 2004. 中国学术通史·隋唐卷. 北京：人民出版社
张京华. 1998. 燕赵文化. 沈阳：辽宁教育出版社
张松如. 1985. 中国诗歌史论. 长春：吉林大学出版社
张永鑫. 2000. 汉乐府研究. 南京：江苏古籍出版社
赵敏俐. 1995. 汉代诗歌史论. 长春：吉林教育出版社
赵明，杨树增，曲德来. 1998. 两汉大文学史. 长春：吉林大学出版社
赵幼文. 1984. 曹植集校注. 北京：人民文学出版社
郑处诲. 1994. 明皇杂录. 北京：中华书局
周建江. 1997. 北朝文学史. 北京：中国社会科学出版社
周勋初. 1987. 唐语林校正. 北京：中华书局
周勋初. 1999. 魏晋南北朝文学论丛. 南京：江苏古籍出版社
周一良. 1985. 魏晋南北朝史札记. 北京：中华书局
周一良. 1996. 魏晋南北朝史论集续编. 北京：北京大学出版社
周祖. 1992. 中国文学家大辞典·唐五代卷. 北京：中华书局
周祖. 1996. 隋唐五代文论选. 北京：人民文学出版社
朱大渭. 1998. 魏晋南北朝社会生活史. 北京：中国社会科学出版社
邹逸麟. 2004. 中国历史地理概述. 福州：福建人民出版社